MODELOS DE PARTIDO

MODELOS DE PARTIDO
Organização e poder nos partidos políticos
Angelo Panebianco

Tradução
DENISE AGOSTINETTI

Revisão da Tradução
KARINA JANNINI

Martins Fontes
São Paulo 2005

Esta obra foi publicada originalmente em italiano com o título
*MODELLI DI PARTITO: ORGANIZZAZIONE E POTERE
NEI PARTITI POLITICI, por Il Mulino, Bolonha.*
Copyright © 1982 by Società editrice Il Mulino, Bologna.
*Copyright © 2005, Livraria Martins Fontes Editora Ltda.,
São Paulo, para a presente edição.*

1ª edição
março de 2005

Tradução
DENISE AGOSTINETTI

Revisão da tradução
Karina Jannini
Acompanhamento editorial
Luzia Aparecida dos Santos
Revisões gráficas
Maria Regina Ribeiro Machado
Margaret Presser
Dinarte Zorzanelli da Silva
Produção gráfica
Geraldo Alves
Paginação/Fotolitos
Studio 3 Desenvolvimento Editorial

**Dados Internacionais de Catalogação na Publicação (CIP)
(Câmara Brasileira do Livro, SP, Brasil)**

Panebianco, Angelo
  Modelos de partido : organização e poder nos partidos políticos /
Angelo Panebianco ; tradução Denise Agostinetti ; revisão da tradução Karina Jannini. – São Paulo : Martins Fontes, 2005. – (Justiça e direito)

  Título original: Modelli di partito : organizzazione e potere nei
    partiti politici.
  Bibliografia.
  ISBN 85-336-2106-X

  1. Partidos políticos 2. Tática política I. Título. II. Série.

05-0513   CDD-324

Índices para catálogo sistemático:
1. Partidos políticos : Ciências políticas   324

Todos os direitos desta edição para o Brasil reservados à
Livraria Martins Fontes Editora Ltda.
*Rua Conselheiro Ramalho, 330 01325-000 São Paulo SP Brasil
Tel. (11) 3241.3677 Fax (11) 3101.1042
e-mail: info@martinsfontes.com.br http://www.martinsfontes.com.br*

Sumário

Agradecimentos XI
Introdução XIII

PRIMEIRA PARTE
A ORDEM ORGANIZATIVA

I. Os dilemas organizativos 3
Premissa. – Os dilemas organizativos. – A articulação dos fins. – Um modelo de evolução organizativa.

II. Poder, incentivos, participação 41
Premissa. – Poder e troca desigual. – Crentes e carreiristas. – Incentivos e troca desigual.

III. Coalizão dominante e estabilidade organizativa. 65
Premissa. – A coalizão dominante. – A legitimidade. – A estabilidade organizativa. – Conclusões.

SEGUNDA PARTE
O DESENVOLVIMENTO ORGANIZATIVO

IV. A institucionalização 91
Premissa. – O modelo originário. – A institucionalização. – Instituição forte e instituição fraca: dois tipos ideais. – Modelo originário e institucionalização:

uma tipologia. – O carisma pessoal: um caso desviante. – Conclusões.

V. Os partidos de oposição (I) 127
Premissa. – O Partido Socialdemocrata alemão. – O Partido Comunista Francês. – O Partido Comunista Italiano. – Conclusões.

VI. Os partidos de oposição (II) 163
Premissa. – O Partido Trabalhista Britânico. – A Seção Francesa da Internacional Operária. – O Partido Socialista Italiano. – Conclusões.

VII. Os partidos governistas 213
Premissa. – A União Democrata-Cristã. – A Democracia Cristã italiana. – O Partido Conservador britânico. – Conclusões.

VIII. Os partidos carismáticos 271
Premissa. – A União pela Nova República. – O Partido Nacional-Socialista alemão. – Conclusões.

IX. A ordem organizativa: uma tipologia 309
Premissa. – A evolução organizativa dos partidos políticos. – A conformação da coalizão dominante: coesão e estabilidade. – A conformação da coalizão dominante: o mapa do poder organizativo (I). – A conformação da coalizão dominante: o mapa do poder organizativo (II). – Conclusões.

TERCEIRA PARTE
AS CONTINGÊNCIAS ESTRUTURAIS

X. Dimensão e complexidade organizativa 347
Premissa. – A dimensão nos partidos políticos. – A dimensão como variável independente. – A dimensão como variável dependente. – Os limites organizativos. – A dimensão das subunidades. – Complexidade e controle eleitoral. – Os sistemas eleitorais. – Conclusões.

XI. A organização e o ambiente.................................. 397
Premissa. – As características ambientais. – Os ambientes dos partidos: as coerções institucionais. – Os ambientes dos partidos: as arenas. – Arena eleitoral e arena parlamentar: interdependências. – Oposição e competição: a política das alianças.

XII. Profissionalismo político e burocracia.................. 435
Premissa. – Profissionalismo político e burocracia. – A burocracia de partido: definições. – Burocracia e comportamentos políticos. – Especialistas e profissionais ocultos. – Burocratização e profissionalização. – Dirigentes e profissionais: uma classificação.

QUARTA PARTE
A MUDANÇA ORGANIZATIVA

XIII. Desafios ambientais e circulação das elites.......... 467
Premissa. – A mudança nos partidos políticos. – A extensão da mudança: "amalgamação" e "circulação". – A mudança organizativa: alguns exemplos. – Bad Godesberg: a sucessão dos fins. – A CDU: de partido eleitoral à organização de massa. – Conclusões.

XIV. Partidos e democracia: transformações e crises... 509
Premissa. – Partido burocrático de massa e partido profissional-eleitoral. – A crise dos partidos. – As mudanças nas divisões políticas. – Conclusões.

A meu pai e minha mãe

Agradecimentos

Devo a vários colegas sugestões e críticas a alguns capítulos ou ao trabalho no seu todo. Agradeço, em particular, a Carlo Carboni, Ugo Mancini, Arturo Parisi, Paolo Pombeni, Roberto Ruffilli e Stefano Zan.

Durante um período de estada no Center for European Studies da Universidade de Harvard, ao longo de 1980, discuti uma versão provisória que elaborava as linhas gerais deste livro com Peter Lange, a quem devo valiosas sugestões. Um especial agradecimento a Gianfranco Pasquino pelos comentários críticos e pela leitura paciente e atenta das várias versões que precederam a redação definitiva.

Agradeço, por fim, à Ford Foundation, que me proporcionou a oportunidade de aprofundar os temas deste livro no estimulante ambiente de Harvard, e à minha esposa Vittoria, que me ajudou no trabalho de organização final do texto.

Introdução

> Enquanto esperávamos Sua Majestade em meio ao ouro e ao carmim do Palácio, eu não conseguia deixar de lembrar, maravilhado, aquela curiosa guinada do destino que acabou por levar MacDonald, o empregado subnutrido, Thomas, o maquinista, Henderson, o trabalhador da fundição, e Clynes, o operário, ao ápice a que chegaram.
>
> Das memórias de J. R. Clynes, ministro do primeiro governo trabalhista da história britânica (1924).

Este livro não é o resultado de uma pesquisa empírica, embora recentemente eu tenha trabalhado em pesquisas sobre partidos políticos. Trata-se, antes, de um esforço, o mais sistemático possível, realizado com o uso de instrumentos interpretativos que pertencem a tradições disciplinares diferentes, para individuar algumas das principais causas que explicam a política partidária.

Num certo momento da história da pesquisa científica sobre os partidos, produziu-se uma cisão, a pesquisa tomou um rumo e uma orientação novos, ao menos em parte. Para os autores que produziram as suas obras mais significativas entre o fim do século passado e a metade deste e que, com razão, são considerados os "clássicos" do setor, de Ostrogorski a Weber, de Michels a Duverger, os partidos políticos e as suas atividades se tornavam compreensíveis se e somente se fosse desatado o "nó" organizativo; se e somente se o ponto de partida fosse constituído pelo partido compreendido como organização, estudado na sua fisionomia e nas suas dinâmicas organizativas. Nos últimos trinta anos, porém, a pesquisa politológica e sociológica sobre os partidos seguiu outros caminhos. Passou-se a estudar, com técnicas cada vez mais sofisticadas e precisas e à luz de teorias cada vez mais persuasivas, as dinâmicas eleitorais, o funcionamento concreto das instituições estatais influenciadas pelos partidos, as relações entre os partidos e as classes sociais. Enfim, e sobretudo, à medida que a perspectiva sistêmica (compreendida em sentido lato) se tornava dominante entre os cientistas sociais, os sistemas partidários se tornavam mais importantes para os estudiosos do que os próprios partidos. Dessa forma, foram feitos grandes progressos na compreensão dos processos políticos. Mas algo se perdeu: justamente a consciência de que, sejam quais forem os partidos e o tipo de solicitação a que possam responder, eles são, acima de tudo, organizações, e de que a análise organizativa deve, portanto, preceder qualquer outra perspectiva. O aspecto curioso é que tudo isso ocorreu exatamente enquanto o estudo das organizações complexas, digamos, grosso modo, do fim da Segunda Guerra Mundial em diante, dava um salto de qualidade. Um grande número de organizações de todos os gêneros e tipos foi submetido, a partir de então, ao crivo da pesquisa empírica; um grande número de modelos e de quase-teorias foi proposto para interpretar o funcionamento e as atividades das organizações. No entanto, com pouquíssimas inovações, a teoria organizativa dos partidos ficou parada em Michels e em Duverger. Mas estes tinham levado em consideração os conhecimentos organizativos do seu tempo: Michels, por exemplo, usou no seu modelo uma versão, embora simplificada, da teoria weberiana da burocracia. Os cientistas políticos e os sociólogos contemporâneos que se ocupam com os partidos, quando, e se, levam em consideração esses aspectos, parecem muitas vezes ignorar os resultados e as evoluções das disciplinas organizativas.

Este livro pode ser lido, então, como uma tentativa de levar ao centro do palco tudo o que estava limitado a um canto poeirento, longe dos refletores.

Certamente, estou convencido de que a teoria comparativa dos sistemas partidários deu grandes frutos. Mas estou igualmente convencido de que as muitas zonas sombrias deixadas por essa teoria podem ser iluminadas somente com um sólido retorno ao estudo dos partidos, considerados sob o aspecto das suas dinâmicas organizativas internas.

Na teoria das organizações complexas, como em qualquer outro setor das ciências sociais, como se verá ao longo do livro e, em particular, na primeira e na terceira parte, muitas abordagens disputam o campo. Minha preferência é pelas teorias e análises que colocam no centro do seu interesse a dimensão do poder organizativo, que explicam o funcionamento e as atividades organizativas, sobretudo em termos de alianças e de conflitos pelo poder entre os diferentes agentes que compõem a organização. As organizações e, naturalmente, também os partidos, têm um conjunto de características impostas, por assim dizer, por "imperativos técnicos": exigências de divisão do trabalho, de coordenação entre os diferentes setores, de especialização nas relações com o ambiente externo etc. Não omitirei o papel desses fatores. Procurarei, sobretudo, adaptar ao caso dos partidos, integrando várias hipóteses, modelos e sugestões, inclusive apresentando novas hipóteses, a perspectiva segundo a qual as dinâmicas (condicionadas, por sua vez, pelas influências do ambiente) relacionadas à luta pelo poder no interior da organização – quer se trate de uma empresa, de uma administração pública ou de uma associação voluntária – oferecem a principal chave para compreender o seu funcionamento, bem como as mudanças que ela, por vezes, experimenta.

As organizações diferem enormemente entre si. Porém, quaisquer que sejam as diferentes atividades que desenvolvam e os benefícios ou malefícios que proporcionem aos homens, cada uma delas, invariavelmente, *também* serve para garantir, perpetuar ou aumentar o poder social daqueles que as controlam, daquelas elites mais ou menos restritas que as comandam:

> (...) As organizações também são (e esse é um aspecto muito importante) instrumentos para plasmar o mundo de acordo com os desejos de quem as comanda, ou seja, dão a certas pessoas o modo de impor a sua definição das relações humanas. Quem controla uma organização tem um poder superior ao de quem não pode exercer um controle análogo.[1]

---

1. C. Perrow, *Complex Organizations. A Critical Essay*, Glenview, Scott, Foresman and Co., 1972. Citado a partir da tradução italiana *Le organizzazioni complesse. Un saggio crítico*, Milão, Franco Angeli, 1977, p. 29.

A busca ou a defesa desse poder é um importante componente dos conflitos que se verificam continuamente em *todas* as organizações, independentemente da categoria ou do tipo a que pertencem ou das funções que desempenham (ou que supostamente desempenham) no sistema social. Além disso, no âmbito das relações políticas, o nascimento e a afirmação de uma nova organização comportam, às vezes, um alargamento dos limites do sistema político, o ingresso de grupos sociais antes excluídos dos benefícios da participação. No entanto, invariavelmente, também comportam a afirmação de uma nova classe dirigente, que irá substituir as classes dirigentes preexistentes ou apoiá-las. A organização que consentir tal ascensão será, a partir de então, o principal instrumento por meio do qual essa classe dirigente defenderá o seu novo poder social.

Adotar uma perspectiva desse gênero significa, evidentemente, aliar-se à teoria do partido de Robert Michels, à teoria do partido como instrumento de manutenção e de ampliação do poder de alguns homens sobre outros. E seguir Michels (e ir além dele) significa aliar-se a outros autores da escola neomaquiavélica, a Pareto e à teoria das elites, a Gaetano Mosca, sobretudo, e à teoria da organização como instrumento decisivo de domínio das minorias – as classes políticas – sobre as maiorias. No entanto, o débito com as teorias neomaquiavélicas acaba aqui. As análises de Michels foram um importante ponto de partida para este trabalho. Porém, durante o percurso, terminei por aderir, em muitos pontos essenciais, a uma elaboração, se não alternativa, certamente muito distante daquela do autor da *Sociologia del partito politico*.

Se a moderna teoria da organização é a "estante" a que mais tenho recorrido para especificar as categorias interpretativas que mais correspondem ao caso dos partidos, o cerne deste trabalho (que abrange os capítulos centrais do volume) consiste num exercício de história comparada, numa tentativa de aplicar um esquema específico de análise organizativa ao exame da formação de um certo número de partidos políticos europeus. A idéia subjacente a essa tentativa era a de recuperar uma intuição fundamental da sociologia clássica, sobretudo a weberiana, sobre a importância do momento basilar das instituições. O modo pelo qual se distribuem as cartas e os resultados das diversas partidas que se desenvolvem na fase genética de uma organização e nos momentos imediatamente seguintes continuam, em inúmeros casos, a condicionar a vida da organização após décadas. A organização sofrerá, certamente, modificações e adaptações profundas, interagindo, durante todo o seu ciclo de vida, com as contínuas modificações do ambiente. Porém, os resultados das primeiras "partidas", metáforas à parte, as escolhas políticas cruciais realizadas pelos fundadores, as modalidades dos primeiros conflitos visando ao controle organizativo e o modo como a organização se consolida deixarão uma marca indelével. Poucos aspectos da fisionomia atual e das tensões que se desenvolvem diante dos nossos olhos em tantas organizações parecem compreensíveis se não se retroceder à sua fase constitutiva.

A recuperação da dimensão histórica torna-se, assim, parte integrante de uma análise organizativa dos partidos. Nesse caso específico, tratou-se também de uma passagem essencial, com o fim de elaborar uma tipologia organizativa dos partidos como alternativa às correntes na literatura. Neste, como em muitos outros campos, vale a seguinte observação:

> (...) as principais transformações políticas ocorridas no passado podem não se repetir no presente nem no futuro, e é realmente improvável que possam se repetir exatamente do mesmo modo, mas toda teoria que pretende abranger processos gerais de transformação política deve ser compatível com a experiência passada, e deve ser verificada atentamente à luz dessa experiência antes de ser aceita (...) consideramos que a experiência histórica é mais importante do que a observação dos fatos contemporâneos na formulação ou no controle de qualquer generalização sobre grandes mudanças políticas.[2]

---

2. C. Tilly, *Reflections on the History of European State-Making*, in id. (org.), *The Formation of National States in Western Europe*, Princeton, Princeton University Press, 1975, p. 3.

Uma análise histórico-comparativa sempre contém riscos potenciais. Antes de mais nada, trata-se de um tipo de pesquisa que deve contar com fontes indiretas – os trabalhos historiográficos existentes sobre cada caso – e, portanto, está em grande parte à mercê dos dados e das interpretações dos dados fornecidos pelos historiadores em ambos os casos[3]. Além disso, tendo em vista que se baseia num quadro analítico predefinido, uma pesquisa desse gênero deturpa, inevitavelmente, por mais cautela que se possa adotar, cada uma das interpretações historiográficas (filtrando-as através de lentes teóricas diferentes) e o material historiográfico em geral. Quase sempre as pesquisas histórico-comparativas deixam perplexos e insatisfeitos os historiadores especialistas em casos individuais. E, em grande parte, isso é inevitável, pois o comparativista, mais interessado em evidenciar uniformidades e diferenças entre os diversos casos do que em aprofundar os aspectos problemáticos de cada um deles, só pode mover-se na literatura histórica de modo altamente seletivo, descartando aquelas partes do debate historiográfico incompatíveis com o seu esquema teórico. Isso comporta, inevitavelmente, um inconveniente e alguns riscos. O inconveniente é que o tipo de esquema teórico exerce grande influência nos resultados da pesquisa, o que, porém, é outra maneira de dizer que as ciências sociais não são ciências exatas.

Um risco sempre presente é o de uma abordagem muito superficial dos diferentes casos. Mas a alternativa é ainda mais arriscada: consiste em aprofundar-se a tal ponto na análise de cada caso, no receio de deturpar a história, até perder de vista o objetivo: a individuação de uniformidades e diferenças entre os diversos casos (que, por sua vez, só é

---

3. Sobre o método histórico-comparativo em sociologia e para uma tentativa sugestiva, embora um pouco esquematizada, de classificação dos diversos trabalhos, ver T. Skocpol, M. Somers, "The Uses of Comparative History in Macrosocial Inquiry", *Comparative Studies in Society and History*, XXII (1980), pp. 174-97.

possível se o quadro teórico escolhido não for abandonado pelo caminho). É por essa razão que muitas análises comparativas oscilam com freqüência entre dois pólos: entre aquele da pesquisa que descobre ou acredita descobrir uniformidades, mas à custa de negar as peculiaridades de cada caso, e aquele da pesquisa que aprofunda a tal ponto as características específicas e únicas de cada um, que depois é obrigada a justapor um caso ao outro sem uma comparação efetiva.

Por fim, outro risco está associado à escolha dos casos históricos, a partir do momento em que as exclusões são tão importantes quanto as inclusões na determinação dos resultados teóricos. É óbvio que a opção de usar, para fins de verificação histórica, casos exclusivamente de partidos da Europa ocidental contribuiu para delimitar o campo de pesquisa. Mas, por trás dessa escolha, existe também uma razão de método. Mesmo com toda uma série também muito profunda de variações, as afinidades nos processos de modernização política experimentados pelos países da Europa ocidental na formação dos "centros" estatais-nacionais, na mobilização dos grupos sociais, na extensão dos direitos associativos, no "congelamento" das culturas políticas[4], asseguram o requisito mínimo da comparabilidade. Uma vez que as organizações constituem relações complexas de adaptação/predomínio no que se refere ao próprio ambiente (e a análise organizativa atinge, inevitavelmente, essas relações), a existência de pelo menos algumas grandes semelhanças ambientais torna-se crucial[5]. Assim se explica a exclusão, no horizonte temático deste volume, dos partidos que atuam em

---

4. Sobre as uniformidades e as diferenças nos processos de modernização política dos países europeus, é referência obrigatória a obra de Stein Rokkan; ver a coletânea de ensaios mais importante, *Citizens, Elections, Parties. Approaches to the Study of the Processes of Development*, Oslo, Universitesforlaget, 1970.

5. Sobre o papel da análise por "áreas geopolíticas" como instrumento de redução das variáveis operacionais, cf., dentre outros, A. Lijhart, "Il metodo della comparazione", *Rivista Italiana di Scienza Politica*, I (1971), pp. 79 ss.

sistemas político-estatais fora da Europa ocidental, a exemplo dos casos de monopartidarismo[6]. Certamente não porque a análise organizativa não possa ser aplicada também a esses casos (e, além disso, muitas afinidades podem ser facilmente encontradas, somente para dar um exemplo, entre as modalidades de formação do Partido Bolchevique russo e as de diversos partidos da Europa ocidental). Mas, visto que o monopartidarismo liquida ou impede a afirmação da democracia eleitoral, altera irreversivelmente a natureza das instituições estatais e consolida estruturas associativas alternativas em relação aos modelos da Europa ocidental, falta o requisito mínimo da homogeneidade ambiental.

Outra importante exclusão, salvo esporádicas alusões nos capítulos de cunho mais teórico e uma retomada parcial no último capítulo, diz respeito aos partidos americanos. Aqui também houve, mas por razões diferentes do caso anterior, uma desconfiança devido às abordagens apressadas com as quais muitos estudiosos dos partidos foram condescendentes. É um tema recorrente nos debates sobre o chamado "excepcionalismo" americano a tese segundo a qual, mesmo nos moldes comuns de sistemas democrático-representativos, a distância que separa as instituições políticas e sociais americanas das européias é maior do que a que diferencia as instituições dos países europeus entre si. Muitas razões são adotadas para explicar essa distância. Por exemplo, o fato de que nos Estados Unidos a mobilização das classes subordinadas foi, ao contrário do que ocorreu na maior parte dos países europeus, o prelúdio da industrialização mais do que o seu resultado[7]. E, uma vez que tempos

---

6. Sobre as diferenças entre sistemas monopartidários e pluripartidários, cf. G. Sartori, *Parties and Party Sistems. A Framework for Analysis*, Londres-Nova York, Cambridge University Press, 1976. Sobre os regimes monopartidários, ver S. P. Huntington, C. H. Moore (orgs.), *Authoritarian Politics in Modern Society. The Dynamics of Established One-Party Systems*, Nova York, Basic Books, 1970.

7. R. Bendix, *Nation-Building and Citizenship*, Nova York, Wiley and Sons, 1964. Cf. também S. M. Lipset, *The First New Nation*, Nova York, Anchor Books, 1967.

INTRODUÇÃO XXI

e modalidades de mobilização das classes subordinadas foram essenciais em toda parte na formação dos partidos e dos sistemas partidários, assim pode-se explicar, em grande medida, o particular desenvolvimento dos partidos americanos[8]. Para descrever as condições ambientais nas quais se deu o desenvolvimento dos partidos, também são válidas as observações mais gerais de Barrington Moore sobre as peculiaridades da "via americana" para a modernização política:

> Os Estados Unidos não precisaram enfrentar o desmantelamento das estruturas de uma sociedade agrária complexa e de raízes profundas, de tipo feudal ou burocrático. Desde o início, a agricultura mercantil ocupou um posto importante, como nas plantações de tabaco da Virgínia, e tornou-se rapidamente a forma dominante assim que o país se estruturou. As lutas políticas entre uma aristocracia rural de tipo pré-mercantil e a monarquia não tiveram lugar na história americana. Nem a sociedade americana jamais conheceu uma classe camponesa numerosa, comparável à da Europa ou da Ásia.[9]

Portanto, dado que os fatores que influenciaram o nascimento e o desenvolvimento organizativo dos partidos americanos, assim como as condições ambientais posteriores, diferem significativamente daqueles europeus, o caso americano foi excluído como termo de comparação e de controle das hipóteses e das generalizações elaboradas neste trabalho.

O volume é dividido em quatro partes. Na primeira (capítulos I, II, III), serão desenvolvidos os conceitos essen-

---

8. Cf. as análises sobre o "primeiro" e os sistemas posteriores de partidos americanos em W. N. Chambers (org.), *The First Party System: Federalists and Republicans*, Nova York, Wiley and Sons, 1972, e W. N. Chambers, W. D. Burnham (orgs.), *The American Party System, Stages of Political Development*, Nova York, Oxford University Press, 1967.

9. B. Moore Jr., *Social Origins of Dictatorship and Democracy*, Boston, Beacon Press, 1966. Citado a partir da tradução italiana *Le origini sociali della dittatura e della democrazia*, Turim, Einaudi, 1969, p. 125.

ciais, dos quais, no meu entendimento, uma análise organizativa dos partidos políticos não pode prescindir. Examinarei, em abordagens posteriores, um esquema conceitual – uma rede de conceitos –, que considero idôneo para desenvolver análises realistas e fidedignas do funcionamento dos partidos. A escolha metodológica foi a de recorrer, adaptando-os ao caso dos partidos, a instrumentos de análise que a sociologia das organizações foi elaborando para estudar o funcionamento das organizações complexas. Mais especificamente, a escolha foi a de confrontar hipóteses, teorias e modelos da sociologia da organização (selecionando-os, entre os muitos possíveis, à luz dos meus objetivos de pesquisa) com a tradicional literatura da ciência política sobre os partidos. O principal objetivo é mostrar a superior capacidade explicativa, com relação a elaborações mais tradicionais, de uma abordagem que trate os partidos políticos sob a ótica da teoria das organizações complexas.

Em linhas gerais, a primeira parte trata das *condições da ordem organizativa*: examina-se por meio de quais mecanismos e com quais modalidades as organizações partidárias enfrentam, ou procuram enfrentar, as inúmeras pressões e os desafios a que estão sujeitas. O exame das condições da ordem organizativa requer uma definição da própria ordem, e esta, por sua vez, pressupõe uma decomposição e um reconhecimento dos diversos fatores que a determinam. Tratar-se-á, essencialmente, de uma pesquisa voltada para organizar os conceitos, destinada a predispor os instrumentos para a posterior análise histórico-empírica dos partidos políticos.

Na segunda parte (capítulos IV-IX), o quadro analítico apresentado nos capítulos anteriores será utilizado para interpretar a evolução organizativa de um certo número de partidos da Europa ocidental. O capítulo IV, que dá início a essa parte, ainda é de cunho teórico. Nele, inicio uma adaptação da teoria da institucionalização ao caso dos partidos e procedo à elaboração de uma tipologia das relações entre "modelo originário" (as características genéticas das organizações) e nível de institucionalização que serão submetidas ao controle histórico nos capítulos seguintes. Nesse ponto, a teoria da institucionalização será introduzida para permitir adaptar os instrumentos conceituais até então elaborados a uma análise dinâmica do desenvolvimento organizativo dos partidos.

Os capítulos V, VI, VII e VIII contêm uma pesquisa, embora muito sintética, sobre as vicissitudes dos partidos selecionados como casos emblemáticos das múltiplas possibilidades de formas que essas organizações podem assumir, porque representativas de um leque muito amplo, embora não necessariamente exaustivo, das possíveis *ordens organizativas*. Nenhuma das análises dos casos individuais é, por si só, original, nem diz muito de novo a respeito das teses historiográficas dominantes. Além disso, e pelas razões expostas que se referem às dificuldades intrínsecas do método histórico-comparativo, a reconstrução segue, por necessidade, somente algumas das possíveis linhas de interpretação de cada caso, sobre as quais debate a historiografia contemporânea. Se há originalidade, ela está sobretudo no quadro teórico pelo qual são filtradas as várias teses historiográficas e na possibilidade que assim se abre de evidenciar uniformidades e diferenças entre os diversos casos. No capítulo IX, em certo sentido, serão dadas as conclusões: teremos à disposição dados cognitivos suficientes para arriscar a elaboração de uma tipologia, de todo modo provisória e seguramente parcial, das organizações partidárias.

Na terceira parte (capítulos X, XI e XII), tratarei de problemas organizativos específicos, considerados apenas superficialmente nos capítulos anteriores e que, todavia, são importantes para a teoria organizativa do partido político: o papel da "dimensão" da organização, os problemas ligados à divisão do trabalho e à complexidade organizativa, o papel das influências e das pressões ambientais, as características da burocracia partidária e da burocratização. Assim como na primeira parte, o discurso aqui voltará a ser predominantemente teórico, embora vários exemplos empíricos venham a ser utilizados para ilustrar a argumentação. E, como na primeira parte, também nesse caso me servirei somente daqueles instrumentos interpretativos, dentre os muitos que a teoria organizativa oferece, que me pareceram mais adequados para o exame dos partidos.

Na quarta parte (capítulos XIII e XIV), tratarei do problema da mudança organizativa, dos processos de transformação que os partidos políticos experimentam. Ocupar-me-ei disso de dois modos diferentes. No capítulo XIII, propondo um modelo de mudança organizativa e testando a sua validade em relação aos casos de mudança experimentados, em épocas diferentes, por alguns partidos. O modelo não é senão uma tentativa de formalização parcial (não matemática) de uma perspectiva já presente em toda a análise desenvolvida no curso do trabalho. Já no capítulo XIV, examinarei algumas mudanças que estão sendo produzidas atualmente nos partidos políticos ocidentais, os seus reflexos e o seu significado para os processos políticos mais gerais.

O livro carece, deliberadamente, de um capítulo conclusivo. A análise dos partidos como organizações complexas está apenas no início, e qualquer discurso nesse âmbito só pode ficar suspenso, aberto a adaptações posteriores e a revisões profundas. Por um lado, somente pesquisas empíricas extensas e sistemáticas poderão permitir aprofundamentos, também por meio de uma utilização mais ampla e articulada das categorias organizativas do que a permitida num trabalho de análise teórica. Por outro, a ausência de uma conclusão também tem a função de evidenciar o caráter de *working in progress*, próprio deste trabalho, mais ponto de partida do que de chegada, muito mais uma tentativa de identificar e de elaborar as questões relevantes do que de encontrar todas as respostas.

PRIMEIRA PARTE
A ordem organizativa

I. Os dilemas organizativos

Premissa

Há alguns anos, um estudioso americano dos partidos políticos, examinando a literatura sobre o tema, observou que: "A análise organizativa dos partidos (...) é uma das mais antigas nas pesquisas sobre os partidos e também uma das mais frustrantes"[1]. E é realmente frustrante que, passados setenta anos da publicação da *Sociologia dos partidos políticos*, de Robert Michels[2], e trinta de *Os partidos políticos*, de Maurice Duverger[3], e enquanto as pesquisas sobre todos os possíveis partidos existentes crescem em ritmo exponencial, as observações mais inteligentes e convincentes ainda devam ser buscadas, quase sempre, nesses velhos textos. Há uma evidente resistência na maioria dos trabalhos contemporâneos em estudar os partidos pelo que eles, antes de tudo, são: *organizações*. Em parte, essa resistência é, sem dúvida, o efeito de dificuldades objetivas relacionadas a toda tentativa de análise organizativa dos partidos. Mas, em parte, é também o resultado de preconceitos, de hábitos mentais di-

---

1. W. Crotty, "A Perspective for the Comparative Analysis of Political Parties", *Comparative Political Studies*, III (1970), p. 281.
2. R. Michels, *Zur Soziologie des Parteiwesens in der Modernen Demokratie*, Leipzig, Klinkhardt, 1911.
3. M. Duverger, *Les partis politiques*, Paris, Armand Colin, 1951.

fundidos na literatura sobre os partidos que criam barreiras e diafragmas difíceis de romper entre o observador e o objeto observado. Dois preconceitos, sobretudo, são comuns em grande parte da literatura sobre os partidos. Definirei o primeiro como o *preconceito sociológico* e o segundo como o *preconceito teleológico*. Ambos contribuem para comprometer a possibilidade de uma análise organizativa séria dos partidos.

O preconceito sociológico. Consiste em considerar as atividades dos partidos (deixemos por enquanto indefinido o termo "atividade") como o produto das "demandas" dos grupos sociais por eles representados e, mais em geral, que os próprios partidos nada mais são do que a manifestação das divisões sociais em âmbito político. Segundo essa perspectiva, expressões como "partidos operários", "partidos burgueses", "partidos camponeses" etc. são empregadas não apenas com fins sociográficos, para descrever a composição social predominante dos eleitores e/ou dos filiados aos diferentes partidos, mas disso também se infere a explicação do comportamento dos próprios partidos. Uma conseqüência comum dessa tendência consiste em interpretar os conflitos internos dos partidos exclusivamente como conflitos entre representantes de interesses sociais diferentes[4]. Outra conseqüência é atribuir a eventuais desvios entre a compo-

---

4. Uma típica expressão do preconceito sociológico pode ser encontrada, por exemplo, numa obra muito importante dos anos 60, de S. Eldersveld, *Political Parties: a Behavioral Analysis*, Chicago, Rand McNally Co., 1964. Eldersveld, em polêmica explícita com Michels, defende a existência nos partidos de uma estrutura de poder difusa numa multiplicidade de "estratos de comando", em vez de concentrada numa oligarquia. Os estratos de comando seriam a expressão direta de "subcoalizões" internas, cada qual representando interesses socioeconômicos e/ou socioculturais específicos (grupos de interesses econômicos, minorias étnicas etc.). No caso do Partido Democrático e do Partido Republicano em Detroit, examinados por Eldersveld, isso provavelmente correspondia à verdade. Onde Eldersveld errava era em considerar válidas para a maioria dos partidos as conclusões da sua pesquisa. A contrário, como veremos, na maioria dos casos, os "interesses sociais" externos são filtrados por barreiras e estruturas de mediação organizativa (embora com força e intensidade diferentes, de acordo com o nível de institucionalização do partido). Cf. a respeito o cap. IV.

sição do eleitorado e a composição dos filiados, dos militantes e dos representantes eleitos do partido a causa de "distorsões" na representação dos interesses sociais[5]. Típica do preconceito sociológico é a depreciação sistemática da capacidade dos partidos, como organizações, de plasmar os próprios partidários pelo menos tanto quanto, como representantes, não são plasmados por ele.

O preconceito sociológico não deixa ver que, entre os partidos e o sistema das desigualdades sociais, existe uma relação complexa. Para designar tal relação, o termo "representação" contém, na melhor das hipóteses, uma forte dose de imprecisão e de simplificação[6]. E, ainda, o preconceito sociológico faz perder de vista o fato de que o partido, além de não refletir mecanicamente, nem na sua organização[7], nem na sua política, o sistema das desigualdades sociais, produz, antes de mais nada, desigualdades no seu próprio interior:

---

5. Na maioria dos casos, essa é a hipótese mais ou menos implícita que está na base das análises sobre a composição social dos partidos, dos perfis sociológicos dos filiados, dos grupos dirigentes, dos grupos parlamentares etc. Trata-se da *teoria da correspondência*, segundo a qual se, por exemplo, o dirigente é de origem operária, seus comportamentos políticos serão mais representativos das posições dos eleitores operários. É uma teoria, para ser generoso, no mínimo de validade duvidosa. Há setenta anos, Michels já havia observado as tendências ao emburguesamento dos militantes de origem operária que fazem carreira no partido. As pesquisas sociográficas representam a literatura mais vasta existente sobre os partidos. Elas podem fornecer, se usadas com cautela, informações *adicionais* úteis dentro de um panorama diferente de referência teórica, mas, em si, não contribuem muito para conhecer o funcionamento dos partidos. A teoria da correspondência, que justifica as análises sociográficas sobre os partidos, associa-se à teoria segundo a qual uma burocracia estatal é "representativa" e receptiva às exigências dos seus usuários se houver correspondência entre a origem social dos burocratas e a composição social dos usuários. Em sentido contrário, ver P. Sheriff, "Sociology of Public Bureaucracy", *Current Sociology*, IV (1976), pp. 73 ss.

6. Sobre a complexidade das relações entre partidos e eleitores, ver G. Pasquino, *Crisi dei partiti e governabilità*, Bolonha, Il Mulino, 1980, e A. Pizzorno, *I soggetti del pluralismo*, Bolonha, Il Mulino, 1980.

7. De fato, como veremos a seguir, partidos com eleitores sociologicamente diferentes apresentam, às vezes, organizações semelhantes, e partidos com eleitores sociologicamente parecidos apresentam, às vezes, organizações diferentes.

desigualdades que definirei como *organizativas*, para distingui-las das desigualdades relacionadas ao sistema de estratificação social. Uma das teses deste livro é de que a principal causa dos conflitos infrapartidários deve ser buscada no sistema das desigualdades internas do partido que tem, sim, ligações com as desigualdades sociais[8], mas que não é absolutamente o seu simples reflexo. Como organização, o partido político é, ao menos em parte, um sistema autônomo de desigualdades, e muitas vezes as tensões que o percorrem são essencialmente o produto de tal sistema. O preconceito sociológico, portanto, impede tanto que se represente corretamente as complexas relações entre o partido e o seu eleitorado quanto que sejam individuadas as desigualdades específicas inerentes ao agir organizativo como tal.

O preconceito teleológico. É igualmente difundido, mas talvez mais insidioso que o preconceito sociológico. Consiste em atribuir *a priori* alguns "objetivos" aos partidos; objetivos esses que, segundo o observador, representam a razão de ser do partido em exame, dos partidos em geral ou de uma ou outra "família ideológica" de partidos. Individuados os objetivos considerados próprios do partido, as suas atividades e as suas características organizativas serão "deduzidas" desses objetivos. Isto é, será medido o eventual desvio entre os objetivos e os comportamentos efetivos. Na origem desse modo de proceder existe a idéia de que os partidos são organizações constituídas em vista de objetivos específicos e voltadas à sua realização, objetivos que o pesquisador considera facilmente individualizáveis de uma vez por todas. Esse raciocínio leva à elaboração de *definições* dos partidos que, assim como as definições em termos de representação

---

8. De acordo com a distinção weberiana entre os diversos âmbitos do agir social (que, para Weber, estavam relacionados, respectivamente, à "classe", à "camada" e ao "partido"), âmbitos certamente interdependentes, mas *jamais* redutíveis um ao outro. Cf. também G. Sartori, "Alla ricerca della sociologia politica", in *Rassegna Italiana di Sociologia*, IV (1968), pp. 597-639, atualmente reimpresso em G. Sartori, *Teoria dei partiti e caro italiano*, Milão, Sugarco, 1982, pp. 129-64.

(partidos burgueses, partidos operários etc.), predeterminam o andamento e os resultados da análise. Há duas versões do preconceito teleológico: a primeira dá origem a definições elaboradas em relação às metas ideológicas dos partidos; a segunda resulta, por sua vez, em definições ditas *mínimas*, isto é, elaboradas em relação a objetivos que se supõem próprios de qualquer partido.

Pertencem à primeira versão do preconceito teleológico, por exemplo, afirmações como esta: "A tese que esclarece o meu ponto de vista é que são os objetivos de um partido – a sua *Weltanschauung* – que representam as suas mais importantes características e as mais influentes para modelar a sua estrutura e as modalidades de ação"[9]. Ou como esta: "Um partido político é um grupo organizado, uma associação voltada para os objetivos políticos e que busca, por meio da sua ação, manter o *status quo* ou mudar as condições sociais, econômicas e políticas existentes, mantendo ou conquistando o poder político"[10]. Pertencem à mesma categoria, por exemplo, as distinções sobre senso comum entre "partidos revolucionários" (partidos que têm como "objetivo" a revolução); "partidos democráticos" (partidos que têm como objetivo defender a democracia) etc. Para os que as adotam, todas essas definições (e muitas outras) baseiam-se em dois pressupostos, evidentes por si mesmos:

Os partidos são grupos que perseguem objetivos;
A ideologia de cada partido é o melhor indicador dos seus objetivos.

O ponto fraco do primeiro pressuposto é o fato de dar por conhecido aquilo que, ao contrário, deve ser demonstrado, isto é, que os partidos são grupos tendentes à realização de objetivos; em outras palavras, consiste em tratar como

---

9. K. L. Shell, *The Transformation of Austrian Socialism*, Nova York, State University of New York, 1962, p. 4.
10. F. Gross, "Sociological Analysis of a Political Party", *Il Politico*, XXXII (1967), p. 702.

ponto pacífico o que, como bem sabem os sociólogos das organizações e como veremos dentro em breve, constitui um *problema*.

O ponto fraco do segundo pressuposto é mais evidente. Porque, uma vez admitido e inconteste que os partidos são grupos voltados para a realização de objetivos, com tal pressuposto consideram-se como "objetivos reais" os "objetivos declarados" (as metas ideológicas) e, assim, nega-se *tout court*, implicitamente, relevância e utilidade à análise social. Se, para compreender os objetivos de um agente ou de uma instituição, basta ater-se à definição que o agente ou a instituição dão a tais objetivos, tudo o que é evidentemente necessário é a simples descrição de uma representação ideológica[11].

Mais insidiosa, porque aparentemente mais científica, é a segunda versão do preconceito teleológico, aquela que se fundamenta em definições mínimas dos objetivos considerados próprios de todos os partidos. Os estudiosos que adotam definições desse tipo geralmente estão cientes de que não se pode dar muito crédito aos objetivos ideológicos declarados pelos partidos. No geral, eles compartilham a afirmação de Anthony Downs, segundo a qual: "Os partidos perseguem políticas para ganhar as eleições mais do que tentam vencer as eleições para perseguir políticas"[12].

---

11. Pertencem a esse tipo, por exemplo, as análises dos partidos comunistas que consideram como principal variável explicativa da fisionomia organizativa desses partidos a ideologia marxista-leninista: ver, por exemplo, J. Monnerot, *Sociologie du Communisme*, Paris, Gallimard, 1949, e P. Selznick, *The Organizational Weapon: a Study of Bolshevick Strategy and Tactics*, Nova York, McGraw-Hill, 1952, dois trabalhos já antigos, mas que continuam a contar com numerosos adeptos. Para uma análise crítica dessa tradição e, de modo mais geral, de qualquer abordagem que explique as organizações a partir da ideologia em vez de considerar a interação e os conseqüentes efeitos entre organização e ideologia, remeto a A. Panebianco, "Imperativi organizzativi, conflitti interni e ideologia nei partiti comunisti", *Rivista Italiana di Scienza Politica*, III (1979), pp. 511-36.

12. A. Downs, *An Economic Theory of Democracy*, Nova York, Harper and Row, 1967, p. 28.

Na versão mais comum, o objetivo mínimo próprio de cada partido é, nessa perspectiva, a vitória eleitoral e, por meio dela, a conquista do governo. No que diz respeito à versão anterior do preconceito teleológico, a relação entre objetivos eleitorais e metas ideológicas é invertida: *naquele*, a vitória eleitoral é um meio para realização dos objetivos ideológicos, *neste*, a ideologia é um meio para a obtenção da vitória eleitoral. Nas suas muitas variantes[13], a definição mínima pela qual os partidos são, antes de mais nada, organizações que têm por objetivo a vitória eleitoral é uma definição simples, clara e de acordo com um bom senso elementar. Mas seria também uma resposta correta? Não, porque, se fosse, não conseguiríamos compreender por que ocorrem casos freqüentes – como, aliás, Michels já havia observado[14] –, em que os partidos adotam uma série de ações destinadas *previsivelmente* a penalizá-los eleitoralmente ou que não lhes possibilite incrementos eleitorais. Definições desse gênero não permitem explicar as situações freqüentes em que um partido parece evitar deliberadamente ações ou escolhas que poderiam conduzi-lo à vitória eleitoral ou parece contentar-se – como foi durante muito tempo o caso de alguns partidos comunistas da Europa ocidental, a exemplo do PCF* – em se situar na oposição sem possibilidades previsíveis de incrementar os próprios consensos e, menos ainda, de concordar com o controle dos papéis governistas[15].

---

13. "Vencer as eleições" como único atributo ou em combinação com outros é o "objetivo" indicado como fundamental na maior parte das "definições mínimas" dos partidos elaboradas pela ciência política: cf., entre outros, J. Schlesinger, "Political Party Organization", in C. March (org.), *Handbook of Organizations*, Chicago, Rand McNally, 1965, pp. 767 ss., L. D. Epstein, "Political Parties", in F. I. Greenstein, N. W. Polsby (orgs.), *Handbook of Political Science, Nongovernmental Politics*, vol. IV, Reding Addison Wesley, 1975, pp. 229 ss. Para uma visão geral sobre essa literatura, cf. S. Belligni (org.), *Il partito di massa. Teoria e pratica*, Milão, Franco Angeli, 1975.

14. R. Michels, "Some Reflections on the Sociological Character of Political Parties", *American Political Science Review*, XXI (1927), pp. 753-71.

* Parti Communiste Français (Partido Comunista Francês). [N. da T.]

15. É necessário distinguir a tese segundo a qual os partidos buscam realizar o objetivo de "vencer eleições" da sua versão mais extrema, segundo a

Nas suas diferentes versões, o preconceito teleológico age com a mesma lógica: atribui objetivos aos partidos e explica seus comportamentos à luz desses objetivos[16]. Este é, como veremos dentro em breve, um modo simplista de entender a relação existente em qualquer organização complexa entre "objetivos" e atividades organizativas.

Se os objetivos dos partidos, como sustento aqui, não podem ser predeterminados, surge, obviamente, o problema de como distinguir os partidos das outras organizações. É justamente esse o problema que todas as definições anteriores buscaram (erroneamente) resolver[17]. A única resposta possível é a de que os partidos – como qualquer outra or-

---

qual o objetivo dos partidos é "maximizar" os próprios votos. Esta última, como se sabe, é a tese de A. Downs, *An Economic Theory of Democracy*, cit. Para objeções convincentes, ver J. Schlesinger, "The Primary Goals of Political Parties: a Clarification of Positive Theory", *American Political Science Review*, LXIX (1975), pp. 840-9, para o qual a estratégia de maximização dos votos é somente uma das possíveis estratégias eleitorais dos partidos. Igualmente convincente é a objeção de David Robertson, *A Theory of Party Competition*, Londres, Wiley, 1976. Para Robertson, os partidos não podem se mover livremente num *continuum* esquerda-direita à procura da posição ideal para a maximização dos consensos, como quer a teoria de Downs. São impedidos, sobretudo, pelos militantes que são capazes de exercer um "poder de veto" em relação às mudanças de posição política do partido em contraste com a própria orientação ideológica. Para uma elaboração, em certo sentido, paralela à de Robertson, ver, além deste capítulo, mais analiticamente, o capítulo II.

16. O preconceito teleológico se apresenta, às vezes, combinado com o sociológico: basta vermos a seguinte definição de "partido popular", uma variante de "partido pega-tudo", de Otto Kirchheimer: "O conceito de partido popular se afirma sempre que a maximização dos votos se torna o movente principal do partido e subordina os objetivos de uma representação coerente de interesses", H. Kaste, J. Rasche, "La politica dei partiti popolari", in G. Sivini (org.), *Sociologia dei partiti politici*, Bolonha, Il Mulino, 19792, p. 280.

17. Não é por acaso que Duverger não dá nenhuma definição de partido, limitando-se a dizer que "(...) um partido é uma comunidade com estrutura específica", *I partiti politici*, cit., p. 2. Diferentemente dos autores citados até agora, Duverger provavelmente tinha consciência do fato de que qualquer definição de senso comum sobre o gênero das que examinei comprometeria o surgimento da análise organizativa que ele se propunha a fazer.

ganização – se distinguem pelo *ambiente* específico no qual desenvolvem uma *atividade* específica. Quaisquer que sejam as outras possíveis arenas em comum com outras organizações, somente os partidos atuam na arena eleitoral disputando votos. Isso permite distinguir os partidos por uma *atividade* (relacionada a um ambiente específico) que não compartilham com nenhum outro tipo de organização, deixando em aberto o problema dos eventuais objetivos (a partir do momento em que uma mesma atividade pode ter objetivos diferentes)[18].

Os dilemas organizativos

A característica comum entre preconceito sociológico e preconceito teleológico consiste em considerar como *dados* aqueles que, para todos os efeitos, constituem *problemas* que requerem ser investigados como tais. A abordagem aqui desenvolvida para examinar esses problemas consiste na identificação de alguns *dilemas* organizativos, exigências contraditórias que qualquer partido, como organização complexa, deve, de uma maneira ou de outra, equilibrar[19]. O caminho

---

18. A atividade específica de uma certa organização não define o seu objetivo, senão de modo circular e tautológico: não faz muito sentido dizer que o objetivo de uma empresa que produz automóveis é produzir automóveis. De maneira mais geral sobre esse aspecto, mas somente sobre ele, concordo com Fred Riggs quando afirma que os critérios de análise e de classificação dos partidos devem ser de tipo exclusivamente *estrutural*, e não funcional ou com referência a "motivos", "objetivos" e similares: cf. F. Riggs, "Criteri di classificazione dei partiti", in D. Fisichella (org.), *Partiti e gruppi di pressione*, Bolonha, Il Mulino, 1972, pp. 122-5.

19. Numa perspectiva em parte diferente, a existência de dilemas, de cuja ponderação depende a possibilidade da ordem organizativa, pode ser reformulada, segundo Alain Touraine, como presença simultânea de uma série de "pares de oposições", que determinam tensões ineliminaveis no interior de qualquer sistema organizativo e de cuja conciliação parcial e precária resulta o equilíbrio do sistema: cf. A. Touraine, *La Production de la Société*, Paris, Seuil, 1973.

escolhido foi o de deduzi-los de uma série de modelos teóricos, presentes na literatura organizativa, que definem modos alternativos de representar as organizações.

Dilema I: modelo racional versus *modelo do sistema natural*

É a mais clássica das alternativas existentes na teoria organizativa. Para o modelo racional, as organizações são, principalmente, instrumentos para a realização de objetivos específicos (e especificáveis). Na perspectiva do modelo racional, tanto as atividades quanto a fisionomia, a ordem interna de cada organização, são compreensíveis somente à luz dos objetivos organizativos[20]. Os membros da organização, cada qual no papel que lhe foi atribuído pela divisão interna de trabalho, participam da realização dos objetivos, e somente esse aspecto do seu comportamento é relevante para o funcionamento da organização. Se a organização também é uma associação voluntária, resulta para o modelo racional uma identificação dos participantes com os objetivos da organização, a existência de uma "causa" comum. A literatura organizativa baseou-se durante anos no modelo racional. Trata-se, como definiu um de seus críticos, de um "paradigma dos fins"[21], do qual é expressão direta, nas suas diferentes versões, o preconceito teleológico anteriormente examinado. A literatura organizativa mais recente opôs objeções persuasivas ao modelo racional:

a) Primeiramente, os objetivos "reais" de uma organização jamais são determináveis *a priori*. Por exemplo, foi am-

---

20. Nessa perspectiva, ver o importante artigo de T. Parsons, "Suggestions for a Sociological Approach to the Theory of Organization", *Administrative Science Quarterly*, I (1956), pp. 63-85.

21. P. Georgiou, "The Goal Paradigm and Notes toward a Counter Paradigm", *Administrative Science Quarterly*, XVIII (1973), pp. 291-310. Quanto às mudanças ocorridas na literatura sobre o modo de conceber as organizações, ver M. Martini, "Alla ricerca del concetto di organizzazione", *Studi Organizzativi*, VIII (1976), pp. 171-81.

plamente demonstrado que não é correto crer que o objetivo de uma empresa, *em qualquer situação*, é a maximização dos lucros[22]. Muitas vezes, as atividades da empresa são destinadas a outros objetivos que requerem, para serem individuados, pesquisas *ad hoc*, desde a manutenção da estabilidade das linhas de autoridade internas à simples defesa da quota de mercado já adquirida etc.

b) Em segundo lugar, no interior de uma organização, sempre se busca realizar uma pluralidade de objetivos, às vezes tantos quantos são os agentes que compõem a organização. Os chamados "objetivos organizativos", portanto, ou indicam simplesmente o resultado, o efeito global para a organização que resulta da tentativa de alcançar objetivos específicos pelos diferentes agentes organizativos (e, nesse caso, é apenas fonte de equívoco definir tal efeito com o termo "objetivo"), ou são uma abstração sem referente empírico.

c) Por fim, como convincentemente demonstrado por Michels, muitas vezes o verdadeiro objetivo dos dirigentes das organizações não é tentar alcançar os objetivos em vista dos quais a organização se constituiu, mas a manutenção da própria organização, a sobrevivência organizativa (e com ela a salvaguarda das próprias posições de poder).

Essas objeções abrem caminho para uma alternativa teórica ao modelo racional: o modelo de organização como *sistema natural*. Nas palavras de um de seus proponentes:

> Em contraste com as idéias fundamentais da tradição racionalista, a perspectiva sistêmica não vê a organização principalmente como um instrumento para a realização dos objetivos dos seus titulares. Mais do que isso, a organização é percebida como uma estrutura que responde e se adapta a uma multiplicidade de demandas por parte dos vários jogadores e que procura manter um equilíbrio conciliando essas demandas.[23]

---

22. M. Shubik, "Approaches to the Study of Decision Making Relevant to the Firm", *Journal of Business*, XXXIV (1961), pp. 101-18.

23. B. Abrahamsson, *Bureaucracy or Participation. The Logic of Organization*, Londres, Sage Publications, 1977, p. 118.

Em relação à perspectiva do modelo racional, o papel dos dirigentes é também considerado de modo diverso. No modelo racional, os dirigentes são aqueles a quem cabe a total responsabilidade ao conduzirem a organização rumo à realização dos seus objetivos. No modelo do sistema natural, por sua vez: "O *management* organizativo adquire uma espécie de papel de mediação, isto é, um papel de equilíbrio, de ponderação das diversas demandas, umas em relação às outras"[24].

A relação entre objetivos organizativos e organização se inverte: se no modelo racional a variável independente são os objetivos e a variável dependente é a organização, no modelo do sistema natural "(...) os objetivos são tratados como uma variável dependente, um efeito dos processos complexos no interior do sistema, e, portanto, não podem ser concebidos como o ponto de partida ou a causa da ação organizada"[25].

Com relação ao problema dos "objetivos organizativos", o modelo do sistema natural implica, mais especificamente, três conseqüências:

1) Os objetivos organizativos "oficiais" são, na maioria dos casos, uma fachada por trás da qual se ocultam os objetivos efetivos da organização[26].

2) Os objetivos efetivos podem ser concebidos *somente* como o resultado dos equilíbrios, eventualmente alcançados no interior da organização, entre demandas e objetivos específicos em competição.

3) O único objetivo que os diversos participantes têm, em comum, mas nem sempre (o que impede a "deflagração" organizativa), é a sobrevivência da organização. Essa é justamente a condição graças à qual os diferentes agentes po-

---

24. *Ibidem*, p. 118.
25. *Ibidem*, p. 124.
26. Cf. a distinção entre "objetivos oficiais" e "objetivos operacionais" proposta por C. Perrow, "The Analysis of Goals in Complex Organizations", *American Sociological Review*, V (1961), pp. 854-66.

dem continuar a buscar, individualmente, seus próprios objetivos específicos[27].

O modelo do sistema natural e o modelo racional costumam ser apresentados como modelos contrapostos. Um excluiria o outro: se a organização é um sistema natural não pode ser, ao mesmo tempo, um instrumento para a realização de objetivos específicos e vice-versa. Freqüentemente, seguindo a esteira de Michels, os dois modelos são apresentados em seqüência[28]: as organizações nascem efetivamente para a realização de certos objetivos, que são comuns aos participantes e em relação aos quais é forjada a fisionomia organizativa (conforme a perspectiva do modelo racional). Porém, com o passar do tempo, as organizações desenvolvem tendências no seu próprio interior seja para a autoconservação, seja para a diversificação dos objetivos dos diferentes agentes organizativos (conforme a perspectiva do modelo do sistema natural). A teoria da "substituição dos fins", de Michels, ilustra justamente a passagem da organização de instrumento para a realização de certos objetivos (as metas socialistas originárias do partido) a sistema natural, no qual o imperativo da sobrevivência e os objetivos específicos dos agentes organizativos se tornam preponderantes. Tanto essa hipótese de evolução organizativa (e de transformação, com o passar do tempo, da relação objetivos-organização) quanto, de modo mais geral, o modelo de sistema natural, certamente oferecem uma imagem mais realista e convincente das organizações do que em relação ao modelo racional. Por certo, numa organização consolidada, as atividades voltadas para assegurar a sua sobrevivência são geralmente preponderantes em relação às atividades vinculadas à busca da realização dos objetivos, de cuja obtenção sur-

---

27. Cf. M. Crozier, E. Friedberg, *L'acteur et le système. Les Contraintes de l'Action Collective*, Paris, Seuil, 1977.

28. Essa é, por exemplo, a perspectiva adotada por A. Downs, *Inside Bureaucracy*, Boston, Little, Brown and Co., 1967, pp. 272 ss. Cf. também P. Selznick, *Leadership in Administration. A Sociological Interpretation*, Nova York, Harper and Row, 1957, que nesses termos define a passagem da "organização" para a "instituição".

ge a organização. Do mesmo modo, os diferentes agentes organizativos tentam alcançar uma pluralidade de objetivos freqüentemente opostos entre si. E restam poucas dúvidas de que o equilíbrio organizativo depende do modo pelo qual os líderes fazem a mediação entre as demandas específicas em disputa.

Mas será que essa conclusão também significa que o modelo racional, mesmo na sua formulação ingênua, não atinge uma dimensão importante do agir organizado? Em outras palavras, os objetivos organizativos "oficiais" são realmente uma mera fachada ou, na melhor das hipóteses, o produto contingente e precário dos equilíbrios organizativos? A dúvida procede e por duas razões: não se poderia explicar, nesse caso, por que muitos conflitos infra-organizativos se desenvolvem ao redor de avaliações contrastantes sobre o "rendimento" da organização, sobre a sua capacidade de tentar obter com eficácia os objetivos oficiais. Em segundo lugar, não se poderia explicar a comprovada capacidade de persistência das ideologias organizativas (que definem os objetivos oficiais)[29] e as referências contínuas a elas que os dirigentes são sempre obrigados a fazer.

Os "objetivos oficiais" não podem ser reduzidos a uma mera fachada nem a um produto contingente dos equilíbrios organizativos[30]. Mesmo quando a organização está consolidada, esses objetivos continuam, por sua vez, a exercer um peso efetivo na organização, a desempenhar funções essenciais, seja no tocante a processos mais propriamente internos à organização, seja no tocante às relações entre a organiza-

---

29. Sobre ideologias, símbolos e mitos e sobre suas relações com o poder, é fundamental o clássico H. Lasswell, A. Kaplan, *Power and Society*, New Haven e Londres, Yale Universisty Press, 1950. Sobre esses temas, cf. M. Stoppino, *Le forme del potere*, Nápolis, Guida, 1974. Sobre a relação entre objetivos "oficiais" e poder nas organizações, ver S. Clegg, D. Dunkerley, "Il carattere ideologico e legittimante dei fini organizzativi", *Studi Organizzativi*, XI (1979), pp. 119-34.

30. Cf. P. Lange, "La teoria degli incentivi e l'analisi dei partiti politici", *Rassegna Italiana di Sociologia*, XVIII (1977), pp. 501-26, para uma demonstração convincente da validade de uma abordagem sobre o estudo dos partidos, que combine a perspectiva do "modelo racional" à do "modelo do sistema natural".

ção e o seu ambiente. Essa questão remete diretamente aos dilemas organizativos II e III aqui individuados, cuja expressão mais geral, na verdade, é apenas a alternativa "modelo racional/sistema natural"[31].

Dilema II: incentivos coletivos versus incentivos seletivos

Na teoria das associações voluntárias, isto é, daquelas organizações cuja sobrevivência depende de uma participação que não seja nem retribuída nem disponível em bases coercitivas[32], a perspectiva mais convincente atribui essa participação a uma "oferta" mais ou menos manifesta ou mais ou menos oculta de *incentivos* – benefícios ou promessas de benefícios futuros – por parte dos líderes organizativos. Há, todavia, duas versões para a chamada teoria dos incentivos[33]. Para uma primeira versão, os incentivos que a organização deve distribuir para garantir a participação necessária são, sobretudo, *incentivos coletivos*, isto é, benefícios ou promessas de benefícios que a organização deve distribuir igualmente a todos os participantes[34]. Para uma segun-

---

31. Os "dilemas" organizativos que podem ser extraídos da literatura especializada são, na verdade, muito mais do que aqueles aqui considerados. Entre os mais importantes estão o dilema *centralização/descentralização* e o dilema *eficiência/democracia*. O primeiro é um tema clássico da teoria organizativa. Particularmente, prefiro considerar os problemas relacionados a esse aspecto ao tratar do fenômeno da institucionalização (no capítulo IV). Sobre o dilema eficiência/democracia, ver adiante a nota 59.

32. Sobre a teoria das associações voluntárias, ver o clássico D. Sills, *The Volunteers*, Glencoe, The Free Press, 1957.

33. A teoria dos incentivos, na sua primeira formulação, deve-se a C. Barnard, *The Functions of Executive*, Cambridge, Harvard University Press, 1938. A sua formulação mais elaborada deve-se a J. Q. Wilson, *Political Organizations*, Nova York, Basic Books, 1973.

34. Peter Lange usa uma versão reelaborada da teoria dos incentivos coletivos no trabalho citado na nota 30: os incentivos de "solidariedade", de "identidade" e *"purposive"* são incentivos que a organização (no caso específico: o PCI [Partido Comunista Italiano]) distribui a *todos* igualmente.

da versão da teoria, os incentivos organizativos são, por sua vez, *incentivos seletivos*, isto é, benefícios que a organização distribui somente para alguns participantes e de modo desigual[35]. De acordo com o famoso paradigma de Olson, somente esse segundo tipo de incentivo explicaria a participação organizativa[36]. As duas versões correspondem à distinção entre "bens públicos" e "bens privados" e representam, respectivamente, na definição de Brian Barry, a abordagem *sociológica* (que interpreta a participação como o fruto de uma comunhão de valores) e a abordagem *econômica* ou utilitarista (que interpreta a participação como o resultado da busca de um interesse privado, individual)[37].

Às duas versões correspondem diferentes modos de classificar os incentivos organizativos. Por exemplo, a teoria dos incentivos coletivos distingue entre incentivos de *identidade* (participa-se pela identificação com a organização), incentivos de *solidariedade* (participa-se por solidariedade aos outros participantes), *ideológicos* (participa-se pela identificação com a "causa" da organização). Incentivos seletivos são, por sua vez, os incentivos de *poder*, de *status* e *materiais*.

A tese aqui defendida é de que os partidos, sendo ao mesmo tempo *burocracias* com exigências de continuidade organizativa e de estabilidade das próprias hierarquias

---

35. Para uma elaboração convincente sobre o problema dos incentivos *seletivos*, ver D. Gaxie, "Economie des Partis et Rétributions du Militantisme", *Revue Français de Science Politique*, XVII (1977), pp. 123-54.

36. M. Olson, *The Logic of Collective Action. Public Goods and the Theory of Groups*, Cambridge, Harvard University Press, 1965. Naturalmente, a distinção entre incentivos coletivos e incentivos seletivos é relativa, no sentido de que um determinado incentivo pode ser coletivo ou seletivo conforme a posição dos diversos agentes com relação à organização. Por exemplo, os incentivos de "solidariedade" são coletivos se observados do ponto de vista dos militantes do partido, porque estes podem gozá-los na mesma medida, mas são incentivos seletivos, reservados somente a alguns (os militantes), se os observarmos do ponto de vista dos eleitores do partido.

37. B. Barry, *Sociologists, Economists and Democracy*, Chicago, The University of Chicago Press, 1978.

internas[38] e *associações voluntárias*, que devem garantir ao menos uma certa quota mínima de participação não-obrigatória, devem, simultaneamente, distribuir incentivos, tanto seletivos quanto coletivos. Mesmo que, como veremos, o peso relativo de um ou de outro tipo de incentivo possa variar de partido para partido.

Por um lado, a teoria dos incentivos seletivos explica muito bem o comportamento das elites que disputam entre si no interior do partido o controle dos cargos[39], dos *clientes* que trocam votos por benefícios materiais e de certos segmentos de militantes que buscam ascensão na carreira. Mas, por outro lado, uma teoria "utilitarista" centrada nos incentivos seletivos não explica o comportamento de *todos* os defensores da organização. A atividade de muitos militantes de base pode ser explicada mais convincentemente em termos de incentivos coletivos do que seletivos, em razão de uma adesão aos objetivos oficiais da organização corroborada pela identificação e pela solidariedade organizativa. E, da mesma forma, a fidelidade do eleitorado fiel[40] não parece interpretável em termos de incentivos seletivos. No máximo, os incentivos seletivos (serviços colaterais de assistência, de organização do tempo livre etc.) podem fortalecer, mas *não* produzir uma identificação que, por sua vez, é o fruto da distribuição de incentivos coletivos[41]. A necessidade que o partido tem de distribuir, mesmo que em combi-

---

38. Para um aprofundamento da dimensão burocrática do partido, ver o cap. XII.
39. Cf. J. A. Schlesinger, *Ambition and Politics*, Chicago, Rand McNally, 1966.
40. A expressão "eleitorado fiel" [em italiano, "elettorato di appartenenza"] é de A. Parisi e G. Pasquino, "Relazioni partiti-elettori e tipi di voto", in A. Parisi, G. Pasquino (org.), *Continuità e mutamento elettorale in Italia*, Bolonha, Il Mulino, 1977, pp. 215-49. A esse respeito, ver o cap. II.
41. Isso não significa, naturalmente, que os incentivos seletivos não possam favorecer também, sob certas condições, a formação de "lealdades". No entanto, as lealdades organizativas mais fortes estão sempre relacionadas a processos de identificação que, ao menos em certa medida, prescindem do *do ut des* quotidiano, das "escolhas racionais" ligadas à distribuição dos incenti-

nações variáveis, incentivos de um ou de outro tipo comporta, ao mesmo tempo, um dilema organizativo: os dois tipos de incentivo estão em contradição recíproca. Se a organização distribui muitos incentivos seletivos de forma demasiadamente visível, isso tira a credibilidade do mito da organização como instrumento totalmente voltado para a realização da "causa" (isto é, enfraquece a sua capacidade de distribuir incentivos coletivos). Por outro lado, se a ênfase se desloca muito para os incentivos coletivos, a continuidade organizativa (garantida principalmente pelos incentivos seletivos) fica comprometida. A organização deve, portanto, equilibrar a exigência de satisfazer *interesses* individuais por meio dos incentivos seletivos e a exigência de alimentar as *lealdades* organizativas que dependem dos incentivos coletivos. No entanto, os incentivos coletivos estão sempre associados às atividades relacionadas à tentativa de alcançar os objetivos oficiais. Identidade e solidariedade se enfraquecem se diminui a confiança na realização dos objetivos, por exemplo porque as atividades da organização estão em franco contraste com os objetivos oficiais. Sendo assim, enquanto os interesses fomentados pelos incentivos seletivos movem a organização na direção do "sistema natural" – portanto, da tutela da organização como tal, do equilíbrio e da mediação entre demandas específicas etc. –, as lealdades, satisfeitas pelos incentivos coletivos, movem-na, por sua vez, na direção do modelo racional. A existência dessa dupla pressão contribui para individuar as funções *internas* da ideologia organizativa (que define os objetivos oficiais da organização e que, ao mesmo tempo, seleciona, como veremos, o seu "território de caça").

A primeira função interna da ideologia é manter a *identidade* da organização aos olhos dos seus defensores: a ideolo-

---

vos seletivos. Para uma elaboração diferente da minha, que liga estreitamente lealdade de partido e incentivos seletivos, ver E. Spencer Wellhofer, T. Hennessy, "Models of Political Party Organization and Strategy: Some Analytical Approaches to Oligarchy", in I. Crewe (org.), *British Political Sociology Yearbook, Elites in Western Democracies*, vol. 1, Londres, Croom Helm, 1974.

gia organizativa é a principal fonte dos incentivos coletivos. A segunda função interna da ideologia é *ocultar* a distribuição dos incentivos seletivos não só aos olhos daqueles que, dentro da organização, não se beneficiam deles, mas, freqüentemente, também aos olhos dos próprios beneficiados[42]. Tal função de ocultação é fundamental pela razão já mencionada de que uma excessiva visibilidade dos incentivos seletivos enfraqueceria a credibilidade do partido como organização dedicada a uma "causa" e também comprometeria, portanto, a sua capacidade de distribuir os incentivos coletivos.

Esse raciocínio explica por que os objetivos oficiais prescritos pela ideologia organizativa não são uma mera fachada; por que pelo menos algumas atividades limitadas no sentido de seu cumprimento devem ser realizadas; por que, finalmente, a atividade em franco contraste com os fins oficiais pode resultar, geralmente, em custos intoleráveis para a organização.

Dilema III: adaptação ao ambiente versus *predomínio*

Toda organização está envolvida numa multiplicidade de relações com o próprio "ambiente" externo. A literatura organizativa, conforme algumas escolas e autores, representou de maneiras às vezes muito diferentes essas relações. A alternativa com que deparamos com mais freqüência se dá entre as teorias que enfatizam a tendência das organizações a se "adaptar" mais ou menos passivamente ao ambiente na qual estão inseridas[43] e as teorias que enfatizam, por sua vez, a tendência das organizações a "dominar" o próprio am-

---

42. Sobre a função de ocultação da ideologia, ver D. Gaxie, *Economie des partis et rétributions du militantisme*, cit. O tema é retomado e reelaborado no cap. II.

43. A corrente mais importante da teoria organizativa voltada para interpretar as relações organização-ambiente em termos de "adaptação" é a chamada de teoria da contingência (ou das contingências estruturais). Sobre essa teoria e para uma tentativa de aplicação ao caso dos partidos, ver a parte III, especialmente o cap. XI.

biente, a adaptar, por assim dizer, o ambiente a si próprias, transformando-o[44]. Costuma-se relacionar a essas duas elaborações questões diversas: como o ambiente influencia a organização, no primeiro caso; como a organização modifica o próprio ambiente, no segundo.

No caso dos partidos, as várias teorias existentes na literatura geralmente são reconduzíveis a uma ou outra elaboração. Por exemplo, o partido da teoria de Downs, isto é, o partido que se esforça em toda ocasião para "maximizar" os próprios votos, corresponde à imagem de uma organização que procura dominar o próprio ambiente (nesse caso, eleitoral). Ao contrário, o partido que se limita a "estar no mercado"[45], por exemplo, para sobreviver nos interstícios deixados livres pelos partidos maiores e mais poderosos, corresponde à imagem de uma organização que busca se adaptar ao próprio ambiente. E, ainda, um partido que se limita a transferir para a arena política as demandas dos grupos sociais que formam a sua base eleitoral (conforme aquilo que defini como preconceito sociológico) é uma organização que se "adapta" ao próprio ambiente, isto é, que reflete passivamente interesses e demandas de certos segmentos sociais[46]. Por sua vez, o partido "revolucionário" da teoria leninista ou da teoria gramsciana é uma organização que se esforça para dominar a própria base social, para agir sobre ela, transformando-a[47].

---

44. Sobre essa formulação, ver, entre outros, K. McNeil, "Understanding Organizational Power: Building on the Weberian Legacy", *Administrative Science Quarterly*, XXIII (1978), pp. 65-90, J. Bonis, "L'Organisation et l'Environnement", *Sociologie du Travail*, XIII (1971), pp. 225-48, C. Perrow, *Le organizzazioni complesse*, cit.

45. Retomo a expressão de G. Sartori, *Parties and Party Systems. A Framework for Analysis*, cit., p. 327.

46. J. Blondel, *Political Parties. A Genuine Case for Discontent?*, Londres, Wildwood House, 1978, pp. 22 ss., distingue, de modo parcialmente análogo, entre "partidos de representação" (que refletem as questões políticas) e "partidos de mobilização" que as organizam.

47. Para uma exposição recente da doutrina leninista e da gramsciana do partido político, cf. L. Gruppi, *La teoria del partito rivoluzionario*, Roma, Riuniti, 1980.

No entanto, mais uma vez a alternativa adaptação/predomínio está mal formulada. Em primeiro lugar, o fato de a organização tender a se adaptar ou a dominar o próprio ambiente depende, obviamente, das características ambientais. Certos ambientes serão mais propícios a uma estratégia de domínio, outros imporão à organização uma estratégia de adaptação. Em segundo lugar, o chamado "ambiente" é, na verdade, uma metáfora para indicar uma pluralidade de ambientes, de *arenas* nas quais cada organização age quase sempre simultaneamente; arenas que geralmente são interdependentes e comunicantes entre si, mas também distintas[48]. Isso significa que uma mesma organização pode muito bem desenvolver estratégias de domínio em certas arenas e de adaptação em outras. A história de determinados partidos socialistas, por exemplo do SPD* ao final do século, ilustra muito claramente essa possibilidade. Como partidos de "integração social"[49], essas organizações desenvolveram forte estímulo ao predomínio em relação à própria *classe gardée*. A sua relação com o eleitorado não era de adaptação passiva. Tratava-se, ao contrário, de uma relação ati-

---

48. Em ciência política, a tendência é geralmente considerar sobretudo a arena eleitoral como "ambiente relevante" dos partidos. Embora seja arena *distintiva* (junto à arena parlamentar) desse tipo específico de organização, a arena eleitoral é, por sua vez, somente *um* dos ambientes dos partidos. A sociedade no seu complexo é o "ambiente" para qualquer organização, e somente para fins estritamente analíticos faz sentido distinguir esses ambientes que influenciam mais contínua e diretamente a organização (e por ela são influenciados) dos outros. Para uma exposição exaustiva sobre o estágio dos conhecimentos em matéria de relações organizações-ambiente, cf. A. Anfossi, "L'organizzazione come sistema sociale aperto", in P. Bontadini (org.), *Manuale di Organizzazione*, Milão, ISEDI, 1978, (2) pp. 1-38.

* Sozialdemokratische Partei Deustschlands (Partido Socialdemocrata da Alemanha). [N. da T.]

49. Sobre partido de "integração social", ver S. Neumann, "Toward a Comparative Study of Political Parties", in S. Neumann (org.), *Modern Political Parties*, Chicago, University of Chicago Press, 1956. Trata-se, em suma, de uma reelaboração do "partido de massa" de Duverger e de Weber, mas sob o aspecto da rede de ligações verticais, por meio das quais a organização integra o próprio eleitorado numa "sociedade na sociedade".

va de enquadramento, de doutrinação, de mobilização. Mas, ao mesmo tempo, esses partidos desenvolveram tendências mais à adaptação do que ao predomínio na arena parlamentar, estabelecendo um *modus vivendi*, embora precário, com o sistema institucional existente[50]. A alternativa adaptação/predomínio define o terceiro dilema organizativo que qualquer partido deve enfrentar, de uma maneira ou de outra. Por um lado, qualquer organização tem uma exigência vital de desenvolver uma estratégia de domínio sobre o próprio ambiente externo. Tal estratégia se manifesta, geralmente, por meio de uma forma de "imperialismo velado"[51], cuja função é reduzir a incerteza ambiental, garantir a organização contra as surpresas (por exemplo, os desafios trazidos por outras organizações) que podem vir do ambiente. Por outro lado, porém, uma estratégia de domínio está geralmente destinada a suscitar reações violentas por parte de outras organizações que se sentem, por sua vez, ameaçadas por essa estratégia. Uma estratégia de domínio destinada a reduzir a incerteza ambiental para a organização pode, assim, revelar-se contraproducente; pode se transformar num aumento da incerteza ambiental. Portanto, nas suas relações com o mundo externo, toda organização será impulsionada, ao mesmo tempo, em duas direções contrárias: será tentada a colonizar o próprio ambiente por meio de uma estratégia de domínio, mas também a pactuar com ele por meio de uma estratégia de adaptação. Que prevaleça uma ou outra estratégia e em que medida (e em qual arena), além das características ambientais, depende de como a organização resolveu ou costuma resolver os outros dilemas organizativos. Como organização tendente a assegurar a própria sobrevivência, equilibrando as demandas de uma pluralidade de agentes no seu próprio interior (conforme o modelo do sis-

---

50. É o processo subentendido pelo conceito de "integração negativa" usado por G. Roth, *The Socialdemocrats in Imperial Germany*, Totowa, The Bedminster Press, 1963.

51. J. Bonis, *L'Organisation et l'Environnement*, cit., p. 234.

tema natural) e a garantir os *interesses* para a continuidade organizativa, produzidos e alimentados pelos incentivos seletivos, o partido tem, por um lado, a exigência de alcançar um "acordo" com o próprio ambiente externo, de "adaptar-se" de alguma forma a ele. Em tal situação, os líderes do partido não têm interesse em colocar em risco a estabilidade organizativa com estratégias ofensivas de conquista, suscetíveis de provocar reações igualmente ofensivas pelas organizações e pelos grupos externos que se sentem ameaçados. Mas, por outro lado, sendo também um instrumento para a realização dos seus objetivos oficiais – dos quais dependem as lealdades alimentadas pelos incentivos coletivos –, o partido não pode se adaptar passivamente ao próprio ambiente; deve, inevitavelmente, desenvolver atividades que o levem a dominá-lo, a conduzi-lo na direção indicada pelos seus objetivos oficiais. O partido é movido também nessa direção pela função (ao mesmo tempo *externa* e *interna*) da ideologia organizativa que é a de definir o "território de caça"[52] específico, a reserva sobre a qual a organização estabelece os próprios direitos e em relação à qual é definida a identidade organizativa, seja "externa" (aos olhos dos que não fazem parte da organização), seja "interna" (aos olhos dos membros da organização) e se estabelecem as relações de *conflito* (disputa pelos mesmos recursos) e de *cooperação* (troca de recursos diferentes) com as outras organizações. Por exemplo, a autodefinição dos partidos como "partidos operários", "partidos católicos" etc. delimita um *território eleitoral* – os operários, os católicos – e determina por si uma situação de conflito e/ou de cooperação com todas as outras organizações que "pescam" no mesmo território. Delimitando um

---

52. Sobre a importância do "domain" ou território "reservado" da organização, ver J. Thompson, *Organizations in Action*, Nova York, McGraw-Hill, 1967. Sobre as funções dos objetivos organizativos em relação ao "domain", cf. P. E. White *et al.*, "Exchange as a Conceptual Framework for Understanding Interorganizational Relationship: Application to Nonprofit Organizations", in A. R. Negandhi (org.), *Interorganizational Theory*, Kent, The Kent State University Press, 1975, pp. 182-95.

território, a ideologia leva a organização a desenvolver atividades de controle/domínio do território contra as organizações concorrentes. E trata-se de uma exigência inextinguível, porque está relacionada ao sucesso no controle do território, à identidade organizativa do partido.

Resumindo, os *interesses* pela autoconservação, alimentados pelos incentivos seletivos, levam a organização a se adaptar ao próprio ambiente, enquanto as lealdades relacionadas aos incentivos coletivos e, enfim, à ideologia organizativa, levam-na a dominar o próprio ambiente. Em igualdade de condições ambientais (isto é, considerando-se as características do ambiente, os comportamentos das outras organizações com relação ao "território" definido pela ideologia organizativa do partido etc.), quanto mais prevalecem nas organizações os incentivos seletivos (por exemplo, no caso de um partido clientelista, que aliás nunca existe no estado puro), mais a organização tenderá a se adaptar ao próprio ambiente. Ao contrário, quanto mais prevalecem os incentivos coletivos, mais a organização desenvolverá estratégias de predomínio sobre o próprio ambiente[53].

Dilema IV: liberdade de ação versus *coerções organizativas*

O divisor de águas se dá, nesse caso, entre as escolas que enfatizam o papel autônomo dos dirigentes no comando da organização e aquelas que dão destaque, por sua vez, aos limites impostos à liberdade de ação dos dirigentes pelos imperativos organizativos. Para uns, a liberdade de ação dos líderes é muito ampla: nessa perspectiva, cabem a eles

---

53. A distinção adaptação/domínio é, naturalmente, uma distinção analítica: as relações entre uma organização e o seu ambiente implicam sempre adaptação (da organização ao ambiente) ou domínio (transformação do ambiente por parte da organização). Todavia, é possível distinguir entre relações em que *prevalece* uma adaptação da organização e relações em que *prevalece* uma estratégia deliberada de transformação ambiental.

todas as decisões-chave, da definição dos objetivos organizativos à gestão das relações com as outras organizações, às decisões sobre a ordem interna do partido[54]. Para os outros, ao contrário, a "liberdade de ação" dos líderes é mais aparente do que real: os líderes se movem em trilhos estreitos e obrigatórios; a organização se impõe com as próprias exigências; as estratégias disponíveis são, na verdade, predeterminadas pelas características da organização e pelas coerções ambientais[55]. Colocada dessa forma, a alternativa é mais uma vez um falso problema. Indica, de ambos os lados, uma incompreensão substancial dos processos de decisão no interior das organizações. Afirmar que os *decision-makers* têm "liberdade de escolha" significa pouco ou nada, tendo em vista que apenas raramente eles são simples indivíduos nas organizações. Na maior parte dos casos, trata-se de *coalizões* de indivíduos e/ou de grupos. Portanto, as decisões organizativas são, geralmente, o produto de negociações internas à organização, de influências recíprocas entre os agentes organizativos[56]. Sendo assim, a chamada "liberdade de escolha" ou de ação é ao menos condicionada pela necessidade

---

54. Para uma análise clássica que enfatiza o papel autônomo dos líderes organizativos, cf. P. Selznick, *La leadership nelle organizzazioni*, cit. Para uma reapresentação recente da tese sobre o papel autônomo dos dirigentes em polêmica com as concepções deterministas predominantes na teoria organizativa, ver J. Child, "Organization Structure, Environment and Performance. The Role of Strategic Choice", *Sociology*, VI (1972), pp. 1-22.

55. Ver a crítica ao ensaio de Child, citado na nota anterior, de H. E. Haldrich, *Organizations and Environment*, Englewood Cliffs, Prentice-Hall, 1979, pp. 138 ss.

56. Cf. R. Mayntz, "Conceptual Models of Organizational Decision-Making and their Applications to the Policy Process", in G. Hofstede, M. Sami Kassen (orgs.), *European Contributions to Organizational Theory*, Amsterdam, Van Gorculum, 1976, pp. 114-25. O processo de decisão é, portanto, fortemente influenciado pelas negociações e pelos conflitos entre as "associações informais" existentes no interior da organização, ou seja, tem a ver com o fenômeno dos "rachas": cf. M. Dalton, *Men Who Manage*, Nova York, Wiley and Sons. Ao menos em parte, os "rachas" de Dalton correspondem àqueles subgrupos que compõem as "facções" e as "tendências" nos partidos. Sobre facções e tendências, ver mais adiante o capítulo III.

de manter o equilíbrio entre interesses divergentes e pelas negociações que deles resultam dentro da "coalizão de decisão". Cada decisão deve ser considerada como o resultado – negociado explícita ou implicitamente – de uma pluralidade de forças no interior da coalizão. Além disso, para cada coalizão de decisão "majoritária" sempre há, ao menos potencialmente, uma ou mais coalizões alternativas, prontas para agir e se aproveitar de cada passo em falso. E isso limita, ulteriormente, imperativos técnico-organizativos à parte, a "liberdade de escolha" de cada líder.

Por outro lado, visto que a organização é a sede de uma pluralidade de "jogos estratégicos"[57] – porque muitos são os objetivos específicos nela perseguidos – entre agentes, cada qual com estratégias e interesses próprios, a liberdade de escolha dos líderes (mas também dos outros agentes organizativos) nunca é totalmente inexistente. Embora circunscrita a limites a serem individuados caso a caso, há, de fato, uma certa liberdade de manobra dos líderes nos vários níveis organizativos: a existência de muitos jogadores torna possível uma multiplicidade de jogos com apostas diversificadas e, para eles, diversas coalizões de decisão ao menos potenciais.

O problema da liberdade de escolha, ou melhor, do *grau de liberdade de escolha* de que dispõe a coalizão de decisão majoritária (a liderança organizativa), indica outro dilema organizativo crucial. Por um lado, cada coalizão desse tipo possui, além de um vínculo "interno", isto é, um vínculo que ela adquire por ser uma coalizão que, como tal, deve conciliar interesses diversos, um vínculo "externo": deve levar em consideração as exigências organizativas próprias da organização no seu funcionamento quotidiano[58] e deve "ante-

---

57. Para um aprofundamento maior sobre os "jogos estratégicos" nas organizações, cf. M. Crozier, E. Friedberg, *Attore sociale e sistema*, cit., que insistem muito, e com razão, no caráter não determinístico dos condicionamentos organizativos do comportamento dos agentes.

58. Trata-se dos "vínculos" que a todo momento condicionam o processo de decisão no interior da organização e que dependem tanto do tipo de estrutura (formal e informal) quanto das características ambientais. Para uma discussão dos processos de decisão que considera o papel desses condiciona-

cipar" as reações dos seus adversários. Esses vínculos limitam a todo momento sua liberdade de manobra. Porém, por outro lado, a coalizão (e cada um dos líderes no seu interior) deverá esforçar-se continuamente para ampliar a própria margem de manobra. Com efeito, um certo grau de liberdade de manobra (na "declinação" dos objetivos organizativos, na gestão das relações com as outras organizações etc.), em outras palavras, um certo grau de maleabilidade tática e estratégica é absolutamente necessário para garantir a sobrevivência da organização (e com ela a manutenção da estrutura interna de poder) em condições ambientais variáveis. Se a margem de manobra for muito restrita, a posição da coalizão sobre todos os problemas organizativos será, por definição, rígida. Essa rigidez, dificultando os ajustes à mudança das situações, acabará por repercutir na organização, ameaçando-a. A ameaça, por sua vez, acionará processos internos de "rejeição" e de contestação dos líderes.

O quarto dilema organizativo consiste, pois, na presença simultânea de mecanismos poderosos, que tendem a limitar a todo momento a liberdade de manobra dos líderes organizativos, e de esforços contínuos por parte destes últimos para evitar esses limites e ampliar ao máximo a própria liberdade de manobra[59].

---

mentos, cf. A. Marcati, "Decisioni Organizzative e Teoria della negoziazione", *Studi Organizzativi*, I (1979), pp. 109-27.

59. É ao problema das margens de manobra dos líderes em relação aos outros membros da organização que se deve reconduzir o clássico tema da "democracia de partido". Trata-se de um tema amplamente debatido na literatura politológica, mas sobretudo com referência à "lei férrea da oligarquia", de Michels, ou para aduzir provas a favor ou contra a sua tese sobre a impossibilidade da democracia nos partidos. Muitas vezes o tema foi tratado, em perspectiva ideológica e mediante instrumentos interpretativos de validade duvidosa. Os melhores trabalhos não tiveram por objeto os partidos, mas os sindicatos: do clássico S. M. Lipset, M. A. Trow, J. S. Coleman, *Union Democracy*, Nova York, The Free Press, 1956, ao mais recente J. D. Edelstein, M. Warner, *Comparative Union Democracy*, Londres, Allen and Unwin, 1975. Com base em algumas intuições de Peter Blau, talvez seja possível falar da existência de um dilema *eficácia/democracia*, presente sobretudo nas associações voluntárias, mas que também pode ser encontrado, embora de forma mais ate-

Esse quarto dilema organizativo também está estreitamente relacionado aos anteriores. De fato, o conjunto de pressões contraditórias descritas anteriormente requer, para ser enfrentado, uma "liberdade de manobra" suficiente por parte da coalizão majoritária. Se a liberdade de manobra for muito restrita, não irá dispor de alternativas com estratégias ofensivas para alcançar os objetivos (ou com estratégias "brandas" de adaptação ao ambiente), que serão ditadas de modo rígido e exclusivo pelos equilíbrios organizativos internos, *mesmo quando* as características ambientais requererem uma estratégia diversa. Se, em vez disso, a liberdade de manobra for ampla, ela poderá mais facilmente alternar estratégias de domínio ou de adaptação em função das características e das pressões ambientais, defendendo, assim, muito melhor a estabilidade organizativa.

A articulação dos fins

A discussão anterior deveria permitir, em primeira instância, que se desenvolvesse uma abordagem mais realista

---

nuada, em outras organizações. Está relacionado aos dilemas que aqui considero fundamentais. Como instrumento voltado para a tentativa de atingir seus "objetivos oficiais", a organização tem um problema de "eficácia", de seleção dos meios mais idôneos para alcançar os fins pretendidos. Como sistema natural voltado para a satisfação de demandas específicas e diversificadas, a organização tem um problema de "democracia", de escolhas aptas a garantir, eventualmente, a satisfação dos interesses segundo uma escala de prioridades, bem como de procedimentos legitimados, que permitem estabelecer as prioridades de maneira aceitável para a maior parte dos membros da organização. Conforme o tipo agente e a sua posição no interior da organização (em particular, conforme ele esteja dentro ou fora do grupo dirigente), a ênfase recairá mais sobre a eficácia ou sobre a "democracia". Isso dará lugar a conflitos e tensões porque as escolhas tendentes a maximizar a eficácia podem, freqüentemente, contrastar com os procedimentos voltados para estabelecer as prioridades. Nos partidos, a exigência de mais "democracia" é um típico cavalo de batalha das minorias internas para legitimar a si próprias na luta contra a maioria. Sobre o dilema eficácia/democracia, cf. P. Blau, M. W. Meyer, *Bureaucracy in Modern Society*, Nova York, Random House, 1956.

do que as anteriormente criticadas sobre o estudo dos partidos políticos como organizações e, sobretudo, que se tratasse com flexibilidade suficiente uma série de campos problemáticos próprios do funcionamento das organizações partidárias, para os quais não servem, e até são definitivamente desviantes, as definições *a priori* que resolvem, de forma dogmática e sem possibilidade de verificação, problemas evidentes que devem ser considerados e estudados como tais.

Um primeiro resultado dessa discussão é o de poder se distanciar da tese de Michels, segundo a qual haveria nas organizações consolidadas um processo de "substituição dos fins" (o fim oficial é abandonado, o fim real torna-se a sobrevivência organizativa). As principais funções internas e externas que os objetivos oficiais continuam sempre a desenvolver, mesmo nas organizações consolidadas, levam a redefinir a tese de Michels nos seguintes termos: enquanto pode haver casos de substituição dos objetivos oficiais do partido por *outros* objetivos oficiais (um processo comumente definido como "sucessões dos fins")[60], o que geralmente acontece após transformações organizativas consistentes, na ausência dessas transformações, em *nenhum partido* haverá uma genuína "substituição dos fins". Ao contrário, nas organizações consolidadas, pode-se assitir quase sempre a um processo diverso, um processo que Theodore Lowi definiu como *articulação dos fins*. Os objetivos oficiais, para cuja obtenção a organização surgiu e que têm contribuído para forjá-la, não são abandonados nem decaem a mera "fachada". Eles são "adaptados" às exigências organizativas: "A regra parece ser que os objetivos são, ao menos numa certa medida, mantidos, mas, uma vez traduzidos em exigências organizativas, perdem algo"[61]. As insuprimíveis funções internas e externas dos objetivos oficiais impõem que um cer-

---

60. Sobre a "sucessão dos fins", ver o cap. XIII.
61. T. J. Lowi, *The Politics of Disorder*, Nova York, Norton Co., 1971, p. 49. Como veremos no cap. III, a articulação dos fins realiza-se concretamente com a mediação de uma "linha política".

to grau de atividades a eles relacionadas seja continuamente realizado, porque a essas atividades está ligada a *identidade coletiva* do partido e, como veremos a seguir, a legitimidade da *liderança*. Mas será uma tentativa de alcançar os objetivos *sub condicione*, contanto e na medida em que tal atividade não coloque em risco a organização. Com o processo de articulação, os objetivos oficiais tornam-se, em relação à fase genética do partido, mais vagos e mais imprecisos. Freqüentemente, mas não sempre, isso implica a transformação da ideologia organizativa de manifesta (objetivos explícitos e coerentes) a latente (objetivos implícitos, contraditórios)[62]. E, o que é mais importante, instaura-se uma espécie de *décalage* permanente entre os objetivos oficiais e os comportamentos organizativos. A relação entre os objetivos e os comportamentos nunca se rompe totalmente, mas *atenua-se*: a coerência entre os comportamentos do partido e os seus objetivos oficiais será constantemente reafirmada pelos líderes, mas dentre as muitas possíveis estratégias consideradas viáveis para a obtenção dos objetivos oficiais serão selecionadas somente aquelas compatíveis com a estabilidade organizativa. Por exemplo, aquela que se mostra, para todos os efeitos, como uma constante na história dos partidos, inicialmente socialistas e depois comunistas, como a diferença entre práxis reformista e linguagem revolucionária, pode ser interpretada adequadamente – *contra* Michels – mais como o resultado de um processo de articulação do que de substituição dos fins: a meta originária (a revolução, o socialismo) é constantemente reafirmada porque dela depende a identidade coletiva do movimento; por outro lado, as estratégias eleitas, pragmáticas e reformistas, garantem a estabilidade organizativa sem, contudo, tirar muita credibilidade da tese de que se está sempre "trabalhando" para a obtenção dos objetivos oficiais. De fato, a práxis reformista quotidiana é sem-

---

62. Sobre a diferença entre "ideologia latente" e "ideologia manifesta", ver P. Lange, *La teoria degli incentivi e l'analisi dei partiti politici*, cit.

pre justificada com a tese segundo a qual as reformas não estão em contraste, mas representam uma passagem intermediária no caminho do socialismo[63].

Um modelo de evolução organizativa

Até agora ressaltei uma série de exigências contraditórias que qualquer partido deve ponderar. O modo pelo qual essas exigências são efetivamente sopesadas contribui para definir uma dimensão central da ordem organizativa do partido. Tal ordem varia de partido para partido, dependendo de uma pluralidade de fatores, mas, sobretudo, como veremos a seguir, da história organizativa passada de cada partido e das características dos "ambientes" em que cada um deles atua. Isso significa que não se pode formular nenhuma "lei férrea" da evolução organizativa dos partidos (nem de nenhuma outra organização). Há uma pluralidade de resultados possíveis e, para estes, uma pluralidade de ordens organiza-

---

63. Reproduzindo a definição "die Politik der radikalen Phrase" (a política da fraseologia radical), usada no início do século pelo socialista reformista austríaco Karl Renner para qualificar as ambigüidades do seu partido, podemos definir essa forma particular de articulação dos fins com a expressão "política do radicalismo verbal". A política do radicalismo verbal caracterizou muitos partidos socialistas e comunistas em várias fases da sua história. Trata-se de uma política feita programaticamente e, portanto, coerentemente, por *incoerências*, fundamentada em torno de uma dissociação estável entre afirmações de princípios e comportamentos. Sua característica é a presença simultânea de um *apelo ideológico* revolucionário, "anti-sistema" – e, portanto, o recurso a um conjunto de símbolos políticos, mediante os quais são negados o valor e a dignidade à ordem social e política existente – e de *comportamentos práticos*, que são a negação dos símbolos revolucionários evocados, comportamentos que se substanciam ora numa práxis imobilista, ora numa práxis pragmática e reformista (embora, de modo oculto, por meio de negociações às escondidas com os partidos governistas). O maximalismo socialista italiano dos anos que precederam o fascismo, o PCF, o PCI dos anos 50, o SPD de Bebel e de Kautsky, são exemplos do gênero. A política do radicalismo verbal se resolve, nas relações partido-ambiente, na "integração negativa" descrita por G. Roth em *I socialdemocratici nella Germania imperiale*, cit.

tivas. Todavia, é possível individuar, embora com muita cautela, algumas tendências que parecem agir em muitos partidos e que, combinadas, delineiam um modelo de evolução organizativa. No curso dessa evolução, algumas das exigências organizativas descritas anteriormente tendem a adquirir maior centralidade em relação a outras (que, pelas razões indicadas, jamais desaparecem por completo). O modelo que passarei a descrever é mais propriamente um tipo ideal de evolução organizativa. Dele não decorre absolutamente que aquela traçada pelo modelo seja a efetiva evolução organizativa dos partidos. Mas a vantagem da metodologia weberiana do tipo ideal consiste na possibilidade de dispor de uma pedra de toque (artificial, construída em laboratório) para avaliar os afastamentos, os desvios próprios das evoluções históricas concretas. E, uma vez individuados esses afastamentos, torna-se mais fácil, para cada caso histórico em particular, remontar às causas que explicam sua efetiva configuração[64].

Para ilustrar esse tipo ideal, utilizarei duas teorias que têm entre si alguns elementos em comum e de cuja combinação surge uma hipótese de evolução organizativa, isto é, de transformação do modo pelo qual se resolvem, com o passar do tempo, os dilemas organizativos anteriormente descritos. A primeira teoria de que me servirei é a de Michels, retomada algumas vezes, sobre o desenvolvimento oligárquico dos partidos. Conforme o autor, todo partido está destinado a passar de uma fase genética, na qual a organização está totalmente voltada para a realização da "causa", a uma fase subseqüente, em que: *a*) o crescimento das dimensões do partido; *b*) a burocratização; *c*) a apatia dos inscritos depois da entusiástica participação inicial; *d*) a vontade

---

64. Obviamente, estou ciente das possíveis objeções a essa metodologia. Gerações de metodologistas se debruçaram sobre os limites do método weberiano dos tipos ideais. Para uma avaliação equilibrada das vantagens e dos limites do método weberiano, cf. N. S. Smelser, *Comparative Methods in the Social Sciences*, Englewood Cliffs, Prentice-Hall, 1976, pp. 114-50.

dos dirigentes de preservar o próprio poder transformam o partido numa organização cujo fim real é a sua própria conservação, a sobrevivência organizativa. Já foi dito que o resultado descrito por Michels é muito radical. Mas negar que seja esse o resultado não significa negar também que uma *tendência* não atue realmente nessa direção. A segunda teoria foi elaborada por Alessandro Pizzorno para descrever o desenvolvimento da participação política[65]. A teoria baseia-se na distinção sociológica entre "sistemas de solidariedade" e "sistemas de interesses". É característico de um sistema de solidariedade ser uma "comunidade" de iguais, na qual os objetivos dos participantes coincidem. Um sistema de interesses é, ao contrário, uma "sociedade" na qual os objetivos dos participantes divergem. Mais precisamente, enquanto um sistema de solidariedade é "(...) um sistema de ação tendo em vista a solidariedade entre os agentes", um sistema de interesses é "(...) um sistema de ação tendo em vista os interesses do agente"[66]. No primeiro caso, prevalece a cooperação para a realização de um fim comum; no segundo, a *competição* para satisfazer interesses divergentes. Quando um partido político se constitui, ele é uma "associação entre iguais", organizada para a realização de um fim comum. Trata-se, portanto, de um sistema de solidariedade. Portanto, o nascimento de um partido está sempre associado à formação de "áreas de igualdade"[67]. E, por ser inerente ao fenômeno participativo, o fato de "a participação se dar sempre entre iguais", de o partido surgir como sistema de solidariedade explica a intensa participação inicial. Porém, com o passar do tempo, o partido tende a transformar-se de sistema de solidariedade em sistema de interesses: com a burocratização e o progressivo envolvimento na rotina quotidiana, a organização se diversifica no seu interior, criando,

---

65. A. Pizzorno, "Introduzione allo studio della partecipazione politica", *Quaderni di Sociologia*, XV (1966), pp. 235-87.
66. *Ibidem*, p. 252.
67. *Ibidem*, pp. 256 ss.

sobre as cinzas da igualdade inicial, novas desigualdades. A curva da participação tende, portanto, a declinar. Além disso, esse processo implica a passagem de uma participação do tipo *movimento social*, própria do partido como sistema de solidariedade, a uma participação *profissional*, própria do partido como sistema de interesses[68].

O que indicam, comparativamente, essas duas teorias? Indicam que na evolução organizativa dos partidos se manifestam tendências mais ou menos constantes da passagem de um momento inicial, no qual predominam certas exigências, para um momento posterior, no qual predominam exigências diferentes.

Suponhamos que a transição do primeiro para o segundo momento se verifique com o processo de *institucionalização* organizativa. Para os nossos fins imediatos, não é necessário definir rigorosamente esse conceito[69]. Bastará, por enquanto, dizer que por institucionalização entendo, de acordo com um uso comum, a consolidação da organização, a passagem de uma fase de fluidez estrutural inicial, quando a recém-nascida organização ainda se encontra em construção, a uma fase em que a organização se estabiliza, desenvolve interesses estáveis para a sobrevivência e lealdades organizativas igualmente estáveis. A institucionalização é, pois, aquele processo que separa a transformação descrita, com diferentes destaques, das duas teorias. Se considerarmos os dilemas organizativos descritos na primeira parte deste capítulo, é muito fácil identificar que se reportam a esse modelo. Com a institucionalização, assistimos à passagem de uma fase na qual o partido, como sistema de solidariedades orientado para a realização dos seus objetivos oficiais, corresponde ao modelo "racional", a uma fase

---

68. A tipologia de Pizzorno compreende também a participação "subcultural" e a participação "civil", conceitos que serão retomados no cap. IV. Naturalmente, decidi simplificar essa teoria tão complexa para adaptá-la às exigências do meu raciocínio.

69. No entanto, mais adiante, isso se fará necessário: cf. o cap. IV.

subseqüente em que, uma vez transformado em sistema de interesses e tendo desenvolvido tendências oligárquicas, move-se na direção do modelo do "sistema natural". De uma fase em que predominam os incentivos coletivos, relacionados à formação da identidade organizativa (participação do tipo movimento social), a uma fase em que predominam os incentivos seletivos, relacionados ao desenvolvimento de uma burocracia (participação do tipo profissional). De uma fase em que a ideologia organizativa é *manifesta* (objetivos explícitos e coerentes) a uma fase em que a ideologia organizativa torna-se *latente* (objetivos vagos, implícitos e contraditórios). De uma fase em que a liberdade de escolha dos líderes é muito ampla, porque deles se espera a definição das metas ideológicas do partido, a seleção da base social do partido e a configuração da organização sobre essas metas e essa base social[70], a uma fase na qual a liberdade de escolha dos líderes se reduz drasticamente, condicionada como é pelas constrições organizativas, próprias de um partido já consolidado. Por fim, de uma fase em que predomina uma estratégia agressiva, que tende a dominar/transformar o próprio ambiente, característica de uma organização em formação, que deve abrir caminho entre as organizações concorrentes e conquistar uma quota estável de mercado, a uma fase em que predomina uma estratégia de adaptação própria de uma organização que, uma vez consolidada num sistema de interesses, tem muito a perder com uma política agressiva e aventureira.

---

70. A tendência à redução da liberdade de manobra dos líderes depois da institucionalização do partido não contrasta com o eventual desenvolvimento de uma oligarquia. Freqüentemente, é próprio das oligarquias ser, ao mesmo tempo, capazes de resistir com sucesso às pressões de baixo, destinadas a substituí-las, e, ao mesmo tempo, ser incapazes de conduzir o partido ou de escolher, por vezes, as políticas mais apropriadas às diversas circunstâncias, ser "prisioneiras" das exigências da organização. Sobre a oligarquia como tipo particular de liderança e para uma interessante tipologia dos sistemas oligárquicos no interior das organizações sindicais, cf. J. D. Edelstein, M. Warner, *Comparative Union Democracy*, cit., pp. 31 ss.

Trata-se, portanto, de um modelo em três fases (gênese, institucionalização, maturidade). As características da fase I (gênese) são simetricamente opostas àquelas da fase III (maturidade).

Fig. 1

Fase I	Fase II	Fase III
Sistema de solidariedade		Sistema de interesses
1) Modelo racional: o objetivo é a realização da causa comum. Ideologia manifesta.		1) Modelo do sistema natural: o objetivo é a sobrevivência e o equilíbrio dos interesses específicos. Ideologia latente.
	Institucionalização	
2) Prevalecem os incentivos coletivos (participação do tipo movimento social).		2) Prevalecem os incentivos seletivos (participação profissional).
3) Ampla liberdade de manobra dos líderes.		3) Liberdade de manobra restrita.
4) Estratégia de domínio sobre o ambiente.		4) Estratégia de adaptação ao ambiente.

O modelo que acabamos de ilustrar, como já dito, não pretende descrever a evolução efetiva dos partidos, que pode se distanciar, até profundamente, desse tipo ideal pela influência de uma pluralidade de fatores, dentre os quais os mais importantes são os seguintes:

1) Os traços organizativos próprios da fase I continuam, em geral, presentes e atuantes, embora costumem ser diluídos na fase III pelas razões indicadas anteriormente. E é exatamente esse o motivo pelo qual os objetivos oficiais originários são "articulados" no sentido descrito, e não "substituídos" com o desenvolvimento do partido.

2) As modalidades da institucionalização variam de acordo com a forma organizativa originária. A combinação

específica de fatores organizativos presentes na fase I influencia tanto o *grau* de institucionalização que o partido alcança posteriormente (alguns partidos se tornam instituições fortes, outros, instituições fracas) quanto as *formas* da institucionalização. Em outras palavras, os partidos podem apresentar diferentes combinações de elementos organizativos na fase I, e essas diferenças organizativas iniciais contribuem para formar as diferenças organizativas da fase III. E as variações organizativas podem dar lugar, por sua vez, a diferentes modalidades de composição dos vários dilemas organizativos.

3) O desenvolvimento organizativo é estreitamente condicionado pelas relações que o partido instaura na fase genética e, posteriormente, ao longo do caminho com outras organizações e instituições sociais. Por exemplo, o desenvolvimento organizativo de um partido pode distanciar-se profundamente do modelo traçado se ele depender de outras organizações – de um sindicato, de uma igreja, do Comintern – (isto é, quando se tratar de uma organização, por assim dizer, "heterogerida"). E, ainda, o desenvolvimento organizativo pode distanciar-se do modelo, se o partido nascer como partido governista e não de oposição: nesse caso, é provável que se constitua *ab initio* como sistema de interesses, que defina apenas em termos de ideologia latente os seus objetivos organizativos, que não sofra pressões para a burocratização, que se institucionalize com pouca força.

4) Por fim, e de modo mais geral, o desenvolvimento organizativo dos partidos é constantemente condicionado por contínuas mudanças ambientais, que sempre podem alterar a relação entre as diferentes exigências organizativas diversamente do que prevê o modelo. Não existe uma "história natural" válida para cada partido. Descontinuidade, rupturas e mudanças nas mais diversas direções ocorrem e podem ocorrer a qualquer momento. No entanto, dispor de um tipo ideal de evolução organizativa permite sopesar uma primeira e imprecisa pedra de toque para comparar a evolução organizativa dos partidos concretos.

II. Poder, incentivos, participação

Premissa

Para examinar a ordem organizativa de um partido, é necessário, antes de mais nada, investigar a sua estrutura de poder, como o poder é distribuído dentro da organização, como se reproduz, como se modificam as relações de poder e com quais conseqüências organizativas. Para realizar essa tarefa, precisamos dispor de uma definição suficientemente precisa do poder organizativo; devemos, em primeiro lugar, saber *o que é* o poder organizativo, quais são as suas propriedades. E é justamente uma definição sólida do poder organizativo que falta, geralmente, na literatura sobre os partidos. Dois exemplos serão suficientes para ilustrar essa questão.

Primeiro exemplo: desde que Michels formulou a sua famosa "lei férrea da oligarquia", surgiu uma conspícua literatura destinada a produzir provas a favor ou contra as suas teses[1]. Porém, o debate resultante foi pouco concludente.

---

1. O tema é tratado tanto na literatura sobre Michels quanto num grande número de pesquisas empíricas sobre os partidos (e nas quais a "democracia" ou a sua ausência são buscadas, geralmente, no modo pelo qual são tomadas as decisões sobre a seleção dos candidatos aos cargos públicos eletivos). Para o primeiro tipo de literatura, ver C. W. Cassinelli, "The Law of Oligarchy", *American Political Science Review*, XLVII (1953), pp. 773-84, G. Hands, "Roberto Michels and the Study of Political Parties", *British Journal of Political Science*, I (1971), pp. 155-72, P. Y. Medding, "A Framework for the Analysis of Power in Political Parties", *Po-*

Aqueles que consideram válida a "lei férrea", costumam alegar como comprovação a longa permanência de certos líderes à frente de muitos partidos, a sua capacidade de manipular os congressos nacionais e as outras instâncias partidárias por meio de técnicas plebiscitárias etc. Por outro lado, aqueles que negam a sua validade, quase sempre sustentam o argumento de que, numa associação voluntária, os líderes devem, necessariamente, levar em conta a vontade dos próprios seguidores, e o que se verifica na maioria dos casos é um acordo substancial entre uns e outros sobre a política a ser seguida. Obviamente, as duas teses se apresentam em alternativa. A veracidade de uma excluiria a veracidade da outra. Mas a alternativa está mal colocada. Com efeito, as duas posições chegam a conclusões diferentes, simplesmente porque partem de uma premissa diversa, que consiste numa concepção diferente das características do poder no interior dos partidos. Enquanto para os defensores da "lei férrea" o poder é algo muito semelhante a uma "propriedade", a algo que se possui e se exerce sobre os outros, para os seus difamadores o poder é, ao contrário, uma relação de influência com características, embora diluídas e parciais, de reciprocidade. Assim se explica por que ambas as escolas alcançam dimensões do poder que sempre coexistem em qualquer partido (e, na verdade, em qualquer organização), exceto quando se enfatiza apenas uma, conforme a definição de poder (implicitamente) adotada. De fato, é inegável que nos partidos políticos há uma ampla capacidade de controle e de manipulação por parte dos líderes, assim como é igualmente inegável que os líderes, na maioria dos casos, farão esforços contínuos para se manter em sintonia com os próprios seguidores. O que se precisa, na verdade, é de uma defini-

---

litical Studies, XVIII (1970), pp. 1-17, P. J. Cook, "Roberto Michels's Political Parties in Perspective", *The Journal of Politics*, XIII (1971), pp. 773-96. Para o segundo tipo de literatura, ver, por exemplo, J. Obler, "Intraparty Democracy and the Selection of Parliamentary Candidates: the Belgian Case", *British Journal of Political Science*, IV (1974), pp. 163-85 e A. B. Gunlicks, "Intraparty Democracy in Western Germany", *Comparative Politics*, II (1970), pp. 229-49.

ção alternativa de poder organizativo, capaz de compreender novamente e explicar fenômenos aparentemente tão contraditórios.

Segundo exemplo: uma divisão clássica que permeia a literatura sobre os dois maiores partidos britânicos, o Partido Trabalhista e o Partido Conservador, dá-se entre uma interpretação segundo a qual o poder estaria concentrado tradicionalmente nas mãos do líder parlamentar e do seu restrito *entourage* e a interpretação oposta, segundo a qual o poder no interior dos dois partidos estaria, na verdade, muito mais fragmentado e difuso[2]. Os defensores da primeira interpretação exibem como prova a liberdade de manobra de que goza o líder parlamentar na definição das escolhas políticas, ou a sua costumeira capacidade de resistir com sucesso aos ataques e às contestações das minorias do congresso, ou a amplitude dos instrumentos organizativos de que dispõe para controlar e manipular na direção desejada o partido no seu todo. Os defensores da segunda interpretação, por sua vez, colocam em evidência os limites do poder do líder, a presença de grupos internos capazes de condicionar as escolhas da liderança parlamentar, o papel autônomo exercido pelos militantes de base em muitas atividades, *in primis*, e, tradicionalmente, na seleção dos candidatos ao parlamento. Há que se perguntar como são possíveis imagens tão contrastantes do mesmo objeto. Há que se perguntar também se essas interpretações são realmente em alternativa, como são apresentadas, ou se na verdade descrevem aspectos igualmente presentes nas relações de poder no interior dos dois partidos. Como no caso dos defensores e dos difamadores da "lei férrea" de Michels, a unilateralidade das conclusões depende, na minha opinião, de uma elaboração insuficiente do conceito de poder organizativo. Nas organizações complexas (e tanto mais se forem também associa-

---

2. Para a literatura sobre o Partido Trabalhista e sobre o Partido Conservador britânicos, remeto aos capítulos VI e VII, nos quais são examinados.

ções voluntárias), o jogo do poder é sutil, fugaz, freqüentemente ambíguo. A ambigüidade do fenômeno explica as dificuldades encontradas por muitos estudiosos dos partidos em defini-lo. Mais uma vez, é a teoria da organização que devemos alcançar para elaborar uma definição do poder diferente daquela de Michels e de muitos outros na sua esteira, como relação de mão única do tipo dominantes-dominados (um tipo de relação muito raro nas associações voluntárias), e diferente da definição daqueles que diluem o conceito de poder até torná-lo semelhante a uma "influência recíproca" genérica. O que necessitamos é de uma definição capaz de explicar tanto a capacidade de manipulação da liderança organizativa (portanto, o poder que os líderes exercem sobre os próprios seguidores) quanto o fenômeno inverso, a existência de limites ao poder organizativo, a capacidade de os seguidores, por sua vez, exercerem pressões eficazes sobre a liderança.

Poder e troca desigual

Uma famosa teoria do poder organizativo apreende muito melhor o "sentido" das relações de poder infra-organizativas do que a literatura sobre os partidos. Refiro-me à teoria do poder como *relação de troca*[3]. Nas palavras de dois autores representativos dessa tendência:

> O poder pode (...) ser ulteriormente definido como uma relação de troca, isto é, recíproca, mas na qual os termos da troca são mais favoráveis a uma das partes em questão. É uma relação de força, em que um pode conseguir mais do que o outro, mas, ao mesmo tempo, um jamais está completamente desarmado diante do outro.[4]

---

3. Sobre a teoria da troca, cf. P. Blau, *Exchange and Power in Social Life*, Nova York, Wiley, 1964.
4. M. Crozier, E. Friedberg, *Attore sociale e sistema*, cit., p. 45.

Portanto, o poder é relacional, assimétrico, mas *recíproco*. Manifesta-se numa "negociação desequilibrada", numa relação de *troca desigual*, em que um agente ganha mais do que o outro. Sendo uma relação de troca, ou melhor, manifestando-se por meio dela, o poder nunca é absoluto, os seus limites estão implícitos na própria natureza da interação. Com efeito, o poder só pode ser efetivamente exercido satisfazendo, ao menos em parte, as exigências e as expectativas dos outros e, portanto, paradoxalmente, aceitando ser submetido ao seu poder. Em outras palavras, a relação de poder entre um líder e seus seguidores deve ser concebida como uma relação de troca desigual, na qual o líder ganha mais do que os seguidores, mas, apesar disso, deve dar algo em troca. O êxito das negociações, das trocas, por sua vez, depende do grau de controle que os diferentes agentes têm sobre determinados recursos, definidos por Crozier e Friedberg como os *atouts** do poder organizativo. Como veremos mais detalhadamente no próximo capítulo, os recursos do poder estão relacionados ao controle de "áreas de incerteza organizativa", de todos aqueles fatores que, se não forem controlados, ameaçam ou podem ameaçar a sobrevivência da organização e/ou a estabilidade da sua ordem interna. Os líderes são aqueles que controlam as principais áreas de incerteza, cruciais para a organização, e que podem usar esse recurso nas negociações internas (nos jogos de poder), desequilibrando-as em seu próprio favor. Porém, numa organização, ainda mais em se tratando de uma associação voluntária como um partido, qualquer agente organizativo controla uma "área de incerteza" mesmo que pequena, isto é, possui recursos que podem ser empregados nos jogos de poder. Até mesmo o último dos militantes possui algum recurso relacionado, talvez, à possibilidade, ao menos teórica, de que ele abandone o partido privando-o da sua participação, ou que dê o seu apoio a uma elite minoritária interna. Nessa circunstância, não considerada por Michels, consiste o limite principal do poder dos líderes.

---

* Possibilidades de vitória. [N. da T.]

Mas, até aqui, a definição usada ainda não é suficiente. A definição do poder como relação de troca, sozinha, não permite individuar *o que* está sendo trocado, quais são os "objetos", por assim dizer, que trocam de mãos nas "negociações desequilibradas". O problema é identificar o conteúdo da troca em que se atualiza o poder organizativo. Em primeiro lugar, será necessário distinguir entre as negociações entre os líderes (os jogos de poder *horizontais*) e as negociações líderes-seguidores (os jogos de poder *verticais*): o conteúdo da troca é diferente nos dois casos. Neste capítulo, vamos considerar somente os conteúdos dos jogos de poder verticais, os que se atêm à relação líderes-seguidores. Para identificar o conteúdo das negociações "verticais", uma primeira resposta – correta, mas parcial – nos é oferecida pela teoria dos incentivos, segundo a qual os líderes trocam incentivos (coletivos e/ou seletivos) por participação. De um lado, são oferecidos benefícios ou promessas de benefícios futuros, nos quais se substanciam os incentivos organizativos; de outro, é dada em troca uma participação necessária ao funcionamento da organização. Mas isso não é tudo. O que geralmente se omite na teoria dos incentivos é que não interessa para os líderes, quando da troca dos incentivos organizativos, uma participação "qualquer", nem, por exemplo, uma participação que se manifeste em forma de protesto ou de contestação da liderança (que é, para todos os efeitos, uma forma de participação). Para os líderes interessa uma participação que sirva, ao mesmo tempo, para fazer funcionar a organização e que também se expresse num *consenso* o mais próximo possível de um mandato em branco. E é justamente nessa circunstância que se manifesta o aspecto desequilibrado da negociação, o seu caráter de troca desigual. Se, de fato, a troca consistisse simplesmente numa oferta de incentivos contra uma participação sem maiores especificações, não teríamos razão para defini-la como desigual. O desequilíbrio consiste no fato de que a liberdade de ação que os líderes obtêm (associada à participação dos seguidores) é maior do que a liberdade de ação obtida por estes últimos (associada aos benefícios relacionados aos incentivos organizativos). Que a troca se resolva, do ponto de vista dos líderes, numa participação acompanhada por um mandato o mais amplo possível corresponde, como se viu anteriormente, a uma exigência vital[5]. De fato, quanto maior for a liberdade de manobra dos líderes, mais amplas serão suas *chances* de manter estável a ordem organizativa do partido em condições ambientais variáveis. E, por conseguinte, quanto mais ampla for a liberdade de manobra que os líderes conseguem obter nos jogos de poder verticais (quanto mais tal liberdade se configurar como um mandato em branco), mais fortes serão os *atouts* dos líderes nos jogos de poder horizontais perante as elites minoritárias. Em outras palavras, quanto maior for a liberdade de ação dos líderes, mais eles estarão em posição favorável para resistir aos assaltos dos adversários internos. Isso explica o caráter circular e autofortalecedor das relações de poder, nas quais alguns agentes (os líderes) "entram" com recursos superiores aos da parte contrária (os seguidores) e "saem" ainda mais fortes do que antes, ganhando tanto a participação necessária para o funcionamento da organização (e assim possibilitar à liderança que se reproduza) quanto um consenso ampliado que, permitindo-lhes dirigir o partido com flexibilidade suficiente, coloca-os a salvo dos adversários, das elites minoritárias. Isso significa que, incidentalmente, os jogos de poder verticais são a precondição, ao menos lógica, dos jogos de poder horizontais e que os êxitos das negociações entre os líderes dependem dos êxitos das negociações entre líderes e seguidores.

Já se antecipou que os incentivos organizativos são de dois tipos: coletivos e seletivos. Contrariamente a uma orientação difundida, não me parece muito útil uma distinção

---

5. Naturalmente, tudo isso tem implicações importantíssimas, mas em geral pouco consideradas, para o problema da "democracia de partido". E também tem implicações para o problema da "autoridade", da "legitimidade" do poder organizativo, sobre a qual se tratará mais adiante no cap. III.

precisa entre os diversos tipos de incentivos coletivos; de fato, todos estão relacionados à ideologia organizativa, aos objetivos oficiais do partido. Se os objetivos oficiais perdem credibilidade, obviamente não se enfraquecem apenas os incentivos "ideológicos", mas também aqueles mais especificamente de identidade e de solidariedade (se a identidade se ofusca, a solidariedade, por conseguinte, tende a se comprometer). Uma distinção analítica entre os vários tipos de incentivos coletivos é possível. Mas é difícil que eles possam ser nitidamente separados durante a análise empírica[6]. Por isso, prefiro falar indistintamente de incentivos coletivos, relacionados aos objetivos organizativos, definindo-os, de modo resumido, como *incentivos de identidade*. No que se refere aos incentivos seletivos, a distinção não é fácil. Se, de fato, dentro de certos limites, é possível distinguir entre incentivos materiais, de um lado, e incentivos de *status* e de poder, de outro, porque só no primeiro caso o incentivo é uma compensação tangível, monetária ou monetizável (por exemplo, uma ascensão sobre bases clientelistas) ou um serviço (de assistência etc.), os outros dois tipos de incentivos são separáveis com menos facilidade. Com efeito, um incentivo de *status* é também um incentivo de poder, no sentido de que um aumento de *status* aumenta os *atouts* que se podem despender nas relações de poder. Portanto, é melhor, para fins práticos, distinguir somente entre incentivos seletivos *materiais* (subdivididos, por sua vez, em compensações monetárias, patrocínio e serviços de assistência) e *de status*. Minha tipologia dos incentivos organizativos compreenderá, pois, um tipo de incentivo coletivo (identidade) e dois tipos de incentivos seletivos (material e de *status*).

Fixemos alguns pontos:

---

6. Todavia, Peter Lange, em *La teoria degli incentivi e l'analisi dei partiti politici*, cit., desenvolveu uma tentativa entre as mais persuasivas de individuar os indicadores dos vários tipos de incentivos coletivos. Cf. também S. Berglund, *The Paradox of Participation. An Empirical Study on Swedish Member Data*, relatório apresentado no *workshop* ECPR sobre as organizações políticas, Grenoble, 1978 (mimeo).

1) Todo partido deve distribuir, para garantir participação, incentivos dos três tipos caracterizados.

2) O sistema dos incentivos, isto é, a particular combinação entre os diferentes tipos de incentivos, varia de partido para partido e geralmente também num mesmo partido com o passar do tempo. Os fatores que incidem sobre essa combinação (principalmente a história organizativa passada do partido e as relações variáveis que ele mantém, eventualmente, com o seu ambiente externo) serão examinados mais detalhadamente a seguir.

3) Todo agente organizativo tende a se beneficiar, mais do que de um único tipo de incentivo, de uma combinação de incentivos coletivos e seletivos. O que significa que só analiticamente podemos distinguir, por exemplo, entre militantes cuja participação depende de incentivos coletivos e militantes cuja participação depende de incentivos seletivos. Na verdade, seria necessário falar de agentes organizativos, cujo principal incentivo (mas nunca o único) é, respectivamente, de um ou de outro tipo.

O militante que participa, sobretudo porque se identifica com a causa, tende, geralmente, a se beneficiar de qualquer forma de incentivo seletivo em termos, por exemplo, de serviços colaterais de assistência, em termos de *status* com relação aos simples filiados etc. O discurso é o mesmo no caso daqueles agentes organizativos predominantemente atraídos por incentivos seletivos. Como foi dito, uma das funções da ideologia organizativa é ocultar os incentivos seletivos cuja excessiva visibilidade comprometeria a imagem do partido como organização dedicada à tentativa de obter uma "causa" (e, portanto, enfraqueceria a sua capacidade de distribuir incentivos coletivos de identidade). Porém, tal função de ocultação costuma agir em duas direções: em relação aos militantes interessados (predominantemente) nos incentivos coletivos, mas também em relação aos militantes, cujo interesse está nos incentivos seletivos. Com efeito, a ideologia organizativa desempenha, dentre outras, a importante função de racionalizar e enobrecer as aspirações ao sucesso individual. Os aumentos de *status* poderão estar relacionados às "exigências superiores" da causa e do partido. Como observou Gaxie: "Quanto mais a existência de um partido depender das gratificações oferecidas aos seus membros, mais o problema da sua ocultação será relevante e mais a ideologia que define a "causa" do partido desempenhará um papel determinante no seu funcionamento"[7]. Em outras palavras, como geralmente acontece, também nesse caso o interesse é racionalizado por valores congruentes. O que fica claro, sobretudo, é que a distinção de caráter empírico entre agentes predominantemente ativados por incentivos coletivos e agentes predominantemente ativados por incentivos seletivos não remete, nem mesmo à contraluz, a uma distinção de caráter moral entre, digamos, "idealistas" e "oportunistas". Trata-se de uma distinção analítica, não substantiva e que, além disso, não subentende nenhum tipo de juízo moral.

Crentes e carreiristas

A imagem de círculos concêntricos – eleitores, defensores, militantes –, já utilizada por Duverger[8], pode ser útil para identificar, numa primeira abordagem, os destinatários dos incentivos organizativos.

O círculo mais externo é composto pelos eleitores. Para obter aquela forma mínima de participação que é o voto, os líderes do partido devem distribuir incentivos também aos eleitores, isto é, aos agentes que são, tanto formalmente quanto de fato, externos à organização. Sob o perfil das conseqüências organizativas, o segmento de eleitorado mais interessante é representado pelo eleitorado "fiel"[9], o eleitorado

---

7. D. Gaxie, *Economie des Partis et Rétributions du Militantisme*, cit., p. 151.
8. M. Duverger, *I partiti politici*, cit., pp. 135 ss.
9. A. Parisi, G. Pasquino, *Relazioni partiti-elettori e tipi di voto*, cit., distinguem entre voto fiel, voto de opinião e voto de troca (clientelista). O voto fiel é uma expressão direta da existência de subculturas políticas, que ligam o par-

que integra de modo estável a subcultura do partido, que está freqüentemente envolvido numa rede de vínculos associativos que recorrem a ele, cuja identificação no partido, por fim, independe das suas oscilações políticas contingentes. Esse eleitorado se beneficia (predominantemente) de incentivos coletivos de identidade. Por conseguinte, dele provêm as mais fortes lealdades organizativas "externas" de que o partido dispõe. Além disso, às vezes, esse eleitorado também se beneficia de incentivos seletivos ligados a serviços de assistência, a atividades de patrocínio etc.

Numa área mais interna do círculo, encontramos os defensores, os filiados que se limitam a pagar as quotas de filiação e a participar esporadicamente (e, em geral, silenciosamente) de alguma reunião do partido. Esse tipo de filiado, majoritário em todo partido, ocupa, logicamente, uma área intermediária de sobreposição entre o eleitorado fiel e os verdadeiros militantes, o "núcleo duro" do partido. Assim é o filiado, muitas vezes sem a intervenção de uma escolha política motivada. A filiação é, em geral, fruto de uma solicitação familiar ou de amigos, um modo de se uniformizar às escolhas políticas predominantes na comunidade a que o inscrito pertence[10]. Naturalmente, quanto mais controlada a filiação pelo partido (isto é, não é livre, mas subordinada a uma apresentação, a uma entrevista com o dirigente local etc.), mais o filiado será incentivado a participar, ou seja, a transformar-se em militante. Nesses casos, a filiação é vivida e apresentada como uma honra; é um *status symbol* a se tornar válido nos seus locais de trabalho, perante os amigos etc. Sendo assim, a seletividade da filiação é, em si, um incentivo à militância política. Mas, geralmente, o filiado não

---

tido aos eleitores. Sobre subculturas políticas, ver o cap. IV. Sobre as relações entre extensão do voto fiel, estabilidade da arena eleitoral e funcionamento das organizações de partido, cf. o cap. XI.

10. Como revelam muitas pesquisas empíricas: cf., por exemplo, S. H. Barnes, *Party Democracy: Politics in an Italian Socialist Federation*, New Haven, Yale University Press, 1967, G. Poggi (org.), *L'organizzazione partitica del PCI e della DC*, Bolonha, Il Mulino, 1968.

é, na sua maioria, um agente organizativo ativo. Todavia, ele se beneficiará de incentivos organizativos, necessários para que cumpra ao menos o ato de renovar a inscrição anualmente. Assim como no caso do eleitorado fiel, o defensor também se beneficiará, predominantemente, de incentivos (coletivos) de identidade, aos quais se somarão os incentivos seletivos. Os serviços colaterais de assistência, de organização do tempo livre e de recreação têm a função de fortalecer a identificação. Os filiados, muito mais do que simples eleitores (pelo menos porque têm mais contatos diretos com os militantes), têm mais oportunidades de se beneficiar das "redes de solidariedade" comandadas pelas organizações partidárias[11].

O filiado, como foi dito, situa-se naquela área de sobreposição que liga o eleitorado fiel aos militantes. Se uma separação nítida entre os filiados e os eleitores (fiéis) é, no mínimo, problemática, igualmente incerta é aquela entre filiados e militantes. De fato, muitas atividades de base têm um caráter altamente descontínuo: certos filiados se mobilizam em determinadas ocasiões (por exemplo, nas campanhas eleitorais); os próprios militantes não participam todos com a mesma intensidade. Considerando o trabalho político voluntário, alguns militantes dedicam todo o seu tempo livre ao partido; outros, somente uma parte; outros ainda alternam períodos de maior participação com períodos em que

---

11. M. Duverger, depois de comparar o andamento eleitoral e o das filiações a um certo número de partidos, observa que entre a "comunidade dos eleitores" e a "comunidade dos filiados": "Tudo ocorre como se a segunda constituísse um modo fechado em relação à primeira, um ambiente à parte, cujas relações e cujo comportamento geral obedecem a leis próprias, diferentes das que regulam as variações dos eleitores, ou seja, as variações da opinião pública", *I partiti politici*, cit., p. 147. As "leis próprias" estão relacionadas, na minha opinião, a uma diferente combinação de incentivos, usufruídos pelas duas "comunidades". Naturalmente, é preciso considerar o fato de que o eleitorado de cada partido não constitui um corpo homogêneo, mas é justamente diferenciável em eleitorado fiel, de opinião e clientelista, e de que, portanto, os incentivos que unem as várias porções de eleitorado ao partido são de gêneros diversos.

reduzem o próprio empenho, sem por isso se desativarem completamente[12]. Portanto, os limites entre filiados e militantes são incertos. Pode-se falar de uma *escala de participação*, não de grupos claramente distintos com características participativas completamente diferentes. Dito isso, o "núcleo duro" dos militantes, a minoria restrita que tem participação real e contínua em todo partido, embora com intensidade variável, e que com a sua atividade faz funcionar a organização, é o grupo mais importante. São sobretudo as trocas que os líderes mantêm com esse grupo que resultam nas conseqüências organizativas mais relevantes. Nesse grupo distinguirei, mas, repito, só analiticamente, entre um tipo de militante cuja participação depende, predominantemente, de incentivos coletivos de identidade (e que chamarei de "crente") e um tipo de militante cuja participação depende, predominantemente, de incentivos seletivos, materiais e/ou de *status* (e que chamarei de "carreirista")[13].

É a presença dos crentes que explica, sobretudo, por que os objetivos organizativos oficiais pesam sobre a vida da organização; por que geralmente ocorre articulação e não substituição dos fins. A comunidade dos crentes é, por definição, aquela mais ligada à tentativa de alcançar os objetivos oficiais, na qual serpenteia mais violentamente a revolta quando o partido, desenvolvendo atividades em contraste com os objetivos oficiais, coloca em crise a identidade coletiva. É a identidade dos crentes, sobretudo, que os líderes devem defender com a referência constante e ritual às metas ideológi-

---

12. Para análises empíricas sobre a descontinuidade da militância política, cf. S. Eldersveld, *Political Parties. A Behavioral Analysis*, cit., pp. 140 ss., e, no caso dos partidos canadenses, A. Kornberg et al., "Semi-Careers in Political Work: The Dilemma of Party Organizations", *Sage Professional Paper in Comparative Politics*, Series Number 01-008, vol. 1, 1970.

13. É raro encontrar carreiristas, por assim dizer, "puros" em níveis hierárquicos mais baixos dos partidos, e menos raro nos níveis médio-altos. Cinismo e hipocrisia são variáveis que, em geral, mudam em função do número de anos passados na política, bem como da quantidade de informações mais ou menos "reservadas" cujo acesso é possível.

cas, com a cautela na escolha de alianças heterodoxas (do ponto de vista da ideologia organizativa) etc. Enfim, é a presença dos crentes que impede os partidos de serem totalmente aqueles animais oportunistas descritos por Downs, prontos para mudar da esquerda para a direita e da direita para a esquerda por um punhado de votos.

Os carreiristas são militantes interessados (predominantemente) nos incentivos seletivos. A presença deles também tem conseqüências organizativas conspícuas. Os carreiristas fornecem a principal massa de manobra para os jogos faccionários. São, muitas vezes, a base humana das cisões, representando uma área de turbulência ao menos potencial, uma ameaça à ordem organizativa que os líderes devem se esforçar para neutralizar. A área dos carreiristas é, além disso, a que fornece o *pool* do qual sairão, em geral, por escalonamento ou por cooptação, os futuros líderes do partido. Os incentivos seletivos de que se beneficia o "carreirista" estão relacionados ao sistema interno das desigualdades: a hierarquia do partido, com o sistema de *status* desigual inerente a ela, é uma das principais fontes de retribuição desse tipo de militância.

O sistema hierárquico interno responde contextualmente a duas exigências diferentes:

1) A primeira exigência é, obviamente, de caráter técnico-organizativo, ou seja, é imposta pela divisão do trabalho interno. O sistema hierárquico interno responde, ao menos em parte[14], àquelas exigências organizativas descritas por Michels setenta anos atrás e mais tarde reafirmadas pela sociologia da organização, mais atenta aos aspectos "técnicos" do agir organizado.

2) A segunda exigência, que particularmente nos interessa, está relacionada a uma razão mais diretamente "política", relativa aos problemas do controle organizativo sobre os processos de diferenciação interna[15]. A exigência do con-

---

14. Mas só em parte, como procurarei demonstrar no cap. X.

15. Sobre a relação entre diferenciação estrutural e exigências do controle social, ver D. Rueschemeyer, "Structural Differentiation, Efficiency, and Power", *American Journal of Sociology*, LXXXIII (1977), pp. 1-25.

trole impõe, de fato, a formação de um *sistema diferenciado de status*, que funcione como distribuidor autônomo de retribuições para os agentes ativos da organização, em especial para aquela área de militância que identifiquei, para fins puramente analíticos, com o termo carreirista. A necessidade de um sistema hierárquico que garanta uma distribuição de incentivos simbólicos e/ou materiais (isto é, incentivos seletivos) é estreitamente dependente, imperativos técnicos à parte, do caráter *voluntário* de muitas atividades do partido. De fato, a hierarquia partidária, nas palavras do estudioso que melhor delimitou esse problema: "(...) definindo um sistema de desigualdades do ponto de vista simbólico, oferece a possibilidade de definir uma carreira, de associar gratificações diferenciadas ao conjunto das posições e de dar lugar a uma remuneração crescente pelas responsabilidades assumidas posteriormente pelos membros mais ativos"[16].

No entanto, visto que os incentivos seletivos ligados à hierarquia partidária são diferenciados, isto é, que a remuneração é maior quanto mais se sobe na hierarquia, isso comporta três conseqüências importantes:

1) Há uma pressão (parcialmente autônoma, exercida pelas exigências "técnicas" de coordenação ou pelos vínculos ambientais) para aumentar as diferenciações internas. Com efeito, quanto mais diferenciada e complexa a hierarquia, mais remunerações se pode distribuir.

2) Por outro lado, o aumento dos postos de responsabilidade desigualmente retribuídos sob o aspecto simbólico leva, cedo ou tarde, à "desvalorização" da retribuição: se os cargos de responsabilidade nos vários níveis se tornam muitos e perdem o caráter de "benefício escasso", reduz-se, para os militantes (e, portanto, também para o partido), a utilidade marginal de cada novo posto criado[17]. As duas tendências, contrastantes entre si, delineiam uma tensão inerente a todo sistema, organizado em base voluntária entre o estímulo para

---

16. D. Gaxie, *Economie des Partis et Rétribution du Militantisme*, cit., p. 131.
17. *Ibidem*, p. 134.

multiplicar os postos de responsabilidade, com a finalidade de gratificar o máximo de militantes possível (e, por isso, a tendência à hiperburocratização na tentativa de aumentar a participação), e a conseqüente "inflação" simbólica que leva à desvalorização dos postos de responsabilidade e torna os cargos menos desejáveis (o que se reflete numa diminuição da participação).

3) Por fim, uma distribuição diferenciada de incentivos seletivos de *status*, relacionada a um sistema hierárquico, implica que os postos superiores sejam mais bem recompensados simbolicamente do que os inferiores. Desse modo, o empenho e o ativismo tendem a ser mais intensos e mais constantes quanto mais se sobe na escala hierárquica (quanto mais elevado for o *status*) e tendem a ser mais intermitentes e submetidos a *turn-over* nos níveis baixos da escala[18]. Um dirigente de seção se empenhará tendencialmente menos (em igualdade de condições, isto é, em igualdade de incentivos de outro gênero) do que um dirigente de federação, e um militante de base menos do que um dirigente de seção etc. Essa terceira conseqüência coloca a muitos partidos um dilema constante relacionado à escassez de ativismo de base. Por um lado, uma diferenciação hierárquica de *status* é necessária para fazer funcionar a organização. E também as facções, como veremos melhor a seguir, tendem a se organizar hierarquicamente no seu interior pelo mesmo motivo. Por outro lado, está implícita na diferenciação hierárquica uma desvalorização dos níveis inferiores. As respostas do partido a esses dilemas consistem, em primeiro lugar, na preocupação constante com a identidade coletiva (a distribuição de incentivos coletivos) e, em segundo lugar, em atividades de patrocínio e/ou no desenvolvimento de uma rede de relações extra-

---

18. O que contribui para explicar as fortíssimas substituições e renovações no universo dos filiados, bem como as "descontinuidades" na participação nos níveis baixos da hierarquia partidária. Sobre as fortes flutuações das filiações no caso do PCF, ver N. McInnes, *The Communist Parties of Western Europe*, Londres, Oxford University Press, 1975, pp. 5 ss.

políticas (atividades de assistência, recreativas etc.), que permitem distribuir incentivos seletivos *adicionais*. Em certos casos, o espaço reservado a essas relações extrapolíticas será muito amplo, e teremos, então, o partido de *integração social*: os vínculos organizativos verticais, próprios desse tipo de partido, também são responsáveis pela função fundamental de retribuições adicionais ou compensativas para aqueles militantes cujo acesso a cargos políticos mais elevados é vedado. É peculiar aos fins de retribuição da militância que

> (...) o conjunto das práticas sociais tende a se realizar por meio do partido que proporciona as ocasiões de *loisir* e de *détente**, favorece as relações, os contatos e as trocas e constitui uma espécie de micromercado matrimonial para inúmeros membros. A integração a uma microssociedade com todas as vantagens psicológicas e sociais que lhe estão associadas surge, portanto, como o benefício mais genérico que se obtém ao se pertencer a uma organização, e pode-se esperar, então, que as atividades de um partido sejam tanto maiores quanto mais a organização favorecer essa integração[19].

A militância, seja ela predominantemente do tipo crente ou do tipo carreirista, é, pois, recompensada com um misto de incentivos de identidade, materiais e de *status*. E não só em níveis de base, mas em todos os níveis. Por exemplo, os intelectuais (profissionais *part-time* da política) são freqüentemente recompensados com postos externos à hierarquia partidária (consultorias ou contratos com editoras, atividade nos "centros culturais" do partido etc.). Em geral, essa é uma forma de superar uma das dificuldades já assinaladas. Visto que não é possível haver maior diferenciação na hierarquia oficial – o que, com termos impróprios, porém úteis, podemos definir como sistema hierárquico de *linha* –, então se procede à ampliação do *pool* das funções colaterais (o *staff*), com a finalidade de distribuir outros incentivos simbólicos

---

* Lazer e distração. [N. da T.]
19. D. Gaxie, *Economie des Partis et Rétribution du Militantisme*, cit., p. 138.

e/ou materiais sem depreciar, desse modo, o verdadeiro sistema hierárquico[20].

Em geral, o caráter "misto" dos incentivos de que depende a participação de cada agente organizativo é evidenciado pelo fato de que, superando um certo limite da hierarquia partidária – que às vezes, no caso dos partidos mais burocratizados, também é bastante baixo –, a militância deixa de ser recompensada só em termos de *status* e passa a ser retribuída também em termos materiais. Além de um certo limite hierárquico, a militância torna-se uma atividade *full-time*, profissional, recompensada diretamente (como no caso dos funcionários de partido) ou indiretamente (salários relacionados a cargos públicos, admissão de cargos em entidades ou associações de natureza variada, controlados pelo partido etc.). Além disso, é preciso observar que estamos falando de hierarquia partidária (no singular) apenas em sentido impróprio: sistemas complexos de hierarquia agem dentro do partido entrelaçados de várias formas e funcionando como fontes de retribuição da militância: por exemplo, os cargos públicos locais são formas de retribuição que se somam aos cargos internos, assim como os cargos nas associações colaterais de partido. Além disso, também as facções,

---

20. A distinção linha-*staff* é central na análise dos sistemas organizativos. Geralmente, são considerados esquemas "clássicos" a organização *hierárquica* (de linha), a organização *funcional* e a organização *hierárquico-funcional* (linha-*staff*). A partir desses três modelos básicos, as variantes possíveis são inúmeras e a teoria organizativa tem especificado, para descrevê-los, modelos "secundários" cada vez mais complexos: cf. A. Fabris, "Gli schemi organizzativi fondamentali", in P. Bontadini (org.), *Manuale di organizzazione*, cit., pp. 1-43. Neste trabalho, concentrei essencialmente a atenção mais nos *processos* de troca entre os agentes do que nas *estruturas* em que se desenvolve a troca. Isso porque somente mediante pesquisas empíricas (hoje quase inexistentes) que estudem a efetiva divisão do trabalho nos partidos (e *não* como aparece nos estatutos) seria possível comparar as organizações de partido com os modelos elaborados para descrever outros tipos de organizações. Na parte III (cap. X) faço referência ao problema das estruturas, mas só sob a perspectiva da "complexidade" organizativa. Por fim, ao problema da estrutura está relacionada a dimensão que defini como "mapa do poder organizativo", do qual me servi para elaborar uma tipologia dos partidos no cap. IX.

onde elas existem, organizam-se no seu interior sobre base hierárquica. Disso resulta um sistema complexo que, na maioria das vezes, torna as hierarquias de partido instáveis e submetidas a mudanças, e variavelmente cobiçáveis os diferentes cargos porque variavelmente "carregados" de *status*, conforme as relações inconstantes de força no interior da organização.

Em resumo, em todo partido agem, em combinações variáveis, conforme a combinação específica entre os diversos tipos de incentivos, militantes de tipo crente e militantes de tipo carreirista. Uma vez esclarecido que se trata de uma distinção somente analítica e que cada militante costuma se beneficiar de uma combinação de incentivos[21], geralmente, a maioria dos militantes acaba tendendo a se aproximar do tipo crente e só uma minoria do tipo carreirista. Isso explica por que, mesmo nos partidos divididos em facções, existem amplos setores de ativismo de base que não participam dos jogos faccionistas[22]. O crente, de fato, identifica-se, por definição, com o partido (e não com um de seus setores), em relação ao qual mantém uma elevada lealdade, pelo menos enquanto os

---

21. Conforme resulta, por exemplo, das pesquisas sobre os militantes de bases comunistas e democratas-cristãs. Cf. F. Alberoni (org.), *L'attivista di partito*, Bolonha, Il Mulino, 1967.

22. Em sua pesquisa sobre o PSI [Partido Socialista Italiano], Samuel Barnes verificou que cerca de 60% dos filiados não se identificavam com nenhuma das duas facções que disputavam entre si o controle do partido, e que a identificação com uma ou com outra crescia com o aumento do nível de instrução e do nível de participação na vida do partido: cf. S. Barnes, *Party Democracy: Politics in an Italian Socialist Federation*, cit., pp. 105 ss. Entre os militantes democratas-cristãos entrevistados na pesquisa citada na nota anterior, um número muito alto identificava-se apenas parcialmente com uma corrente específica e mais como ponto de referência ideal do que em termos de participação organizada (*L'attivista di partito*, cit., pp. 323 ss.). Trata-se, porém, de um problema relacionado ao sistema dos incentivos: se predominam os incentivos seletivos (o que ocorre nas situações em que uma ideologia latente combina-se com uma ampla disponibilidade sobre recursos materiais públicos), é provável que a relação crentes-carreiristas seja revertida em favor dos segundos. A DC [Democracia Cristã] italiana geralmente é representada pelos seus adversários nesses termos. Sobre a DC, ver o cap. VII.

líderes demonstrarem levar a sério os objetivos organizativos oficiais, dos quais depende a sua identidade pessoal. O fato de que, em inúmeros casos, a maioria dos militantes seja mais de tipo crente do que de tipo carreirista explica por que existe, em geral, uma espécie de "maioria natural" a favor da liderança em exercício, seja ela qual for. Aquele sentimento de deferência observado por Michels, o culto da personalidade reservado aos chefes, explica-se pelo fato de que os líderes, como detentores do poder legítimo dentro do partido, representam o sinal visível e tangível da identidade organizativa.

A minoria de tipo carreirista representa, por sua vez, a área potencial de risco para os líderes do partido. Dessa área, na qual é maior a orientação à mobilidade ascendente, surgirão as futuras classes dirigentes do partido[23]. Diante dos carreiristas, os líderes só têm duas alternativas: ou cooptá-los ao longo da escala hierárquica, ou encorajar de todas as maneiras a sua "saída" do partido. Caso contrário, dessa área surgirão os elementos mais aptos, que serão encorajados pelas elites minoritárias a desafiar os líderes em exercício. O fato de que somente uma parte dos carreiristas pode ser cooptada em razão da escassez de recursos, que são distribuídos a todo momento, explica muito do caráter praticamente endêmico dos conflitos infrapartidários[24].

---

23. E, uma vez que existe uma estreita relação entre nível de instrução, aspiração à mobilidade e *chances* efetivas de mobilidade, isso explica a tendência "natural" de todos os partidos a uma nítida predominância nos níveis médio-altos da organização de pessoal de camada social elevada. E explica o fato de que só medidas vinculantes e explícitas, geralmente adotadas pelos partidos comunistas, permitem refrear essa tendência natural por meio da prática dos "postos reservados" (para militantes de origem operária, camponesa, militantes do sexo feminino etc.).

24. Sobre as cisões como fenômenos devidos a derrotas internas de líderes e militantes na competição pelos cargos de partido, ver E. Spencer Wellhofer, T. M. Hennessey, "Political Party Development, Institutionalization, Leadership, Recruitment and Behavior", *American Journal of Political Science*, XVIII (1974), pp. 135-65.

Incentivos e troca desigual

Mas o assunto não pode acabar por aqui. O exame dos processos de distribuição dos incentivos coletivos e seletivos contribui para explicar como se formam e como são alimentadas as *lealdades* organizativas dos eleitores fiéis, dos filiados, dos militantes-crentes e os *interesses* organizativos dos militantes-carreiristas. Às lealdades assim obtidas se deve o fato de que, nos partidos, geralmente ocorre mais articulação dos fins do que uma verdadeira substituição. Aos interesses se deve, por sua vez, o fato de que o partido é um "sistema natural", dominado pelos imperativos da sobrevivência organizativa e da mediação entre demandas particulares heterogêneas. Por fim, à combinação de lealdade e de interesses mantidos pelos incentivos organizativos se deve o fato de que os líderes extraem das trocas, dos jogos de poder verticais, aquela participação indispensável para fazer funcionar a organização. Mas esse é apenas um aspecto do problema. Com efeito, não interessa aos líderes que as pessoas só participem, mas que participem "da maneira certa". Ou seja, o que os líderes procuram obter não é somente a participação, mas um consenso que lhes deixe uma margem de manobra o mais ampla possível.

O problema é, portanto, entender o que torna a troca líderes-seguidores suficientemente desigual a ponto de assegurar aos líderes não somente participação, mas também a máxima liberdade de manobra. Para que a troca seja desse tipo, é necessário que seja baixo o *grau de possibilidade de substituição* dos incentivos organizativos. Para os seguidores, quanto menores as possibilidades de obter em outro lugar benefícios equiparáveis às remunerações distribuídas pelos líderes, mais o jogo de poder vertical se desequilibra em favor dos líderes nos termos descritos. Isso se explica pelo fato de que, nesse caso, os militantes, não dispondo de remunerações alternativas para substituir os incentivos organizativos, ficarão numa posição de extrema dependência em relação à organização. E quanto mais dependem da organização, menor é o seu controle sobre as zonas de incerteza e, por conseguinte, maior é a independência dos líderes: a uma grande dependência dos militantes em relação à organização corresponde um forte desequilíbrio a favor dos líderes nos resultados das trocas[25].

Todo partido ou movimento que monopoliza uma identidade coletiva coloca os próprios líderes nessa condição. Quanto mais o partido for uma *community of fate*, uma comunidade definida por uma identidade específica, sem correspondentes no "mercado" externo, mais forte será a posição dos líderes nos jogos de poder verticais. Uma organização formalmente voluntária também pode ser, em certos casos, bastante coercitiva. Como já se observou: "No caso de movimentos sociais e de seitas religiosas, poder-se-á falar de coerção quando essas organizações monopolizam fins altamente desejados; quando a participação e o conformismo são percebidos como o único modo para obter a transformação do mundo ou para receber a graça"[26]. O mesmo mecanismo age nos casos de determinados partidos. Visto que, nesses casos externos ao partido, não há "salvação", isto é, não existe uma identidade de troca, o militante fica sem alternativas a uma participação "deferente", a uma participação que é também um cheque em branco para a liderança (exceto, obviamente, o limite intransponível da tutela da identidade do partido). Isso explica por que, a despeito das críticas segundo as quais o poder, numa associação voluntária, nunca pode ser uma relação de tipo dominantes-dominados, as teses de Michels sobre as relações de poder no Partido Socialdemocrata da Alemanha da sua época eram apenas exageradas, mas não equivocadas. De fato, para um operário, filiado ou militante socialdemocrata daquele período, não havia alternativas externas ao partido – nem em termos de

---

25. Cf. as observações de A. Stinchcombe, *Social Structure and Organizations*, in J. G. March, *Handbook of Organizations*, cit., p. 181.

26. M. Zald, D. Jacobs, "Compliance/Incentive Classifications of Organizations. Underlying Dimensions", *Administration and Society*, IX (1977), p. 409.

A ORDEM ORGANIZATIVA

identidade, nem em termos de serviços de assistência ou de *chances* de mobilidade ascendente –, portanto, os líderes podiam exercer efetivamente um poder "oligárquico", isto é, em nossos termos podiam desequilibrar fortemente a seu favor as trocas com a própria base militante. Vale para os incentivos seletivos o mesmo raciocínio válido para os coletivos: por exemplo, os funcionários de partido que não têm alternativas para os incentivos organizativos são, de fato, em sua maior parte, conforme costumam ser retratados, extremamente conformistas, extremamente deferentes em relação aos líderes em exercício[27].

E vale, naturalmente, o raciocínio oposto. Quanto mais os incentivos organizativos forem substituíveis, maior será a possibilidade de se encontrar remunerações alternativas no mercado; maior se tornará o controle sobre as zonas de incerteza e menos desequilibrados em favor dos líderes estarão, por conseguinte, os jogos de poder verticais, isto é, menor será, em igualdade de condições, a sua liberdade de manobra. Os militantes podem, nesse caso, dirigir-se a outros para obter uma remuneração equivalente e podem, portanto, aumentar o preço da troca, podem atenuar, ao menos em parte, o desequilíbrio *todavia* inerente aos jogos de poder verticais.

Sendo assim, é possível imaginar as negociações desequilibradas entre líderes e seguidores no interior de um partido como dispostas ao longo de um *continuum*: num dos pólos estará uma relação de troca extremamente desequilibrada em favor dos líderes, que terá as semelhanças com o poder-domínio de Michels; no outro pólo, por sua vez, haverá um tipo de troca mais próximo de uma relação de "influência recíproca". Nunca encontraremos casos puros de um ou de outro tipo: os jogos de poder verticais que se verificam efetivamente nos partidos tenderão a se colocar num ponto ou em outro do *continuum* em relação direta com o grau de possibilidade de substituição dos incentivos organizativos.

---

27. Sobre as burocracias de partido, ver o cap. XII.

Esse raciocínio nos permite compreender por que os jogos de poder verticais tendem, ou tenderam no passado, a produzir mais facilmente oligarquias nos partidos que organizavam classes populares do que nos partidos que organizavam classes burguesas. No primeiro caso, a possibilidade de substituição dos incentivos era baixa e quase sempre nula; no segundo, ao contrário, era alta. No primeiro, portanto, a liberdade de manobra dos líderes era ampla; no segundo, mais restrita. Isso explica também por que os partidos que organizam classes burguesas geralmente devem enfrentar muito mais problemas originados pela escassez de militância e pela descontinuidade no nível da participação em relação aos partidos que organizam classes populares. Com efeito, os indivíduos pertencentes a classes burguesas dispõem de canais de mobilidade alternativos ao partido. Se não fizerem "carreira" rapidamente no partido, procurarão facilmente outros caminhos. Já os indivíduos pertencentes à classe popular não têm (ou não tinham) possibilidades alternativas análogas: de todo modo a militância política é o único caminho a ser percorrido. Por conseguinte, é mais fácil que permaneçam no partido, independentemente das suas chances de carreira.

III. Coalizão dominante e estabilidade organizativa

Premissa

Examinado o conteúdo das trocas que compõem os jogos de poder, é necessário, agora, explicar os *recursos* do poder organizativo, aqueles fatores cujo controle permite que determinados agentes desequilibrem a seu favor os jogos de poder. Tais fatores são concebidos, na teoria do poder à qual me referi, como *zonas de incerteza*, âmbitos de imprevisibilidade organizativa[1]. A sobrevivência e o funcionamento de uma organização dependem de uma série de prestações: a possibilidade de que uma prestação vital seja negada, que ocorram defecções, interrupções em atividades fundamentais, define uma situação de incerteza para a organização. Aquele ou aqueles que controlam tais zonas de incerteza, aqueles dos quais depende o exercício dessas prestações, dispõem de um *atout*, de um recurso a ser usado nos jogos de poder internos. Assim definido, o conceito de zona de incerteza é muito vago; de fato, qualquer relação ou situação organizativa pode ser interpretada nesses termos. Num partido, até o último dos militantes controla uma zona de incerteza organizativa,

---

1. A tese segundo a qual *"coping with uncertainty"*, ou seja, controlar as zonas de incerteza, é o principal recurso do poder organizativo, elaborada por Michel Crozier nos trabalhos citados na nota a seguir, foi desenvolvida, dentre outros, por D. J. Hickson *et al.*, "A Strategic Contingencies Theory of Intraorganizational Power", *Administrative Science Quarterly*, XVI (1971), pp. 216-29.

mesmo que restrita. Contudo, é possível identificar as principais zonas de incerteza num número bastante limitado de atividades vitais para a organização. São essencialmente seis os fatores em torno dos quais se desenvolvem atividades vitais para a organização: a competência, a gestão das relações com o ambiente, as comunicações internas, as regras formais, o financiamento da organização e o recrutamento[2]:

a) A competência. Define o "poder do especialista", aquele que, possuindo um "saber especializado", em virtude da divisão do trabalho organizativo, controla uma importante zona de incerteza. O saber especializado não deve ser entendido, nesse caso, como um conjunto de conhecimentos especializados, obtidos graças a um treino educativo mais ou menos longo. O saber especializado que aqui nos interessa é o que decorre da experiência no manejo das relações político-organizativas internas e externas ao partido. Consiste no reconhecimento, por parte dos outros agentes organizativos, de que algumas pessoas possuem as qualidades idôneas para ocupar certos papéis. Mais do que isso: decorre da idéia de que, pelas suas competências, aquele agente específico é *indispensável* na função que ocupa. Um dos mais poderosos mecanismos que levam à formação da oligarquia é, para Michels, a consciência dos militantes de que somente certas pessoas possuem, no interior da organização, a "expertise" necessária para conduzir o partido, para fazer trabalho político qualificado no parlamento etc. A "competência" é o primeiro recurso de que qualquer líder conhecido num congresso de partido ou qualquer funcionário en-

---

2. Reproduzo, com poucas variações, a classificação das "zonas de incerteza" de M. Crozier, E. Friedberg, *Attore sociale e sistema*, cit., pp. 55 ss., acrescentando, todavia, o financiamento e o recrutamento, omitidos pelos dois autores. Crozier havia, aliás, tratado o conceito de incerteza numa acepção mais restrita no seu clássico *Le Phénomène Bureaucratique*, Paris, Seuil, 1963. Além do controle sobre "zonas de incerteza", o problema dos *atouts* do poder também pode ser formulado em termos de "recursos críticos" ou estratégicos, isto é, recursos *escassos*, indispensáveis para a organização: cf. P. Bontadini, "Il rapporto fra strategia e struttura", in Id. (org.), *Manuale di Organizzazione*, cit., pp. 8 ss.

carregado de presidir uma assembléia local pode se utilizar para condicionar a seu próprio favor as negociações com o público. A "competência", compreendida seja como atributo do agente, seja como atribuição de uma qualidade ao agente por parte dos outros membros da organização, é, portanto, um recurso fundamental do poder organizativo. Trata-se de uma zona de incerteza porque está relacionada à convicção geral de que, sem essa competência específica, a organização se encontraria em dificuldade: a ameaça de demissões por parte de líderes influentes é uma das modalidades típicas, por meio das quais tal incerteza é explorada como recurso de poder.

b) As relações com o ambiente. O ambiente é, do ponto de vista da organização, a principal fonte de incerteza. Quer se trate de uma empresa que deve fazer cálculos sobre o futuro andamento do mercado ou de um partido que deve formular suas estratégias em função dos humores eleitorais, as organizações quase sempre têm diante de si um mundo externo sobre o qual exercem um controle limitado e do qual podem provir desafios devastadores. Controlar as relações com o ambiente significa, portanto, controlar uma zona decisiva de incerteza organizativa. Estipular, ou redefinir, ou fomentar alianças com outras organizações, estabelecer os temas sobre os quais devem ser travados conflitos com outras organizações são apenas algumas das muitas tarefas de gestão das relações com o ambiente que alguns agentes devem, necessariamente, assumir em nome da organização. Aqueles que desempenham essas tarefas ocupam a posição dita "secante marginal"[3], participam efetivamente de dois sistemas de ação, um interno à organização e outro formado pela relação entre a organização e o ambiente (ou partes do ambiente). O papel desempenhado no segun-

---

3. M. Crozier e E. Friedberg, *Attore sociale e sistema*, cit., p. 57. Os autores, por sua vez, retomam o termo de H. Jamous, *Contribution à une sociologie de la décision: la reforme des études médicales et des structures hospitalières*, Paris, Copédith, 1968.

do sistema de ação é um recurso fundamental, que pode ser gasto, com razoáveis expectativas de vantagem, no primeiro.

c) A comunicação. Não há necessidade de recorrer às abordagens cibernéticas para reconhecer que uma organização é um sistema de comunicações. E funciona como tal se, e na medida em que, existem canais por meio dos quais circulam informações. Desse modo, o terceiro recurso crucial do poder é dado pelo controle dos canais de comunicação: quem tem a capacidade de distribuir, manipular, retardar ou suprimir as informações controla uma área fundamental de incerteza; tem nas mãos um recurso decisivo nas relações de poder[4].

d) As regras formais. O quarto recurso é dado pelo controle (definição e manipulação) das regras organizativas. Estabelecer as regras formais significa, em primeiro lugar, plasmar o "campo do jogo", significa escolher o terreno em que ocorrerão os confrontos, as negociações e os jogos de poder com os outros agentes organizativos.

As regras são uma zona de incerteza: poucas regras têm um significado unívoco, pois a regra necessita quase sempre de interpretação. Quem tem disponibilidade sobre a interpretação da regra goza de um ganho de posição com relação a todos os outros agentes organizativos. Além disso, controle sobre as regras significa também possibilidade de tolerar tacitamente desvios da regra: em todas as organizações, muitas regras não são observadas por acordo tácito, segundo um princípio que Downs definiu como "institucionalização dos desvios das normas escritas"[5]. Isso permite margens muito amplas de arbítrio: um desvio da regra tolerado tacitamente

---

4. A sociologia das comunicações organizativas é, talvez, o ramo da teoria da organização no qual, mais do que em qualquer outro, um grande requinte metodológico tende a ser acompanhado por uma escassa relevância teórica. Só com muita dificuldade é possível encontrar nessa literatura instrumentos úteis para estudar as organizações concretas. Não obstante, um bom panorama do setor está contido em L. W. Porter, K. H. Roberts (orgs.), *Comunication in Organizations*, Nova York, Penguin Books, 1977.

5. A. Downs, *Inside Bureaucracy*, cit., p. 62.

hoje pode não o ser mais amanhã. Determinadas regras em vigor há tempos e jamais observadas, com o consentimento tácito daqueles a quem cabe institucionalmente que as façam observar, podem ser inesperadamente evocadas no curso de determinados conflitos. Isso abre infinitas possibilidades de chantagens mais ou menos implícitas. Estabelecer as regras, manipular suas interpretações, impor ou não sua observância são zonas de incerteza, de imprevisibilidade organizativa, cujo controle é um outro recurso decisivo nas relações de poder. Por conseguinte, esse raciocínio também explica por que um estatuto de partido não descreve a organização mais do que uma constituição não descreve a fisionomia efetiva de um sistema político. Um estatuto é apenas um pálido esboço, muito inconstante e impreciso, pouco mais do que um ponto de partida para a análise organizativa de um partido político[6].

e) Os financiamentos. O dinheiro é indispensável para a vida e o funcionamento de qualquer organização. Quem controla os canais por meio dos quais aflui o dinheiro para financiar a organização controla outro recurso fundamental. Mas o dinheiro pode afluir de muitas maneiras. Os dois casos extremos são, de um lado, o de um único financiador externo e, de outro, o de um sem-número de pequenas contribuições (afiliações, campanhas de autofinanciamento etc.). No primeiro caso, o financiador externo controla pessoalmente essa zona de incerteza e exerce, portanto, um poder sobre a organização. No segundo caso, nenhum dos financiadores se encontra nessa posição, e o controle está nas mãos daqueles

---

6. Vale a observação de Gianfranco Poggi, colocada como premissa da pesquisa sobre as organizações do PCI e da DC: "Não se trata, repetimos, somente de interpretar o material típico da indagação jurídica – em particular, as versões posteriores dos estatutos e dos regulamentos de partido –, em vista de problemas diversos dos que o jurista tende a se colocar; trata-se também (e sobretudo) de meditar criticamente acerca de um corpo de informações (mais ou menos atinentes a problemas organizativos) muito mais amplo e internamente diversificado do que as 'cartas' jurídicas do partido", *L'organizzazione partitica del PCI e della DC*, cit., pp. 15-6.

agentes internos que presidem as operações de coleta de fundos. Na maior parte dos casos, os partidos ocupam posições intermediárias entre os dois extremos. Com freqüência, para alguns grandes financiadores externos (grupos de pressão, sindicatos, o Comintern etc.), mas também para aqueles que, no interior do partido, recolhem o restante dos fundos, isso dá um certo grau de controle sobre a organização. De modo mais geral, o controle sobre essa zona de incerteza costuma depender dos contatos privilegiados que um ou outro ator organizativo consegue estabelecer com financiadores externos. Em outras palavras, o controle sobre essa zona de incerteza é, muitas vezes, um caso específico do controle exercido sobre as relações entre a organização e o ambiente.

f) O recrutamento. O sexto recurso é dado pelo controle sobre o recrutamento nos diversos níveis da organização. Decidir quem pode e quem não pode passar a fazer parte da organização (por exemplo, agindo sobre os critérios de admissão ao partido), decidir quem, entre tantos concorrentes, pode ser promovido nas "carreiras" internas e quais são os requisitos para as promoções são *atouts* fundamentais do poder organizativo e têm relação, respectivamente, como veremos melhor a seguir, com os problemas do controle sobre os "limites organizativos" e sobre a "estrutura das oportunidades" de carreira dos membros internos da organização.

Os recursos do poder são, tendencialmente, *cumulativos*: quem controla uma certa zona de incerteza tem grandes probabilidades de adquirir o controle também sobre as outras[7]. Eis a razão para a tendência, própria de todos os partidos, à concentração dos recursos do poder em grupos restritos. Porém, pela sua própria natureza, o controle sobre as zonas de incerteza não pode ser monopolizado *in toto* por um único grupo. Se fosse assim, os jogos de poder não seriam trocas, negociações, mesmo que desequilibradas: a contrapartida

---

7. Sobre a tendência dos diversos recursos do poder a se acumularem nas mesmas mãos por meio de um processo definido por "aglutinação", ver H. Lasswell, A. Kaplan, *Potere e società*, cit., pp. 72 ss.

não teria recursos a serem validados na troca, e as relações de poder seriam muito parecidas – sobretudo quando a possibilidade de substituição do incentivo fosse baixa – com as relações de domínio. Mas isso não ocorre. As "competências" geralmente se difundem no interior do partido, extravasam dos limites que dividem o grupo dirigente dos outros agentes organizativos, podem surgir fora do seu controle; o sistema das comunicações não pode ser totalmente monopolizado por uma elite restrita: por exemplo, comunicações informais entre os membros da organização ocorrem continuamente fora dos canais oficiais e fora de qualquer possibilidade de controle[8]. Além disso, as relações com o ambiente são geridas por uma pluralidade de agentes nos diversos níveis; os financiamentos podem, em certos casos, afluir por canais não controlados pela elite dirigente[9]. Mesmo o recrutamento nunca é totalmente controlado. O próprio controle sobre as regras formais e as regras do jogo não é absoluto. Em primeiro lugar, porque a maior parte das relações formais internas são *dadas*, dependem da tradição organizativa do partido, da sua história, e, por isso, não podem ser modi-

---

8. Sobre os fenômenos de comunicação informal no interior das organizações e sobre a sua incidência nas relações hierárquicas, cf. P. Blau, W. R. Scott, *Formal Organization. A Comparative Approach*, San Francisco, Chandler Publishing Co., 1962.

9. David Wilson, autor de uma excelente pesquisa sobre a estrutura burocrática dos partidos britânicos, descreve no seu livro uma exceção à regra do controle férreo por parte do *Central Office*, o quartel-geral do partido conservador, sobre os agentes de área, encarregados pelo "centro" de coordenar as atividades do partido na própria zona de competência: o caso do agente do West Midlands, J. Galloway, que manteve durante toda a sua carreira uma independência quase total da burocracia central, graças a um controle autônomo sobre as fontes de financiamento. Galloway foi, aliás, o único agente capaz de evitar a regra do revezamento a cada oito anos, ou seja, do deslocamento periódico de uma área para outra, por meio do qual o *Central Office* está habituado a garantir para si o controle sobre os próprios agentes, impedindo que eles desenvolvam ligações demasiadamente estreitas com os setores aos quais são destinados. Cf. D. J. Wilson, *Power and Party Bureaucracy in Britain*, Lexington, Lexington Books, 1975, p. 52.

ficadas ao gosto da elite[10]. Além disso, vários grupos podem sempre apresentar interpretações alternativas e opostas das regras em relação àquelas defendidas pela elite: é típico de muitos conflitos infrapartidários assumir o caráter das "batalhas procedimentais" (oposições entre interpretações diferentes da mesma regra). Por fim, é inerente a toda regra ser, ao mesmo tempo, um instrumento de controle, um recurso nas mãos dos líderes, mas *também* uma garantia para os outros agentes organizativos, que podem recorrer a ela para se defender do arbítrio dos líderes.

A coalizão dominante

Uma vez fixadas as observações anteriores, é um fato comprovado por todas as pesquisas sobre os partidos que os principais recursos do poder tendem a ficar concentrados nas mãos de grupos restritos. A "oligarquia" de Michels, o "círculo interno" de Duverger, a "ditadura cesarista-plebiscitária" de Ostrogorski e de Weber são igualmente expressões que nos lembram esse fenômeno. Às definições usuais para indicar a elite dirigente dos partidos, prefiro a expressão *coalizão dominante*[11], ao menos por três razões. Em primeiro lugar, mesmo quando um único líder parece dispor de um poder quase absoluto sobre a organização, a observação mostra muitas vezes uma conformação mais complexa da estrutura do poder: o líder, assim considerado por controlar as zonas de incerteza fundamentais, deve, na maioria das vezes, negociar com outros agentes organizativos; ele está

---

10. Sobre essa questão, é muito grande a distância entre a minha análise e a de Crozier e Friedberg, *Attore sociale e sistema*, cit., que parecem subestimar o peso da "história organizativa" ao limitar a liberdade de ação dos agentes.

11. R. M. Cyert, J. G. March, *A Behavioral Theory of The Firm*, Nova York, Prentice-Hall, 1963, e T. Barr Greenfield, "Organizations as Social Inventions: Rethinking Assumptions about Change", *The Journal of Applied Behavioral Science*, IX (1973), pp. 551-74.

no centro de uma coalizão de forças internas do partido, com as quais deve, ao menos numa certa medida, estabelecer acordos. Nem o poder de Adenauer na CDU*, nem o de Togliatti no PCI ou de Thorez no PCF era, por exemplo, absoluto: dependia, ao contrário, da demonstração contínua de saber controlar as zonas de incerteza organizativa e da flexibilidade para garantir aos demais participantes da coalizão dominante as compensações reclamadas. Em segundo lugar, o poder organizativo no interior de um partido não está necessariamente concentrado nos cargos internos ou parlamentares do próprio partido, como sugerem as expressões "oligarquia" ou "círculo interno". Nada se compreende sobre a verdadeira estrutura do poder no *Labour Party* britânico se não se considera o papel das *Trade Unions* e, antes, é possível afirmar que a coalizão dominante que comandou o *Labour* durante a maior parte da sua história era composta pelos líderes das *Unions* mais poderosos (que dominavam o TUC**) e pelos setores "centristas" do grupo parlamentar, reunidos em torno do líder do partido. Em terceiro lugar, diferentemente das expressões em geral usadas, a expressão coalizão dominante não implica absolutamente que façam parte de tal coalizão somente os líderes nacionais do partido: muitas vezes, uma coalizão dominante compreende tanto os líderes nacionais (ou de um de seus setores) quanto um certo número de líderes intermediários e/ou locais. Se considerarmos, por exemplo, a estrutura de poder na SFIO*** dos anos 20-30, não é difícil identificar a coalizão dominante do partido numa aliança que compreendia uma parte do grupo parlamentar (comandado por Léon Blum), a secretaria nacional (controlada por Paul Faure), que dominava o aparato central, e os líderes das federações mais fortes (com o número maior de filiados), que dominavam os congressos

---

* Christlich–Demokratische Union (União Democrata-Cristã). [N. da T.]
** Trade Union Congress (associação sindical britânica). [N. da T.]
*** Section Française de l'Internationale Ouvrière [Seção Francesa da Internacional Operária, posteriormente: Partido Socialista Francês). [N. da T.]

nacionais[12]. O conceito de coalizão dominante, mais amplo do que os geralmente usados, permite fotografar melhor a efetiva estrutura do poder nos partidos, seja quando ela implica a existência de uma aliança "transversal" (entre alguns líderes nacionais e alguns líderes locais), seja quando implica a aliança entre alguns líderes nacionais e alguns líderes de organizações formalmente externas e separadas do partido. À luz da definição de poder organizativo aqui acolhida, a coalizão dominante de um partido é composta por aqueles agentes formalmente internos e/ou externos à organização, que controlam as zonas de incerteza mais vitais. O controle sobre esses recursos, por sua vez, faz da coalizão dominante o principal centro de distribuição dos incentivos organizativos no interior do partido.

A capacidade de distribuir incentivos – moeda de troca nos jogos de poder verticais – define, por sua vez, uma *zona de incerteza*, um recurso do poder organizativo nos jogos de poder *horizontais*, isto é, nas relações entre os líderes no interior da coalizão dominante e entre a coalizão dominante e as elites minoritárias. As negociações desequilibradas, com efeito, não se desenvolvem somente entre a coalizão dominante e seus seguidores, mas também no seu interior. A todo momento, os equilíbrios de poder podem ser alterados no interior da coalizão, porque um ou outro líder adquire um controle maior sobre certas zonas cruciais de incerteza, aumentando, assim, a própria capacidade de distribuir incentivos à custa de outros líderes. Portanto, uma coalizão dominante é sempre uma construção potencialmente precária. Ela pode desagregar-se sob o impacto de forças externas (as elites minoritárias) quando mostra não estar mais em condições de controlar as zonas de incerteza organizativa ou pode dissolver-se em razão dos seus conflitos internos, devidos a mudanças no centro de gravidade do poder.

A fisionomia da coalizão dominante é o que distingue a ordem organizativa entre os partidos. Construir uma tipolo-

---

12. A análise de todos os casos citados é desenvolvida na parte II.

gia das coalizões dominantes dos partidos políticos coincide com a identificação dos diferentes tipos de organização dos partidos. A fisionomia de uma coalizão dominante pode ser examinada sob três aspectos: o seu *grau de coesão interna*, o seu *grau de estabilidade* e o *mapa do poder organizativo*.

O grau de coesão de uma coalizão dominante depende do fato de o controle sobre as zonas de incerteza estar disperso ou concentrado. Aqui, a principal distinção se dá entre os partidos subdivididos em *facções* (grupos com forte organização) ou em *tendências* (grupos com fraca organização)[13]. As facções – os grupos organizados – podem ser de dois tipos: os grupos que cruzam verticalmente todo o partido, do vértice à base (as verdadeiras facções ou "facções nacionais"), ou grupos geograficamente concentrados, organizados somente na periferia do partido. Neste último caso, defino a facção com o termo *subcoalizão*[14]. É característico das tendências serem agregações de vértice desprovidas de bases organizadas (o que não significa, necessariamente, desprovidas de consensos) ao longo do corpo da organização.

Num partido cujos grupos internos são facções (grupos de elevada organização), o controle sobre as zonas de incerteza é disperso (subdividido entre as facções) e a coalizão dominante é pouco coesa (porque é o resultado de um acordo entre algumas facções – cada qual mantendo a própria individualidade – em relação a outras). Num partido cuja competição interna – os jogos de poder horizontais – se desen-

---

13. A distinção entre facções e tendências é de R. Rose, *The Problem of Party Government*, Harmondsworth, Penguin Books, 1976², pp. 312-28. Sobre faccionismo, ver F. P. Belloni, D. C. Beller (orgs.) *Faction Politics: Political Parties in Comparative Perspective*, Santa Barbara, ABC-Clio, 1978.

14. O termo é de S. Eldersveld, *Political Parties: A Behavioral Analysis*, cit., mas emprego-o de modo diferente para indicar um grupo interno ao partido organizado sobre bases locais (geralmente em nível de organização intermediária de partido) – ainda que possa, em certos casos, controlar um ou mais dirigentes no plano nacional –, e que, diferentemente das subcoalizões de Eldersveld, não é necessariamente o representante de interesses socioeconômicos ou socioculturais "específicos" (mesmo que, por vezes, o seja).

volve por tendências (fracamente organizadas), o controle sobre as zonas de incerteza é mais concentrado e a coalizão dominante é mais coesa.

Todavia, é necessário observar que tanto uma coalizão dominante coesa quanto uma coalizão dominante dividida são o resultado de alianças entre grupos: o que varia é o grau de organização dos próprios grupos (que, como veremos, está em relação inversa ao nível de institucionalização do partido). Além disso, quando se passa a examinar os grupos, facções ou tendências que sejam, descobre-se que eles também, na maioria dos casos, são o resultado de alianças entre grupos menores. A diferença é que, se o grupo é uma tendência, os vínculos entre os seus subgrupos são muito mais frágeis e fluidos do que os que consolidam os subgrupos que compõem uma facção. O ponto importante é que, de qualquer forma, a coalizão dominante é uma *aliança de alianças*, uma aliança entre grupos, que, por sua vez, são coalizões de grupos menores[15].

O grau de coesão define se as trocas verticais (as trocas elite-seguidores) estão concentradas em poucas mãos ou dispersas entre uma pluralidade de líderes. Por sua vez, o grau de estabilidade diz respeito às trocas horizontais (às trocas elite-elite), em particular ao caráter estável ou precário dos acordos no vértice da organização. Tendencialmente, uma coalizão dominante coesa é também uma coalizão estável. O contrário, porém, não é necessariamente verdadeiro: isto é, nem sempre uma coalizão dividida (em facções) é também instável. Há casos em que uma coalizão dominante dividida consegue manter-se estável no tempo mediante acordos aceitos mutuamente entre as facções que a compõem. Entendo por mapa do poder organizativo tanto as relações entre as unidades organizativas do partido (por exemplo: predomínio do grupo parlamentar, predomínio dos dirigen-

---

15. Sobre o caráter de agregações de grupos menores das várias formações organizadas que agem no interior dos partidos, ver M. Duverger, *I partiti politici*, cit., pp. 204 ss.

tes internos nacionais, predomínio dos dirigentes de periferia etc.) quanto as relações (de predominância, de subordinação, de cooperação) entre o partido e outras organizações.

Juntos, o grau de coesão, o grau de estabilidade e o mapa do poder organizativo delineiam a fisionomia da coalizão dominante de um partido, que aqui defino como sua *conformação*. É necessário, porém, distinguir a conformação da coalizão – que depende dos atributos indicados – da sua *composição* (as pessoas que dela participam concretamente). Mudanças na composição de uma coalizão dominante (devidas, por exemplo, à cooptação, a substituições fisiológicas etc.) não produzem necessariamente alterações da sua conformação[16].

A legitimidade

Recorrendo a uma tradição que remonta a Weber e, com Schumpeter, atinge a moderna teoria "econômica" da política, é possível e útil pensar nos líderes de partido como "empresários" que tentam, nesse caso específico, alcançar objetivos de conquista de poder político, ou de manutenção, ou de expansão das posições de poder já controladas[17]. O primeiro objetivo de um empresário é manter o controle sobre a própria empresa. Esse objetivo pode ser alcançado, no caso dos líderes de partido, somente se eles mantiverem intacta a sua capacidade de distribuir incentivos organizativos. Se perderem essa capacidade – porque outros agentes adquirem um controle sobre certos recursos fundamentais –, a sua possibilidade de permanecer à frente do

---

16. O aprofundamento dos conceitos acima expostos é remetido ao cap. IX, onde, depois de examinar um certo número de partidos concretos, será possível elaborar uma tipologia das coalizões dominantes, e ao cap. XIII, onde será examinado o problema da mudança das coalizões dominantes.

17. Para uma elaboração recente sobre o líder como empreendedor político, ver N. Frohlich *et. al.*, *Political Leadership and Collective Goods*, Princeton, Princeton University Press, 1971.

partido fica imediatamente comprometida. Esse raciocínio pode, com alguma cautela[18], ser reformulado em termos de *legitimidade,* afirmando-se que a legitimidade da liderança é uma função da sua capacidade de distribuir "bens públicos" (incentivos coletivos) e/ou "bens privados" (incentivos seletivos)[19]. Se o fluxo de benefícios se interrompe, a organização entra automaticamente em crise, eclodirão revoltas, os líderes serão duramente contestados cada vez mais, multiplicar-se-ão as manobras para provocar uma troca da guarda e, assim, salvar a organização. O vínculo entre incentivos seletivos e legitimidade é suficientemente claro. Tomemos o caso de um partido com fortes componentes clientelistas, ou seja, de um partido no qual predominam incentivos seletivos, relacionados à distribuição de benefícios materiais (compensações monetárias, patrocínio etc.). Enquanto a continuidade na remuneração das clientelas estiver assegurada, os líderes poderão dormir tranqüilos: o seu poder será reconhecido como "legítimo" por uma maioria satisfeita. Mas, se por qualquer razão – por exemplo, por uma conjuntura econômica desfavorável, que reduz os recursos disponíveis para fins clientelistas – a continuidade no fluxo dos benefí-

---

18. Com cautela, porque o conceito de "legitimidade" é um dos mais ambíguos e traiçoeiros de toda a teoria moderna do poder. Sobre os muitos problemas relacionados ao uso do conceito de legitimidade em Max Weber, ver J. Bensman, "Max Weber's Concept of Legitimacy: An Evaluation", in A. J. Vidich, R. M. Glassman (orgs.), *Conflict and Control. Challenge to Legitimacy of Modern Government,* Londres, Sage Publications, 1979, pp. 17-48. Para uma tentativa de unir a distribuição de benefícios individuais ao problema da legitimidade no quadro, portanto, de uma teoria utilitarista, cf. R. Rogoswki, *Rational Legitimacy,* Princeton, Princeton University Press, 1974.

19. Sob essa perspectiva, portanto, a *autoridade* (o poder legítimo) da liderança é uma função da satisfação que decorre para os outros agentes em razão da troca, é mantida e continuamente fortalecida pela troca. Existe, porém, uma diferença fundamental entre a troca centrada nos incentivos seletivos e a troca centrada nos incentivos coletivos: no segundo tipo, os agentes que se beneficiam do incentivo *não* estão conscientes de participar de uma negociação e, portanto, esse tipo de troca não pode ser interpretado na chave utilitarista: com a mediação do líder e da "linha política" que ele defende, os "crentes" renovam a confiança na organização e, desse modo, encontram continuamente confirmações da própria "identidade" como parte de um sujeito coletivo.

cios se interromper ou se tornar problemática, uma "crise de autoridade" seguramente atacará o partido. Ou, tomemos o caso de um partido de oposição com uma forte, extensa e minuciosa burocracia. Os funcionários que compõem a espinha dorsal do partido têm normalmente um interesse vital na sobrevivência da organização. Enquanto os líderes seguirem políticas prudentes, que não coloquem em risco a organização ou que a fortaleçam, eles exercerão uma autoridade quase incontroversa sobre os funcionários. Mas se, por exemplo, em razão de alguma modificação ambiental, significativa, os líderes sentirem a necessidade de trilhar uma linha política "aventureira" que suscite reações perigosas (por exemplo, ameaças de repressão por parte dos poderes estatais) ou, simplesmente, perseverarem numa linha política que tenha dado bons frutos no passado, mas que agora, em razão de mudanças ambientais inesperadas, não "paga" mais e enfraquece a organização em vez de fortalecê-la, os funcionários verão comprometidas as próprias remunerações, e a "legitimidade" da liderança tenderá a se desgastar.

Mais complexo é o vínculo entre legitimidade e incentivos coletivos. Os incentivos coletivos dependem, como já foi dito, dos objetivos oficiais, da ideologia organizativa. Porém, para ter credibilidade, objetivos oficiais requerem uma especificação dos *meios* que pretendem usar para conseguir alcançá-los. Com efeito, não é possível identificar-se com uma "causa" se não existirem propostas ao menos aparentemente críveis nos caminhos a serem percorridos para realizá-la[20]. A especificação das alianças políticas e/ou sociais que se pretende estreitar ou consolidar, das táticas mais oportunas etc., em poucas palavras, uma *linha política*[21], é o meio

---

20. Sobre o fato de que a participação, para ser ativada, requer a expectativa de que a ação coletiva seja válida e eficaz, ver a interessante averiguação de S. Berglund, *The Paradox of Participation. An Empirical Study on Swedish Party*, cit.

21. Obviamente, sei que a expressão "linha política", simplesmente extraída do léxico político quotidiano, é muito vaga e imprecisa. Mas, em primeiro lugar, é efetivamente vago e impreciso aquilo a que a expressão remete, o seu referente empírico: de fato, uma linha política é apenas uma série de afirmações formuladas pelos líderes sobre os objetivos intermediários que o

ou o conjunto dos meios cuja indicação é indispensável para dar credibilidade suficiente à "causa" e para alimentar a sua função de "centro" simbólico de identificação. Os objetivos oficiais, portanto, devem ser "declinados" numa linha política[22].

Isso implica uma conexão bastante estreita entre linha política e legitimidade da liderança. Uma vez formulada a linha política, e aceita pelo partido, da sua aplicação depende

---

partido pretende alcançar e sobre as modalidades de atuação (política das alianças etc.), afirmações muitas vezes ambíguas, que são usadas nos vários níveis da organização como critérios genéricos para a ação quotidiana. No meu entendimento, uma "linha política" é, em primeiro plano, um instrumento para manter a identidade do partido e somente em segundo plano um roteiro para a ação. Em segundo lugar, prefiro uma expressão imprecisa como "linha política" ao termo, na minha opinião totalmente mistificador, de "projeto", geralmente usado com o mesmo significado. Dizer que um partido tem um projeto significa dizer que ele tem um conjunto de objetivos bem definidos e bem integrados entre si. À parte a questão de que a idéia do partido como organização que visa a um "projeto" remete diretamente ao preconceito teleológico que critiquei anteriormente, o fato é que nenhum partido possui ou jamais possuiu um "projeto" definido com tal. Naturalmente, os líderes do partido podem achar vantajoso, sobretudo para lisonjear os intelectuais, o público "sofisticado", dar a entender que têm um "projeto" (ou que a "linha política" tem tal coerência interna a ponto de configurar um projeto). E os intelectuais, para obterem uma valorização política das próprias competências, podem às vezes requerer em voz alta a "elaboração do projeto". Mas isso é um outro assunto que, por sua vez, remete a um problema perfeitamente explicado pela teoria dos incentivos (seletivos).

22. Naturalmente, o "meio" (a linha política) só se distingue analiticamente do "fim" (os objetivos oficiais ditados pela ideologia organizativa). Quando ocorrem mudanças de linha política, a ideologia organizativa também é, ao menos em parte, remanejada. Falaremos, nesse caso, de "sucessão dos fins": cf. sobre esse ponto, o cap. XIII. Assim, uma "linha política" no significado aqui atribuído à expressão é considerada como tal somente se for expressamente enunciada pelos líderes (porque a sua principal função é dar credibilidade aos "objetivos oficiais" e preservar, desse modo, a identidade organizativa). Porém, uma linha política tem, evidentemente, conseqüências (previstas e não previstas) sobre as relações entre o partido e o seu ambiente. Uma linha política é, ao menos em parte, semelhante à "estratégia", termo com que se entende o modo pelo qual o sistema organizativo se posiciona em relação ao ambiente. Cf. S. Zan, *La cooperazione dall'impresa al sistema*, Bari, De Donato, 1982.

a capacidade da elite de distribuir incentivos de identidade aos próprios seguidores: se a linha política perde credibilidade, a própria identidade do partido fica prejudicada, pelo menos até que se adote uma linha política de substituição. Esse raciocínio deveria explicar por que as elites de partido, sejam elas majoritárias (a coalizão dominante) ou minoritárias, são freqüentemente prisioneiras das respectivas linhas políticas; são muitas vezes obrigadas pela própria mecânica do jogo a tentar alcançá-las com coerência. É justamente essa circunstância que faz com que muitos erroneamente considerem que uma teoria utilitarista (o líder como empresário, os "cargos" como principal aposta nos conflitos infrapartidários) não é suficiente para explicar o comportamento das elites políticas. De fato, a mecânica do jogo é tal que, por exemplo, uma elite minoritária geralmente permanecerá fiel à linha política por meio da qual desafiou a coalizão dominante, *mesmo que* essa linha política se revele um instrumento impraticável para conquistar os centros de poder do partido. Abandoná-la significaria perder o restante de credibilidade, excluindo uma possibilidade de vitória no futuro. Com efeito, mesmo uma linha política minoritária (e até de extrema minoria) não deixa de ser uma fonte de legitimação porque, por meio dela, a elite minoritária distribui incentivos de identidade aos próprios, embora restritos, seguidores. O abandono da linha política em favor de uma estratégia abertamente oportunista pode significar a perda imediata do apoio que a elite minoritária conquistou dentro do partido. Permanecer fiel a uma linha política sem *chances* aparentes de vitória é, portanto, um modo de continuar a usufruir de um "ganho de posição" (a liderança da oposição interna). E a manutenção desse ganho é o pré-requisito para eventuais lucros maiores no futuro[23]. Mas a elite majoritária, a coalizão

---

23. "Os aspirantes a líder que têm uma baixa probabilidade de vitória na disputa pela liderança podem ter, por outro lado, uma grande probabilidade de permanecer como líderes da oposição. Nessas circunstâncias, um opositor com poucas probabilidades de conquistar a liderança buscará apoio em vista de ações voltadas para a manutenção do seu papel de opositor mais do que (ou

dominante, também é prisioneira, na maioria das vezes, da "sua" linha política, por meio da qual distribui incentivos de identidade aos próprios seguidores. A elite dirigente uniu, efetivamente, seu próprio destino à distribuição de incentivos de identidade relacionados a uma linha política específica, e não pode desorientar seus seguidores (dar lugar a "crises de identidade"), mudando drasticamente suas características. Isso tudo introduz um elemento de *rigidez* nos conflitos internos dos partidos e explica por que, muitas vezes, diante de crises organizativas de grande alcance, que impõem profundas mudanças de linha política, e às vezes também redefinições da ideologia organizativa, as coalizões dominantes não conseguem reelaborar a linha política e sucumbem aos golpes das elites minoritárias[24]. Ou melhor, explica como isso se tornaria uma constante se não fosse o fato de que em nenhum partido a organização depende exclusivamente dos incentivos de identidade. Por isso, às vezes, certas elites conseguem manter seus altos cargos, sobrevivendo até mesmo a mudanças de linha política, se estiverem em condições de agir sobre uma reserva suficiente de legitimidade, garantida pelos incentivos seletivos.

Esse raciocínio também deveria explicar por que o "transformismo" (deslocamento freqüente de uma linha política a outra) é uma estratégia pagante e praticável somente se o sistema dos incentivos do partido apresentar, na sua composição, uma nítida predominância de incentivos seletivos materiais em relação aos incentivos coletivos[25]. Visto que tal situação é mais provável, em regra, nos partidos governistas,

---

junto com) atividades voltadas para a conquista da liderança. Tal opositor pode achar vantajoso distribuir uma variedade de serviços em troca das contribuições necessárias para tornar-lhe lucrativa a manutenção do seu papel de líder de oposição". N. Frohlich *et al.*, *Political Leadership and Collective Goods*, cit., p. 105.

24. Cf. o modelo de mudança organizada elaborado no cap. XIII.

25. De fato, quanto mais predominam os incentivos seletivos em relação aos incentivos coletivos, mais "latente" (objetivos vagos e contraditórios) é a ideologia organizativa, e a linha política desempenha um papel menos importante na distribuição dos incentivos.

que têm maiores possibilidades de substituir recursos materiais por recursos simbólicos e que, de todo modo, necessitam menos da participação voluntária dos "crentes", deveríamos esperar normalmente doses muito maiores de transformismo nas elites dos partidos governistas em relação àquelas dos partidos de oposição: a "coerência política" é uma virtude mais pagante quando a moeda de troca disponível é constituída de "símbolos" mais do que de "dinheiro".

A estabilidade organizativa

As teses aqui reunidas, segundo as quais os líderes de partido, na qualidade de empresários políticos, têm como principal objetivo manter o controle que detêm sobre a própria empresa, podem ser reformuladas afirmando-se que o objetivo fundamental da liderança é a manutenção da *estabilidade organizativa*. Por estabilidade organizativa entendo a conservação das linhas de autoridade internas ao partido, da configuração do poder legítimo[26]. Essa configuração é continuamente ameaçada pelos desafios ambientais que podem, a todo momento, colocar em dificuldade a organização e, assim, oferecer armas às elites minoritárias (que esperam justamente a ocasião para colocar em discussão a estrutura do poder da organização).

---

26. Trata-se de uma redefinição da tese de Michels, segundo a qual os objetivos da oligarquia são tanto a conservação da organização como tal quanto a defesa da própria posição de preeminência no seu interior. Recentemente, Giordano Sivini observou que o pensamento de Michels sofreu, na verdade, uma evolução: numa primeira fase, ele enfatizou sobretudo a tendência da organização à autoconservação. Numa segunda fase, moveu sensivelmente o seu foco para os processos de auto-reprodução da oligarquia. Cf. G. Sivini, "La sociologia dei partiti e lo Stato", in G. Sivini (org.), *Sociologia dei partiti politici*, cit. A observação, no plano da reconstrução histórica e filológica, está correta. No plano lógico, porém, a defesa da sobrevivência da organização é o pré-requisito para a manutenção e a reprodução do poder oligárquico no interior do partido.

Afirmar que o objetivo dos líderes é conservar a estabilidade organizativa significa atribuir à liderança um objetivo mais amplo do que a simples defesa da sobrevivência da organização. A defesa da sobrevivência organizativa torna-se, nessa perspectiva, somente um *pré-requisito* para a defesa da estabilidade do partido, para a manutenção das suas linhas de autoridade internas. O fato de que o principal objetivo dos líderes é não apenas a sobrevivência, mas a estabilidade organizativa, permite compreender por que as atividades realizadas para atingir esse resultado podem ser de vários tipos: de pura conservação do *status quo*, defensivas e cautelosas em certos casos, inovadoras e agressivas em outros. De que forma os líderes tentam alcançar o objetivo da estabilidade organizativa é uma pergunta que admite mais de uma resposta possível (e, portanto, Michels estava enganado quando pensava que a única resposta possível fosse o crescente conservadorismo político)[27]. Segundo uma famosa teoria[28], os líderes organizativos, na sua qualidade de empresários, buscam sempre aumentar a potência da própria organização. Segundo essa teoria, quanto mais a organização cresce em dimensões e se fortalece perante as organizações concorrentes, maior se torna o prestígio dos seus líderes, mais amplos os recursos que eles controlam. Nessa perspectiva, a estratégia obrigatória, por assim dizer, para qualquer organização é uma estratégia de expansão que, aumentando o seu predomínio sobre o ambiente, aumenta os recursos de poder dos seus líderes. Mas os defensores dessa teoria esquecem que a expansão de uma organização pode, em certos casos, colocar em crise a estabili-

---

27. Para uma refutação de Michels sobre esse ponto cf., entre outros, J. Q. Wilson, *Political Organizations*, cit., p. 208.

28. A melhor formulação dessa teoria é de A. Stinchcombe, *Social Structure and Organizations*, cit. Para o caso dos partidos políticos, a teoria é retomada por E. Spencer Wellhofer, "Political Parties as 'Communities of Fate': Tests with Argentina Party Elites", *American Journal of Political Science*, XVIII (1974), pp. 347-69.

dade (no sentido anteriormente definido): por exemplo, um aumento repentino do número de filiados a um partido pode afetar a sua coesão interna[29], devido às diferenças de socialização entre os antigos filiados e os recém-chegados, e dar lugar a uma crise de identidade coletiva do partido. No caso, por exemplo, de um partido de oposição, o mesmo processo pode ser desencadeado por um forte progresso eleitoral, que modifica em favor do partido as relações de força parlamentares. Nesse caso, as "esperas messiânicas", fomentadas pelos incentivos coletivos enquanto o partido estava na oposição sem *chances* de se tornar partido governista, ficarão repentinamente desiludidas ante as exigências da administração quotidiana: sendo assim, aumentará rapidamente a temperatura política no interior do partido, crescerão os conflitos e as oposições entre linhas políticas alternativas, em resumo, a identidade do partido será ameaçada[30]. Nesses casos, a estabilidade da organização é colocada em discussão e, com ela, a posição de preeminência dos líderes no partido.

Portanto, a estratégia escolhida pelos líderes do partido para garantir a estabilidade organizativa não pode ser preestabelecida. Ela dependerá das características dos equilíbrios de poder internos (a conformação da coalizão dominante) e das relações da organização com os seus ambientes externos. Em certos casos, o crescimento da organização fortalece a estabilidade organizativa, ou seja, é um instrumento de consolidação do grupo dirigente no interior do partido, e a organização manifesta, efetivamente, tendências à expansão (como ocorreu por muito tempo em certos partidos de oposição, sobretudo socialistas e comunistas). Em outros casos, ainda, a expansão é o resultado da disputa interna a uma elite dirigente dividida. Por exemplo, num partido com facções, a expansão da organização por meio do recrutamento

---

29. Sobre a relação entre dimensão organizativa e coesão política, ver o cap. X.

30. Tratei desses problemas no panorama de uma análise das relações entre organizações de partido e ambiente no cap. XI.

de novos filiados – como foi, em certas fases, o caso da DC italiana[31] – e a colonização de setores cada vez mais amplos do ambiente externo (por exemplo, das instituições estatais), podem ser o produto dos esforços de qualquer facção para se fortalecer *perante* as facções adversárias. Em outros casos, porém, a organização não manifesta nenhuma tendência ao crescimento das suas dimensões. Há muitos exemplos de partidos – da SFIO de Mollet à CDU de Adenauer – nos quais não há esboço de atividades voltadas a expandir a organização. Um eventual aumento da dimensão do partido é percebido pelos líderes como uma possível ameaça à estabilidade organizativa e é sistematicamente desencorajado. Nos exemplos citados, são os próprios líderes nacionais e locais, que compõem a coalizão dominante, a frear o crescimento, a desencorajar o recrutamento de novos filiados e a manter a organização em condições de estagnação.

A estabilidade organizativa pode, portanto, ser defendida pelos líderes por meio de estratégias diferentes, em alguns casos visando à expansão da organização (com estratégias de domínio sobre o ambiente), em outros desencorajando a expansão (com estratégias de adaptação ao ambiente). Além disso, as modalidades para garantir a estabilidade organizativa do partido podem ser, e geralmente são, objeto de debate e de conflito no interior da mesma coalizão dominante, entre líderes que defendem estratégias expansivas como as mais indicadas para garantir a estabilidade organizativa e líderes que defendem, ao contrário, estratégias defensivas pela mesma razão. Nesses casos, é natural esperar oscilações e incoerências nas relações entre o partido e o seu ambiente externo, ao menos até a resolução do conflito – dando lugar a modificações da coalizão dominante –, favoráveis a um ou a outro opositor.

---

31. Sobre a organização da DC, cf. o cap. VII.

Conclusões

O problema da *ordem organizativa*, a essa altura, está colocado. Numa organização há também objetivos e interesses muito diversificados. Mas quaisquer que sejam os objetivos a que os diferentes agentes organizativos visem, invariavelmente, reformulando com outros termos a tese de Michels, o objetivo principal dos líderes é a manutenção da estabilidade organizativa. A ordem organizativa, como foi dito[32], é sempre uma *ordem negociada*, uma ordem que depende do equilíbrio entre forças e questões diversificadas. Todavia, o objetivo dos líderes – a estabilidade organizativa –, ao qual eles devem necessariamente subordinar os outros possíveis objetivos, desempenha um papel decisivo nessa negociação. Com efeito, os líderes são, por definição, aqueles que, controlando as zonas de incerteza mais vitais, podem impor com maior vigor os próprios objetivos. Portanto, os acordos internos, nos quais a ordem organizativa se manifesta, são sempre acordos entre as diversas demandas que surgem no interior da organização, de uma parte, e a exigência de estabilidade, de outra. É desse acordo que brota a articulação dos fins, é ele que torna inteligíveis os comportamentos, as atividades das organizações. O que dá o "tom" ao acordo e define suas modalidades é o tipo de conformação da coalizão dominante. Diversos tipos de ordem organizativa são possíveis, tanto quanto o são as possíveis conformações das coalizões dominantes dos partidos. Mas, em todo caso, a permanência no tempo de uma certa ordem organizativa depende do sucesso do acordo entre o objetivo de estabilidade dos líderes e os outros inúmeros objetivos que podem ser alcançados no interior da organização.

---

32. R. A. Day, J. V. Day, "A Review of the Current State of Negotiated Order Theory: an Appreciation and a Critique", *Sociological Quarterly*, XVIII (1977), pp. 126-42.

SEGUNDA PARTE
O desenvolvimento organizativo

IV. A institucionalização

Premissa

O raciocínio desenvolvido até aqui estava destinado a construir algumas premissas indispensáveis para uma análise organizativa dos partidos. Até este ponto, tratou-se, todavia, de uma análise *estática*. Imaginei, por assim dizer, um partido X num momento T da sua história e procurei identificar os instrumentos mais úteis para examinar a fisionomia organizativa e as pressões conflitantes a que está submetido. Mas um partido, qualquer que seja – assim como qualquer organização –, não é um objeto de laboratório isolável do seu contexto, nem um mecanismo que, uma vez construído e posto em movimento, continua a funcionar sempre do mesmo modo (ainda que se desconsiderem os possíveis estragos mecânicos e o desgaste do tempo). Um partido, como qualquer organização, é uma estrutura em movimento que sofre evoluções, que se modifica no tempo e que reage às mudanças externas, à modificação dos "ambientes" nos quais está inserido e atua. É possível afirmar que os fatores de maior incidência na ordem organizativa dos partidos, que explicam sua fisionomia e seu funcionamento, são a sua história organizativa (o seu passado) e as relações que ele estabelece com os seus inconstantes ambientes externos. Assim formulada, essa tese obviamente é genérica demais e corre o risco de se tornar banal. Para especificar suas implicações, devemos dispor de instrumentos analíticos capazes de focar um quadro em movimento: a evolução organizativa dos partidos em contextos ambientais variáveis. Uma vez estabelecidos esses instrumentos, será possível tentar uma análise histórico-comparativa do desenvolvimento organizativo de um certo número de partidos (premissa, por sua vez, indispensável para elaborar uma tipologia das organizações partidárias), isto é, será possível dar um salto de qualidade, passar de uma análise estática de tipo lógico-dedutivo para uma análise dinâmica de tipo histórico-indutivo.

Os conceitos centrais em torno dos quais organizarei essa análise são os do *modelo originário* (os fatores que, em combinações variáveis, caracterizam a organização, definem suas características genéticas)[1] e o de *institucionalização* (as modalidades pelas quais a organização se solidifica). Examinarei agora, separadamente e na ordem, os principais fatores que diferenciam os diversos modelos originários dos partidos e, depois, os fatores que incidem sobre as diferenças verificáveis na institucionalização. Em seguida, estabelecerei uma relação entre os dois conceitos, procurando determinar *qual* tipo de modelo originário está presumivelmente associado a *qual* tipo de institucionalização. E, a essa altura, será possível comparar a tipologia assim construída ao desenvolvimento histórico de um certo número de partidos políticos.

O modelo originário

Os caracteres organizativos de um partido dependem, dentre outros fatores, da sua história, de como a organização nasceu e se consolidou. As modalidades de formação de um partido, os traços que sustentam sua gênese, podem de fato exercer uma influência sobre as suas características organizativas, mesmo depois de décadas. Toda organização traz consigo a marca das suas modalidades de formação e das principais decisões político-administrativas de seus funda-

---

1. D. Silverman, *Sociology of Organizations*, Londres, Heinemann Educational Books, 1970.

dores, as decisões que "modelaram" a organização. Mas, apesar de crucial, o problema das modalidades de formação dos partidos é não haver nesse âmbito, mais do que em outros, uma literatura corrente sobre os partidos. Enquanto dispomos de teorias sofisticadas sobre a formação dos sistemas de partido[2] ou sobre os pré-requisitos estruturais e culturais da mobilização política no Ocidente[3], a teoria da formação de cada partido parou, substancialmente, em Duverger e na sua distinção entre partidos de *criação interna* (parlamentar) e partidos de *criação externa*; entre os partidos cujo nascimento se deve à ação de elites parlamentares preexistentes e os partidos criados por grupos e associações que agem na sociedade civil[4]. Mas, como já demonstraram as pesquisas históricas sobre a gênese de um grande número de partidos, um material de documentação bastante respeitável, embora de valor desigual, essa antiga distinção é satisfatória apenas em parte. Sobretudo, não está em condição de dar conta das diferenças organizativas, mesmo conspícuas, que se registram entre os partidos de mesma origem (interna ou externa). A partir de uma origem parlamentar, é possível uma pluralidade de resultados. E, analogamente, os partidos nascidos fora do parlamento (que para Duverger são sobretudo os "partidos de massa") apresentam enormes diferenças entre si[5]. Também pode ocorrer, às vezes, que partidos de criação parlamentar apresentem mais semelhanças organizativas com partidos de criação externa do que com os da sua mesma origem.

---

2. S. Rokkan, *Citizens, Elections, Parties. Approaches to the Study of the Processes of Development*, cit.
3. R. Bendix, *Stato nazionale e integrazione di classe*, cit.
4. M. Duverger, *I partiti politici*, cit.
5. Sobre as aquisições da historiografia a respeito da origem dos partidos e para uma interpretação histórica original, ver P. Pombeni, "Il problema del partito politico come soggetto storico: sull'origine del 'partito moderno'. Premesse ad uma ricerca", in F. Piro, P. Pombeni (orgs.), *Movimento operaio e società industriale in Europa. 1870-1970*, Pádua, Marsilio, 1981, pp. 48-72. Cf. também A. Colombo, *La dinamica storica dei partiti politici*, Milão, Istituto Editoriale Cisalpino, 1970.

Portanto, a distinção interno/externo não pode ser o eixo que sustenta a diferenciação de ordem genética entre os diversos partidos. Devemos recorrer a um modelo mais complexo, que saiba fazer bom uso das informações já reunidas pela historiografia sobre a gênese de uma multiplicidade de partidos. O processo de formação de um partido é, geralmente, um processo complexo, que consiste na aglutinação de uma pluralidade de grupos políticos, às vezes extremamente heterogêneos. Além das inevitáveis especificidades que fazem do modelo originário de qualquer partido um *unicum* histórico, é possível individuar algumas condições particulares cuja presença ou ausência contribui para definir as principais uniformidades e/ou diferenças nos modelos originários dos diversos partidos. Sobretudo três fatores distintos contribuem para definir o modelo originário específico de cada partido. O primeiro fator diz respeito ao modo pelo qual se iniciou ou se desenvolveu a construção da organização. Como observaram dois cientistas políticos escandinavos num importante ensaio[6], o desenvolvimento organizativo de um partido – a construção da organização em sentido estrito – pode ocorrer ou por *penetração* territorial, ou por *difusão* territorial, ou por uma combinação de ambas as modalidades. Há penetração territorial quando um "centro" controla, estimula e dirige o desenvolvimento da "periferia", a formação das associações locais e intermediárias do partido. Há difusão territorial quando o desenvolvimento se dá por "germinação espontânea": são as elites locais que, num primeiro momento, constroem as associações partidárias, e somente depois essas associações são integradas numa organização nacional. Cumpre observar que a distinção penetração/difusão *não* corresponde àquela entre partidos de criação interna e partidos de criação externa de Duverger. Desenvolvimentos por difusão ou por penetração podem ca-

---

6. K. Eliassen, L. Svaasand, *The Formation of Mass Political Organizations: An Analytical Framework,* "Scandinavian Political Studies", X (1975), pp. 95-120.

racterizar tanto um quanto outro tipo de partido. Por exemplo, como observam oportunamente Eliassen e Svaasand, tanto os partidos conservadores quanto os liberais são partidos de criação interna (parlamentar), e, no entanto, quase a totalidade dos partidos conservadores se desenvolveu predominantemente por penetração territorial, enquanto muitos partidos liberais se desenvolveram por difusão[7].

Às vezes, predominam modalidades "mistas" de desenvolvimento organizativo: o desenvolvimento inicial se dá por difusão; um certo número de associações locais se constitui autonomamente em várias zonas do território nacional. Depois, as associações locais assim formadas se unem numa organização nacional. E, finalmente, a organização nacional desenvolve (penetração) as associações locais em que elas ainda estão ausentes. Os partidos liberais, sobretudo, têm apresentado com freqüência um desenvolvimento desse tipo[8]. No entanto, geralmente é possível identificar uma modalidade predominante. Por exemplo, muitos partidos comunistas e muitos partidos conservadores se desenvolveram predominantemente por penetração, ao passo que muitos partidos socialistas e muitos partidos confessionais se desenvolveram predominantemente por difusão.

Uma variante do nascimento por difusão ocorre quando o partido se forma pela união de duas ou mais organizações nacionais preexistentes (como foi o caso do SPD ou da SFIO). Para antecipar o tema sobre a união entre modelo originário e institucionalização, e que retomarei na seqüência, um desenvolvimento organizativo diferente, sob esse aspecto, tem um impacto sobre o modo de formação da coalizão dominante e sobre o seu grau de coesão interna. Um desenvolvimento organizativo por penetração territorial implica, por definição, a existência de um "centro" suficientemente

---

7. *Ibidem*, p. 116.

8. J. Elklit, *The Formation of Mass Political Parties in the Late 19th: The Three Models of the Danish Case*, e L. Svaasand, *On the Formation of Political Parties: Conditions, Causes and Patterns of Development*, relatórios apresentados no *workshop* ECPR sobre as organizações políticas, Grenoble, 1978.

coeso desde os primeiros passos do partido. E, metáforas à parte, esse centro é justamente o grupo restrito de líderes nacionais que dá vida à organização, que forma o primeiro núcleo da sua futura coalizão dominante. Um partido que se desenvolve por difusão é, por sua vez, um partido cujo processo de formação da liderança é normalmente muito mais tormentoso e complexo, porque existem muitos líderes locais, que surgiram de forma autônoma, que controlam as próprias associações e que podem aspirar à liderança nacional. Um desenvolvimento organizativo por difusão territorial quase sempre dá lugar, quando se forma a organização nacional do partido, a uma integração organizativa por *federação* entre diversos grupos locais. Portanto, um desenvolvimento por difusão (mas veremos a seguir uma importante exceção), diferentemente de um desenvolvimento por penetração territorial, tem maiores probabilidades de gerar uma organização com estruturas descentralizadas e semi-autônomas e uma coalizão dominante dividida, sulcada por contínuos conflitos pela liderança.

O segundo fator que exerce um papel fundamental na caracterização do modelo originário dos partidos consiste na presença ou na ausência de uma instituição externa que "patrocine" o nascimento do partido[9]. A presença ou ausência da instituição externa muda a fonte de legitimação da liderança. Se existe uma instituição externa, o partido nasce e é concebido como o "braço político" dessa instituição. Disso resultam duas conseqüências: 1) as lealdades organizativas que se formam no partido são *lealdades indiretas*; as lealdades são destinadas, em primeiro lugar, à instituição externa e, só em segunda instância, ao partido; 2) a instituição externa é, por conseguinte, a fonte de legitimação da liderança, e é ela, por exemplo, que faz a balança pender para um lado ou para o outro na disputa interna pelo poder. Portanto, dis-

---

9. Uma referência a esse problema encontra-se em L. Svaasand, no seu ensaio citado na nota anterior, que distingue entre partidos "monocéfalos" e partidos "policéfalos".

tinguiremos partidos de *legitimação externa* de partidos de *legitimação interna*.

Todavia, os efeitos da presença de uma instituição externa são diversos. Podem dar lugar a diferenças nas modalidades da institucionalização, conforme a instituição faça parte da mesma sociedade nacional em que o partido atua (por exemplo, uma igreja ou um sindicato) ou seja externa a ela (por exemplo, o Comintern).

Por fim, o terceiro fator a ser considerado é dado pelo caráter carismático ou não da formação do partido. O problema é estabelecer se o partido é ou não, essencialmente, uma criatura e um veículo de afirmação de uma liderança carismática. Esse aspecto requer compreensão. Na fase genética de um partido, os componentes carismáticos estão *sempre* presentes na relação líderes seguidores: a formação de um partido sempre possui aspectos mais ou menos intensos de *statu nascenti*, de efervescência coletiva, na qual, tipicamente, emerge o carisma de um modo ou de outro[10]. Porém, chamo a atenção para outro aspecto: o fato de o partido ser formado por um líder que se coloca como o idealizador e o intérprete incontroverso de um conjunto de símbolos políticos (as metas ideológicas originárias do partido), que se tornam inseparáveis da sua pessoa. Nesse sentido, o Partido Nacional-Socialista, o Partido Fascista Italiano, o Partido Gaullista foram, para todos os efeitos, partidos carismáticos; partidos cuja existência não se pode conceber sem referência aos seus líderes fundadores. Apesar de possuírem líderes de prestígio, não se pode dizer o mesmo do SPD ou do *Labour Party*.

Em alguns casos, porém, sem que haja uma relação carismática nos termos weberianos, é possível o desenvolvi-

---

10. Sobre as situações de estado nascente, com diversas ênfases, cf. F. Alberoni, *Movimento e istituzione*, Bolonha, Il Mulino, 1977, A. Touraine, *La produzione della società*, cit., A. Melucci (org.), *Movimenti di rivolta*, Milão, Etas Libri, 1976. Para um aprofundamento e uma discussão da literatura sobre as lideranças carismática, ver o cap. VIII.

mento daquilo que Robert Tucker definiu como "carisma situacional". Esse fenômeno é determinado *não* pelos componentes messiânicos da personalidade do líder (componentes que, por sua vez, estão presentes na situação de carisma "puro"), mas por um estado de intenso estresse social, que predispõe as pessoas "(...) a perceber como extraordinariamente qualificada e a seguir com lealdade entusiástica uma liderança que oferece um caminho de salvação para a situação de estresse". Mais especificamente: "Podemos usar a expressão 'carisma situacional' para nos referirmos àquelas situações em que um líder cuja personalidade não é de tendência messiânica evoca uma resposta carismática simplesmente porque oferece, em tempos difíceis, uma liderança que é sentida como recurso e meio de salvação"[11]. Conforme Tucker, os casos de Churchill ou de Roosevelt, por exemplo, foram de "carisma situacional".

Foi certamente um caso de carisma situacional, nos termos descritos, o de Adenauer na formação da CDU. E também, em parte, de De Gasperi no caso da DC, de Hardie no *Independent Labour Party*, de Jaurès na SFIO etc. O carisma situacional tem em comum com o carisma "puro" o fato de que o líder se torna para o eleitorado, assim como para uma parte majoritária dos militantes, o intérprete autorizado da política do partido, o que lhe garante um enorme controle sobre a organização em formação. Todavia, o carisma situacional se diferencia do carisma puro por uma capacidade menor do líder de plasmar a organização de acordo com a sua vontade e com seu arbítrio. Hitler, Mussolini e De Gaulle foram capazes de *impor* ao próprio partido todas as decisões-chave. Adenauer, De Gasperi e Jaurès, por sua vez, precisaram *negociar* com muitos outros agentes organizativos. A diferença está no fato de que, enquanto no caso do carisma puro o partido não tem uma existência autônoma do líder, ficando inteiramente à sua mercê, no caso do carisma situa-

---

11. R. Tucker, *The Theory of Charismatic Leadership*, in D. Rustow (org.), *Philosophers and Kings: Studies in Leadership*, Nova York, Braziller, 1970, pp. 81-2.

cional, apesar do enorme poder do líder, o partido não é simplesmente uma criatura sua, mas nasce de uma pluralidade de estímulos e impulsos e, portanto, outros agentes podem garantir para si um certo grau de controle sobre as zonas de incerteza da organização.

Os partidos carismáticos, por assim dizer, "puros", são muito raros. Mas menos do que se possa imaginar. Trata-se, em geral, de pequenos partidos que ficam à margem dos grandes jogos políticos; na maioria das vezes, trata-se de *flash-parties*, de partidos-relâmpago, que passam como um meteoro no firmamento político, que nascem e morrem sem se institucionalizar[12]. Isso tem relação com o fato de que, nesse caso, a institucionalização consiste na "rotinização do carisma", na transferência da autoridade do líder para o partido. Somente pouquíssimos partidos carismáticos superam essa passagem. Simultaneamente ao desenvolvimento por difusão ou por penetração, à existência ou não de uma instituição externa patrocinadora, a presença ou a ausência de uma liderança carismática inicial é um fator que cria diferenças conspícuas nos modelos originários dos diversos partidos. Naturalmente, a utilização do conceito de carisma situacional permite identificar casos intermediários entre os partidos carismáticos e todos os demais.

A institucionalização

Na fase genética, quando a organização ainda está em construção, os líderes, de tipo carismático ou não, geralmente desenvolvem um papel fundamental. Em primeiro lugar, elaboram as metas ideológicas do futuro partido, selecionando a base social da organização, o seu "território de caça", e, sobre essas metas e sobre essa base social, plasmam a organização em construção, embora com os desvios inevitáveis, impostos pelos recursos disponíveis, pelas diferentes

---

12. Ver mais detalhes a esse respeito no cap. VIII.

condições socioeconômicas e políticas das diversas zonas do território nacional etc. Nessa fase, o problema da liderança e dos empresários políticos é "(...) escolher os valores-chave e criar uma estrutura social que os incorpore"[13]. Isso explica o papel crucial e normalmente exercido pela ideologia ao plasmar a organização em construção[14]. Nessa fase, na qual se forma uma *identidade coletiva*, a organização é ainda, para os seus filiados, um *instrumento* para a realização de certos objetivos[15]: a identidade se define exclusivamente em relação às metas ideológicas que os líderes estão selecionando, e não em relação à organização por si própria. Eis por que uma organização na fase genética pode ser utilmente examinada sob a ótica do "modelo racional". Com a institucionalização, verifica-se um salto de qualidade. A institucionalização é efetivamente o processo por meio do qual a organização incorpora valores e objetivos dos fundadores do partido. Nas palavras de Philip Selznick, esse processo implica a passagem da organização "consumível" (isto é, puro instrumento para a realização de certos objetivos) à *instituição*[16]. Se o processo de institucionalização tem sucesso, a organização perde, pouco a pouco, o caráter de instrumento estimado não por si mesmo, mas somente em vista dos objetivos organizativos: adquire valor em si, os objetivos são incorporados à organização, e dela se tornam inseparáveis e, geralmente, indistinguíveis. Característico de um processo de institucionalização bem-sucedido é o fato de que, para a maioria, o "bem" da organização tende a coincidir com os seus objetivos: ou seja, tudo o que "for bom" para o partido, que for em direção ao seu fortalecimento *vis-à-vis* às organizações concorrentes, tende a ser considerado automaticamente como parte integrante do próprio objetivo. A organização torna-se, ela própria, "objetivo" para uma

---

13. P. Selznick, *La leadership nelle organizzazioni*, cit., p. 60.
14. Retornarei a esse ponto no cap. IX.
15. P. Selznick, *La leadership nelle organizzazioni*, cit., pp. 24 ss.
16. *Ibidem*, pp. 28 ss.

grande parte dos seus filiados e, desse modo, "carrega-se" de valores. Os objetivos organizativos (as metas ideológicas) dos fundadores do partido, como se disse, contribuem para moldar a sua fisionomia organizativa. Com a institucionalização, esses objetivos são "articulados", no sentido anteriormente especificado, às exigências organizativas. Essencialmente, são dois os processos que se desenvolvem, simultaneamente, provocando a institucionalização:

1) O desenvolvimento de *interesses* para a manutenção da organização (próprios dos dirigentes nos diversos níveis da pirâmide organizativa)[17].

2) O desenvolvimento de *lealdades* organizativas difusas.

Ambos os processos estão relacionados, como vimos anteriormente, à formação de um sistema interno de incentivos. O desenvolvimento de interesses organizativos decorre do fato de que, desde as primeiras fases de vida, a organização, para sobreviver, precisa distribuir *incentivos seletivos* para alguns de seus membros (cargos de prestígio, possibilidades de "carreira" interna etc.). Isso pressupõe a elaboração de procedimentos para a seleção e o recrutamento das elites, dos quadros dirigentes nos vários níveis organizativos. Com efeito, o grupo dos fundadores do partido resolve apenas em parte e na fase inicial o problema do preenchimento dos cargos de direção. As futuras elites devem ser "criadas" (socializadas aos compromissos da função) e recrutadas de acordo com o avanço do desenvolvimento organizativo. O desenvolvimento de lealdades organizativas difusas depende da distribuição de *incentivos coletivos* (de identidade), tanto para os membros da organização (os militantes) quanto para uma parte dos usuários externos, o eleitorado fiel. É um processo relacionado à formação de uma "identida-

---

17. Sobre a institucionalização como modalidade de estabilização das trocas, seja no interior da organização ou entre a organização e o ambiente, cf. S. N. Eisenstadt, *Social Differentiation and Stratification*, Glenview, Scott, Foresman and Co., 1965, pp. 39 ss. Cf. também, na mesma perspectiva, P. Blau, *Exchange and Power in Social Life*, cit., pp. 211 ss.

de coletiva"[18] que, todavia, é guiada e plasmada pelos próprios fundadores do partido. Portanto, a consolidação de um sistema dos incentivos, sejam eles seletivos ou coletivos, está estreitamente vinculada à institucionalização (e se tal desenvolvimento não existe, a institucionalização não se realiza e o partido não consegue garantir a sua sobrevivência). Lealdades organizativas, pelas quais o partido adquire o caráter de *community of fate*, tanto para os seus militantes quanto ao menos para uma parte dos seus defensores externos, e interesses organizativos dão corpo e vitalidade ao processo de "party building"; dão lugar a uma organização que, solidificando as próprias estruturas, se "autonomiza", ao menos em certa medida, em relação ao seu ambiente externo e cria sobre essas lealdades e interesses um estímulo e uma tensão permanentes à autoconservação[19].

Até aqui, a institucionalização foi entendida como processo, como um conjunto de atributos que a organização pode ou não desenvolver no período que se segue ao seu nascimento. Sob esse aspecto, a distinção se dá entre os partidos que experimentam processos de institucionalização e partidos que não os experimentam (e que só podem se dissolver rapidamente).

---

18. A. Pizzorno, "Interests and Parties in Pluralism", in S. Berger (org.), *Organizing Interests in Western Europe*, Nova York, Cambridge University Press, 1981, pp. 247-84.

19. A diferença entre "lealdades" e "interesses" no sentido aqui empregado corresponde, em grande parte, à distinção de Easton entre "apoio difuso", o consenso dado ao sistema como tal, independentemente de contrapartidas imediatas, e "apoio específico", o consenso dado aos governantes em troca de vantagens imediatas: cf. D. Easton, *A Systems Analysis of Political Life*, Chicago, The University of Chicago Press, 1979^2, pp. 267 ss. Ver também a distinção entre legitimidade difusa e legitimidade específica, proposta por L. Morlino, "Stabilità, legitimità e efficacia decisionale nei sistemi democratici", *Rivista Italiana di Scienza Politica*, III (1973), pp. 305 ss. Naturalmente, o consenso específico, quando satisfeito, gera "lealdade", porém uma lealdade mais tipicamente *ad personam* (em comparação com o(s) líder(es) que satisfaz(em) as demandas particulares) do que, ao contrário, como se dá no caso do consenso difuso em relação à instituição como tal.

Mas o problema da institucionalização é mais complexo. De fato, as organizações não se institucionalizam todas do mesmo modo nem com a mesma intensidade. Há diferenças evidentes de partido para partido. Todos os partidos devem se institucionalizar numa certa medida para sobreviver, mas enquanto em alguns casos o processo gera instituições *fortes*, em outros gera instituições fracas. Disso decorre a hipótese, central no meu entendimento, de que os partidos se diferenciam principalmente pelo grau de institucionalização alcançado, que, por sua vez, depende das modalidades de formação do partido, do tipo de modelo originário (e também do tipo de influências ambientais a que a organização é submetida). Essa afirmação subentende a idéia de que é possível, ao menos teoricamente, "medir" o nível de institucionalização dos diferentes partidos e que, portanto, é possível colocá-los num extremo ou outro do *continuum* que vai de um máximo a um mínimo de institucionalização.

A institucionalização organizativa, na acepção aqui utilizada, pode ser medida, essencialmente, ao longo de duas dimensões: 1) o grau de *autonomia* do ambiente que a organização desenvolveu; 2) o grau de *sistemicidade*, de interdependência entre as diversas partes da organização[20]. A di-

---

20. Selecionei esses "parâmetros" da institucionalização, e apenas esses, porque é ao longo das dimensões da autonomia em relação ao ambiente e ao nível de sistemicidade que existe, no meu entendimento, a tendência das organizações para deslocamentos na mesma direção. Em outras palavras, e como procurarei demonstrar neste capítulo e nos seguintes com exemplos concretos, quanto maior é a autonomia do ambiente, mais elevado tende a ser o nível de sistemicidade e, correlativamente, quanto menor a autonomia, menor o nível de sistemicidade. Para os fins da análise empírica, não parecem ser muito utilizáveis os famosos critérios adotados por Huntington para medir a institucionalização: autonomia, coerência, complexidade e flexibilidade. Nada parece garantir que aumentos de autonomia *também* devam comportar aumentos de complexidade, coerência e flexibilidade: cf. S. Huntington, *Political Order in Changing Societies*, New Haven e Londres, Yale University Press, 1968. A teoria da institucionalização foi aplicada em ciência política, sobretudo no caso dos parlamentos nacionais: cf. R. Sisson, "Comparative Legislative Institutionalization: A Theoretical Explanation", in A. Kornberg (org.), *Legislature in Comparative Perspective*, Nova York, Mc Kay, 1973, pp. 17-38, e M. Cotta, *Classe politica e parlamento in Italia 1946-1976*, Bolonha, Il Mulino, 1979, pp. 279 ss.

mensão autonomia/dependência se refere à relação que a organização instaura com o ambiente externo. Toda organização está, necessariamente, envolvida em relações de troca com o próprio ambiente: deve extrair recursos (humanos e materiais) indispensáveis ao seu próprio funcionamento e, para obtê-los, deve dar em troca recursos "produzidos" no seu interior. Um partido deve distribuir incentivos de várias espécies, não só aos próprios membros, mas também aos "usuários" externos (os eleitores, as organizações de apoio etc.). Uma organização tem autonomia quando desenvolve a capacidade de controlar diretamente os processos de troca com o ambiente. Uma organização é *dependente* quando os recursos indispensáveis ao seu funcionamento são controlados externamente por outras organizações (por exemplo, o *Labour* britânico depende das *Trade Unions,* quer para obter os financiamentos necessários para manter a organização do partido e para conduzir as campanhas eleitorais, quer para a mobilização do apoio operário). Institucionalização significa sempre, ao menos em certa medida, "autonomização" do ambiente no sentido indicado. A diferença entre os partidos é, portanto, de grau, "para mais e para menos". Uma organização com pouca autonomia é uma organização que exerce pouco controle sobre o próprio ambiente; que mais se adapta a ele do que o faz adaptar-se a si própria. Uma organização com muita autonomia, ao contrário, é a que exerce um forte controle sobre o próprio ambiente; que tem a capacidade de fazê-lo ceder às próprias exigências. Somente as organizações que controlam diretamente os próprios processos vitais de troca com o ambiente podem desenvolver em relação a ele aquela forma de "imperialismo velado"[21], que tem como função reduzir as áreas de incerteza ambiental para a organização. Quanto mais forte o controle exercido pelo partido sobre o ambiente, mais ele se torna um gerador autônomo de recursos para o seu próprio funcionamento. O "tipo ideal" de partido de massa descri-

---

21. J. Bonis, *L'Organization et l'Environnement,* cit.

to por Duverger corresponde, sob a ótica da autonomia do ambiente, ao máximo de institucionalização possível. Nesse caso, o partido controla diretamente as próprias fontes de financiamento (por meio da afiliação), domina as próprias associações colaterais e, por seu intermédio, estende a sua hegemonia sobre a *classe gardée*; possui um aparato administrativo central desenvolvido (forte burocratização); escolhe os seus quadros dirigentes no seu próprio interior, com ou sem um mínimo de aportes externos; por fim, os seus representantes nas assembléias públicas são controlados pelos dirigentes internos do partido (por isso, qualquer que seja o grau de institucionalização das assembléias eletivas, a organização partidária permanece autônoma, não condicionada)[22].

No outro extremo, por sua vez, está o partido com autonomia extremamente fraca com relação ao ambiente; que depende do exterior (por exemplo, dos grupos de interesse) para o seu financiamento; que não controla as próprias associações colaterais, mas por elas é controlado ou deve negociar com elas em plano de igualdade; que inclui nas suas listas eleitorais muitos candidatos patrocinados por grupos de interesse sem carreira anterior no partido, e assim por diante. Ambos são casos-limite: nenhum partido é totalmente privado de autonomia pelo ambiente; nenhum partido tem condições de desenvolver uma autonomia em relação ao ambiente assim tão forte como o "partido de massa" de Duverger. Mas os partidos se dividem entre aqueles que se aproximam mais do primeiro modelo e os que se aproximam mais do segundo.

Uma das características mais facilmente associadas a um grau de autonomia diverso do ambiente é a maior ou menor indeterminação dos limites organizativos. Quanto mais a organização é autônoma em relação ao ambiente, mais definidos são os seus limites. Uma organização autônoma do

---

22. Cf. M. Cotta, *Classe politica e parlamento in Italia. 1946-1976*, cit., sobre a interação entre instituição parlamentar e estruturas partidárias.

ambiente sempre torna possível estabelecer com segurança onde começa e onde termina a organização (quem faz parte dela e quem não faz; que outras organizações estão no seu raio de influência etc.). Por outro lado, uma organização muito dependente do seu ambiente é uma organização cujos limites são indeterminados: muitos grupos e/ou associações formalmente externas à associação e que, na verdade, fazem parte dela, têm ligações com as suas subunidades internas; "atravessam" de modo mais ou menos oculto os seus limites formais. Quando os limites são bem determinados, a organização corresponde ao modelo (relativamente) "fechado"; quando os limites são indeterminados, a organização corresponde ao modelo (relativamente) "aberto".

A segunda dimensão da institucionalização, o grau de sistemicidade, refere-se à coerência estrutural interna da organização. Um sistema organizativo pode ser tal a ponto de deixar ampla autonomia aos próprios subsistemas internos[23]. Nesse caso, o grau de sistemicidade é baixo. Significa que as subunidades controlam autonomamente, sem depender do "centro" da organização, os recursos necessários ao próprio funcionamento (e, portanto, os próprios processos de troca com o ambiente). Um grau elevado de sistemicidade, ao contrário, implica uma forte interdependência entre as diversas subunidades, assegurada por um controle centralizado dos recursos organizativos e dos processos de troca com o ambiente. Quanto mais elevado é o grau de sistemicidade, mais concentrado é, portanto, o controle sobre as zonas de incerteza organizativa, principalmente sobre as relações com o ambiente, mas também, devido ao caráter tendencialmente cumulativo do controle, sobre as outras zonas de incerteza vitais. E, de modo recíproco, quanto menor é o grau de sistemicidade, mais disperso é o controle sobre as zonas de incerteza.

---

23. A. Gouldner, *For Sociology*, Harmondsworth, Penguin Books, 1975², J. A. Van Doorn, "Conflict in Formal Organizations", in A. Renck (org.), *Conflict in Society*, Boston, Little Brown and Co., 1966, p. 115.

A conseqüência de um baixo nível de sistemicidade é, geralmente, uma forte heterogeneidade organizativa (as subunidades diferem entre si porque extraem os próprios recursos de setores diversos do ambiente). Um alto nível de sistemicidade, ao contrário, costuma dar lugar a uma maior homogeneidade entre as subunidades.

As duas dimensões da institucionalização tendem a estar ligadas entre si, no sentido de que um baixo grau de sistemicidade muitas vezes implica uma fraca autonomia do ambiente e vice-versa. De fato, freqüentemente a autonomia das subunidades organizativas em relação ao "centro" da organização (que torna baixo o nível de sistemicidade) vincula-se a uma dependência de setores ambientais específicos (como no caso em que a independência de uma associação local da organização nacional do partido é assegurada pelo controle exercido sobre ela por um poderoso grupo de interesse local, por uma autoridade etc.). Esse último exemplo contribui para explicar por que a indeterminação dos limites organizativos, típica de uma forte dependência do ambiente, *também* é um fator que favorece uma fraca coerência estrutural interna, um baixo grau de sistemicidade.

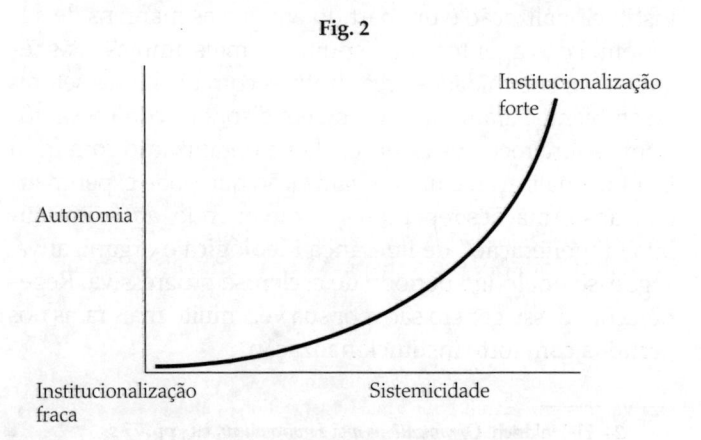

Fig. 2

Institucionalização forte

Autonomia

Institucionalização fraca

Sistemicidade

Uma organização com forte institucionalização possui, geralmente, mais defesas em relação aos desafios ambientais do que uma organização fracamente institucionalizada, porque os seus instrumentos de controle sobre a incerteza ambiental estão concentrados no "centro", e não dispersos entre as subunidades. E, no entanto, uma instituição "forte" pode ser mais frágil do que uma instituição "fraca". De fato, quando o nível de sistemicidade é alto, uma crise que atinja uma parte da organização está destinada a se repercutir rapidamente em todas as outras partes. Quando, ao contrário, o nível de sistemicidade é baixo, a relativa autonomia das diferentes partes da organização permite isolar mais facilmente a crise[24].

Um partido que experimentou um forte processo de institucionalização é uma organização que limita drasticamente as margens de manobra dos agentes internos. A organização se impõe aos agentes, canalizando suas estratégias por vias estreitas e obrigatórias. Um partido com forte institucionalização é um partido em que as mudanças são lentas, circunscritas, fatigantes, é uma organização que tem mais facilidade para se desagregar pela excessiva rigidez (como o SPD em 1917) do que para experimentar mudanças profundas e repentinas. Ao contrário, um partido com fraca institucionalização é um partido em que as margens de autonomia dos agentes em disputa são mais amplas, e as relações das subunidades organizativas com diferentes setores do ambiente garantem ao grupo em disputa o controle autônomo sobre recursos externos. Uma organização com fraca institucionalização é uma organização que pode experimentar transformações repentinas, como quando, após uma súbita "regeneração" de liderança ideológica e organizativa, segue-se um longo período de esclerose progressiva. Regenerações desse gênero são, por sua vez, muito mais raras nos partidos com forte institucionalização.

---

24. H. Haldrich, *Organizations and Environment*, cit., pp. 77 ss.

Pelo menos cinco indicadores do diferente grau de institucionalização dos partidos podem ser utilizados.

Em primeiro lugar, o grau de desenvolvimento da organização extraparlamentar central[25]. A regra é que um partido com forte institucionalização possui uma *burocracia* central desenvolvida, um aparato nacional forte, *vis-à-vis* às associações intermediárias e periféricas do partido. Num partido com fraca institucionalização, ao contrário, o aparato central é fraco, embrionário, pouco ou nada desenvolvido, e as associações periféricas são mais independentes do centro. Esse é o efeito do diferente grau de concentração/dispersão do controle sobre as zonas de incerteza no interior da organização (*alto versus baixo* nível de sistemicidade organizativa). O Partido Conservador britânico, por exemplo, partido com forte institucionalização, possui tradicionalmente um aparato central mais poderoso e mais desenvolvido do que o *Labour Party*. Portanto, um partido com forte institucionalização é mais *burocratizado* e mais *centralizado* do que um partido com fraca institucionalização. A centralização é, nesse caso, uma conseqüência da burocratização.

Em segundo lugar, o grau de homogeneidade, de semelhança entre as subunidades organizativas de mesmo nível hierárquico. Se, por exemplo, a institucionalização é forte, as associações locais tenderão a se organizar do mesmo modo em todo o território nacional. Se, ao contrário, a institucionalização é fraca, é muito provável que haja fortes diferenças organizativas. Essa é, obviamente, a conseqüência de um grau diferente de sistemicidade, de coerência estrutural.

Em terceiro lugar, as modalidades de financiamento. Quanto maior a institucionalização, maior a probabilidade

---

25. Para E. Spencer Wellhofer, "Dimensions of Party Development: A Study in Organizational Dynamics", *The Journal of Politics*, XXXIV (1972), pp. 153-69, são elementos constitutivos da institucionalização tanto a "burocratização" quanto a "formalização" (a produção de normas e regulamentos escritos). Embora eu concorde com o primeiro, não concordo com o segundo: como veremos, vários indícios parecem demonstrar que a formalização também pode estar presente onde a institucionalização organizativa é fraca.

de que a organização disponha de um sistema de entradas baseado em contribuições que afluem com *regularidade* para os cofres do partido e que provêm de uma *pluralidade* de fontes. Quanto menor a institucionalização, mais descontínuo e irregular o afluxo de fundos e menos diversificadas as fontes de financiamento. A regularidade é indispensável para a manutenção da estrutura burocrática que preside a coerência estrutural do partido, que mantém elevado o seu grau de sistemicidade. A pluralidade das fontes garante, por sua vez, a autonomia do partido em relação ao controle externo.

Em quarto lugar, as relações com as organizações colaterais externas. Como se disse, um grau diferente de institucionalização dá lugar a diferentes níveis de controle do partido sobre o próprio ambiente. Um partido com forte institucionalização exerce, portanto, um predomínio sobre as organizações externas. Isso se dá, ou se deu, durante longos períodos da história de partidos como o PCI, o PCF, o SPD e o SPÖ (o Partido Socialista Austríaco), nas relações com os sindicatos, ou do Partido Conservador britânico nas relações com as suas organizações colaterais: as organizações externas como "correntes de transmissão" do partido. Ao contrário, no caso dos partidos com fraca institucionalização, ou não existe nenhuma relação com as instituições externas (por exemplo, a SFIO das primeiras décadas do século e a CGT*), ou as relações são precárias (PSI e sindicatos, 1906-1922), ou as organizações colaterais são fracas e pouco vitais (CDU), ou, finalmente, o próprio partido é dependente da organização externa (*Labour Party* britânico).

Por fim, o grau de correspondência entre normas estatutárias e "constituição material" do partido. Essa tende a ser maior no caso dos partidos com forte institucionalização do que nos partidos de institucionalização fraca. Naturalmente não no sentido de que o estatuto, no caso das instituições

---

* Confédération Générale du Travail (Confederação Geral do Trabalho). [N. da T.]

O DESENVOLVIMENTO ORGANIZATIVO

fortes, descreve a distribuição efetiva do poder, mas no sentido de que os agentes ocupam posição dominante no partido porque controlam setores cuja autoridade é formalmente reconhecida, e não, de modo mais ou menos oculto, por exemplo, em virtude de posições de predominância em papéis externos à organização. Por exemplo, a coalizão dominante de um partido com forte institucionalização, como o Partido Conservador Britânico, gira em torno do líder parlamentar cujo papel de predominância é formalmente reconhecido. Ao contrário, a coalizão dominante do *Labour Party* compreende, *de fato*, os líderes das *Trade Unions*, cujo papel não é formalmente reconhecido (no sentido de que a constituição formal atribui, sim, poderes ao sindicato, mas não diretamente ao TUC, o governo das *Unions*).

Esse fenômeno resulta diretamente do diferente grau de indeterminação dos limites, relacionado ao nível de institucionalização. Se a instituição é forte, os limites são claros e definidos e, por definição, não há possibilidade de que personalidades, grupos ou associações formalmente externos ao partido exerçam um papel diretivo dentro da organização. Se a instituição é fraca, os limites são indeterminados, a autonomia do ambiente é mínima e os agentes formalmente externos podem atravessar mais facilmente os limites.

Instituição forte e instituição fraca: dois tipos ideais

Uma institucionalização fraca geralmente resulta numa coalizão dominante pouco coesa (subdividida em facções), enquanto uma instituição forte gera uma coalizão dominante coesa (subdividida em tendências). Em outras palavras, uma institucionalização forte implica uma forte concentração do controle sobre as zonas de incerteza e, por conseguinte, sobre a distribuição dos incentivos organizativos. Uma institucionalização fraca implica dispersão do controle sobre as zonas de incerteza e, portanto, ausência de um "centro" que monopolize a distribuição dos incentivos.

O grau de institucionalização de um partido político incide, pois, sobre a conformação da sua coalizão dominante, influenciando, em particular, o seu grau de coesão interna. Com a exceção, que veremos em seguida, dos partidos carismáticos, em que uma ausência inicial de institucionalização é acompanhada por uma forte coesão da coalizão dominante; em geral, porém, há uma estreita relação entre os dois termos: quanto mais fraca a institucionalização, mais dividida a coalizão dominante; quanto mais forte a institucionalização, mais coesa a coalizão dominante. Esse ponto pode ser reformulado pela afirmação de que existe uma relação inversa entre o grau de institucionalização do partido e o grau de organização dos grupos que agem no seu interior: quanto *mais institucionalizado for o partido, menos organizados serão os grupos internos*. E, correlativamente, quanto *menos institucionalizado for o partido, mais organizados serão os grupos internos*. Nos casos extremos de institucionalização máxima, os grupos não têm praticamente nenhuma organização: trata-se de *tendências* em estado puro. Nos casos extremos de institucionalização mínima, os grupos são *facções* altamente organizadas. Porém, a partir do momento em que a diferença de nível de institucionalização entre os partidos (e num mesmo partido no curso do tempo) é uma diferença de grau, maior e menor, as diferenças no grau de organização dos grupos internos também variam de um mínimo a um máximo de organização.

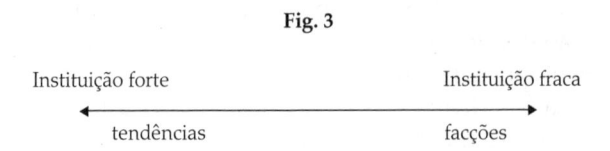

Fig. 3

Instituição forte | Instituição fraca
◄─────────────────────────────►
tendências | facções

Se fosse possível – mas nunca é totalmente – medir com precisão as diferenças de nível de institucionalização entre partidos, bem como as oscilações que um mesmo partido pode experimentar ao longo do tempo sob a pressão das mudanças ambientais, seria possível, portanto, estabelecer também qual o grau de organização dos grupos internos, de partido para partido e num mesmo partido em momentos diversos. Desse modo, também seria possível estabelecer com relativa precisão quão coesas ou divididas são as diferentes coalizões dos partidos, umas em relação às outras.

Conforme o grau ou nível de institucionalização, a "estrutura das oportunidades" varia em cada partido, ou seja, variam as modalidades, os canais e as possibilidades por meio dos quais se desenvolve a disputa política interna[26]. E, por conseguinte, variam as modalidades de *recrutamento das elites*. Num partido com forte institucionalização, justamente devido ao caráter coeso da sua coalizão dominante, o recrutamento das elites tende a se realizar de forma *centrípeta*. Uma vez que há no partido um "centro" forte, uma coalizão dominante coesa, que monopoliza as zonas de incerteza e, por conseguinte, a distribuição dos incentivos, há geralmente uma única possibilidade de emergir dentro do partido: *fazer-se cooptar pelo centro*. A estrutura das oportunidades é tal que os militantes "ambiciosos" (os carreiristas) devem, para fazer carreira, adequar-se às diretivas centrais. Trata-se de uma estrutura afunilada, cuja escalada requer uma *convergência vertical ao centro*; na verdade, requer gozar dos favores da pequena elite dirigente, adaptar-se com zelo aos seus desejos. Num partido com fraca institucionalização, ao contrário, o recrutamento das elites se realiza de forma *centrífuga*. Muitos grupos no vértice controlam importantes recursos de poder e têm, portanto, condição de distribuir incentivos organizativos. Mais que de um vértice, é necessário, antes, falar de uma pluralidade de vértices diversamente aliados e/ou em conflito entre si. A escalada se realiza de forma centrífuga, pois, para emergir, é necessário identificar-se politicamente como parte de um grupo (uma facção específica) *contra* todos os outros grupos.

---

26. Sobre o conceito de "estrutura de oportunidade", cf. J. A. Schlesinger, *Ambition and Politics*, Chicago, Rand McNally, 1966.

Sobre a "estrutura das oportunidades" internas incide, além disso, o fato de que, enquanto uma instituição forte tende a criar em seu próprio interior um sistema de desigualdades muito autônomo e independente do sistema das desigualdades sociais (as desigualdades são predominantemente ditadas pela divisão do trabalho no interior de uma estrutura burocrática), uma instituição fraca terá um sistema de desigualdades interno menos autônomo. De fato, maior institucionalização significa maior autonomia em relação ao ambiente[27]. O que implica que os critérios segundo os quais se definem as desigualdades internas tendem a ser predominantemente *endógenos*, peculiares à organização como tal. Por outro lado, tais critérios são, ao menos em parte, *exógenos*, impostos pelo exterior, no caso de uma fraca institucionalização. Na verdade, isso significa que, quanto mais institucionalizado é o partido, maior é a participação de tipo "profissional" no seu interior (e, portanto, os critérios que regulam o seu sistema de desigualdades são aqueles próprios de uma estrutura burocrático-profissional). Por sua vez, quanto menos institucionalizado é o partido, mais a participação no seu interior tende a ser de tipo "civil"[28] (transferência de recursos externos para a organização, detidos em razão da estreita relação com a posição no sistema das desigualdades sociais). Em outras palavras, quanto mais fraca é a instituição, mais "autoridades" e menos "profissionais" encontraremos ao longo da hierarquia interna, nos cargos eletivos etc.

Sob outro ângulo, o mesmo ponto pode ser reformulado no sentido de que, nos partidos com institucionalização mais forte, a atividade política tende a se configurar com as características de uma verdadeira "carreira": entra-se no partido nos níveis baixos e sobe-se, depois de um longo aprendizado, degrau por degrau. Nos partidos com institucionalização mais fraca, por sua vez, há poucas "carreiras" desse gênero. A uma institucionalização fraca está associada uma

---

27. S. Huntington, *Ordinamento politico e mutamento sociale*, cit., pp. 21 ss.
28. Cf. a tipologia proposta por A. Pizzorno, *Introduzione allo studio della partecipazione politica*, cit.

maior "descontinuidade" na participação em todos os níveis[29]: poucas carreiras "convencionais"[30], no sentido definido, muitas carreiras rápidas (ingressos diretamente nos níveis altos ou médio-altos) etc. De maneira mais geral, pode-se afirmar também que a uma institucionalização forte corresponde um predomínio de "integrações verticais" das elites[31]: entra-se na organização nos níveis inferiores e sobe-se até o vértice; as elites nascem e são "criadas" dentro da organização. A uma institucionalização fraca corresponde, por sua vez, uma "integração horizontal" das elites: entra-se no partido em níveis altos por âmbitos externos, nos quais já se ocupa uma posição de predominância, isto é, convertem-se em recursos políticos os recursos de outro gênero (como é justamente o caso das autoridades e também de todos aqueles que são cooptados no partido por causa do controle que exercem sobre organizações extrapartidárias)[32].

Além de ser, por definição, menos "permeável" às relações com o exterior, o partido com forte institucionalização tem, geralmente, menos relações clientelistas com os próprios usuários externos do que os partidos com fraca institucionalização, em razão da menor presença de autoridades no seu interior (embora uma fraca institucionalização não signifique, automaticamente, clientelismo). E mesmo o índice de corrupção costuma ser mais elevado onde é fraca a institucionalização e maior a dependência das forças sociais. Em contrapartida, quanto maior a institucionalização, mais for-

---

29. Sobre as "descontinuidades" de carreira nos partidos fragilmente organizados, cf. S. Eldersveld, *Political Parties. A Behavioral Analysis*, cit., pp. 140 ss., A. Kornberg et al., *Semi-Careers in Political Work: The Dilemma of Party Organizations*, cit.

30. Cf. E. Spencer Wellhofer, *Political Parties as "Communities of Fate": Tests with Argentina Party Elites*, cit.

31. Sobre esses conceitos, cf. R. S. Robins, *Political Institutionalization and Integration of Elites*, Londres, Sage Publications, 1976.

32. Sobre as diferenças no recrutamento das elites entre o "guild system", que implica um longo aprendizado no interior da organização, e o sistema dos "ingressos laterais", cf. R. Putnam, *The Comparative Study of Political Elites*, Englewood Cliffs, Prentice-Hall, 1976, pp. 47 ss.

te e ramificada tende a ser a subcultura de partido. Somente uma instituição forte, em condição de dominar a própria base social, pode, efetivamente, desenvolver as características do "partido de integração social". Por isso, quanto mais forte for a institucionalização, mais a subcultura apresentará os traços de uma "sociedade na sociedade"[33]. Por sua vez, uma instituição fraca, precisando adaptar-se à própria base social, não desenvolverá uma forte subcultura de partido. Há, todavia, uma exceção: o caso dos partidos confessionais que, normalmente, são instituições fracas, mas geralmente inseridas em subculturas políticas amplas e ramificadas. No entanto, nesse caso, trata-se de partidos de legitimação externa, que usufruem de uma rede associativa subcultural que, na verdade, gira (como o partido) em torno da instituição patrocinadora (a Igreja).

Até aqui, discorremos sobre as diferenças entre os dois tipos ideais de partido, respectivamente com forte e com fraca institucionalização. Mas trata-se, justamente, de tipos ideais: nenhum partido corresponde totalmente ao caso da instituição forte nem ao da instituição fraca. Portanto, em nenhum partido o sistema interno das desigualdades será inteiramente autônomo em relação ao sistema das desigualdades sociais[34], nem, ao contrário, totalmente dependente

---

33. Em certos casos, a presença de uma forte subcultura pode estar relacionada a situações de "encapsulação organizativa": cf. G. Sartori, "European Political Parties: The Case of Polarized Pluralism", in R. A. Dahl, D. E. Neubauer (orgs.), *Readings in Modern Political Analysis*, Nova York, Prentice-Hall, 1968, pp. 115-49.

34. Um efeito resultante é a tendência dos partidos mais institucionalizados que organizam classes populares para reproduzirem no seu próprio interior, ao menos dentro de certos limites, as desigualdades sociais, particularmente por meio da supra-representação dos grupos de camadas burguesas nos níveis médio-altos: cf., para uma aferição empírica, D. Gaxie, "Les Logiques du Recruitment Politique", *Revue Française de Science Politique*, XXX (1980), pp. 5-45. Todavia, as desigualdades sociais *sempre* se refletem com rapidez muito maior nas instituições fracas do que nas instituições fortes. É a uma diferença de nível de institucionalização que se atribui o fenômeno, observado por Michels, da maior presença de intelectuais nas elites dirigentes do PSI e da SFIO do que no SPD, onde, por sua vez, era muito mais forte o

dele. Em nenhum partido o recrutamento será exclusivamente centrífugo ou, ao contrário, centrípeto. Nem a integração das elites será exclusivamente de tipo horizontal ou vertical. Nenhum partido será imune ao clientelismo, nenhum partido jamais será totalmente clientelista[35], e assim por diante. Porém, os partidos concretos poderão ser colocados ao longo de uma escala que vai de um mínimo a um máximo de institucionalização (sem, todavia, *jamais* poderem ocupar as duas extremidades da escala)[36].

Além disso, o fato de um partido ter experimentado um processo de forte institucionalização não garante, em razão de profundas mudanças no seu ambiente, que não possa haver processos de desinstitucionalização, de perda de autonomia em relação ao ambiente e de enfraquecimento do grau de sistemicidade organizativa. Nem, por outro lado, um par-

---

componente de classe operária: cf. R. Michels, *Proletariato e borghesia nel movimento socialista italiano*, Turim, Bocca, 1908.

35. Um estudo comparativo das políticas clientelistas e de patrocínio que confrontasse instituições fortes e instituições fracas certamente seria muito instrutivo: provavelmente, colocaria em destaque que o patrocínio desenvolve um papel diferente nos dois tipos de partido: enquanto na instituição fraca fortalece o poder *pessoal* do chefe clientelista, na instituição forte deve fortalecer mais a instituição enquanto tal do que cada um de seus funcionários. Na Itália, por exemplo, já existem excelentes estudos sobre as práticas clientelistas e de patrocínio dos partidos de centro-direita, em particular da DC (uma instituição fraca). Faltam, infelizmente, análises sobre as políticas de patrocínio dos partidos de esquerda nas administrações locais por eles controladas e, em particular, do PCI (uma instituição forte).

36. M. Duverger, *I partiti politici*, cit., distingue entre partidos com "articulação forte" e partidos com "articulação fraca". De certa forma, essa distinção corresponde àquela estabelecida entre baixo e alto nível de sistemicidade, de coerência estrutural interna, que resulta da existência ou não de uma forte coordenação central. Nesse sentido, as distinções – cruciais na teoria organizativa de Duverger – entre partidos de célula, de milícia, de seção e de comitê correspondem, no meu entendimento, essencialmente a diferenças no nível de sistemicidade: uma organização cuja unidade de base é a célula ou a milícia possui normalmente (mas, como veremos, *não* no caso de um partido carismático) uma maior coerência estrutural interna do que uma organização baseada na seção territorial, e esta, por sua vez, possui maior coerência estrutural do que uma organização baseada no comitê.

tido com fraca institucionalização está necessariamente condenado a manter essa característica: por exemplo, a CDU, um partido originariamente com fraca institucionalização, depois de passar para a oposição em 1969, experimentou processos de fortalecimento organizativo, que alteraram muitas de suas características originárias[37]. Todavia, o modo pelo qual se deu a institucionalização organizativa geralmente continua a pesar por decênios sobre a vida interna dos partidos, condicionando suas modalidades de disputa interna e influenciando, com isso, os seus comportamentos na arena política.

Modelo originário e institucionalização: uma tipologia

Uma vez definidos os principais elementos que concorrem para formar o modelo originário dos partidos e também o conceito de institucionalização, vamos procurar verificar como modelo originário e institucionalização estão relacionados entre si, isto é, como um determinado modelo originário pode influenciar o grau de institucionalização.

A relação entre desenvolvimento organizativo por penetração ou por difusão e institucionalização é, ao menos em teoria, suficientemente compreensível. Um desenvolvimento por penetração tende a produzir uma instituição forte. De fato, desde o início, há uma elite coesa, capaz, como tal, de imprimir um forte desenvolvimento à organização que está surgindo. Um desenvolvimento por difusão tende, por sua vez, a produzir uma instituição fraca porque há muitas elites locais controlando recursos organizativos conspícuos, e a organização deve desenvolver-se por federação e, portanto, por meio de acordos e negociações entre uma pluralidade de grupos.

Da mesma forma, é fácil deduzir qual a relação existente entre a presença ou a ausência de uma organização ex-

---

37. Sobre a CDU, ver o cap. VII. Sobre as transformações organizativas experimentadas por esse partido depois da perda do poder, ver o cap. XIII.

terna "patrocinadora" e o grau de institucionalização que o partido pode alcançar. A presença de uma organização patrocinadora resulta, geralmente, numa instituição fraca. De fato, a organização externa não tem interesse em favorecer, para além de certos limites, um fortalecimento do partido, que inevitavelmente reduziria a dependência do seu controle. Mesmo sem seu esforço deliberado, o próprio fato de que a lealdade dos filiados ao partido seja somente indireta (a legitimação do partido é externa a ele) é, por si, uma condição que impede uma forte institucionalização. Portanto, em igualdade de condições, é mais fácil que seja um partido com legitimação "interna", isto é, um partido não patrocinado por outra organização, a experimentar um processo de institucionalização forte. Há, contudo, uma importante exceção: o caso dos partidos comunistas, partidos patrocinados por uma organização externa (o Comintern) e que, todavia, geralmente experimentaram processos de forte institucionalização. Pode-se supor, então, que a organização patrocinadora age sobre o partido em formação de várias maneiras, conforme faça parte da sociedade nacional na qual atua o partido ou seja externa a ele. Se a organização patrocinadora é um sindicato ou uma igreja, ela impedirá a formação de um partido com forte institucionalização, porque um desenvolvimento do gênero implicaria a autonomização, a "emancipação" do partido em relação à organização. Se, por sua vez, a organização patrocinadora é externa ao regime político, uma forte institucionalização que garanta a autonomia do partido em relação ao do regime é um êxito muito provável (mas o preço da autonomia do sistema nacional é a dependência da organização externa). Os processos de bolchevização dos partidos comunistas nos anos 20 geraram organizações com forte institucionalização, dominadas por coalizões dominantes coesas e, todavia, a sua forte autonomia em relação ao ambiente nacional foi acompanhada pela subordinação a uma instituição internacional, na qual estavam depositadas a sua fonte de legitimação e coalizões dominantes que as conduziam.

Que a presença de uma organização patrocinadora influencie de modo diferente o processo de institucionalização do partido, conforme ela seja parte ou não do mesmo regime político e atue ou não diretamente na mesma sociedade nacional, depende provavelmente do fato de que somente no primeiro caso ocorre o fenômeno do *duplo vínculo organizativo*: os filiados ao partido *também* são filiados ao sindicato ou fazem parte da comunidade religiosa. A autoridade da organização externa é, portanto, exercida *diretamente* pelos seus representantes (os líderes sindicais, a hierarquia eclesiástica). No caso de uma organização patrocinadora externa à sociedade nacional, não ocorre, por definição, duplo vínculo, e a autoridade (externa) pode ser exercida somente por meio do partido. Essa argumentação pode ser resumida supondo-se níveis diferentes de institucionalização, conforme o tipo de legitimação (interna, externa "nacional", externa "extranacional"). Por isso, se a uma legitimação interna corresponde uma instituição forte e a uma legitimação externa "nacional" (por exemplo, os partidos trabalhistas) corresponde uma instituição fraca, uma legitimação externa "extranacional" tende a se associar a uma instituição muito forte (elevada autonomia da sociedade nacional, elevada coerência estrutural interna).

A argumentação até aqui desenvolvida sobre as relações entre modelo originário e nível de institucionalização pode ser, visualmente, sintetizada da seguinte forma:

Fig. 4

	Penetração	Difusão
	INSTITUCIONALIZAÇÃO	
	Forte	Fraca
Legitimação externa	1	2
Legitimação interna	3	4

O caso 1 é representado, sobretudo, pelos partidos comunistas. A fonte da legitimação é externa; a coalizão dominante que se afirma no interior do partido contra os adversários da bolchevização é politicamente coesa. O desenvolvimento organizativo é predominantemente caracterizado pela penetração territorial (e pela reorganização total das estruturas locais, herdadas no momento da cisão dos partidos socialistas). O processo gera uma instituição forte. O caso 2 é representado pelos partidos trabalhistas, *in primis* o *Labour Party* britânico, e por alguns partidos confessionais (Partido Popular, DC italiana, DC belga etc.). O desenvolvimento organizativo deve-se, principalmente, à difusão territorial e à germinação espontânea das associações. Um desenvolvimento inicial por difusão, aliado à presença de uma organização patrocinadora, impede a formação de fortes lealdades organizativas. A coalizão dominante que se forma é geralmente dividida e heterogênea. A organização se institucionaliza de modo fraco. O caso 3 é representado principalmente, mas não só, por alguns partidos que Duverger define como "criações internas". O centro que desenvolve o partido por penetração territorial é coeso, em geral uma elite parlamentar reunida sob as bandeiras de um líder de grande prestígio. O processo gera uma instituição forte. Curiosamente, diversos partidos conservadores, a começar pelo britânico, desenvolveram-se muito mais desse modo do que os partidos liberais[38].

O caso 4 reúne, sobretudo, os partidos nascidos por federação de grupos preexistentes, como a SFIO, o Partido Socialista Japonês, a CDU etc. A federação de duas ou mais organizações preexistentes ou um desenvolvimento inicial por difusão, por assim dizer, no estado "puro" (exatamente o

---

38. J. Elklit, *The Formation of Mass Political Parties in the Late 19th: the Three Models of the Danish Case*, cit., L. Svaasand, *On the Formation of Political Parties: Conditions, Causes and Patterns of Development*, cit. Sobre a incapacidade de os liberais italianos se organizarem num partido moderno, cf. G. Galli, *I partiti politici*, Turim, UTET, 1974.

caso da CDU)[39] geram uma coalizão dominante com fraca coesão, porque os diferentes grupos possuem um poder de veto em relação às tentativas do "centro" em formação de se fortalecer à custa da periferia. A organização se institucionaliza fracamente.

O carisma pessoal: um caso desviante

Na discussão anterior, considerei como se vinculam, hipoteticamente, ao grau de institucionalização obtido pelos diversos partidos apenas dois dos três fatores anteriormente indicados como discriminantes entre os modelos originários dos diferentes partidos (o tipo de desenvolvimento organizativo e a presença ou ausência de uma organização externa). Até agora não mencionei o caso da liderança carismática. O papel desse fator é mais complexo e requer um estudo à parte. Com efeito, a presença do carisma pessoal dá lugar a resultados parcialmente desviantes no tocante à análise até aqui desenvolvida e que não deixam de ser importantes. Comecemos por dizer que o carisma (pessoal) pode estar associado tanto a um desenvolvimento por penetração quanto a um desenvolvimento por difusão (ou federação). Todavia, esta última, atendo-se aos casos históricos disponíveis, é a associação mais provável: em geral, um partido carismático nasce da federação de uma pluralidade de grupos locais germinados espontaneamente, e/ou de organizações preexistentes que se reconhecem no líder e a ele se submetem. Já a presença do carisma é incompatível com a presença simultânea de uma organização patrocinadora, que somente pode tolerar formas daquilo que, seguindo Tucker, defini como "carisma situacional" e que é, essencialmente, um

---

39. Sobre as razões pelas quais não considero a CDU um partido de legitimação externa, diferentemente dos outros partidos confessionais, ver o cap. VII.

carisma pessoal diluído. Carisma "puro" e organização patrocinadora são, por sua vez, reciprocamente incompatíveis: ou existe um ou existe outra (embora, naturalmente, haja uma grande quantidade de casos em que nenhum dos dois está presente). O partido não pode ser, ao mesmo tempo, criatura de um líder totalmente plasmado por ele e "braço político" de uma organização externa. Mas o resultado desviante produzido pelo carisma "puro" é outra coisa. Consiste no fato de que ele produz, contextualmente, uma coalizão dominante coesa, mesmo na ausência de um processo de institucionalização organizativa. O carisma, portanto, rompe o elo que criamos hipoteticamente entre o grau de institucionalização e o grau de coesão da coalizão dominante, de tal forma que, quanto mais forte é a institucionalização, mais coesa é a coalizão dominante (e vice-versa). Com efeito, nesse caso, a coalizão dominante é coesa desde o início, mesmo sendo composta de várias tendências (e por tendências muitas vezes em luta violenta, embora subterrânea, entre si). O líder representa sua argamassa, e a luta entre os diversos grupos é, definitivamente, uma luta para garantir maior proteção e maiores benefícios por parte do líder. A coesão é dada pelo fato de que somente têm acesso autorizado ao "círculo interno" do partido aqueles que gozam do apoio e da confiança do líder. Portanto, mesmo nesse partido, assim como nas instituições fortes, dotadas de burocracias poderosas, o recrutamento das elites tem um andamento *centrípeto,* e a organização é fortemente centralizada. E, todavia, isso acontece *antes* da eventual rotinização do carisma, antes que se dê a institucionalização. Num partido carismático (antes da rotinização do carisma), estão contextualmente associadas a ausência de institucionalização e a presença de uma fortíssima centralização da autoridade (que, nos partidos não-carismáticos, é encontrada somente em condições de forte burocratização).

A centralização da autoridade – ou seja, a concentração do controle sobre as zonas de incerteza organizativa nas mãos do líder – parece fora de um contexto de desenvolvimento burocrático porque, em termos gerais, e seguindo Weber, carisma e burocracia são fenômenos organizativos em antítese entre si. Além disso, o carisma pessoal está geralmente associado a fortes resistências à institucionalização. Com efeito, o líder não tem interesse em favorecer um fortalecimento organizativo muito acentuado, que inevitavelmente apresentaria as premissas para uma "emancipação" do partido em relação ao seu controle. Num certo sentido, o líder carismático ocupa, quanto ao partido, uma posição análoga à da organização patrocinadora externa: a sua presença tende a desencorajar, por meios e motivos diversos, a institucionalização[40].

Esse raciocínio deveria contribuir para explicar por que a institucionalização de um partido carismático é um evento raríssimo. Por que, em outras palavras, quase nenhum partido carismático consegue sobreviver ao seu fundador e experimentar um processo de rotinização (ou objetivação) do carisma. Nos raríssimos casos em que isso acontece, a imagem originária permanece: um partido carismático que se institucionaliza manterá, com grande probabilidade, uma forte centralização da autoridade no seu interior, e essa será, por sua vez, a premissa para uma institucionalização relativamente forte, muitas vezes mais forte do que deixariam prever outras características do seu modelo originário.

---

40. Naturalmente, é possível supor que uma organização externa também pode produzir a mesma combinação do carisma: ausência de institucionalização, acompanhada de uma forte coesão da coalizão dominante, sobretudo no caso em que a organização externa for coesa a ponto de impor uma coesão análoga ao partido patrocinado. Foi provavelmente o caso, no passado, do CGP (*Clean Government Party*) japonês, derivação política de uma organização religiosa muito coesa e compacta, o *Soka Gakkai*: cf. T. Tsutani, *Political Change in Japan*, Nova York, McKay, 1977, pp. 151 ss. Mas é raro que uma organização tenha tal coesão e, portanto, o êxito mais provável é o "normal" de uma institucionalização efetiva do partido, mas fraca, e de uma coalizão dominante dividida.

Fig. 5. Quadro sinóptico da tipologia.

Modelo originário	Institucionalização
1 { Difusão territorial	Fraca
Penetração territorial	Forte
2 { Legitimação interna	Forte
Legitimação externa nacional	Fraca
Legitimação externa extranacional	Forte
3 { Carisma	Ausente/Forte

Conclusões

A discussão anterior nos permitiu estabelecer uma tipologia da formação dos partidos que, a partir de agora, espera ser submetida ao crivo do controle empírico: no nosso caso, de um controle histórico-comparativo, mediante um cotejo com as informações disponíveis sobre o nascimento e as modalidades de formação de um determinado número de partidos concretos.

Todavia, é necessário um esclarecimento. A tipologia ilustrada acima "prevê", com a ressalva "em igualdade de condições", o papel dos fatores ambientais. Limita-se a identificar algumas relações hipotéticas entre o modelo originário (a variável independente) e o nível de institucionalização (a variável dependente). Isso é possível porque se trata de uma construção teórica, obtida a partir da seleção de determinados fatores, com base no critério da plausibilidade e procurando estabelecer os efeitos que esses fatores presumivelmente podem exercer sobre outros, selecionados da mesma forma. No momento em que uma tipologia assim construída é "experimentada", submetida ao crivo do controle empírico, a ressalva "em igualdade de condições" deixa de funcionar. Isso porque, a essa altura, estaremos diante de uma grande variedade de condições ambientais que se tornarão variáveis intervenientes (e perturbadoras) entre o modelo originário dos diferentes partidos e o nível de institucionalização por eles alcançado. Variáveis intervenientes que podem sempre, dado um certo modelo originário, favorecer êxitos também muito diversos daqueles imaginados. Esses fatores, excluídos durante a construção do modelo, deverão ser considerados durante a verificação histórica[41].

---

41 Muitos fatores podem desempenhar um papel de grande peso. Contam, em primeiro lugar, as características institucionais do regime político (por exemplo, o tipo de burocracia estatal); o intervalo de tempo que separa o nascimento do partido da conquista do governo nacional (é improvável que se torne uma instituição forte o partido que experimenta a consolidação organizativa numa posição de governo em vez de na oposição); a intensidade das ameaças ambientais experimentadas na fase formativa e, nos casos de fusão entre duas ou mais organizações (uma variante da difusão territorial), as características dessas organizações: por exemplo, como veremos no próximo capítulo, uma combinação de repressão estatal e de fusão entre duas organizações relativamente centralizadas contribui para explicar por que o SPD tornou-se uma instituição forte.

V. Os partidos de oposição (I)

Premissa

Convencionou-se que as características organizativas dos partidos que experimentam longos períodos na oposição no curso de sua história são diferentes daquelas dos partidos que gozam de uma longa permanência no governo. Os partidos do primeiro tipo precisam muito mais do que os segundos de uma organização forte e sólida. Esses partidos não podem se apoiar na burocracia estatal, não podem utilizar o Estado e seus aparatos *pro domo sua*, nem dispõem normalmente do abundante apoio financeiro que os grupos de interesse reservam aos partidos governistas. Só podem contar, ou ao menos em grande parte, consigo mesmos. Fortalecer a própria organização, colocá-la em condição de mobilizar com eficácia e continuidade os defensores do partido é o único caminho possível, na maior parte dos casos, para superar a desvantagem na disputa com os partidos governistas. Por sua vez, a situação no caso dos partidos governistas é oposta. Esses partidos têm uma multiplicidade de recursos públicos à disposição, para serem usados na disputa política, e, geralmente, esses recursos costumam ser um substituto eficaz da mobilização por meio da organização partidária. Seguindo esse raciocínio, devemos esperar, portanto, que os partidos que nascem e se consolidam na oposição tendem mais facilmente a se tornar instituições fortes.

Devemos esperar também que os partidos que conquistam o governo nacional logo após a sua fundação e que, a partir dessa posição, experimentam a consolidação organizativa, tendem mais facilmente a se tornar instituições fracas. Geralmente é assim. De fato, em muitos casos, controlar ou não as alavancas do poder público na fase crucial da consolidação é um fator que incide sobre as modalidades de institucionalização. Mas isso nem sempre é verdadeiro. Pode haver diferentes graus de institucionalização entre os "partidos de oposição" (entre os partidos consolidados na oposição). Graus diferentes de institucionalização são igualmente possíveis entre os "partidos governistas". Não é possível supor a existência de uma relação *rígida* entre nível de institucionalização e posicionamento inicial com respeito ao governo nacional.

O posicionamento inicial pode, porém, ser usado, e assim o farei, como instrumento indicador: examinando separadamente o nascimento e o desenvolvimento organizativo de alguns "partidos de oposição" antes e de alguns "partidos governistas" depois, poderei tornar comparáveis os diversos casos entre eles. Assim procedendo, será possível tentar uma aferição da tipologia (sobre as relações entre modelo originário e nível de institucionalização) anteriormente ilustrada.

A primeira série de comparações (caps. V e VI) refere-se a partidos que têm duas características em comum:

1) São todos partidos que se institucionalizaram durante um longo período de oposição.

2) São partidos colocados sob a mesma vertente da *cleavage* fundamental da sociedade industrial: a ruptura de classes. Trata-se de partidos (socialistas e comunistas, especificamente) que surgiram para organizar politicamente as classes subordinadas. Não obstante essas semelhanças, são partidos que se desenvolveram com nítidas diferenças sob o aspecto organizativo.

Neste capítulo, examinarei o desenvolvimento de três partidos (SPD, PCF, PCI) que se tornaram "instituições fortes". No capítulo seguinte, examinarei três casos de "instituições fracas"*.

O Partido Socialdemocrata alemão

O SDP, o primeiro partido de massa da Europa, teve no curso da sua história um destino singular: elevar-se a símbolo, ao mesmo tempo, das virtudes e dos defeitos da po-

---

* Devo fazer três advertências ao leitor: 1) A análise que se segue neste e nos três capítulos posteriores é uma tentativa de verificação da tipologia sobre as relações entre modelo originário e institucionalização, desenvolvida no cap. IV. Portanto, a análise se limitará a um exame, o mais sucinto possível, da fase de formação dos diferentes partidos. Nos casos em que, por situações históricas específicas, fui obrigado a mencionar acontecimentos posteriores, o fiz por meio de referências muito breves e, às vezes, superficiais (justamente porque o momento crucial que eu precisava descrever era aquele inicial). Mais adiante, sobretudo no cap. XIII, onde trato do problema da mudança organizativa, também serão mencionados fatos mais próximos no tempo relacionados a alguns dos partidos aqui considerados. 2) Esta análise foi conduzida com a releitura, de certo modo sumária, mas citando todos os pontos a meu ver essenciais, das vicissitudes históricas de alguns partidos à luz do esquema teórico apresentado na primeira parte deste livro. O "sentido" da comparação que se segue não seria inteligível sem a constante presença desse esquema. Todavia, para não tornar a leitura muito pesada, preferi mantê-lo, por assim dizer, como pano de fundo; preferi evitar, exceto quando indispensável, evocar conceitos que acabariam por mergulhar a narração histórica numa pesada linguagem sociológica. 3) Em parte, pela mesma razão, optei por uma descrição comparativa da formação dos diferentes partidos que prescindisse, o máximo possível, da listagem de dados e/ou da descrição minuciosa da fisionomia e do funcionamento dos vários órgãos de partido. Preferi remeter o leitor, ocasionalmente, mediante as notas de rodapé, a textos nos quais esses dados podem ser encontrados. E isso não só para não sobrecarregar o texto, mas também para demonstrar que "análise organizativa", contrariamente a uma idéia difundida, não significa absolutamente uma inexpressiva e tediosa obra de reunião de dados e de descrições estatutárias minuciosas e pedantes. Significa, ao contrário, uma tentativa de interpretar a "lógica" de funcionamento de uma organização, uma tentativa de compreender e de fazer compreender a sua "sintaxe". Tanto mais que os dados realmente valiosos que precisam ser conhecidos (por exemplo, sobre as relações entre os diversos níveis hierárquicos das burocracias de partido, sobre os processos de troca com as outras organizações etc.) geralmente são inexistentes (e resta-nos apenas confiar nas observações "intuitivas" dos historiadores).

tência organizativa. O SPD, a organização política que olhava com confiança o nume tutelar do socialismo, Friedrich Engels[1], foi também o modelo que inspirou a maior parte dos socialistas europeus[2]: seus programas políticos (de Gotha a Erfurt) foram retomados, às vezes literalmente, por muitos outros partidos socialistas; suas estatutárias tornaram-se o esboço de muitos estatutos; seus sucessos organizativos e eleitorais alimentaram, durante decênios, certezas sobre a exeqüibilidade a curto prazo da sociedade socialista. Mas, ao mesmo tempo, o SPD também foi, da época das denúncias de Robert Michels em diante, o partido destinado a se tornar o emblema das degenerações burocráticas e oligárquicas das quais as grandes organizações vão ao encontro.

Aquela potência organizativa que o SPD desenvolveu durante a época imperial e que suscitou e continua a suscitar tantas opiniões divergentes não desapareceu totalmente. Depois dos sobressaltos weimarianos, depois da clandestinidade do período nazista, depois de Bad Godesberg e até mesmo depois de quinze anos de governo, no início em coalizão com a CDU (1966-1969), e em posição de preminência com os liberais de 1969 em diante, o SPD mantém, embora inevitavelmente diluídos, muitos traços que recordam o antigo esplendor. Para entender de onde vêm determinadas características que diferenciam o partido de Schmidt e de Brant de tantos outros partidos de inspiração política análoga, é preciso remontar a um passado distante[3].

---

1. L. Longinotti, "Friedrich Engels e la 'Rivoluzione di Maggioranza'", *Studi Storici*, XV (1974), pp. 769-827.

2. J. P. Nettl, "The German Social Democratic Party 1890-1914 as a Political Model", *Past and Present*, LXXIV (1965), pp. 65-95.

3. A importância do SPD é tanta que as histórias "gerais" desse partido são incontáveis. Dentre os muitos trabalhos que se podem utilmente consultar estão o clássico de F. Mehringer (um protagonista da aventura socialdemocrata do período imperial), *Geschichte der Deutschen Sozialdemokratie*, D. A. Chalmers, *The Social Democratic Party of Germany. From Working-Class Movement to Modern Political Party*, New Haven e Londres, Yale University Press, 1964, E. Collotti, *La socialdemocrazia tedesca*, Turim, Einaudi, 1958, I. Rovan, *Histoire de la Social-Democratie Allemande*, Paris, Seuil, 1978.

Quando a ADAV (Associação Geral Operária Alemã), fundada em 1863 por Ferdinand Lassalle, e o SDAP (Partido Socialdemocrata Operário), nascido em 1869 em Eisenach, impulsionados por Wilhelm Liebknecht e August Bebel, fundem-se em Gotha, em 1875, passam a formar duas seitas políticas suficientemente consolidadas sob o aspecto organizativo, apesar da sua existência recente[4]. Sobretudo a ADAV, organizada de forma altamente centralizada e comandada com a mão pesada e autoritária do seu fundador e líder carismático Lassalle e, depois da sua morte, por Johan Baptist von Schweitzer. As duas organizações chegam à unificação de Gotha por uma série de circunstâncias, como advertem os historiadores[5]: a morte de Lassalle (1864), isto é, a saída de cena de um líder que jamais teria aceitado uma fusão não hegemonizada por ele; os desapontamentos e as resistências à gestão igualmente autoritária (mas desprovida de "carisma") do seu sucessor no comando da ADAV (obrigado a demissões em 1871); a guerra franco-prussiana e a Comuna de Paris, que radicalizam os ambientes operários alemães. Sobretudo, uma repressão estatal cada vez maior: em 1871, Liebknecht e Bebel são presos por alta traição e mandados por um certo período ao exílio, em 1874 (um ano antes de Gotha), a organização lassaliana chega a ser posta na ilegalidade (com base numa lei anti-subversiva de 1861), e seus líderes e militantes são perseguidos.

O encontro entre uma "tensão coletiva" ativada e alimentada pela guerra e pelos acontecimentos posteriores e uma ameaça externa cada vez maior explica o sucesso da fusão de Gotha. O programa político do recém-nascido partido (ao qual se dirigem as críticas de Marx e de Engels) é uma mistura hábil de elementos ideológicos marxistas (impostos pelos "eisenachianos") e da visão lassaliana do socialismo.

---

4. Sobre a formação e a organização dos dois partidos, cf. R. Morgan, *The German Social Democrats and the First International*, 1864-1872, Londres, Cambridge University Press, 1965.

5. V. L. Lidtke, *The Outlawed Party: Social Democracy in Germany, 1878-1890*, Princeton, Princeton University Press, 1966, pp. 39 ss.

Eisenachianos e lassalianos são, além disso, igualmente representados nos organismos diretivos do partido[6]. Mas o "sucesso" da fusão de Gotha é provado, sobretudo, pelos acontecimentos posteriores. Ainda que Bebel emerja rapidamente como o centro de gravidade da coalizão dominante do novo partido, os conflitos internos (com exceção da oposição a Bebel feita de forma isolada por Wilhelm Hasselman, um lassaliano "obstinado") não reproduzirão a divisão entre eisenachianos e lassalianos; os dois grupos originários, sob a pressão do desafio externo, amalgamam-se perfeitamente.

Em Gotha, o projeto de partido que os congressistas aprovam, mesmo em seu aspecto organizativo, ideológico e de liderança política, combina elementos da fisionomia dos dois grupos originários: uma forte centralização e uma organização disciplinada, com base no modelo da ADAV, unidas, porém, a uma gestão central colegial com base no modelo da SDAP[7]. Assim são postas as premissas daquele desenvolvimento organizativo que, após a ab-rogação das leis anti-socialistas em 1890, o SPD experimentará efetivamente. Durante esse período, porém, os líderes do partido, perseguidos como são pela repressão de Bismarck, devem renunciar a boa parte dos seus planos organizativos. E a aprovação das leis anti-socialistas em 1878 obriga os socialdemocratas a adotar soluções de emergência. Todavia, as premissas de uma forte institucionalização foram lançadas. Após Gotha, o recém-nascido partido inicia um processo sustentado de crescimento organizativo e eleitoral. Em Gotha, os filiados são 24.443. Mas, no congresso do ano seguinte, os 98 delegados já representam um total de 38.254 filiados e 291 associações locais[8]. Nas eleições para o *Reichstag*, em 1877, o SPD obtém 493.447 votos (cerca de dez por cento do total) e conquista doze cadeiras.

---

6. *Ibidem*, p. 43.

7. U. Mittrmarm, "Tesi sullo sviluppo organizzativo di partito della socialdemocrazia tedesca durante l'impero", in L. Valiani, A. Wandruszka (orgs.), *Il movimento operaio e socialista in Italia e in Germania dal 1870 al 1920*, Bolonha, Il Mulino, 1978, pp. 69-70.

8. V. L. Lidtke, *The Outlawed Party: Social Democracy in Germany, 1878-1890*, cit., p. 54.

A situação financeira também é relativamente sólida: "De junho de 1875 a agosto de 1876, o tesoureiro recebeu 58.763 marcos; de agosto de 1876 a abril de 1877, 54.763 marcos; de fevereiro a outubro de 1878, 64.218 marcos. Com esses fundos, o partido podia assalariar os seus dirigentes (isto é, os membros do Comitê eleitoral central), manter os agitadores profissionais, dar subsídios para a publicação de jornais e periódicos"[9]. O partido contava com um grande número de jornais e de outras publicações com tiragem semanal. Calcula-se que, em 1878, o SPD dispusesse de 47 jornais, entre nacionais e locais, mensais e semanais, e, portanto, de uma poderosíssima rede de comunicações.

A passagem das leis anti-socialistas bloqueia o desenvolvimento organizativo do partido, ou melhor, canaliza-o por caminhos diversos dos estabelecidos em Gotha. Nessa nova situação, o grupo parlamentar (a *Fraktion*) é o único centro político do partido que possui existência legal. As associações locais têm de se organizar autonomamente (e na clandestinidade) – e são encorajadas a fazê-lo pelos próprios líderes nacionais – com base nas condições locais[10], sem coordenação central, e funcionando, quase sempre, sob os despojos de associações eleitorais (que a lei consente). Mas a autonomia da "periferia" em relação ao "centro" do partido é mais aparente do que real: a relação entre a *Fraktion* e as associações clandestinas locais é efetivamente assegurada por aqueles que, durante todos os doze anos em que vigorar a lei anti-socialista, serão a verdadeira espinha dorsal do partido: os *Vertrauensmänner*, os "homens de confiança", que, na ilegalidade e entre dificuldades e riscos, mantêm as comunicações entre o vértice e a base do partido e garantem o controle (informal) do primeiro sobre a segunda. A rede de comunicações políticas alimentada pela imprensa do partido é destruída, mas a publicação clandestina do *Sozialdemokrat*, impresso na Suíça sob o controle político de Bebel e

---

9. *Ibidem*, p. 54.
10. U. Mittrmarm, "Tesi sullo sviluppo organizzativo di partito della socialdemocrazia tedesca durante l'impero", cit., p. 73.

distribuído em toda a Alemanha pelos "homens de confiança", contribui para manter o cimento ideológico do partido.

Contrariamente aos planos estabelecidos em Gotha, que previam o predomínio dos órgãos internos do partido sobre a *Fraktion*, esta última se torna, por força das circunstâncias, o centro diretivo do partido.

Mas, ainda, somente até um certo ponto. De fato, Bebel, que não é parlamentar entre 1881 e 1883, participa das reuniões do grupo em posição de destaque. E o mesmo se dá com Liebknecht, ausente do *Reichstag* de 1887 a 1889[11]. E ninguém ousa contestar aos dois líderes, tão populares e prestigiosos, o direito de participar da direção do partido mesmo que fora da *Fraktion*. Em outras palavras, apesar de o quadro legal em que o partido está atuando favorecer, ao menos potencialmente, um desenvolvimento na direção do partido "parlamentar" (preminência do grupo parlamentar sobre o partido) e uma forte autonomia das associações locais com relação ao "centro" (evolução típica, como veremos, dos partidos com institucionalização fraca), os anticorpos representados por uma sólida estrutura "intermediária", embora informal (os "homens de confiança"), e pela presença de uma liderança (Liebknecht e, sobretudo, Bebel), cuja força e cujo controle sobre a organização dependem da popularidade entre os seguidores do partido, e *não* da ocupação de determinados papéis organizativos, impedem esse desenvolvimento.

Os "homens de confiança" são voluntários, não recebem salários. São somente os antecessores dos "funcionários" do período que se segue ao retorno do partido à legalidade, cujo conformismo e cujas atitudes conservadoras serão interpretados por Michels como o fruto do "emburguesamento" inevitável dos militantes de origem operária e uma das principais causas da formação da oligarquia. Os "homens de confiança" são, por sua vez, de índole diversa. As próprias condições desfavoráveis do seu trabalho político tornam seus os sentimentos fortemente "radicais". Durante

---

11. V. L. Lidtke, *The Outlawe Party: Social Democracy in Germany, 1878-1890*, cit., p. 98.

todo o período da clandestinidade, serão recorrentes as polêmicas contra os comportamentos "brandos" da *Fraktion*, contra aquele "parlamentarismo ambíguo"[12], feito de reformismo prático (atividade parlamentar que se esforça para fazer aprovar medidas concretas a favor dos operários) e de "linguagem revolucionária", contra aquela dissociação entre afirmações de princípio e comportamentos, que prenuncia um aspecto essencial da "integração negativa" do período seguinte. Por todo esse período, o partido permanecerá, essencialmente, um "sistema de solidariedades", uma organização que podemos examinar à luz daquele "modelo racional" descrito no primeiro capítulo: os incentivos coletivos de identidade ainda são o único verdadeiro aglutinador da organização. Depois de 1890, com a recusa do *Reichstag* em prorrogar as leis anti-socialistas, a situação organizativa do partido mudará drasticamente. Naquela época, a coalizão dominante, que será depois definida como o "centro marxista" (ou o "pântano", na definição pejorativa de Luxemburgo), já está consolidada.

No curso dos anos 80, Bebel "liquidou", em primeiro lugar, o desafio lançado "à esquerda" por uma coalizão heterogênea, comandada por anarquistas e pelo lassaliano Hasselman. Posteriormente, vence no Congresso de St. Gall (1887) um *show down* decisivo contra os "moderados" (os parlamentares reformistas), após uma luta silenciosa que antecipa os conflitos do decênio seguinte e as polêmicas contra o "revisionismo".

Em 1883, Karl Kautsky funda a *Neue Zeit*, revista ideológica do partido que contava com a colaboração das maiores inteligências socialistas alemãs. A revista e o próprio Kautsky, graças ao seu grande prestígio de teórico marxista, serão o principal centro de "racionalização" ideológica[13] do "parla-

---

12. *Ibidem*, pp. 82 ss.
13. Sobre o papel de Kautsky e, de modo mais geral, sobre os conflitos ideológicos no SPD, ver H. J. Steinberg, *Sozialismus und Deutsche Socialdemokratie*, Bonn-Bad Godesberg, Verlag, 1976. Cf. ainda M. Salvadori, *Kautsky e la rivoluzione socialista, 1880-1938*, Milão, Feltrinelli, 1976.

mentarismo ambíguo" de Bebel, a linha política do "dentro/fora", do reformismo barato, escondido sob a retórica antiparlamentar e "anti-sistema". O "centro marxista", do qual Bebel é o eixo político e Kautsky, o ideológico, já é maioria. A partir de 1887, Bebel e os seus homens controlarão *todas* as posições-chave do partido, contrariados somente por um grupo à parte de parlamentares das regiões meridionais, à direita, e por um punhado de intelectuais sem poder organizativo, à esquerda[14]. Em Erfurt, o "marxista" Bebel, em 1891, já solidamente à frente do partido, pode impor uma revisão do programa, depurando-o de todas aquelas "impurezas" – do ponto de vista da ideologia marxista – que foram necessárias em Gotha para o compromisso político-organizativo com os lassalisanos.

O programa "marxista" de Erfurt, sancionando a espera messiânica da "inevitável" revolução que fatalmente se produziria, mas *somente quando* explodissem as contradições do capitalismo – de forma que a única coisa a fazer era organizar-se e esperar –, fornece a cobertura ideológica do desenvolvimento organizativo que se seguiu e daquela "integração negativa" no sistema, eficazmente descrita por Gunther Roth[15]. Com alguma prudência, sem querer colocar camisa-

---

14. À direita estavam alinhados sobretudo os parlamentares bávaros, cujo eleitorado era predominantemente camponês. Georg Vollmar será o líder mais enérgico e representativo desse grupo. É essencialmente uma diferença de *"constituency* eleitoral" que explica o "desvio à direita" dos parlamentares bávaros. Depois do seu destaque por Kautsky e pelo grupo da *Neue Zeit,* Eduard Bernstein se tornará o porta-voz ideológico do grupo (desenvolvendo, em relação à ação política de Vollmar, o mesmo papel desenvolvido por Kautsky em relação a Bebel). No SPD, tanto a coalizão dominante quanto as tendências de oposição distribuíam incentivos coletivos de identidade aos próprios seguidores (e entravam em disputa nos jogos de poder horizontais) por meio do trabalho de ideólogos de grande peso intelectual. A tendência de esquerda tinha um certo grupo de seguidores, sobretudo nas escolas de partido e nos grupos de estudo em que Luxemburgo e outros "intelectuais revolucionários" participavam como professores. Cf. C. E. Schorske, *German Social Democracy, 1905-1917,* Cambridge, Harvard University Press, 1955, pp. 111 ss.

15. G. Roth, *The Social Democrats in Imperial Germany,* Totowa, The Bedminster Press, 1963.

de-força na história, é possível afirmar que nos quinze anos decorridos entre o retorno à legalidade e o congresso de Jena, em 1905 (quando imprimiu-se uma aceleração ao desenvolvimento burocrático do partido), articula-se o processo de institucionalização da organização. A organização desenvolve progressivamente *interesses* em todos os níveis, alimentados por um sistema de incentivos seletivos, relacionados à consolidação das hierarquias internas, ao crescimento de ligações verticais com a *classe gardée* etc., enquanto as *lealdades*, alimentadas pela espera da revolução e fortalecidas pelos "serviços de assistência" e por outras atividades paralelas, "fixam-se", e incrustam-se na organização.

Nos anos 90, a coalizão dominante do partido deverá enfrentar os desafios à estabilidade organizativa trazidos à esquerda pelos "radicais" e à direita pelos "revisionistas". O "centro marxista" combaterá os radicais usando como escudo a própria "linguagem revolucionária" e combaterá os revisionistas (a direita de Bernstein e de Vollmar) usando como escudo o reformismo parlamentar[16]. Em outras palavras, a estabilidade organizativa do partido será assegurada pela linha política do "parlamentarismo ambíguo", graças à qual a coalizão dominante garantirá a sobrevivência e o desenvolvimento da organização, instaurando um *modus vivendi* com um Estado hostil, e defenderá, ao mesmo tempo, as linhas de autoridade internas (e, portanto, a si própria) dos periódicos "assaltos à diligência", realizados pela esquerda e pela direita.

Muitos historiadores freqüentemente confundem as lutas internas do SPD – endêmicas como em todos os partidos, sem exceção – com *lutas de facção*. Mas não eram lutas de facção. Tratava-se, ao contrário, de *lutas de tendência*.

Os grupos que se opunham ao "centro marxista" não estavam organizados. Uma facção é um grupo com elevada

---

16. K. Egon Löne, "Il dibattito sul revisionismo nella socialdemocrazia tedesca", in L. Valiani, A. Wandruszka (org.), *Il movimento operaio e socialista in Italia e in Germania dal 1870 a 1920*, cit., pp. 121 ss.

coesão, que corta verticalmente o partido. Ao contrário, nem os "radicais" nem os "revisionistas" estavam organizados desse modo. Tratava-se mais de líderes de oposição conhecidos no partido, mas com relações fracas e irregulares com alguns grupos de militantes locais que, periodicamente, em particular nos congressos nacionais, mas ocasionalmente também no interior dos dois principais órgãos dirigentes do partido, o *executivo* e a *comissão de controle*, desafiavam a coalizão dominante e reuniam os próprios consensos somente naquelas ocasiões. O conflito infrapartidário tinha, portanto, o caráter de conflito por *tendências*, com fraca coesão, fluidas, fruto de agregações episódicas e descontínuas de vários grupos sob a bandeira de um ou de outro opositor. O fato de que os líderes dos vários grupos eram sempre os mesmos não deve induzir a erro: não é a continuidade da liderança que faz de um grupo uma facção, mas a sua duração e a sua solidez organizativa. Por um longo tempo, nem uma nem outra foram próprias dos opositores do "centro marxista", e este último, a coalizão dominante do partido, estava fortemente amalgamado no seu interior. É sintomático o fato de que a liderança "radical" chegue a estabelecer relações em bases continuativas com os próprios seguidores nas várias sedes locais, organizando-se, portanto, numa verdadeira facção somente a partir de 1912, quando, após uma grave crise político-organizativa, eclodida em 1911, o processo de polarização política interna já está muito avançado. Naquele ano (1912), pela primeira vez: "(...) achamos que as organizações radicais de Bremen e de Stuttgart submetem ao congresso do partido moções com semelhante texto"[17]. Em outras palavras, só então começa a agir a coordenação "faccionista" do grupo radical. E só no ano seguinte (1913) a facção se consolidará, estabelecendo um canal próprio de comunicação, independente do partido, quando "(...) Luxemburgo, Mehring e Karski criam um órgão de imprensa para o seu grupo, o 'Sozialdemokratische Korresponder'"[18]. Mas, na-

---

17. C. E. Schorske, *German Social Democracy, 1905-1917*, cit., p. 251.
18. *Ibidem*, p. 252.

quela época, a organização já está à deriva, o partido está só à espera – para dividir-se em dois – da famosa votação sobre os créditos de guerra.

O caráter de "tendência", próprio dos conflitos infrapartidários no SPD, é a conseqüência do elevado grau de coesão da sua coalisão dominante. Essa, por sua vez, é a precondição de um desenvolvimento que faz do SPD, ao final do século, aquela instituição forte e tão admirada por todos os socialistas europeus da época pela sua potência.

O processo de consolidação organizativa e de burocratização se desenrola durante todos os anos 90. Será preciso muito tempo antes que os estragos produzidos no tecido organizativo pelos anos da clandestinidade sejam cicatrizados. Com o Congresso de Jena (1905), é adotado um novo estatuto: o executivo é fortalecido e são traçadas as premissas para um ulterior "salto de qualidade" organizativo[19]. Ebert, que participa desse congresso na secretaria, embora na surdina, à sombra de Bebel, em pouquíssimos anos realizará o processo de desenvolvimento burocrático do partido, cujos fundamentos haviam sido lançados muitos anos antes pelo próprio Bebel. Posteriormente, a organização se centraliza, a estrutura intermediária regional é concluída e fortalecida e impõe-se uma homogeneidade organizativa às associações locais. Entretanto, ao mesmo tempo avança o crescimento das *dimensões* da organização (medida em número de filiados, em atividades colaterais de assistência etc.).

Em 1909, o processo é concluído: o SPD torna-se uma burocracia poderosa, autofinanciada, centralizada, com uma estrutura de funcionários que se estende do centro à periferia e que garante à coalizão dominante um sólido controle sobre o partido, conforme as modalidades descritas com efi-

---

19. *Ibidem*, pp. 118 ss., para uma análise detalhada das transformações organizativas que se seguiram ao Congresso de Jena. A burocratização foi tal e tão rápida que em poucos anos (em 1910) o SPD já dispunha de 3.000 "permanentes", ou seja, um funcionário a cada 250 filiados Cf. M. Duverger, *I partiti politici*, cit., p. 206.

cácia por Michels e por muitos outros depois dele e nas quais não é necessário insistir.

No entanto, nenhuma organização pode se institucionalizar além de um certo grau; nenhuma organização pode se tornar totalmente autônoma em relação ao próprio ambiente.

De fato, o fortalecimento organizativo do SPD ao final do século é equilibrado por um sensível deslocamento nas relações de força entre partido e sindicato.

O sindicato alemão não tem nenhuma participação na fundação do partido. Durante os anos 80, as associações sindicais são fracas e desprovidas de uma coordenação nacional. Somente nos anos 90 tem início um processo de centralização em escala nacional, de expansão e de fortalecimento organizativo. Em 1893, com 223.530 inscritos, os sindicatos ainda são uma organização muito fraca. Nessas condições, é lógico que o predomínio do partido sobre o sindicato é total. Acrescente-se a isso o fato de o próprio partido fazer esforços para fortalecer a estrutura sindical. Durante os anos 90, os sindicatos serão, essencialmente, uma das muitas organizações colaterais sem autonomia em relação ao partido. Mas, no início de 1896, o desenvolvimento organizativo do sindicato decola.

Em 1900, os sindicalizados já somam 600.000. O equilíbrio das relações de força entre partido e sindicato modifica-se rapidamente. Em 1906, diante dos 384.327 filiados ao SPD, já existem 1.689.709 sindicalizados. Em 1912, para 4.250.000 eleitores socialdemocratas havia 2.530.000 sindicalizados[20]. Esse processo altera as relações de força entre as elites das duas organizações, produzindo dois efeitos:

1) A elite sindical, transformada em vértice de uma poderosa organização, tem força para libertar-se da tutela do partido e para estabelecer com ele uma relação paritária.

2) Aumentando a sua dimensão e alargando a própria área de recrutamento, o sindicato se torna uma organização politicamente heterogênea. Se, no início da sua história organizativa, os filiados são quase exclusivamente operários

---

20. C. E. Schorske, *German Social Domocracy*, cit., pp. 12-3.

socialdemocratas, a política sindical de reivindicação da empresa e de assistência efetiva aos trabalhadores passa a atrair um número crescente de operários de orientação não-socialista, que opõem uma resistência cada vez maior a um "uso político" do sindicato por parte do partido, a atividades desenvolvidas para finalidades estranhas à ação sindical em sentido estrito.

A organização sindical torna-se, então, mais poderosa sob o aspecto organizativo e mais heterogênea internamente. A cúpula sindical necessita, portanto, manter em equilíbrio e servir de mediadora entre as demandas internas contrastantes (setores sindicais socialistas *versus* setores não-socialistas). Os setores socialistas pretendem manter a "supremacia" do partido; os não-socialistas, um sindicalismo autônomo em relação ao partido: a resultante dessas duas forças divergentes consiste na busca de um acordo e de uma relação paritária sindicato-partido, de forma que "contenha" as demandas contrastantes e garanta a estabilidade da organização sindical.

A partir do início de 1900, a institucionalização do sindicato é um fato consumado, e, como sempre acontece, a institucionalização implica ao menos uma "emancipação" parcial da organização-mãe, da organização "patrocinadora" (nesse caso, o partido), sob a forma de uma redefinição e de um reequilíbrio das relações entre as duas organizações.

Isso produzirá uma sensível mudança na composição da coalizão dominante do SPD. A ocasião será dada no debate sobre a "greve geral". No Congresso de Jena (1905), entre as teses dos "radicais" que propõem a greve geral como "arma revolucionária" e a oposição sindical ao uso político desse instrumento, prevalece, como de costume, a posição acordada pelo "centro marxista": Bebel faz com que o congresso aprove uma resolução em que a greve geral é aceita, mas somente como última "arma de defesa" do movimento operário[21].

---

21. Sobre esse fato e, de modo mais geral, a respeito dos resultados do Congresso de Jena, ver a exaltada narrativa de Michels (à época ainda militante socialdemocrata), "Le Socialisme Allemand et le Congrès d'Jena", *Mouvement Socialiste*, 1905, pp. 283-307.

No Congresso do ano seguinte, em Mannheim (1906), a virada se concretiza: a passagem do predomínio do partido sobre o sindicato para uma relação paritária entre as duas organizações é "oficializada". Embora suscitando uma "diferenciação" à esquerda de Kautsky[22], que ainda teoriza a prática dos anos 90 (subordinação do sindicato ao partido), Bebel consegue, com dificuldade, fazer aprovar uma moção na qual se afirma que um eventual recurso à greve geral requer uma consulta prévia ao sindicato. A "dignidade igualitária" entre as organizações já está aceita. E a coalizão dominante, conforme ficará claro nos anos posteriores, sofreu uma modificação. Nos anos 90 a coalizão dominante era totalmente *interna* ao partido, isto é, era composta por agentes cujo poder organizativo dependia do papel desempenhado *dentro* do partido. Após Mannheim, o "novo" centro marxista passa a abranger não só os dirigentes internos do SPD, mas também a liderança sindical. E também as lutas de tendência dentro do partido se remodelam sob os novos equilíbrios. Os "radicais" serão apoiados em seus confrontos com a coalizão dominante por setores anarcossindicalistas atuantes dentro do sindicato, enquanto os parlamentares "revisionistas" estabelecerão laços estreitos com a direita sindical. A modificação da coalizão dominante, a passagem do velho ao novo "centro marxista" implicam um deslocamento à direita do eixo político do partido, como ficará claro no Congresso da II Internacional em Stuttgart, em 1907, com o embate entre Bebel e Jaurès sobre os problemas do internacionalismo operário e do antimilitarismo[23].

O "novo" centro marxista (a aliança entre dirigentes internos do SPD e os líderes sindicais reformistas) acaba fazendo do SPD o bastião da frente conservadora dentro da

---

22. Ver K. Kautsky, *Der Weg zur Macht*, Berlim, Buchhandlung Vorwärts, 1909, para uma reafirmação muito rigorosa do "primado" do partido sobre o sindicato.

23. Sobre o conflito SPD-SFIO, ver C. Pinzani, *Jaurès, l'Internazionale e la guerra*, Bari, Laterza, 1970.

Internacional, prenunciando, em razão dos seus novos equilíbrios organizativos, a escolha nacionalista de 1914[24]. Mesmo que, contrariamente ao que afirmam alguns, o sindicato *nunca* venha a exercer um verdadeiro controle sobre o partido, porque o partido também é uma organização muito poderosa, não há dúvida de que as escolhas políticas do partido já são o produto de um sistema de mediações e de trocas interorganizativas, entre as elites de duas organizações que necessitam amparar-se uma na outra.

O SPD torna-se, portanto, uma instituição forte, mas não tão forte a ponto de desenvolver uma auto-suficiência e uma autonomia completas em relação ao seu ambiente. A elegância e a economicidade do meu modelo foram, por assim dizer, parcialmente redimensionadas, embora não lhe tenha sido invalidada a substância, pelo confronto com um acontecimento histórico inevitavelmente mais ambíguo e mais complexo.

Todavia, no conjunto, o SPD é um caso de confirmação da relação entre modelo originário e grau de institucionalização organizativa anteriormente indicada. Um nascimento como partido de legitimação interna, não patrocinado nem forjado por um líder carismático, é um pressuposto favorável para uma forte institucionalização organizativa. O fator desfavorável para tal êxito – a fusão entre duas organizações preexistentes – é anulado nos seus efeitos por um concomitante e pesadíssimo desafio externo. O posicionamento no sistema político como partido de oposição "permanente" depois do retorno à legalidade atua como fator de reforço para um tipo de desenvolvimento organizativo ao qual o partido já estava predisposto pelas características do seu "modelo originário".

---

24. Ver A. J. Berlau, *The German Social Democratic Party, 1914-1921*, Nova York, Octagon Books, 1970, e L. Steurer, "La socialdemocrazia tedesca e la Prima guerra mondiale", in L. Valiani, A. Wandruszka (orgs.), *Il movimento operaio e socialista in Italia e in Germania dal 1870 al 1920*, cit., pp. 281-318.

O Partido Comunista Francês

Como vimos, o SPD é um partido de legitimação interna: o seu nascimento não foi patrocinado por uma organização preexistente, nem cairá, ao longo de sua história, sob o controle de outra organização. De fato, a II Internacional, para cada um dos partidos que a compõem, é apenas um quadro de referência internacional a ser levado em consideração; um "sistema" de relações interdependentes entre "partidos operários" em que se deve mover de acordo com suas lógicas, mas *não* uma organização capaz de impor o próprio predomínio a cada um dos participantes. Não só, mas no caso do SPD, sendo esse partido o mais poderoso entre os partidos socialistas da época, e também em razão dos seus sucessos organizativos e eleitorais, aquele de maior prestígio internacional, na pior das hipóteses, ocorre o contrário: é a liderança da socialdemocracia alemã que, ao menos em certa medida, desempenha um papel "hegemônico" dentro da Internacional[25]. A relação entre partidos comunistas e a III Internacional é, por sua vez, completamente diferente. A III Internacional é, essa sim, uma organização, em virtude do total controle exercido pelos comunistas soviéticos, capaz de se impor aos diferentes partidos a ponto de dominá-los e dirigir o seu desenvolvimento organizativo[26] (ainda que até o Comintern, como veremos ao examinar o caso do PC italiano, precise levar em conta a diversidade das situações nacionais em que se insere o desenvolvimento organizativo de cada PC). "Bolchevização" é o termo geralmente usado para indicar o processo mediante o qual os par-

---

25. Cf. W. Abendroth, *Sozialgeschichte der Europäischen Arbeiterbewegung*, Frankfurt am Main, Suhrkamp Verlag, 1965. Ver também F. Andreucci, "La Seconda Internazionale", in L. Bonanate (org.), *Politica Internazionale*, Florença, La Nuova Italia, 1979, pp. 178-94, e a vasta bibliografia contida na obra.

26. Cf. A. Agosti (org.), *La terza internazionale. Storia documentaria*, Roma, Riuniti, 4 vols., 1976. Mais genericamente sobre a formação dos PC, A. Lindemann, *The "Red Years". European Socialism* versus *Bolshevism, 1919-1921*, Los Angeles-Berkeley, University of California Press, 1974.

tidos nascidos com a cisão de partidos socialistas preexistentes, como êxito do embate sobre o problema da aceitação das "vinte e uma condições" de Lênin, modelam-se com base no partido bolchevique russo e "interiorizam" o seu controle político. No meu entendimento, certamente a bolchevização é isso, mas é *também* uma manifestação particular do processo de institucionalização organizativa. Eventuais rupturas ou interrupções do processo, devidas a diversidades de situações nacionais, são, à luz desse delineamento, os fatores principais que permitem explicar as diferenças existentes *hoje* entre os diversos PC europeus (ou, pelo menos, entre aqueles PC que deixaram a condição de pequenas seitas sem influência)[27].

Como demonstra a história comparativa dos diversos partidos comunistas, a "bolchevização" não é efetivamente um processo indolor, tampouco um processo que se realiza de maneira instantânea. Ela é fruto da existência de uma liderança carismática internacional, Lênin (e depois Stálin, continuador da sua obra), e da enorme carga de "entusiasmo coletivo", produzida em todos os ambientes socialistas europeus da época pela revolução de outubro. É capitalizando esse enorme prestígio que o grupo dirigente russo pode determinar os êxitos organizativos, subentendidos pelo termo "bolchevização", e impor aos diversos partidos comunistas uma liderança local totalmente dependente e controlada (a ponto de qualquer dissenso, expresso por este ou aquele líder em relação à política do Comintern, tornar-se automaticamente a causa da sua liquidação política). Contudo, dizia eu, o processo é longo e complexo, como mostra, de modo emblemático, a história do PCF[28].

---

27. Sobre o papel da "dimensão" nas dinâmicas organizativas, ver mais adiante o cap. X.
28. Entre outros, ver a respeito J. Fauvet, *Histoire du Parti Communiste Français, 1920-1976*, Paris, Fayard, 1977, e, especificamente sobre a fase genética, A. Kriegel, *Aux Origines du Communisme français*, Paris, Mouton, 1964. Cf. também R. Wohl, *French Communism in the Making, 1914-1924*, Stanford, Stanford University Press, 1964.

De fato, enquanto o partido nasce com a cisão de Tours, em 1920, o processo de bolchevização não começa antes dos anos 1924-1926 e só pode considerar-se realmente concluído no início dos anos 30, com a consolidação da coalizão dominante, que tem o seu fulcro em Maurice Thorez. Em outras palavras, é preciso mais de dez anos para que a nova organização se consolide ao longo das diretrizes estabelecidas pelo Comintern e possa definir-se, efetivamente, como um instrumento organizativo submisso ao seu serviço.

Esse processo coincide com a institucionalização organizativa do partido. No entanto, é preciso notar que o nascimento do PCF contém um forte elemento de ambigüidade: a maioria dos congressistas da SFIO presentes em Tours *não* vota as 21 condições de Lênin. Limita-se, em vez disso, a votar (3.208 votos contra 1.022) a moção Cachin-Frossard a favor da adesão à III Internacional. O embate entre "bolcheviques" e "socialistas de esquerda" começa somente a partir de então.

Esses dois grupos levaram consigo a maioria dos quadros e dos filiados da antiga SFIO à III Internacional e, juntos, conduziram os primeiros momentos de vida do recém-nascido partido. Mas, sob a pressão do Comintern, a aliança se rompe e tem início o conflito aberto entre o grupo "centrista" (liderado por Frossard, primeiro-secretário do partido) e o grupo "bolchevique" (liderado por Boris Souvarine, Fernand Loriot e outros). Frossard é obrigado a se demitir e, com outros "centristas" que como ele procuraram reconduzir o partido à situação pré-Tours (isto é, a uma nova unificação com o que restava da SFIO), abandona a organização. O grupo "centrista" se divide em dois: a ala de direita, capitaneada por Frossard, sai; a ala de esquerda torna a reunir-se aos "bolcheviques". Em seguida, com o expurgo dos grupos mais sectários (de extrema esquerda), o partido está pronto para iniciar o processo de bolchevização. A formação da coalizão dominante comporta, portanto, um processo complexo de "convergência" e de "fusão" dos setores mais centristas dos dois grupos originários e de expulsão das duas alas extremas de direita e de esquerda.

Nos anos 1924-1926, tem início o processo de reorganização. Trata-se, essencialmente, de reorganização, porque o PCF herdou uma grande parte das antigas estruturas locais e intermediárias da SFIO e deve redefinir sua fisionomia. Concretamente, trata-se da passagem do modelo organizativo, baseado na divisão territorial, para o modelo baseado na célula. Além disso, a reorganização ataca as relações entre vértice, nível intermediário e associações locais, mediante a introdução do método do "centralismo democrático".

Desse modo, o partido é construído em compartimentos estanques. Uma disciplina rígida em todos os níveis (desconhecida na SFIO) e um controle centralizado são assegurados por funcionários especializados (com um treino organizativo-ideológico para "revolucionários profissionais"). No conjunto, trata-se de um modelo cujas melhores descrições podem ser encontradas nas obras de Maurice Duverger[29] (que tinha em mira justamente o próprio PCF) e de Philip Selznick[30] (que, por sua vez, baseava-se essencialmente nos dados relativos ao PC norte-americano e ao PC soviético). Por fim, o processo é completado com a "penetração territorial", isto é, por meio da criação de novas associações locais e intermediárias nas quais o partido ainda não está presente.

É interessante notar que, enquanto o processo de bolchevização vai se desenvolvendo, o PCF reduz-se, ao mesmo tempo, a uma pequena seita. Em 1920, como se viu, a maioria escolhe a convergência com a III Internacional. E a SFIO fica reduzida, portanto, a uma pequena organização pela cisão comunista. A maioria dos quadros locais e das estruturas do antigo partido é assumida pela nova organização. Mas, com o passar dos anos, enquanto a SFIO, sob a direção de Léon Blum e de Paul Faure, recuperará constantemente terreno até voltar a se tornar, a partir de 1924, mais forte do que o PCF, este último deverá pagar custos pesados em termos de força organizativa pela sua subordinação ao Comintern e, por fim, pela resolução do equívoco que havia se produzido

---

29. M. Duverger, *I partiti politici*, cit.
30. P. Selznick, *The Organizational Weapon*, cit.

com o resultado ambíguo de Tours. Como mostra a comparação entre as filiações nos dois partidos nos anos imediatamente seguintes à cisão[31]:

Tab. 1

	PCF	SFIO
1921	110.000	50.000
1922	79.000	49.000
1923	55.000	50.000
1924	60.000	73.000

A modificação das relações de força entre as duas organizações irá continuar: em 1932, a SFIO contará com 138.000 filiados e o PCF, com apenas 30.000. O PCF deverá esperar a época da Frente Popular (1934-1936) para que as dificuldades da SFIO como partido de governo (o PCF não fará parte do governo, limitando-se ao apoio externo) lhe permitam dar o salto de qualidade para que se torne, definitivamente, um partido de massa com 300.000 filiados.

A bolchevização, porém, não é somente reorganização por células conforme o modelo leninista. É também "interiorização do controle" da liderança soviética. E esse processo não será concluído até que Maurice Thorez assuma o comando da organização. Quando isso acontecer, no início dos anos 30, a institucionalização do novo partido já estará em via de conclusão e a cisão de Tours será um evento irreversível. A "carreira" de Thorez é extremamente rápida (como sempre ocorre com as carreiras de sucesso nas organizações ainda não consolidadas)[32] e joga usando a "carta so-

---

31. R. Tiersky, *Le Mouvement Communiste em France. 1920-1972*, Paris, Fayard, 1973, p. 351.

32. Cf. sobre esse ponto A. Downs, *Inside Bureaucracy*, cit., pp. 92 ss., e para uma tentativa de unir a taxa de velocidade de carreira dos dirigentes ao nível de desenvolvimento organizativo dos partidos, E. Spencer Wellhofer, T. M. Hennessey, "Political Party Development, Institutionalization, Leadership, Recruitment, and Behavior", *American Journal of Political Science*, XVIII (1974), pp. 135-65.

viética" contra os adversários internos. Diferentemente de Gramsci e Togliatti na Itália, Thorez não está entre os fundadores do partido, não desempenha um papel nacional importante na época de Tours e não pode, portanto, contar com uma reserva pessoal de prestígio. Entra no Comitê Central somente em 1924, enquanto são realizados os expurgos anteriormente descritos e quando os bolcheviques acertam quase todas as contas com os adversários internos do Comintern. Em 1925, torna-se responsável pela organização, um papel-chave, evidentemente, numa fase de reestruturação organizativa. No mesmo ano, participa da Delegação política. Em 1929, ocupa a secretaria do partido (Senard, o secretário-geral, havia sido preso). É preso também e, uma vez libertado, em 1930, ataca a nova direção do partido (Henri Barbé e Pierre Célor) pelo seu "oportunismo", que na linguagem comunista da época significa pouca presteza em aplicar as diretivas do Comintern. Com o apoio desse último, torna-se, a partir do início dos anos 30, secretário-geral. Em 1934, a preferência de Stálin por Thorez torna-se definitiva. Naquele ano, o principal rival de Thorez, Jaques Doriot, será censurado pelo Comintern e, depois, excluído do Comitê Central do partido: a partir de então, a organização externa patrocinadora terá em Thorez e no pequeno grupo de líderes que o auxiliam uma coalizão dominante, absolutamente fiel e alinhada, cuja legitimidade no partido depende inteiramente da fidelidade a Stálin.

Mas, como foi dito, no curso dos anos 20 e na primeira metade dos anos 30, o PCF é apenas uma pequena seita com um número decrescente de filiados. E a tática "classe contra classe" (bem como as polêmicas sobre o "social-fascismo"), que, a partir de 1928, Stálin faz os PC europeus adotarem[33],

---

33. Sobre esses fatos, ver F. Claudin, *La Crisis del Movimiento Communista. De la Komintern al Kominform*, Paris, Ruedo Iberico, 1970. Cf. também, numa perspectiva politológica, G. Riccamboni, "I partiti comunisti all'opposizione. Politica e organizzazione", in B. Groppo, G. Riccamboni, *Immagini e realtà nel movimento comunista internazionale*, Pádua, Cooperativa Libraria, 1980, pp. 27-69.

contribuíram para a continuidade da "hemorragia" dos filiados ao PCF (embora, em grande parte, a redução dos filiados corresponda também a uma escolha deliberada da coalizão dominante do partido)[34]. Em 1933, o número de filiados ao PCF caiu para 28.000, enquanto a CGTU*, o sindicato comunista, também é uma pequena organização totalmente incapaz de competir com a CGT (que, por sua vez, fez grandes progressos entre 1922 e 1930).

Com a Frente Popular, a situação muda. O PCF é o principal beneficiário dos entusiasmos suscitados pela vitória das esquerdas; torna-se uma poderosa organização e com tanta rapidez que somente a sua estrutura centralizada pode permitir o controle e a canalização dos filiados (de 28.000 em 1933 para 280.000 em 1936). Em março de 1936, a CGTU e a CGT se fundem e, em poucos anos, o PCF passará a ter o controle de todo o sindicato[35].

A essa altura, o PCF já é é uma instituição forte, com uma poderosa burocracia, capaz de organizar a própria *classe gardée* numa verdadeira "contra-sociedade": "Com o nascimento da contracomunidade nos anos 1934-1938 e em 1941-1947 e com a sua consolidação em 1948-1953, a natureza do papel do partido (...) sofre uma profunda transformação. De uma pequena seita estruturada e composta por revolucionários profissionais, dedicados a uma causa (a exemplo dos bolcheviques), o partido chegou a formar uma comunidade inteira com as próprias forças."[36] Com uma estrutura de *quadros* (dirigentes) oscilando em torno de cem

---

34. Sobre as escolhas do PCF para reduzir o número de filiados em relação à adoção de políticas sectárias, ver N. McInnes, *The Communist Parties of Western Europe*, Londres, Oxford University Press, 1975, pp. 5 ss. Sobre as políticas de "redução" e de "expansão" dos limites organizativos, cf. o capítulo X.

* Confédération Générale du Travail Unitaire (Confederação Geral do Trabalho Unitário). [N. da T.]

35. Cf. sobre esse período G. Dupeux, *Le Front Populaire et les élections de 1936*, Paris, Colin, 1959. Cf. também N. Racine, L. Bodin, *Le parti communiste français pendant l'entre-deux-Guerres*, Paris, Colin, 1972.

36. R. Tiersky, *Le mouvement Communiste en France 1920-1972*, cit., p. 269.

mil unidades, cujo número impreciso, mas de qualquer modo elevadíssimo de "permanentes" (funcionários em tempo integral)[37], com um sistema de financiamentos que combina filiações, contribuições conspícuas por parte da Internacional (antes da guerra) e desenvolvimento de atividades comerciais de importação-exportação[38] (depois da guerra) e com uma rede difundida de associações colaterais estritamente controladas, o PCF é, talvez, o partido europeu que mais se aproxima do tipo ideal de instituição forte, na qual um máximo de autonomia em relação ambiente (nacional) combina-se com um elevado nível de "sistemicidade", de coerência organizativa. O modelo leninista originário, forjado na organização com o processo de bolchevização, sofrerá adaptações em razão do aumento das dimensões e da mudança das situações externas[39], mas continuará a ser o traço distintivo do partido de um modo e com uma força desconhecidos, enquanto, por uma diferente contingência histórica, os partidos comunistas não conseguirão levar a termo, na mesma época, a institucionalização.

O Partido Comunista Italiano

Também no caso do PCI, a bolchevização é um processo tormentoso e complexo. Mas, diferentemente do PCF, é um processo *interrompido*, nos seus êxitos organizativos, pelo nascimento do regime fascista.

É essa condição que faz com que já no curso da guerra de resistência e na fase imediatamente posterior a reconstrução da organização, num período histórico mudado, siga caminhos diferentes, ao menos em parte. O modelo origi-

---

37. A. Kriegel, *Le Communiste Français*, Paris, Seuil, 1970², pp. 117 ss.
38. *Ibidem*, pp. 126 ss.
39. Cf. S. Tarrow, "Il comunismo in Italia e in Francia. Adattamento e trasformazioni", in D. L. M. Blackmer, S. Tarrow (orgs.), *Communism in Italy and France*, Princeton, Princeton University Press, 1975.

nário é o mesmo do PCF: uma legitimação "externa", um nascimento por meio de uma combinação de reorganização das estruturas locais e intermediárias, herdadas do PSI com a cisão de Livorno e um esforço, interrompido pela pressão fascista, de penetração territorial. Esse desenvolvimento é acompanhado de um processo de bolchevização conduzido pelo grupo Gramsci-Togliatti, em sintonia com o Comintern (no qual, por sua vez, a situação vai se decantando, depois da morte de Lênin, com a vitória de Stálin no partido comunista russo)[40], um processo que, no PCI, passa pela ruptura da aliança com Bordiga, realizada em Livorno, pela sua redução à minoria e, finalmente, pela sua aniquilação política[41]. O processo de institucionalização (na versão comunista da bolchevização) é bruscamente interrompido pela passagem à ilegalidade. Depois do caso Matteotti e do discurso de Mussolini na Câmara, em 3 de janeiro de 1925, a ofensiva fascista contra todas as oposições destrói rapidamente o que ainda restava da organização do PCI.

As características do modelo originário não poderão deixar de estar presentes quando do renascimento organizativo dos anos 1944-1948, mas Togliatti, líder de grande prestígio na Internacional, um dos fundadores do PCI e secretário na ilegalidade a partir de 1926 (ou seja, possui um controle autônomo, ainda que parcial, sobre as "zonas de incerteza" da organização), poderá fixar as bases, com a fórmula organizativa do "partido novo", para um desenvolvimento que contém um sensível "desvio" do modelo leninista. E as modalidades da consolidação organizativa dos anos 1944-1948 explicam as sucessivas diferenciações da matriz originária; constituem, por exemplo, as precondições estruturais daque-

---

40. A esse respeito, ver J. Humbert-Droz, *Mémoire de Jules Humbert-Droz*, 3 vols., Neuchâtel, Editions de la Baconnière, 1969.

41. P. Spriano, *Storia del Partito Comunista Italiano. Da Bordiga a Gramsci*, Turim, Einaudi, 1967; G. Galli, *Storia del Partito Comunista Italiano*, Milão, Il Formichiere, 1976², e a interpretação "pró-Bordiga", de L. Cortesi, *Le origini del PCI*, Bari, Laterza, 1971.

la resposta diferente, com relação ao PCF, que o PCI dará, com o VIII Congresso, à crise de 1956[42].

Naturalmente, esse aspecto – a "diversidade" do PCI com relação a outros partidos comunistas – não deve ser exagerado como, por sua vez, é levada a fazer a historiografia de orientação comunista italiana[43]. E não deve ser exagerado porque, apesar da ruptura histórica produzida pelo advento do fascismo, a continuidade da classe dirigente foi substancialmente mantida[44] e, por essa via, muitos elementos do modelo originário do partido poderão ser incorporados na organização no momento da reconstrução pós-fascista. Além disso, *também* por efeito daquela continuidade de liderança, o controle de Stálin sobre o PCI é tão forte como nos anos 20-30. Nesse período, o seu mito entre os seguidores do partido foi, quando muito, se agigantando: considerado não mais somente o continuador da obra de Lênin, mas também o vencedor na luta contra os nazi-fascistas.

O PCI dos anos 1944-1948 é, de fato, um partido bolchevique em vias de reconstrução. Mas um partido bolchevique com uma "diferença". Essa diferença, simbolizada pela fórmula do "partido novo", explica os efeitos de divaricação cada vez mais acentuados com o passar do tempo entre o PCI e o PCF; explica a aproximação posterior e lenta da organização em relação a modalidades de funcionamento mais típicas de partidos socialistas como o SPD e o Partido Social-democrata Austríaco, que também são instituições fortes, mas em grau menor, se comparadas aos partidos comunistas "clássicos".

A estrutura partidária é semelhante à do PCF, mas existem duas variantes muito importantes. Em primeiro lugar, a célula de empresa, mesmo sendo definida estatutariamente (até 1956) como a unidade de base mais importante, é acom-

---

42. Sobre a crise de 1956, cf. o cap. XIII.
43. L. Paggi, "La formazione del partito comunista di massa", *Studi Storici*, XII (1971), pp. 339-55.
44. Cf. S. Bertelli, *Il gruppo*, Milão, Rizzoli, 1980.

panhada, na realidade, por um número de células *locais*, de tipo territorial e de tipo funcional (de jovens, mulheres etc.)[45], em quantidade nitidamente superior ao PCF, reflexo da opção de alargar a penetração do partido para setores sociais muito mais amplos do que a *classe gardée* tradicional: o proletariado de fábrica. Em segundo lugar, e estreitamente relacionado ao ponto anterior, os critérios de recrutamento dos filiados são muito menos rígidos do que no PCF, e isso explica o enorme crescimento organizativo do PCI dos anos da reconstrução. Em 1946, num momento de intensa mobilização política tanto na França quanto na Itália, os filiados ao PCF atingirão, excepcionalmente, o teto de 800.000, enquanto o PCI já tem 1.800.000 filiados e caminha para superar a casa dos dois milhões.

A diferença é, essencialmente, de nível de institucionalização. O "partido bolchevique", do qual o PCF será durante anos uma das encarnações mais fiéis[46], é uma instituição muito forte, na qual uma formidável coerência estrutural interna se faz acompanhar de uma grande autonomia em relação à sociedade nacional, asseguradas, por sua vez, pelo predomínio do sistema das células de empresa sobre qualquer outra unidade de base, por um sistema de centralismo democrático que segue passivamente a catequese leninista, por um aparato imponente (em relação aos filiados) de "permanentes" cuja coesão é confiada a uma combinação de incentivos seletivos e de incentivos de identidade centralmente distribuídos. Em contrapartida, os partidos socialistas (que são partidos de legitimação interna) chegam, em alguns casos, a ser instituições fortes, mas *nunca* muito fortes: a sua autonomia em relação à sociedade nacional é inferior, assim

---

45. A melhor análise da estrutura local, intermediária e central do PCI continua sendo aquela contida em G. Poggi (org.), *L'organizzazione del PCI e della DC*, Bolonha, Il Mulino, pp. 27-196. Cf. também G. Sivini, "Le parti communiste. Structure et fonctionnement", in AA.VV. *Sociologie du Communisme en Italie*, Paris, Presses de la Fondation Nationale des Sciences Politiques, 1974, pp. 55-141; G. Are, *Radiografia di un partito*, Milão, Rizzoli, 1980.

46. Cf. as análises empíricas contidas na obra de Blackmer e Tarrow, *Il comunismo in Italia e Francia*, cit.

como o seu grau de coesão estrutural interna. As escolhas organizativas togliattianas são tais que produzem um maior enraizamento do PCI na sociedade italiana (em relação ao modelo bolchevique) e, portanto, implicitamente, impedem o desenvolvimento de uma "autonomia" igualmente forte como a do PCF; por outro lado, o caráter de massa do partido, e não de quadros, impede a obtenção de um grau igualmente elevado de coerência estrutural (em razão da inevitável heterogeneidade social e política interna de um partido de massa que se forma numa sociedade com grandes diferenças territoriais sob os aspectos socioeconômico e político)[47].

O PCI, no período imediatamente posterior à reconstrução organizativa, sofrerá todo tipo de dificuldades relacionadas ao seu caráter "híbrido" de seita revolucionária e, ao mesmo tempo, de partido de massa[48]. E, na seqüência, será cada vez mais empurrado em direção à *segunda* solução organizativa, a do partido de massa socialista[49]. Portanto, o "partido novo" irá se colocar, pelo seu nível de institucionalização, num ponto intermediário entre o PCF e o SPD (do período imperial pós-1905), com tendência a posicionar-se mais próximo do segundo do que do primeiro.

Em seguida, a lenta emancipação da organização patrocinadora (o PCUS*), acelerada a partir do início dos anos 70, com a passagem de uma legitimação "externa" para uma legitimação "interna", com a transferência da "autoridade" exercida sobre os filiados ao partido pelo PCUS aos órgãos

---

47. G. Poggi (org.), *L'organizzazione del PCI e della DC*, cit., e S. Tarrow, *Peasant Communism in Southern Italy*, New Haven e Londres, Yale University, 1967.

48. Sobre as tensões organizativas do PCI nos anos 50, cf. G. Poggi (org.), *L'organizzazione del PCI e della DC*, cit., pp. 167 ss.

49. Cf. G. Pasquino, *The PCI: a Party with a Governmental Vocation*, Occasional Paper, The Johns Hopkins University, Bologna Center, 1978, e P. Lange, "La politica delle alleanze del PCI e del PCF", *Il Mulino*, XXIV (1975), pp. 499-527. Sobre os acontecimentos dos anos 60, ver P. Allum, *The Italian Communist Party since 1945: Grandeurs and Servitudes of a European Socialist Strategy*, Reading, University of Reading, 1970, e G. Mammarella, *Il partito comunista italiano. 1945-1975. Dalla Liberazione al Compromesso Storico*, Florença, Vallecchi, 1976.

* Partido Comunista da União Soviética. [N. da T.]

internos da organização, comportará um ajuste a um nível de institucionalização ainda inferior: uma ulterior contração da autonomia em relação à sociedade nacional, uma ulterior diminuição do nível de coerência estrutural interna. E a parábola se conclui em épocas recentes com um sensível enfraquecimento progressivo do grau de coesão da coalizão dominante do partido e com uma incipiente transformação das "tendências" tradicionais em facções, embora ainda fracamente organizadas, mas cada vez mais coordenadas nacionalmente (e verticalmente)[50].

Incidentalmente, o caso do PCI é, no meu entendimento, um exemplo valioso de confirmação do quadro analítico aqui utilizado, que interpreta semelhanças e diferenças entre os partidos à luz da relação entre os caracteres do modelo originário e a modalidade de institucionalização. Além disso, confirma a hipótese de que as diferenças/semelhanças no nível de institucionalização são definitivamente mais importantes do que as diferenças/semelhanças na "matriz ideológica" ou na estrutura "jurídica" (o sistema das normas estatutárias) de qualquer partido. O estatuto do PCI, por exemplo, apresenta sensíveis diferenças com relação ao do PCF[51], mas não tão amplas a ponto de refletir a notável diversidade das lógicas organizativas (e, por conseguinte, dos comportamentos políticos) dos dois partidos.

Em síntese, na primeira fase (1921-1925), a evolução do PCI é muito semelhante à do PCF: com a diferença, obviamente, do quadro político nacional e da crescente multiplicação das agressões e dos esforços da parte fascista para destruir a recém-nascida organização. Assim como no PCF, a coalizão dominante "bolchevique" emerge penosamente por meio de um processo de purificação progressiva da esquerda (de Bordiga) e da direita (Angelo Tasca). Com a consolidação do regime fascista, determina-se uma ruptura, uma

---

50. Cf. mais adiante caps. XIII e XIV sobre a mudança organizativa.
51. Cf. a análise de G. Pasquino, *Organizational Models of Southern European Communist Parties*, Occasional Paper, The Johns Hopkins University, Bologna Center, 1980.

solução de continuidade no modo pelo qual os caracteres do modelo originário se conectam e influenciam a institucionalização posterior. Isso não diferencia o PCI apenas do PCF, que goza de continuidade organizativa na fase da consolidação. Diferencia-o também do SPD, cujo desenvolvimento as leis anti-socialistas do período de 1878-1890 apenas desviaram do curso originariamente estabelecido, sem, todavia, produzir uma verdadeira ruptura. Com a volta de Togliatti à Itália, em 1944, a organização nasce, em certo sentido, pela segunda vez. Isso explica, ao menos em parte, a "liberdade de ação" da liderança ao (re)modelar a organização. Se a consolidação organizativa não tivesse sido interrompida vinte anos antes, se a organização tivesse experimentado somente um breve período de clandestinidade no período bélico (como o PCF), essa "liberdade de ação" não teria existido. A organização se reconstituiria sobre bases pré-bélicas, sob o impulso de *interesses* e *lealdades* simplesmente reativadas, e não, em boa parte, como aconteceu, reconstituída *ex novo*. Em decorrência da "tensão coletiva" relacionada à luta de resistência, e mediante uma redefinição, ao menos parcial, das metas ideológicas às quais seguramente não é estranha a participação no governo tripartidário – uma redefinição que, buscando uma difícil mediação entre a exigência da fidelidade a Stálin e a exigência de uma adaptação à sociedade italiana, põe as premissas daquela que será, depois de 1956, definida como o "caminho italiano ao socialismo" –, a liderança togliattiana pode forjar a organização, introduzindo nela aquela "diferença" da qual já se falou. Uma vez consolidados as lealdades e os interesses organizativos, aquela "diferença" se tornará parte integrante e constitutiva do novo PCI. E os seus efeitos tenderão a se estender de modo cada vez mais marcado ao longo do tempo.[52]

---

52. Sobre a permeabilidade do PCI às influências ambientais, especificamente às pressões dos movimentos coletivos, ver M. Barbagli, P. Corbetta, "Base sociale del PCI e movimenti collettivi", in A. Martinelli, G. Pasquino (orgs.), *La politica nell'Italia che cambia*, Milão, Feltrinelli, 1978, pp. 144-70.

Conclusões

Até aqui, comparamos a tipologia elaborada anteriormente com os acontecimentos históricos de gênese e de consolidação de três partidos com uma característica em comum: um nascimento, uma consolidação (com a parcial exceção, para o PCI, do período do governo tripartidário) e, finalmente, uma longa experiência como partidos de oposição "permanente". Três organizações com forte institucionalização, embora em nível diverso: basta pensar que, enquanto a coalizão dominante do SPD terminará por abranger também os líderes sindicais, nada semelhante ocorre com a consolidação do PCI e do PCF. Tanto a CGIL* quanto a CGT permanecem por longo tempo apenas como o "braço sindical" dos dois partidos. As "lealdades" dos filiados e dos militantes desta, assim como de todas as outras organizações paralelas, encaminham-se, não em direção à organização da qual fazem parte, mas na direção do partido, e isso tolhe ao sindicato (e às outras associações colaterais) qualquer possibilidade de vitalidade e de autonomia[53]. Todavia, o grau de institucionalização do PCI e do PCF também é diferente, como demonstra a própria evolução das relações partido-sindicato. De fato, o sindicato comunista italiano, com o fortalecimento organizativo do fim dos anos 60 e do início dos anos 70, desenvolverá uma "emancipação" ao menos parcial do partido, conforme um modelo já experimentado, como se viu, pelo sindicato socialdemocrata alemão (e exceto o fato de retornar, com o declínio sindical do fim dos anos 70, a uma situação de dependência do partido)[54]. Em contrapartida, nada semelhante ocorre nas relações entre CGT e PCF.

---

* Confederazione Generale Italiana del Lavoro (Confederação Geral Italiana do Trabalho). [N. da T.]

53. Cf. F. Alberoni (org.), *L'attivista di partito*, Bolonha, Il Mulino, 1967, e sobre o posicionamento dos comunistas franceses em relação às associações colaterais, J. Lagroye, G. Lord, "Trois Fédérations des Partis Politiques. Esquisse de Typologie", *Revue Française de Science Politique*, XVI (1974), pp. 559-95.

54. Sobre o declínio sindical dos anos 70, cf. B. Manghi, *Declinare crescendo*, Bolonha, Il Mulino, 1977.

Um grau diferente de institucionalização entre os três partidos (mais forte no PCF relativamente ao SPD, com o PCI em posição intermediária) pode ser explicado com base nas diferenças de "modelo originário": a ausência de uma organização patrocinadora no caso do SPD, a sua presença no caso do PCI e do PCF.

A existência de uma organização patrocinadora gera efetivamente uma fraca institucionalização do partido, se a organização fizer parte da própria sociedade nacional (como no caso dos partidos trabalhistas ou dos partidos confessionais), e uma institucionalização muito forte se, ao contrário, dela não fizer parte.

Em contrapartida, em igualdade de condições (isto é, excetuando-se as outras características do modelo originário), a ausência de uma organização patrocinadora dá lugar, muitas vezes, a uma institucionalização de grau intermediário relativamente aos dois extremos.

Porém, no caso do PCI, o êxito "normal" previsto pelo modelo é parcialmente desviado por uma ruptura organizativa e pelo fato de que o processo de institucionalização retoma a sua marcha em condições históricas modificadas, sobretudo numa situação em que o partido está provisoriamente no governo e a liderança, reconstruindo a organização, deve mediar entre essa "posição ambiental" específica, que a impulsiona em direção à "renovação", e aqueles fatores (caracteres de modelo originário, poder stalinista), que a empurram, ao contrário, em direção à "continuidade".

À parte as diferenças discutidas, os três partidos apresentam também muitas semelhanças. Isso permite assinalá-los legitimamente com a expressão "instituições fortes". Trata-se de três organizações burocráticas poderosas, ramificadas, com coalizões dominantes altamente coesas. Partidos em que o sistema dos incentivos coletivos e seletivos está nas mãos de uma elite restrita. Três organizações nas quais as lutas internas são *lutas de tendência*, ou seja, disputas entre grupos pouco organizados. Quando, como no caso do SPD, depois de 1912 ou ainda nos conflitos que precedem a revisão de Bad Godesberg[55], ou no PCI de hoje, as tendências começam a ganhar uma estrutura ao menos em parte organizada, isso é o sinal inequívoco da interferência de um processo de desinstitucionalização (isto é, de redução do nível de institucionalização), sob o estímulo de uma pressão ambiental que, para além de um certo limite, nem mesmo uma organização forte pode controlar totalmente. É ingênuo considerar que a ausência de facções organizadas, a exemplo do PCI, tenha sido por muito tempo simplesmente a conseqüência de uma proibição formal, estatutária. Tanto é verdade que no *Labour Party* britânico e na DC italiana também existem proibições análogas. E o partido trabalhista é um partido de facções. Para não falar da DC, cujo faccionismo (no Partido Liberal-Democrata Japonês) é um objeto citado como exemplo por toda a literatura internacional sobre os partidos. Isso deveria servir de ulterior demonstração de que uma análise organizativa nos termos aqui propostos explica mais do que uma comparação entre os estatutos dos partidos. PCI, PCF e SPD (mas também muitos outros casos, como o SPÖ, o Partido Socialdemocrata Austríaco)[56], são partidos cuja luta interna desenvolve-se por tendências[57] mais do que por facções, porque uma institucionalização forte implica que se faça carreira, na maioria dos casos, conformando-se às diretivas centrais (o recrutamento

---

55. Cf. o cap. XIII.
56. Sobre a organização do Partido Socialdemocrata Austríaco, ver M. A. Sully, "The Socialist Party of Austria", in W. E. Paterson, A. H. Thomas (orgs.), *Social Democratic Parties in Western Europe*, Londres, Croom Helm, 1977, pp. 213-33.
57. Naturalmente, mesmo num partido organizado *predominantemente* por tendências, podem surgir, em condições específicas, grupos mais organizados e, em particular, subcoalizões (facções organizadas localmente). Foi esse o caso, em várias fases da história do PCI, da organização do "PC emiliano", muito forte politicamente e muito sólida para não desenvolver estratégias políticas parcialmente autônomas. Porém, numa instituição forte, mesmo a existência de uma ou mais subcoalizões não determina modificações decisivas nas modalidades da disputa política: a subcoalizão deve adaptar-se à estrutura nacional se quiser defender a própria (relativa) autonomia.

das elites é de tipo "centrípeto"), e o "centro" é coeso e monopoliza a distribuição dos incentivos. São partidos de tendências porque são organizações burocráticas desenvolvidas, em que predominam as carreiras "convencionais" do funcionalismo político[58]. A possibilidade de substituição dos incentivos usufruídos pelo funcionário é escassa e geralmente inexistente: o funcionário não pode, na esmagadora maioria dos casos, reciclar em outros partidos ou em sede extrapolítica as competências amadurecidas no seu partido. A reserva de conformismo de que a coalizão do partido pode dispor em todos os níveis da pirâmide organizativa é fortalecida por uma distribuição centralizada de incentivos coletivos de identidade, também de escassa possibilidade de substituição no mercado externo. Nessas condições, para usar as famosas categorias de Hirschman[59], "o abandono" (*exit*) implica, nos vários níveis hierárquicos, custos muito altos; a "lealdade" é elevada e o mecanismo organizativo permite ter sob controle o "protesto" (*voice*), despedaçando-o em mil partes e impedindo-o de se organizar[60].

Mas isso não se verifica em todos os partidos que nascem e se consolidam na oposição. Em certos casos, os "partidos de oposição" também podem se institucionalizar fracamente. Esse será o tema do próximo capítulo.

---

58. Para um enquadramento útil da ideologia do funcionalismo comunista na versão leninista "pura", cf. L. Pellicani, *I rivoluzionari di professione*, Florença, Vallecchi, 1975. Sobre o "modelo leninista" nos seus componentes ideológicos e organizativos, ver o insuperável A. G. Meyer, *Leninism*, Cambridge, Harvard University Press, 1957. Sobre a burocracia de partido e, de modo mais geral, sobre o profissionalismo político, ver também o cap. XII.

59. A. O. Hirschmann, *Exit, Voice, and Loyalty*, Cambridge, Harvard University Press, 1970.

60. "A pulverização e a fragmentação da oposição interna e a falta de mecanismos institucionais de oposição favorecem a ascensão dos dirigentes em base individual, em lugar de substituição de grupos, ou por blocos, relacionada ao predomínio de uma orientação no interior do partido, expresso nos resultados eleitorais. Conseqüentemente, a substituição – que por certos períodos pode ser até mesmo reduzida ao mínimo – ocorre com maior gradação", G. Poggi (org.), *A organização do PCI e da DC*, cit., p. 195.

VI. Os partidos de oposição (II)

Premissa

Os três casos examinados no capítulo anterior correspondem ao que se espera dos partidos nascidos e "criados" na oposição. São partidos que experimentaram o desenvolvimento de organizações poderosas, capazes de mobilizar milhares de defensores, com aparatos burocráticos imponentes, com densas ligações organizativas verticais com as respectivas *classes gardées*. Partidos que souberam fazer render ao máximo o único recurso disponível: a organização.

Mas isso nem sempre acontece. Mesmo que situados inicialmente, e por uma longa fase na oposição, certos partidos podem se institucionalizar fracamente quando as características do seu modelo originário forem tais a inibir um desenvolvimento organizativo "forte". Examinaremos, agora, a história de três partidos desse gênero, o *Labour Party*, a SFIO e o PSI.

O Partido Trabalhista Britânico

Assim como o SPD, o *Labour Party* britânico é um caso emblemático de "partido operário". Trata-se, porém, de um modelo de organização com características simetricamente opostas às do SPD. Os socialistas dos outros países europeus oscilarão com freqüência entre a tentação de imitar um e outro, fazendo disso tema de debate e de conflitos políticos. Também por essa razão, o desenvolvimento histórico do *Labour* requer, como o SPD, uma análise comparativa minuciosa, sobretudo porque é outro termo de comparação valioso para examinar a validade da nossa tipologia organizativa.

No entanto, antes de analisar o desenvolvimento do *Labour*, convém examinar as vicissitudes do seu antecessor imediato, o *Independent Labour Party* (1893-1900), seja pelo interesse que oferecem ao mostrarem *in vitro* as modalidades de consolidação de uma pequena organização, seja porque exercem um peso importante na definição do "modelo originário" do futuro *Labour Party*. A origem do *Independent Labour Party*[1] é parte do processo tormentoso e complexo de formação do movimento socialista inglês: a confusa aglutinação de vários grupos socialistas, ideologicamente heterogêneos entre si, e as dilacerações produzidas pelas rivalidades pessoais e pelos conflitos interorganizativos entre as várias "associações socialistas", pequenas e frágeis, mas desde o primeiro momento empenhadas numa luta furiosa pela hegemonia (um processo inicial que se repetirá de forma idêntica em muitos outros países, como na França).

O prelúdio do socialismo inglês é, de fato, muito agitado. No início dos anos 80, as *Trade Unions* estão firmemente empenhadas na política *Lib-Lab*, a aliança, a relação privilegiada com o partido liberal, totalmente indisponível para conceber uma iniciativa política autônoma própria. Essa in-

---

1. Sobre o *Independent Labour Party*, minhas fontes principais são H. Pelling, *Origins of the Labour Party*, Londres, Oxford University Press, 1965² e D. Howell, *The Emergence of the British Independent Labour Party*, relatório apresentado no *workshop* ECPR sobre as organizações políticas, Grenoble, 1978, mimeo. Naturalmente, é preciso lembrar que neste, assim como em todos os outros casos, existem interpretações históricas muito diferentes daquela seguida por mim. Por exemplo, diferentes teses sobre a formação tanto do *Independent* quanto do *Labour* são defendidas, sobretudo, em algumas reconstruções biográficas (nas quais, evidentemente, o processo de desenvolvimento do partido é visto mediante as atitudes e as percepções do líder). Cf. particularmente D. Marquand, *Ramsay MacDonald*, Londres, Jonathan Cope, 1977. Ver também K. O. Morgan, *Keir Hardie. Radical and Socialist*, Londres, Weidenfeld and Nicolson, 1975.

disponibilidade, aliada (naquela ocasião) à forte organização liberal[2], terá condições para impedir durante anos o desenvolvimento de uma organização socialista autônoma de uma certa dimensão. Diferentemente da Alemanha, na Inglaterra o sindicato nasce e se consolida em primeiro lugar, e isso subtrai em favor da organização sindical e da sua liderança aquela reserva de lealdade com a qual, por sua vez, a social-democracia alemã pode contar para dar vida a uma identidade política independente. Desse modo, o início do movimento socialista inglês, compreendido do ponto de vista da poderosa aliança *Lib-Lab*, é conturbado. Em 1881, sob o impulso da grande repercussão européia dos êxitos eleitorais do SPD, nasce a *Democratic Federation*, uma pequena seita pretensamente marxista (porém, Marx e Engels se recusarão a "legitimá-la" como tal), que terá um papel político totalmente marginal nos acontecimentos do país, mas um papel-chave para impedir e/ou diminuir o fortalecimento de qualquer organização rival. Em 1884, na sua IV Conferência nacional, a *Democratic Federation*, cujo raio de atuação é circunscrito praticamente a Londres, tornar-se-á a *Social Democratic Federation* (SDF), buscando para si uma organização semelhante à do SPD e adotando um programa político que segue o programa de Gotha. Sob as pressões de Engels, um dirigente da SDF, William Morris, provocará pouco depois uma cisão e fundará a *Liga Socialista*, de tendência antiparlamentarista. Em 1884, nasce também a Sociedade Fabiana, que se mantém independente tanto da SDF quanto da Liga e que teoriza o "entrismo" do movimento socialista no partido liberal. Esse fervor de iniciativas não leva a grandes êxitos: mesmo sem levar em conta o fenômeno das duplas e triplas filiações, durante os anos 80 as várias associações socialistas não somam, no total, mais de dois mil membros[3].

---

2. Sobre a organização liberal, continua insuperável a análise de M. Ostrogorski, *La Démocratie et l'Organisation des Partis Politiques*, Paris, Calmann-Lévy, 2 vols., 1903. Ver também J. Vincent, *The Formation of the Liberal Party, 1857-1868*, Londres, Constable and Co., 1966.

3. H. Pelling, *Origins of the Labour Party*, cit., p. 65.

Ao surgir mais de uma sólida iniciativa socialista nos anos 90, o impulso decisivo foi dado por uma mudança nas relações industriais, que se repercute nas *Unions*, e pelo encontro dessa mudança com as "capacidades empresariais" de alguns homens. O fenômeno, que altera o quadro e torna o terreno mais favorável a aventuras políticas socialistas autônomas e que recebe o nome de "novo sindicalismo", consiste no aumento da agressividade sindical em base eminentemente local, sob o estímulo de operários jovens, que reagem, na metade dos anos 80, ao agravamento conjuntural das condições de trabalho e que manifestam uma crescente intolerância à aliança *Lib-Lab* e à sua tendência em privilegiar os interesses das "aristocracias do trabalho".[4] As capacidades "empresariais" são providas por homens como H. H. Champion, que, dispondo de recursos financeiros próprios, começa a sustentar e a organizar candidaturas independentes dos liberais em várias zonas do país. E, sobretudo, como James Keir Hardie, um mineiro escocês que desempenhará um papel central nos acontecimentos do socialismo britânico.

Hardie estréia como candidato independente, apoiado por setores locais do "novo sindicalismo" nas eleições de 1887, mas é derrotado. Dedica-se, então, à organização do *Scottish Labour Party* (SLP), que, mesmo com o apoio de Champion, nasce oficialmente em 1888.

Vários grupos e ligas escocesas fundem-se no partido: o *Scottish* nasce, tipicamente, por difusão territorial, e será, nos poucos anos da sua existência, um organismo fraco, descentralizado e indisciplinado. Entretanto, trata-se de um recurso organizativo decisivo, por meio do qual Hardie pode se colocar numa posição "central" no movimento socialista nascente. Em 1892, Hardie é eleito ao parlamento. A visibilidade e a popularidade que a cadeira lhe confere permitem-

---

4. Sobre os acontecimentos sindicais da época, cf., entre outros, H. Pelling, *A History of British Trade Unionism*, Harmondsworth, Penguin Books, 1976³.

lhe um papel decisivo na fundação do *Independent Labour Party*. As pressões tendentes a constituir um novo partido nacional começam a chegar de muitas partes e vão ficando cada vez mais fortes. Em 1893, a conferência de constituição do partido se reúne em Bradfort. Ela agrega todos os grupos locais, dispersos no território nacional (além do *Scottish Labour Party*), criados de forma autônoma em decorrência do "novo socialismo" e insatisfeitos tanto com o sectarismo da SDF e da *Liga Socialista* quanto com a tática pró-liberais propugnada ainda àquela época pelos fabianos.

A conferência dá origem a uma organização descentralizada, com limites indeterminados, comandada por um executivo – o *National Administrative Council* (NAC) – pouco flexível, composto, por razões de "eqüi-representação" geográfica, por quinze membros. Há, portanto, muitas condições para um desenvolvimento na direção da organização de tipo federal, com fraca coesão interna. Mas essa tendência é contrabalançada – e, com o tempo, anulada – pelo prestígio do "deputado" Hardie. Este, mesmo precisando ceder logo de início quanto ao problema do caráter descentralizado da organização, conseguirá fazer aprovar muitas das suas propostas. Conseguirá, sobretudo, fazer com que o partido tenha um controle financeiro centralizado: durante o primeiro ano de vida do partido, essa medida ficará somente no papel, mas, em seguida, tornar-se-á um importante recurso para a consolidação da organização. No ano seguinte, o "estabelecimento dos limites" organizativos já é um fato consumado, no momento em que é decidido, de maneira inequívoca, quais as associações locais do partido e qual deve ser a sua estrutura local. O NAC é reduzido a uma estrutura administrável por cinco membros (um dos quais é Hardie), e o controle financeiro centralizado começa a funcionar. Champion, que até aquele momento estava fora da organização, tentará desafiar a liderança de Hardie oferecendo o próprio apoio financeiro para as eleições iminentes. Mas os fundos administrados por Champion são de procedência duvidosa e há tempos suscitam suspeitas e desconfianças por parte dos socialistas ingleses. A atividade de Champion será, então, censurada pelo partido, e a liderança de Hardie sairá fortalecida. Nesse ínterim, a consolidação da organização continua. Hardie funda um jornal, o *Labour Leader*, enquanto começam os êxitos da organização nas eleições locais.

Em 1895 chega o momento da prova de fogo das eleições gerais. Mas o *Independent Labour Party* é clamorosamente derrotado.

Obtém quase cinqüenta mil votos, o que é expressivo para uma organização que conta com menos de dez mil filiados e, além disso, quase não tem representação em Londres (onde, por sua vez, é mais forte a organização rival, a SDF), mas não ganha nenhuma cadeira. O próprio Hardie perde a sua, e seu prestígio sofre um eclipse momentâneo.

Do fracasso eleitoral do ILP se beneficia, sobretudo, a SDF, que se fortalece notavelmente nos anos subseqüentes. Tendo fortalecido o próprio partido, os líderes da SDF já não temem mais, como no passado, a hegemonização pelo ILP e propõem a unificação entre as duas organizações. O problema de aceitar ou não a proposta torna-se, dentro do ILP, a ocasião para um confronto, e o que está em jogo é a liderança do partido. Hardie é contrário à unificação. Em posição contrária move-se seu rival Blatchfort, que dirige o jornal socialista (financiado pelo partido) *Clarion* e que é favorável à unificação. A vitória definitiva de Hardie abre caminho a um ulterior fortalecimento organizativo do partido e a uma concentração ainda maior de poder no vértice. De acordo com uma modalidade típica: à medida que os possíveis contendores da liderança se "consomem", o poder organizativo se "adensa" no vértice da pirâmide. O partido, nesse meiotempo, perde as suas ligações com o "novo sindicalismo", tão valiosas na fase da fundação. Deixam o executivo sindicalistas como Peter Curran e Tom Mann, enquanto entram jornalistas sem experiência sindical, como MacDonald, Suwoden e Glasier, que serão, a partir de então, sobretudo MacDonald, os homens da mais estrita confiança de Hardie. O partido, portanto, cortou as suas relações (informais) com o sindicalismo. Mas são as próprias *Unions* que, no final dos anos 90, decidirão romper a aliança já desgastada com o partido liberal e formar uma organização política autônoma[5].

E o decidirão, porém, à custa de graves conflitos internos, que terão repercussões de não pouca importância sobre o futuro organizativo do *Labour Party*. Favoráveis a tentar a aventura da ação política autônoma, além de George Marnes, secretário do TUC (*Trade Union Congress*) – o governo central das *Unions* –, são, sobretudo, os ferroviários. A frente da oposição e da defesa da aliança *Lib-Lab* é, por sua vez, comandada pelos poderosos sindicatos dos algodoeiros e dos mineiros. Uma moção favorável à formação de um partido autônomo é apresentada à assembléia geral pelo TUC de 1899. A moção passa com uma margem de apenas 112.000 votos (546.000 contra 434.000)[6], sinal inequívoco dos grandes favores de que ainda goza a aliança *Lib-Lab*. A conferência de fundação do partido é convocada para fevereiro de 1900.

Participam da comissão preparatória delegações das *Unions*, da Sociedade Fabiana, do ILP e da SDF. Durante os trabalhos preparatórios já se esboçam os contornos daquela que será, a partir de então, uma aliança estável entre Hardie, líder da organização socialista mais forte e de maior prestígio, e as *Unions*. Hardie coordenará os trabalhos preparatórios e garantirá à própria organização uma posição de destaque em relação a todas as outras associações socialistas. Quando a conferência de fundação do *Labour Representation Comittee* (o primeiro nome do *Labour*) é concluída, Hardie conquista cinco dos doze postos que compõem o Comitê Executivo e, além disso, recebe o cargo de secretário da nova organização por Ramsay MacDonald.

---

5. Cf. R. Moore, *The Emergence of the Labour Party. 1880-1925*, Londres, Hodner and Stoughton, 1979, pp. 75 ss. Ver também C. F. Hoover, *The British Labour Party. A Short History*, Stanford, Hoover Institution Press, 1974, e L. Marrocu, *Laburismo e Trade Unions. L'evoluzione del movimento operaio in Gran Bretagna. 1867-1926*, Bari, De Donato, 1981.

6. R. Moore, *The Emergence of the Labour Party. 1880-1925*, cit., p. 75.

O *Labour Party* nasce, portanto, do encontro entre as *Unions* e uma pequena instituição bem organizada, o ILP, comandado por um líder de prestígio do socialismo inglês. A força organizativa que as *Unions* podem fazer prevalecer no momento da fundação do partido explica por que o *Labour* nasce e se destina a permanecer por toda a sua história como o "braço político" dos sindicatos, um partido patrocinado pelo exterior e necessariamente voltado a institucionalizar-se fracamente. O papel de preminência exercido pelo ILP, todavia, não deve ser subestimado. É a inserção dessa pequena mas organizada associação política no corpo sindical que fornece a maior parte do corpo parlamentar do novo partido e que permite, com o tempo, uma institucionalização, embora fraca, da organização.

Os primórdios do novo partido são difíceis: faltam recursos financeiros e até mesmo um escritório central; o secretário não recebe salário. Além disso, o recém-nascido partido deve enfrentar de imediato, no mesmo ano da sua fundação (1900), a prova eleitoral.

Os resultados das eleições comportam, para uma organização em via de formação como o *Labour*, graves dificuldades. O pequeno grupo de deputados trabalhistas é, de fato, obrigado pela situação política geral a se alinhar aos liberais na oposição à guerra sul-africana e numa série de outras questões políticas. Isso impõe ao *Labour* um problema de identidade. Num país onde a classe operária está habituada há anos a ter na aliança *Lib-Lab* o próprio ponto de referência política e onde boa parte das *Unions, in primis* os mineiros, ainda é contrária ao novo partido, o *Labour* corre o risco de ser sugado novamente pela esquerda liberal. O alinhamento político com os liberais, além de não ter nenhuma organização extraparlamentar forte na retaguarda, comporta o risco de uma dissolução do partido por incapacidade/impossibilidade de desenvolver uma identidade política claramente distinta sobre a qual possam fixar-se as lealdades eleitorais.

Portanto, as dificuldades iniciais são enormes. Porém, MacDonald é um organizador de grande capacidade e encontra desde o início em Artur Henderson um colaborador que dedicará os seus maiores esforços justamente ao desenvolvimento organizativo do partido. A maior dificuldade é representada pela lentidão com que as *Unions*, as que se manifestavam contra a constituição do partido, abandonam a aliança *Lib-Lab* e pedem a filiação ao partido. Enquanto esse processo não se completar, a sobrevivência do partido não estará garantida e deverão se passar pelo menos dez anos até que todas as *Unions* mais importantes tenham completado o processo de reconversão política.

Além dos financiamentos, o problema imediato de MacDonald e Henderson é a constituição das associações locais. É sintomático do caráter dependente e "heterogerido" do partido (da sua legitimação externa) que tal ação se manifeste pelo encorajamento das iniciativas locais, e só em mínima parte por meio de uma intervenção direta do "centro". Em 1901, uma comissão especial para os problemas organizativos, dirigida por Henderson, tomava posição contra "(...) todo sistema uniforme de organização, a partir do momento em que (...) algumas sociedades filiadas já estão organizadas em certas circunscrições. Acreditamos que essas tentativas devem ser encorajadas por nós como pontos de partida para uma futura organização completa"[7].

As associações locais se desenvolvem, portanto, de modo muito pouco uniforme de um extremo a outro do país. Portanto, estamos na presença de um partido em construção, no qual:

1) O desenvolvimento se dá quase exclusivamente por difusão territorial, por meio de iniciativas locais espontâneas.

2) O "centro" se limita a encorajar e a estimular o processo, mas não o comanda nem impõe (está em condição de impor) um controle centralizado sobre esse desenvolvimento.

3) A construção do partido tem início, significativamente, por obra dos organismos locais das *Unions*. Por muitos

---
7. *Ibidem*, p. 98.

anos e em muitas zonas as associações do partido não serão mais do que os próprios *unions councils*, as seções sindicais locais.

Desenvolvimento por difusão, indeterminação dos limites organizativos, heteronomia e dependência da "periferia" do partido em relação ao sindicato são conseqüências naturais das modalidades por meio das quais o partido foi fundado. Esse processo só é parcialmente corrigido e equilibrado pela existência das associações locais do velho ILP, elas também filiadas ao partido e, sobretudo, pela decisão de MacDonald e Henderson – manifestada com cautela para não acionar o veto das *Unions* – de comandar a construção do partido, ao menos naquelas circunscrições onde faltam iniciativas autônomas dos sindicatos locais. Na conferência anual de 1905, conseguem aprovar uma resolução na qual se permite a associações locais, surgidas nesse ínterim por iniciativa do "centro", que se filiem ao partido nacional "(...) e, a partir de 1906, o número dessas associações será estimado entre 70 e 100 unidades. Assim, no momento das eleições gerais, MacDonald, Henderson e seus colegas terão conseguido criar ao menos o esqueleto de uma máquina política nacional"[8].

Em 1906, o *Labour* obtém um grande sucesso eleitoral e leva ao parlamento 29 deputados. Hardie é eleito *chairman* do grupo parlamentar. Mas, apesar do seu grande prestígio, a eleição é duramente disputada. Com efeito, Hardie vence seu rival, David Shackleton, por um voto apenas. Desde o primeiro momento, manifesta-se, portanto, aquele caráter de fraca coesão e intenso faccionismo que será uma constante na história do trabalhismo inglês. É o efeito lógico de um modelo originário que combina um desenvolvimento por difusão e a dependência de uma instituição externa, por isso cada parlamentar torna-se mais vinculado em relação às *Unions* da sua circunscrição (às quais deve a eleição) do que em relação aos líderes do partido. O proble-

---

8. *Ibidem*, p. 99.

ma que surge, então, e que será típico e constante motivo de conflito político interno nos anos seguintes, é se o grupo parlamentar deve ser comandado pelo líder indicado pelas suas bancadas ou se deve depender do congresso, da conferência anual do partido e, por fim, das *Unions* que controlam o congresso. Os adversários de Hardie (liderados pelo deputado Ben Tillet) sustentam essa última tese. Hardie, contudo, consegue defender com sucesso o papel autônomo do grupo parlamentar. Ele reúne, efetivamente, o apoio dos líderes das *Unions*, que temem que um controle direto da conferência sobre o grupo parlamentar possa ultrapassá-los, colocando de fato o partido nas mãos dos delegados sindicais de base[9]. As premissas da típica coalizão dominante do *Labour Party*, que controlará o partido com turnos alternados por quase toda a sua história, foram lançadas. Trata-se de uma coalizão que se sustenta sobre um delicado mecanismo de alianças cruzadas e de garantias recíprocas: o líder tem a tarefa de controlar o grupo parlamentar em troca de uma certa independência da conferência anual, e os líderes sindicais se empenham mais ou menos tacitamente em garantir tal independência, tendo sob controle os delegados sindicais no partido (impedindo ingerências excessivas desses na atividade parlamentar), em troca de uma co-participação na gestão política do partido.

As divisões direita-esquerda no grupo parlamentar manifestam-se rapidamente. Porém, estando o partido ainda em construção, num estado, por assim dizer, de "fluidez" estrutural, tais divisões têm o caráter de *lutas de tendência*. Mas por pouco tempo: a existência de um conjunto de organizações patrocinadoras externas (as *Unions*, nacionais e locais) faz com que as tendências tenham dois pontos de referência organizativos em que se apoiar, o que resultará, com o tempo, na sua transformação em facções. A "esquerda", liderada pelo deputado Victor Grayson, atacará por diversas vezes a liderança parlamentar, com particular força de 1907 em dian-

---

9. *Ibidem*, pp. 111-3.

te. Igualmente combativa será, desde o início, a "direita" parlamentar, que, já na conferência de 1905, procurou sem sucesso obter a expulsão das associações socialistas de orientação "marxista". Nessa fase, o papel de mediação de MacDonald revela-se crucial. Com a sua eleição para *chairman* do grupo parlamentar, em 1911, termina a época da rotação do cargo a cada dois anos (ocupado em sucessão primeiro por Hardie, de 1906 a 1908, e depois por Henderson, de 1908 a 1910, e finalmente por Barnes, de 1910 a 1911). O cargo de líder passa a ser institucionalizado. Com MacDonald, homem bem aceito tanto pela esquerda quanto pelos líderes sindicais, conforme o mais ilustre estudioso dos partidos ingleses, Robert McKenzie[10], o *Labour Party* encontra o seu primeiro líder verdadeiro. Mas a organização ainda é extremamente frágil, na iminência contínua de se desagregar em razão dos conflitos internos. Somente com a reforma organizativa de 1918 e depois de haver superado uma crise que ameaçava extinguir o partido, a institucionalização poderá considerar-se concluída. A crise intervém com o início da guerra mundial. O *Labour*, assim como a maior parte dos partidos socialistas europeus, é sacudido pelo conflito entre nacionalistas e pacifistas. A mediação de MacDonald, de Henderson e dos líderes sindicais mais empenhados na construção do partido permitirá somente a muito custo superar essa fase. Em 1917, o partido ainda é uma máquina fraca, precariamente estabelecida em Londres, com uma grande heterogeneidade organizativa em toda a sua extensão: calcula-se que existiam pelo menos sete diferentes tipos de organizações locais espalhadas pelo país[11].

A filiação ainda é feita totalmente sobre bases coletivas. Além disso, o partido sofre de uma falta crônica de fundos. Em 1918, Henderson concebe e faz aprovar, com o apoio dos

---

10. R. T. McKenzie, *British Political Parties*, Londres, Heinemann, 1963, pp. 300 ss.

11. R. Moore, *The Emergence of the Labour Party. 1880-1925*, cit., p. 156. Sobre a evolução organizativa "periférica" do *Labour*, cf. também D. J. Wilson, *Power and Party Bureaucracy in Britain*, cit., pp. 31 ss.

líderes sindicais, uma reforma organizativa decisiva. Essa reforma pode ser considerada, emblematicamente, como o momento em que se cumpre a institucionalização do partido. Em poucos anos, o *Labour* se consolida, assumindo aquela fisionomia que se manterá substancialmente inalterada, embora com ajustes periódicos por todos os anos seguintes. A partir de 1918, com a filiação coletiva (que passa pela filiação das *Unions*), também se coloca a filiação direta e individual[12]. Desse momento em diante, o partido pode contar com uma certa quantidade de ativismo de base direto, não "emprestado" pelas *Unions*. Isso não provocará alterações substanciais na estrutura do poder, isto é, não permitirá ao partido "emancipar-se" totalmente das *Unions*; porém, fornecerá um elemento essencial para a institucionalização da organização: uma reserva de "lealdades" diretas, não mediadas por uma organização externa. Além disso, a reforma de 1918 consagrará aquela relação entre grupo parlamentar e organização extraparlamentar já delineada no momento oportuno por Hardie; uma relação simetricamente oposta à que se realiza no SPD ou, com maior força ainda, no PCI ou no PCF. Nesses partidos, predominam os "dirigentes internos", e o grupo parlamentar fica em posição subordinada. No *Labour*, é o grupo parlamentar que ocupa posição preeminente. Esse também é o efeito e a causa, ao mesmo tempo, de um desenvolvimento burocrático, como veremos, decididamente fraco se comparado ao dos três partidos mencionados acima: uma fragilidade da estrutura burocrática simbolizada pela exclusão dos funcionários de partido de qualquer atividade pública, pela sua "guetização" em atividades puramente administrativas, de suporte para os líderes políticos.

Com a reforma de 1918 é formalizada a relação entre as *Unions* e as outras associações (por exemplo, o movimento

---

12. Sobre a reforma e, especialmente, sobre os seus efeitos na organização intermediária, D. J. Wilson, *Power and Party Bureaucracy in Britain*, cit.; cf. também R. McKibbin, *The Evolution of the Labour Party, 1910-1924*, Oxford University Press, 1974.

cooperativo, a Sociedade Fabiana etc.) filiadas ao *Labour*: uma formalização que garante às *Unions* o controle da maioria dos votos nas conferências nacionais e no órgão executivo do partido, o *National Economic Council* (NEC)[13], bem como uma representação nas associações filiadas por vários motivos (mas também aos filiados individualmente).

Em outras palavras, com a reforma de 1918, o caráter heterogêneo e federativo do partido trabalhista é formalizado, assim como o controle preponderante das *Unions* sobre o partido na sua totalidade. Três aspectos podem ser individuais a esse respeito porque paradigmáticos do caráter fracamente institucionalizado do partido trabalhista. O primeiro refere-se à modalidade do financiamento. Com a reforma de 1918, termina o período de incerteza e de fragilidade financeira do partido, mas *não* são fixadas as bases para um desenvolvimento posterior na direção do autofinanciamento: a parte de financiamento que o partido obtém mediante a inscrição direta terá sempre um peso secundário; por sua vez, é fortalecida e formalizada a dependência do partido em relação às *Unions*, que, a partir de então, fornecerão sozinhas os três quartos dos financiamentos necessários ao partido[14].

No início dos anos 70, a relação entre filiação individual e coletiva sob o aspecto financeiro e, de modo mais geral, a situação financeira global do partido trabalhista poderão ser sintetizadas da seguinte forma:

> Do ponto de vista financeiro, é verdade que o filiado individual paga uma esterlina e vinte por ano contra os dez pence do filiado a partir de 1.º de janeiro de 1972. Mas apenas uma pequena parte das subscrições dos filiados individuais chega às caixas centrais do partido, que é hoje 88% finan-

---

13. Excelentes análises sobre o funcionamento dos órgãos estatutários trabalhistas estão contidas em R. Rose, *The Problem of Party Government*, Harmondsworth, Penguin Books, 1974, J. Blondel, *Voters, Parties and Leaders*, Harmondsworth, Penguin Books, 1969, S. E. Finer, *The Changing British Party System, 1945-1979*, Washington, American Enterprise Institute, 1980.

14. R. Rose, *The Problem of Party Government*, cit. pp. 226 ss.

ciado pelos contribuintes das *Unions* filiadas e somente os 12% restantes pelos membros individuais e por outras organizações. As *Trade Unions*, além da sua contribuição anual, também contribuem com associações locais do partido e são quase inteiramente responsáveis pelo financiamento das campanhas eleitorais.[15]

O segundo fator a ser considerado é a fragilidade da estrutura burocrática central, intermediária e periférica, sobretudo se comparada, não digamos com aquela do SPD ou do PCF, mas até mesmo com a do partido conservador que, como veremos, dispõe de um aparato burocrático muito mais desenvolvido e profissionalizado. Trata-se não apenas de uma questão de "dimensões" do aparato, mas também de uma questão de relações internas: é um sinal revelador do baixo grau de coerência estrutural interna o fato de que os agentes regionais (os responsáveis pela organização intermediária) dispõem de muito mais autonomia com relação ao NEC (do qual dependem oficialmente) do que os seus respectivos conservadores (os agentes de área), que, por sua vez, são rigorosamente controlados pelo *Central Office*[16]. A fragilidade organizativa é posteriormente revelada, em comparação com o partido conservador, pelo baixo número de associações trabalhistas locais que dispunham de um funcionário permanente (o agente eleitoral)[17].

O terceiro aspecto do funcionamento da organização altamente revelador do seu caráter de instituição "fraca" é o mecanismo de seleção dos candidatos ao parlamento. A seleção acontece, desde o início dos anos 70, com base em

---

15. B. Simpson, *Labour: The Unions and the Party. A Study of the Trade Unions and the British Labour Movement*, Londres, Allen and Unwin, 1973, p. 226.

16. Para uma análise comparativa que evidencie essas diferenças, ver D. J. Wilson, "Party Bureaucracy in Britain: Regional and Area Organization", *British Journal of Political Science*, II (1972), pp. 373-81, e Id., *Power and Party Bureaucracy in Britain*, cit.

17. Por exemplo, em 1970, os conservadores contavam com 357 agentes eleitorais em 537 associações locais, e os trabalhistas, com 141 agentes em 618 associações: cf. R. Rose, *The Problem of Party Government*, cit., pp. 152-3.

duas listas de possíveis candidatos criadas pelo NEC (no qual, como se disse, as *Unions* são maioria). A primeira lista é a dos candidatos que as *Unions* estão dispostas a patrocinar diretamente (financiando-lhes a campanha) e que, se efetivamente escolhidos e eleitos, serão os representantes "oficiais" das *Unions* no parlamento[18]. A segunda lista é composta por aqueles candidatos potenciais dentre os quais as associações locais têm a faculdade de escolher o próprio representante. Em cada associação, o órgão responsável pela proposta de seleção (ratificada posteriormente pela assembléia local), o *General Management Committee*, é composto por delegados de todas as associações filiadas localmente. Também nesse caso uma grande influência é exercida pelas *Unions*, enquanto dificilmente os filiados em base individual conseguem controlar o processo de seleção[19]. Isso comporta uma conseqüência decisiva: embora prescindindo dos deputados levados diretamente ao parlamento pelas *Unions*, é muito raro que um candidato possa ser selecionado se não obteve apoio do sindicato. Além disso, o NEC sempre tem a possibilidade de exercer um poder de veto em relação aos candidatos que não foram aceitos (tradicionalmente utilizado quando os equilíbrios da coalizão dominante favorecem a direita em detrimento das facções de esquerda).

Em conclusão, o *Labour Party* é uma organização fragilmente institucionalizada, e as características do seu modelo originário que aqui sinteticamente ilustrei explicam as razões. Trata-se de uma organização subdividida em *facções*, numa pluralidade de centros de poder que controlam zonas de incerteza organizativa cruciais e que podem distribuir, em recíproca competição, incentivos seletivos e/ou coletivos para os próprios defensores. Grupos cujas possibilidades de or-

---

18. Cf. M. Rush, *The Selection of Parliamentary Candidates*, Londres, Nelson and Sons, 1969, pp. 131 ss. Cf. também W. L. Guttsman, "Elite Recruitment and Political Leadership in Britain and Germany since 1950: A Comparative Study of MPs and Cabinets", in I. Crewe (org.), *British Political Sociology Yearbook*, vol. 1: *Elites in Western Democracies*, cit., pp. 89-125.

19. M. Rush, *The Selection of Parliamentary Candidates*, cit., pp. 153-4.

ganização dependem de relações estáveis com uma ou outra *Union*, com uma ou outra associação filiada, ocasionalmente (como é tradição da esquerda do partido) também com os filiados individuais. Essa disponibilidade de recursos organizativos relativamente dispersos explica a capacidade de duração no tempo dos vários grupos no interior do partido. E explica, por certo, o caráter relativamente dividido da coalizão dominante. Digo "relativamente" dividido porque o que costuma impedir as facções trabalhistas de se organizarem de modo igualmente sólido, a exemplo das facções da DC italiana, é o controle externo exercido pelas *Unions*. Enquanto os líderes sindicais conseguirem manter sob controle as respectivas organizações, a estabilidade organizativa do partido fica geralmente assegurada. Com efeito, nesse caso, a coalizão dominante é composta pelos líderes dos sindicatos e pelo líder parlamentar, e esse sistema de *oligarquias cruzadas* permite uma gestão controlada dos conflitos internos. Mas, quando os líderes sindicais percebem o risco de serem ultrapassados pela própria base – ou são efetivamente ultrapassados –, o pacto de cooperação interna à coalizão dominante fica comprometido e os jogos faccionistas retomam fôlego e vitalidade. Esse é o efeito da dependência do partido em relação ao sindicato. A estabilidade organizativa do partido é, efetivamente, uma função da estabilidade organizativa das *Unions*[20]. Assim se explica por que, no curso da sua história, o partido trabalhista registra maior estabilidade

---

20. O que, obviamente, torna central a análise da evolução organizativa das *Unions*. Sobre estas, além da bibliografia citada nas notas anteriores, ver também T. Forester, *The Labour Party and the Working Class*, Londres, Heinemann, Educational Books, 1976. A dispersão dos recursos organizativos entre os grupos internos ao partido é, sob essa perspectiva, o efeito do tipo particular de estrutura sindical predominante na Inglaterra: um movimento sindical mais descentralizado do que nos outros países europeus e organizado mais por profissão do que por empresa, tal que: "(...) os trabalhadores de uma mesma empresa podem, por exemplo, ser representados também por quinze ou vinte sindicatos diferentes, às vezes em conflito entre si pela definição das respectivas jurisdições (...)", A. Pizzorno, *I soggetti del pluralismo*, cit., p. 221.

da própria coalizão dominante quando está na oposição do que quando está no governo. Até pouco tempo, a típica coalizão dominante do *Labour* na oposição compreendia os líderes das organizações sindicais mais poderosas (que controlavam o TUC) e o líder parlamentar expresso pelas facções de centro-direita. O pacto de cooperação funcionava com satisfação recíproca, no sentido de que a coalizão dominante conseguia fazer frente comum, seja contra os governos conservadores, seja contra as facções trabalhistas de esquerda, garantindo, assim, a estabilidade organizativa do partido[21]. Com a única exceção do governo Attlee (1945-1951), o partido trabalhista no governo quase nunca conseguiu defender a própria estabilidade[22]. A coalizão dominante geralmente não resiste ao choque das dificuldades inevitáveis de governo; os sindicalistas de base fogem para a "esquerda" para perseguir as alas operárias desiludidas, aumentando o apoio às facções de esquerda; as *Unions* perdem coesão e estabilidade e, ao final, o pacto de cooperação entre líderes sindicais e líder parlamentar (bem como *premier* do governo) se dissolve. O resultado é a desestabilização do partido, uma crise organizativa que se manifesta tipicamente na oposição entre o "partido" (sindicato + facções de esquerda) e o líder parlamentar[23].

---

21. Às vezes, porém, o pacto entre líderes sindicais e líder parlamentar se rompe sob a pressão dos delegados sindicais de base, quando o partido está na oposição: um exemplo disso são os conflitos entre o líder trabalhista Gaitskell e o partido nos anos 1960-1961 sobre o famoso problema da abolição da cláusula IV do estatuto (a socialização dos meios de produção). Cf. L. D. Epstein, "Who Makes Party Policy: British Labour, 1960-61", *Midwest Journal of Political Science*, VI (1962), pp. 165-82.

22. Sobre os conflitos entre governos trabalhistas e sindicatos no pós-guerra, ver L. Minkin, P. Seyd, "The British Labour Party", in W. E. Paterson, A. H. Thomas, *Social Democratic Parties in Western Europe*, cit., pp. 113 ss.

23. Sobre as mais recentes transformações organizativas do Partido Trabalhista, ver S. E. Finer, *The Changing British Party System, 1945-1979*, cit., e, em perspectiva comparativa, G. Pasquino, "Labour Party, PSF e SPD: tre modelli di partito socialista in Europa", *Mondoperaio*, XXXIII (1981), pp. 95-104.

A Seção Francesa da Internacional Operária

O nascimento da SFIO, assim como de muitos outros partidos socialistas, é também o produto final de um longo processo de gestação, durante o qual diversas pequenas organizações nascem, se fundem, se dividem e combatem entre si[24]. Quando, por uma combinação de eventos internos (a evolução política francesa depois do caso Dreyfuss) e internacionais (uma grande pressão por parte dos dirigentes da II Internacional para que o socialismo francês saísse de um estado de fragilidade crônica, unificando as suas várias tendências), a SFIO nasce no Congresso de Paris de 1905, as condições daquela que será uma institucionalização fraca já estão presentes. A SFIO é, de fato, fundada mediante a federação das cinco principais correntes do socialismo francês, todas mais ou menos organizadas numa associação política autônoma, além de um certo número de grupos menores. As cinco tendências organizadas que dão vida à SFIO são: os *guesdistes*, já Partido Operário Francês (POF), seguidores de Jules Guesde, de orientação marxista; os *possibilistes,* de Paul Brousse; os *allemandistes,* de Jean Allemand; os *blanquistes,* liderados por Edouard Vaillant; os *socialistes indépendants,* de Jean Jaurès e Alexander Millerand. Dentre essas pequenas seitas, a mais organizada é, sem dúvida, o POF, fundado por Jules Guesde e Paul Lafargue no início dos anos 90[25]. A superioridade organizativa dos *guesdistes* garante a esse grupo um papel de superioridade na primeira fase: quando a SFIO cria seu estatuto no congresso de 1906 (destinado a durar por toda a existência dessa organização), não fará senão adotar a carta estatutária feita pelos guesdistas nos anos 90, baseada, por sua vez, no estatuto da socialdemocracia

---

24. Sobre esses acontecimentos, cf. J. J. Fietchter, *Le Socialisme Français: de l'Affaire Dreyfuss à la Grande Guerre,* Genebra, Drotz, 1965, e P. Luis, *Histoire du Socialisme en France,* Paris, e, Marcel Rivière et Cie, 1950, e ainda, J. Touchard, *La Gauche en France depuis 1900,* Paris, Seuil, 1977.

25. C. Willard, *Les Guesdistes. Le mouvement Socialiste en France (1893-1905),* Paris, Editions Sociales, 1965.

alemã. O POF, apesar dos esforços de Guesde e de Lafargue para construir uma organização poderosa e centralizada, fora uma pequena seita que, durante toda a sua breve existência, levara consigo os sinais das enormes dificuldades encontradas pelo socialismo francês nas suas primeiras fases de vida: uma organização originada por difusão territorial, com uma fortíssima heterogeneidade organizativa de uma zona a outra e cujas estruturas intermediárias – as federações – se desenvolveram com grande autonomia em relação ao "centro" do partido[26]. Seguramente uma instituição poderosa e bem organizada se comparada aos outros grupelhos do socialismo francês, mas não tanto, por exemplo, em comparação a um dos predecessores do SPD, a organização lassaliana. As características organizativas do POF, também e justamente pelo papel de proeminência ao menos parcial desempenhado por Guesde quando do nascimento da SFIO, serão uma constante organizativa do novo partido. Um nascimento por meio da federação entre uma pluralidade de grupos, que comporta um acordo político entre tendências heterogêneas e um "modelo organizativo", que herda do POF tradições de descentralização e uma fraca coesão estrutural, são os traços fundamentais do modelo originário da SFIO.

Os *guesdistes*, que fazem o papel do leão por terem imprimido a marca organizativa ao novo partido, não conseguem, porém, colher bons frutos dessa partida triunfal. Com efeito, serão duramente prejudicados pela geografia eleitoral, isto é, pelos tipos de lealdade eleitoral que irão se fixar sobre a nova organização. O POF, que tinha um certo grupo de seguidores entre os operários industriais de Paris e em algumas outras zonas, apesar do empenho dos seus líderes nessa direção, não havia conseguido criar, no curso dos anos 90, um sindicato vital e dependente do partido nos moldes do SPD[27]. A CGT, o sindicato operário, nasce em 1895, mas, desde o início, é hegemonizada por uma tendência anar-

---

26. *Ibidem*, pp. 108 ss.
27. *Ibidem*, pp. 355 ss.

cossindicalista fortemente hostil aos partidos políticos[28]. Assim, a SFIO herdará do POF relações frágeis e sem nenhuma semelhança com o sindicalismo operário. O resultado é que, com exceção do *milieu* operário parisiense e de outras poucas zonas, a mais importante área de expansão eleitoral (e também organizativa) do partido torna-se a França rural. Desde o início, a SFIO coloca-se como o adversário mais temível para o partido radical socialista, cuja *classe gardée* está nos campos, do que para o sindicalismo operário. O efeito sobre a estrutura de poder interno do partido é o rápido fortalecimento, à custa de Guesde, do outro líder de grande prestígio da unificação de 1905: Jean Jaurès. O seu socialismo humanitário, imbuído de ideologia republicana, no momento crucial da seleção da "base social" do partido, do seu "território de caça", fornece à organização uma identidade política muito mais adaptada à área social de expansão eleitoral do que em relação ao "operaísmo" sectário de Guesde. Em dez anos, "(...) a SFIO havia obtido os seus ganhos mais substanciais nas zonas rurais. O socialismo do velho POF, que depositava as suas esperanças nas fábricas e nas cidades, tendia a ser substituído por um socialismo mais rural à la Jaurés, reflexo de uma França ainda camponesa"[29].

Tab. 2. SFIO: *filiados, eleitores e cadeiras no parlamento no período anterior à guerra.*

	Filiados	Votos	Cadeiras
Período anterior à unificação	34.688	—	—
1906	51.736	877.999	51
1910	56.164	1.106.047	74
1914	76.667	1.398.000	103

Fonte: M. Perrot, A. Kriegel, *Le Socialisme Français et le Pouvoir*, cit., p. 85.

---

28. J. Touchard, *La Gauche en France depuis 1900*, cit., pp. 64 ss.
29. M. Perrot, A. Kriegel, *Le Socialisme Français et Pouvoir*, Paris, EDI, 1966, p. 88.

Essas cifras, como observam Perrot e Kriegel, "(...) demonstram um ritmo de crescimento vigoroso, mas também os limites, e levam a indagar sobre a natureza da SFIO. Partido de eleitores mais que de militantes, a SFIO não consegue reunir a maioria dos votos dos operários. Ganhou, sobretudo, nas zonas do radicalismo rural"³⁰. Naturalmente, é inútil questionar se o que determina essa evolução é o tipo de liderança representado por Jaurès, isto é, o particular conjunto de símbolos de identificação que ele utiliza, ou o fato de que a CGT barra o caminho para uma maior expansão entre os operários. É provavel que as duas coisas se reforcem reciprocamente. Mas um desenvolvimento desse gênero, a seleção de uma *classe gardée* com fortes características rurais pode explicar, em parte, o êxito da luta de poder interna, isto é, o fato de que, apesar de uma superioridade organizativa inicial, o "operaísta" Guesde não consegue disputar o controle do partido com Jaurès.

De qualquer forma, os operaístas, depois de um brilhante exórdio, tornam-se uma facção minoritária, forte apenas em algumas federações do Norte, enquanto se "alastra" a liderança de Jaurès. A estrutura organizativa, modelada, como se viu, com base no POF, cristaliza-se nesse período e passará quase indene pelas sucessivas vicissitudes do socialismo francês e pelas mudanças na composição da coalizão dominante do partido: de Jaurès à dupla Blum-Faure do período entre as duas guerras até o "molletismo"* pós-bélico. Não só, mas muitos traços daquelas características organizativas são muito facilmente encontráveis até mesmo no novo PSF**, nascido da reorganização dos anos 1969-71³¹.

---

30. *Ibidem*, p. 85. Uma interessante análise do período é desenvolvida por M. Reberioux, "La classe operaia francese e le sue organizzazioni di fronte alla nascita della società industriale agli inizi del XX secolo", in F. Piro, P. Pombeni (orgs.), *Movimento operaio e società industriale in Europa. 1870-1970*, cit., pp. 145-65.

* Relativo ao líder socialista Guy Mollet. [N. da T.]
** Parti Socialiste Français (Partido Socialista Francês). [N. da T.]

31. Ver C. Hurtig, *De la SFIO au Nouveau Parti Socialiste*, Paris, Colin, 1970, e F. L. Wilson, *The French Democratic Left. 1963-1969*, Stanford, Stanford

Mais uma vez, portanto, um caso clássico e paradigmático de persistência no tempo das características do modelo organizativo originário. A estrutura organizativa da SFIO, tal como fixada durante os primeiros anos de vida do partido, tem, como veremos a seguir, muitos pontos em comum com o PSI. Assim como os socialistas italianos, os franceses também não conseguirão imitar os tão admirados (e invejados) primos alemães do SPD.

Esses são os traços essenciais da nova organização: uma forte heterogeneidade e variabilidade de formas organizativas em toda a sua extensão, embora dentro de uma conformidade de princípio com as indicações estatutárias; um aparato central extremamente fraco (antes, pode-se falar, ao menos até o advento de Paul Faure nos anos 20 à secretaria, de inexistência de um aparato central como tal); uma forte independência das estruturas intermediárias – as federações – que, desde o início, organizam-se como feudos autônomos em condição de contrariar com eficácia cada tentativa de ingerência do "centro". Ao mesmo tempo, e em contraste com essas características, uma tradição herdada do POF (retomada, por sua vez, pelo SPD), de predomínio dos dirigentes internos sobre os parlamentares, um predomínio que, todavia, nunca poderá se realizar por completo. De fato, o primado dos dirigentes internos sobre os parlamentares só pode se realizar com eficácia quando os dirigentes internos são líderes nacionais no comando de uma burocracia extensa, não quando, como no caso da SFIO, são dirigentes periféricos de federação. Portanto, a SFIO nasce e se consolida como um "híbrido" organizativo, para usar a terminologia duvergeriana, a meio caminho entre o partido parlamentar de autoridades e o partido de massa "socialista". A fragilidade do aparato central, incapaz de exercer qualquer controle sobre as estruturas intermediárias e sobre as associa-

---

University Press, 1971. Sobre o PSF, ver B. Criddle, "The French Parti Socialiste", in W. E. Paterson, A. H. Thomas (orgs.), *Socialist Democratic Parties in Western Europe*, cit., pp. 25-57.

ções locais (por exemplo, no momento crucial da seleção dos candidatos), unida ao "carisma situacional" de Jaurès, que se torna, para milhares de eleitores e para a maior parte dos militantes, o símbolo do socialismo francês, tende a favorecer um predomínio dos eleitos, dos parlamentares. Por sua vez, a forte concentração de recursos do poder organizativo nas federações, que, proporcionalmente ao número de filiados, dominam os congressos nacionais e controlam o frágil órgão executivo[32], equilibra essa tendência. O centro de gravidade do poder tenderá a oscilar continuamente entre os parlamentares e os dirigentes internos (no caso, os *chefes* das federações), em razão dos êxitos de uma luta incessante entre os primeiros, que procuram garantir independência política e bases autônomas de poder nas próprias clientelas eleitorais, e os segundos, que, por sua vez, tentam controlá-los. Por toda a sua história, a SFIO será um caso clássico daquele conflito entre dirigentes internos (que têm a própria base de poder nos militantes) e parlamentares (ligados às clientelas eleitorais das respectivas circunscrições), tão detalhadamente descrito por Duverger[33].

Desse modo, as bases para um fraca institucionalização estão lançadas: a combinação de fragilidade do aparato central, de semi-autonomia e, em certos casos, de independência dos deputados (assim como dos eleitos aos cargos públicos locais), e de independência das federações *em relação ao* "centro" do partido, gera uma organização incapaz de uma autonomia forte do próprio ambiente, incapaz, por exemplo, de desenvolver um controle sobre a própria *classe gardée* por meio daquela densa rede de vínculos verticais nos moldes do "partido de integração social", que os observadores apressados consideram próprios de qualquer parti-

---

32. Para uma descrição do funcionamento dos órgãos estatutários e, em particular, do órgão executivo – CAP (Commission Administrative Permanente) –, ver J. Touchard, *La Gauche en France depuis 1900*, cit., pp. 142 ss., e G. A. Codding, W. Safran, *Ideology and Politics: The Socialist Party of France*, Bouldner, Westview Press, 1979, pp. 60 ss.

33. M. Duverger, *I partiti politici*, cit., pp. 238 ss.

do, desde que "socialista". Durante toda a sua existência, a SFIO será um partido de opinião com fracas e intermitentes lealdades eleitorais, extremamente dependente dos humores de um eleitorado pouco ou totalmente organizado pelo partido[34].

O partido é predisposto a esse desenvolvimento não apenas por uma origem por federação entre grupos com recursos autônomos de poder organizativo nas federações nascentes, o que impede, desde o início, a possibilidade de crescimento de um aparato burocrático central, mas *também* pela independência política do sindicato operário. Uma independência que impede a SFIO de controlar um recurso em outros casos (SPD e PS austríaco) essencial para a construção de uma sólida subcultura de partido. A forte dependência em relação ao ambiente para efeito de uma fraca institucionalização, por sua vez, fará com que todas as mudanças ambientais, do vínculo com o eleitorado à posição no sistema político, tenham sempre um impacto direto e dramático nos acontecimentos internos da organização. Frágil no tocante à autonomia em relação ao ambiente externo, a SFIO também é carente, pelas mesmas razões – fragilidade do aparato central e autonomia das federações –, sob o aspecto da coerência estrutural interna entre as diferentes partes da organização: forte heterogeneidade de modalidades organizativas em toda a sua extensão, aliada a (e fortalecida por) um controle predominantemente periférico – nas

---

34. Isso explica o caráter "movimentista" do partido sob o comando de Jaurès e a impossibilidade de substituir pelos incentivos coletivos de identidade os incentivos seletivos materiais relacionados aos processos de burocratização. O confronto entre Bebel e Jaurès na Internacional também é, para não dizer sobretudo, a contraposição entre uma pesada organização burocrática, que deve adotar políticas cautelosas (sobre o problema crucial do rearmamento e do militarismo) para salvaguardar a si própria, e uma organização flexível, que ainda não "articulou" os seus fins às exigências organizativas e que, portanto, *deve* tentar alcançar com coerência (e com impetuosidade) os próprios objetivos ideológicos e manifestos. Cf. a respeito C. Pinzani, *Jaurès, l'Internazionale e la guerra*, cit.

mãos dos líderes das federações, mas também, em certos casos, dos prefeitos e de outras autoridades de prestígio – do financiamento do partido.

O corolário lógico desse desenvolvimento consiste num baixo grau de coesão da coalizão dominante numa vida faccionista muito intensa. Os grupos internos, com breves parênteses na fase de reconstrução que se segue à cisão comunista de 1920, e ainda no auge da influência de Mollet nos anos 50, formarão imediatamente uma organização própria por meio de uma "partilha de influência" sobre as diversas federações, coagulando-se em subcoalizões.

O caráter pouco coeso da coalizão dominante durante toda a existência da SFIO é demonstrado pelo fato de que uma liderança só poderá surgir dentro do partido com o consentimento dos líderes das federações mais poderosas e mediante um sistema de trocas e compensações recíprocas entre esses dirigentes periféricos e os líderes nacionais. Para antecipar um ponto que retomarei mais analiticamente em seguida (por exemplo, ao examinar o caso, de certa forma análogo, da CDU da era Adenauer), esse desenvolvimento se dará de forma que jamais permita uma grande expansão dos filiados, conseqüência típica de uma estrutura organizativa "feudal". Os líderes das diferentes federações, sejam eles monarcas absolutistas ou, mais raramente, sublíderes de uma facção nacional, terão geralmente pouco interesse em expandir a organização para além de um certo limite mínimo, em fazer vigorosos esforços de proselitismo. Uma expansão excessiva dos filiados poderia, efetivamente, comprometer a estabilidade organizativa: o ingresso de um número excessivo de novos filiados, sobretudo se forem jovens, pode produzir, potencialmente, alterações conspícuas e até inesperadas nas relações de poder no interior de cada federação; a diversidade de socialização política entre os antigos militantes e os recém-chegados pode dar lugar a conflitos violentos. Na pior das hipóteses, a expansão das filiações poderia levar à formação de grandes grupos de militantes disponíveis para uma mobilização política por parte de facções adversárias. A estabilidade organizativa do partido, com exceção do período da reconstrução pós-1920, dependerá, por longos períodos da história da SFIO, de uma ausência de proselitismo, de uma estagnação organizativa (que atingirá o ápice na época de Guy Mollet) perfeitamente explicável em termos de equilíbrios de poder internos.

Após a cisão comunista de 1920 ocorrerá uma reestruturação parcial das relações internas da organização, reestruturação essa que será imposta pelo rigor do desafio à própria sobrevivência do partido determinada por essa cisão[35]. Com a cisão comunista, a SFIO é reduzida a um pequeno partido. Enquanto boa parte das estruturas locais e intermediárias do partido são assumidas (e posteriormente reorganizadas com base no modelo leninista) pelo PCF – o que dará lugar a uma série de encontros e desencontros entre os dois partidos pela sistematização do "contencioso" organizativo e financeiro aberto pela cisão[36] –, com a SFIO, além das federações de implantação mais antiga (predominantemente das regiões rurais), permanece sobretudo a maior parte dos detentores de cargos públicos locais e a quase totalidade dos parlamentares. No geral, trata-se de um conjunto de recursos pouco suficientes para impedir a extinção do partido. O "renascimento", que em poucos anos reconduziu a SFIO a uma nova superação, em termos de força organizativa, em relação ao PCF, às voltas com suas lutas intestinas, deveu-se essencialmente às capacidades organizativas de Paul Faure.

O partido, no período imediatamente posterior à cisão, encontra-se extremamente enfraquecido. Além disso, o pai do socialismo francês, Jaurès, é assassinado em 1914. Será necessário um certo tempo para surgir uma liderança com igual prestígio na pessoa de Léon Blum. A eleição de Paul Faure para a secretaria (cargo não previsto por um estatuto que, como se viu, prejudica o aparato central) é, nessas con-

---

35. Cf. T. Judt, *La Reconstruction du Parti Socialiste, 1921-1926*, Paris, Presses de la Fondation Nationale des Sciences Politiques, 1976.
36. *Ibidem*, pp. 31-2.

dições, um evento decisivo para entender as razões de um renascimento tão rápido. Com Faure, o "homem da organização" dos anos 20-30, pela primeira vez surgirá um "centro" extraparlamentar com força e prestígio. Com ele, as bases de um aparato central antes inexistente serão ao menos fixadas e, a partir delas, um controle centralizado sob a forma de partido e uma reorganização financeira "central", embora dificultosa[37]. Nada comparável, nem mesmo de longe, ao desenvolvimento burocrático do SPD, mas, pelo menos, um esboço de organização central.

Faure tem um passado de "esquerda": em Tours, alinhava-se com os "socialistas de esquerda", favoráveis à adesão à III Internacional, embora contrários à aceitação das "vinte e uma condições".

Somente uma ruptura no último momento com os bolcheviques irá impedi-lo de passar, juntamente com Frossard, para o outro lado. Esse passado o torna bem aceito pela esquerda interna e, no geral, pelo universo dos filiados de orientação em média menos "moderada" dos eleitores. Controlando uma organização central, ao menos em parte, em via de fortalecimento e gozando de credibilidade entre os filiados, Faure será o verdadeiro fulcro da coalizão dominante, que dará estabilidade ao partido por quinze anos. O segundo eixo da coalizão dominante é Léon Blum. Este, de tendência moderada, mas desvinculado de qualquer facção, ganhará rapidamente um grande prestígio entre o eleitorado como encarnação das tradições humanitárias do socialismo francês, alternativamente e em oposição ao PCF, e esse prestígio explica a sua grande ascendência sobre o grupo parlamentar.

A aliança entre Blum e Faure, no início tácita e depois cada vez mais manifesta e explícita, será imbatível: mesmo porque Faure conseguirá vencer as resistências dos líderes das federações (esses, por sua vez, em dificuldades em razão da disputa comunista que os torna mais dependentes do

---

37. *Ibidem*, pp. 50 ss.

"centro") e estabelecerá um acordo duradouro, feito de compensações recíprocas entre federações, parlamentares e secretaria nacional. A coalizão dominante do partido que irá se delinear, e graças à qual a SFIO sairá vencedora do grande desafio de 1920, compreenderá, portanto, um "centro" extraparlamentar (Faure), os líderes das federações mais fortes, aliadas a Faure, e uma maioria de parlamentares controlados por Blum. A aliança Blum-Faure será a base dessa coalizão e, enquanto os dois homens caminharem unidos, sua força será invencível. Naturalmente, os jogos faccionistas não desaparecerão (haverá até uma cisão de parlamentares de direita em 1933), mas serão mantidos sob controle.

Porém, a SFIO permanece um organismo fraco. Sua institucionalização escassa torna-a fortemente reativa às mudanças ambientais.

Com o nascimento da Frente Popular e com a acentuada capacidade de competição do PCF, que obterá uma vitória eleitoral espetacular em 1936, a coalizão dominante do partido começará a apresentar as primeiras cisões, e o jogo faccionista será retomado com a intensidade "normal"[38]. O governo das esquerdas com o PCF, que por sua parte encontra-se em fase de forte retomada política, de fato dá início, para um partido pouco institucionalizado como a SFIO, a um grave problema de identidade. Recobra fôlego o facciosimo alimentado, seja pela direita parlamentar ligada a clientelas eleitorais anticomunistas, seja pela "esquerda revolucionária" (os grupos de Pivet e de Zyromski), forte sobretudo naqueles setores da "periferia" do partido que, tendo uma base operária, estão mais expostos ao desafio comunista. Faure e os líderes das maiores federações aliadas a ele aumentam as exigências da polêmica anticomunista, opondo-se cada vez mais duramente às facções internas de esquerda, para defender a identidade organizativa do partido.

---

38. Sobre os conflitos internos da SFIO nesse período, cf. N. Greene, *Crisis and Decline: the French Socialist Party in the Popular Front Era*, Nova York, Ithaca, Cornell University Press, 1969.

Blum, por sua vez, sendo chefe de um governo que se sustenta com o apoio do PCF, deve necessariamente abrandar os tons da polêmica e manifestar atitudes conciliatórias para com os comunistas.

A divaricação das posições políticas de Blum e de Faure (devidas essencialmente a uma diversidade de papéis organizativos) tem seu início e será concluída em poucos anos com uma total desagregação da coalizão dominante e com um processo de faccionalização interna cada vez mais acentuado, enquanto Faure, centro de gravidade do partido como nos anos 20-30, concluirá a sua carreira como líder da facção mais à direita da organização[39].

A reconstrução pós-bélica verá surgir Guy Mollet, mas não modificará essencialmente a estrutura do partido. E nem pode fazê-lo a política temerária de Mollet, que sai vitorioso do congresso de 1946 em posições de esquerda marxista (*néo-guesdisme*) e, depois, leva a SFIO à ruptura com o PCF e as opções governistas: uma mudança de linha política, que Mollet pode realizar com sucesso (isto é, permanecendo no poder) somente porque consegue substituir rapidamente por recursos "simbólicos", usados para conquistar o controle do partido (incentivos coletivos de identidade), os recursos "materiais", por meio dos aparatos governistas (incentivos seletivos materiais)[40].

É um processo concluído com muita rapidez, justamente por ser realizado numa organização de institucionalização fraca, altamente permeável e sensível às mudanças de posição ambiental. Numa instituição "forte", dotada de uma burocracia poderosa, o processo de conversão dos incentivos não poderia ser assim tão rápido, e qualquer coalizão dominante que o tentasse, nos termos em que a operação revelou-se a Mollet entre 1946 e 1947, certamente se encontraria em grandes dificuldades.

---

39. *Ibidem*, pp. 208 ss.
40. Cf. R. Quillot, *La SFIO et l'Exercice du Pouvoir, 1944-1958*, Paris, Fayard, 1972.

A esclerose organizativa da era Mollet (perda de filiados, envelhecimento dos quadros etc.)[41] é um exemplo perfeito de "falsificação" da teoria segundo a qual as organizações são sempre levadas a se expandir conforme uma lógica "empresarial". Nesse período, nem o secretário, nem os "sátrapas" das grandes federações têm interesse em colocar em risco a estabilidade organizativa mediante políticas expansivas. E a estrutura interna do poder ficará essencialmente estável durante toda a IV República.

O Partido Socialista Italiano

Assim como a SFIO, o PSI também adota, nos anos da sua formação, o SPD como modelo[42]. Não diferentemente da SFIO, o PSI jamais conseguirá ser algo além de um rascunho da organização socialista alemã. O modelo originário do partido é, também nesse caso, um indicador fiel do sucessivo nível fraco de institucionalização. No Congresso de Gênova de 1892, confluem para o novo organismo, além do Partido Operário Milanês (uma organização muito semelhante à dos lassalianos e dos guesdistas), que nesse ínterim abandonou o sectarismo operaísta originário, pelo menos duzentos, entre grupos socialistas, cooperativas e associações locais de socorro mútuo e orientação socialista, espalhadas em várias regiões do país[43]. Depois dessa data, muitas outras associações locais nascem autonomamente em meio ao entusiasmo inicial. Trata-se, pois, de um nascimento que combina a fusão entre uma pluralidade de organizações locais preexistentes e uma difusão territorial posterior.

---

41. *Ibidem*, pp. 239 ss.
42. Ver E. Ragioneri, *Socialdemocrazia tedesca e socialisti italiani*, Milão, Feltrinelli, 1976.
43. G. Arfé, *Storia del socialismo italiano (1892-1926)*, Turim, Einaudi, 1965, p. 31. Ver também L. Valiani, *Questioni di storia del socialismo*, Turim, Einaudi, 1958. Um bom guia para a historiografia do socialismo italiano é I. Granata, *Il socialismo italiano nella storiografia del secondo dopoguerra*, Bari, Laterza, 1981.

Uma vez que não convergem para Gênova militantes individuais, mas *associações*, o partido forma inicialmente uma base de tipo coletivo (filiação não individual, mas de associação). Só depois, graças aos esforços de Turati e dos outros socialistas milaneses que orientam a construção da organização, e precisamente em 1895, o partido se organiza em base individual. Mas o caráter originário de uma organização central fraca, que precisa apoiar-se em outros grupos e associações locais, continuará a pesar por decênios sobre o partido. Se o modelo é o SPD, todavia: "(...) a função do partido é concebida de maneira muito mais imprecisa e genérica: o partido é instrumento de coordenação mais do que de comando dos vários organismos em que se subdivide e se articula o movimento operário, deve mover-se no mesmo passo e expressar seu grau de maturidade"[44]. Essa é a conseqüência política de uma modalidade diferente de formação e do tipo diferente de relações que o PSI (relativamente ao SPD) é obrigado a instaurar com as outras organizações do movimento socialista.

Em 1896, depois de um esforço financeiro imponente para um organismo tão fraco como o PSI, nasce o *Avanti!*, que será o único órgão de imprensa com difusão nacional do partido, bem como o único centro de poder organizativo pelo menos em parte alternativo em relação ao grupo parlamentar.

As características da organização, tal como ela se consolida ao final do século e se mantém inalterada por um longo período, podem ser assim sintetizadas:

a) Uma relação filiados-eleitores que, nos momentos mais favoráveis, será, no máximo, de um para vinte contra uma média de um para quatro/um para cinco do SPD[45].

---

44. G. Arfé, *Storia del socialismo italiano (1892-1926)*, cit., p.31. Há uma vasta bibliografia sobre as concepções políticas de de Filippo Turati. Sobre as posições de Turati no tocante ao partido e aos problemas de estratégia em relação às correntes socialistas européias, ver L. Strik Lievers, "Turati, la politica delle alleanze e una celebre lettera di Engels", *Nuova Rivista Storica*, LVII (1973), pp. 129-60.

45. L. Valiani, "Il Movimento operaio e socialista in Italia e in Germania dal 1870 al 1920", in L. Valiani, A. Wandruszka (orgs.), *Il movimento operaio e socialista in Italia e in Germania dal 1870 al 1920*, cit., p. 20.

Tab. 3. *Número das seções e dos filiados no PSI (1892-1906).*

	Seções	Filiados
1892	200	131.000
1893	299	107.830
1896	450	21.000
1897	623	27.281
1898	860	—
1900	546	19.194
1901	783	28.497
1902	1.070	37.718
1903	1.236	42.451
1905	1.150	45.000
1906	—	36.428

Fonte: R. Michels, *Proletariato e borghesia nel movimento socialista italiano*, cit., p. 133.

Até a expansão organizativa que se segue à vitória maximalista de 1912 e, sobretudo, ao fim da grande guerra, o PSI, assim como a SFIO, será, portanto, um partido de eleitores mais do que de militantes. E, além disso, como a SFIO, terá desde o início uma base social com forte componente rural; uma *classe gardée* em que a quota de eleitorado composta por trabalhadores braçais será sempre expressiva (mesmo quando, depois da Primeira Guerra Mundial, aumentar a capacidade do partido de expandir-se nas zonas operárias). Ainda em 1913, depois da introdução do sufrágio universal, enquanto a média nacional dos votos socialistas é de 17,7%, na Emilia dos trabalhadores braçais é, por sua vez, de 38,3%[46].

Portanto, a base social que o partido é obrigado a selecionar pelas condições do país é mais "popular" (semelhante à da SFIO) do que "operária" (diferentemente do SPD).

Enormes diferenças regionais atravessam o partido, e as diferenciações políticas sobre bases geográficas se entrecruzarão sempre, sem jamais coincidir totalmente com as divisões políticas nacionais entre direita e esquerda.

---

46. *Ibidem*, p. 18.

b) A organização extraparlamentar nacional é extremamente frágil. A *direção*, o organismo formalmente dirigente do partido, entre um congresso e outro, jamais conseguirá recursos financeiros suficientes para dotar-se de um *staff* burocrático. Conseguirá a duras penas pagar o salário do secretário político e de uma pequena secretaria administrativa[47].

c) A uma forte diferenciação organizativa entre zonas, efeito de um nascimento por difusão territorial não reequilibrada pelo "poder central", como foi dito, inexistente, soma-se uma acentuada indeterminação dos limites organizativos (ambos sintomas de uma fraca coerência estrutural interna). Por exemplo, será costume do partido que a seleção dos candidatos aos cargos eletivos seja decidida, não apenas pelas seções locais, mas por aquelas em conjunto com as câmaras do trabalho, as cooperativas e outras organizações socialistas[48]. O que resulta numa grande dependência do partido com relação a organizações externas de caráter local.

d) Uma vez que falta um aparato burocrático central (que, na verdade, continuará a faltar até a reorganização do segundo pós-guerra, por obra de Rodolfo Morandi), o sistema dos incentivos seletivos, sobre os quais se rege o partido, utiliza principalmente dois canais: os comuns com predomínio socialista (o "socialismo municipal")[49] e a atividade de cada um dos deputados para arrancar da burocracia central concessões em favor da própria circunscrição[50].

---

47. H. Hesse, "Il gruppo parlamentare del Partito Socialista Italiano: la sua composizione e la sua funzione negli anni della crisi del parlamentarismo italiano", in L. Valiani, A. Wandruszka (orgs.), *Il movimento operaio e socialista in Italia e in Germania dal 1870 al 1920*, cit., p. 210. O ensaio de Hesse, além de ser uma excelente reconstrução da composição do grupo parlamentar socialista do período pré-fascista, é também a melhor análise organizativa publicada até hoje sobre o PSI da época.
48. *Ibidem*, p. 211.
49. Sobre o socialismo municipal e, de modo mais geral, sobre a "subcultura" socialista, ver a reconstrução histórico-sociológica de G. Sivini, "Socialisti e cattolici in Italia dalla società allo Stato", in G. Sivini (org.), *Sociologia dei partiti politici*, Bolonha, Il Mulino, 1971, em particular pp. 79 ss.
50. Sobre as relações entre partidos e burocracia, ver a clássica denúncia de M. Minghetti, *I partiti e la ingerenza loro nella Giustizia e nell'Amministrazione*, Bolonha, Zanichelli, 1881. Cf. ainda G. Galli, *I partiti politici*, cit.

e) A relação que a organização instaura com o sindicato, a Confederação Geral do Trabalho (fundada em 1906), será complexa[51], tormentosa e ambígua. Em vez de uma ausência de relações (como no caso da SFIO), de uma subordinação inicial do sindicato, seguida de uma lenta emancipação (como no caso do SPD), e, finalmente, de uma dependência do partido em relação ao sindicato (como no caso do *Labour Party*), se afirmará, por sua vez, uma relação de mútua dependência formal e de colaboração em bases paritárias entre o grupo parlamentar turatiano e os líderes reformistas da CGL; uma relação, porém, sempre a ponto de esfacelar-se em razão da pressão maximalista no partido e do sindicalismo revolucionário (forte nas Câmaras de Trabalho) na CGL.

À frente de uma organização extraparlamentar extremamente frágil está um grupo parlamentar em posição dominante. Dominante, em primeiro lugar, por uma razão contingente: Turati, um dos principais fundadores do partido, é a figura de maior prestígio do socialismo italiano; esse prestígio coloca-o "no centro" do grupo parlamentar e, por conseguinte, coloca o grupo parlamentar "no centro" do partido (exatamente o que acontece na SFIO com Jean Jaurès). Mas o grupo parlamentar é dominante também por razões de ordem estrutural: a fragilidade da organização central e o fato de os incentivos seletivos serem distribuídos aos seguidores do partido pelos parlamentares por meio de conexões com a burocracia estatal (conforme o modelo típico do parlamentarismo italiano) e com o "socialismo municipal" (o fluxo de benefícios que correrá sob o manto do *flerte* político entre Turati e Giolitti)[52]. Além disso, os parlamentares, na esmagadora maioria, são autoridades locais de prestígio (sobretudo advogados e outros expoentes das profissões liberais), capazes de impor, em muitos casos, um controle pessoal e direto sobre as seções da própria circunscrição e de transformá-las

---

51. Sobre os acontecimentos sindicais, ver I. Bardadoro, *Storia del sindicalismo italiano. Dalla nascita al fascimo*, 2 vols., Florença, La Nuova Italia, 1973.

52. Sobre as relações entre os dois líderes, ver B. Vigezzi, *Giolitti e Turati. Un incontro mancato*, 2 vols., Milão-Nápoles, Ricciardi, 1976.

em verdadeiros "feudos" pessoais (como provam as constantes reeleições dos mesmos candidatos em muitos colégios)[53]. O caráter notável, em vez de "burocrático-profissional", do parlamentarismo socialista também se deveu ao fato de que, até 1912, os deputados não usufruíam de nenhuma identidade parlamentar[54]. E o controle que os parlamentares exercem sobre as seções não pode ser dificultado, diferentemente do SPD, por uma burocracia central nem, diferentemente da SFIO, por uma forte estrutura intermediária.

f) Ao predomínio do grupo parlamentar e à fragilidade da organização central, características que aproximam o PSI da SFIO, acompanha-se, diferentemente do primo francês, também a fragilidade da estrutura intermediária. A verdadeira sede do poder organizativo em nível periférico, embora com exceções[55], não é a federação, mas a seção individual, que é totalmente autônoma em relação ao partido central[56].

---

53. H. Hesse, *Il gruppo parlamentare del Partito Socialista Italiano: la sua composizione e la sua funzione nei anni della crisi del parlamentarismo italiano*, cit., p. 211.

54. Cf. R. Michels, *Il proletariato e la borghesia nel movimento socialista italiano. Saggio di Scienza Sociografico-Politica*, cit., que se estende sobre o caráter burguês e intelectual da liderança do PSI em comparação com o SPD: ver, em particular, pp. 76 ss. e, ainda, pp. 106 ss. No início do século, o percentual de parlamentares socialistas com nível superior é de 87,8% contra 16% do SPD. Cf. também H. Hesse, *Il gruppo parlamentare del Partito Socialista Italiano: la sua composizione e la sua funzione negli anni della crisi del parlamentarismo italiano*, cit., pp. 213 ss.

55. As exceções parecem ser representadas essencialmente pela organização socialista das zonas, onde já está presente, no momento da constituição do PSI, um forte partido rival. Na Romagna, por exemplo, onde o PSI deve enfrentar, no momento do seu nascimento, uma poderosa organização republicana já estabelecida, a estrutura intermediária (de federação) parece muito mais sólida do que em outros lugares: ver as pesquisas sobre a formação dos partidos políticos na Emilia-Romagna, coordenadas por Paolo Pombeni, da Universidade de Bolonha, em particular M. Ridolfi, *Origine e sviluppo dei partiti politici nel circondario di Cesena (1876-1898)*, tese de graduação, 1980, e M. Gavelli, *Nascita e sviluppo dei partiti politici a Forlì (1876-1898)*, tese de graduação, 1980.

56. H. Hesse, *Il gruppo parlamentare del Partito Socialista Italiano: la sua conformazione e la sua funzione negli anni della crisi del parlamentarismo italiano*, cit., p. 211.

Essa característica explica dois fenômenos estreitamente interligados: em primeiro lugar, a capacidade de muitos parlamentares de construir seu próprio feudo local. Em segundo, e por conseguinte, uma fragmentação do grupo dirigente do partido ainda mais acentuada do que na SFIO. Com efeito, se o poder organizativo está concentrado no nível das federações, há um número bastante restrito de dirigentes periféricos com os quais os líderes nacionais podem negociar (como o farão na SFIO Paul Faure antes e Mollet depois). Mas se a estrutura intermediária, como no PSI de então, é fraca e, de todo modo, não é a sede de um poder organizativo significativo e consistente, haverá um número muito elevado de líderes locais (de seção) e nenhuma aliança interna sólida poderá ser estabelecida.

Isso explica, no meu entendimento, o caráter mais fluido das facções do PSI também com relação à SFIO. Trata-se, indubitavelmente, de facções, cada qual com suas próprias bases sólidas de poder: os maximalistas nas seções, sobretudo onde o partido está localmente na oposição, e, nas câmaras de trabalho, os reformistas, seja na aliança (especialmente durante o decênio giolittiano) entre o grupo parlamentar e os líderes reformistas da CGL, seja nas associações periféricas e nas associações colaterais (cooperativas etc.), onde o partido (como na Emilia) é dominante no plano local, seja, por fim, naquelas seções que os parlamentares-autoridades chegaram a transformar em feudos pessoais.

Todavia, justamente o caráter tão fragmentado e circunscrito do partido, não reunido por uma estrutura intermediária sólida, explica a fluidez das facções – muitas passagens de uma facção a outra, tanto no vértice quanto na base, e limites mal definidos entre uma facção e outra[57] – enquanto, por sua vez, as facções SFIO se consolidam, entrincheirando-se nas diferentes federações. E explica também o alto grau de indisciplina do grupo parlamentar.

---

57. G. Arfé, *Storia del socialismo italiano (1892-1926)*, cit., pp. 111 ss.

Além disso, diferentemente do que acontece no *Labour Party*, só uma convergência de interesses faz com que a esmagadora maioria dos parlamentares mantenha-se alinhada com as posições de Turati. No *Labour Party*, o líder parlamentar, de acordo com as *Unions*, controla as possibilidades de candidatura da maioria dos deputados. No PSI, por sua vez, cada um age por conta própria, confiando no próprio prestígio de autoridade, bem como na capacidade de obter benefícios materiais na própria circunscrição. Todavia, uma vez que os parlamentares devem a reeleição à distribuição de incentivos seletivos (medidas concretas, arrancadas da burocracia estatal), eles se encontram "naturalmente" em sintonia com a política turatiana: a sua possibilidade de distribuir benefícios pode advir somente à sombra do reformismo, e não contra ele.

As condições de extrema fragilidade, tanto da organização central quanto da intermediária, explicam por que a vitória maximalista no congresso de Bolonha (1904) não modifica de fato a estrutura do poder, não impede que os parlamentares reformistas continuem a ser o verdadeiro centro-motor do partido[58]. A impossibilidade de os maximalistas consolidarem as próprias posições, adquirindo também o controle do grupo parlamentar, explica o seu rápido eclipse e o retorno triunfal dos reformistas à frente do partido em dois anos. Mas se a vitória maximalista de 1904 é efêmera, é também uma prova eloqüente da fraca coesão das coalizões dominantes do PSI. Os reformistas também não estão nada unidos, mas sim agrupados, como foi dito, mais pela conveniência de cada um dos parlamentares do que por mecanismos organizativos centralmente controlados. Com a mudança do vento político – o desgaste do giolittismo, do qual depende estreitamente a credibilidade da linha política de Turati –, a coalizão reformista verá crescer no seu próprio interior as forças centrífugas (a esquerda salveminiana, a direita de Bissolati e Bonomi, o centro turatiano) até a dis-

---

58. *Ibidem*, pp. 163 ss.

solução e a definitiva vitória maximalista de 1912, sob o impacto da guerra da Líbia[59].

Durante toda a fase do domínio reformista, o partido não usou de proselitismo: continuou uma organização fraca, com poucas dezenas de milhares de militantes. A sua própria força eleitoral é muito mais o fruto do apoio "externo" das outras organizações, que seguem o movimento socialista italiano, do que a conseqüência de uma força organizativa autônoma. A ausência de proselitismo resulta, em parte, da falta de um forte centro extraparlamentar em condição de promover e de manter com continuidade um esforço de expansão organizativa. Mas é também, para não dizer sobretudo, como no caso da SFIO, a conseqüência de uma vontade deliberada dos reformistas de defender, por meio da *estagnação* organizativa, os equilíbrios internos de poder. Diferentemente do SPD, em que a expansão numérica é mantida sob controle por um poderoso aparato burocrático central, em condição, por exemplo, de "pilotar" os congressos do partido: "Na Itália, a soberania da assembléia não encontra obstáculos consideráveis nem conhece formas de mediação. A maior, se não a única, garantia de estabilidade da linha política reside no número relativamente exíguo de filiados e na extrema lentidão na substituição, razão pela qual acabam por prevalecer aqueles que mais ouvem, devido à longa militância, a força da tradição, e com ela o prestígio dos líderes mais respeitáveis"[60].

Essa situação muda, em parte, com o congresso de Reggio Emilia (1912) e com o advento dos maximalistas ao poder. O líder da nova coalizão dominante do partido, Benito Mussolini, elabora um poderoso esforço de incremento numérico dos filiados ao partido. Dois anos depois – Congresso de Ancona (1914) –, "(...) o número de filiados quase dobra; a velha-guarda é submersa, dissolvida no novo e vas-

---

59. M. Degl'Innocenti, *Il socialismo italiano e la guerra di Libia*, Roma, Riuniti, 1976.

60. G. Arfé, *Storia del socialismo italiano (1892-1926)*, cit., p. 156.

to organismo, controlável somente pelos mesmos meios com os quais fora construído"[61].

A razão é clara: a nova coalizão dominante, cujo centro de força está na (fraca) direção (da qual foram expulsos os reformistas) e no *Avanti!*, com o fim de liquidar o poder do grupo parlamentar, necessita reforçar o mais rapidamente possível a organização extraparlamentar, contrabalançar e anular o prestígio de Turati com a força da organização. O esforço nessa direção é enorme, mas o peso do modelo originário do partido não pode ser anulado com um só golpe, nem mesmo por uma liderança temerária e pronta para tudo como a de Mussolini. Com efeito, até mesmo por uma posição minoritária já definitiva no interior da organização no seu todo, os reformistas continuarão a fazer a política parlamentar do partido de forma autônoma, zombando das intervenções contínuas e das tentativas enérgicas dos maximalistas de subordinar o grupo parlamentar às escolhas políticas da direção. Perdido o predomínio sobre o partido, os reformistas podem contar ainda com o apoio dos sindicatos e das outras organizações socialistas. E, apesar dos esforços organizativos de Mussolini, o partido continuará fraco em relação aos outros "centros autônomos"[62] do movimento socialista. Em 1913, por exemplo, o PSI ainda tinha somente 45.000 filiados contra os mais de 300.000 da CGL[63]. Somente com a mobilização pós-bélica o PSI se tornará um partido de massa, atingindo, em 1920, pouco mais de 200.000 filiados[64]. Naquela época, os maximalistas (já privados da liderança de Mussolini) conseguirão reequilibrar a seu favor as relações com o grupo parlamentar, e o declínio político

---

61. *Ibidem*, p. 156.
62. A expressão é de Arfé, *Storia del socialismo italiano (1892-1926)*, cit.
63. H. Hesse, *Il gruppo parlamentare del Partito Socialista Italiano: la sua conformazione e la sua funzione negli anni della crisi del parlamentarismo italiano*, cit., p. 204.
64. L. Valiani, *Il movimento operaio e socialista in Italia e in Germania dal 1870 a 1920*, cit., p. 22.

dos reformistas já se terá consumado. Até aquele momento, "(...) o PSI foi a encarnação organizativa da tese reformista da descentralização, cuja base era de nível municipal. O partido era composto por um número variável de seções locais independentes, as coligações verticais com o vértice do partido eram desenvolvidas apenas fragilmente (...)". Nessas circunstâncias: "(...) até que se organizasse como partido de massa, portanto, até o fim da Primeira Guerra Mundial, o grupo reformista, formado por personalidades eminentes, politicamente dominante, pôde manter posições de grande influência no partido"[65]. Mas a vitória definitiva dos maximalistas e o declínio reformista coincidiram com o declínio mais geral do partido em sua totalidade. Como na SFIO, a nova situação relacionada ao problema da revolução russa e à adesão à III Internacional determinou a ruptura (e, nesse caso, a subdivisão em três partidos) de um organismo frágil.

Com o renascimento do segundo pós-guerra (o partido se reconstitui oficialmente em Roma, em 1943), a organização socialista consegue se emancipar, apenas em parte, da sua história passada. Além das características do seu antigo modelo originário – que pesam no momento da reconstituição (que, por sua vez, deve-se a uma fusão entre velhos e novos grupos[66], amalgamados apenas parcialmente) –, pesa sobre a impossibilidade de criar uma instituição forte uma disputa irrefreável por parte do PCI em reconstituição. Espremido entre partidos que têm cada um o seu próprio ponto de referência internacional em potências que se preparam para a longa oposição bipolar pós-bélica, a capacidade de o ressuscitado partido desenvolver uma identidade autônoma própria fica virtualmente comprometida.

---

65. H. Hesse, *Il gruppo parlamentare del Partido Socialista Italiano: la sua conformazione e la sua funzione negli anni della crisi del parlamentarismo italiano*, cit., p. 219.

66. Cf. C. Vallauri, *I partiti in Italia dal 1943 al 1975*, Roma, Bulzoni, pp. 105 ss.

Organização de fronteira, no auge da guerra fria, comprimida entre os "extremismos opostos" do confronto bipolar, o PSI oscilará continuamente entre a direita e a esquerda, dilacerando-se em constantes lutas internas e pagando com repetidas cisões a própria posição política desconfortável. Todavia, tanto para o PSI como para o PCI, embora por razões diversas, a ruptura organizativa provocada pelo fascismo permite ao menos uma reestruturação parcial. Em 1946, o PSI dispõe de 700.000 filiados, fruto da mobilização política da guerra de resistência. É sobre essa base que irá se inserir a tentativa morandiana, depois de 1949, de fortalecer a organização. Com Morandi, de forma análoga ao que irá suceder na seqüência, como veremos, na DC (com a secretaria Fanfani), o PSI fará o seu esforço mais consistente para transformar-se numa instituição forte. E, como no caso da DC, a tentativa terá sucesso apenas em parte, seja porque é muito difícil para qualquer partido fugir completamente ao peso da própria herança organizativa, seja porque as características do "ambiente" em que a organização atua (a posição em relação às divisões políticas nacionais e internacionais) não permitem desenvolver uma identidade sólida (não permitem, em particular, selecionar e controlar com estabilidade um "território de caça" eleitoral autônomo).

Após a efêmera vitória da facção autonomista da "Reconquista Socialista" (Lombardi e Jacometti), em meio à derrota eleitoral de 1948, a coalizão dominante que se afirma no XXVIII Congresso (1949), numa linha política de renovada cooperação com o PCI, sustenta-se em dois eixos: as capacidades organizativas de Rodolfo Morandi e o grande prestígio de Pietro Nenni. Essa coalizão irá governar ininterruptamente o partido até a morte de Morandi e, na verdade, até o Congresso de Veneza de 1957. É o período de maior estabilidade do "círculo interno" do partido. A análise da composição da Direção Nacional no período que se estende de 1945 a 1965 demonstra que "a menor substituição se verifica (...) entre 1949 e 1957, em correspondência ao período em que o partido socialista perseguiu mais linearmente uma política (aceitável ou não), com coerência e sem conhecer mais aquelas crises que caracterizaram sua história anterior e também a posterior"[67].

É nessa fase que tomam corpo as enérgicas tentativas de Morandi para transformar o PSI numa instituição forte, num "partido de massa", sob os moldes do PCI[68]. É nessa fase que a Direção se torna, em relação ao grupo parlamentar, o órgão central do partido, que é desenvolvido um aparato central (não conhecido anteriormente pelo PSI) por causa da tradicional independência das seções, que se busca, por fim, estabelecer um controle do partido sobre as organizações colaterais.

E, no entanto, a tentativa morandiana obtém resultados apenas parciais. O aparato burocrático nunca chegará a se igualar, nem por compactação interna, tampouco por dimensões, ao do PCI. Como observa Zarinski em 1962, comentando as razões da mudança decisiva de Nenni depois de 1957, um exame atento da burocracia do PSI demonstra: "(...) uma estrutura composta por quinhentos assalariados. Muitas das tarefas que lhes eram oficialmente atribuídas (...) eram desempenhadas aparentemente de modo esporádico e casual ou, em alguns casos, não eram absolutamente desempenhadas".[69]

A organização nunca conseguirá substituir real e totalmente as modalidades de funcionamento de tipo burocrático pela tradição pré-fascista das autoridades. Por conseguinte, as federações também se tornarão muito mais for-

---

67. F. Cazzola, *Carisma e democrazia nel socialismo italiano*, Roma, Sturzo, 1967, p. 30.
68. Cf. C. Vallauri, "Morandi e l'organizzazione di partito", *Città e regione*, n.º 6 (1978), pp. 38-56, e, mais detalhadamente, sobre a ação política de Morandi, A. Agosti, *Rodolfo Morandi. Il pensiero e l'azione politica*, Bari, Laterza, 1971.
69. R. Zarinski, "The Italian Socialist Party: A Case Study in Factional Conflict", *American Political Science Review*, LVI (1962), p. 389. Sobre as características da burocratização do PSI sob o comando de Morandi, ver, entre outros, S. H. Barnes, *Party Democracy: Politics in an Italian Socialist Federation*, New Haven, Yale University Press, 1967, pp. 138-9.

tes em relação ao período anterior à guerra, mas nunca tão fortes a ponto de submeter as autoridades locais. O novo predomínio da direção sobre o grupo parlamentar apresenta, ele próprio, características ambíguas. O fortalecimento da direção é efetivamente acompanhado por sua rápida parlamentarização[70].

Por fim, o controle sobre as associações colaterais também nunca poderá ser realmente assegurado. Por exemplo, o componente socialista das organizações sindicais, por não ter o amparo de uma organização partidária poderosa, será sempre condicionado pelo componente comunista majoritário (que, por sua vez, é o "braço sindical" de uma instituição forte).

Por conseguinte, mesmo na fase de máxima coesão da coalizão dominante (1949-1957), a vida faccionista do partido continuará. Em particular, o grupo dirigente deverá enfrentar constantemente uma minoritária, mas aguerrida, facção de direita com bases autônomas na organização e no grupo de autoridade local.

A partir de 1957, a coalizão dominante se dissolve, dando lugar a uma oposição entre a direita nenniana, fracamente majoritária, que se prepara para a centro-esquerda, e uma forte minoria de esquerda. Será uma época que poderemos definir como "bifaccionismo": as duas facções, cada qual amalgamada por uma pluralidade de grupos, de consistência quase equivalente, se enfrentarão por toda a extensão do partido, com modalidades que muito se aproximam do funcionamento dos sistemas políticos bipartidários[71].

Com a centro-esquerda e a nova disponibilidade de recursos públicos que o acesso ao governo garante e que podem ser usados na competição interna, uma instituição fraca

---

70. Cf. F. Cazzola, *Carisma e democrazia nel socialismo italiano*, cit. Sobre a organização socialista do segundo pós-guerra em geral, ver F. Cazzola, *Il partido come organizzazione. Studio di um caso: il P.S.I.*, Roma, Edizioni del Tritone, 1970, e A. Landolfi, *Il socialismo italiano*, Cosenza, Lerici, 1977.

71. Sobre as dinâmicas faccionistas desse período, ver S. H. Barnes, *Party Democracy: Politics in an Italian Socialist Federation*, cit.

como o PSI será rapidamente conduzida a um forte fracionamento interno. Com uma evolução paralela à do seu parceiro de governo (a DC), durante a centro-esquerda, o PSI irá ao encontro de um processo de faccionalização ainda maior do que no passado. Antes, será nessa fase que as facções atingirão o máximo de institucionalização.

O PSI deverá esperar o fim da centro-esquerda e o surgimento de uma ameaça à sua própria sobrevivência política, em razão do avanço eleitoral comunista dos anos 1975-1976, para experimentar, com a substituição de Midas (1976) por outra geração – e com as sucessivas regularizações de contas internas –, uma nova fase de recomposição sob a direção de uma coalizão dominante mais coesa do que as anteriores[72]. Mesmo com a intervenção de algumas transformações organizativas na direção do "catch-all-party", com uma maior profissionalização e uma presença mais agressiva no campo das comunicações de massa, a fragilidade do partido não poderá ser anulada. Suas causas remontam a um passado distante.

Conclusões

Todos os três partidos aqui considerados representam casos de fraca institucionalização. São partidos que têm em comum uma grande dependência do seu ambiente de organizações externas, no caso do *Labour Party* e do PSI, embora em menor escala, e de um ambiente eleitoral sobre o qual não exercem nenhum controle direto (como aquele garantido ao SPD, ao PCI ou ao PCF pela sua sólida inserção social), no caso da SFIO. Partidos, portanto, que devem se

---

72. Sobre as modificações após 1976, ver A. Panebianco, "Analisi di uma sconfitta: il declinio del PSI", in A. Parisi, G. Pasquino (orgs.), *Continuità e mutamento elettorale in Italia*, Bologna, Il Mulino, 1977, pp. 145-84, e G. Pasquino, "The Italian Socialist Party: An Irreversible Decline?", in H. R. Penniman (org.), *Italy at the Polls*, Washington American Enterprise for Public Policy Research, 1977, pp. 183-227.

"adaptar" ao que acontece fora das respectivas organizações, que não reúnem condições de desenvolver, diferentemente das instituições fortes, estratégias "imperialistas" de domínio do ambiente. Além disso, são partidos que têm em comum uma fraca coerência estrutural interna, um baixo grau de "sistemicidade": são organizações que apresentam uma grande variedade de formas de uma região para outra do país por um longo período de tempo (em todos os três casos) e uma indeterminação substancial dos limites organizativos (sobretudo o *Labour* e o PSI), de tal maneira que geralmente não se pode distinguir onde termina a organização e onde começam as organizações externas, contíguas.

São partidos que diferem dos casos do SPD, do PCF ou do PCI, sobretudo porque não conseguem desenvolver uma burocracia central igualmente forte. Ao contrário, a organização burocrática é praticamente inexistente na SFIO e no PSI (até o período pós-bélico) e pelo longo período embrionário no *Labour Party*.

Uma fraca institucionalização traz consigo uma série de conseqüências. Os três são partidos de facções, de grupos organizados que disputam entre si, mantendo, cada um a seu tempo, uma certa coesão, o controle sobre o partido. Sendo assim, a estrutura das oportunidades é tal a imprimir um andamento centrífugo ao recrutamento das elites. Com a parcial exceção do *Labour Party*, cujas desigualdades internas são uma das funções do funcionamento das organizações patrocinadoras, há uma estreita correspondência entre o sistema das desigualdades internas e as desigualdades societárias. Na SFIO, e ainda mais no PSI, não é a lógica da divisão do trabalho dentro de uma estrutura burocrática que determina a distribuição dos *atouts*, dos recursos do poder no seio da organização. É, predominantemente, o sistema das desigualdades externas. As autoridades têm um espaço que lhes falta, por exemplo, no SPD. A escassez de participação "profissional" é compensada com doses maciças de participação "civil" de autoridades, conforme um efeito típico da fraca institucionalização. E a estrutura composta por autoridades implica uma presença mais forte de incentivos seletivos de tipo clientelista em relação às formas de retribuição material, próprias das burocracias.

Se os três partidos apresentam a característica comum de uma fraca institucionalização, não faltam, porém, as diferenças. O modelo originário do *Labour Party* é o de um partido de legitimação "externa", de um partido que permanece durante toda a sua história como "braço político" de uma organização patrocinadora. A SFIO, por sua vez, é um partido de legitimação interna. O PSI fica a meio caminho entre os dois: se não é propriamente o braço político de uma organização externa, tampouco é totalmente independente das outras associações do movimento socialista, como indica a sua formação inicial com uma filiação de tipo indireto, coletivo, e mais ainda, a constante ambigüidade das relações entre partido e sindicato.

Outra diferença diz respeito ao grau de coesão da coalizão dominante e, por conseguinte, o grau de organização das facções internas. No PSI, as facções, ao menos durante todo o período turatiano, possuem uma consistência inferior à da SFIO. São menos organizadas, com limites mais fluidos (embora não a ponto de sèrem classificadas como tendências). Esse é, provavelmente, o efeito da diversidade de estrutura organizativa dos dois partidos. Na SFIO, o esqueleto do partido é dado pelas federações (e as facções têm uma sólida base para se organizarem); no PSI, pelas seções (e isso torna mais dispersas e menos coordenáveis as lutas das facções).

Com base nessa observação, seria possível supor (mas trata-se apenas de uma hipótese, devido à ausência de dados satisfatórios) que uma estrutura organizativa como a do PSI coloca o partido, quanto à coesão da sua coalizão dominante (ou, inversamente, das suas facções), numa posição intermediária entre a forte coesão assegurada pela existência de um burocracia central poderosa (como no SPD ou no PCI) e a forte divisão em razão da falta de uma burocracia central que seja acompanhada de uma forte organização intermediária (como na SFIO).

Visualmente, essa hipótese pode ser representada da seguinte forma:

Fig. 6

Sede do poder organizativo	Grau de coesão da coalizão dominante	
	Forte (tendências)	Fraco (facções)
Burocracia central (SPD)	+	–
Federações (SFIO)	–	+
Seções (PSI)	+	

Em parte, essa característica aproxima o caso do PSI ao do *Labour Party*, no qual, como foi dito, o faccionismo não adquire, exceto durante crises organizativas agudas, a rigidez e o grau de organização verificáveis em outros partidos. Em parte, é possível que isso ocorra porque em ambos os partidos (embora mais nitidamente e também de modo formal no caso trabalhista; informalmente e apenas de modo parcial no PSI) funciona uma aliança entre grupo parlamentar e líderes sindicais (além disso, sob outro viés, entre a esquerda do partido e a esquerda sindical). Essas alianças entrecruzadas e interorganizadas (que faltam, por sua vez, na SFIO) permitem explicar, ao menos em parte, o caráter não excessivamente solidificado das facções internas aos dois partidos. De fato, as relações de força entre os grupos internos estão sujeitas, em organizações largamente "heterogeridas", a mudanças de orientação política, que se passam fora da organização do partido em sentido estrito e que ocorrem em outras organizações (no plano nacional bem como no local).

O DESENVOLVIMENTO ORGANIZATIVO

Porém, a analogia entre o *Labour Party* e o PSI não deve ser levada para além de um certo limite: a diferença é dada pelo fato de que as *Unions* têm um poder de intervenção nos acontecimentos internos do partido muito superior ao das organizações sindicais italianas (mesmo durante o período turatiano).

Concluo este capítulo ressaltando um último aspecto. Uma diferença evidente entre os três partidos com forte institucionalização (SPD, PCI e PCF) e os três partidos com fraca institucionalização (*Labour Party*, SFIO, PSI) até agora examinados é que somente nestes últimos o grupo parlamentar ocupa um papel de primeiro plano, é a sede de uma quota majoritária de poder organizativo em relação aos outros "setores" do partido (mesmo na SFIO em que, todavia, é equilibrado pelo poder das federações). Porém, é necessário ter cautela para não se precipitar na conclusão de que forte institucionalização é sinônimo de predomínio dos dirigentes internos, e fraca institucionalização, de predomínio dos parlamentares. Examinarei casos de partidos que combinam, em razão de certas características do seu modelo originário, tanto uma institucionalização relativamente forte quanto um predomínio do grupo parlamentar.

VII. Os partidos governistas

Premissa

A contraprova da plausibilidade do meu quadro analítico será agora buscada ao se examinar os casos dos três partidos que experimentaram o processo de institucionalização, ocupando uma posição "central", e não periférica; partidos que conquistaram o governo nacional após o nascimento (e antes da consolidação organizativa) e que permaneceram no governo durante muito tempo. Como afirmei anteriormente, o controle sobre o governo nacional durante a fase da consolidação organizativa deveria, em igualdade de condições, favorecer uma institucionalização fraca dos partidos. Dispor dos recursos públicos que o controle estatal coloca nas mãos dos partidos governistas é, geralmente, um poderoso fator de inibição do desenvolvimento organizativo "forte". Todavia, assim como estar na oposição não garante uma forte institucionalização, o controle sobre o governo na fase de consolidação não empurra *inevitavelmente* o partido na direção de uma fraca institucionalização. Trata-se de um êxito provável, mas não absolutamente seguro. Mesmo no caso dos partidos governistas, a presença de certos traços do modelo originário (por exemplo, um desenvolvimento por penetração territorial ou, como se verá no capítulo seguinte, uma origem carismática) pode predispor o partido a se tornar uma instituição forte. E, ainda, além das características do modelo originário do partido, outros fatores desempenham um papel de grande importância, em particular os traços do sistema burocrático estatal e o grau de competitividade do sistema político.

Em primeiro lugar, a quantidade de recursos públicos a serem usados com fins "privados" (na competição partidária): quanto mais recursos públicos estiverem à disposição, menor é a necessidade para os líderes de desenvolver uma institucionalização forte. Pelas características do sistema burocrático, enquanto a disponibilidade dos recursos públicos distribuíveis sob a forma de incentivos for máxima, e é o caso do *spoil system* (que por si contribui amplamente para explicar certas características genéticas dos partidos norte-americanos), é fácil prever uma institucionalização fraca dos partidos governistas: a ampla disponibilidade de recursos públicos desencoraja um forte desenvolvimento organizativo, os líderes não têm interesse na formação de uma burocracia de partido, os incentivos seletivos passam por outros canais (os canais governistas). Em contrapartida, enquanto a burocracia tiver características opostas, será pouco colonizável (por exemplo, porque se trata de uma organização poderosa e autônoma em relação aos partidos, com um forte *esprit de corps* com base no modelo prussiano), haverá poucos recursos públicos disponíveis e deveremos, então, esperar, em igualdade de outras condições do modelo originário, um desenvolvimento organizativo mais decisivo dos partidos governistas: os líderes, não dispondo de recursos alternativos, devem desenvolver a organização do seu partido. Entre um sistema de apropriabilidade *máxima* e outro de apropriabilidade *mínima* de recursos públicos existem, nos diferentes regimes políticos e nas diferentes fases históricas, graus e possibilidades intermediárias. Por isso, os partidos governistas podem ser "ordenados" ao longo de um *continuum* que vai de um máximo a um mínimo de disposição privada sobre os recursos públicos. A DC italiana é, dentre os partidos aqui considerados, o partido governista com um máximo de disponibilidade sobre os despojos públicos. Os conservadores ingleses, no governo quase que ininterruptamente por vinte anos (1886-1905) – com um breve intervalo liberal (1892-1894) – na fase da consolidação organizativa, podem ser colocados no pólo oposto do *continuum*, aquele no qual a disponibilidade sobre os recursos públicos é mais escassa. A uma diversidade de sistema burocrático, de relações entre partido de governo e burocracia e a um grau diverso de intervenção estatal na economia, corresponde, tendencialmente, um nível diferente de institucionalização dos partidos.

O segundo fator que exerce um papel de certo peso é o grau de competitividade do sistema político. Os democratas-cristãos alemães (até a revisão ideológica imposta pelo SPD em Bad Godesberg) e os democratas-cristãos italianos são organizações que não sofrem durante muito tempo desafios efetivos dos partidos de oposição, ameaças condizentes com seu papel de partidos governistas na fase da consolidação organizativa. Os conservadores britânicos, por sua vez, sentem constantemente a ameaça representada pela presença de um competidor digno de credibilidade (os liberais).

A análise organizativa dos partidos governistas é sempre mais difícil e choca-se contra dificuldades superiores em relação à análise dos partidos de oposição. Antes de tudo, porque *sempre* participam da coalizão dominante do partido homens cujo controle sobre o partido depende de uma colocação em *funções externas* a ele. Quando um partido está no governo – e seja qual for o equilíbrio do poder entre grupo parlamentar e dirigentes internos –, sempre fazem parte da coalizão dominante os homens que compõem o executivo (o primeiro-ministro e, no mínimo, todos os ministros das pastas mais importantes). Do mesmo modo, sempre fazem parte da coalizão dominante "local" do partido – quando este controla o governo local – os prefeitos e, às vezes, também outros representantes públicos. Isso complica em muito as relações internas do partido: efetivamente, alguns homens podem dispor de recursos externos à organização, que são usados no seu interior, na disputa com os outros líderes do partido. Além disso, podem ocorrer ao menos duas possibilidades: ou todos os ministérios-chave são controlados por membros da coalizão dominante, ou são subdivisões entre a coalizão e os líderes ou alguns líderes da oposição interna. Se este último for o caso, a estrutura das relações de poder no partido torna-se ainda mais complexa: não só as divisões que atravessam o partido se refletem no governo, mas o confronto entre maioria e oposição dentro do governo, entre homens que controlam centros institucionais autônomos (os diferentes setores da burocracia que dependem dos ministérios), retroage sobre a organização partidária, sobre sua dinâmica interna.

O segundo fator que torna complexa a análise organizativa de um partido governista é dado pela tendência dos grupos de interesse em ter, "naturaliter", nos partidos governistas, o próprio ponto de referência. Mesmo um partido de oposição sofre a pressão de (e desenvolve relações de troca com) muitos grupos de interesse. Nunca, porém, numa medida comparável aos partidos governistas. Os grupos de interesse se "adensam" ao redor desses partidos que, pela sua posição institucional, podem trocar medidas estatais por recursos financeiros e de outro tipo, que os vários grupos controlam. E, uma vez que os grupos de interesse geralmente estreitam ligações de mútua colaboração, não com o partido no seu todo, mas com cada um dos agentes ou grupos no seu interior, o efeito é uma forte tendência à fragmentação da coalizão dominante do partido (os seus vários componentes desenvolvem interesses diversos em conseqüência da sua "especialização", da relação privilegiada que instauram com um ou outro grupo externo). O vínculo com a burocracia de um lado e com os grupos de interesse do outro comporta, tendencialmente, um processo que poderíamos definir como *multiplicação das secantes marginais*: um grande número de líderes em vários níveis instaura relações privilegiadas de troca com uma pluralidade de centros organizativos externos ao partido e pode utilizar essas relações com os diferentes segmentos do ambiente da organização como *atouts* de poder nas relações internas. A conseqüência, geralmente, é uma tendência ao enfraquecimento, à indeterminação dos limites organizativos do partido, a ponto de quase não mais ser possível estabelecer com segurança quem faz parte e quem não faz (de fato, não formalmente) da organização. Por exemplo, os líderes de um poderoso grupo externo de pressão, capaz de controlar deputados e ministros e de influir maciçamente nos acontecimentos internos do partido, podem ser considerados realmente externos à organização?

A indeterminação dos limites é um dos sinais típicos de uma institucionalização fraca. Isso implica duas conseqüências. Em primeiro lugar, se é errado atribuir ao caráter "governista" ou de "oposição" do partido na fase da consolidação o papel de causa principal do seu desenvolvimento específico, esse caráter exerce, *porém,* um certo peso. Os partidos se tornam instituições fortes ou fracas, sobretudo em conseqüência das características do seu modelo originário e de certas características institucionais e políticas do seu ambiente. Porém, como sabemos, podem ocorrer graus diversos de institucionalização. Se dois partidos são levados pelas características do seu modelo originário em direção a uma forte institucionalização, mas um se consolida como partido de oposição e o outro como partido governista, o resultado mais provável é que o partido de oposição experimente uma maior autonomia em relação ao ambiente e uma maior coerência estrutural interna do que o partido governista.

A segunda conseqüência desse raciocínio é que mesmo os partidos que se desenvolveram na oposição como instituições fortes tendem a experimentar processos ao menos parciais de desinstitucionalização quando chegam a controlar o governo ou se aproximam desse limiar. Da mesma forma, os partidos governistas mais fracamente institucionalizados, uma vez na oposição, vêem-se diante da alternativa de desagregação por terem perdido o controle sobre os recursos públicos ou por terem se tornado instituições fortes.

Neste capítulo, examinarei a formação de três "partidos governistas". Dois deles (CDU e DC) se tornaram instituições fracas e somente um (o partido conservador britânico) experimentou uma institucionalização forte. Essa comparação, mais ainda do que as anteriores, suscita problemas delicados, substantivos ou de método, que precisam ser recordados.

Dois dos partidos examinados, a CDU e a DC, nascem no segundo pós-guerra, e buscarei aqui, essencialmente, os componentes dos seus modelos originários. Porém, como no caso de muitas organizações que "partem do zero" no interior de contextos ambientais que sofreram rupturas institucionais – no nosso caso, mudanças de regime político –, há o problema da relação entre essas novas organizações e as suas antecessoras. Tanto a CDU quanto a DC têm antecessores (respectivamente, o *Zentrum* católico e o Partido Popular) que atuam nos regimes pré-autoritários. Embora seja um problema mais condizente com a DC do que com a CDU, não há dúvida de que alguns elementos do modelo originário deveriam ser, nesse caso, retrodatados, buscados no passado e nas continuidades subterrâneas (sobretudo das classes dirigentes), que, por meio do intervalo autoritário, unem a antiga organização à nova. É um problema que não pude tratar aqui, mas que certamente assume uma certa importância para fins da definição das condições iniciais e genéticas dessas organizações. O segundo problema diz respeito ao partido conservador e também está relacionado à definição do modelo originário. A escolha a que aqui se procedeu foi partir do momento da transformação conservadora da elite parlamentar em partido político moderno. Isso porque somente o partido político moderno, que como tal dispõe de uma organização extraparlamentar nacional (não importa quão sólida ou frágil), é objeto de análise neste trabalho. Porém, a origem do partido conservador, *sub-specie* do grupo parlamentar, remonta a um período muito anterior, e pelo menos alguns fragmentos do modelo originário desse partido deverão ser buscados num passado muito distante, o que seria impossível neste estudo. Outro problema refere-se, enfim, à existência de um notável descompasso nos tempos históricos entre os três casos examinados. O ponto importante, sobretudo, é que enquanto a CDU e a DC se consolidam como partidos governistas numa era de expansão do Estado nas economias nacionais e podem dispor, portanto, de um conjunto de recursos (estatais), que facilita a sua fraca institucionalização, o partido conservador se consolida, por sua vez, numa fase (final do século XIX) de capitalismo concorrencial, em vez de ser organizado por meio da intervenção do Estado, em condições "ambientais" muito diferentes das do segundo pós-guerra europeu. Além do caráter tradicionalmente competitivo, *adversary*, da democracia inglesa (que obriga o partido governista a nunca baixar a guarda, a não renunciar a uma forte organização partidária), esse fator também deve ser evocado para explicar os diferentes resultados organizativos.

A União Democrata-Cristã

Os fatores constitutivos do modelo originário da CDU podem ser sintetizados da seguinte forma:

1) Uma legitimação, diferentemente da maioria dos partidos confessionais, só em mínima parte "externa". A CDU é um partido novo, não é o herdeiro do antigo *Zentrum* católico[1]. No final da guerra, o *Zentrum* fica totalmente desacreditado, assim como a maioria dos partidos da época weimariana. Com o fim do conflito, os políticos conservadores buscam criar uma organização política nova. Tanto é verdade que o *Zentrum* procurará se reconstituir competindo com a CDU, mas sem sucesso[2]. A novidade é que a CDU é um partido pluriconfessional, que reúne católicos e protes-

---

1. Sobre o papel do *Zentrum* durante a República de Weimar, cf. G. E. Rusconi, *La crisi di Weimar*, Turim, Einaudi, 1977.
2. Sobre a formação do sistema político da República Federativa, ver T. Burkett, *Parties and Elections in West Germany, The Search of Stability*, Londres, Hurst and Co., 1975, e K. W. Deutsch, E. A. Nordlinger, "The German Federal Republic", in R. C. Macridis, R. E. Ward (orgs.), *Modern Political Systems: Europe*, Englewood Cliffs, Prentice-Hall, 1968², pp. 301-450.

tantes. A necessidade de manter um equilíbrio entre as duas confissões explica por que a influência das organizações religiosas sobre o novo partido é grande mas não excessiva[3]. Os líderes do partido precisam constantemente impedir uma ruptura organizativa, que se produziria inevitavelmente pela divisão católicos/protestantes se uma ou outra igreja mostrasse exercer um peso hegemônico sobre as escolhas políticas do partido. Portanto, sob essa perspectiva, a CDU se desenvolve com características, ao menos em parte, diferentes, não só do antigo *Zentrum*, mas também de todos os outros partidos democratas-cristãos (inclusive a DC italiana). Embora as organizações religiosas tenham um certo peso sobre a vida do partido, ele não é superior ao de muitos outros grupos de interesse. Sob esse aspecto, a CDU pode ser utilmente considerada como um partido de legitimação interna. Essa característica, por si só, deveria predispor a organização a um desenvolvimento institucional "forte" se, no caso da CDU, não fosse amplamente equilibrada e anulada pela atuação de outros fatores, e em particular:

2) Um nascimento por *difusão territorial*, praticamente no estado puro. As associações locais e regionais do partido nascem e se consolidam de forma autônoma, sem nenhuma coordenação central e com raríssimos contatos horizontais entre uma zona de ocupação e outra da Alemanha. Entre 1945 e 1950 (ano em que é formado o partido federal), as associações locais e intermediárias, regionais e zonais, desenvolvem-se e consolidam-se como domínios autônomos. Esse desenvolvimento explica o caráter *federativo* da futura organização[4].

---

3. Um aspecto importante da relação igreja-CDU é dado, ainda, pelo fato de que os protestantes estão, por sua vez, divididos em dois grandes troncos: luteranos e calvinistas. Os primeiros, de orientação mais conservadora, apoiarão maciçamente Adenauer em aliança com os católicos. Já os segundos representarão, desde o início, um foco de tensão na CDU, em razão de uma orientação política mais aberta às influências ideológicas de esquerda.

4. A existência de zonas de ocupação que dificultam as comunicações é certamente a causa imediata que explica o desenvolvimento autônomo das organizações periféricas da CDU. Todavia, deve-se recordar que esse fator

3) Um desenvolvimento organizativo acompanhado de um crescimento paralelo de prestígio, no partido e no país, de Konrad Adenauer. Um "carisma situacional" que, somado a um desenvolvimento por difusão territorial, converge, como veremos, para produzir o êxito de uma fraca institucionalização.

4) A formação de um grupo parlamentar de partido e a formação de um governo predominantemente CDU *antes* da unificação das várias associações num partido federal.

O exame da fase mais inicial de desenvolvimento do partido é, como em muitos outros casos, crucial para se compreender a lógica de funcionamento da organização durante todo o período (1949-1969) em que a CDU mantiver o controle do governo nacional.

O embrião daquela que será posteriormente a CDU constitui-se, desde o fim imediato das hostilidades, em regime de ocupação, por iniciativa autônoma de uma pluralidade de grupos políticos, de uma extremidade a outra do país[5]. O primeiro grupo que consegue estabelecer uma organização local com uma certa solidez (mesmo com o apoio do sindicato cristão em reconstituição) é o de Berlim: seus líderes (Andreas Hermes, primeiro, e depois Jacob Kaiser) buscarão, sem sucesso, desfrutar sua vantagem organizativa inicial para assumir a total liderança do partido. É, de fato, Hermes quem vai organizar a primeira conferência do partido, reunindo todos os grupos locais e regionais surgidos

---

age num contexto nacional historicamente caracterizado por grandes diferenciações regionais de tipo sociocultural, que por si tende a predispor as organizações que surgem a "incorporar", a refletir no seu interior essas diversidades (com efeitos "autonomizadores" das periferias organizativas entre si e em relação ao "centro" nacional). Naturalmente, esse fenômeno também age sobre o SPD, mas, nesse caso, é contrabalançado pela presença de um forte aparato central.

5. Para essa reconstrução, baseei-me essencialmente em A. J. Heidenheimer, *Adenauer and The CDU. The Rise of the Leader and the Integration of the Party*, The Hague, Martinus Nijoff, 1960, e G. Pridham, *Christian Democracy in Western Germany. The CDU/CSU in Government and Opposition, 1945-1976*, Londres, Crooom Helm, 1977.

nesse ínterim, no outono de 1945, em Bad Godesberg. Hermes, porém, por desentendimentos com o comando soviético de Berlim, não conseguirá a autorização necessária para alcançar Bad Godesberg e não poderá, portanto, dominar esse *meeting*. De todo modo, as únicas decisões de um certo relevo tomadas em Bad Godesberg são a adoção do nome do novo partido (União Democrata-Cristã) e a criação de um "departamento de coligação" com a tarefa (que ficará no papel) de coordenar as várias associações. Um "centro" capaz de monopolizar o controle sobre o desenvolvimento organizativo do partido não pode surgir nessa fase, seja pelas dificuldades de comunicação entre as várias zonas de ocupação, seja pela indisponibilidade dos líderes locais em aceitar um poder regente. A "sorte" da CDU já está traçada desde o início. As evoluções mais importantes ocorrerão, efetivamente, não em nível nacional, mas em nível zonal. Sobretudo na zona inglesa onde Adenauer, em poucos meses, surgirá como o líder incontroverso, bem como, em razão do grande impulso que consegue dar à organização CDU da sua zona, como o principal e mais promissor interlocutor político dos aliados (de modo não muito diferente de De Gasperi na Itália). A organização CDU da zona inglesa será o mais importante núcleo do futuro Partido Federativo. Em virtude do uso "privado" que Adenauer fará do partido na primeira fase, a secretaria CDU dessa zona (controlada por homens de confiança de Adenauer) desempenhará informalmente, no período de 1948-1950, as funções de secretaria nacional do partido na sua totalidade. Adenauer surge rapidamente como líder da zona inglesa durante o ano de 1946, desfrutando também da sua imagem de homem "novo": durante Weimar, ele não desempenhou nenhum papel político nacional, portanto não sofre o descrédito atribuído à velha-guarda. Em poucos meses, torna-se o líder incontroverso do partido do Rheinerland. A escalada é rápida porque Adenauer consegue habilmente conciliar interesses distintos: do sindicalismo católico aos protestantes conservadores. Ao estabelecer uma aliança com Holzapgel, o líder

CDU da Vestefália, unifica toda a organização. O acordo Adenauer-Holzapgel permite aos partidos do Rheinerland e da Vestefália construir e, em seguida, dar hegemonia à organização zonal. É criado um Conselho Zonal, órgão deliberativo e executivo do partido para toda a zona inglesa, controlado por Adenauer. A secretaria do Conselho, confiada a um de seus homens, Joseph Löns, fará todos os esforços possíveis para homogeneizar e coordenar centralmente todas as associações locais e regionais da zona inglesa. Em 1947, a CDU da zona inglesa será a mais bem organizada de todo o país.

Durante todo o ano de 1946, o desenvolvimento do partido em nível local e estatal ocorre de modo totalmente autônomo, sem nenhum controle ou coordenação central. Nessa fase, os vários líderes zonais, Adenauer em primeiro lugar, estão mais interessados em consolidar as respectivas organizações (e o próprio controle pessoal sobre elas) do que em criar um organismo nacional efetivo. O primeiro passo para uma maior coordenação nacional vem de fora: a rápida reorganização do SPD, sob a liderança de Schumacher nos anos 1945-1946[6]. A reconstituição da socialdemocracia em bases centralizadas no modelo pré-nazista é extremamente rápida. O SPD representa, já no fim de 1946, um competidor perigosíssimo para a CDU. Esse desafio obriga as autoridades da CDU a tentar uma primeira unificação. Em Frankfurt, em novembro de 1946, acontece uma reunião preparatória entre os diversos líderes, com o objetivo de coordenar os esforços ante o inimigo comum. Já em Frankfurt explode o confronto entre os dois líderes de maior prestígio e no comando (ou exatamente em razão disso) dos dois grupos mais solidamente organizados, Adenauer e Kaiser, da organização de Berlim. O que está em jogo é a liderança do partido nacional. O principal pretexto é o problema da nacionalização da indústria pesada de Ruhr. Kaiser e a esquerda, apoiados pelos sindicatos, são favoráveis. Adenauer, que sobre essa *issue*

---

6. A esse respeito, ver D. Childs, *From Schumacher to Brandt. The Story of German Socialism, 1945-1965*, Oxford, Pergamon Press, 1966.

reúne as posições de centro-direita da CDU, além dos ambientes industriais, é contrário. Em fevereiro de 1947, em Königstein, chega-se, finalmente, a uma conferência nacional. É formado um órgão central de partido (*Arbeitsgemeinschaft*), cujo primeiro secretário é Bruno Dörpinghans, de Frankfurt. Mas, contrariamente à linha defendida pelos berlinenses, ainda não nasce uma verdadeira organização nacional. O próprio Adenauer dirigiu-se a Königstein com o objetivo de impedir qualquer solução centralizadora que desautorizasse ou enfraquecesse as organizações zonais. Os outros líderes regionais moveram-se com objetivo semelhante. Mais uma vez, trata-se de um nascimento por difusão territorial "pura", que explica o malogro de Königstein: organizações locais, regionais e zonais, nascidas e consolidadas por conta própria, cujos líderes já não estão dispostos a ceder o próprio poder organizativo a uma instância superior. Sendo assim, o *Arbeitsgemeinschaft* nunca conseguirá tornar-se o "centro" da organização nacional. Permanecerá durante toda a sua breve existência (1947-1950) um organismo fraco, totalmente desprovido de autoridade, dependente, inclusive para o seu financiamento, da boa vontade dos líderes regionais.

Já nessa fase, a CDU desenvolve efetivamente características que permanecerão invariáveis praticamente até a reforma organizativa dos anos 70: financiamentos, filiações, constituição de *staffs* burocráticos têm como sede não o "centro" nacional, mas as organizações CDU dos Länder*. Portanto, a organização é apenas um conjunto de domínios autônomos e independentes, cada qual consolidando-se por conta própria. Paradoxalmente, nessa fase, o elemento de união das lealdades "nacionais" é dado precisamente pela divisão que contrapõe a esquerda de Kaiser e a direita de Adenauer. Mesmo porque os grupos externos, dos sindicatos às associações religiosas, aos ambientes empresariais e financeiros, vão se reunindo em torno de setores do partido que têm o próprio líder de opinião em um ou outro político.

---

* Regiões. [N. da T.]

Em 1947, por iniciativa anglo-americana, é realizada a primeira assembléia legislativa interzonal: o *Conselho Econômico* de Frankfurt. Nele, o SPD e a CDU exercem uma representação paritária (quarenta representantes cada). O grupo parlamentar se forma, portanto, *antes* da organização nacional. É interessante notar que o desenvolvimento organizativo da CDU apresenta características opostas em relação ao do SPD. Este último é reconstituído rapidamente, e já no final de 1946 é uma organização forte. A sua força lhe permite estabelecer-se com estabilidade nos organismos representativos locais e na maioria dos *Länder*. A CDU, ao contrário, é muito fraca localmente para poder competir com o SPD. Deve, portanto, apostar todas as suas fichas na conquista do governo central[7]. A unificação do partido é, pois, procrastinada, seja pela resistência das autoridades locais, seja porque o problema da liderança nacional ainda não foi solucionado. Durante 1948, ao menos um obstáculo, a rivalidade Adenauer-Kaiser, é removido. O embate entre os dois líderes é solucionado naquele ano a favor de Adenauer. De fato, em 1948, com o cerco de Berlim e a unificação administrativa autônoma das zonas sob controle ocidental, fica claro que a unificação alemã (defendida por Kaiser) é impossível. A linha política da qual Adenauer, em ambientes industriais e comerciais, é defensor, de uma unificação política que deixe de fora, ao menos temporariamente, a zona soviética, torna-se por unanimidade a única posição realista. Além disso, posteriormente Kaiser perde terreno para a nítida oposição da Igreja Católica às suas propostas de reformas socioeconômicas muito avançadas. Adenauer, um pouco pela sua habilidade em estreitar as alianças certas com os vários grupos de interesse, um pouco porque favorecido pelas circunstâncias, já é o único líder de envergadura e notoriedade nacional do partido. E, por conseguinte, é o homem em quem os aliados ocidentais apostam todas as fichas. Em

---

7. A. J. Heidenheimer, *Adenauer and the CDU. The Rise of the Leader and the Integration of the Party*, cit., pp. 152 ss.

junho de 1948, sem encontrar resistências consideráveis, Adenauer pode autodenominar-se presidente de um novo organismo nacional de partido constituído *ad hoc*: a Conferência dos presidentes dos *Länder*. Típica coalizão dominante do partido durante os anos 50, a aliança entre o futuro chanceler e também presidente do partido e os líderes das organizações estatais já está formada. O partido participará das eleições de 1949 com um organismo de coordenação efetivo, composto pelos líderes regionais, e com um único centro de referência nacional: Adenauer. Após as eleições, Adenauer convoca numa reunião "particular" (a chamada Conferência de Rhöndorf) vinte e cinco líderes regionais, escolhidos entre os mais favoráveis à sua liderança. Nessa reunião, para a qual não foram convidados os líderes da esquerda, que, com o apoio sindical, exigem a formação de um governo com o SPD, é decidida a futura coalizão de governo, cujo principal parceiro é o FDP*, o partido liberal. Em setembro de 1949, Adenauer torna-se chanceler federal. Desse modo: "No final de 1949, a CDU acha-se na curiosa posição de ter adquirido o controle sobre o governo sem estar ainda formalmente unificada num partido"[8]. Ainda durante o ano de 1949, Adenauer rechaça projetos apresentados por várias partes em favor da constituição de um verdadeiro partido federal. Ele ainda teme que por essa via possa passar uma unificação dos vários líderes da oposição interna (Werner Hilpert, de Hessen; Günther Gerke, da Baixa Saxônia; Kaiser, de Berlim etc.), que, por ora, em razão da ausência de uma organização nacional, estão dispersos e incapazes de uma coordenação. Só em 1950 o seu controle sobre o governo central estará consolidado a ponto de permitir-lhe enfrentar sem riscos a formação do partido. De fato, nessa época, "os vultosos recursos de patrocínio à sua disposição no governo federal o colocam numa posição extremamente forte"[9].

---

* Freie Demokratische Partei (Partido Liberal Democrata). [N. da T.]
8. *Ibidem*, p. 187.
9. *Ibidem*, p. 190.

O congresso de formação do partido federal é finalmente convocado em Goslar, em outubro de 1950. O partido passa, então, a adotar o seu primeiro estatuto e a organizar-se em bases federativas.

Não obstante alguns retoques no decorrer do tempo, a fisionomia definida em Goslar (na realidade, fruto de uma simples ratificação das relações de força organizativas já surgidas dentro do partido) é destinada a durar praticamente até a reorganização que segue, depois de 1969, a passagem para a oposição. Trata-se de uma organização que, em certos aspectos, lembra a SFIO:

a) O partido tem uma estrutura "federativa" que reflete, ao mesmo tempo, o seu nascimento por difusão territorial e a sua adaptação à estrutura federativa do Estado alemão. Estrutura federativa significa forte autonomia das organizações intermediárias e ausência de um controle central sobre a organização. Durante os vinte anos nos quais permanecerá no governo, graças às suas estreitas relações com a burocracia federal e com uma pluralidade de grupos de interesse (em primeiro lugar, as associações industriais), que põem à disposição dos líderes do partido uma quantidade substancial de recursos a serem gastos na disputa política, a CDU não é submetida a nenhuma pressão séria que a faça desenvolver uma organização forte. Ao contrário, mantém o caráter de uma associação eleitoral, composta por uma pluralidade de grupos pouco amalgamados entre si e consolidados somente por uma participação comum nos subsídios do governo, bem como pela presença de um líder, Adenauer, que é o ponto de referência para toda a opinião pública moderada na Alemanha.

b) A *Fraktion*, grupo parlamentar no *Bundestag** – como sempre ocorre na ausência de uma burocracia extraparlamentar forte –, é o órgão nacional "central". Porém, seu poder organizativo é limitado pela posição de predominância da elite ministerial (composta, naquele período, por ho-

---

* Parlamento federal. [N. da T.]

mens de confiança de Adenauer) e dominado pelo chanceler (que, no mais, também se elegeu presidente do partido em Goslar). Além disso, é limitado, à semelhança da SFIO, pela presença de líderes intermediários (estatais) solidamente no comando das organizações semi-autônomas.

c) A organização extraparlamentar é extremamente fraca. O quartel-general (*Bundesgeschäftsstelle*) começa a funcionar em 1952. Mas tem somente funções administrativas e, além disso, de âmbito muito limitado; não dispõe de meios próprios de financiamento e depende do sustento dos líderes regionais. A organização não possui nem mesmo um sistema central de filiação. As finanças do partido são totalmente controladas em nível regional e local. A organização ficará privada de uma estrutura burocrática central, inclusive embrionária, uma vez que nem o chanceler quer um fortalecimento central do partido, que poderia condicioná-lo, nem tal fortalecimento é desejado, pelas mesmas razões, pelos líderes regionais.

d) A uma organização extraparlamentar fraca corresponde (como na SFIO) uma forte estrutura intermediária. As *Landesverbände*, organizações regionais, são verdadeiros feudos autônomos, capazes de enfrentar com sucesso qualquer ingerência por parte do "centro". Têm burocracias e fontes de financiamento próprias[10]. As associações locais dependem dessas organizações intermediárias, e o "centro" não tem nenhuma possibilidade de estabelecer contatos diretos com a "periferia". Durante anos, os líderes regionais conse-

---

10. G. Pridham, *Christian Democracy in Western Germany*, cit., pp. 97 ss., para uma análise detalhada do sistema organizativo do partido. Sobre o sistema financeiro, ver U. Schleth, M. Pinto-Duschinsky, "Why Public Subsidies Have Become the Major Source of Party Funds in West Germany but Not in Great Britain", in A. J. Heidenheimer (org.), *Comparative Political Finance*, Lexington, Heath and Co., 1970, pp. 23-49. Dessas análises resulta, dentre outras coisas, que, nos anos 50, dos quinhentos funcionários empregados, mais de quatrocentos trabalhavam nas organizações periféricas, e os restantes eram distribuídos entre o quartel-general, a *Fraktion* e as organizações colaterais do partido.

guirão fazer abortar todas as tentativas do centro extraparlamentar de reforçar-se. Chegarão até mesmo a impedir, por um longo período, a formação de um arquivo central dos filiados ao partido, recusando-se a fornecer ao quartel-general a lista dos próprios filiados.

Por fim, juntamente com o presidente do partido, os líderes regionais controlam, de acordo com a norma estatutária, os dois principais órgãos nacionais: o Comitê Federal (*Bundesausschuss*) e o executivo federal (*Bundesvorstand*).

Um partido assim é uma organização que nunca irá além de uma institucionalização muito fraca. Trata-se, antes de tudo, de um partido extremamente dependente do seu ambiente externo. A dependência se manifesta pela presença *direta* dos grupos de interesse em todos os momentos cruciais da vida da organização. Por exemplo, as organizações colaterais dos industriais, dos comerciantes, dos agricultores participam diretamente em nível dos *Länder* na escolha dos candidatos ao parlamento[11]. Isso tem como conseqüência um número sempre muito elevado de deputados, composto por representantes de grupos e/ou organizações externas ao partido. Além disso, o financiamento da organização depende dos grupos de interesse. Com efeito, falta não só uma filiação central, mas também em nível regional a filiação não tem muito peso para o equilíbrio do partido. Por exemplo, em 1961, somente 50% dos filiados contribuem regularmente com o pagamento das quotas, diante dos 94% de filiados ao SPD[12]. Por ser uma organização eleitoral e ainda privada de uma estrutura burocrática central, o partido é financiado em nível nacional pelos grupos de interesse e, em primeiro lugar, pela associação dos industriais, sobretudo por ocasião das campanhas eleitorais. Nem a regularidade dos financiamentos, nem a pluralidade das fontes de finan-

---

11. W. L. Guttsman, "Elite Recruitment and Political Leadership in Britain and Germany since 1950: A Comparative Study of MPs and Cabinets", in I. Crewe (org.), *British Political Sociology Yearbook*, cit., pp. 93 ss.

12. G. Pridham, *Christian Democracy in Western Germany*, cit., p. 270.

ciamento (dois indicadores, como se recordará o leitor, de uma forte institucionalização) caracterizam a CDU[13].

A dependência do ambiente externo manifesta-se, por fim, na acentuada presença de autoridades na liderança regional e local. A integração das elites na CDU é de tipo "horizontal". Não se ascende no partido fazendo carreira no seu interior. Entra-se na organização, geralmente nos cargos eletivos locais, estatais ou federais, em virtude de uma posição anterior de prestígio, de uma posição "externa" privilegiada (autoridades locais, representantes dos grupos de interesse regionais e/ou nacionais)[14]. A uma forte dependência do exterior corresponde um grau extremamente fraco de coerência estrutural interna. Na ausência de uma burocracia central, um "centro" unificador e capaz de controlar o desenvolvimento das várias partes da organização, o partido se desenvolve de modos muito diferentes, conforme as condições locais (em razão da forte dependência do ambiente e da conseqüente indeterminação dos limites organizativos) e as próprias escolhas dos líderes regionais e/ou locais. Nesse caso, a diferença crucial é a circunstância de o partido estar no governo ou na oposição nos diferentes *Länder*: se o partido está no governo, a coalizão dominante "regional" é geralmente conduzida pelos representantes públicos; se o partido está na oposição, é, por sua vez, conduzida pelos presidentes dos *Landesverbände*. As diversas organizações regionais se desenvolvem diferentemente conforme a maior ou menor capacidade do SPD de competir em termos eleitorais com a CDU. Onde o SPD é um competidor temível, a organização regional procura organizar-se com maior decisão; onde o SPD é fraco e pouco temível, a CDU também é pouco organizada.

Como sempre, nos partidos fracamente institucionalizados, a dispersão sobre o controle das zonas de incerteza é

---

13. Cf. U. Schleth, M. Pinto-Dischinsky, *Why Public Subsidies Have Become the Major Source of Party Funds in West Germany but not in Britain*, cit.

14. Cf. D. Herzog, "Carriera parlamentare e professionismo politico", *Rivista Italiana di Scienza Politica*, I (1971), pp. 515-44.

muito elevada, assim como é elevada, por conseguinte, a dispersão no controle e na capacidade de distribuir incentivos organizativos. Portanto, a coalizão dominante do partido não é absolutamente coesa. Isso se reflete, antes de mais nada, na escassa disciplina da *Fraktion*, que é unida em torno de Adenauer e o segue nas suas escolhas sobre a política externa sem se rebelar, mas é muito menos unida com relação à política interna[15]. Os parlamentares, efetivamente, ou são os representantes de uma pluralidade de grupos de interesse (que sustentam posições contrastantes entre si), ou são, como no Japão, ex-altos burocratas com relações pessoais na organização do Estado, ou ainda devem a própria eleição não às decisões do "centro" (e nem mesmo do próprio chanceler), mas às suas ligações com os líderes das organizações regionais. Num partido assim, o prestígio de Adenauer e uma participação comum nos subsídios que derivam do controle sobre o governo federal são os únicos fatores que mantêm unida a associação durante os anos 50. Assim como na SFIO, após 1905, a coalizão dominante é composta pelo líder parlamentar, Jaurès, e pelos dirigentes das federações mais fortes, na CDU a coalizão dominante é composta por Adenauer no seu duplo papel de chanceler e de presidente do partido e pelos líderes das *Landesverbände* mais poderosas. Adenauer é, ao mesmo tempo, o centro de identificação simbólica da organização e aquele que controla a distribuição dos subsídios materiais em nível federal. Os líderes regionais, à sombra do papel político nacional de Adenauer,

---

15. G. Pridham, *Christian Democracy in Western Germany*, cit., pp. 79-80. E também porque o grupo parlamentar CDU está unido ao da CSU, o Partido Social-Cristão bávaro. Para não dificultar a análise, deixei de examinar esse partido, mas, sem dúvida, em posições por vezes conflituosas, por vezes cooperativas, a liderança da CSU também participa da coalizão dominante, e as relações entre os dois partidos estão baseadas num sistema de trocas interorganizativas complexas. Sobre a CSU, ver A. Mintzel, "The Christian Social Union in Bavaria: Analytical Notes on its Development, Role, and Political Success", in M. Kaase, K. Von Beyme (orgs.), *Elections and Parties. German Political Studies*, vol. 3, Londres e Beverly-Hills, 1978, pp. 191-225.

são, porém, os verdadeiros chefes do partido. A coalizão dominante, justamente pela extrema dispersão do controle dos recursos do poder, mantém-se num delicado equilíbrio. Não obstante o seu grande prestígio, Adenauer jamais conseguirá impor alguma decisão contra a vontade dos líderes regionais[16]. Por exemplo, em 1956, ao tentar impedir a eleição para vice-presidente do seu principal adversário (Karl Arnold), será clamorosamente derrotado por uma maioria comandada pelos principais líderes regionais. Portanto, cada escolha deve ser negociada no interior da organização. Além disso, como demonstra o caso de Arnold, até mesmo na época de maior prestígio nacional de Adenauer, sempre houve grupos internos consistentes, capazes de se ajustar em posições adversárias em um ou outro centro organizativo, de recorrer às oportunidades oferecidas pela existência de uma pluralidade de centros de poder organizativos autônomos. Todavia, enquanto Adenauer puder garantir o sucesso eleitoral do partido, um *modus vivendi* entre os diversos componentes da organização, ainda que precário, será mantido.

Nos anos 50 e 60, a estrutura do poder interno deverá a sua estabilidade – à semelhança dos casos já examinados da SFIO e do PSI – à ausência de proselitismo, à escolha de não expandir a dimensão da organização: em 1954, os filiados são 215.000 e não ultrapassam os 280.000 em 1968, um ano antes da exclusão da CDU do governo. A CDU deverá esperar pela sua passagem para a oposição para se tornar, dentro de pouquíssimos anos, um partido de massa com cerca de 700.000 filiados. Por toda a era Adenauer, e também nos anos que se seguiram, tanto o chanceler quanto os líderes regionais optam pela estagnação organizativa e por impedir uma ampliação da participação interna, que poderia colocar em crise a estrutura do poder do partido. A estagnação organizativa, também nesse caso, é um modo mutuamente satisfatório, seja para o chanceler, seja para os líderes regionais, de

---

16. A. J. Heidenheimer, *Adenauer and the CDU. The Rise of the Leader and the Integration of the Party*, cit., p. 204.

exercer um controle ininterrupto sobre a organização. Com o declínio político de Adenauer (que se retira em 1963) e com o aumento da periculosidade política do SPD, que, depois de Bad Godesberg, tornou-se um partido potencialmente governista, o equilíbrio organizativo da CDU, tão longamente defendido, começará a se romper. Terão início as pressões por uma "reforma do partido", e as incitações voltam a fazer da CDU uma instituição forte. Incitações essas exercidas por uma nova geração de líderes emergentes que vêem na "reforma organizativa" um instrumento para liquidar a velha-guarda. Porém, essas manobras não terão sucesso enquanto a CDU continuar controlando consideráveis recursos públicos via governo federal. Forçada somente uma vez à oposição, a CDU poderá formar uma estruturação organizativa mais sólida. Essa transformação, como sempre a mudança organizativa, estará associada a uma mudança da estrutura do poder do partido[17].

A Democracia Cristã italiana

A CDU é, somente até certo ponto, a expressão política, o braço secular de uma instituição religiosa. Diferentemente do *Zentrum* católico, a CDU se constituiu como partido pluriconfessional, e o imperativo de manter um equilíbrio entre as confissões transformou-a numa organização dependente das instituições religiosas (católica e protestante), mas não mais dependente do que dos grupos de interesse industriais, comerciais, agrários etc. A DC italiana, como aliás todos os partidos monoconfessionais, é um caso diferente: trata-se de um partido nascido por vontade direta de uma instituição religiosa. Muito mais do que a CDU e igualmente ao *Labour Party* britânico (nas suas relações com o sindicato) e aos PC (nas suas relações com o Comintern), a DC é

---

17. Sobre as mudanças experimentadas pela CDU após sua passagem para a oposição, cf. o capítulo XII.

um partido diretamente patrocinado pelo exterior. Trata-se, pois, de um caso de partido de legitimação externa. Se na CDU uma institucionalização fraca é o resultado de um nascimento por difusão territorial no estado quase "puro", favorecido pela divisão do país entre as diversas potências ocupantes, no caso da DC é sobretudo o seu caráter de partido legitimado externamente que facilita semelhante resultado. A DC é o produto do esforço de "máximo empenho" e de "máxima participação"[18], posto pela Igreja na fase de transição que se segue à queda do fascismo, com o objetivo de preconstituir uma solução da ordem política italiana em sintonia com os próprios interesses institucionais.

A Igreja não só dará legitimação ao partido em formação, como também lhe fornecerá alguns recursos organizativos fundamentais e, em particular:

1) A rede de associações católicas, bem como a sua própria estrutura de base (as paróquias), como suporte político com funções de sustentação externa, mas também, em muitos casos e em muitas zonas, com funções de verdadeira suplência (paróquias e "comitês cívicos" como organizações eleitorais "de base" por acréscimo ou, muito freqüentemente, como substitutos de organizações periféricas de partido inexistentes).

2) Fornecerá, em segundo lugar, o pessoal político do qual emergirá a classe dirigente democrata-cristã, sobretudo a juventude laica, crescida politicamente na Ação Católica,[19]

---

18. G. Poggi, "La Chiesa nella politica italiana dal 1945 al 1950," in S. J. Woolf, *Italia 1943/50. La ricostruzione*, Bari, Laterza, 1975, pp. 271 ss. De Poggi, ver, ainda, a análise do papel da Ação Católica, *Il clero di riserva*, Milão, Feltrinelli, 1963. Ver também A. Giovagnoli, "Le organizzazioni di massa d'Azione Cattolica", in R. Ruffilli (org.), *Cultura politica e partiti nell'età della Costituente*, vol. 1, Bolonha, Il Mulino, 1979, pp. 263-362.

19. Ver P. Pombeni, *Il gruppo dossettiano e la fondazione della democrazia italiana (1938-1948)*, Bolonha, Il Mulino, 1979, e R. Moro, *La formazione della classe dirigente cattolica (1929-1937)*, Bolonha, Il Mulino, 1979. Sobre a cultura política do grupo dirigente democrata-cristão tal como se expressava nos debates sobre a ordem constitucional, ver R. Ruffilli (org.), *Costituente e lotta politica. La stampa e le scelte costituzionali*, Florença, Vallecchi, 1978, pp. 141-67, e,

e os velhos políticos ex-populares, ambos grupos com relações muito estreitas com a hierarquia eclesiástica.

Porém, somente a legitimação e o empenho da instituição externa não bastam para dar vida a um partido. É necessária, também, a presença de empresários políticos parcialmente autônomos, ou seja, com capacidade e autoridade necessárias para desenvolver um papel de mediação entre a instituição externa e outros grupos e organizações. Assim como o *Labour Party* nasce como organização patrocinada pelas *Unions* – porém, nela Hardie e MacDonald e, no geral, o pessoal do ILP desempenham um papel decisivo –, um papel semelhante é desempenhado na construção da DC por Alcide De Gasperi, o expoente político de maior prestígio do catolicismo liberal[20]. De Gasperi será justamente o empresário político que, em aliança com a instituição externa, dará o mais forte impulso à construção da organização, à definição das suas metas ideológicas, à seleção da sua base social.

Porém, na verdade, a instituição externa (como no caso trabalhista ou como no caso dos PC) terá o partido nas mãos ou, pelo menos, em última instância. O antecessor da DC, o Partido Popular (1919-1926), havia nascido por obra e vontade de Luigi Sturzo com a "autorização" da Igreja muito mais do que pelo seu empenho direto e maciço. E, no entanto, o Partido Popular era a tal ponto dependente da Igreja, que teve morte instantânea quando ela decidiu estabelecer um diálogo direto com o fascismo, e não mediado por um partido[21]. Com maior razão, a dependência é muito forte no caso da DC, em cuja formação houve uma intervenção direta e maciça da Igreja. A uma legitimação externa soma-se,

---

de maneira mais geral, sobre a relação DC e Estado antes da centro-esquerda, R. Ruffilli, "La DC e i problemi dello Stato democratico (1943-1960)", *Il Mulino*, XXV (1976), pp. 835-53.

20. Sobre o papel de De Gasperi, cf. P. Scoppola, *La proposta politica di De Gasperi*, Bolonha, Il Mulino, 1977.

21. Sobre o Partido Popular, ver G. De Rosa, *Il Partito popolare italiano*, Bari, Laterza, 1969.

ao se produzir uma fraca institucionalização, um desenvolvimento da periferia do partido por difusão territorial. Sob a direção e a supervisão da Igreja, as primeiras iniciativas partem, na verdade, do "centro": o partido nasce do encontro entre De Gasperi e o grupo lombardo dos neoguelfos, com uma iniciativa comum no verão-outono de 1942[22]. O primeiro órgão central constituído é uma *Comissão Provisória*, substituída, a partir de 1943, por uma *Comissão Diretiva Central* e, finalmente, em 1944, com base numa proposta de De Gasperi, por uma *Junta Executiva*.

À rápida e precoce constituição de órgãos nacionais *não* corresponde um desenvolvimento subseqüente da periferia organizativa por penetração territorial. Nos anos 1944-1945, as iniciativas de formação do partido nas várias zonas ocorrem sem coordenação central. Trata-se de um processo de rápida e ampla difusão, que corresponde à liberação progressiva das várias regiões italianas da ocupação alemã. Além disso, a formação das associações democratas-cristãs locais é, muitas vezes, o fruto *não* da ação dos militantes que se movem autonomamente, mas da iniciativa do clero local por trás de instruções centrais.

Pode-se falar, portanto, de dois processos simultâneos, mas também largamente independentes entre si: a formação de um "centro" por obra de De Gasperi e dos outros ex-populares e a formação, contemporânea e autônoma, da "periferia":

> No nível periférico, a iniciativa também havia partido do interior do movimento católico, e o clero, muitas vezes, havia desempenhado um papel fundamental. Não raramente tratara-se, no entanto, de iniciativas desconexas, a ponto de a comissão diretiva central da DC se decidir por uma espécie

---

22. Sobre esses fatos, utilizei G. Poggi (org.), *L'organizzazione partitica del PCI e della DC*, cit.; J. P. Chassériand, *Le Parti Démocratie Chrétien en Italie*, Paris, Colin, 1965; G. Baget Bozzo, *Il partito cristiano al potere. La DC di De Gasperi e di Dossetti, 1945-1954*, 2 vols., Florença, Vallecchi, 1974; G. Galli, *Storia della DC*, Bari, Laterza, 1978.

de recenseamento, convidando os promotores de seções ou de comitês provinciais a entrar em contato com o centro. Já em 1945, os filiados superavam a casa de meio milhão; mas, apesar disso, não se observou nenhuma intervenção organizativa capaz de reconduzir as organizações periféricas a uma maior unidade sob o controle do próprio partido.[23]

No mês de julho de 1944, em Nápoles, realiza-se o congresso inter-regional com a participação dos delegados de todas as zonas já desocupadas[24]. São constituídos o I Conselho Nacional e a Direção. É criado também o cargo de secretário-geral, e De Gasperi é eleito secretário por unanimidade. Indicativo do caráter disperso e federativo da organização que se vai constituindo, bem como da precoce constituição de centros de poder locais autônomos, é o fato de não ser aprovado o estatuto do partido. Discussões intermináveis sobre a ordem organizativa a ser dada à DC retardarão em alguns anos a aprovação da carta estatuária. Mesmo no caso da DC, como em muitos outros, a aprovação do estatuto, em vez de ser o momento que promove e constitui a organização, nada será além da ratificação *ex post* das relações de força que irão se estabelecer informalmente nos primeiros anos de vida do partido, entre os diversos componentes da organização[25]. O I Congresso Nacional realiza-se em Roma, em abril de 1946. Nesse congresso, o partido adota a tese republicana. Se essa é a decisão política mais importante do congresso, não faltam eventos relevantes sob o aspecto organizativo. O caráter acentuadamente fragmentado da organização que se vai constituindo e da pluralidade dos centros de poder que começam a agir no seu interior – efeito das características do modelo originário descrito – delineia-se de imediato: no momento da eleição

---

23. A. Cavazzani, "Organizzazione, iscritti ed elettori della Democrazia Cristiana", in G. Sivini (org.), *Partiti e partecipazione politica in Italia*, Milão, Giuffrè, 1972, p. 172.
24. G. Poggi (org.), *L'organizzazione partitica del PCI e della DC*, cit., p. 201.
25. *Ibidem*, p. 206.

do Conselho Nacional, são apresentadas oito listas diferentes para um total de duzentos candidatos (a sessenta postos de conselheiro). Somente a forte autoridade de De Gasperi permite, naquela ocasião, uma parcial "recompactação" organizativa: embora por pouco, sua proposta de fusão das diversas listas acaba sendo aprovada. De Gasperi é o "centro" da coalizão dominante do partido. Todavia, dado o tipo de organização que se formou, não a controla, nem jamais a controlará senão até um certo ponto. O reenvio posterior da aprovação do estatuto, em razão de grandes contrastes[26], é o indicador mais eloqüente desse controle apenas parcial.

A organização que se delineia nessa fase, e que permanecerá como tal muito além da reorganização fanfaniana*, é, portanto, outro caso de instituição fraca, conseqüência de uma legitimação externa e de um desenvolvimento por difusão territorial. O partido se estrutura como organização eminentemente eleitoral, com limites frágeis e incertos, desprovida de um aparato central sólido: embora a organização extraparlamentar pareça (mas faltam dados seguros) um pouco mais robusta do que a da CDU, mas também mais do que aquela da SFIO ou do PSI turatiano, por efeito, provavelmente, de uma constituição do "centro" nacional que acompanha e não segue o desenvolvimento da "periferia" (além da disponibilidade de uma equipe de funcionários de tipo especial, pagas pelas associações do laicismo católico). Trata-se de uma organização cujas estruturas locais e intermediárias são muito fracas, intermitentes, dominadas por organizações externas (as associações católicas, o clero), sobretudo nas tradicionais fortalezas do movimento de massa católico[27].

Onde o associacionismo católico é tradicionalmente fraco (por exemplo, no sul do país), o desenvolvimento por di-

---

26. *Ibidem*, p. 206.

* Relativo a Amintore Fanfani, membro da DC. [N. da T.]

27. Análises histórico-sociológicas desse movimento são desenvolvidas por G. Sivini, *Socialisti e cattolici in Italia dalla società allo Stato*, cit., e por G. Galli, *I partiti politici*, cit., pp. 101 ss.

fusão facilita a rápida colonização do partido por parte das autoridades locais. A DC se consolida, portanto, como um híbrido organizativo, dependente e controlado em certas zonas pelas associações católicas e modelado com base nas estruturas constituídas por autoridades tradicionais, em outras. Em ambos os casos, isso implica uma forte dependência do partido com relação ao exterior, quer das organizações religiosas, quer de personalidades e grupos locais em posição socialmente privilegiada. Uma fraca articulação organizativa[28] e a ausência de uma burocracia central forte fazem o resto, tornando muito baixo, por todo o período degasperiano, o nível de coesão estrutural interna. Durante todo esse período, a participação direta dos Comitês Cívicos de Luigi Gedda e/ou do clero local nas campanhas eleitorais, tanto políticas quanto administrativas, o papel ativo das autoridades, em particular nas zonas rurais da região sul, a intervenção maciça de orientação ideológica no sentido pró-democracia cristã da hierarquia eclesiástica explicam por que os líderes nacionais do partido, podendo dispor de recursos organizativos "externos", não têm nenhum interesse em tomar as medidas necessárias para fortalecer a organização.

Além disso, se o ativismo político, tanto na base quanto no vértice, é um recurso prestado ou canalizado na DC por organizações católicas externas, os financiamentos também são de procedência externa e predispõem o partido (como no caso da CDU) a uma forte dependência dos grupos de interesse[29]. Sobretudo a Confindustria* – durante a era De Gasperi – será o mais importante financiador da DC. A aliança De Gasperi-Costa é simplesmente a confirmação no vértice, por todo o período do centrismo, da estreita relação entre os interesses empresariais e a Democracia Cristã.

---

28. G. Poggi (org.), *L'organizzazione partitica del PCI e della DC*, cit., pp. 295-308, para uma avaliação total sobre o sistema organizativo do partido na metade dos anos 60.

29. Cf. A. Manoukian (org.), *La presenza sociale del PCI e della DC*, Bolonha, Il Mulino, 1968.

* Confederazione Generale dell'Industria Italiana (Confederação Geral da Indústria Italiana). [N. da T.]

Partido de legitimação externa, nascido por difusão territorial, sua evolução na direção de uma instituição fraca é fortalecida por uma participação no governo nacional em posição dominante desde o início do novo rumo político. A consolidação dos grupos de interesse no vértice (e das autoridades locais na base) nada mais é do que a conseqüência desse predomínio. Uma institucionalização fraca comporta uma prevalência do grupo parlamentar sobre o restante do partido e – em se tratando de um partido governista – do primeiro-ministro e dos ministros sobre o grupo parlamentar.

A fraca institucionalização favorece as grandes divisões no seio do grupo dirigente. Já no II Congresso (Nápoles, 1947) é debatido o problema das facções internas (denominadas "correntes") já constituídas. Nessa fase, a principal divisão entre esquerda e direita se soma a um conflito de gerações e contrapõe De Gasperi e os outros ex-populares, que controlam a maioria de centro-direita do partido, aos jovens provenientes das bancadas da Ação Católica. As duas facções de esquerda, já constituídas com órgãos de imprensa e organização embrionária própria, são comandadas, respectivamente, pelo ex-sindicalista Giovanni Gronchi (a corrente "Política Social") e Giuseppe Dossetti ("Crônicas Sociais"). O grupo de Dossetti desenvolverá a mais agressiva e coerente linha política de oposição a De Gasperi, cuja conseqüência organizativa é a proposta dossettiana da transformação da DC num verdadeiro partido de massa (uma proposta posteriormente retomada, num contexto diverso e com diversas alianças, pelo ex-dossettiano Amintore Fanfani). Coerentemente com essa postura, Dossetti lutará para subordinar os eleitos nas assembléias públicas ao controle do partido. O líder da maioria De Gasperi, com impressionantes analogias com os posicionamentos do seu equivalente alemão Adenauer, irá opor-lhes com sucesso a tese do predomínio dos eleitos sobre o partido (bem como a da autonomia do governo em relação à organização na sua totalidade). Essa tese será defendida no âmbito de uma política organizativa tendente a não encorajar de modo algum o fortalecimento das estruturas partidárias. A ofensiva dossettiana fracassa logo após uma reestruturação momentânea e parcial da coalizão dominante do partido, com a inclusão nos órgãos dirigentes de homens das facções minoritárias (sobretudo de Dossetti na vice-secretaria). O fracasso levará à demissão de Dossetti, em 1951, e à sua retirada da vida política.

Uma das principais causas da retirada de Dossetti foi a hostilidade manifestada pela hierarquia eclesiástica em relação a ele e à sua linha política. Num partido de legitimação externa, a balança pende, efetivamente, para um lado ou para outro na disputa pelo poder, conforme as escolhas da instituição externa. A famosa carta de De Gasperi a Pio XII, na qual o líder democrata-cristão pede a intervenção do papa contra Dossetti, é um episódio emblemático do caráter heterogerido da DC[30].

Com a secretaria Fanfani (1954-1959), assiste-se à mais enérgica tentativa de fortalecimento jamais experimentada pela DC. Mesmo que, infelizmente, não se possa conhecer muitos dados a respeito, por exemplo, sobre a importância do fortalecimento do aparato burocrático central (um importante indicador do grau de institucionalização), partilha-se da opinião de que houve um fortalecimento em todos os níveis. Houve enérgicas tentativas do "centro" fanfaniano para aumentar a coerência estrutural da organização intermediária e periférica, para reduzir a dependência do partido em relação a organizações externas, para desmontar a estrutura de autoridades, para profissionalizar a classe dirigente no nível central e periférico. Com a ação de fortalecimento empreendida por Fanfani, a DC se institucionaliza, desenvolvendo lealdades, ao menos em parte, autônomas (isto é, não dirigidas única ou predominantemente às organizações externas). O processo é acompanhado por um progressivo abrandamento da dependência em relação à Igreja (na qual, aliás, novos esboços políticos estão amadurecendo lenta-

---

30. G. Miccoli, "Chiesa, partito cattolico e società civile", in AA. VV., *L'Italia contemporanea. 1945-1975*, Turim, Einaudi, 1976, p. 227.

mente)³¹, bem como por uma desvinculação, ao menos parcial, da tutela financeira da Confindustria e dos outros grupos de interesse, fruto da aquisição cada vez mais maciça por parte da DC dos próprios meios financeiros autônomos, mediante a ocupação do Estado e dos órgãos paraestatais³².

A tentativa de Fanfani de fazer da DC um partido de massa tem êxito apenas parcial. Terminada a experiência fanfaniana, a organização fica certamente fortalecida em relação aos tempos de De Gasperi, mas corresponde ainda, em larga medida, ao nosso tipo ideal de instituição fraca. A derrota fanfaniana de 1959, resultado da desagregação da facção majoritária "Iniciativa Democrática" e do nascimento da facção dorotea*³³, também pode ser interpretada como o fruto da incapacidade de toda e qualquer organização de escapar, a não ser dentro de limites estreitos, ao peso da sua herança organizativa e à influência da sua marca originária.

---

31. *Ibidem*, pp. 238 ss.

32. Aliás, os preâmbulos do desenvolvimento posterior já estão presentes durante a era De Gasperi, quando a aprovação de muitas leis de atuação constitucional é adiada e a capacidade/possibilidade de controle do parlamento sobre os atos governistas é comprometida: "Essa estratégia respondia às exigências de um partido de formação recente, apresentado na cena italiana sem uma base política consolidada e desprovido de canais de acesso preferenciais no interior do aparato público; sendo assim, era necessário, por um lado, não dar espaço às forças da esquerda e, por outro, constituir bases de poder autônomo em condição de reduzir a dependência do partido em relação à Igreja e ao grande capital, contornando também a burocracia ministerial que, por ser de origem pré-fascista e fascista, não oferecia garantias de fidelidade apropriadas (em relação a ela, mais tarde seria desenvolvida uma intensa obra de colonização)", F. Ferraresi, *Burocrazia e politica in Italia*, Bolonha, Il Mulino, 1980, p. 63. Naturalmente, um papel importante para explicar os desenvolvimentos posteriores é atribuído ao malogrado acordo sobre as "regras do jogo" e às reservas mentais, com as quais os vários agentes políticos tinham participado da negociação "formadora" do novo regime político e que não pôde deixar de refletir em todas as instituições, a começar pelo parlamento: cf. G. Di Palma, *Surviving without Governing*, Berkeley, University of California Press, 1977. Cf. também P. Farneti, *The Italian Party System: Continuity and Change*, no prelo.

* Corrente de centro da DC, especialmente nos anos 60 e 70. [N. da T.].

33. A respeito, ver, entre outros, R. E. Irving, *The Christian Democratic Parties of Western Europe*, Londres, Allen and Unwin, 1979, pp. 77-82.

A aceleração da ocupação do Estado, estabelecida por Fanfani, continha em si os embriões do futuro desenvolvimento: o fortalecimento das facções internas muito mais do que o do partido no seu todo. De fato, as facções, ao se expandirem em disputa recíproca nos aparatos estatais e paraestatais, criaram um sistema complexo de conexões autônomas com uma pluralidade de centros de poder externos[34]. Disso resultou uma fragmentação da coalizão dominante e a institucionalização da vida faccionista interna. A institucionalização máxima das facções se deu imediatamente antes e durante o decênio da centro-esquerda: a adoção de um sistema eleitoral interno proporcional em 1964 não foi a principal *causa* do forte faccionismo democrata-cristão; mas sim (como sempre ocorre nas regras do jogo organizativo), o ímpeto *ex post* de uma adaptação da coalizão dominante, favorecida pela fraca institucionalização do partido e pela ocupação, por parte de uma pluralidade de grupos internos ao partido, dos aparatos estatais[35].

Apesar do esforço de Fanfani, a DC permanece uma instituição fraca, dependente do exterior: dos grupos privados e da Igreja (mesmo que em medida inferior em relação ao período degasperiano), dos novos *managers* da indústria pública, de poderosos grupos de pressão (como a Coldiretti*)[36].

O recrutamento das elites ainda era de tipo "horizontal": os dirigentes continuavam a provir de organizações ex-

---

34. Sobre esse processo e seus reflexos no partido, ver G. Pasquino, "Crisi della DC e evoluzione del sistema politico", *Rivista Italiana de Scienza Politica*, V (1975), especialmente pp. 453 ss., A. Zuckerman, *Political Clienteles in Power: Party Factions and Cabinet Coalitions in Italy*, Beverly Hills, Prentice-Hall, 1975, F. Cazzola (org.), *Anatomia del potere DC*, Bari, De Donato, 1979.

35. Cf. os ensaios contidos em G. Sartori (org.), *Correnti, frazioni e fazioni nei partiti politici italiani*, Bolonha, Il Mulino, 1973, e A. Zuckerman, *The Politics of Faction. Christian Democratic Rule in Italy*, New Haven e Londres, Yale University Press, 1979.

* Coldiretti (Confederazione Nazionale Coltivatori Diretti) é a confederação nacional de produtores agrícolas da Itália. [N. da T.]

36. J. La Palombara, *Interest Groups in Italian Politics*, Princeton, Princeton University Press, 1964.

ternas ou das bancadas do grupo tradicional de autoridade (mesmo que, com a ocupação do Estado e com a simultânea expansão da economia pública, o grupo tradicional de autoridades precisasse dar lugar, em muitas zonas, a outro grupo *sui generis*, ligado ao crédito facilitado, à Cassa del Mezzogiorno* etc.)[37]. A emancipação parcial que a organização conseguiu conquistar em relação ao suporte organizativo da Igreja, portanto, foi equilibrada por uma relação cada vez mais estreita com as estruturas públicas, de tal forma que a indeterminação dos limites, a dependência do exterior e a baixa coerência estrutural interna continuaram a caracterizar (mesmo que de modo diverso) a organização.

É indicativo do caráter da DC, na época ainda predominantemente composta por autoridades, mais do que por profissionais, que, no início dos anos 60, apenas 25,3% dos dirigentes nacionais democratas-cristãos (contra 65,5% dos comunistas) estavam dispostos a se definir como "profissionais da política"[38]. Assim como é indicativo da fragilidade institucional do partido que, na mesma época, a esmagadora maioria dos militantes democratas-cristãos se declarasse mais "leal" em relação à Igreja e às associações católicas do que em relação à DC, em outras palavras, que a identificação com a instituição externa, a patrocinadora, era muito maior do que com o partido[39]. Com o passar do tempo, a ocupação do Estado produziu efeitos novos sobre a organização.

---

* Cassa del Mezzogiorno: instituição criada para o progresso econômico e social da Itália meridional. [N. da T.]

37. Sobre as transformações do clientelismo na Itália, cf. L. Graziano, *Clientelismo e sistema politico. Il caso dell'Italia*, Milão, Franco Angeli, 1980. Para uma análise de caso aprofundada, ver M. Caciagli, *Democrazia Cristiana e potere nel Mezzogiorno*, Florença, Guaraldi, 1977.

38. G. Poggi (org.), *L'organizzazione partitica del PCI e della DC*, cit., p. 500.

39. F. Alberoni (org.), *L'attivista di partito*, cit., pp. 312 ss. e pp. 391 ss. Sob esse aspecto, a "emancipação organizativa" da DC em relação à Igreja, *sub specie* transferência das lealdades dos militantes da organização externa ao partido, é quase concluída no fim dos anos 70, como demonstram P. Ignazi e A. Panebianco em "Laici e conservatori. I valori politici della base democristiana", in A. Parisi (org.), *Democristiani*, Bolonha, Il Mulino, 1980, pp. 153-74.

O DESENVOLVIMENTO ORGANIZATIVO

Em particular, fez surgir um novo tipo de profissional da política: o funcionário formal de entes estatais e paraestatais que, na verdade, é um militante do partido em tempo integral. Na maioria dos casos, é razoável suspeitar que os funcionários públicos que atuam na DC (mas também em muitos outros partidos italianos, sobretudo da área governista) são geralmente "políticos profissionais", ocultos ou camuflados, políticos colocados pela DC em funções públicas por meio da ocupação da burocracia[40].

A fisionomia da DC não sofrerá modificações relevantes no período seguinte (embora algumas novidades surgissem com as tentativas de "refundação" dos anos 70)[41]. De fato, a DC não pode experimentar processos de reforma organizativa substanciais enquanto sua relação simbiótica com o Estado continuar a operar: transformações substanciais podem ocorrer somente no caso de o partido ficar, por um período suficientemente longo, na oposição.

Observe-se, finalmente, uma característica de grande interesse, relativa à dinâmica organizativa desse partido: diferentemente da CDU entre os partidos governistas, ou da SFIO ou do PSI de Turati entre os partidos de oposição, a DC é uma organização que muitas vezes manifestou fortes tendências à expansão, a uma relação dinâmica de tipo "imperialista" com o próprio ambiente externo.

---

40. Cf. A. Zuckerman, *The Politics of Faction*, cit., pp. 102-3. Sobre as características do sistema burocrático italiano, que permitiram, por razões históricas de fragilidade e de ineficiência do aparato em relação a outras burocracias européias, a ocupação do segundo pós-guerra por parte dos partidos governistas, cf. F. Ferraresi, *Burocrazia e Politica in Italia*, cit. Cf. também E. Rotelli, *L'alternativa delle autonomie. Istituzioni locali e tendenze politiche dell'Italia moderna*, Milão, Feltrinelli, 1978, e S. Cassese, *La formazione dello stato amministrativo*, Milão, Giuffrè, 1974.

41. Cf. G. Pasquino, "La Democrazia Cristiana: trasformazioni partitiche e mediazione politica", in A. Martinelli, G. Pasquino (orgs.), *La politica nell'Italia che cambia*, cit., pp. 124-43, e id., "Recenti trasformazioni nel sistema di potere della Democrazia cristiana", in L. Graziano, S. Tarrow (org.), *La crisi italiana*, vol. 2, Turim, Einaudi, 1979, pp. 609-56.

Já se falou sobre o processo de ocupação do Estado. Mas o mesmo discurso vale para a política de recrutamento dos filiados.

Tab. 4. *Número de seções e filiados à DC (1945-1967).*

Seções	Ano	Filiados
7.171	1945	537.582
—	1946	696.159
8.495	1947	800.378
—	1948	099.682
—	1949	762.883
—	1950	885.291
9.443	1951	925.933
—	1952	960.707
—	1953	1.137.633
10.560	1954	1.254.732
—	1955	1.341.000
11.525	1956	1.384.282
12.137	1957	1.295.028
12.454	1958	1.408.315
12.672	1959	1.602.929
12.847	1960	1.476.768
13.034	1961	1.447.760
12.887	1962	1.439.749
13.125	1963	1.621.620
13.052	1964	1.633.003
13.185	1965	1.566.428
13.265	1966	1.592.134
13.111	1967	1.620.772

Fonte: Adaptado de A. Cavazzani, *Organizzazione, iscritti ed elettori della Democrazia Cristiana*, cit., p. 179.

Diferentemente da CDU ou da SFIO, a DC não é um partido cuja coalizão dominante escolhe, para salvaguardar os equilíbrios internos de poder, a estagnação organizativa. A DC é, ao contrário, o caso de um partido que, embora fracamente institucionalizado, pratica ativamente uma política de expansão. O fato de que as maiores fases de expansão (seguidas por um certo relaxamento) coincidem ou com prazos eleitorais externos, ou com os momentos de renovação dos cargos (congressos de seção, municipais, nacionais etc.) nos dá a chave para a compreensão desse fenômeno. A DC é um partido que pratica uma política expansionista, seja em termos de proselitismo, seja em termos de expansão no Estado, ao menos em certas fases da sua história, como efeito da competição interna entre as suas diferentes facções. Nesse caso, a estratégia de expansão é o resultado de uma constante tentativa das facções de se fortalecer, umas em relação às outras, obtendo recursos públicos e partidários[42]. Portanto, ao lado dos casos dos partidos fortemente institucionalizados com coalizões dominantes e coesas (SPD, PCI), para os quais a estratégia de expansão é o resultado de escolhas deliberadas de uma elite restrita; ao lado das estratégias de adaptação ao ambiente que produzem estagnação organizativa (ausência de proselitismo, envelhecimento dos quadros etc.), próprias dos partidos fracamente institucionalizados e comandados por coalizões dominantes divididas, mas em equilíbrio (CDU, SFIO, PSI), o caso DC indica a existência de uma terceira possibilidade: uma expansão e uma colonização do ambiente externo que não é fruto de uma estratégia deliberada do "centro" do partido, mas sim o *efeito secundário* de uma disputa interna num grupo dirigente tão dividido que não encontra senão muito raramente momentos de equilíbrio por meio de acordos não totalmente passageiros e precários.

O Partido Conservador britânico

O caso do Partido Conservador britânico, aliás análogo ao que caracterizou outros partidos conservadores europeus[43],

---

42. Cf. A. Cavazzani, *Organizzazione, iscritti ed elettori della Democrazia cristiana*, cit., p. 182, M. Rossi, "Un partito de anime morte? Il tesseramento democristiano fra mito e realtà", in A. Parisi (org.), *Democristiani*, cit., pp. 13-59.
43. Cf. J. Elklit, *The Formation of Mass Political Parties in the Late 19th Century: The Three Models of the Danish Case*, cit., L. Svaasand, *Organizing the Conservatives: A Study in the Diffusion of Party Organizations in Norway*, e Id., *On the Formation of Political Parties: Conditions, Causes and Patterns of Development*, cit.

é o de um partido que, apesar de uma permanência no governo por quase vinte anos (1886-1892; 1894-1905), justamente durante a fase crucial da institucionalização, consegue se transformar numa instituição forte.

Segundo Robert McKenzie, o mais conhecido estudioso dos partidos ingleses, tanto o Partido Trabalhista quanto o Partido Conservador são dominados pela liderança parlamentar[44]. Já o caso trabalhista é mais complexo: a coalizão dominante do *Labour* gira em torno da aliança entre os líderes parlamentares e os líderes dos sindicatos mais poderosos, e a sua coesão depende, essencialmente, da capacidade dos líderes sindicais em manter sob controle as respectivas organizações, impedindo que os ativistas sindicais de base desenvolvam um papel excessivamente autônomo e predominante dentro do partido. No caso conservador, McKenzie, em grande parte, tem razão. Nesse partido o líder parlamentar era, até pouco tempo atrás[45], uma espécie de "autocrata" que governava com um pequeno grupo de autoridades e que não sofria controle algum por parte da organização extraparlamentar. Era o eixo central de uma coalizão dominante, concentrada no grupo parlamentar; tinha poderes muito amplos, usava o partido como uma máquina sob a sua subordinação direta e selecionava pessoalmente aqueles que deviam ocupar os cargos mais importantes[46].

O Partido Conservador é, portanto, um partido dominado pelo grupo parlamentar que, por sua vez, está subordinado ao líder e ao seu restrito *entourage*. Diferentemente, porém, de outros partidos, que compartilham com o conservador o predomínio organizativo da elite parlamentar (SFIO, *Labour Party*, DC, PSI), trata-se de uma instituição forte. Para compreender como e por que, devemos, mais uma vez, retroceder no tempo, ao momento em que, após o *Reform Act* de 1867, o Partido Conservador concluiu, sob a liderança de

---

44. R. McKenzie, *British Political Parties. The Distribution of Power within the Conservative and Labour Parties*, cit.
45. Sobre as transformações recentes, cf. o cap. XIII.
46. R. McKenzie, *British Political Parties*, cit., pp. 54 ss.

Disraeli, a transição da facção parlamentar a partido político moderno[47]. Essa evolução foi brilhantemente descrita por Ostrogorski[48], e a esse respeito há bem pouco a acrescentar: nas últimas três décadas do século passado, o Partido Conservador torna-se uma organização relativamente poderosa, com uma burocracia central, intermediária e periférica que vai se fortalecendo constantemente, com associações locais bem organizadas e distribuídas por todo o território nacional, com uma pluralidade de organizações paralelas, que atuam como correias de transmissão e como canais eficazes de socialização política do eleitorado. Essa evolução é possível fundamentalmente por três razões:

1) Porque o Partido Conservador é um partido de legitimação interna: uma característica do modelo originário que, como se viu, tende a produzir (se não for contrabalançada por outros fatores que agem em direção contrária) uma forte institucionalização.

2) Porque o partido é organizado por uma elite central (parlamentar) preexistente, reunida em torno de um líder de grande prestígio. O impulso parte do "centro" (não, como no PSI ou na CDU, da periferia), e mesmo que as associações locais se desenvolvam com tradições de independência em relação ao "centro" (uma independência que, aliás, existe somente até um certo ponto, como veremos em breve), os esforços da elite central são tais e de tal natureza, que nos levam a considerar correta a tese que assemelha o Partido Conservador ao caso de um desenvolvimento realizado mediante penetração territorial[49].

3) O terceiro fator que favorece uma institucionalização forte está relacionado às características do sistema burocrá-

---

47. Sobre a transformação do partido, ver R. Blake, *The Conservative Party from Peel to Churchill*, Londres, Eyre Spottinswode, 1970, C. L. Butler (org.), *The Conservatives. A History from Origins to 1945*, Londres, Allen and Unwin, 1977.

48. M. Ostrogorski, *La Démocratie et l'Organisation des Partis Politiques*, cit.

49. K. A. Eliassen, L. Svaasand, *The Formation of Mass Political Organizations: An Analytical Framework*, cit.

tico britânico. A burocracia estatal inglesa, diferentemente da francesa ou da alemã, não tem tradições de autonomia, está fortemente subordinada ao poder político (primeiro à coroa, depois ao governo); não possui as características de uma organização forte; e, por fim, os altos funcionários não gozam de particular prestígio na sociedade inglesa[50]. Quando o Partido Conservador esteve no governo quase que ininterruptamente por vinte anos, de 1886 a 1905, além de uma quota "normal" de atividades de patrocínio, própria de qualquer partido governista, a relação que seus líderes estabeleceram com a administração do Estado não foi nem de ocupação, nem de dependência. Naturalmente, concorre para esse resultado não só a característica peculiar da burocracia inglesa, mas também o fato de que, naquela época, ainda não se havia iniciado a grande expansão da intervenção do Estado na economia que caracterizará uma fase mais tardia do desenvolvimento dos países industriais. De qualquer forma, o Partido Conservador não pode dispor de um *pool* muito amplo de recursos públicos. Por conseguinte, nem se assistirá a uma forte fragmentação da coalizão dominante do partido numa pluralidade de centros de poder, cada um com conexões autônomas com os diferentes setores da burocracia e com capacidade própria para distribuir incentivos, nem os líderes do partido terão alternativas para um vigoroso desenvolvimento organizativo. Portanto, o caso do Partido Conservador inglês é, em primeiro lugar, um exemplo que demonstra como um controle prolongado do governo nacional não comporta, necessariamente, um fraco nível de institucionalização, e em segundo, que o desenvolvimento de um partido está condicionado somente em parte pelo tipo de "metas ideológicas" originárias do próprio partido e/ou pelas características sociológicas da sua

---

50. Sobre a burocracia inglesa, cf. F. Heady, *Public Administration. A Comparative Perspective*, Englewood Cliffs, Prentice-Hall, 1966, e a reconstrução histórica de H. Parris, *Costitutional Bureaucracy*, Londres, Allen and Unwin, 1969.

base social. Contrariamente à tese de senso comum segundo a qual um forte desenvolvimento organizativo seria próprio somente dos partidos "de esquerda" (revolucionários), cuja proposta é a mobilização das classes subordinadas contra a ordem política existente, o Partido Conservador britânico demonstra que também é possível o caso de um partido fortemente organizado, apesar de a sua base social compor-se, predominantemente, das camadas privilegiadas da sociedade. É uma clara demonstração de que abordagens inspiradas naquilo que defini como "preconceito sociológico" e "preconceito teleológico" são insuficientes para explicar o desenvolvimento organizativo dos partidos.

O nascimento do Partido Conservador e, nesse caso, a sua transformação de grupo parlamentar fracamente relacionado com máquinas eleitorais locais de "propriedade" de cada um dos parlamentares em organização política moderna começa logo após a derrota eleitoral de 1868. Nesse ano, é escolhido como agente do partido (em substituição a Markham Spofforth) J. E. Gorst. Este é um jovem ex-deputado muito estimado por Disraeli, um defensor convicto da necessidade de o partido conservador "se abrir" às massas trabalhadoras em concorrência com o Partido Liberal. Para isso, é necessário, porém, uma reorganização do partido. E Gorst, em sintonia com Disraeli, dedica-se a essa tarefa. Nasce a partir de então o *Central Conservative Office* (ou, simplesmente, *Central Office*), o quartel-general da organização. Em 1867, é fundada a *National Union*, que unifica e coordena as associações conservadoras locais. Gorst consegue ser nomeado secretário honorário dessa organização. Desse modo, tanto o vértice do *Central Office* quanto o da *National Union* se unem sob o comando de um único homem (que, geralmente, recebe total apoio do líder do partido). Partindo de premissas tão favoráveis, os esforços de Gorst para desenvolver a organização levam a resultados rápidos e consideráveis. Eis como um historiador descreve as realizações do *Central Office* sob a direção de Gorst no período 1869-1874:

A rotina de trabalho de Gorst consistia em colher informações, estimular atividades nas associações mais preguiçosas, descobrir os líderes locais, procurar candidatos, publicar o material político em nome da *National Union* (...). Foram estabelecidas relações com a imprensa e o próprio Gorst atuou como representante político para o *Standard*, o jornal conservador londrino. Uma lista de agentes e associações conservadoras na Inglaterra e no País de Gales, publicada em 1874 pelo *Central Office*, revela um impressionante desenvolvimento organizativo em todo o país, em cuja expansão o *Central Office* teve, sem dúvida, uma expressiva participação (...). Sozinha, a organização partidária nunca é suficiente para garantir a vitória eleitoral, mas o novo quartel-general de Gorst, com o estímulo que garantiu aos esforços locais, determinou uma situação de vantagem em comparação com os liberais (...).[51]

Em 1874, esse esforço grandioso é finalmente premiado: os conservadores conseguiram uma vitória estrondosa e retornaram ao governo. A essa altura, o desenvolvimento do partido ficou em compasso de espera. Gorst, em atrito com os líderes do partido por rivalidades pessoais, mas também em razão das resistências dos antigos parlamentares em relação às transformações organizativas experimentadas, perdeu o posto. Depois da derrota de 1880, é novamente chamado para dar novo impulso à organização. Mas permaneceu no cargo por pouco tempo. As ambições políticas de Gorst eram, de fato, muito grandes para que ele pudesse aceitar indefinidamente um papel subalterno em relação aos líderes do partido. Finalmente, em 1885, depois de um intervalo sem história, em que o posto que havia pertencido a Gorst é ocupado por G. C. T. Bartley, foi escolhido para ocupar o cargo R. W. E. Middleton, agente eleitoral conservador de West Kent:

---

51. E. J. Feuchtwanger, "J. E. Gorst and the Central Organization of the Conservative Party, 1870-1882", *Bulletin of Institute of Historical Research*, XXII (1959), p. 199.

Com o capitão Middleton, o homem certo para aquele cargo é finalmente encontrado. A experiência o havia ensinado exatamente qual o peso político que um homem que ocupava o cargo de agente de partido podia exercer. Middleton estabeleceu (...) relações harmoniosas e lucrativas tanto com as associações locais quanto com os líderes do partido e continuou no cargo até 1902.[52]

Mesmo que o predomínio governista dos conservadores tenha durado quase que ininterruptamente de 1886 a 1905 e, por conseguinte, que as atenções não tenham se voltado para os problemas organizativos, o trabalho empreendido anos antes por Gorst continuou sob a direção de Middleton. Em 1886, foi promulgada a constituição de uma estrutura intermediária (as organizações de área) para garantir ao partido uma relação estável entre o *Central Office* e as associações locais[53]. Naquele ano, são criadas dez divisões provinciais (oito na Inglaterra e duas no País de Gales). O controle sobre essa estrutura intermediária é centralizado desde o início: o agente "principal" do *Central Office* e um parlamentar com o cargo de vice-líder da bancada são membros *ex officio* dos órgãos deliberativos e executivos de cada divisão provincial. Após a derrota de 1906, é realizada uma reestruturação organizativa. Como sempre, a reorganização é o efeito de uma modificação drástica nas relações de poder internas do partido, sob a pressão de um desafio externo (a derrota eleitoral). Com a derrota, o líder do partido, Balfour, perde terreno e prestígio, enquanto seu adversário, Joseph Chamberlain, ganha forças. A coalizão dominante perde a sua coesão anterior, e o partido experimenta um processo de faccionalização. Com a reforma de 1906, esse processo se manifesta numa (momentânea) tendência à desinstitucionalização e à redução do grau de institucionalização do partido. Com a reforma, realiza-se um drástico redimensionamento do poder do *Central Office* e uma cor-

---

52. *Ibidem*, p. 208.
53. D. J. Wilson, *Power and Party Bureaucracy in Britain*, cit., p. 17.

respondente expansão da esfera de influência da *National Union*. O principal agente do *Central Office* não é mais secretário honorário da *National Union*: é formalizada a separação entre as duas organizações. Além disso, são abolidas as divisões provinciais e estabelece-se o princípio de que as associações locais devem eleger autonomamente o próprio secretário, em vez de recorrerem aos agentes do *Central Office*, como faziam antes. Atribui-se à *National Union* toda uma série de funções (de documentação, de propaganda, de coordenação das associações locais etc.) que até 1906 eram de competência do *Central Office*. Além disso, um comitê que dirige a *National Union* assume o controle e a supervisão dos agentes locais[54].

Os agentes de área (os responsáveis pelas organizações intermediárias) tornam-se funcionários remunerados pelas associações locais. Por fim, é estabelecido que o *Central Office* deve pagar à *National Union* 8.500 libras esterlinas ao ano pelas atividades desta última, mais uma cifra adicional para as despesas eleitorais[55].

A reforma de 1906 representou, na história do Partido Conservador, o único verdadeiro compasso de espera no desenvolvimento burocrático da organização. Foi o resultado, como se disse, de uma luta pelo poder, efeito de um processo de faccionalização em curso na coalizão dominante do partido. Com efeito:

> O *Central Office* era o maior centro de resistência organizativa a Chamberlain e aos reformadores tarifários. Como os homens de Balfour mantinham firmemente o controle do *Central Office*, Chamberlain e seus defensores foram obrigados a se voltar para outra direção na sua tentativa de desestruturar a velha-guarda. Procuraram, então, liquidar os poderes do *Central Office*, aumentando a autoridade da *National Union*.[56]

---

54. J. Ramsden, *The Age of Balfour and Baldwin, 1902-1940*, Londres e Nova York, Longman, 1978, p. 26.
55. D. J. Wilson, *Power and Party Bureaucracy in Britain*, cit., pp. 19-20.
56. *Ibidem*, p. 19.

Mas a reorganização de 1906 foi um evento provisório, resultado de uma situação de arrefecimento político entre os grupos que disputavam o controle da organização. Com a mudança das relações de força, deveria seguir-se uma nova reorganização. A derrota eleitoral de 1910 é o desafio externo que age como catalisador para um novo embaralhar das cartas. No plano organizativo, ela implicará não só o cancelamento de todas as decisões de 1906 e a imediata recuperação por parte do *Central Office* de todos os seus poderes temporariamente cedidos à *National Union*, mas também a abertura de uma nova fase de poderoso desenvolvimento organizativo. Com a derrota de 1910, o declínio político definitivo de Balfour e a retirada de Joseph Chamberlain da cena política, termina o período de maiores divisões internas na coalizão dominante do partido. As demandas por uma reorganização que restitua a eficiência ao partido crescem juntamente com as reivindicações por uma troca da guarda na liderança nacional. Forma-se, então, uma Comissão para os Problemas Organizativos (*Union Organizational Committee*), que estabelece as principais linhas da reforma. Mas as mudanças políticas são mais importantes do que os trabalhos dessa comissão. Assim como, muitos anos antes, a combinação entre uma liderança de prestígio (Disraeli) e um organizador hábil (Gorst) havia efetuado rapidamente a transformação do partido numa organização política moderna e fixado as bases do processo de institucionalização subseqüente, é a combinação de uma nova liderança com autoridade (Bonar Law) e de um novo chefe da burocracia (Steel-Maitland) que levará a cabo a obra de consolidação.

Ao assumir, Steel-Maitland é jovem e ainda desprovido de prestígio. Sua escolha como chefe do *Central Office*, em vez de pessoas com maior prestígio, é a última tentativa de Balfour para manter o controle sobre o partido, impedindo que alguma personalidade política importante assuma a direção do *Central Office*, a última fortaleza do velho líder em declínio. No momento da nomeação de Steel-Maitland, ninguém poderia prever que aquele jovem organizador teria condições, dentro de poucos anos, de deixar uma marca profunda e duradoura no Partido Conservador. A verdadeira reorganização começa somente em 1911, quando Balfour é substituído na liderança do partido por Bonar Law, que inaugura uma política agressiva em relação aos liberais. Com Bonar, assiste-se a uma profunda troca nos cargos principais do partido: o cargo de líder da bancada é assumido por Lord Balcarres, enquanto Lord Farquhar torna-se tesoureiro do partido. Balcarres, Farquhar e, sobretudo, Steel-Maitland, recebendo apoio total do líder, são os artífices do novo rumo. O quartel-general é ampliado com a admissão de três novos especialistas: John Boraston, organizador profissional, designado como agente principal; William Jenkins, admitido como responsável pela organização e pelo recrutamento dos agentes; Malcolm Fraser, editor do jornal conservador *The Standard*, que se torna conselheiro honorário para as relações com a imprensa e, posteriormente, chefe do departamento de imprensa do partido: "Steel-Maitland, Boraston, Jenkins e Fraser formaram um time de especialistas, todos com *status* suficiente para manter contato com os políticos relacionados ao escritório; pela primeira vez, o trabalho do escritório foi organizado em departamentos, e os chefes dos departamentos foram reunidos num comitê de supervisão"[57].

Adotou-se um novo sistema de propaganda, ao qual se uniformizaram todas as associações locais[58]. A reorganização envolveu também o sistema financeiro da organização:

> As despesas no *Central Office*, nos escritórios distritais e no escritório londrino aumentaram de 32.466 libras esterlinas, em 1909-1910, para 68.957 libras esterlinas, em 1913-1914; o custo total da organização partidária a cargo dos fun-

---

57. J. Ramsden, *The Age of Balfour and Baldwin, 1902-1940*, cit., p. 68.
58. *Ibidem*, p. 68.

dos centrais passou, por sua vez, de 73.000 para mais de 150.000 libras esterlinas. Para fazer frente a essas hemorragias, Farquhar e Steel-Maitland empreendem um esforço monumental para obter uma quota adicional de fundos. Em 1912, as subscrições ordinárias ainda somavam apenas 12.000 libras esterlinas, e parecia difícil aumentá-las para a quantia necessária. O recurso escolhido foi solicitar doações de capital, que poderiam ser investidas para obter um fluxo regular de fundos. Coletas sistemáticas foram realizadas entre os membros da Câmara dos Lordes e na *City*; no momento em que eclodiu a guerra, o capital investido somava 671.000 libras esterlinas, duas vezes a soma de 1911 e de valor semelhante às despesas de quatro anos – e havia ainda um depósito especial em dinheiro, de 120.000 libras esterlinas, para as próximas eleições.[59]

As realizações não acabam aqui. O sistema das comunicações é racionalizado por meio de um aumento decisivo de influência do *Central Office* sobre a imprensa conservadora e mediante subsídios financeiros. O *Central Office* consolida, ainda, o seu controle e a sua influência sobre a maioria das organizações que se movem na órbita conservadora (a Liga *Primrose*, a Liga pela Reforma Tarifária, a União Anti-Socialista etc.)[60]. As associações locais têm tradições de independência do "centro". Portanto, a sua reforma não pode se impor abertamente, mas, agindo com discrição, por meio do sistema de funcionários intermediários e periféricos (agentes de área e agentes locais), que dependem diretamente do *Central Office*, Steel-Maitland consegue estimular a periferia a uma expressiva uniformidade organizativa. A dependência financeira da periferia é fortalecida com a distribuição de serviços e assistência política fornecida pelo *Central Office* às associações locais: "A partir de 1913-1914, mais de 25.000 libras esterlinas foram distribuídas desse modo e, em contrapartida, os agentes do *Central Office* reuniram condições

---

59. *Ibidem*, p. 69.
60. *Ibidem*, pp. 71 ss.

para controlar o recrutamento de agentes de associações aptos e a seleção de bons candidatos"[61]. Embora a autonomia das associações locais aparentemente não sofra prejuízos, é evidente que o poderoso fortalecimento do *Central Office* consolida o poder do "centro" em detrimento da "periferia". Isso não impede que diversas associações locais sejam e permaneçam como feudos pessoais de uma ou outra autoridade (Derby na divisão provincial de Lanchaster, Neville Chamberlain em Birmingham etc.). Mas não há dúvida de que nos encontramos diante de uma situação muito diferente daquela, por exemplo, da CDU, da SFIO ou do PSI. O "centro" extraparlamentar é suficientemente forte e respeitável para exercer um controle, ainda que indireto e atenuado. Se com Bonar Law e Steel-Maitland o Partido Conservador já havia se tornado uma instituição forte, a consolidação definitiva ocorre nos anos 1923-1930, com o início do novo rumo político relacionado à ascensão de Baldwin (1923), que recebe o nome de "novo conservadorismo".

A ação reformadora de Bonar Law e de Steel-Maitland havia, efetivamente, sido interrompida depois de 1914 e da eclosão das hostilidades: o governo de coalizão com os liberais do período 1915-1921 dera início a uma fase de grandes conflitos internos ao partido. Assim como no período de 1906-1910, a dissolução da coalizão dominante comporta uma situação de arrefecimento político entre os diversos componentes internos e, por conseguinte, uma fase de recuo e de estagnação organizativa. A eleição de Baldwin como líder do partido, a derrota de 1924, o nascimento do primeiro governo trabalhista e, naquele mesmo ano, o triunfo conservador, são os fatores que voltam a colocar em movimento uma situação de estagnação.

No plano organizativo, o período do neoconservadorismo, sob a liderança agressiva de Baldwin, traduz-se numa ulterior expansão do *staff* burocrático do *Central Office* e numa nova racionalização do sistema financeiro:

---

61. *Ibidem*, p. 72.

Tab. 5. *Número de funcionários empregados pelo Central Office (escritórios centrais).*

	1926	1927	1928	1929
Organização e administração	60	75	123	127
Departamentos de propaganda	43	65	54	50
Departamento feminino	16	15	29	22
Total	144	185	228	218

Fonte: J. Ramsden, *The Age of Balfour and Baldwin, 1902-1940*, cit., p. 229.

Tab. 6. *Despesas do Central Office, 1926-1929.*

	1926	1927	1928	1929
Departamento da presidência L.	4,14	1,729	1,049	851
Organização	9,150	7,467	7,234	7,35
Speakers	7,618	8,696	5,936	5,141
Propaganda	22,269	29,586	49,599	49,786
Finanças e secretaria da *National Union*	6,088	5,494	2,611	3,837
Departamento feminino	7,547	8,664	11,853	11,161
Despesas diversas	9,422	11,090	12,568	15,219
Administração geral	22,887	25,874	24,759	21,740
Total	85,399	98,625	106,591	114,391

Fonte: J. Ramsden, *The Age of Balfour and Baldwin, 1902-1940*, cit., p. 229.

Herbert Blain, o novo agente principal, Davidson, o *party Chairman* e Younger, o tesoureiro, são os principais artífices desses novos desenvolvimentos.

A ulterior expansão também comporta todos os problemas típicos relacionados a um excesso de burocratização. No final dos anos 20, o *Central Office*

> (...) havia se tornado mais eficiente, mas começava a sofrer todas aquelas tensões naturais das grandes organizações. O *staff*, que ainda era muito fraco em 1910, cresceu até ultrapassar duzentas unidades, às quais devem se somar outros cinqüenta funcionários, distribuídos pelo país em onze escritórios distritais. Teria sido surpreendente se os agentes do *Central Office* não estivessem em condições, por vezes, de resistir a projetos que tivessem desaprovado, organizando oposições locais, ou se os departamentos do *Central Office* não estivessem em condição de utilizar seus conhecimentos especializados com o mesmo objetivo (...). Estava se tornando difícil exercer a autoridade do *Central Office* como uma força unitária no partido, porque ele havia se tornado grande demais para ter um único ponto de vista. A partir de 1930, o *Central Office* havia se tornado uma força burocrática enraizada no partido, erigida contra as forças políticas e sociais representadas pela *National Union* e pelo partido parlamentar.[62]

Ao mesmo tempo, o *Central Office* acelera a profissionalização dos agentes de área e locais:

> Sob a égide do *Central Office* e principalmente de Herbert Blain, os agentes profissionais do partido deram grandes passos nos anos 20 em direção à aquisição de um *status* profissional pleno. O aperfeiçoamento continuou durante o período dos agentes locais dos primeiros anos do século, mas a substituição dos agentes de 1924 e as decisões tomadas na época de Blain produziram uma mudança significativa. A partir de 1930, os agentes conservadores gozavam de um *status* profissional aos próprios olhos, aos olhos dos dirigentes do partido e aos dos observadores externos. Essa mudança pode ser descrita por meio de diversas características comuns às profissões: jornal profissional, sistema de qualificação e de exame, igualdade profissional e *status* financeiro.[63]

---

62. *Ibidem*, p. 231.
63. *Ibidem*, p. 236.

A derrota eleitoral de 1929 dá finalmente ao partido a sua estrutura definitiva, destinada a durar, com retoques periódicos e adaptações, até os anos 70. Depois de 1930, as evoluções mais importantes ocorrem em nível intermediário e periférico:

> Um sistema uniforme de unidades administrativas é adotado em toda a Inglaterra e no País de Gales, e, com a exceção de uma posterior reorganização em Londres, esse sistema permanece inalterado (...). A padronização da influência do *Central Office* em nível provincial foi uma importante conquista dos anos 30, que incidiu sobre todas as unidades organizativas.[64]

Uma das conseqüências da padronização foi, entre outras coisas, o enquadramento definitivo, sob o controle direto da burocracia conservadora, da organização dos trabalhadores conservadores, considerada sempre como um instrumento cada vez mais importante para competir com os trabalhistas[65].

O partido que se delineia por etapas sucessivas a partir de um processo inicial de penetração territorial, devido a uma elite parlamentar preexistente e coesa, é, pois, uma organização fortemente institucionalizada. Uma organização extraparlamentar forte, uma sólida burocracia intermediária e local, um sistema financeiro sólido e um forte controle do líder parlamentar sobre toda a organização. A limitação das possibilidades de gastos de cada candidato às eleições a partir de 1949, de forma que impedisse definitivamente o controle pessoal sobre as associações locais das várias autoridades, foi apenas o desfecho lógico desse processo[66]. O Partido Con-

---

64. D. J. Wilson, *Power and Bureaucracy in Britain*, cit., p. 23.
65. *Ibidem*, p. 23.
66. U. Schleth, M. Pinto-Duschinsky, *Why Public Subsidies Have Become the Major Source of Party Funds in West Germany but not in Great Britain*, cit., pp. 47-8. Nessa ocasião, também é estabelecida a proibição para os grupos de interesse de financiar a campanha dos candidatos: cf. M. Rush, *The Selection of Parliamentary Candidates*, cit., p. 31.

servador se desenvolve com os traços da instituição forte, apesar dos freqüentes períodos de permanência no governo do país. Mas as características da burocracia estatal britânica são tais que não permitem aos líderes dispor de um *pool* muito amplo de subsídios públicos, convertíveis em incentivos e em condição de tornar menos imprescindível uma organização partidária forte.

Diferentemente de outros partidos que, como o conservador, dependem em grande parte dos financiamentos dos círculos industriais e financeiros, o partido consegue obter uma estrutura financeira sólida, baseada numa pluralidade de contribuições, que afluem com regularidade para os cofres da organização e permitem que ela seja dotada muito precocemente de uma sólida burocracia central, intermediária e periférica[67].

A comparação entre o sistema de financiamento do Partido Conservador e o da CDU ainda no final dos anos 60[68] esclarece bem a diferença existente entre uma instituição forte, que baseia a sua autonomia institucional num sistema financeiro sólido, e um partido fracamente institucionalizado, dependente e colonizado por grupos de interesses externos. Com efeito, enquanto o Partido Conservador tem um sistema de entradas e saídas regulares e uma atividade política que não se detém ante a falta de fundos entre uma campanha eleitoral e outra, a CDU alterna, como todos os partidos de tipo predominantemente eleitoral, fases de grande atividade durante as campanhas eleitorais, graças aos grandes financiamentos que obtém nessas ocasiões dos círculos industriais, financeiros e comerciais, com fases de inér-

---

67. D. J. Wilson, *Power and Bureaucracy in Britain*, cit., e R. Rose, *The Problem of Party Government*, cit., pp. 162 ss. Em 1970, o Partido Conservador empregava, sem contar os funcionários do *Central Office* e da burocracia intermediária, 399 agentes eleitorais nas associações locais contra os 144 do *Labour Party*.

68. U. Schleth, M. Pinto-Duschinsky, *Why Public Subsidies Have Become the Major Source of Party Funds in West Germany but not in Great Britain*, cit.

cia e inatividade quase total (em grande parte devido ao esvaziamento dos cofres do partido) entre uma campanha e outra. A diferença transforma-se numa capacidade maior de iniciativa própria por parte do Partido Conservador e numa subordinação resoluta da CDU aos grupos de interesse que financiam suas campanhas. Igualmente indicativa é a diferença entre os dois partidos em termos de capacidade de autofinanciamento mediante a filiação. Na CDU, no período 1959-1969, mais de 50% dos financiamentos eram cobertos por fundos públicos e o remanescente provinha dos grupos de interesses, enquanto a filiação não exercia nenhum papel financeiro de relevância. No Partido Conservador, organização de massa que declara quase três milhões de filiados em 1948, o filiado tradicionalmente perde seu direito se não pagar pelo menos 26% da sua quota anual.[69]

Uma organização desse gênero dá lugar à formação de uma coalizão dominante coesa, nesse caso específico dominada pela liderança parlamentar, que monopoliza o sistema dos incentivos internos e cujas divisões não resultam na formação dos grupos organizados com recursos próprios de poder. Por essa razão, Richard Rose pôde afirmar que as divisões internas do Partido Conservador têm o caráter de "tendências" muito mais do que de "facções".[70] Mesmo que essa afirmação deva ser redimensionada, admitindo-se que em certas fases houve estímulos para a faccionalização[71] (porém sempre reabsorvidos, antes ou depois), ela não é menos válida em linha de princípio. Com a exceção de momentos crí-

---

69. *Ibidem*, p. 38.
70. R. Rose, *The Problem of Party Government*, cit., pp. 312-28.
71. Sobre o "Monday Club", grupo conservador de extrema direita, organizado em intervalos como uma verdadeira facção nacional, ver P. Seyd, "Factionalism within the Conservative Party: the Monday Club", *Government and Opposition*, VII (1972), pp. 464-87. Sobre alguns momentos de faccionalismo agudo no período anterior à guerra, ver G. Peele, M. Hall, *Dissent, Faction and Ideology in the Conservative Party: Some Reflections on the Inter-War Period*, relatório apresentado no *workshop* ECPR sobre o conservadorismo, Bruxelas, 1979, mimeo.

ticos específicos (que geralmente preparam a substituição de um líder em declínio), compactação e coesão como bandeiras do líder têm caracterizado a maior parte da vida do Partido Conservador. Uma estrutura das oportunidades de tipo centrípeto, própria de uma instituição forte, explica a tendência à seleção de um pessoal burocrático e parlamentar que manifesta geralmente forte lealdade em comparação com a liderança e uma sólida disciplina de partido. Explica, ainda, a adoção por parte do partido, em várias fases da sua história, de uma estratégia de domínio sobre o ambiente, ao menos sob a perspectiva da tendência à expansão da *membership* do partido. O Partido Conservador britânico, com um número oscilante de filiados, no pós-guerra, entre os quase três milhões de 1948 e cerca de um milhão e meio dos anos 70, é uma das maiores organizações conservadoras do mundo ocidental.

A uma elevada coerência estrutural interna, assegurada por uma burocracia sólida, corresponde uma notável independência em relação ao ambiente (assegurada também por aquele sistema financeiro descrito anteriormente), cujo sinal seguro é a falta de institucionalização da presença dos grupos de interesse (diferentemente da CDU) no momento crucial da seleção dos candidatos. Dois aspectos da organização parecem contrastar com a imagem da instituição forte: o fato de que o pessoal dirigente do partido *não* é (diferentemente do PCI, do PCF ou do SPD) de origem burocrática, não fez carreira na organização (falta, portanto, o requisito da "integração vertical das elites"), e, em segundo lugar, a tradicional independência política das associações locais. Sobre o primeiro ponto, efetivamente, o caráter não-burocrático das carreiras políticas (os funcionários que dependem do *Central Office* estão rigorosamente excluídos da participação em atividades políticas públicas) torna o Partido Conservador uma instituição menos forte do que os casos citados. Ou melhor, trata-se de uma instituição muito forte sob todos os aspectos, exceto sob esse aspecto específico. Porém, também é preciso observar contextualmente que tanto os simples candidatos ao parlamento como os futuros líderes políticos, embora sendo, na maioria, pessoas escolhidas pela sua representatividade no mundo dos negócios e das profissões, os mecanismos de seleção são tais que impedem ou limitam a formação de tomada de posições das autoridades[72]. A escolha das associações locais tende a recair sobre personagens conhecidas e capazes de atrair os consensos eleitorais, isto é, sobre as "autoridades" em sentido estrito, mas geralmente estas não reúnem condições de construir para si uma carreira política com um controle direto sobre a associação (conforme as modalidades típicas do grupo político de autoridades). O que explica também por que as associações tendem a selecionar pessoas socialmente representativas, mas também relativamente jovens e com uma imagem agressiva e dinâmica: como resulta das diversas pesquisas comparadas sobre a composição dos parlamentos europeus, os parlamentares conservadores têm, em média, idade inferior à dos parlamentares de partidos com tradição de autoridades políticas[73].

Por fim, no que se refere à independência política das associações locais, é fácil perceber que ela é mais aparente do que real. O caso conservador demonstra como uma centralização "oculta" pode perfeitamente ser a face escondida de uma descentralização aparente. O controle central pode ser explicado de vários modos. Em primeiro lugar, por meio do recrutamento dos agentes locais, que é prerrogativa do *Central Office* e dos agentes de área diretamente subordina-

---

72. Cf. M. Rush, *The Selection of Parliamentary Candidates*, cit., pp. 13 ss.; ver também W. L. Guttsman, *Elite Recruitment and Political Leadership in Britain and Germany since 1950: A Comparative Study of MPs and Cabinets*, cit.

73. Numa análise sobre as carreiras políticas em cinco países (EUA, Canadá, Inglaterra, Austrália e França da IV República), o grupo parlamentar conservador figurou como o mais jovem entre todos os grupos parlamentares pesquisados, com 75% dos deputados com menos de 45 anos: cf. J. A. Schlesinger, "Political Careers and Party Leadership", in L. J. Edinger (org.), *Political Leadership in Industrialized Societies*, Nova York e Londres, Wiley and Sons, 1967, pp. 266-93.

dos a ele⁷⁴. Sabe-se que nas associações voluntárias, nas quais a participação é fraca e intermitente, controlar os funcionários significa, muitas vezes, controlar toda a associação. O controle é forte e eficaz nesses casos porque as únicas possibilidades de promoção na carreira para os funcionários de associação (e as eventuais promoções ao longo da hierarquia burocrática) dependem das escolhas do "centro" do partido. No próprio processo de seleção dos candidatos, essa característica de controle centralizado, mas "discreto", é facilmente reconhecida. A seleção acontece em nível local, com base numa lista de candidatos potenciais, estabelecida por uma comissão especial da *National Union* (*Standing Advisory Committee on Candidates*). Aparentemente, cada associação escolhe livremente seu candidato, e o *Central Office*, por meio do próprio agente de área, limita-se a um controle de legitimidade formal (isto é, limita-se a garantir que a seleção aconteça conforme as regras em vigor no partido). Mas a realidade é diferente. Como prova o fato de que, nos poucos casos em que as associações selecionaram candidatos perseguidos pela liderança do partido (o que ocorreu somente duas vezes no período 1949-1969), o "centro" conseguiu impedir a candidatura e negar ao candidato o apoio do partido⁷⁵. Em outras palavras, o Partido Conservador é uma organização tão compacta e coesa que as associações locais tendem a selecionar "naturalmente", sem a necessidade de intervenções explícitas vindas do alto, candidatos da preferência da liderança do partido⁷⁶. Nos raros casos em que isso não acontece, o controle centralizado da liderança mediante o *Central Office* transforma-se de latente em manifesto, e o centro – apesar das afirmações tradicionais e rituais de independência política das associações – consegue fazer prevalecer o próprio ponto de vista.

A organização é tão compacta que pode prescindir de um sistema elaborado de procedimentos: o que mantém efe-

---

74. D. J. Wilson, *Power and Bureaucracy in Britain*, cit.
75. M. Rush, *The Selection of Parliamentary Candidates*, cit., p. 19.
76. L. Epstein, *Political Parties in Western Democracies*, cit., p. 219.

tivamente a forte coesão é a combinação de uma burocracia central, intermediária e local sólida e profissionalizada, mas não sufocante, unida a uma forte sintonia de posições políticas entre militantes e elite (sintonia que não acontece por acaso, mas que é o resultado, no partido conservador, bem como no PCI, no SPD ou no PCF, de uma forte institucionalização organizativa). Isso permite reduzir ao mínimo a formalização dos procedimentos. No *Labour Party*, por sua vez, um sistema elaborado de normas responde a uma exigência contínua de amortecer, de disciplinar e de encobrir os conflitos internos de um grupo dirigente nacional e local altamente dividido e fracionado. No Partido Conservador, organização com alto nível de institucionalização, a coesão da coalizão dominante costuma ser tal que torna supérflua uma formalização excessiva dos procedimentos. O sinal mais evidente dessa situação de forte compactação da coalizão dominante por efeito de uma forte institucionalização é dado pelo caráter marcadamente "apolítico" dos critérios habitualmente utilizados pelos militantes locais na escolha dos candidatos ao parlamento: o que faz pender a balança para um lado ou para outro, a favor de um ou de outro candidato, não são (diferentemente do *Labour Party*) critérios políticos (as posições políticas pessoais dos candidatos), mas sim a consideração pelas características de *status* social dos candidatos potenciais. Num partido compacto, as distinções "direita" e "esquerda", tão importantes nos processos de seleção das elites nas organizações fracionadas e divididas, não desempenham um papel relevante: "É improvável, portanto, que um candidato seja aceito ou recusado porque considerado de direita ou de esquerda. Questões específicas podem pesar sobre a decisão, mas tais questões são geralmente de caráter apolítico ou pré-político"[77].

Só nesses momentos de crise, quando a coalizão dominante do partido vacila ou quando existem problemas que dividem claramente o grupo dirigente nacional, a seleção dos

---

77. M. Rush, *The Selection of Parliamentary Candidates*, cit., p. 100.

candidatos se politiza. Isso ocorreu, por exemplo, durante a crise de Suez[78] e parece ocorrer atualmente em razão dos fortes conflitos internos nas organizações, relacionados à oposição dos setores centristas do grupo parlamentar à política de Margaret Thatcher.

Conclusões

Os três casos examinados neste capítulo têm em comum a característica de serem "partidos governistas". Todos os três têm em comum uma consolidação organizativa experimentada quando passam a controlar as alavancas do governo nacional. Mas um deles, o Partido Conservador, tornou-se uma instituição forte, e os outros dois, instituições fracas. As diferentes características dos seus modelos originários são, em grande parte, responsáveis por essas evoluções. Mas são igualmente responsáveis as diferentes condições históricas em que ocorreram sua consolidação e as diversas características dos regimes políticos e das instituições estatais. Naturalmente, não se deve nem mesmo esquecer as diferenças existentes entre os dois casos de instituição fraca. Uma legitimação interna na CDU, uma legitimação externa na DC; uma relação de maior equilíbrio entre partido e burocracia estatal no caso da CDU (embora nem mesmo aqui faltassem extensos fenômenos de patrocínio e de controle partidário sobre os recursos públicos); e, no caso da DC, de ocupação de uma burocracia estatal fraca e ineficiente[79].

Por sua vez, uma relação ao menos em parte diferente com o aparato estatal é, provavelmente, a principal causa de

---

78. *Ibidem*, p. 100. Cf. também L. Epstein, "British MPs and their Local Parties: The Suez Case", *American Political Science Review*, LIV (1960), pp. 374-90.

79. Sobre as diferentes relações entre partidos e burocracia estatal – um problema crucial na análise dos partidos governistas –, cf. a análise comparada de G. Timsit, C. Wierner, "Administration et Politique", *Revue Française de Science Politique*, XXX (1980), pp. 506-32.

uma outra diferença fundamental: a maior fragmentação da coalizão da DC. Na leitura sobre faccionismo, o caso da DC geralmente se assemelha ao de outro partido governista, o Partido Liberal-Democrata japonês (LDP). Como no LDP, também nascido no segundo pós-guerra (1955), a institucionalização das facções internas alcançou níveis máximos na DC (sobretudo nos anos 60). Como para o caso do LDP, alguns observadores usaram a expressão "partido clientelista de massa"[80]. Todavia, qualquer que seja o valor dessas comparações, é preciso não esquecer o que diferencia a DC tanto da CDU quanto do caso dos partidos clientelistas mais ou menos puros (como o LDP). Certamente, a DC, com o passar do tempo, aproximou-se muito mais do caso "partido clientelista" do que do caso "partido conservador" tipo CDU.

---

80. A comparação entre DC e LDP, que é legítima desde que dentro de certos limites, não deve fazer com que algumas diferenças profundas entre as duas organizações sejam esquecidas:
1) O LDP detém ininterruptamente a maioria absoluta dos postos a partir da sua fundação: trata-se de um partido dominante no sentido atribuído à expressão por Giovanni Sartori. E isso contribui para explicar a maior estabilidade da sua coalizão dominante.
2) O LDP nasce por fusão entre dois partidos preexistentes, o Partido Democrata e o Partido Liberal, que, por sua vez, eram organizações extremamente faccionalizadas.
3) A burocracia imperial japonesa é uma instituição tradicionalmente forte, eficiente, rica em recursos autônomos. A relação entre o partido e a burocracia não é, portanto, homogênea com o caso italiano.
4) As facções do LDP são organizações autônomas, com máquinas eleitorais locais próprias (os *koenkai*), nas quais se enquadram, conforme cálculos confiáveis, cerca de 900.000 *clientes*, enquanto a organização partidária, até poucos anos atrás, era quase inexistente no território nacional. No meu entendimento, a diferença fundamental entre os dois casos é que a DC nasce (predominantemente) como sistema de solidariedades e torna-se um sistema de interesses no momento da institucionalização, enquanto o LDP nasce com os traços do sistema de interesses quase puro. Sobre o LDP, cf. R. A. Scalapino, J. Masuky, *Parties and Politics in Contemporary Japan*, Berkeley e Los Angeles, University of California Press, 1967², T. Tsurutani, *Political Change in Japan*, cit., A. Lombardo, *Il sistema politico del Giappone*, Milão, Franco Angeli, 1975, e, sobretudo, N. Thayer, *How the Conservatives Rule Japan*, Princeton, Princeton University Press, 1969.

Porém, a DC parte de uma posição muito diferente de ambos, nasce e se consolida sobretudo como sistema de solidariedades do mundo católico, como braço secular da Igreja. Os traços do partido clientelista de massa se sobrepuseram, com o passar do tempo, a essa característica originária, mas sem jamais fazê-la desaparecer completamente[81]. Assim como o *Labour Party* e tantos outros partidos de legitimação externa, a DC jamais poderá renunciar completamente ao controle do seu território de caça originário (neste caso, católico), porque isso implicaria a renúncia a uma parte importante da sua identidade organizativa. A presença simultânea de várias identidades, pouco amalgamadas entre si e, todavia, obrigadas a conviver, ao lado da ocupação do Estado e também da necessidade de partilhar o controle do governo com outros partidos[82], explica a permanente situação de conflito entre o grupo dirigente democrata-cristão, a impossibilidade de dar estabilidade à coalizão dominante, bem como as grandes dificuldades de interpretação com que o exame do seu sistema organizativo sempre depara.

---

81. "(...) a DC confirma (...) a sua impossibilidade de ser essencialmente um partido 'burguês' como os exemplificados com base na experiência alemã e japonesa. Obsta a essa evolução sem resíduos – pela mesma razão por que o problema da laicização do partido só pode ser objeto de uma disputa acadêmica – a profunda natureza da DC como partido governista permanentemente legitimado pela teologia política 'eusebiana'. Partido moderado, no que tange ao programa explícito e à sua base eleitoral, a DC é diferente dos grandes partidos liberais burgueses de massa porque extrai a sua inspiração teórica da Igreja e a sua influência sobre a sociedade da gestão sem alternativas do poder político", G. Galli, *Storia della DC*, cit., p. 378. Ao lado dos modelos "gelasiano" e "agostiniano", o "eusebiano" é um dos três modelos de teologia política que historicamente definiram a relação entre Igreja e poder político segundo Baget Bozzo, a respeito do qual deve-se ver, além do trabalho já citado, *Il partito cristiano e l'apertura a sinistra. La DC di Fanfani e di Moro, 1954-1962*, Florença, Vallecchi, 1977. Com nuances diferentes por Galli, sobre a impossibilidade de a DC de perder a identidade católica, ver G.Tassani, "Laicità della DC e ricomposizione cattolica", *Il Mulino*, XXVII (1978), pp. 705-22, e A. Parisi, "Un partito di cattolici? L'appartenenza religiosa e i rapporti con il mondo cattolico", in A. Parisi (org.), *Democristiani*, cit., pp. 85-152.

82. Sobre os problemas organizativos relacionados às alianças de governo com partidos competidores, ver também o cap. XI.

VIII. Os partidos carismáticos

Premissa

Os dois casos que examinarei neste capítulo apresentam, no seu modelo originário, uma característica comum que os diferencia claramente de todos os partidos até aqui analisados. Trata-se de partidos eleitos como casos emblemáticos de organizações, cuja fundação deveu-se à ação de um único líder, do qual elas são o veículo de afirmação política. Muito já se escreveu a respeito do carisma, desde que Weber formulou sua teoria do poder carismático. Sobretudo, manifestou-se muita perplexidade pelo uso de um conceito que, muitas vezes, corre o risco de ser usado como um *passe-partout* para descrever qualquer forma de poder pessoal[1].

Com efeito, na maioria dos casos, o que na linguagem comum é indicado pelo termo carisma" não passa de uma das situações mais normais que se pode encontrar na política: a grande ascendência pessoal que todo líder de sucesso consegue exercer sobre os próprios seguidores. Nesse caso,

---

1. Ver, por exemplo, C. J. Friedrich, "Political Leadership and the Problem of Charismatic Power", *Journal of Politics*, XX (1971), pp. 299-305, H. Wolpe, "A Critical Analysis of Some Aspects of Charisma", *The Sociological Review*, XVI (1968), pp. 305-18, e, sobretudo, a tentativa, não totalmente convincente, de redefinição do conceito por meio de uma crítica da teoria weberiana de J. V. Downton, *Rebel Leadership. Commitment and Charisma in the Revolutionary Process*, Nova York, The Free Press, 1973.

carisma é usado como sinônimo de "prestigioso", "respeitável". Porém, o que falta é justamente o significado *técnico* e *delimitado* que o conceito de carisma reveste na teoria weberiana, segundo a qual carisma não é simplesmente sinônimo de prestígio e/ou autoridade (embora normalmente o carisma seja fonte de ambos). Na acepção weberiana, as características do carisma são outras[2]:

1) Trata-se, em primeiro lugar, de um princípio de legitimação organizativa de caráter "revolucionário" e "extra-econômico". O carisma é o oposto da administração "ordinária", fundada na observância das *regras* ou no respeito à *tradição*. O carisma é, portanto, a antítese tanto do poder racional-legal (burocrático) quanto do poder tradicional. Ele é sempre subversivo-revolucionário no que tange às relações sociais dominantes. Por ser a antítese da administração ordinária, da rotina e das práticas sociais tradicionais (que são abaladas pelo surgimento do carisma), a organização carismática "vive neste mundo, mas não pertence a ele".

2) Como no caso do poder tradicional (por exemplo, patriarcal), mas diferentemente do poder racional-legal, o poder carismático gera uma organização fundada em relações exclusivamente *pessoais*, em lealdades diretas dos "discípulos" em relação ao líder. Porém, diferentemente das relações pessoais tradicionais, as lealdades neste caso são o fruto de um "estado de graça" e, portanto, de uma "missão", para

---

2. M. Weber, *Economia e Società*, Milão, Comunità, 1968, vol. I, pp. 238-51, e vol. II, pp. 420-70. No âmbito do marxismo, existe um equivalente da teoria weberiana do carisma que é a teoria do *bonapartismo*, essencialmente uma tentativa de unir o surgimento de lideranças pessoais de caráter plebiscitário nos sistemas sociais à evolução das relações de força entre as classes. A partir da célebre obra de Marx, *O 18 Brumário de Luís Bonaparte*, vários escritores marxistas tentaram aprofundar o tema. O mais interessante parece-me, ainda, o realizado por Nicos Poulantzas, *Pouvoir Politique et Classes Sociales de l'Etat Capitaliste*, Paris, Maspero, 1968, que contém muitas observações sobre os efeitos "autonomizantes" do aparato estatal em relação às classes em luta, provocados pelo bonapartismo. Para uma tentativa recente de leitura sobre a V República francesa e a liderança carismática de De Gaulle na perspectiva da teoria marxista do bonapartismo, ver M. Volpi, *La democrazia autoritaria*, Bolonha, Il Mulino, 1979.

a qual o líder, por reconhecimento geral dos discípulos, é chamado, e que infunde, tipicamente, um espírito e um zelo missionário também nos discípulos. O caráter revolucionário do carisma, a sua essência de relação social que se contrapõe à rotina e a subverte, é, portanto, o que diferencia as relações pessoais carismáticas das relações pessoais tradicionais: nestas as relações de deferência e de poder são fruto de um sistema de desigualdades preexistentes, sancionadas pela tradição; naquelas as relações de deferência e de poder surgem e se consolidam em *oposição à tradição*. Na visão weberiana, o carisma é, portanto, a única fonte verdadeira de mudança social e política; a única força "autenticamente" revolucionária da história[3].

3) Diferentemente das outras formas de poder, o poder carismático dá lugar a uma organização de relações sociais que não conhece "regras" nem "carreiras" no seu interior, nem uma divisão clara e definida de trabalho. As lealdades diretas, de um lado, e a delegação da autoridade por parte do líder em bases pessoais e arbitrárias, de outro, são os únicos critérios que modelam o funcionamento da organização. A organização carismática substitui, portanto, a estabilidade das expectativas que regula as organizações burocráticas, assim como as organizações tradicionais substituem a *incerteza* e a *instabilidade* mais completas: a escolha do líder e a sua contínua demonstração de confiança em relação aos subordinados são os únicos critérios de que depende a "estrutura das oportunidades" para cada um dos operadores no interior da organização; os únicos critérios que modelam a hierarquia (informal) interna. Mesmo que Weber não tenha dito expressamente, o efeito principal dessa modalidade de organização é uma disputa contínua entre os subordinados para adquirir méritos aos olhos do líder, para poder subir, em detrimento dos outros, na hierarquia do poder.

---

3. Ver R. Bendix, G. Roth, *Scholarship and Partisanship: Essays on Max Weber*, Berkeley, University Press, 1971. Cf. também L. Cavalli, "Il carisma come potenza rivoluzionaria", in AA. VV., *Max Weber e l'analisi del mondo moderno*, Turim, Einaudi, 1981, pp. 161-88.

4) Por ser uma potência extra-econômica, o carisma desdenha, ao menos na fase inicial da organização, das formas regulares de financiamento. Na maior parte dos casos, diz Weber, a organização carismática é financiada por meio do "mecenato" e/ou da espoliação dos poderes mediante a conquista (o que contribui futuramente para retardar a burocratização da organização).

5) O carisma é intrinsecamente instável. Como potência extra-econômica, deve ser reabsorvido cedo ou tarde sob a pressão das exigências da administração. Ausente a condição inicial de *statu nascenti*[4] que havia produzido o carisma (e era por ele alimentada), os seguidores desenvolvem interesses para uma estabilidade das remunerações: a rotina abre passagem e as expectativas a ela relacionadas substituem o espírito missionário inicial. A essa altura, a organização tem diante de si somente dois caminhos: a dissolução ou a "rotinização" (objetivação) do carisma. Se o carisma desaparece (o líder não supera mais a "prova"; o sucesso não mais sorri ao movimento e cessa a confiança no "estado de graça" do líder) numa situação em que o próprio líder agiu conscientemente para impedir a rotinização (com o objetivo de não perder o controle total até então exercido), a conseqüência é pura e simplesmente o fim do movimento, a dissolução da organização. Ou – é a segunda possibilidade – o carisma é objetivado, a organização supera o momento crucial da sucessão (transformação do carisma pessoal em carisma de ofício)[5]. Se for este o caso, a organização se insti-

---

4. Sobre *statu nascenti*, cf. F. Alberoni, *Movimento e istituzione*, cit., que, porém, analisa muito mais as dinâmicas do movimento coletivo e dos posicionamentos dos sujeitos agregados pelo movimento do que o papel do líder carismático na sua formação e evolução.

5. Sobre o "carisma de ofício" e, mais especificamente, sobre o fenômeno das "burocracias carismáticas" nos regimes e nos partidos comunistas, ver V. Belohradsky, "Burocrazia carismatica. Ratio e carisma nella società di massa", in L. Pellicani (org.), *Sociologia delle rivoluzioni*, Nápoles, Guida, 1976, pp. 181-231. Porém, o problema não evidenciado à suficiência no trabalho de Belohradsky é que, para que haja uma "burocracia carismática" (por exemplo, o partido bolchevique russo), é necessário *antes* a objetivação de um carisma pessoal (Lênin).

tucionaliza. A rotinização do carisma pode seguir, por sua vez, dois caminhos ou, em geral, um terceiro que representa uma certa combinação dos dois primeiros: a "regra" substitui o carisma pessoal como meio de regulamentar as relações internas (legalização) e, por conseguinte, a organização se transforma numa burocracia; ou a relação carismática originária sofre um processo de "tradicionalização". Nesse caso, a um poder carismático sucede a autoridade de pessoas cuja investidura extrai legitimidade de uma "continuidade ideal" da obra do fundador da organização.

Adaptada ao caso dos partidos políticos, a teoria weberiana implica a presença de um líder que realiza *sozinho* (e não, como ocorre na maioria dos casos, em coalizão com outros) todas as operações cruciais de fundação da organização, de elaboração das suas metas ideológicas, de seleção da base social etc. Além disso, um líder que, pelas próprias modalidades com que a organização surgiu, torna-se para todos os militantes e para os defensores externos da organização ou, pelo menos, para a esmagadora maioria, o único intérprete, bem como o símbolo vivo da "doutrina" e, ao mesmo tempo, o único artífice possível da sua futura realização. *Uma compenetração total entre o líder e a identidade organizativa do partido é a* condicio sine qua non *do poder carismático.*

Por conseguinte, o líder fundador se torna o único monopolizador, pelo menos em última instância, do controle sobre as zonas de incerteza organizativa e, portanto, aquele que monopoliza a distribuição dos incentivos. Em todos os casos em que o modelo originário de um partido tem como fator constitutivo o carisma pessoal, a organização que se forma apresenta algumas características invariáveis:

1) Uma coalizão dominante coesa, mantida pelo imperativo da fidelidade ao líder. Uma vez que os seguidores do partido reconhecem somente a autoridade do líder, o grupo dirigente que gira ao seu redor não pode dividir-se em facções que cortem longitudinalmente a organização: tanto os militantes de base quanto os defensores externos geralmente não estão disponíveis para um recrutamento de tipo faccio-

nista e, portanto, para uma identificação com este ou aquele grupo interno mais do que com o líder. Logo, a coalizão dominante é coesa e a disputa interna tem o caráter de confronto entre tendências. As divisões sulcam somente o nível dos sublíderes, não se estendem à periferia do partido. A estrutura das oportunidades numa organização carismática é, portanto, caracterizada (como no caso das instituições fortes) por uma disputa e por um recrutamento das elites de tipo centrípeto: adequar-se às vontades do líder é o único modo de fazer carreira nessa organização. De fato, num sistema organizativo desse gênero, ninguém pode opor-se abertamente ao líder com alguma *chance* de vitória. A competição entre as diversas tendências também pode ser muito acirrada, mas se desenvolve *abaixo* do líder, não o envolve diretamente. Cada sublíder e cada tendência se contrapõem uns aos outros para garantirem uma posição de maior proximidade ao líder. Um conflito que tem por objetivo o "segundo", o "terceiro", o "quarto" posto na hierarquia do poder interno, mas não o poder supremo. Esse é precisamente o principal indicador da existência de um poder carismático. Em todos os partidos há líderes de grande prestígio, capazes de controlar, por meio de uma relação direta com os seguidores da organização, importantes zonas de incerteza. Todavia, onde falta uma relação carismática, onde não existe total coincidência entre o líder e a identidade organizativa, os conflitos e as oposições abertas ao líder são possíveis e não conduzem necessariamente ao fim da carreira política dos opositores. Dossetti e Gronchi se opuseram abertamente a um líder até bastante respeitado como De Gasperi; os maximalistas fizeram o mesmo com Turati; Jaurès sofreu na SFIO a oposição aberta das facções minoritárias; Hardie e McDonald foram sempre duramente contestados no *Labour Party*. Isso tudo não aconteceu nos partidos carismáticos: a oposição aberta em relação ao líder significa, automaticamente, o fim da carreira política do opositor ou a sua impossibilidade de reunir o consenso, exceto de minorias muito restritas. A contestação aberta do líder implica a "excomunhão" do opositor e, num partido em que o líder é o símbolo unificador de toda a organização, a excomunhão implica a marginalização definitiva do "herege".

Em relação à organização, o líder carismático ocupa a mesma posição de uma instituição patrocinadora externa: tem a última palavra; pode, com sua escolha, determinar o resultado do conflito que se desenvolve abaixo dele entre as várias tendências. Em outros termos, possui sobre o partido e sobre a sua estrutura de poder interna o mesmo controle que Pio XII podia exercer sobre a disputa pelo vértice da DC ou Stálin sobre a competição nos partidos comunistas.

Assim como no caso da instituição externa, as lealdades dos militantes e dos eleitores vão, primeiramente, para a instituição e só indiretamente para o partido, e isso explica a grande dependência do segundo em relação à primeira. Nos partidos carismáticos, as lealdades organizativas são um reflexo das lealdades diretas, que ligam os seguidores do partido ao líder carismático. Essa circunstância explica a total dependência em relação ao líder experimentada por esses partidos na sua fase de formação.

2) O partido carismático não apresenta características burocráticas. Às vezes (como no caso do partido nazista durante Weimar ou do partido bolchevique russo antes da morte de Lênin), poderá também existir um corpo de funcionários (de agitadores profissionais) e uma divisão, somente no papel, do trabalho entre os diversos setores organizativos. Porém, a realidade é sempre mais complexa: o carisma é, de fato, o oposto da burocracia, que pressupõe não só a existência de funcionários assalariados, mas também hierarquias estáveis, procedimentos formalizados, previsibilidade das relações internas e oportunidades de carreira vinculadas a critérios suficientemente definidos. O carisma, por sua vez, gera um partido no qual a divisão efetiva do trabalho é constantemente redefinida à discrição do líder, a incerteza sobre as carreiras é notável, não existem procedimentos aceitos e compartilhados, e a improvisação é a verdadeira e única "regra" organizativa. Acrescente-se a isso o fato de que, na maioria dos casos, não existe um sistema de financiamentos fundado na estabilidade das entradas.

O partido se baseia, em grande parte, numa aquisição de financiamentos irregulares que depende da capacidade do líder de estreitar alianças com mecenatos externos e/ou do seu controle direto e pessoal sobre os fundos públicos.

3) Além disso, o partido carismático é uma organização centralizada em grau máximo. A presença de uma liderança carismática produz o mesmo efeito que a presença de uma burocracia partidária poderosa e ramificada: todas as decisões-chave estão concentradas no vértice da organização, nesse caso, nas mãos do líder carismático. Quase sempre a centralização financeira também se resolve num controle minucioso das entradas (mais ou menos irregulares) que afluem para os vários níveis da organização.

4) O partido carismático está, muitas vezes, embora não sempre, no centro de uma nebulosa de grupos e de organizações de limites incertos e mal definidos, que giram em torno do partido e da sua liderança. Portanto, os conflitos que se desenvolvem abaixo do líder – entre os expoentes das várias tendências – freqüentemente são, numa certa medida, conflitos interorganizativos, entre os líderes das várias associações, formalmente autônomas, que compõem o "movimento".

5) Qualquer que seja a orientação ideológica do partido carismático (conservador ou progressista, revolucionário ou reacionário, liberal ou socialista etc.), a insistência sobre o caráter *antipartido* e de movimento da organização iguala-se à natureza "revolucionária" do carisma (subversiva, embora de modos e formas sempre diferentes, em relação ao *status quo* político e/ou social). O partido carismático se apresenta sempre como a negação dos partidos existentes, aos quais contrapõe – dentro de regras constitucionais ou fora delas, conforme as metas ideológicas "selecionadas" pelo líder – uma solução ao mesmo tempo *movimentista* e *bonapartista*.

6) Se, no caso de um partido patrocinado por uma organização externa, a institucionalização significa emancipação, pelo menos parcial, da organização, no caso do partido carismático significa objetivação ou rotinização do carisma,

transferência das lealdades do líder para a organização, cisão progressiva entre a identidade organizativa do partido e os sucessos políticos pessoais do líder. Com a institucionalização, o partido carismático também experimenta uma transformação parcial de sistema de solidariedades em sistema de interesses (e, com ela, a articulação dos fins originários às exigências quotidianas da organização). Todavia, a institucionalização é, nesse caso, um processo possível mas pouco provável. Com exceção de poucos, raríssimos casos, os partidos carismáticos, ou melhor, os partidos que mais se aproximam da forma, por assim dizer, "pura" de partido carismático, não conseguem se institucionalizar (mesmo porque, na maioria das vezes, o líder trabalha ativamente para afastar esse desenvolvimento), o carisma não é objetivado e, portanto, a organização se dissolve com o eclipse político do seu fundador.

As características elencadas acima são próprias de todos os partidos carismáticos, isto é, de todos aqueles partidos que experimentam uma simbiose total entre a pessoa do líder e a identidade organizativa.

Porém, os partidos carismáticos podem ser muito diferentes por toda uma série de outros fatores essenciais. Neste capítulo, examinarei esquematicamente dois casos de partido carismático: o Partido Gaullista da V República e o Partido Nacional-Socialista do período weimariano (isto é, da fase que precede o nascimento do regime nazista). Dois casos diferentes por muitos aspectos: um partido de governo e de regime e um partido anti-regime; uma organização eleitoral de orientação democrático-conservadora e uma organização paramilitar de orientação reacionária; um partido relacionado à transição de um regime democrático para outro regime democrático e um partido que deu origem a uma ditadura totalitarista.

Essas diferenças explicam as consideráveis diferenças organizativas existentes entre os dois partidos. Mas, sob essas diferenças, quem prefere o uso weberiano ao "jornalístico" do termo carisma também descobrirá muitos traços comuns.

A União pela Nova República

A UNR nasce formalmente no verão de 1958, com o *referendum* de setembro, que ratificará a Constituição da V República. Para a sua formação, concorrem segmentos do *Rassemblement du Peuple Français* (RPF), organização de massa de orientação anti-sistema que, de 1947 a 1953, foi a primeira concretização importante do gaullismo político[6]. O Partido Gaullista é um caso interessante de partido carismático, porque se trata de um partido em que a objetivação do carisma obteve sucesso. Na verdade, sucesso a ponto de permitir à organização não só sobreviver ao desaparecimento do seu líder, mas também experimentar um processo de institucionalização relativamente forte. Em recente análise dos partidos franceses, Michel Crozier coloca o Partido Gaullista, logo depois do PCF e antes do Partido Socialista, entre as organizações de partido mais bem estruturadas e estabelecidas no panorama político francês[7]. Ainda que essa tese deva ser, ao menos em parte, redimensionada, não há dúvida de que contém muitos elementos verdadeiros. O Partido Gaullista, nascido no momento da transição da IV para a V República (e desde então recebendo várias denominações: o primeiro nome foi *Union Pour la Nouvelle République*, o últi-

---

6. A literatura sobre a V República é muito ampla. Ver, para uma análise da evolucão institucional e política da França contemporânea, R. C. Macridis, "France", in R. C. Macridis, R. E. Ward (orgs.), *Modern Political Systems: Europe*, Englewood Cliffs, Prentice-Hall, 1968, pp. 153-298, e a interpretação original e sugestiva de S. Hoffmann, *Sur la France*, Paris, Seuil, 1976. Mais especificamente sobre a V República, ver a precisa reconstrução de S. Bartolini, *Riforma istituzionale e sistema politico*, Bolonha, Il Mulino, 1981, e, sobre a constituição gaullista, M. Volpi, *La democracia autoritaria*, cit. Para uma interpretação da transição da IV para a V República correspondente à teoria weberiana, ver M. Dogan, "Charisma and the Breakdown of Traditional Alignements", in M. Dogan, R. Rose (orgs.), *European Politics: A reader*, Londres, The McMillan Press, 1971, pp. 413-26. Sobre o *Rassemblement du Peuple Français*, ver R. Barillon, "Le Rassemblement du Peuple Français", in M. Duverger (org.), *Partis Politiques et Classes Sociales*, Paris, Colin, 1955, pp. 277-90.

7. M. Crozier, *I partiti francesi*, Turim, Quaderni della Fondazione G. Agnelli, 1980, pp. 10 ss.

mo na ordem temporal, *Rassemblement Pour la République*)⁸, evoluiu até se transformar numa instituição, segundo vários indícios, talvez menos forte do que o Partido Conservador, todavia muito mais forte do que a DC ou a CDU do período governista. E, no entanto, a maior parte das características do modelo originário do partido, bem como a posição ambiental que passou a assumir justamente na fase da sua consolidação, era tal a conjurar contra um êxito desse gênero:

1) Em primeiro lugar, o Partido Gaullista nasce como um partido carismático, uma organização cuja única razão de ser é servir De Gaulle e as idéias (aquela "certa idéia da França")⁹ com que o general é identificado desde os tempos da resistência, uma organização que também é forjada como *movimento antipartido*, em oposição ao "regime partidocrático" da IV República.

2) Em segundo lugar, trata-se de uma organização que nasce com a fusão de uma pluralidade de movimentos e grupos, cada qual capitaneado por uma ou mais autoridades que representam matizes e modos diversos de compreender o gaullismo, de "declinar" numa linha política as idéias do general; uma oligarquia fracionada numa pluralidade de tendências políticas, embora todas reunidas sob o mesmo manto gaullista.

3) Em terceiro lugar, o partido se forma quando De Gaulle já havia conquistado o poder e, portanto, a organização se constitui logo depois da sua fundação e permanece durante um longo tempo como partido governista.

---

8. As freqüentes mudanças de nomenclatura parecem relacionadas à origem carismática do partido. As "refundações" do movimento (a última realizada por Jacques Chirac, em 1976) têm a função de recordar que a organização não vale por si, mas somente pela sua relação com a doutrina originária do líder fundador. No momento da sua refundação, o estado originário nascente é reconstituído mais ou menos artificialmente.

9. Sobre a doutrina gaullista e a personalidade política de De Gaulle, ver J. Touchard, *Le Gaullisme. 1940-1969*, Paris, Seuil, 1978, e S. Hoffmann e I. Hoffmann, "De Gaulle as a Political Artist", in D. A. Rustow, *Philosopher and Kings: Studies in Leadership*, cit., pp. 248-316.

Presença de um chefe carismático, fusão de uma pluralidade de tendências políticas também muito heterogêneas entre si (unidas somente pela fidelidade pessoal ao general e por uma adesão a uma "doutrina nacional" vaga como é, sob a perspectiva ideológica, o gaullismo) e transformação imediata da organização em partido governista são fatores que, pelo menos teoricamente, deveriam produzir uma institucionalização muito fraca (admitindo-se sempre, por certo, que a institucionalização organizativa seja possível nessas condições). A história da UNR, por sua vez, registra um desenvolvimento diferente em muitos aspectos. A evolução organizativa de um partido pode ser considerada como o produto da interação entre as características do seu modelo originário, a sua posição no sistema político (no governo ou na oposição) na fase da consolidação organizativa e, finalmente, a conformação dos "ambientes" nos quais o partido está atuando. Os vários fatores podem compensar-se ou anular-se reciprocamente de várias maneiras: certas características do modelo originário podem ser contrabalançadas e, no limite, anuladas por fatores que agem em direção contrária. Por exemplo, uma legitimação "interna", como se viu, é um fator que, considerado isoladamente, deveria favorecer uma institucionalização forte. Porém, se for combinado com um desenvolvimento por difusão territorial (SFIO, PSI) ou com uma difusão territorial associada a uma conquista imediata e duradoura do governo nacional (CDU), esse fator não reúne condições de desenvolver estímulos suficientes para determinar a formação de uma instituição forte. Da mesma forma, uma legitimação interna associada a um desenvolvimento por penetração territorial é suscetível de produzir uma instituição forte *mesmo que* o partido se institucionalize no período em que estiver no controle do governo nacional (conservadores britânicos). As diferentes características do modelo originário, assim como a posição inicial do partido dentro do sistema político, impelem a organização para uma direção ou outra. O modo pelo qual as várias forças se fortalecem reciprocamente, ou se equilibram, ou se fiscalizam, define a trajetória do desenvolvimento organizativo de cada partido e pode ser avaliado somente caso a caso por meio de um julgamento histórico.

No caso da UNR, os fatores enumerados, que conspiram para determinar uma institucionalização extremamente fraca do partido, são contrabalançados, como veremos, por uma ordem institucional – por uma conformação do regime político e pelas características da burocracia estatal, que agem poderosamente na direção contrária. A resultante dessas forças contrapostas é, portanto, uma organização que, em muitos aspectos, coloca-se a meio caminho entre as instituições fracas e as instituições fortes.

Mas, para compreender as razões desse desenvolvimento, é necessário recapitular os fatos.

A UNR nasce formalmente em 1958 mediante a fusão de uma pluralidade de movimentos gaullistas: o *Centre National des Républicains Sociaux* (Jacques Chaban-Delmas, Roger Frey); a *Convention Républicaine* (Marie-Madelaine Fourcade e Léon Delbecque); a *Union Pour le Renouveau Française* (Jacques Soustelle); os *Comités Ouvriers* (Jacques Veyssières e Albert Marceuet) e outros grupos, cada qual chefiado pelas autoridades de prestígio do gaullismo[10].

O primeiro comitê diretivo do partido será formado por treze homens, todos "gaullistas históricos" (*compagnons de toujours*), homens que seguem De Gaulle desde os tempos da luta contra o nazismo. De todos esses movimentos, o mais organizado e poderoso é liderado por Soustelle (então ministro das informações no gabinete De Gaulle).

Desfrutando da superior organização da sua *Union Pour le Renouveau Française,* Soustelle desempenhará um papel de primeiríssimo plano na fase formadora da organização, conseguindo "colocar" muitos de seus colaboradores mais fiéis em posições proeminentes. A rivalidade Soustelle-De Gaulle,

---

10. J. Charlot, *L'U.N.R. Etude du Pouvoir au Sein d'un Parti Politique*, Paris, Colin, 1967, e id., *Le phénomène gaulliste*, Paris, Favard, 1970. Limitei-me essencialmente aos trabalhos de Charlot na descrição deste caso.

que explodirá mais adiante com o problema argelino e que implicará a "excomunhão" de Soustelle e a sua conseqüente "saída" do partido, ainda não havia se manifestado. Nessa fase, o confronto e a disputa ainda se dão *somente* entre as várias autoridades, cada qual ocupada em garantir para si própria (e para a tendência que representa) os favores de De Gaulle, uma em detrimento da outra. Soustelle, fortalecido pela sua posição "central", acariciava a idéia de assumir o cargo de presidente do partido, mas De Gaulle impede o seu acesso, impondo a vacância do cargo. Como ficará claro desde o início e, notadamente, no momento da seleção dos candidatos para as eleições daquele mesmo ano de 1958:

> A seleção dos candidatos às eleições legislativas confirma rapidamente que a UNR pertence apenas ao general De Gaulle e que no Comitê Central o próprio Jacques Soustelle, e com maior razão Léon Delbeque, nada mais são do que iguais entre iguais, e não os líderes no comando de um ou outro movimento paralelo.[11]

A verdade é que Soustelle, mais do que qualquer outra autoridade gaullista, a partir do momento em que está na liderança de uma tendência que tem posições muito mais claras e definidas sobre o problema crucial do momento (a Argélia), é perigoso para De Gaulle: uma preminência de Soustelle na fase formadora da organização poderia fazer da UNR algo diferente daquilo que De Gaulle pretende: um instrumento maleável, uma massa de manobra política comandada ao gosto do general e, conforme as circunstâncias, ora numa direção, ora em outra[12].

Após as eleições que levam ao parlamento, nas bancadas da UNR, homens selecionados exclusivamente pelo seu passado e por uma longa militância gaullista[13], começam os

---

11. J. Charlot, *L'U.N.R. Etude du Pouvoir au Sein d'un Parti Politique*, cit., p. 41.
12. *Ibidem*, p. 43.
13. *Ibidem*, p. 40.

trabalhos preparatórios para o I Congresso Nacional (que ocorrerá no ano seguinte). Enquanto isso, os contornos e a fisionomia do vértice organizativo do partido vão se delineando. O comitê central, que se reúne em setembro de 1959 para preparar o Congresso, além dos treze fundadores, já compreende representantes das federações e um grande número de membros de direito (ministros, presidentes dos grupos parlamentares, titulares dos "escritórios políticos" dos grupos parlamentares). Um total de mais de sessenta pessoas compõe um organismo no qual o controle reside nas mãos de ministros e parlamentares. A UNR é, portanto, desde o início, um partido parlamentar como – já se viu – a maior parte dos partidos que se consolidam como partidos governistas, independentemente do grau de institucionalização alcançado (Conservadores, CDU, DC etc.). Essa característica será destinada a permanecer, embora com sucessivas transformações. No I Congresso Nacional (Bordeaux, 1959), o caso Soustelle explode em toda a sua gravidade: a oposição de Soustelle às decisões de De Gaulle sobre a Argélia já é aberta: a disputa não concerne mais somente ao confronto entre as autoridades gaullistas, mas atinge diretamente o líder do partido. Soustelle perde o embate no Congresso. Depois, é expulso do governo e, finalmente, do partido, em 1960. Apenas trinta deputados o seguiram. Tudo acontece conforme um andamento típico dos partidos carismáticos: quando o conflito, mais do que uma disputa *abaixo* do líder, atinge diretamente o líder, manifesta-se em oposição frontal e aberta à sua ação, o resultado é apenas um: o fim da carreira política dentro da organização do desafiador incauto.

Os anos que vão de 1958 a 1962 são, ao mesmo tempo, os anos da consolidação do novo regime da V República e do partido.

À parte o caso Soustelle, são anos de incessantes conflitos no vértice: "De 1958 a 1962, desenvolve-se na cúpula do movimento uma luta pelo poder, e a instabilidade é tal que lembra a IV República: cinco secretários-gerais, cinco presidentes do grupo na Assembléia em quatro anos, sem falar nos múltiplos remanejamentos feitos e desfeitos pelos ministros, membros de direito das instâncias dirigentes da UNR; a cada renovação anual do escritório do grupo UNR da Assembléia Geral, mais da metade dos que saem são vencidos; são maiores as probabilidades de conservar um posto no comitê central, mas nele os fracassos também são numerosos. A partir de novembro de 1962, parece estar formada uma equipe dirigente que mantém o movimento em seu poder"[14].

Com as eleições de 1962, termina, efetivamente, a fase formadora, e a organização se estabiliza. Ao estabilizar-se, ao menos em parte, ela também se transforma. De 1958 a 1962, a UNR fora um partido dos fidelíssimos de sempre de De Gaulle. A partir de 1962, o êxito gaullista também atrai para o partido um número crescente de autoridades que se improvisam gaullistas para melhor defender, sob a nova bandeira, as próprias posições tradicionais de preminência.

A organização que se consolida é um partido predominantemente parlamentar e controlado pelos ministros de De Gaulle (o verdadeiro "círculo interno" do partido). Trata-se de um partido que dificilmente, naquele período, poderia ser definido como "de massa". Segundo as estimativas de Charlot, em 1963 os filiados não alcançavam cem mil[15]:

Ano	Filiados	
1959	7.000	filiados
1960	35.000	"
1961	50.000	"
1963	86.000	"

Trata-se de uma organização dominada pelo pessoal governativo e parlamentar, com uma baixíssima relação filiados-eleitores. E, no entanto, uma organização fortemente centralizada, compacta e disciplinada, tanto no centro quanto na periferia.

No centro, o comitê central, demasiadamente amplo, delega praticamente todos os seus poderes à Comissão po-

---

14. *Ibidem*, p. 106.
15. *Ibidem*, p. 47.

lítica e ao secretário-geral. Mas o verdadeiro centro de gravidade da organização reside na estreita conexão entre os órgãos diretivos dos grupos parlamentares e o pessoal governativo. Aqui se encontra o "círculo interno" da organização. O partido está, nesse nível, nas mãos dos gaullistas históricos. É esse grupo que vai infundir coesão, mediante o controle que exerce tanto sobre os parlamentares (submetidos a uma disciplina rígida) quanto sobre os órgãos "internos", extraparlamentares. O próprio secretário-geral nada mais é do que um administrador que se limita a executar as diretivas desse grupo[16].

Na periferia, as federações departamentais, crescidas de forma dispersa, com força eleitoral e filiados muito desiguais, são reorganizadas a partir de 1963. As federações da UNR – diferentemente daquelas da SFIO – não conhecem nenhuma independência político-organizativa em relação ao centro do partido, como demonstra o fato de o secretário departamental ser escolhido pela secretaria geral, e não eleito localmente.

Como demonstra, também, o fato de que um controle financeiro rígido é exercido pelo centro: a cada cinco meses, o secretário-geral remete uma subvenção a cada uma das federações e exige uma prestação de contas precisa[17].

Além disso, as federações são controladas pelo centro por meio de dois canais: ou mediante o deputado de circunscrição (subordinado, por sua vez, ao grupo parlamentar) ou, mais freqüentemente, mediante *chargés de mission*, verdadeiros *missi dominici* que levam à periferia as diretivas do centro. Os *"chargés de mission"* são muito semelhantes aos "homens de confiança", que, como vimos, são a verdadeira massa organizativa da socialdemocracia alemã na época das leis anti-socialistas: "Os encarregados das missões devem possuir autoridade sobre os quadros locais e manter uma certa independência de apreciação diante dos parlamentares do departamento. São, portanto, na sua maioria,

---

16. *Ibidem*, p. 50.
17. *Ibidem*, p. 50.

homens experientes que militaram no *Rassemblement du Peuple Français*"[18].

Além disso, uma rede de ligações com vários grupos de interesse, comerciais, industriais, agrícolas, é tecida por meio de uma série de associações gaullistas colaterais, pelas quais fluem recursos financeiros e de ativismo político[19].

Uma organização como essa, fortemente centralizada e compacta no período 1962-1967 (até o Congresso de Lille, que marca uma virada e dá lugar a uma troca da guarda), apresenta características que muito a aproximam, pelo menos em certos aspectos, ao caso do Partido Conservador inglês: predomínio do grupo parlamentar sobre a organização, coesão e disciplina em todos os níveis. Todavia, o Partido Gaullista é também uma organização que parece caracterizar-se, nesse período, pela ausência de um aparato central forte (embora faltem, infelizmente, dados sobre a consistência do aparato) e que, sobretudo, reduz a sua consistência organizativa à medida que desce do vértice às federações, até as unidades de base[20].

Nesse nível, a organização gaullista revela a sua incapacidade de ser um "partido de massa" no sentido duvergeriano (diferentemente do Partido Conservador britânico). Não só pelo número baixíssimo de filiados que caracteriza o período, mas também porque a organização não consegue, ao contrário da DC e da CDU, apoiar-se nem mesmo numa estrutura de autoridades políticas preexistente. Sidney Tar-

---

18. *Ibidem*, p. 139.
19. J. Charlot, *Le phénomène gaulliste*, cit., pp. 130 ss. As organizações gaullistas são incontáveis e muitas delas não são organizações colaterais no sentido estrito, mas organizações políticas autônomas, comandadas por líderes próprios e ligadas ao "movimento" somente pela fidelidade a De Gaulle. Em 1963, uma dessas organizações, a *Union Démocratique du Travail*, que representava a tendência de esquerda do gaullismo, associou-se à UNR. Porém, muitos gaullistas ficaram fora da organização "central", criando uma miríade de associações que se reconheciam no "movimento" mas não no partido.

20. Mesmo porque, em nível local, o partido era organizado por circunscrições, o que o tornava apto como máquina eleitoral nas eleições nacionais, mas não para desenvolver uma participação de base ativa.

row demonstrou amplamente a nítida tendência ao predomínio da *"non partisan politics"* entre os prefeitos franceses de centro-direita[21]. Os próprios prefeitos simpatizantes do gaullismo não são filiados ao partido. O Partido Gaullista, movimento político dominante em nível nacional, não consegue atrair autoridades da direita francesa. Estas permanecem quase sempre alheias ao movimento, e isso explica os insucessos dos gaullistas nas eleições locais e a sua incapacidade de conquistar o controle, a não ser sobre um número limitado de municipalidades[22]. Em parte, isso resulta certamente da tendência dos gaullistas a "nacionalizar" as campanhas eleitorais municipais, a utilizar os temas nacionais (a figura e as realizações do general) mesmo num contexto que não se presta muito a esse gênero de propaganda[23]. Mas existe também uma razão mais profunda: a irredutível incompatibilidade entre o poder tradicional, representado pelas autoridades, e o poder carismático, representado por De Gaulle, que por si só explica tanto a desconfiança das autoridades francesas em relação ao gaullismo quanto o desprezo que os gaullistas reservavam às autoridades. A incompatibilidade decorre do fato de que, enquanto a primeira forma de poder, a tradicional, depende da manutenção do sistema de relações sociais existentes e é alimentada por ela, a segunda, a carismática, depende, por sua vez, da sua capacidade de modificar e subverter esse sistema.

Não apenas devido a essa incompatibilidade entre autoridades e carisma, a fragilidade do partido no plano local dependerá também de uma escolha explícita: a de não favorecer uma expansão para além de certos limites das filiações ao partido. A escolha é a de impedir a formação de uma or-

---

21. S. Tarrow, *Partisanship and Political Exchange in French and Italian Local Politics: A Contribution to the Typology of Party Systems*, Sage Publications, Contemporary Political Sociology Series, vol. 1, N. 06-004, 1974. Sobre essa peculiaridade da direita francesa, cf. também M. Anderson, *Conservative Politics in France*, Londres, Allen and Unwin, 1974, pp. 231-68.
22. Cf. S. Bartolini, *Riforma istituzionale e sistema politico*, cit., pp. 85 ss.
23. *Ibidem*, p. 90.

ganização de massa (com base no modelo do antigo RPF), que poderia dar lugar a condicionamentos da ação autônoma do general, bem como, ao aumentar a heterogeneidade política interna, desestabilizar a organização[24].

Coesa e eficientemente organizada em nível central e num certo número de federações, a UNR permanecerá, portanto, bastante frágil e quase inexistente em nível local, sobretudo nas áreas rurais francesas (que, todavia, são um importante reservatório de votos para as eleições nacionais, principalmente a partir de 1965). Porém, do nível departamental para cima, o Partido Gaullista é, seguramente, a primeira organização poderosa que a direita francesa jamais possuiu em toda a sua história. A coalizão dominante tem uma estrutura piramidal. No vértice, em posição formalmente destacada, está De Gaulle (que jamais aceitará cargos no partido). Abaixo dele estão os "gaullistas históricos", em cujas mãos se concentra o poder: um círculo interno onde não se pode entrar nem por cooptação nem por méritos políticos. O vínculo à coalizão dominante é, de fato, rigidamente determinado por um critério "adscritivo": somente os antigos companheiros de armas de De Gaulle podem fazer parte dela. Imediatamente abaixo, na hierarquia do poder, estão os parlamentares jovens demais para terem podido participar da resistência e que aderiram ao gaullismo durante a IV República. Finalmente, as federações e os cargos eletivos locais são ocupados pelos "novos" gaullistas.

As relações internas ao grupo do vértice dos gaullistas históricos explicam a evolução organizativa do partido. Esses homens estão divididos entre si por ambições e rivalidades pessoais e por posições políticas diferenciadas sobre um leque de problemas: a fidelidade ao general é o seu denominador comum. A luta entre eles e entre as diversas tendências do gaullismo que eles representam é incessante, apesar

---

24. *Ibidem*, p. 57, J. Charlot, *Le phénomène gaulliste*, cit. Sobre a relação entre dimensão organizativa e estrutura do poder nos partidos, ver também o capítulo X.

de subterrânea. A coesão da coalizão dominante do partido é, portanto, imposta pelo alto, por De Gaulle em pessoa: nenhum grupo pode se organizar abertamente numa facção e lutar pela conquista do poder dentro do partido. São, ao contrário, obrigados a conviver e a cooperar: qualquer rebelião aberta significaria (como foi o caso de Soustelle) o seu fim político. Essa coesão (forçada) da coalizão dominante, essa impossibilidade de as várias tendências se transformarem em facções organizadas explica as características de forte centralização que marcam a evolução organizativa do partido.

Portanto, o Partido Gaullista é, para todos os efeitos, um partido carismático, uma organização que não tem identidade e vida autônoma em relação ao general. Uma pesquisa no dia seguinte às eleições de 1958 mostrou que 93% dos eleitores da UNR votaram no partido somente para "apoiar a ação do general De Gaulle"[25]. A UNR permanecerá um partido carismático, na verdade, ao menos nas suas relações internas, não só na fase da instauração da V República (1958-1962), no período do gaullismo plebiscitário (quando De Gaulle ainda é o presidente de "todos os franceses", ou seja, agrega consensos que cindem e mesclam as disposições tradicionais), mas também na fase imediatamente seguinte, quando De Gaulle, já como chefe de uma "facção" dos franceses, deve apoiar-se cada vez mais explicitamente no partido.

Todas as características da organização carismática anteriormente enumeradas estão presentes: da oposição entre autoridades e gaullismo até a presença de uma pluralidade de movimentos de tendências diversas que giram em torno do partido e têm como único denominador comum a fidelidade ao general[26], até uma centralização organizativa que garante um controle férreo por parte dos fidelíssimos de De Gaulle, e até uma intensa polêmica contra as formas organizativas tradicionais da política partidária[27].

---

25. Citado por M. Volpi, *La democrazia autoritaria*, cit., p. 200.
26. J. Charlot, *L'U.N.R. Etude du Pouvoir au Sein d'un Parti Politique*, cit.
27. J. Charlot, *Le phénomène gaulliste*, cit.

A objetivação do carisma gaullista procede por graus: se no período 1958-1962 a UNR foi uma espécie de Partido Gaullista "clandestino", manifestamente desconfiado do general para usar o seu nome nas campanhas eleitorais, os reconhecimentos evidentes da fase posterior permitem a sua consolidação. Quando, nas eleições presidenciais de 1965, De Gaulle sofre a "humilhação" de precisar submeter-se à prova da convocação, uma vez que não conseguiu se reeleger no primeiro turno, o papel do partido em relação ao presidente sai fortalecido. Juntamente com as mudanças de geração que ocorrem na organização e, sobretudo, com certas características institucionais da V República, a ampliação do papel político da UNR como coletor de consensos eleitorais obrigará De Gaulle a não impedir a institucionalização do partido.

Todavia, experimentar um processo de institucionalização é uma coisa; tornar-se uma instituição relativamente forte, como a UNR se tornou, é outra. De fato, é possível pensar que, com De Gaulle vivo e atuante, enquanto a centralização organizativa era simplesmente o efeito do seu controle pessoal sobre o partido, a objetivação do carisma deveria ter produzido, posteriormente, uma organização muito mais faccionalizada, fraca e "federativa" do que foi o Partido Gaullista do pós-De Gaulle – apesar das lutas entre as autoridades. A principal explicação para essa evolução deve ser buscada provavelmente na ordem institucional da V República e nas características da burocracia francesa. Esses dois fatores contribuíram para obrigar os gaullistas a formarem uma organização muito mais sólida do que certas características do modelo originário do partido fariam prever. Pode-se afirmar que, definitivamente, o que atuou a favor de um desenvolvimento organizativo relativamente sólido foram os seguintes fatores:

1) Uma posição tão preminente, atribuída pela constituição ao chefe de Estado[28], a ponto de levar De Gaulle, após superada com sucesso a fase de instauração do novo ordenamento e solucionada a crise argelina, a não mais impedir

---

28. Sobre a constituição gaullista, ver M. Volpi, *La democrazia autoritaria*, cit.

uma objetivação ao menos parcial do seu carisma. Uma vez que a institucionalização se verificou, não no momento da sucessão, mas com De Gaulle ainda vivo e atuante, a organização incorporou a forte centralização impressa pela liderança do general. Tratou-se, em outras palavras, de uma consolidação organizativa que deu ao partido uma compactação notável.

Esse resultado foi possível em razão do sistema institucional existente. Mesmo que a comparação seja apenas parcialmente homogênea, porque nem a DC nem a CDU nasceram como partidos carismáticos, é possível notar que, enquanto na Itália e na Alemanha a ordem institucional era tal que um desenvolvimento organizativo elevado da DC ou da CDU teria seguramente limitado a liberdade de manobra, respectivamente, de De Gasperi e de Adenauer e, portanto, os dois líderes trabalhariam ativamente contra qualquer hipótese de fortalecimento organizativo dos dois partidos[29], na França os perigos de condicionamento do chefe de Estado eram infinitamente menores.

2) A segunda condição que favoreceu uma institucionalização organizativa relativamente forte deve ser buscada na fragilidade em que se encontrava o parlamento diante do governo e do chefe do Estado. Tal fragilidade, implicando uma subordinação dos parlamentares ao governo, fazia com que os deputados tivessem menos ocasiões, em relação aos tempos da IV República, de desenvolver políticas autônomas de apropriação de recursos em favor das respectivas circunscrições. Isso tornou os parlamentares gaullistas fortemente dependentes em relação ao partido para a reeleição e gerou uma disciplina de grupo que os grupos parlamentares da direita francesa jamais tinham até então experimentado[30]. A subordinação do parlamento ao governo e o espaço reduzido para políticas autônomas – além de romper as relações entre cargos locais e cargos parlamentares – serviu para li-

---

29. Cf. o capítulo VII.
30. F. L. Wilson, R. Wiste, "Party Cohesion in the French National Assembly: 1958-1973", *Legislative Studies Quarterly*, XII (1979), pp. 82-103.

mitar a fragmentação do grupo dirigente a uma pluralidade de centros de poder autônomos.

3) A terceira característica "ambiental" que influenciou o desenvolvimento do Partido Gaullista residia na força e no prestígio da burocracia estatal francesa. Esta, justamente por essas razões, era muito menos colonizável e manipulável do que outras burocracias. Os altos burocratas instauraram alianças estreitas[31] com o Partido Gaullista, e homens provenientes das bancadas da burocracia (como na Alemanha) cediam suas cadeiras no parlamento e nas bancadas do governo, mas a estrutura burocrática não apresentava características "italianas": não era tão fraca e manipulável a ponto de poder ser colonizada por facções de partido.

Com o congresso de Lille (1967), o Partido Gaullista se institucionaliza. À efetivação da institucionalização corresponde uma troca da guarda. Naquele congresso (do qual o gaullismo sairia com um novo nome: *Union des Démocrates Pour la République*), os "gaullistas históricos" cederam ao menos uma parte do poder à geração seguinte. As relações de força entre antigos e novos gaullistas vão se modificando progressivamente durante os anos 60: os gaullistas históricos já estão amplamente representados nos postos de responsabilidade no partido. Quarenta homens, todos antigos gaullistas, ainda controlam a organização. Trata-se, além disso, de um "grupo fechado", no qual não se entra por "méritos políticos". Com o passar do tempo, porém, sobretudo no nível dos grupos parlamentares, o número de novos gaullistas vai crescendo[32].

Essas evoluções não podem deixar de resultar numa substituição de geração. A ocasião é um desafio externo: uma nítida perda de força do gaullismo, que antes se manifestou com as eleições presidenciais de 1965 (o segundo turno entre De Gaulle e Mitterrand) e, depois, em 1967, com uma der-

---

31. S. Bartolini, *Riforma istituzionale e sistema politico*, cit., pp. 249 ss.
32. J. Charlot, *L'U.N.R. Etude du Pouvoir au Sein d'un Parti Politique*, cit., pp. 216 ss.

rota eleitoral do partido e a perda de muitas cadeiras. Com a troca da guarda em Lille, assiste-se a uma reorganização do partido de uma certa importância[33].

O aparato central é fortalecido, atribui-se maior peso político ao secretário-geral e impulsiona-se o recrutamento (com uma duplicação dos filiados em relação a 1963)[34].

A essa altura, a organização já está consolidada: experimentou o declínio do gaullismo histórico sem se desagregar. Poderá, portanto, em pouco tempo, sobreviver ao desaparecimento do seu fundador e, até mesmo, na era giscardiana, à perda de controle sobre a presidência e o governo[35]. Uma objetivação do carisma, não impedida por De Gaulle e favorecida pelas condições ambientais, explica esse desenvolvimento.

O Partido Nacional-Socialista alemão

Se o Partido Gaullista é um caso de objetivação do carisma, acompanhada de um enraizamento nas instituições governistas, o NSDAP, o Partido Nazista, é, antes, durante e depois da queda de Weimar, um caso de partido carismático "puro", no qual as dinâmicas organizativas já vislumbradas na UNR se manifestam ainda mais nitidamente[36].

O NSDAP tem uma série de traços em comum com a UNR:

1) Organização centralizada, na qual o princípio do "comando do dirigente" é dominante e a simbiose entre identidade organizativa e líder-fundador é total.

---

33. J. Charlot, *Le phénomène gaulliste*, cit., pp. 133-5.
34. *Ibidem*, pp. 134-5.
35. Cf. P. Lecomte, *Rassemblement Pour la République et Parti Républicain. Elements d'Analyse Comparative*, relatório apresentado no *workshop* CERP sobre a "política conservadora", Bruxelas, 1979, mimeo, e C. Crisal, *La Machine RPR*, Paris, Fayolle, 1977.
36. Naturalmente, limito-me a considerar apenas o período weimariano, porque os únicos tipos de partido que me interessam são os que atuam no âmbito das democracias competitivas.

2) Ausência de vínculos organizativos burocráticos, acompanhados seja de financiamentos irregulares devidos ao apoio de mecenatos externos (contraídos após o fracasso *Putsch* de 1923 para tornar a expandir-se a partir de 1929), seja de um minucioso controle financeiro sobre a organização.

3) Existência de uma pluralidade de organizações com limites incertos e indefinidos (SA*, Juventude Hitlerista etc.), que giram em torno do partido e do seu líder.

4) Existência de uma pluralidade de tendências político-ideológicas, que representam características diversas, modos diversos de "declinar" o nacional-socialismo numa linha política. Sob a bandeira unificadora do nacional-socialismo – cujo idealizador, intérprete incontroverso e símbolo vivo é Hitler –, movem-se muitos grupos e muitas tendências: a tendência racista, representada por Rosenberg, o movimento paramilitar (SA) de Röhm, a tendência "socialista" dos irmãos Strasser (o equivalente do "fascismo de esquerda" italiano), os grupos nacionalistas, os grupos conservadores ligados a ambientes industriais[37] etc. Como o gaullismo num contexto democrático, também o nacional-socialismo é uma doutrina suficientemente vaga para tolerar a existência de uma pluralidade de interpretações também em conflito entre si. Hitler, pessoalmente, encoraja esse pluralismo ideológico, seja porque permite ao partido recorrer a todos os setores da sociedade, seja porque uma divisão do grupo dirigente em tendências que competem entre si lhe garante o controle do partido, impedindo a formação de coalizões contra ele. Como no caso gaullista, um uso sagaz das divisões que cruzam o grupo dirigente nazista permite a Hitler ter no NSDAP um instrumento maleável à sua disposição.

As diferenças entre o NSDAP e a UNR são muitas e resultam da natureza diversa (totalitária no primeiro, democrática no segundo) dos dois partidos:

---

* SA: *Sturmabteilungen* (formações de ataque na Alemanha nazista). [N. da T.]

37. A heterogeneidade das tendências ideológicas no seio do nazismo é documentada em B. Miller Lane, L. J. Rupp (orgs.), *Nazi Ideology before 1933. A Documentation*, Manchester, Manchester University Press, 1978.

1) Enquanto a UNR é um partido eleitoral, o NSDAP estrutura-se como uma organização paramilitar, o "partido de milícia" descrito por Duverger[38].

2) Além disso, o NSDAP se organiza como "Estado dentro do Estado", tomando emprestado das organizações de extrema esquerda, especialmente do Partido Comunista Alemão, muitas características[39]. A partir dos anos 1925-1926, o NSDAP se organizará reproduzindo no seu interior as divisões em setores e as articulações existentes em nível estatal (embora, como veremos, o organograma formal nunca corresponda ao efetivo funcionamento da organização).

3) Por fim, o NSDAP manifesta uma enorme tendência à expansão organizativa, à formação de um partido de massa, enquanto a escolha de De Gaulle é a de manter no grau mínimo a dimensão da organização. É óbvio que essa diferença resulta, ao menos em parte, do fato de que Hitler é um líder carismático à procura de poder, ao passo que De Gaulle, enquanto o seu partido vai se consolidando, já controla as alavancas do governo.

A história do Partido Nazista antes da conquista do poder pode ser dividida em duas fases: a que precede e a que se segue ao fracasso do *Putsch* de 1923. A primeira fase é dominada pela luta do grupo hitlerista para conquistar o controle do DAP (Partido dos Trabalhadores Alemães), fundado em 1919 por Anton Drexler, e, posteriormente, para garantir a hegemonia sobre todos os movimentos da extrema direita que pululam na Alemanha no começo dos anos 20. A conquista do DAP por parte de Hitler (rapidamente considerado o melhor orador do partido) e de Röhm, que contava com muitos ex-militares entre os seus seguidores, verifica-se em 1921. Adota-se o nome de NSDAP e o partido é reorganiza-

---

38. M. Duverger, *I partiti politici*, cit., pp. 74 ss.
39. Cf. K. D. Bracher, *Die Deutsche Diktatur. Entstehung Struktur Folgen des Nationalsozialismus*, Colônia/Berlim, Kiepenheur Witsh, 1969. Cf. também D. Orlow, *The History of the Nazi Party: 1919-1933*, Pittsburgh, University of Pittsburgh Press, 1969.

do em bases autoritárias por meio da adoção do *Führerprinzip*: a submissão incondicional de todos os adeptos do movimento à vontade de Hitler. É interessante notar que: "Desde o início, o NSDAP, apesar da sua pretensão em se separar das seitas nacionalistas, jamais quis ser simplesmente um partido entre tantos, mas um 'movimento' *sui generis* acima das outras organizações puramente 'político-partidárias'"[40]. O malogro da tentativa de *Putsch* em 1923 leva à prisão de Hitler e à dispersão do movimento político. Até aquele momento, Hitler não havia considerado importante a construção de um movimento de massa, pois movia-se na perspectiva de uma tomada imediata do poder. Em 1924, uma vez libertado, Hitler muda a estratégia e dedica-se à construção de um verdadeiro partido nacional. Em poucos anos, a organização nazista, que no início era relativamente forte apenas na Baviera, estende-se sobre todo o território nacional.

Organizações locais nascem e se consolidam no norte do país, onde o movimento era, no início, totalmente ausente.

Tab. 7. *O desenvolvimento das organizações locais de partido.*

Distritos	Nº de organizações	
	1925	1928
Sul		
Baden	31	62
Fronteira bávara oriental	57	115
Francônia	18	36
Alta Baviera	16	32
Norte		
Düsseldorf	20	21
Essen	9	11
Berlim	9	28

Fonte: J. Nyomarkay, *Charisma and Factionalism in the Nazi Party*, cit., p. 73

---

40. K. D. Bracher, *La dittadura tedesca*, cit., p. 115. Sobre o *Führerprinzip*, ver W. Horn, *Führerideologie und Parteiorganisation in der NSDAP (1919-1933)*, Düsseldorf, Droste, 1972.

Trata-se de um desenvolvimento organizativo extenso, por difusão territorial, para o qual concorrem tanto a iniciativa de militantes locais quanto a intervenção dos vários grupos que compõem o diversificado movimento nazista. O quartel-general da organização se forma em Munique, sob a direção de Philip Bouhler, que impõe um controle centralizado sobre a periferia. Tanto a filiação como as finanças das associações locais (organizadas, por sua vez, em distritos) são centralmente controladas:

> O direito exclusivo do escritório central de conceder as carteiras de filiação o colocava em condição de possuir um rol preciso dos filiados ao partido em cada um dos distritos. A partir do momento em que o número de filiados determinava as obrigações financeiras das organizações locais em relação a Munique, esse conhecimento permitia a Bouhler exercer um controle rígido sobre as finanças locais do partido. As organizações locais eram obrigadas a arrecadar um marco e cinqüenta por mês (...). As quotas de filiação e metade da quota mensal, paga pelos filiados, deveriam ser enviadas pelas organizações locais aos escritórios distritais, caso existissem, do contrário deveriam ser enviadas diretamente para Munique. Os líderes distritais, por sua vez, eram obrigados a mandar para Munique as quotas de filiação e dez *Pfennig* de cada quota mensal. Além disso, todas as contribuições extras que os líderes locais e distritais recebessem de cidadãos ou de grupos deveriam ser enviadas integralmente para Munique.[41]

Porém, as quotas de filiação representam, e sempre irão representar, uma parte muito modesta dos financiamentos das organizações, que dependiam muito mais das contribuições que Hitler conseguia obter dos ambientes industriais. Ainda em 1924, o NSDAP podia contar somente com cinqüenta mil membros[42]. Com a publicação de *Mein Kampf* e

---

41. J. Nyomarkay, *Charisma and Factionalism in the Nazi Party*, Minneapolis, University of Minnesota Press, 1967, p. 48.
42. K. D. Bracher, *La dittadura tedesca*, cit., p. 171.

com o grande sucesso que Hitler obteve durante o processo pelo fracasso do *Putsch*, processo que a habilidade oratória de Hitler e a benevolência da corte transformaram numa caixa de ressonância das suas idéias, a ascensão do partido entre os movimentos da extrema direita torna-se irresistível.

Quatro anos depois, em 1928, os membros do partido já eram mais de cem mil. A partir de 1929, tem início o crescimento em cascata: a organização, de seita subversiva que reunia sobretudo debandados de todo gênero, começa a conquistar a pequena burguesia alemã e transforma-se, sem perder nenhuma das suas características originárias, num partido de massa das classes médias. No final de 1929, os filiados são cento e setenta mil. Na primavera de 1930, somam duzentos e dez mil[43].

O NSDAP já se preparava para o salto eleitoral que o levaria de 2,6%, nas eleições de 1928, para 18,3%, em 1930, e a um passo da conquista do poder.

A reestruturação dos anos 1924-1926 envolvera toda a organização. As SA, organizações paramilitares, foram retiradas do comando de Röhm, que havia cultivado ambições políticas autônomas (e que se distanciou por alguns anos do movimento), ficando totalmente subordinadas ao partido. Foram criadas também as SS* e a Juventude Hitlerista[44]. Além disso: "A partir de 1926: '(...) foi criada uma direção do Reich', com Hess como secretário, F. K. Schwarz como tesoureiro e Ph. Bouhler como administrador-chefe, da qual resultava uma série de comissões. A direção do Reich dispunha inicialmente de mais de 25 empregados e de três automóveis. Surge rapidamente uma vasta organização, que enganava quanto à verdadeira importância do partido. Escritó-

---

43. *Ibidem*, p. 225.

* SS: *Schutzstaffeln* (esquadras de segurança nazistas). [N. da T.]

44 A Juventude Hitlerista mantém, até 1931, uma grande margem de manobra independente, tanto em relação ao NSDAP quanto às SA. Desenvolve uma "interpretação" própria do nacional-socialismo, de caráter socialista: cf. P. D. Stachura, *Nazi Youth in the Weimar Republic*, Santa Barbara, Clio Books, 1975, pp. 43 ss.

rios para a política externa, imprensa, política empresarial, política agrária, economia, política interna, questões jurídicas, técnica e política do trabalho reproduziam um pequeno aparato estatal. Surgiram, ainda, institutos de caráter puramente nacional-socialista, como os para a 'raça e cultura' e para a propaganda, cuja atividade logo passou para primeiro plano. A partir de 1926, também foi fixado o alicerce para outras organizações auxiliares de partido: ao lado da Hitlerjugend* (HJ) e da NS-Deutsches Studentenbund (Liga nacional-socialista dos estudantes alemães) (NSDStB), sob o comando de Baldur von Schirach (que em 1931 assume também a direção da HJ e torna-se dirigente da juventude do Reich), havia também uma NS-Schulerbund (Liga escolar nacional-socialista), que devia aumentar a força de atração para a juventude, e, posteriormente, as primeiras associações profissionais (dos professores, dos juristas, dos médicos) e uma NS-Frauenschaft (Liga feminina nacional-socialista)"[45].

Essa descrição sugere a existência de uma organização burocrática. Na verdade, o princípio organizativo carismático impede uma evolução do gênero. A técnica de Hitler para manter um controle total sobre o partido consistia em impedir a formação de "regras": "A aversão de Hitler pelas regras e a sua insistência por uma autoridade incondicional da sua vontade impediram a organização do partido baseada em princípios burocráticos (...). Ele compreendeu corretamente que qualquer ordem burocrática, seja qual for o seu grau de autoritarismo, limita o poder arbitrário e oferece alguma proteção aos subordinados"[46].

---

* Juventude Hitlerista. [N. da T.]
45. K. D. Bracher, *La dittatura tedesca*, cit., p. 187.
46. J. Nyomarkay, *Charisma and Factionalism in the Nazi Party*, cit., p. 27. No partido nazista: "(...) os membros do partido escolhidos por Hitler tornavam-se parte do 'círculo interno'. Posto que o favor de Hitler era o único fator determinante para o ingresso nesse 'círculo', o modo para adquirir o direito ao ingresso era adequar-se rigorosamente às suas posições e lisonjeá-lo. Uma vez incluído nesse círculo, cada subordinado deveria proteger-se cautelosamente do risco de perder o favor e a confiança de Hitler", J. V. Dowton Jr., *Rebel Leadership. Commitment and Charisma in the Revolutionary Process*, cit., p. 49.

Sobreposições contínuas de esferas de competência, relações exclusivamente em bases pessoais, ausência de hierarquias claras e definidas eram e permaneceram as características da organização antes e depois da tomada do poder. "No lugar dos procedimentos formais para regular a produção de decisões, Hitler introduziu o princípio da 'absoluta autoridade e liberdade de quem está em cima e do dever e da obediência completa de quem está embaixo', (...) que significava, sobretudo, que o líder tinha autoridade incondicional sobre todo o movimento. Não estava sujeito a controle algum na forma de aprovação das decisões por maioria, regras procedimentais ou linhas de autoridade. Ele podia exercer sua autoridade como preferisse ou delegar parte dela à sua maneira. Sua autoridade era arbitrária, derivava não de uma instituição, mas da sua pessoa, de acordo com a natureza indivisível da autoridade carismática: na teoria ou na prática, somente uma autoridade era decisiva no movimento, e ela era representada pela vontade do líder"[47].

A delegação do poder provinha diretamente de Hitler, alheia a qualquer procedimento codificado, e era atribuída com base na fidelidade pessoal. Isso determinava uma insegurança constante dentro da organização em todos os níveis: como não existiam regras codificadas, a sorte e as possibilidades de carreira de cada um dependiam da benevolência de Hitler: em todos os níveis da organização, a disputa entre personalidades e grupos estava totalmente voltada para obter o apoio de Hitler contra os adversários. Isso ocorria em nível da liderança nacional, mas também em nível local: os líderes locais se autoproclamavam representantes diretos de Hitler muito mais do que da organização. E, na maioria dos casos, isso correspondia à verdade: os líderes locais somente ocupavam esse posto porque Hitler pessoalmente os apoiava. A mesma delegação de autoridade do nível intermediário, distrital, para o local provinha de bases pessoais. Os líderes distritais: "(...) desenvolveram redes de defensores e de pro-

---

47. J. Nyomarkay, *Charisma and Factionalism in the Nazi Party*, cit., p. 28.

tegidos que buscavam constantemente colocar em posições de poder. Isso aumentava a intriga e a competição, uma vez que, na ausência de uma definição clara das competências, o seu poder era limitado somente pelo grau de confiança que Hitler neles depositava (...). A inteligência do sublíder e a sua capacidade de garantir para si a confiança de Hitler eram os únicos fatores que podiam assegurar-lhe o poder"[48]. O mecanismo de delegação em bases pessoais era tal que favorecia a competição e as divisões: estas, quanto mais profundas, mais exaltavam o papel de Hitler como o único garante da unidade da organização:

> O aspecto mais complexo dos princípios organizativos de Hitler era que, apesar de os sublíderes possuírem uma autoridade absoluta nos limites da delegação, não possuíam necessariamente uma jurisdição exclusiva nas suas áreas de atuação. Hitler criava sobreposições jurisdicionais sem nenhuma coordenação institucional e, ao mesmo tempo, enfatizava a absoluta "autonomia"; o resultado era a confusão e a duplicação dos esforços.[49]

Desse modo, a organização hitlerista era a antítese da organização burocrática, como resulta desse, embora rápido, esboço.

E, todavia, exatamente como nas organizações burocráticas, a sua dinâmica interna era tal a favorecer um recrutamento das elites de tipo centrípeto: a cooptação com base numa relação pessoal com Hitler desempenhava o mesmo papel da ascensão de carreira numa burocracia. Obrigava a desenvolver posturas extremamente conformistas e deferentes com relação à liderança.

---

48. *Ibidem*, p. 31.
49. *Ibidem*, p. 31. Sobre a elite nazista, ver D. Lerner *et al.*, "The Nazi Elite", in H. D. Lasswell, D. Lerner (orgs.), *World Revolutionary Elites. Studies in Coercive Ideological Movements*, Cambridge, The MIT Press, 1967², pp. 194-318. Cf. também, sobre a composição social, H. Gerth, "The Nazi Party: Its Leadership and Composition", *American Journal of Sociology*, XLV (1940), pp. 517 ss.

Como na UNR, os vários grupos combatiam entre si, evitando, porém, opor-se ao líder, procurando ganhar o seu apoio para a "linha política" (a particular interpretação do nacional-socialismo), da qual eram os representantes. Em certos casos e em certas circunstâncias, os líderes de uma ou de outra tendência se viam (como Soustelle na UNR) na necessidade de se opor frontalmente a Hitler. Quando isso acontecia (Röhm, 1924; Strasser, 1926, 1930, 1932; Röhm, 1934), o resultado era previsto logo de início: ou a total capitulação do líder (por exemplo, Goebbels, que faz parte originariamente do grupo de Strasser e se deixa cooptar ao vértice por Hitler após uma conversa pessoal em Munique, em 1926), ou a sua liquidação política (bem como, em muitos casos, dada a natureza do movimento, a liquidação física). As divisões políticas atravessavam o grupo dirigente mas não cortavam transversalmente toda a organização: a massa de filiados e de defensores externos identificava-se somente em Hitler e estava disposta a seguir os vários dirigentes do nazismo somente se eles demonstrassem gozar da confiança de Hitler. Como na UNR, portanto, isso significava a impossibilidade de os líderes se oporem frontalmente a Hitler com alguma *chance* de vitória. Uma coalizão dominante, tornada coesa pelo fato de ser mantida firmemente nas mãos do líder fundador, um controle centralizado sobre a periferia do partido, a impossibilidade de a organização institucionalizar-se por meio de uma objetivação do carisma e, portanto, mediante um deslocamento de lealdades do líder supremo para o partido – um resultado explicitamente hostilizado e combatido por Hitler – fazem do NSDAP um caso simbólico de partido carismático. O fato de se tratar de um movimento subversivo de direita representa, simplesmente, uma especificidade que nada tolhe ao seu caráter de sistema organizativo, cujos delineamentos se encontram constantemente em todos os casos em que a origem carismática é um traço predominante do modelo originário do partido.

Conclusões

Os dois casos examinados mostram diversidades significativas em razão de profundas diferenças de metas ideológicas originárias e de diferenças igualmente profundas dos ambientes nos quais as duas organizações nasceram e se desenvolveram. O que as diferencia é exatamente aquilo que, por tantos aspectos, torna cada partido (de tipo carismático ou não) um *unicum* histórico, fruto de condições peculiares e totalmente irrepetíveis. O que os une, por sua vez, e que permite tratá-los legitimamente como subtipos de uma categoria mais geral de organizações é a sua origem inequivocamente carismática. Se não se parte disso, a "lógica" organizativa dos partidos desse gênero fica totalmente incompreensível. Não é por acaso, por exemplo, que o mais respeitável estudioso da organização gaullista, Jean Charlot, utilizando as tradicionais categorias duvergerianas, não consiga colocar a UNR nem entre os "partidos de dirigentes" nem entre os "partidos de massa", e seja obrigado a render-se à expressão pouco original de "partido de eleitores"[50] (além disso, nada adequada à tipologia duvergeriana, que – como a minha – é uma tipologia organizativa, isto é, uma tipologia que distingue os partidos pela maneira como são organizados no seu interior): as categorias duvergerianas não servem, de fato, para examinar de modo persuasivo e satisfatório as organizações carismáticas.

Os partidos carismáticos podem ser muito diferentes uns dos outros. Podem ser "partidos de milícia", as organizações paramilitares descritas por Duverger (mas nem todos os "partidos de milícia" são partidos carismáticos), ou podem ser organizações "eleitorais"; podem praticar uma estratégia agressiva de expansão organizativa (como os nazistas) ou escolher manter no grau mínimo indispensável a dimensão da organização (como os gaullistas). Todavia, quer se trate dos nazistas ou dos gaullistas, mas também dos bol-

---

50. J. Charlot, *Les Partis Politiques*, Paris, Colin, 1971, pp. 55 ss.

cheviques⁵¹ ou dos fascistas italianos (na fase que Renzo De Felice definiu como "fascismo-movimento")⁵², dos poujadistas⁵³ ou de tantos outros partidos, de qualquer tendência e matiz político-ideológica, e qualquer que seja a sua base social, esses partidos também apresentarão, com alguma probabilidade, alguns traços comuns. E esses traços comuns, com a finalidade de uma análise organizativa, são tão importantes quanto as diferenças⁵⁴.

Um estudo comparativo, que, à luz da teoria weberiana, cotejasse uma pluralidade de casos históricos de partidos políticos carismáticos, poderia fornecer muitas respostas a perguntas hoje insolúveis⁵⁵. Certamente, o problema principal é o das condições que permitem o evento – raríssimo – da institucionalização do partido carismático, a objetivação do carisma. Que condições devem estar presentes? Ou melhor, sob que condições o líder pode aceitar aquela *diminutio capitis* parcial, aquela redução do seu poder pessoal, que está indissoluvelmente ligada à institucionalização organizativa?

---

51. Cf. A. Ulam, *Lenin and the Bolsheviks*, Glasgow, Collins, Fontana, 1969, e E. H. Carr, *The Bolshevik Revolution, 1917-1923*, 3 vols., Londres, MacMillan, 1950-1953.

52. R. De Felice, *Mussolini il rivoluzionario, 1883-1920*, e *Mussolini il fascista. La conquista del potere, 1921-1925*, Turim, Einaudi, 1965 e 1966. Para uma interpretação diferente, ver N. Tranfaglia, *Dallo stato liberale al regime fascista*, Milão, Feltrinelli, 1973. Sobre a organização do partido fascista, ver A. Lyttelton, *La conquista del potere. Il fascismo dal 1919 al 1920*, Bari, Laterza, 1974, pp. 67-122.

53. Cf. S. Hoffmann, *Le Mouvement Poujade*, Paris, Colin, 1956.

54. A diferença mais importante se dá, obviamente, entre partidos carismáticos de orientação totalitária ou autoritária e partidos carismáticos de orientação *democrática*. Estes últimos não podem incorporar ao seu próprio interior princípios organizativos formais que vinculem a obediência ao dirigente. Portanto, muito provavelmente haverá nesses partidos uma tensão impossível de eliminar entre o pólo organizativo carismático e o pólo organizativo democrático-legal (eleição dos dirigentes, ratificação "de baixo" das decisões etc.), e isso deveria comportar uma conflituosidade interna muito maior.

55. Um interessante *case study* sobre as dificuldades de institucionalização de um partido carismático, o Partido Democrático Popular de Porto Rico, é examinado em K. R. Farr, *Personalism and Politics*, Porto Rico, Inter American University Press, 1973.

O segundo problema, particularmente interessante, é em que tipo de partido se transforma o partido carismático que se institucionaliza.

Será uma instituição forte ou uma instituição fraca? Uma organização burocrático-profissional ou uma organização de autoridades? Um partido com uma coalizão dominante, dividida em facções que disputam entre si a "herança espiritual" do fundador, ou um partido com uma coalizão dominante coesa, unida sob as bandeiras de um novo líder? A resposta, naturalmente, não é fácil. O caso da UNR (isolado, porém insuficiente) leva a pensar que um resultado provável seja um processo, ao mesmo tempo, de tradicionalização e de legalização. Ou seja, a presença de autoridades que extraem a própria investidura de uma herança espiritual, unida a fortes traços burocrático-profissionais. O *Rassemblement Pour la République*[56], de Jacques Chirac, parece ser hoje, precisamente, uma organização do gênero. Além disso, o mesmo caso parece indicar que, se a institucionalização se verifica, a centralização maciça do poder que o carisma inicialmente provocou facilita a formação de uma instituição relativamente forte, embora o partido carismático nasça, geralmente, mais por difusão e, de qualquer modo, por federação entre uma pluralidade de grupos do que por penetração territorial. O impulso centralizador inicial dado pelo carisma parece ser de tal intensidade que vigia, no longo período, toda pressão em direção contrária. Portanto, quer a liderança carismática seja seguida por uma nova liderança pessoal ou por uma direção colegiada, a organização que gera a objetivação do carisma deveria ser uma organização que tenha interiorizado plenamente e que mantenha no tempo o fortíssimo e unificador controle central. Isso deveria favorecer uma certa burocratização do partido. Nos raros casos em que um partido carismático se institucionaliza, o nível de institucionalização alcançado deveria, portanto, ser superior ao que

---

56. Cf. P. Lecomte, *Rassemblement Pour la République et Parti Républicain. Elements d'Analyse Comparative*, cit.

outras características do seu modelo originário e/ou ambiental (difusão territorial, "partido governista" etc.) deixariam prever.

Ordenando ao longo de uma escala decrescente de probabilidades os diversos resultados possíveis, conforme essa hipótese, a dissolução por ausência de institucionalização deveria ser o evento mais provável, seguido pela formação de uma instituição relativamente forte e, por último, de uma instituição fraca.

Porém, nem mesmo a última eventualidade pode ser totalmente descartada. Uma objetivação do carisma que se verifique, por exemplo, na presença de uma disponibilidade ampla de recursos públicos, poderia equilibrar a forte centralização impressa inicialmente pelo carisma e, no limite, anular completamente seus efeitos, facilitando uma acentuada fragmentação do grupo dirigente e a organização de facções ao longo de todo o corpo do partido.

IX. *A ordem organizativa: uma tipologia*

Premissa

Chegou o momento de tirar as conclusões e fazer um balanço dos resultados obtidos. É necessário, em primeiro lugar, observar que os dois modelos, da instituição forte e da instituição fraca, de que me servi para (re)ler a história organizativa de um certo número de partidos políticos buscando tornar inteligíveis uniformidades e diferenças, são o resultado de uma tentativa de sistematizar idéias amplamente difundidas, embora apenas em forma de esboço na literatura sobre os partidos. O uso de uma classificação com duplo critério para descrever semelhanças e diferenças entre os partidos não é, por certo, uma novidade. Ao contrário, trata-se de uma metodologia com muitos precedentes. Por exemplo, as diferenças organizativas entre DC e PCI, registradas por uma pesquisa dos anos 60[1], eram tais e de tal importância que levam os pesquisadores a considerar correto colocar os dois partidos em "caixinhas" claramente distintas (não obstante se tratasse, em ambos os casos, com base nas classificações duvergerianas, de "partidos de massa", de "criações externas", com "estrutura direta"). Essa pesquisa era, aliás, um dos principais referentes empíricos que eu tinha em mente enquanto confrontava ponto por ponto (no cap. IV) as características específicas, respectivamente, da instituição forte e

---

1. G. Poggi (org.), *L'organizzazione partitica del PCI e della DC*, cit.

da instituição fraca. À mesma tradição pode ser reconduzido o uso consagrado na literatura sobre os partidos de contrapor à "oligarquia" de Michels o modelo alternativo da "estratarquia", elaborado, por sua vez, por Samuel Eldersveld[2]. E oligarquia e estratarquia, ainda que somente em parte e somente em certos aspectos, podem ser consideradas como correspondentes à estrutura do poder, respectivamente, da instituição forte e da instituição fraca (pela simples razão de que a oligarquia e a estratarquia se diferenciam, como as instituições fortes e as instituições fracas, ao longo do eixo centralização/descentralização). Tampouco devem ser esquecidas outras tentativas análogas: por exemplo, a distinção entre partidos com "articulação forte", e partidos com "articulação fraca" de Duverger[3], ou os "tipos polares", respectivamente, com "papéis hierárquicos" e com "papéis difusos", de William Crotty[4], ou ainda o modelo "racional democrático" e o modelo "eficiente", de William Wright[5]. Aliás, todas essas classificações têm um correspondente numa tradição enraizada da teoria da organização. Aqui também as tipologias com duplo critério de classificação são numerosas: para dar apenas alguns exemplos, da tipologia das associações voluntárias ("corporate-type"/"federative-type"), de David Sills[6], à tipologia de Van Doorn ("seita"/"coalizão")[7] e à de Alain Cotta (organizações totalmente centralizadas/organizações totalmente descentralizadas)[8]. À parte uma espe-

---

2. S. Eldersveld, *Political Parties. A Behavioral Analysis*, cit.
3. M. Duverger, *I partiti politici*, cit.
4. W. Crotty, *A Perspective for the Comparative Analysis of Political Parties*, cit., pp. 283 ss.
5. W. E. Wright, "Comparative Party Models: Rational-Efficient and Party Democracy", in Id. (org.), *A Comparative Study of Party Organizations*, Columbus, Merrill, 1971, pp. 17-54.
6. D. Sills, "Voluntary Associations", in *International Encyclopedia of the Social Sciences*, Nova York, The MacMillan Co., e The Free Press, 1968, vol. XVI, pp. 366 ss.
7. J. Van Doorn, *Conflict in Formal Organizations*, cit.
8. A. Cotta, "An Analysis of Power Process in Organizations", in G. Hofstede, M. Sami Kassen (orgs.), *European Contributions to Organization Theory*, cit., pp. 174-92. Cf. também os modelos de derivação durkheimiana, da "solidarie-

cificação extremamente detalhada das características da instituição forte e da instituição fraca, obtida por meio da combinação de categorias da sociologia organizativa e da pesquisa politológica sobre os partidos, não está aqui a originalidade da análise desenvolvida. Admitindo-se que há originalidade, esta está muito mais relacionada à tentativa de sair do *impasse* das distinções de caráter estático (Eldersveld, Crotty, Wright) e de individuar quais os fatores ou qual a combinação de fatores responsáveis pelo fato de a evolução organizativa de um partido seguir por um ou por outro caminho, ou se aproximar mais de um ou de outro modelo. A análise aqui desenvolvida apoiava-se em duas hipóteses:

1) Antes de mais nada, a idéia de que o modo pelo qual a organização nasce e se consolida tem uma incidência muito forte sobre o seu "estado" organizativo posterior e que, portanto, a análise dos partidos (e, provavelmente, de qualquer organização) deve necessariamente retroceder à fase formadora do partido, deve reintroduzir na posição central, e não marginal, a dimensão histórica[9].

2) Em segundo lugar, a idéia de que o exame da interação entre modelo originário, posição do partido na fase da institucionalização e características ambientais permite formular explicações mais satisfatórias em relação àquelas tradicionalmente difundidas na literatura sobre os partidos políticos. Por exemplo, uma análise desse gênero permite ir

---

dade orgânica", e da "solidariedade mecânica" elaborados por T. Burns, G. M. Stalker, *The Management of Innovation*, Londres, Tavistock Publications, 1961, especialmente o cap. VI.

9. Porém, a "dimensão histórica", possível e útil de ser considerada num trabalho voltado para a construção de modelos e de implantação generalizante, não coincide necessariamente com a "dimensão histórica" considerada pelos historiadores. Por exemplo, o historiador que pesquisa a origem dos partidos pode levantar objeções à minha definição das características do modelo originário, alegando que, na verdade, para individuar os componentes genéticos de cada partido é necessário retroceder muito no tempo até a fase anterior ao seu nascimento. Trata-se de uma objeção legítima em muitos aspectos. Mas, se for seguido esse caminho, a possibilidade de elaborar hipóteses gerais sobre o desenvolvimento organizativo dos partidos se tornaria muito mais difícil, se não impossível.

além das classificações tradicionais de Duverger (partidos de criação externa e de criação interna, partidos diretos e indiretos etc.), recipientes muito amplos, nos quais estão reunidos casos muito diferentes entre si. Permite, ainda, descartar muitas das distorções com as quais estamos habituados pelo senso comum nas suas duas principais variantes do preconceito sociológico (os partidos são organizados conforme a composição e os interesses da sua base social) e do preconceito teleológico (os partidos são organizados conforme a sua *Weltanschauung*, os seus objetivos políticos etc.). Contrariamente a essas interpretações, agora temos condição de compreender por que, por exemplo, os partidos carismáticos tendem a possuir muitas características comuns, quaisquer que sejam as suas "metas ideológicas" (subversivas de direita, subversivas de esquerda, democráticas de direita, democráticas de esquerda etc.) ou qualquer que seja a sua base social (uma pequena burguesia decadente, uma área de marginalizados, um movimento pluriclassista etc.). Ou por que partidos com metas ideológicas e bases sociais semelhantes (por exemplo, os partidos socialistas) podem apresentar entre si grandes diferenças. Ou ainda por que partidos com metas ideológicas e/ou bases sociais diferentes ou contrapostas podem apresentar semelhanças conspícuas. Desse modo, naturalmente, não é negada a importância nem da ideologia, nem do tipo de base social. Só é delimitado e circunscrito o seu papel.

Tomemos o caso da ideologia. As metas ideológicas originárias contribuem para forjar a organização na fase inicial. São as metas ideológicas selecionadas pelos líderes na fase genética do partido que definem o "território de caça", e circunscrevem a base social da organização. São as metas ideológicas originárias o instrumento determinante da formação da identidade coletiva da organização. São, ainda, as metas ideológicas originárias que influenciam muitas das decisões organizativas iniciais (por exemplo, que estabelecem se o partido será organizado em células ou em seções etc.). Porém, na igualdade de metas ideológicas, os fatores diversamente rotulados como características do modelo originário e características ambientais é que irão exercer maior influência nos êxitos organizativos. E, efetivamente, para dar apenas um exemplo, o fato de os líderes da SFIO e do PSI terem assumido o SPD como modelo para os respectivos partidos não serviu absolutamente para tornar a SFIO e o PSI semelhantes ao partido socialdemocrata alemão.

Além disso, na fase formadora, as metas ideológicas desempenham um papel importante mesmo depois da consolidação da organização. Com efeito, elas fornecem os recursos simbólicos de identidade ao sistema dos incentivos e continuam a modelar a imagem externa da organização, influenciando, assim, a disputa e a cooperação do partido com outras organizações. Por isso, é bastante plausível considerar que em nenhum caso se verifica o processo de substituição dos fins hipoteticamente criados por Michels e que os fins – as metas ideológicas originárias – são, por sua vez, "articulados" às exigências da organização. Portanto, não se tratou de uma tentativa de negar o papel da ideologia, mas sim de avaliar a sua efetiva incidência por meio da consideração também de outros fatores. Assim como a moderna sociologia da empresa tende a redimensionar – mas não a anular – o peso da "tecnologia" na definição da ordem organizativa das empresas produtivas[10], o estudo dos partidos deve redimensionar a importância do fator ideológico como "determinante" do desenvolvimento organizativo dos partidos.

Assim como o problema e a preocupação não eram negar um papel à ideologia, mas sim atribuir-lhe exatamente o seu lugar, na análise aqui desenvolvida o peso da base social dos diferentes partidos tampouco é esquecido. Antes de mais nada, as características da base social desempenham um papel na fase genética da organização. Uma das distinções centrais entre os modelos originários dos diferentes partidos refere-se ao modo pelo qual o partido se desenvolve na fase inicial, por difusão ou por penetração territorial.

---

10. Cf. G. Gasparini, *Tecnologia, ambiente e struttura*, Milão, Franco Angeli, 1978².

Uma vez que o que me interessava ressaltar era o vínculo existente entre penetração/difusão e nível de institucionalização, não estendi a análise além (ou, nesse caso, seria lícito dizer aquém). Mas é certo que não é por acaso que um partido se desenvolve conforme uma ou outra modalidade. Por exemplo, depende de certas características ambientais: num país pequeno, com bons canais de comunicação que ligam todo o território nacional, um desenvolvimento organizativo por penetração é certamente muito mais fácil do que num país grande, com imensas dificuldades de comunicação entre uma região e outra[11]. Um desenvolvimento por difusão é quase obrigatório, por exemplo, no caso da CDU, que nasce numa Alemanha ocupada por quatro potências, com enormes dificuldades de comunicação entre uma zona de ocupação e outra. Nesse âmbito, certas características da base social do partido em formação também podem desempenhar um papel importante. Por exemplo, é claro que organizar um proletariado industrial que se concentra em torno de grandes conglomerados urbanos é mais fácil e tem maiores probabilidades de levar à formação de uma organização coesa e sólida do que a organização de camponeses dispersos num território amplo[12]. Além disso, é igualmente claro que uma base social homogênea sob o aspecto ocupacional e de estilos de vida, bem como territorialmente concentrada, favorece muito mais um desenvolvimento organizativo por penetração do que uma base social heterogênea e territorialmente dispersa. O fato de que a classe operária alemã era mais extensa, homogênea e, ao mesmo tempo, concen-

---

11. Cf., para observações sobre esses aspectos, K. A. Eliassen e L. Svaasand, *The Formation of Mass Political Organization: An Analytical Framework*, cit., pp. 99 ss. De modo mais geral, sobre o papel da dimensão territorial, cf. R. A. Dahl e E. R. Tufte, *Size and Democracy*, Stanford, Stanford University Press, 1973.

12. De Marx a Durkheim, a sociologia clássica muitas vezes destacou o papel da densidade demográfica no favorecimento da coesão social dos grupos e, por extensão, das organizações desenvolvidas a partir desses grupos e sobre eles.

trada do que as classes operárias francesa e italiana e que, portanto, os movimentos socialistas franceses e italianos, diferentemente dos alemães, eram obrigados a procurar a própria área social de expansão também nos campos e na pequena burguesia intelectual das cidades, explica muito da razão pela qual, na Alemanha, o SPD tenha nascido por fusão entre duas organizações compactas, enquanto a SFIO e o PSI se formam por federação entre uma pluralidade de grupos dispersos e heterogêneos[13].

Além de ser importante na fase formadora, o papel dos "interesses sociais representados" é importante também nas fases seguintes. Se, de fato, a instituição forte corresponde a uma organização que *domina* a própria base social e que pela sua forte autonomia em relação ao ambiente externo desenvolve um sistema de desigualdades *autônomo* no próprio interior, a instituição fraca é, por sua vez, uma organização a tal ponto dependente do próprio ambiente que é obrigada, em grande parte, a "adaptar-se" à própria base social, e isso em dois sentidos: naquele que tende a refletir, a espelhar mecanicamente as demandas da própria base, a traduzi-las diretamente na arena política, e naquele que acaba por transferir ao próprio interior o sistema das desigualdades que modela a sua base social, que, por assim dizer, já "encontra" pré-confeccionado no ambiente. Acrescente-se, ainda, que o que diferencia essa elaboração do preconceito sociológico é o reconhecimento de que o *grau de adaptação* de um partido à sua base social *não* depende tanto do tipo de base social (classes subordinadas *versus* classes proprietárias etc.), mas muito mais do tipo de partido. Por isso, uma estrutura de autoridades pode muito bem caracterizar par-

---

13. "As estatísticas demonstram que o proletariado alemão representa 53% da população na Alemanha em 1907 e 50,2% em 1925. Na Itália, os operários, em 1921, não chegavam a 20% da população e, juntamente com os lavradores, os que trabalhavam com transportes e com o comércio, não superavam 45%", L. Valiani, *Il movimento operaio e socialista in Italia e in Germania dal 1870 al 1920*, cit., p. 26.

tidos que organizam classes subordinadas (PSI, SFIO), se esses partidos são instituições fracas. Assim como uma estrutura burocrática pode muito bem caracterizar partidos que organizam classes proprietárias, se esses partidos são instituições fortes (conservadores britânicos). De modo mais geral, as diversidades de metas ideológicas e as diferenças próprias da "base social" selecionada pela organização elaboram, ao mesmo tempo, os traços peculiares e irredutíveis do modelo originário de cada partido e aqueles aspectos das suas características genéticas que o tornam um produto único e irrepetível. Porém, existem outros aspectos dos modelos originários dos partidos que são, esses sim, repetitivos e recorrentes e que produzem efeitos organizativos e políticos também repetitivos e recorrentes. A maior atenção para com esses aspectos e esses efeitos é justamente o que diferencia o trabalho do cientista político ou do sociólogo político do trabalho do historiador[14].

---

14. Como nenhum trabalho científico pode ser considerado como tal se, no seu balanço, ao lado da exposição dos "ganhos" falta a relação dos custos, indicarei dois limites que são próprios do quadro analítico aqui considerado, bem como da análise que busquei por meio de uma leitura comparada das vicissitudes de um certo número de partidos: 1) Um primeiro limite é próprio da teoria da institucionalização, adaptada aqui ao caso dos partidos. Ao se verificar que o nível de institucionalização varia de organização para organização, geralmente não é comum encontrar, nessa literatura, instrumentos persuasivos que nos tornem capazes de avaliar, em cada caso, *o quanto* uma certa organização é mais ou menos institucionalizada do que outra. Isso nos obriga a trabalhar comparando os diversos casos históricos com dois únicos modelos (no meu caso: instituição forte/instituição fraca), mas nem sempre é fácil dispor os vários casos ao longo de um *continuum*, entre o nível de máxima e de mínima institucionalização. À parte certos casos muito claros de institucionalização forte ou de institucionalização fraca, há também casos dúbios, de difícil classificação, para os quais não há outro remédio a não ser confiar nas impressões e nas avaliações nem sempre totalmente baseadas em dados disponíveis. 2) Um segundo limite é dado pela escassa difusão de estudos de história política local, que incide negativamente durante o controle histórico das hipóteses. De fato, é evidente que uma avaliação correta das características de uma organização nacional, como é o caso de um partido, requereria a disponibilidade de uma ampla coleta de dados sobre as diferenças de desenvolvi-

A evolução organizativa dos partidos políticos

O exame de um certo número de casos que representam uma ampla gama de situações organizativas não é, obviamente, exaustivo. Em primeiro lugar, porque cada caso demandaria uma análise mais aprofundada do que aquela que conseguimos efetuar aqui e, provavelmente, porque a seleção dos casos foi feita com base em critérios de oportunidade (disponibilidade de dados, existência de boas monografias históricas sobre os diferentes casos etc.). A sua representatividade é, portanto, apenas suposta, não provada. Sendo assim, nada impede a existência de outros casos cuja evolução organizativa contrarie as teses sustentadas[15]. O que significa que as generalizações aqui formuladas devem ser entendidas como circunscritas aos casos em questão ou, no máximo, extensíveis apenas a casos que apresentem características originárias e de contexto político muito semelhantes[16]. No entanto, tudo de que dispomos a esse respeito é uma bateria bastante repleta de casos cuja evolução histórica seguimos, ao menos em linhas gerais. Podemos, então, passar para uma análise comparativa dos diferentes casos

---

mento e de funcionamento dessa organização nas diversas zonas do território nacional. A heterogeneidade organizativa que, embora em grau diferente, caracteriza a periferia de qualquer partido também depende, obviamente, das diferenças de desenvolvimento histórico entre os diversos setores geográficos de cada país (atribuiu-se às diferenças de desenvolvimento histórico, por exemplo, o fato de que o PC italiano corresponde em grande parte ao modelo da instituição forte em nível nacional e, localmente, nas zonas da antiga ocupação no centro da Itália, mas que não é absolutamente igual em muitas áreas da região sul).

15. Poderia ser, pelo menos em certos aspectos, o caso de partidos cuja análise não foi possível examinar neste estudo, em particular os partidos regionais que representam minorias étnicas ou lingüísticas e, sobretudo, os partidos agrários escandinavos, fenômenos políticos peculiares do desenvolvimento histórico das pequenas democracias escandinavas.

16. Sobre os riscos da extensão incauta dos resultados de pesquisa para além do contexto do levantamento, cf. A. Marradi, *Concetti e metodi in scienza politica*, Florença, Giuntina, 1980, especialmente pp. 98 ss.

com o tipo ideal de evolução organizativa descrito no capítulo I. Dessa comparação poderá emergir, ainda mais claramente do que na reconstrução histórica dos diferentes casos, a grande variedade e a complexidade de formas organizativas que os partidos, contrariamente às tantas simplificações encontradas na literatura corrente, podem assumir. Pela comparação com esse tipo ideal, será possível não apenas colocar em foco os desvios e as diferenças próprios dos casos concretos, mas será igualmente possível ver como tais desvios podem assumir muitas – e diferentes – modalidades.

Vamos recapitular as características importantes desse tipo ideal. Como podemos recordar, o modelo postulava – com a passagem da institucionalização da fase genética para a maturidade organizativa – as seguintes transformações:

a) Do sistema de solidariedades ao sistema de interesses, ou seja, de uma organização forjada para tentar alcançar os fins compartilhados por todos os participantes (conforme a perspectiva do modelo racional) a uma organização tendente a garantir a sua sobrevivência e a mediar objetivos e demandas heterogêneas (conforme a perspectiva do modelo do sistema natural).

b) Por conseguinte, a passagem de uma fase em que a organização é dominada por uma ideologia manifesta a uma fase em que a ideologia organizativa se torna latente. A essa transformação corresponde uma modificação paralela do sistema dos incentivos: de (predominantemente) coletivos de identidade a (predominantemente) seletivos – materiais sob a forma de retribuições regulares de um corpo burocrático. Tais transformações, por sua vez, acompanham e facilitam a passagem de uma fase dominada por uma participação de tipo "movimento social" a uma fase dominada pela participação profissional.

c) De uma estratégia expansiva de predomínio sobre o ambiente a uma estratégia prudente e circunspecta de adaptação ao ambiente.

d) De uma fase de máxima liberdade de ação dos líderes (na definição dos objetivos, na seleção da base social, na formação da organização em geral) a uma fase de máxima compressão da liberdade de escolha e de manobra dos líderes.

Certamente, ao menos um dentre os casos examinados parece se adaptar de modo considerável a esse tipo ideal: o SPD. Isso não ocorre por acaso, uma vez que uma das teorias usadas para especificar esse tipo ideal era a teoria de Michels, que descreve precisamente a evolução organizativa da socialdemocracia alemã. Outro caso que se aproxima muito desse tipo ideal é o do Partido Conservador Britânico. Mas aqui já encontramos um primeiro desvio do modelo: no Partido Conservador, não se registra simplesmente a passagem de uma organização em formação, em que predomina a participação-movimento social, relacionada aos incentivos coletivos de identidade, para uma organização em que se torna predominante a participação burocrático-profissional, relacionada a incentivos seletivos materiais. De fato, pelas próprias características originárias do partido, esse processo é acompanhado, desde o início, por um forte componente de "participação civil", relativo a autoridades (não previsto pelo modelo). A organização se burocratiza efetivamente, a participação profissional torna-se um elemento central (com a expansão dos poderes do *Central Office*), mas não predominante. Mesmo que a burocratização determine, com o tempo, um declínio do componente de autoridades políticas (a partir de uma certa época, as associações locais não são mais feudos pessoais das autoridades), o recrutamento da elite parlamentar, assim como dos representantes locais, continua a buscar, fora do profissionalismo político partidário, homens de prestígio nas profissões "civis".

Os casos do PCI e do PCF também se aproximam por muitos aspectos ao tipo ideal, mas dele se distanciam em razão do modelo originário particular desses partidos: a existência de uma organização patrocinadora externa que, sendo *também* externa à sociedade nacional, impele esses partidos a uma forte institucionalização. As lealdades que se formam tornam-se lealdades indiretas, lealdades destinadas, antes de tudo, à instituição externa (o PCUS, Lênin e, depois, Stálin), e isso faz dos PC partidos de legitimação externa. Porém, o fato de que a relação entre a base do partido e a instituição externa deve necessariamente passar pela mediação do partido e da sua liderança explica o êxito da forte institucionalização (e a conseqüente elevada autonomia em relação à sociedade nacional) que esses partidos experimentam. É a natureza particular da relação partido-instituição externa que contribui para explicar por que a passagem normal de uma ideologia manifesta para uma ideologia latente não se verifica nesses casos e por que esses partidos continuam a manter no tempo, mesmo se burocratizando e se desenvolvendo, muitos caracteres do sistema de interesses, e *também* muitos atributos do sistema de solidariedades: a ideologia mantém o caráter de ideologia manifesta porque é por meio da manipulação ideológica e da contínua ênfase sobre as finalidades do movimento comunista internacional que se realiza e se perpetua o controle da instituição externa sobre o partido. A manutenção de um nível de participação relativamente alto de tipo movimento social mesmo depois da efetivação da institucionalização e o fato de que a própria burocracia de partido não seja recompensada somente por meio de incentivos seletivos materiais e de *status*, mas que continue até recentemente a usufruir de um incentivo específico de identidade (a mística dos revolucionários profissionais), são todos fenômenos que atestam a manutenção de muitos aspectos do sistema de solidariedades inicial. Além disso, como no caso do PCI hoje, quando o processo de transferência da autoridade para a instituição externa ao partido (e, portanto, das lealdades da instituição externa para a organização) é mais avançado (mesmo que não totalmente realizado em razão da presença de posturas simpatizantes da União Soviética em setores ainda relevantes da sua base militante)[17], isso implica outro fenômeno não previsto pelo

---

17. M. Barbagli, P. G. Corbetta, "Una tattica e due strategie. Inchiesta sulla base del PCI", *Il Mulino*, XXVII (1978), pp. 922-67.

tipo ideal. O partido experimenta um processo, ao menos parcial, de desinstitucionalização, do qual a faccionalização incipiente do seu grupo dirigente e a erosão dos níveis de participação são os aspectos mais importantes. Mas tudo isso acaba, por sua vez, por repercutir sobre a organização, tornando efetivamente – como o modelo prevê – mais latente a sua ideologia organizativa e reduzindo, portanto, o papel dos incentivos coletivos de identidade, mas aumentando também o espaço para a distribuição de incentivos de patrocínio: uma evolução a que o partido está predisposto pelo fato de que, reduzindo-se o seu nível de institucionalização, abrem-se novos espaços de manobra totalmente inéditos para os seus parlamentares, bem como, em geral, para os representantes eleitos em todos os níveis (prefeitos das grandes cidades etc.). Outros e conspícuos desvios do tipo ideal podem ser encontrados nos casos, em muitos aspectos semelhantes, da SFIO e do PSI, em que a presença de uma sólida estrutura de autoridades políticas e a ausência de burocratização resultam numa situação na qual os incentivos de tipo clientelista e, em geral, as atividades de patrocínio, adquirem desde o início um papel que não é absolutamente irrelevante. Além disso, trata-se de organizações que nem mesmo na fase genética mostram uma tendência à expansão (diferentemente de todos os casos citados até agora).

A estagnação organizativa e, portanto, segundo o meu entendimento, uma estratégia de adaptação ao ambiente precede a institucionalização, e não se segue a ela (contrariamente ao postulado pelo tipo ideal). Além disso, em se tratando de instituições fracas, a liderança (Mussolini e os maximalistas após 1912, e Morandi após 1949 no PSI, Paul Faure após 1920 na SFIO) terá sempre uma liberdade de manobra na manipulação da organização incomparavelmente superior àquela que o modelo atribui aos sucessores do(s) fundador(es) do partido. Isso ocorre, naturalmente, porque as instituições fracas são menos "pesadas" do que as instituições fortes, e as regras do jogo organizativo podem ser modificadas com maior facilidade.

Compartilhando esses elementos de desvio do tipo ideal com a SFIO, o PSI compartilha, porém, outro gênero de desvio com os partidos de legitimação externa, como o *Labour Party* ou a DC: a indeterminação dos limites e o fato de que se trata de partidos permeados por organizações externas e muito dependentes delas. No caso dos partidos de legitimação externa, como o *Labour Party* ou a DC, a institucionalização não implica tanto ou somente a passagem de um sistema de solidariedades a um sistema de interesses, mas – como no caso dos partidos comunistas, e embora de modo diferente em razão da diversidade da relação com a organização patrocinadora – também uma "emancipação" da instituição externa. Tal emancipação pode, aliás, tomar rumos diversos ou jamais se realizar totalmente. No caso do *Labour*, a emancipação é apenas parcial. A reforma de 1918 (que poderia ter representado o momento da emancipação) estabelece, por sua vez, limites intransponíveis: com a introdução da inscrição e da filiação direta, uma certa quota de lealdades se fixa na organização, mas é e continuará a representar um aspecto marginal. A organização permanece inexoravelmente dependente das *Unions*; nunca irá adquirir uma autonomia real. Em certo sentido, o *Labour Party* se assemelha ao caso de um partido carismático em que o processo de objetivação do carisma foi interrompido, deixando a organização no meio do caminho. A perda de filiados diretos e o processo de desburocratização (redução do número de funcionários) que o *Labour* experimentará durante os anos 60[18] e a conseqüente estagnação organizativa são sinais dessa incapacidade do partido de desenvolver instrumentos autônomos de automanutenção organizativa.

A DC, por sua vez, emancipa-se muito mais claramente da instituição externa (a Igreja) mediante a institucionalização experimentada durante o período fanfaniano, mas, sobretudo, graças a uma atividade de ocupação do Estado. A DC é também desde o início um híbrido organizativo: por

---

18. Cf. os dados em R. Rose, *The Problem of Party Government*, cit., pp. 165 ss.

um lado, organização heterogerida e colonizada pelas autoridades tradicionais, por outro lado, combina, desde as origens, os traços do sistema de solidariedades, que atinge as lealdades da instituição externa, e os traços do sistema de interesses.

Além disso, com a institucionalização, a DC não segue a evolução estabelecida pelo modelo. Se a participação do tipo movimento social do grupo pessoal católico se enfraquece, expande-se não apenas a participação profissional (que nesse caso assume as vestes de um profissionalismo político de tipo oculto)[19], mas também a participação civil, de autoridades. E, ainda, a DC é uma organização que desenvolve uma estratégia expansiva, de colonização do ambiente mesmo depois da institucionalização (e antes, em parte, justamente pelo efeito da institucionalização), como resultado de uma disputa interna com uma elite dirigente dividida.

Também a CDU se distancia do modelo: nasce com fortes componentes do tipo sistema de interesses; retarda muito a institucionalização; pratica uma estratégia de estagnação organizativa (como o PSI e a SFIO) e, portanto, de adaptação ao ambiente antes de se institucionalizar. Além disso, no caso da CDU, com o fortalecimento organizativo que segue a sua passagem para a oposição após 1969, a transformação do partido numa instituição forte coincide (contra os desenvolvimentos postulados pelo modelo) com a aquisição dos traços do sistema de solidariedades, que vem acompanhado de um aumento da participação do tipo movimento social, de uma redução da participação civil, de autoridades, *mas também* de um processo contextual de burocratização.

Muito particular é o caso da UNR. Antes de mais nada, porque, desde o início, o gaullismo (como todas as doutrinas "carismáticas") é uma ideologia vaga demais para ser definida como "manifesta" (embora, quando De Gaulle ainda era vivo, a ideologia tivesse menos importância como centro de identificação simbólica, sendo essa função desempenhada diretamente pelo líder do partido). Em segundo lugar,

---

19. Cf., sobre o profissionalismo oculto, o cap. XII.

porque, com a institucionalização, o partido se burocratiza (como prevê o modelo), mas experimenta também um processo de "tradicionalização", ou seja, de formação de um grupo político de autoridades cujo poder depende do apelo à tradição (nesse caso, à doutrina do fundador). Em terceiro lugar, porque a UNR demonstra tendências à expansão organizativa não antes, mas depois da efetivação da institucionalização (a partir do Congresso de Lille, em 1967), quando já se transformou num sistema de interesses.

Era previsível que uma gama ampla de desvios do tipo ideal se verificasse nos vários casos concretos. Com efeito, o tipo ideal de evolução organizativa que construí não levava em conta – nem podia – as diferenças de modelo originário, assim como as diferenças de influências ambientais, experimentadas pelos vários partidos. Colocando esses fatores em jogo, obtém-se, então, um quadro muito mais variado das múltiplas possibilidades de desenvolvimento dos partidos. O tipo ideal aqui usado nos permitiu ressaltar, por comparação, essas possibilidades[20].

A conformação da coalizão dominante: coesão e estabilidade

O nível de institucionalização incide, como já sabemos, sobre o grau de coesão da coalizão dominante. A uma forte institucionalização corresponde uma coalizão dominante coesa (grupos pouco organizados, tendências), e a uma institucionalização fraca corresponde uma coalizão dominante dividida (grupos muito organizados, facções nacionais ou subcoalizões). Todavia, o grau de coesão é apenas um dos fatores que contribuem para definir a conformação da coalizão do-

---

20. A vantagem de dispor de um leque amplo de casos é, evidentemente, que aumentam as probabilidades de que outros casos (não considerados) se aproximem de um ou de outro e que, além disso, casos ainda diversos sejam a soma das características já individuadas num certo número de organizações examinadas, permitindo, assim, uma decifração mais imediata da sua "lógica" organizativa.

minante de um partido. Os outros fatores são o *grau de estabilidade* da coalizão e o *mapa do poder organizativo*, dos quais vamos nos ocupar agora.

O grau de coesão/divisão se refere à concentração/dispersão do controle sobre as zonas de incerteza e, por conseguinte, à concentração/dispersão do controle sobre a distribuição dos incentivos; diz respeito, portanto, aos jogos de poder verticais (as trocas elite-seguidores). Por outro lado, a estabilidade/instabilidade se refere ao modo pelo qual se desenvolvem os jogos de poder *horizontais* (entre os diversos componentes da elite).

Mais precisamente, refere-se à capacidade de tais componentes praticarem acordos relativamente duradouros na repartição das esferas de influência no interior da organização. Naturalmente, entre o grau de coesão e o grau de estabilidade de uma coalizão dominante, existe uma relação no sentido de que a coalizão dominante coesa de um partido com institucionalização forte é *também* uma coalizão dominante estável. A estabilidade é assegurada, nesse caso, pelo fato de que, num partido com institucionalização forte, a coalizão dominante é um "centro" forte que, volta e meia, coopta ao próprio interior ou marginaliza (respectivamente, à própria esquerda ou à própria direita) as diferentes tendências.

O problema se coloca, portanto, apenas para os partidos com institucionalização fraca: aqui, as modalidades de organização da coalizão dominante podem variar e estar associadas a diferentes graus de estabilidade/instabilidade. Podem ocorrer dois casos: 1) coalizões dominantes que giram em torno de um centro "forte", não obstante a fragilidade institucional, ou até na ausência de uma institucionalização; 2) coalizões dominantes privadas de um centro forte.

O primeiro é, sobretudo, o caso dos partidos carismáticos. Neles, a estabilidade da coalizão dominante é assegurada pela existência de um centro (o líder carismático) tão forte a ponto de ser o cimento unificador dos diversos subgrupos, de obrigá-los a estipular acordos. Por vias diversas, um caso bastante semelhante é aquele dos partidos de legitimação externa, como o *Labour Party*, a DC de De Gasperi e também, embora apenas em certos aspectos, o PSI de Turati. Nesses casos, o centro torna-se forte não por monopolizar o controle sobre as zonas de incerteza, mas porque goza do apoio das instituições externas que as monopolizam. Também nesse caso, a uma institucionalização fraca pode estar associada uma (relativa) estabilidade.

Se, ao contrário, falta um centro forte que monopolize as zonas de incerteza ou que goze do apoio de organizações externas que as monopolizam, uma coalizão dominante dividida também será, na maioria dos casos, instável. Todavia, a ausência de um centro forte numa coalizão dominante dividida ainda pode ser compensada, ao menos em parte, por outros fatores em condição de atenuar a potencial instabilidade e em particular:

1) A presença de uma estrutura intermediária forte, associada a uma liderança nacional dotada de carisma situacional (Jaurès, Blum) ou a uma ordem organizativa institucional externa que favoreça a estabilidade e a preminência de um líder nacional, ou uma combinação de ambos os fatores (CDU de Adenauer)[21]. Nesses casos, a estabilidade da coalizão dominante é realizada por meio de um acordo e de uma repartição de esferas de influência entre o líder nacional e os líderes intermediários. As facções são predominantemente subcoalizões (grupos fortemente organizados, mas em base mais regional do que nacional), e o acordo líder nacional/líderes regionais é (relativamente) fácil.

2) A presença de uma ordem institucional que premia a estabilidade e a preminência do líder, mas apenas nos casos em que se tratar de um partido governista. Um executivo for-

---

21. Alguns poderiam objetar que líderes como Jaurès, Blum ou Adenauer eram "centros" fortes e que o "carisma situacional" é justamente o efeito e/ou a causa dessa situação. Mas isso não acontece: Jaurès, Blum ou Adenauer partilhavam o controle das zonas de incerteza com uma pluralidade de líderes menos visíveis. Eram, sem dúvida, os coletores de uma parte muito ampla das lealdades eleitorais, mas fugiam totalmente ao seu controle setores muito vastos da organização. Um verdadeiro "centro" só pode ser assim considerado se e somente se acumular o controle sobre todas, ou quase todas, as principais zonas de incerteza organizativa.

te tende a tornar relativamente estável a coalizão dominante do partido governista, qualquer que seja o grau de organização dos seus grupos internos. As facções que se aliaram contra outras facções, gerando a coalizão dominante no momento da escolha do *premier*, são geralmente induzidas a cooperar entre si até a próxima crise de sucessão[22].

Podemos distinguir esquematicamente três casos, como indicado pela figura 7.

Fig. 7

		Coesão	
		alta	baixa
Estabilidade	alta	+	+
	baixa	−	+

Temos, portanto, três possibilidades distintas:
1) Coalizão dominante coesa estável;
2) Coalizão dominante dividida estável;
3) Coalizão dominante dividida instável.

Trata-se, naturalmente, de três configurações puramente hipotéticas. Com efeito, uma coalizão dominante não é simplesmente coesa ou dividida, ou mesmo estável ou instável, mas "mais ou menos" coesa (ou, se se preferir, dividida) e "mais ou menos" estável (ou, se se preferir, instável). Portanto, durante a análise empírica, é necessário considerar o fato de que graus diversos de coesão podem estar associados a graus diversos de estabilidade e que, desse modo, as possibilidades reais são incontáveis (mas não infinitas).

De qualquer forma, a essas três possibilidades correspondem diferenças de funcionamento entre os diferentes

---

22. Esse foi o caso, durante a maior parte da sua história, da LDP, o Partido Liberal-Democrata Japonês.

partidos. Sobretudo, diferentes tipos de coalizão dominantes estão associados a diferenças consideráveis nas relações entre a organização e o ambiente e nos índices de participação/mobilização da *membership*. O primeiro tipo (coalizão coesa estável) tende, geralmente, a se associar a uma estratégia expansiva da organização, a um impulso ao fortalecimento organizativo, obtido por meio de uma colonização do ambiente que vai *pari passu* com uma forte e contínua mobilização dos filiados. Ao segundo tipo (coalizão dividida instável) está invariavelmente associada uma estratégia adaptável/instável em relação ao ambiente, o impulso para frear ou impedir a expansão acompanhada por baixos índices de participação interna. O terceiro tipo (coalizão dividida instável) é, por fim, próprio de uma organização na qual o impulso à expansão e ao fortalecimento é menos o fruto de uma estratégia central deliberada do que de cada uma das estratégias dos grupos internos em disputa recíproca. A esse tipo corresponde, ainda, uma participação de tipo rotativo, com alternância de mobilizações e de relaxamento conforme o momento político.

Fig. 8. *Tipo de coalizão dominante.*

	Coesa estável	Dividida estável	Dividida instável
Estratégia	expansão/predomínio	estagnação/adaptação	expansão/predomínio
Participação	alta	baixa	rotativa

No caso 1, a coesão e a estabilidade da coalizão dominante garantem forte coesão e estabilidade à organização como um todo. Portanto, a coalizão dominante pode praticar uma política expansiva deliberada, por exemplo, alargando o máximo possível a própria base de filiados com grande probabilidade de conseguir controlar os recém-chegados, de socializá-los no sentido conformista. Com efeito, o caráter centrípeto do recrutamento permite minimizar os riscos de *voice*, do protesto organizado, a partir do momento em que os eventuais dissidentes não têm pontos sólidos de referência nas divisões da elite nacional. Sendo assim, a coesão interna pode ser mantida mesmo na presença de uma forte expansão ou, de todo modo, de esforços consistentes e deliberados para expandir a organização (ao menos dentro de um certo limite)[23]. Mesmo o índice de participação tende a ser mais alto. Uma mobilização forte e contínua dos militantes não produz riscos para a estabilidade organizativa, uma vez que faltam as facções organizadas que poderiam desfrutá-la com finalidades desestabilizadoras.

Coesão e estabilidade da coalizão dominante permitem praticar políticas de expansão organizativa e de forte mobilização sem efeitos bumerangue de excessivo peso sobre a estabilidade do partido. Antes, a política expansiva e de encorajamento da participação interna resolve-se numa vantagem para a estabilidade: os líderes podem exibir a expansão como "prova" da validade da própria política[24].

No caso 2, a combinação de estabilidade e de divisão no interior da coalizão dominante se associa à estagnação organizativa, à forte pressão para impedir a expansão. De fato, as divisões da coalizão dominante tornam o acordo alcançado entre os seus componentes sempre aleatório: mesmo a menor perturbação pode alterar as relações de poder entre os diversos componentes ou abrir o caminho do poder a *outsiders*. A estabilidade está, portanto, entregue à escolha (tácita) da coalizão dominante de frear a expansão do partido. Os diferentes componentes da coalizão optam por preservar o

---

23. Sobre o problema dos limites organizativos, cf. o cap. X.
24. Como vimos, os partidos carismáticos (coesão da coalizão dominante na ausência de institucionalização) podem se comportar de modo diverso e, todavia, não decifrável para o atual estágio dos nossos conhecimentos sobre o funcionamento desse tipo de partido. Em certos casos, irão praticar a expansão e manter altos os índices de participação interna (como os nazistas); em outros, o temor do líder de favorecer uma objetivação precoce do carisma pode dissuadi-lo (é o caso gaullista) de praticar políticas expansivas. Poder-se-ia sugerir que este último, provavelmente e com maior facilidade, é o caso dos partidos carismáticos de orientação democrática, nos quais há um vínculo formal relacionado ao respeito aos procedimentos internos democrático-eletivos e, portanto, os riscos de contestação interna da liderança são maiores.

acordo, evitando, prudentemente, estratégias imperialistas de colonização do ambiente, fechando, por assim dizer, a organização em si mesma. Se, no caso das coalizões dominantes coesas estáveis, a estratégia expansiva é, ela própria, um instrumento de fortalecimento da estabilidade, no caso de coalizões divididas estáveis o preço da estabilidade é a adaptação ao ambiente, a estagnação organizativa (que se manifesta na ausência de impulsos ao alargamento da base de filiados, no envelhecimento dos dirigentes etc.). A SFIO, o PSI de Turati, o PSI da centro-esquerda, a CDU de Adenauer são casos do gênero. À estagnação organizativa corresponde, além de uma participação escassa, a escolha dos líderes de não mobilizar os filiados para não perder o controle do partido.

No caso 3, cada facção age por conta própria, e os acordos entre as facções são extremamente precários: ante a impossibilidade de estipular alianças duradouras, cada facção deve procurar se expandir para melhorar em seu próprio benefício as relações internas de força. O resultado é uma política expansiva da organização, que, diferentemente do caso 1, não é o fruto da estabilidade e da coesão, mas, ao contrário, da instabilidade e divisão extremas (DC em certas fases). Se esse é o caso, o andamento da participação interna tenderá a crescer nos momentos em que se proceder ao controle das relações de força entre as diversas facções (congressos, eleições gerais), porque cada uma das facções mobilizará ao máximo os próprios seguidores apenas nesses momentos. Depois, tenderá a decrescer nos momentos seguintes e intermediários entre um controle e outro.

Para fins puramente exemplificativos – porque se trata de categorias que tendem a simplificar excessivamente a realidade[25] –, os três tipos de coalizão dominante aqui caracterizados podem ser descritos recorrendo-se a conceitos tradicionais da teoria do poder: *oligarquia, monocracia, poliarquia*.

---

25. Isto é, são conceitos que tendem a obscurecer a dimensão da troca e da negociação equiparada ao exercício do poder.

A *oligarquia*, para retomar a definição do último autor na ordem temporal que se serviu desses conceitos:

(...) é um modo de dominação em que uma pequena coalizão tende a exercer uma influência desproporcional sobre as decisões coletivas de um grupo. A influência de cada um dos dirigentes não é necessariamente idêntica, mas profundas desigualdades não podem, por definição, separar os responsáveis supremos, isto é, os oligarcas. O líder oficial da organização é, talvez, mais poderoso do que qualquer um de seus pares – assim é, efetivamente, na maioria dos casos –, mas estes últimos, coletivamente, são sempre mais influentes do que ele.[26]

Por sua vez, a *monocracia*:

(...) é um modo de dominação caracterizado pela influência predominante de uma única pessoa sobre as decisões de um grupo. Toda a organização tende a identificar-se nela. É, certamente, indispensável que outros dirigentes importantes cooperem com o monocrata: ele tem necessidade desse apoio, mas é nitidamente maior a dependência deles em relação ao monocrata do que o contrário.[27]

Por fim, a *poliarquia* é caracterizada pela existência de dois ou mais grupos organizados, nenhum capaz de impor sozinho um controle hegemônico sobre a organização[28].

Relacionando esses conceitos à nossa tipologia, podemos observar que uma coalizão dominante coesa estável será sempre ou uma *oligarquia* ou uma *monocracia*. Por outro lado, as coalizões dominantes divididas estáveis e divididas instáveis serão sempre *poliarquias*. Se introduzirmos

---

26. W. R. Schonfeld, "La Stabilité des Dirigeants des Partis Politiques: La Théorie de l'Oligarchie de Robert Michels", *Revue Française de Science Politique*, XXX (1980), p. 858.

27. *Ibidem*, p. 858.

28. Cf. R. A. Dahl, *Polyarchy. Participation and Opposition*, New Haven e Londres, Yale University Press, 1971. Para uma discussão comparativa entre poliarquia e monocracia, ver H. Eckstein, T. R. Gurr, *Patterns of Authority, A Structural Basis for Political Inquiry*, Nova York, Wiley and Sons, 1975, pp. 121 ss.

também o critério da institucionalização, chegaremos a estas conclusões: 1) uma oligarquia (coalizão coesa estável) está sempre associada a uma institucionalização forte, como no PCI, no PCF, no SPD 2) uma monocracia (coalizão coesa estável) pode estar associada tanto a uma institucionalização forte – como no Partido Conservador britânico, no PSF de Mitterrand, no RPR de Jacques Chirac etc. – quanto a uma ausência de institucionalização, como nos partidos carismáticos; 3) uma poliarquia (coalizão dividida estável ou dividida instável) está sempre associada a uma institucionalização fraca. Com a habitual finalidade de esclarecer visualmente a argumentação, essas relações estão indicadas na figura 9.

Fig. 9

	Coalizão dominante	*Institucionalização*
Oligarquia	coesa estável	forte
Monocracia	coesa estável	forte/ausente
Poliarquia	dividida estável/dividida instável	fraca

Entre oligarquia, monocracia e poliarquia, o caso mais complexo é o terceiro, o da poliarquia. Trata-se de um tipo de organização do poder que requer, para ser utilizado, uma decomposição em subtipos. De fato, a poliarquia pode assumir muitas formas. No meu entendimento, é necessário distinguir entre uma poliarquia composta por subcoalizões e uma poliarquia composta por facções nacionais. No primeiro caso, a poliarquia também poderá parecer, à primeira vista, uma monocracia: de fato, geralmente a coalizão é formada por um líder "central" de grande prestígio e, portanto, mais "visível", e pelos líderes (periféricos) das subcoalizões (CDU de Adenauer, SFIO de Jaurès, SFIO de Mollet). No segundo caso, a coalizão será uma aliança de várias facções, e muitos líderes (os chefes de facção) estarão em primeiro plano. Nesse caso, será possível fazer diferenciações ulteriores, por exemplo, com base no *número* de facções, na sua força relativa etc. Porém, é duvidoso que por essa via se possa dizer muito sobre o caráter estável ou instável da coalizão. Na verdade, a estabilidade de uma coalizão dominante depende muito de fatores ambientais (ordem institucional do regime político, tipo e intensidade dos desafios ambientais etc.) para que eles não sejam levados em conta ao se examinarem as razões da estabilidade ou da instabilidade.

A conformação da coalizão dominante: o mapa do poder organizativo (I)

O terceiro e último fator a ser considerado para traçar a conformação da coalizão dominante de um partido (e, com ela, diferenciar os vários tipos de partido) é o que defino como mapa do poder organizativo, isto é, a configuração das relações entre os órgãos dirigentes do partido. Trata-se de estabelecer concretamente qual o organograma efetivo (e não o formal) da organização, mediante o controle de quais setores pode ser explicado o poder da coalizão dominante sobre a organização. Dois aspectos concorrem para definir o mapa do poder organizativo:

1) a relação (em termos de dominação/subordinação) entre os diferentes setores da organização;

2) as relações entre a organização e outras organizações e/ou centros institucionais.

Consideremos o primeiro ponto. É sabido que a previsão de Duverger, segundo a qual na maior parte dos partidos o centro de gravidade do poder se deslocaria do grupo parlamentar para os dirigentes internos, só se verifica em alguns casos. A mesma bateria de casos examinados por mim mostra, na verdade, um leque maior de possibilidades. Raciocinando de maneira abstrata, podem existir, substancialmente – como observa Duverger[29] –, três possibilidades: preminência dos dirigentes internos, preminência dos parlamentares e equilíbrio instável entre parlamentares e dirigentes internos. Antes de mais nada, observemos que,

---

29. M. Duverger, *I partiti politici*, cit., pp. 238 ss.

no caso dos partidos com institucionalização forte, podem ocorrer as duas primeiras possibilidades: o predomínio dos dirigentes internos (SPD, PCF, PCI) ou o predomínio dos parlamentares (conservadores). Poderemos, portanto, ter uma coalizão coesa estável tanto se o predomínio couber aos dirigentes internos quanto se couber aos parlamentares.

Uma institucionalização fraca, por sua vez, está sempre associada ou a uma preminência dos parlamentares (*Labour Party*, PSI de Turati), ou a um equilíbrio instável entre dirigentes internos e parlamentares (SFIO). A força do grupo parlamentar depende do fato de que nesses casos falta uma burocracia central forte e os parlamentares dispõem de recursos próprios para dominar o partido. Em certos casos, por exemplo a SFIO e a CDU, essa tendência é mitigada pela existência de uma estrutura forte intermediária. Em outros casos ainda, como na DC pós-Fanfani, prevalece uma situação de arrefecimento entre dirigentes internos (nesse caso nacionais) e parlamentares.

Essas mesmas observações mostram que a relação entre dirigentes internos (nacionais) e grupo parlamentar é apenas um dos aspectos a ser considerado. O segundo é dado pela ordem periférica, isto é, pelo fato de a estrutura intermediária ser forte ou fraca: se é forte (SFIO, CDU), os líderes intermediários são um elemento capaz de contrabalançar o poder do grupo parlamentar. Se, ao contrário, é fraca, o grupo parlamentar (PSI, 1895-1912) não tem contrapesos institucionais e, portanto, é dominante.

Por que tratar as relações entre os setores organizativos como um dos componentes da conformação das coalizões dominantes? Porque diversas relações de domínio/subordinação entre os diferentes setores, entre as diversas subunidades organizativas comportam diferenças nas modalidades das trocas verticais e horizontais. Não basta saber se uma coalizão dominante é coesa e/ou estável ou dividida e/ou instável para diferenciar as ordens organizativas dos partidos; é necessário também saber por meio de que relações infra-organizativas se exerce o poder da coalizão dominante.

O mapa do poder organizativo pode assumir várias fisionomias, das quais os cinco organogramas representados na figura 10 são os tipos mais comuns.

Os organogramas 1 e 2 correspondem aos mapas do poder organizativo encontrados nos partidos com institucionalização forte. O organograma 1 corresponde aos casos do SPD (do período imperial), do PCI (até poucos anos atrás) e do PCF, enquanto o organograma 2 corresponde aos casos do Partido Conservador e, ao menos em parte, da UNR. Em ambos os casos, está presente uma forte centralização do poder (coalizão dominante coesa estável), mas os dirigentes internos são dominantes no primeiro caso, e os parlamentares, no segundo. Isso cria uma diferença: a integração vertical das elites é assegurada no primeiro caso, mas não no segundo. Somente se o centro de gravidade do poder residir nos dirigentes internos, as carreiras serão do tipo "convencional" (com ingressos nos níveis baixos e com uma lenta ascensão). Se, ao contrário, o centro de gravidade do poder residir no grupo parlamentar, essa possibilidade é excluída (o ingresso se dá diretamente nos níveis altos). Portanto, embora ambos os tipos pertençam ao rol das instituições fortes, de todo modo a institucionalização é superior quando o organograma é do tipo 1.

Os organogramas 3, 4 e 5 descrevem os mapas do poder organizativo dos partidos fracamente institucionalizados. O organograma 3 corresponde ao caso de um partido cujo grupo parlamentar e cujos líderes de nível intermediário estão equilibrados sem nítida prevalência de uma ou de outra instância, enquanto as associações locais são controladas, geralmente, pelos dirigentes intermediários. A CDU e a SFIO são casos do gênero. O organograma 4 descreve um mapa do poder organizativo em que não existem diafragmas organizativos entre os parlamentares e as estruturas de base ou, se existem, são muito fracos. Os parlamentares controlam diretamente as associações de base, organizando-as como feudos pessoais. O PSI teve, na época turatiana, uma relação desse gênero entre os seus órgãos internos.

Fig. 10

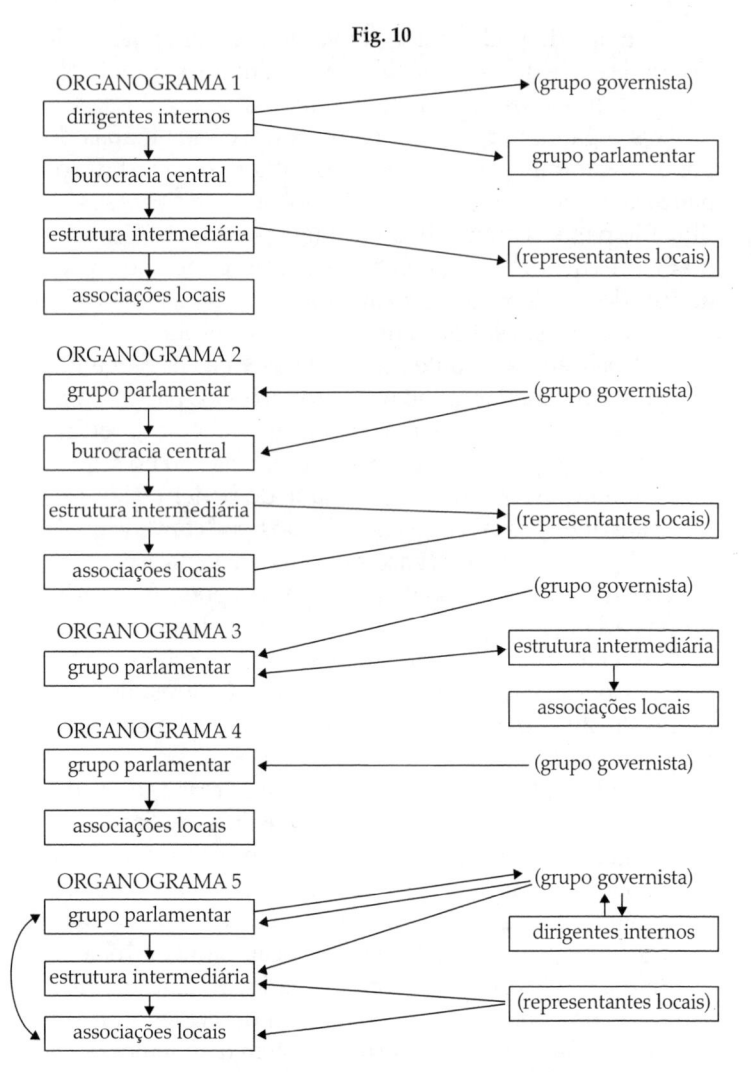

ORGANOGRAMA 1
- dirigentes internos → (grupo governista)
- dirigentes internos → grupo parlamentar
- burocracia central
- estrutura intermediária → (representantes locais)
- associações locais

ORGANOGRAMA 2
- grupo parlamentar ← (grupo governista)
- burocracia central ←
- estrutura intermediária → (representantes locais)
- associações locais

ORGANOGRAMA 3
- grupo parlamentar ← (grupo governista)
- grupo parlamentar → estrutura intermediária
- associações locais

ORGANOGRAMA 4
- grupo parlamentar ← (grupo governista)
- associações locais

ORGANOGRAMA 5
- grupo parlamentar ← (grupo governista)
- dirigentes internos ↑↓
- estrutura intermediária ← (representantes locais)
- associações locais ←

Legenda: As flechas indicam a direção da relação de dominação/subordinação entre os diferentes níveis organizativos. Para não dificultar a leitura dos organogramas, deixamos de inserir indicações do processo de retroação do nível subordinado ao nível subordinante. Na verdade, esse processo sempre está presente e resulta do caráter de troca desigual, e não de domínio, do poder organizativo.

O mapa do poder organizativo desenhado no organograma 5 é o de um partido com elevada fragmentação da sua estrutura de poder interna. Corresponde, com muita proximidade, ao modelo da "estratarquia" de Eldersveld: vários "estratos", em vários níveis organizativos, controlam importantes recursos, e a disputa contrapõe tanto os grupos colocados no mesmo nível quanto os diversos níveis entre si[30]. A DC, em muitas fases da sua história, teve um mapa do poder organizativo desse gênero.

Os diferentes mapas do poder organizativo tendem a se associar a configurações diferentes das coalizões dominantes. Os mapas desenhados nos organogramas 1 e 2 estão relacionados à presença de coalizões coesas estáveis (mas, no primeiro caso, oligarquias; no segundo, monocracias). O mapa desenhado no organograma 5 está sempre associado a coalizões dominantes divididas instáveis, pela posição de estagnação que existe entre os diversos níveis organizativos, bem como pelas suas divisões internas. Finalmente, os mapas dos organogramas 3 e 4 correspondem a coalizões dominantes, apesar de sempre divididas, que podem exibir diferentes graus de estabilidade, conforme o contexto institucional em que o partido atua. Por exemplo, um mapa do poder organizativo do tipo descrito pelo organograma 4 se associou, no caso do PSI de Turati, a uma (relativa) estabilidade da coalizão dominante, pelo apoio dado a Turati pelos sindicatos. No caso da CDU (organograma 3), a estabilidade dependia também da preminência institucional e da conseqüente estabilidade do executivo, controlado por Adenauer, no contexto do regime político da República Federal da Alemanha.

---

30. "As características gerais da estratarquia são a proliferação do grupo dirigente e a difusão da atribuição do poder e do seu exercício. Mais que uma 'unidade de comando' centralizada ou, ao contrário, uma diluição geral do poder por meio de toda a estrutura, existem estratos de 'comando' que operam com um grau de independência variável sempre expressivo", S. Eldersveld, *Political Parties. A Behavioral Analysis*, cit.

Essas observações, assim como o fato de que nenhum dos mapas do poder organizativo traçados serve, por exemplo, para descrever totalmente a estrutura do *Labour Party*, mostram que a análise do mapa organizativo de um partido não pode se limitar a definir as relações de domínio-subordinação entre os diferentes setores organizativos. Deve, também, considerar as relações interorganizativas.

A conformação da coalizão dominante: o mapa do poder organizativo (II)

Os fatores até aqui examinados não bastam para traçar a conformação das coalizões dominantes. Ou, ao menos, nem sempre. De fato, como vimos ao examinar a evolução de diferentes partidos, há situações em que grupos ou vértices de organizações formalmente externas ao partido fazem parte da coalizão dominante de um partido, grupos ou organizações, cujo papel diretivo no interior do partido não pode ser descoberto se nos limitarmos a examinar apenas as relações entre as diversas subunidades organizativas. Portanto, o que é necessário individuar são as relações existentes – se e quando existem – entre o partido e as organizações externas, bem como a natureza de tais relações.

É preciso, a esse propósito, fazer uma premissa. Uma relação de cooperação entre duas organizações (como as relações de poder entre indivíduos) implica *sempre* uma troca de recursos materiais e/ou simbólicos entre as duas organizações[31]. A relação de colaboração entre a organização X e a organização Y se rege sobre o fato de que uma necessita dos recursos possuídos pela outra (e vice-versa) e de que nenhuma das duas pode buscar para si tais recursos autonomamente, sem recorrer à troca interorganizativa. Um sindicato e um partido colaboram entre si trocando recursos: por

---

31. Cf., P. E. White *et al.*, *Exchange as a Conceptual Framework for Understanding Interorganizational Relationship: Application to Nonprofit Organizations*, cit.

exemplo, o partido dá legitimidade política ao sindicato em troca de uma mobilização de recursos sindicais com apoio da atividade do partido. Um grupo de interesse e um partido colaboram entre si se o partido necessita dos recursos financeiros do grupo de interesse e este último necessita do apoio do partido para obter medidas legislativas favoráveis. Todo partido encontra-se diversamente relacionado a uma pluralidade de grupos, associações e organizações. Esquematizando, essas conexões podem assumir três formas distintas:

A) O partido controla a organização. Nesse caso, entre o partido e a organização (ou as organizações) externa(s) existe uma relação de troca desigual. Isso não significa que, nesse caso, não ocorra a troca de recursos: trata-se apenas de uma troca desigual em benefício do partido. Na troca, o partido ganha mais do que a organização externa e, por outro lado, como numa clássica relação imperialista, a troca desigual reforça a dependência da organização em relação ao partido. Tem-se uma variante no caso da "associação hierárquica"[32] quando a organização externa é fraca a ponto de não possuir recursos para trocar com o partido, mas é o afluxo de recursos (materiais e/ou humanos) a partir do partido que mantém viva a organização. O partido, talvez com algum custo, poderia prescindir da organização, mas não o contrário. A situação de "associação hierárquica" é assimilável no caso de uma grande potência que mantém economicamente, com um afluxo de auxílios a fundo perdido, um pequeno país muito pobre de recursos, mas situado numa área geopolítica estrategicamente vital. A diferença entre a troca desigual e a associação hierárquica é que, enquanto esta última não comporta tensões e conflitos entre as duas organizações, a troca desigual o faz e, portanto, é uma relação potencialmente instável.

Uma relação de troca desigual que se insere numa situação inicial mais favorável ao partido e dela é resultado tenderá a perpetuar no tempo a dependência da organização

---

32. A. Anfossi, "Le interazioni fra organizzazioni", *Studi Organizzativi*, XI (1979), pp. 86 ss.

em relação ao partido. O caráter de correias de transmissão de certas organizações em relação a certos partidos configura justamente uma relação desse gênero. Nesse caso, os vértices da organização dependem dos recursos obtidos na troca com o partido para manter a estabilidade organizativa, enquanto o partido não é igualmente dependente dos recursos que obtém da organização externa. Se a relação é desse tipo, os vértices da organização externa não deverão ser considerados como parte da coalizão dominante do partido.

B) A segunda possibilidade é uma relação de *troca paritária*, da qual os vértices do partido obtêm vantagens equivalentes às dos vértices da organização externa. Nesse caso, trata-se de uma relação de "igual dignidade" entre partido e organização externa. Onde a troca interorganizativa paritária não ocorre esporadicamente, mas está institucionalizada, delineia-se uma situação na qual os vértices, sejam eles do partido ou da organização externa, têm reciprocamente necessidade dos recursos um do outro para defender a estabilidade das respectivas organizações.

Nesses casos, os vértices da organização, mesmo que formalmente externos ao partido, deverão ser considerados como componente efetivo da sua coalizão dominante. Naturalmente, os vértices do partido serão reciprocamente parte da coalizão dominante da organização externa. A relação sindicato-partido, no caso do SPD após 1905, configura precisamente um caso do gênero. Mesmo as relações entre sindicado e PSI na época turatiana se aproximam muito dessa configuração.

As relações entre certos partidos e certos grupos de interesses, se institucionalizadas, chegam geralmente a delinear situações semelhantes.

C) A terceira possibilidade é que entre a organização externa e o partido exista uma relação de troca desigual (ou também de associação hierárquica), mas desta vez em benefício da organização externa. O partido, nesse caso, tem mais necessidade dos recursos oferecidos pela organização do que o contrário. Todos os partidos de legitimação externa têm precisamente uma relação desse tipo com a organização patrocinadora. Nesses casos, não apenas os vértices da organização devem ser considerados como parte integrante da coalizão dominante do partido (que se pense no papel da hierarquia eclesiástica na seleção dos candidatos parlamentares dos partidos confessionais). Diferentemente do caso B, não são um componente ao lado de outros, e sim representam seu eixo central.

As relações entre partidos e organizações externas podem, naturalmente, evoluir e se modificar. Por exemplo, as relações SPD-sindicato passam de uma situação de associação hierárquica, no início dos anos 90 (sindicato extremamente fraco e dependente), para uma situação de troca desigual (à medida que o sindicado vai se fortalecendo) e, finalmente, para uma situação de troca paritária (após 1905). Uma parábola idêntica (embora a troca jamais se torne totalmente paritária) pode ser encontrada nas relações entre CGIL e PCI do início dos anos 50 até a metade dos anos 70 (e salvo após um retorno a uma situação de troca desigual, quando a CGIL inicia o seu declínio).

Com base nessa análise, é possível formular três proposições de ordem geral:

Os partidos com forte institucionalização podem manter com as organizações externas tanto relações do tipo A quanto do tipo B. Mas não do tipo C, que implica um grau de dependência do ambiente (especificamente, de outra organização) incompatível, por definição, com uma forte institucionalização. A habitual exceção são os partidos comunistas nas suas relações com o PCUS.

Os partidos com fraca institucionalização tenderão a manter predominantemente relações do tipo B e/ou do tipo C. Mas não do tipo A, que requer uma capacidade de controle sobre o próprio ambiente (especificamente, outra organização) incompatível, por definição, com uma fraca institucionalização.

Em igualdade de nível de institucionalização, os partidos governistas têm maior probabilidade de desenvolver um número elevado de relações interorganizativas do tipo B (troca paritária). Além disso, se forem fracamente institucionalizados, facilmente também terão relações interorganizativas do tipo C (troca desigual em favor da organização externa).

Essa é a conseqüência da tendência dos grupos de interesse em concentrar-se em torno dos partidos governistas e em estreitar relações com os seus subgrupos internos, bem como das maiores possibilidades de que dispõem os diversos componentes da coalizão dominante de desenvolver relações organizativas estáveis com vários setores do aparato estatal. Em geral, tal fato tem que ver com uma tendência maior dos partidos governistas em experimentar uma proliferação maior de secantes marginais, de líderes que desempenham um papel de mediação entre o partido e as organizações externas, em relação aos partidos de oposição. Isso explica por que os partidos de oposição desenvolvidos como instituições fortes também tendem, invariavelmente, a sofrer processos de desinstitucionalização quando passam da oposição para o governo.

Conclusões

O grau de coesão e de estabilidade da coalizão dominante, combinado com o mapa do poder organizativo, resulta numa taxonomia da coalizão dominante dos partidos e, de fato, por essa via, numa taxonomia dos partidos. Nem todo tipo de organograma (1, 2, 3, 4, 5) pode coexistir com todo tipo de relação (A, B, C) entre o partido e as organizações externas. Nem com todo grau de coesão/divisão e estabilidade/instabilidade da coalizão dominante. Na figura 11, as possíveis relações entre os diferentes fatores estão sintetizadas. Como mostra a figura, as possibilidades são muitas e a taxonomia assim construída poderia ser o ponto de partida para uma tipologia ainda mais complexa, que considerasse todas as combinações possíveis entre o mapa do poder organizativo, o grau de coesão e o grau de estabilidade da coalizão dominante. Todavia, nesse estágio não parece útil enveredar pelo caminho de uma formalização ulterior.

Fig. 11

Institucionalização	Mapa do poder organizativo	Coalizão dominante
forte	Organograma 1	coesa estável (oligarquia)
	Relações interorganizativas A/B ([1])	
forte	Organograma 2	coesa estável (monocracia)
	Organograma 3	dividida estável (poliarquia)
fraca	Relações interorganizativas B/C	
	Organograma 4	dividida instável (poliarquia)
fraca	Organograma 5 Relações interorganizativas B/C	dividida instável (poliarquia)

(1) A exceção são os partidos comunistas na época pré-stalinista e stalinista nas suas relações com o Comintern (tipo C).

Mesmo porque é claro que as sobreposições que a figura 11 evidencia podem ser eliminadas somente num caso: quando se consegue resolver as dificuldades que assinalei anteriormente sobre a possibilidade de distinguir com precisão suficiente entre os diferentes níveis de institucionalização organizativa, de um lado, e os diferentes graus de coesão e de estabilidade da coalizão dominante, de outro. Uma vez que, no estágio atual, isso não é possível, é melhor nos limitarmos a poucas considerações.

Em primeiro lugar, os diferentes fatores tendem a se fortalecer reciprocamente, ao menos na maior parte dos casos. Por exemplo, a um organograma do tipo 1 ou 2 corresponde uma coalizão dominante coesa estável e relações interorganizativas do tipo A e/ou B. Por sua vez, a coesão/estabilidade da coalizão dominante reforça a tendência à manutenção no tempo do mapa do poder organizativo existente, seja em termos de organograma, seja excluindo a possibilidade de relações interorganizativas do tipo C. Por exemplo, o organograma 5 só pode estar relacionado à presença de uma coalizão dominante dividida instável (pela fragmentação do poder que esse mapa favorece), e o caráter dividido instável da coalizão dominante tende, por sua vez, a facilitar a perpetuação daquele específico mapa do poder organizativo. A possibilidade de que um partido com coalizão dominante dividida instável mude de configuração, que, por exemplo, a coalizão, embora se mantendo dividida, torne-se mais estável, é sempre possível, mas, nesse caso, isso requer uma modificação do mapa do poder organizativo, em particular a passagem do organograma 5 aos organogramas 3 ou 4. Isso introduz o tema a ser explorado nos próximos capítulos, o dos fatores que incidem sobre a mudança organizativa. Modificações do grau de coesão e de estabilidade da coalizão dominante são sempre possíveis, mas, de todo modo, *também* implicam modificações do mapa do poder organizativo, seja sob o aspecto do organograma, seja sob o da configuração das relações interorganizativas. As coalizões dominantes mudam e, com elas, mudam os partidos. Mas essa mudança é absolutamente inseparável de modificações na ordem organizativa global.

Por fim, é necessário observar que as passagens de uma configuração a outra são sempre mudanças da ordem organizativa, mas nem sempre implicam variações no nível de institucionalização. Como se pode deduzir facilmente a partir da figura 11, apenas as passagens dos organogramas 1 e 2 para os outros organogramas comportam reduções do nível de institucionalização, e apenas passagens na direção contrária comportam aumentos do nível de institucionalização. Por outro lado, as passagens (que se verificam freqüentemente em muitos partidos), por exemplo, dos organogramas 3 ou 4 ao organograma 5 (e vice-versa) não implicam necessariamente ampliações ou reduções da autonomia do partido em relação ao seu ambiente ou variações de coerência estrutural interna. Porém, mesmo nesses casos, mudou a conformação da coalizão dominante e, portanto, mudou a ordem organizativa (o sistema das trocas infra-organizativas) do partido.

TERCEIRA PARTE
As contingências estruturais

X. Dimensão e complexidade organizativa

Premissa

O quadro analítico desenvolvido no curso deste trabalho, bem como o "ensaio" que se buscou a partir do exame das vicissitudes históricas de diversos partidos políticos, fazem parte de uma perspectiva de pesquisa para a qual o papel do poder, dos conflitos e das alianças que se estabelecem no interior das organizações é mais importante para explicar as dinâmicas organizativas do que o papel dos fatores "técnicos": tipo de divisão do trabalho, número de níveis hierárquicos, dimensão da organização, especialização interna nas relações com os diferentes setores do ambiente, com os quais, tradicionalmente, se ocupam muito sociólogos da organização. Todavia, esses e outros "fatores técnicos" não podem ser omitidos nem mesmo por uma análise que privilegie a dimensão do poder organizativo acima de todas as outras. Nesta terceira parte, examinarei precisamente o papel (ou o possível papel) de alguns desses fatores na estruturação das organizações de partido.

Dimensão organizativa e ambiente, também *tecnologia,* são os fatores mais importantes que incidem sobre o funcionamento das organizações, conforme uma orientação científica amadurecida, anteriormente, na sociologia empresarial e que, depois, encontrou aplicações também em outros âmbitos organizativos: a chamada *teoria da contingência.* Segundo os estudiosos que se identificam com essa abordagem, o funcionamento das organizações sofre, essencialmente, o efeito da influência de uma ou de outra – ou uma combinação – dessas três variáveis e, portanto, variações da fisionomia das organizações dependem das variações "contingentes" que se produzem nas relações com o ambiente, no estágio da tecnologia, na dimensão da organização. Alguns autores destacaram, sobretudo, o papel da tecnologia[1]; outros, o da dimensão; outros, ainda, o do ambiente. Outros, finalmente, presumiram a existência de uma ação combinada das três variáveis sobre a fisionomia organizativa[2]. Para todos, porém, o que o estado da tecnologia, a dimensão da organização ou as características ambientais influenciam é, justamente, a fisionomia da organização: o grau de divisão do trabalho, os níveis hierárquicos, os índices de burocratização etc.

A teoria da contingência, nas suas várias versões e ramificações, foi submetida a severas críticas. Sobretudo, duas delas são relevantes para nós. Em primeiro lugar, a crítica de "determinismo" (tecnológico, ambiental etc.), isto é, o fato de que a teoria supõe a existência de um vínculo causal rígido entre a variável dependente (a fisionomia organizativa) e a variável independente (dimensão, tecnologia, ambiente), sem deixar nenhuma margem para a "liberdade de escolha" dos líderes organizativos[3] e/ou para a mediação – entre contingências estruturais e fisionomia organizativa – dos "jogos de poder" no interior da organização[4].

Em segundo lugar – e estreitamente relacionada à objeção anterior –, a crítica segundo a qual é possível, ao menos com igual plausibilidade, inverter esse raciocínio: em vez de considerar a organização como uma espécie de "objeto passivo", à mercê das variações "contingentes" da dimensão, da tecnologia ou do ambiente, é possível também compreen-

---

1. C. Perrow, *Organizational Analysis: A Sociological View*, Belmont, Wadsworth, 1970.
2. G. Gasparini, *Tecnologia, ambiente e struttura*, cit.
3. J. Child, *Organization, Structure, Environment and Performance – The Role of Strategic Choice*, cit.
4. M. Crozier, E. Friedberg, *Attore sociale e sistema*, cit., pp. 89 ss.

dê-la, em certas circunstâncias, como "sujeito ativo", capaz de manipular essas mesmas variáveis, pelas quais – segundo a teoria da contingência – ela seria "manipulada". Assim, por exemplo, a organização é capaz, em certas circunstâncias, de influenciar o próprio ambiente, de adaptar o ambiente a si própria; é capaz de ampliar ou restringir as próprias dimensões; por fim, de escolher, dentre as alternativas tecnológicas disponíveis, aquela mais congruente com a própria fisionomia organizativa. Se essas objeções estão corretas, a teoria da contingência ilumina apenas uma face do problema: contribui para determinar que tipos de pressão as mudanças tecnológicas ou ambientais, ou as variações na dimensão exercem em certos casos sobre a organização, mas não serve para determinar as *respostas* da organização, nem para explicar quais mudanças serão efetivamente produzidas.

A tentativa que aqui se conclui consiste em integrar a consideração de uma série de "imperativos técnicos" num quadro que privilegia a dimensão do poder organizativo, ou seja, de considerar a interação (e as conseqüências da interação) entre "imperativos técnicos" e "jogos de poder" infraorganizativos nos partidos políticos.

E por que abordar esses temas? Porque, apesar de muitos estudiosos dos partidos parecerem até mesmo ignorar a existência de uma orientação dos estudos organizativos, denominada teoria da contingência, e dos seus âmbitos aplicativos, existe, todavia, geralmente no estado de opiniões vagas, muito mais que de hipóteses de pesquisas conscientemente construídas, uma quantidade notável de observações, por exemplo, sobre as diferenças organizativas e de comportamento político entre "grandes" e "pequenos" partidos (e, portanto, sobre a incidência da dimensão) e sobre as influências do sistema dos partidos, dos comportamentos eleitorais ou das modificações da estrutura de classe sobre as organizações de partido (e, portanto, sobre o papel do ambiente e das mudanças ambientais).

Neste capítulo, tratarei do problema das possíveis influências da "dimensão organizativa" sobre o funcionamento dos partidos. No capítulo XI, examinarei, por sua vez, alguns aspectos das relações partidos-ambiente. No capítulo XII, por fim, tratarei analiticamente do fenômeno da burocracia de partido e da burocratização, buscando situar esse tema fundamental no âmbito do fenômeno mais geral do profissionalismo político.

A dimensão nos partidos políticos

Segundo Michels, a *grandeza* do partido é a principal variável independente que explica a formação da oligarquia. Na sua perspectiva, a dimensão organizativa age direta ou indiretamente sobre as relações de poder no interior do partido. *Diretamente*, porque o próprio "crescimento" da organização por si só influencia o seu grau de possibilidade de manipulação por parte dos líderes: "Com uma organização em crescimento contínuo, a democracia interna se enfraquece, porque o poder dos dirigentes cresce na medida em que cresce a organização. O diferente grau de poder dos dirigentes que verificamos nos partidos e nos sindicatos dos diversos países é determinado por motivos étnicos e individuais e principalmente pelo diferente grau do seu desenvolvimento organizativo"[5]. Superado um certo limite numérico[6], qualquer assembléia torna-se, inevitavelmente, presa do controle de poucos. Em parte, diz Michels, por motivos que concernem à "psicologia das massas" (a "sugestionabilidade" das massas), mas em parte também por motivos tipicamente técnico-organizativos: "Se o desenvolvimento regular de assembléias deliberativas de apenas 1.000 membros choca-se contra as mais graves dificuldades de espaço, de distâncias etc., a situação ficaria absolutamente impossível quando os participantes alcançassem os 10.000"[7]. Eis por que a neces-

---

5. R. Michels, *La sociologia del partido politico*, cit., p. 57.
6. A esse respeito, ver sobretudo C. W. Cassinelli, "The Law of Oligarchy", *American Political Science Review*, XLVII (1953), p. 783.
7. R. Michels, *La sociologia del partito politico*, cit., p. 63.

sidade do sistema dos delegados e, com o tempo, o fim da democracia. No entanto, o crescimento organizativo também tem um efeito *indireto* sobre a distribuição do poder no interior do partido e comporta um aumento da sua "complexidade": com o crescimento da dimensão, cresce a divisão do trabalho interno (especialização funcional), multiplicam-se os níveis hierárquicos e o partido experimenta uma crescente burocratização. O aumento de complexidade organizativa determina, por fim, a centralização do processo de decisão[8]. É, sem dúvida, verdadeiro[9] que na base da formação da oligarquia existem, para Michels, três tipos de causas relacionadas entre si, que se referem, respectivamente, à "psicologia das massas" (apatia e deferência em relação aos chefes), à "psicologia dos líderes" (o desejo de conservar o próprio poder) e a fatores técnico-organizativos em sentido estrito. Mas, seguramente, a dimensão organizativa projeta-se nessa teoria como o fator causal primário do qual derivam todos os outros efeitos, quer psicológicos, quer técnico-organizativos[10]. É o grande partido que controla e organiza grandes números, conforme repete Michels a cada página; aquele que consegue associar elevada complexidade interna e poder oligárquico. A teoria de Michels é, portanto, uma teoria *monocausal*. Por exemplo, é o crescimento da dimensão, e não o ambiente ou certas características originárias de cada organização, que está na base de todas as transformações que o partido sofre. A crítica de Max Weber a Michels se deve, principalmente, a um dissenso sobre esse ponto fundamental[11]. Seja como for, é em Michels, o primeiro cientista

---

8. *Ibidem*, pp. 236 ss.
9. Cf. C. W. Cassinelli, *The Law of Oligarchy*, cit., e a discussão crítica de J. Linz na introdução em italiano à obra de Michels, *La sociologia del partito politico*, cit., pp. VII-CXIX. Cf. também G. Sola, *Organizzazione, partito, classe politica e legge dell'oligarchia in Roberto Michels*, Gênova, ECIG, 1975.
10. A esse respeito, sigo a interpretação de B. Abrahamsson, *Bureaucracy or Participation*, cit., pp. 57 ss.
11. Era essencialmente a atenção de Weber para com as influências do "ambiente" sobre a organização que determinava o seu dissenso em relação a Michels, como resulta, dentre outras, da seguinte afirmação: "É provavelmen-

social a explorar sistematicamente o papel da dimensão, que se inspira um importante filão da teoria organizativa contemporânea. Com efeito, muitas pesquisas empíricas na esteira de Michels deram origem a teorias organizativas nas quais a dimensão é considerada a principal variável independente da ordem interna das organizações[12].

Geralmente a dimensão é medida em termos de número de membros da organização. Se considerarmos o caso dos partidos, vamos perceber que o problema de como medir a dimensão não é muito pacífico. Na linguagem comum, costuma-se dizer partido "grande" ou "pequeno", referindo-se tanto ao número dos votos (a força eleitoral) quanto ao número de filiados. Mas trata-se de duas coisas diferentes. Há casos de partidos "grandes" sob o ponto de vista eleitoral e, ao mesmo tempo, "pequenos" do ponto de vista das filiações. Nos anos 50, a CDU era muito "menor" do que o SPD em termos de filiados, mas muito "maior" em termos de votos.

---

te impossível fazer generalizações úteis. A dinâmica interna das técnicas de partido e das condições econômicas e sociais de cada caso concreto estão inter-relacionadas de maneira muito estreita em qualquer situação", citado por J. Linz na introdução a R. Michels, *La sociologia del partito politico*, cit., p. LIII. Aliás, Weber também enveredou pelos caminhos da generalização. Diferentemente de Michels, o fez atribuindo grande importância à interação entre dinâmica organizativa e "ambiente" socioeconômico e político: *Economia e Società*, cit., vol. 2, pp. 706-29. A crítica segundo a qual Michels não leva em consideração as condições políticas e sociais da Alemanha e das suas influências sobre o SPD é desenvolvida, entre outros, por G. Roth, *I socialdemocratici nella Germania imperiale*, cit., pp. 243 ss. Ver também a esse respeito M. Fedele, "La sociologia politica di R. Michels: moralismo e reformismo", *La Critica Sociologica*, n. 22 (1972), pp. 152-78.

12. Cf., entre outros, D. S. Pugh *et. al.*, "Dimensions of Organizational Structure", *Administrative Science Quarterly*, XIII (1968), pp. 65-105, D. J. Hickson *et al.*, "Operations, Technology and Organization Structure: A Reappraisal", *Administrative Science Quarterly*, pp. 368-97, J. Child, "Organization Structure and Strategies of Control. A Replication of the Aston Study", *Administrative Science Quarterly*, XVII (1972), pp. 163-77, J. Child, R. Mansfield, "Technology, Size and Organization Structure", *Sociology*, VI (1972), pp. 369-93, P. Blau, R. A. Schoenherr, *The Structure of Organizations*, Nova York, Basic Books, 1971.

Portanto, é necessário fazer uma escolha, estabelecer qual dos dois modos de medir a dimensão de um partido é mais relevante para o funcionamento das organizações. Tanto mais que, como Duverger foi o primeiro a tentar demonstrar, não há uma relação unívoca entre os dois tipos de grandeza[13]. A dificuldade reside no fato de que *ambos* os tipos de grandeza são suscetíveis de produzir conseqüências organizativas. Todavia, trata-se de efeitos de gênero distinto. A grandeza medida pelo número de votos (a dimensão eleitoral) tem efeitos essencialmente *indiretos* sobre a organização, ou seja, influencia a organização influenciando as suas relações com o ambiente externo[14], por exemplo, abrindo ou fechando opções governativas, aumentando ou diminuindo a apetibilidade para os grupos de interesse em estabelecer relações privilegiadas com o partido etc. Logo, se estamos interessados nos efeitos *diretos* da dimensão organizativa sobre o funcionamento dos partidos, teremos de medi-la em termos de filiados, com a advertência de que seu número é, todavia, um indicador muito rudimentar e, no mais das vezes, insuficiente, por exemplo, porque os critérios de recrutamento dos filiados podem variar muito de partido para partido: o número de filiados pode ter um significado completamente diferente para a organização no caso de um partido que seleciona atentamente as filiações em relação a outro partido no qual as filiações aumentam artificialmente por ocasião das eleições eleitorais internas. Todavia, ainda que rudimentar e seguramente insuficiente durante a pesquisa empírica[15], o critério das filiações é, e nem poderia deixar de ser, o principal critério para medir a dimensão organizativa.

---

13. M. Duverger, *I partiti politici*, cit., p. 147.
14. A esse respeito, ver o capítulo seguinte.
15. De fato, seria necessário valer-se também de outros critérios: por exemplo, o percentual de militantes voluntários efetivos sobre o total de filiados, o número e a consistência organizativa das eventuais associações colaterais do partido etc.

A dimensão como variável independente

Embora não haja pesquisas empíricas que tivessem investigado a influência da dimensão sobre o funcionamento dos partidos (com uma parcial exceção que veremos a seguir), a literatura sobre os partidos é abundante em observações sobre a influência desse fator. Na ausência de dados sólidos e na espera de pesquisas futuras, aqui é possível somente enumerar uma série de áreas problemáticas em relação às quais, segundo um ou outro autor, o fator dimensão seria relevante:
1) a coesão interna;
2) o estilo político;
3) a participação/mobilização dos filiados;
4) a burocratização.

É desnecessário observar que se trata de áreas problemáticas, fortemente correlacionadas e sobrepostas entre si: um tratamento isolado de cada problema se justifica somente pela impossibilidade de substituir alguma observação, sendo ela o conhecimento empírico do problema, por uma teoria.

A coesão interna. É ponto pacífico o entendimento de que as diferenças de dimensão são diretamente responsáveis por conspícuas diferenças em relação aos posicionamentos e aos comportamentos dos membros das organizações. A clássica distinção seita-igreja é usada justamente na literatura para sustentar que a diferença fundamental entre uma organização política pequena e outra grande diz respeito ao grau distinto de coesão interna entre elas. Comunhão de valores políticos e compactação nas bancadas organizativas são qualidades, segundo essa visão, muito mais fáceis de encontrar nas pequenas do que nas grandes organizações políticas. Sob esse aspecto, o partido comunista americano, descrito por Philip Selznick no início dos anos 50[16], é muito mais do que um exemplo emblemático de uma *seita* que pa-

---
16. P. Selznick, *The Organizational Weapon*, cit.

rece funcionar com altos índices de coesão justamente porque se trata de uma organização pequena. Em contrapartida, outros partidos comunistas tenderiam a se distanciar do modelo leninista (elevada coesão) no momento em que se tornam grandes organizações.

A literatura sobre as seitas políticas oferece inúmeros exemplos de pequenos grupos altamente centralizados e tornados coesos politicamente por fortes barreiras de ingresso (seleção rigorosa dos novos membros)[17].

Para Van Doorn, por exemplo, que traduz numa tipologia idéias amplamente difundidas sobre as influências da diferença de dimensões, é possível distinguir dois tipos de organização: o tipo "coalizão" e o tipo "seita". A coalizão é um tipo de organização com uma estrutura de poder difusa e que funciona por meio de negociações entre uma pluralidade de grupos internos. A seita, por sua vez, é uma organização altamente centralizada. A característica das seitas é que elas:

> (...) demandam um alto grau e uma grande quantidade de consenso, considerando cada desvio em relação aos valores centrais como uma heresia e uma apostasia. A tolerância quanto à independência no interior do grupo é mínima. Os membros aceitam um controle rígido do comportamento e, geralmente, procuram demonstrar a sua ortodoxia e lealdade à causa. O baixíssimo grau de independência conferido aos participantes, seja individual ou coletivamente, é congruente com o nível embrionário de desenvolvimento da organização.[18]

Segundo Van Doorn, somente as pequenas organizações (pequenos partidos, *kibutz* etc.) podem exibir as características da seita, enquanto as grandes são necessariamente coalizões.

---

17. Cf. L. Coser, *Greedy Institutions: Patterns of Undivided Commitment*, Nova York, The Free Press, 1974, R. O'Toole, *The Precipitous Path: Studies in Political Sects*, Toronto, Peter Martin Associates, 1977, P. Mair, "Forma organizzativa e contenuto ideologico. Il caso del partito marxista rivoluzionario", *Rivista Italiana di Scienza Politica*, IX (1979), pp. 467-89.

18. J. A. Van Doorn, *Conflict in Formal Organization*, cit., p. 121.

Um raciocínio paralelo ao encontrado na literatura sobre as seitas atribui a *variações* na dimensão as variações no que se refere à coesão interna: por exemplo, Sjöblom sustenta que o aumento da *membership* experimentado por certos partidos em certas fase tem, geralmente, o efeito de minar suas estruturas internas[19]. Da mesma forma, Kirchheimer considera que uma das principais preocupações dos líderes é impedir ampliações excessivas da dimensão com o fim de minimizar os conflitos internos[20]. Uma relação estreita entre dimensão e faccionismo é apontada numa análise dos partidos japoneses: a razão pela qual a DSP (uma formação socialista menor) não é faccionalizada, diferentemente dos outros partidos, consiste, para o autor dessa análise, nas suas dimensões exíguas[21].

Todas essas observações intuitivas sobre o papel da dimensão estabelecem uma equação do seguinte gênero: pequenas dimensões igual a elevada homogeneidade política interna e, por conseguinte, grupo dirigente coeso; amplas dimensões igual a elevada heterogeneidade política e, por conseguinte, grupo dirigente dividido. Observações intuitivas, mas não totalmente satisfatórias. E, ao menos, por duas razões. Em primeiro lugar, porque nem todas as pequenas organizações são seitas, isto é, apresentam as características descritas, entre outros, por Von Doorn. O pouco que se sabe sobre os pequenos partidos – em geral considerados pouco importantes e, portanto, pouco estudados – deixa entender que grandes variações, sob a perspectiva da coesão interna assim como sob outros aspectos, são possíveis[22].

---

19. G. Sjöblom, *Party Strategies in a Multiparty System*, Lund, Berlingska Boktryekekeriet, 1970, p. 185.
20. O. Kirchheimer, *Politics, Law and Social Change*, Nova York e Londres, Columbia Universtity Press, 1969, p. 250.
21. H. Fukui, "Japan: Factionalism in a Dominant-Party System", in F. P. Belloni, D. C. Beller (orgs.), *Faction Politics: Political Parties in Comparative Perspective*, cit., p. 51.
22. S. L. Fisher, *The Minor Parties of the Federal Republic of Germany*, The Hague, Martinus Nijhoff, 1974, as pesquisas empíricas de P. Ignazi, *Caratteristiche sociologiche e atteggiamenti dei dirigenti liberali e repubblicani*, Istituto

Da mesma forma, nem todas as grandes organizações são privadas de coesão interna: do PCI ao Partido Conservador britânico, há muitos exemplos de grandes partidos suficientemente coesos. Isso significa que, dificilmente, as diferenças de dimensão podem ser tratadas, como se fez na literatura citada, como condição necessária e suficiente do nível de coesão interna. Certamente, não se trata de uma condição suficiente. Talvez nem mesmo de uma condição necessária. Em segundo lugar, não há nenhuma possibilidade de controlar o peso efetivo da dimensão se não forem estabelecidos os "limites" de grandeza que, separando claramente pequenas, médias e grandes organizações, possam permitir a formulação de juízos menos extemporâneos do que os citados. Portanto, tudo o que se pode dizer é que, provavelmente, existe uma relação entre dimensão e homogeneidade/heterogeneidade política e que isso tende a se refletir no grau de coesão interna: por exemplo, é razoável pensar que uma organização grande seja mais estratificada no que se refere às gerações (maiores variações de idade, nas épocas de filiação, de socialização política etc.)[23]. Muitas vezes as grandes organizações são assim porque seus critérios de recrutamento dos membros são menos rígidos e seletivos do que os critérios de recrutamento de organizações menores. Porém, esse efeito (provável) da dimensão pode ser neutralizado por outros fatores. A teoria da institucionalização, aqui adaptada para o caso dos partidos, estabelece, por exemplo, em igualdade de dimensões, que o partido com maior institucionalização é mais homogêneo politicamente e mais coeso.

No entanto, mais importante do que o efetivo nexo entre dimensão e coesão é o fato de que os líderes geralmente sustentam que tal ligação existe e, muitas vezes, compor-

---

Universitario Europeo, 1978, não publicado, e P. Ignazi, A. Panebianco, "I militanti radicali: composizione sociale e atteggiamenti politici", in M. Teodori, P. Ignazi, A. Panebianco, *I nuovi radicali. Storia e sociologia di un movimento politico*, Milão, Mondadori, 1977, pp. 213-65.

23. Em igualdade, naturalmente, de idade da organização.

tam-se de acordo. A decisão de certas coalizões dominantes de frear ou de impedir a expansão organizativa depende justamente do temor de possíveis efeitos desestabilizadores causados por um aumento de heterogeneidade política.

O estilo político. Estreitamente relacionada ao ponto anterior é a tese segundo a qual variações na dimensão incidem não apenas no grau de coesão interna, mas, sobretudo, no estilo político da organização. Uma pequena seita é não somente uma organização politicamente coesa, é também uma organização que põe em termos fortemente ideológicos o próprio confronto com os adversários políticos. E, da mesma forma, uma grande organização é não somente uma organização politicamente heterogênea no seu interior, mas também uma organização cujo estilo político é mais pragmático e conveniente nas relações com as outras organizações. Numa pesquisa sobre quatro federações do PCI, Stephen Hellman descobriu uma predisposição sectária muito mais forte nas federações fracas de Lucca e Pádua do que em relação às federações fortes de Bolonha ou Florença[24]. As diferentes dimensões entre a federação fraca de Pádua e a federação forte de Bolonha, marginalizando substancialmente os comunistas paduanos no contexto político local e, em posição central dominante, os bolonheses, por um lado explicariam, em grande parte, os episódios de "desvios de esquerda", dos quais foi protagonista a federação de Pádua (em 1962, chegou-se a uma substituição traumática de todo o grupo dirigente, alinhado em posições simpatizantes da China) e, por outro, o "desvio de direita", a propensão ao reformismo da federação de Bolonha. A dimensão aumentaria, portanto, as predisposições sectário-revolucionárias em que o PCI é fraco e as predisposições pragmático-reformistas, e por vezes também imobilistas, em que, por sua vez, é forte. Todavia, como observa o próprio Hellman, não está realmente claro se é efetivamente a dimensão que produz,

---

24. S. Hellman, *Organization and Ideology in Four Italian Communist Federations*, Ph. D. Dissertation, Yale University, 1973, pp. 254 ss.

nos exemplos citados, esses efeitos, ou se o fato de que, independentemente da dimensão, um partido na oposição num ambiente hostil (como o PCI em Pádua) está simplesmente muito menos vinculado e sobrecarregado na sua ação quotidiana do que um partido politicamente dominante (como o PCI em Bolonha). Porque, se assim fosse, Hellman teria razão ao observar que a diferença está simplesmente no fato de que, numa federação politicamente dominante, as tendências sectárias, todavia existentes, não acham o caminho para expressar-se e permanecem no estado de "dissenso passivo", em razão dos vínculos aos quais é submetido um partido governista, enquanto numa federação politicamente marginalizada, as mesmas tendências surgem abertamente: "(...) onde o PCI é fraco e isolado, o enclausuramento em relação a outras forças contribui para a formação de uma síndrome que faz do partido uma seita; onde o partido é dominante e essas tendências existem, o enclausuramento torna o PCI uma organização de massa imóvel"[25]. Mas, justamente por isso, o caráter de simples problema de dimensão passa a ser o de um problema mais complexo, concernente às relações entre o partido e o seu ambiente (que examinarei no próximo capítulo), isto é, ao problema do caráter politicamente dominante ou marginalizado da organização. Note-se ainda que, embora reformulado, o problema não se presta a soluções unívocas. Hellman observou, oportunamente, a existência de casos que demonstram que nem sempre são válidas as equações fragilidade política igual a sectarismo/força política, igual a reformismo. No caso do PCI, um exemplo é o da federação de Sesto Fiorentino, na qual uma notável força organizativa e política se acompanhou, durante os anos 50/60, de um estilo político "sectário":

> Um grupo de líderes da velha-guarda, de orientação stalinista, havia conquistado o controle total sobre a importante cidade de Sesto Fiorentino, desde o início dos anos 50. A ostentação de uma maioria absoluta, aliada ao controle de nu-

---

25. *Ibidem*, pp. 321-2.

merosas empresas financeiras (...) permitiu a esses líderes manterem-se solidamente no poder. Eles se recusaram a modificar seu comportamento e suas ações – por fim, mais precisamente a sua inatividade; propagandeavam suas idéias sectárias no partido e no governo local, conduzindo o PCI a um estado de isolamento quase total em relação às outras forças políticas de Sesto. No final, foram desapossados, em 1967, por um grupo local de ativistas aliados aos líderes nacionais, mas foi um mau negócio. Cerca de cinqüenta militantes deixaram o partido em protesto e muitos se uniram a um grupo dissidente "chinês" na província, deixando um tal vazio na organização política de Sesto, que um funcionário enviado pelo centro precisou assumir muitos cargos simultaneamente no Comitê citadino.[26]

A participação. A partir de Michels, acredita-se que o crescimento das dimensões tem um efeito "deprimente" sobre os índices de participação/mobilização interna: a apatia política da maioria caracterizaria, sobretudo, as grandes organizações. Essa tese é amplamente compartilhada na literatura. Considera-se, em geral, que aumentos na dimensão elevam tanto a divisão do trabalho quanto o índice de burocratização e que a centralização da autoridade resultante leva, invariavelmente, ao declínio dos índices de participação interna[27].

Mas também nesse caso não há, na literatura, respostas unívocas. Por exemplo, defendeu-se, com uma certa verossimilhança, a tese exatamente contrária. Segundo Browne[28], quanto menor uma organização, menos recursos ela controla. A escassa disponibilidade de recursos permite distribuir uma quantidade muito limitada de incentivos seletivos. Desse modo, a organização não consegue dispor da

---

26. *Ibidem*, p. 322.
27. B. Abrahamsson, *Bureaucracy or Participation*, cit., p. 204, J. Child, "Participation, Organization, and Social Cohesion", *Human Relations*, XXIX (1976), pp. 429-51.
28. W. P. Browne, "Organizational Maintenance: The Internal Operation of Interest Groups", *Public Administration Review*, XXXVII (1977), pp. 48-57.

quota de participação mínima de que necessita, e os líderes são obrigados a envidar esforços contínuos para assegurar uma sobrevivência que o baixo grau de participação torna problemática.

Relacionar o índice de participação dos filiados à dimensão pode significar, contextualmente, fazer duas afirmações: 1) as organizações menores são mais "participativas" do que as organizações maiores; e 2) a variação da dimensão modifica (inversamente) o índice de participação. Sobre o primeiro ponto, faltam dados para corroborar a hipótese (mesmo pela razão já mencionada de que as pequenas organizações são pouco estudadas). Na verdade, seria possível sustentar a hipótese igualmente plausível – e talvez mais plausível – de que o percentual de participantes sobre o total dos filiados tende a ser constante entre organizações de dimensões diferentes (e que, de todo modo, se há variações, elas são o produto de *outros* fatores). Sobre o segundo ponto, também não faltam indicações aparentemente contrárias. Por exemplo, é justamente na fase da redução das filiações nos anos 50 que o PCI registra a mais notável diminuição na participação interna[29].

Como observa Hellman:

> (...) é significativo que, com um declínio no número total de membros filiados ao partido, também tenha existido uma concomitância e, muitas vezes, uma queda de ativismo ainda maior. Fontes tanto internas quanto externas ao PC indicam que o percentual médio da participação nas assembléias era, até o final dos anos 60, em torno de 10%, enquanto altas de 25% eram consideradas realmente excepcionais.[30]

Na verdade, os índices de participação interna, contrariamente às teses tão enraizadas quanto escassamente documentadas, parecem ser pouco ou nada explicáveis com

---

29. G. Poggi (org.), *L'organizzazione partitica del PCI e della DC*, cit.
30. S. Hellman, *Organization and Ideology in Four Communist Italian Federations*, cit., p. 162.

referência somente à dimensão do partido. Até mesmo a teoria de Olson[31], segundo a qual, efetivamente – em igualdade de condições –, a participação é maior nos pequenos grupos do que nos grandes, *também* sustenta que, se o grupo maior distribuir incentivos seletivos suficientes, a participação poderá ser igualmente alta. Portanto, a dimensão não define uma condição suficiente dos índices de participação no interior dos partidos. Além disso, já sabemos que um partido tende, geralmente, a provocar fortes mobilizações dos filiados na sua fase formativa, mas não por ser ainda uma organização de dimensões reduzidas, e sim porque – independentemente da dimensão – trata-se de um "sistema de solidariedades" voltado para a realização dos seus fins manifestos. Quando intervém a institucionalização (mais uma vez, independentemente da dimensão), o partido também adquire as características do sistema de interesses, a alta mobilização inicial declina em coincidência com a afirmação da participação burocrático-profissional (dos profissionais da política). Isso explica muito bem, no caso anteriormente citado do PCI, a coincidência entre a redução da dimensão e a redução da participação.

A burocratização. Portanto, há poucas provas a favor da existência de um nexo de correlação (para não dizer de causalidade) entre dimensão, estilo político e/ou índices de participação. Todavia, muitos autores que defendem a existência desse nexo consideram que se trata de uma *ligação indireta*: a dimensão organizativa está relacionada ao nível de "complexidade" da organização e, em particular, ao índice de burocratização e, por essa via, incide sobre outros aspectos da vida do partido. De Michels em diante, entrou para o consenso dos estudiosos que dimensão, nível de complexidade e índice de burocratização são grandezas co-variantes tais que, com o crescimento das dimensões, aumentam também a complexidade e o índice de burocratização. A primeira, a indi-

---

31. M. Olson, *The Logic of Collective Action*, cit.

cação de que, na verdade, o problema pode ser mais complexo, deve-se a Peter Blau, o estudioso que talvez mais tenha aprofundado esses aspectos. Já numa obra mais antiga, Blau observava que, contrariamente a uma opinião difundida, as grandes organizações não são necessariamente atingidas pela hipertrofia burocrática[32]. Enquanto o crescimento de dimensões tende, efetivamente, a aumentar a complexidade, isto é, a divisão do trabalho medida em termos de diferenciação *horizontal* (número de setores de mesmo nível hierárquico) e de diferenciação *vertical* (número de níveis hierárquicos), aparece, porém, correlacionado negativamente ao índice de burocratização: com o aumento das dimensões, diminui proporcionalmente o componente administrativo (burocrático) da organização. Posteriormente, depurando suas hipóteses à luz de pesquisas empíricas aprofundadas[33], Blau pôs em foco a existência de *efeitos contraditórios* da dimensão sobre o índice de burocratização. A dimensão incidiria de duas maneiras diferentes, e até opostas, sobre a burocratização. Por um lado, ao crescimento da dimensão está associado um aumento da diferenciação interna, seja vertical ou horizontal. A diferenciação aumentada, impondo novas e prementes exigências de coordenação, tende a favorecer uma maior burocratização, ou seja, uma expansão do componente administrativo da organização. Porém, ao mesmo tempo, o crescimento da dimensão também produziria um efeito oposto, abrindo as vantagens da economia de escala: superados certos limites de grandeza, não é mais necessário aumentar proporcionalmente o número de administradores. O resultado dessas duas forças é um aumento de índices decrescentes do componente administrativo-burocrático da organização[34].

---

32. P. Blau, M. Meyer, *La burocrazia nella società moderna*, cit., p. 127.
33. P. Blau, "A Formal Theory of Differentiation in Organizations", *American Sociological Review*, XXXV (1970), pp. 201-18, P. Blau, R. A. Schoenherr, *The Structure of Organizations*, cit.
34. P. Blau, *On the Nature of Organizations*, Nova York, Wiley and Sons, 1974, pp. 330 ss.

No caso dos partidos políticos, os dados disponíveis são muito escassos para que se possa testar a validade da teoria de Michels ou a de Blau. De fato, faltam pesquisas empíricas de cunho comparativo sobre a divisão do trabalho (efetiva, e não como aparece nos estatutos) e sobre as variações, assim como sobre a consistência das burocracias de partido. O cotejo entre os poucos dados disponíveis sobre os vários partidos não é suficiente para uma aferição efetiva. Os poucos indícios que possuímos pareceriam, todavia, indicar, no mínimo, uma maior verossimilhança da teoria de Blau. O que parece ser verdade é que um crescimento forte e sustentado do número de filiados tende a exercer pressões para o aumento da divisão do trabalho interno (criação de novos setores, segmentação dos setores preexistentes, aumento dos níveis hierárquicos etc.) e *também* do índice de burocratização. Porém, os dados disponíveis também parecem indicar que, superado um certo limite (não determinável no estado atual), todo aumento ulterior da dimensão não se refletirá mecanicamente sobre o nível de complexidade e sobre o índice de burocratização.

É facilmente demonstrável que, quando um partido nasce e se consolida, a expansão da dimensão que se verifica nessa fase está correlacionada positivamente a um aumento da complexidade do partido. Por exemplo, no caso do PCI, à fortíssima expansão do período 1944-1950 correspondeu uma fase de intensas decisões organizativas, voltadas para canalizar a expansão e controlá-la, que produziram um processo acelerado de complexificação da estrutura (que se manifestaram, por exemplo, na criação de um grande número de órgãos de coordenação nos vários níveis: comitês de fábrica, municipais, zonais e regionais). Toda uma série de propostas nesse sentido foi acolhida no VI Congresso (janeiro de 1948):

> No conjunto, estava se delineando uma estrutura mais complexa e articulada do que a anterior, sobretudo sob o aspecto da subdivisão dos filiados em unidades especializadas

por sexo e idade (células femininas, de rapazes, de moças) e a instituição no interior da célula de unidade mínima (o grupo de 10) e de funções de supervisão também nesses níveis.[35]

Esse processo de complexificação da estrutura era acompanhado por uma diferenciação horizontal imponente: as unidades organizativas de base, as células, passaram de trinta mil, em 1945, para cinqüenta mil em 1947[36].

Um processo análogo de complexificação, que vai *pari passu* com a expansão da *membership*, é registrado por Wellhofer e por Hennessey no caso do partido socialista argentino[37]: o crescimento dos filiados relaciona-se positivamente tanto com o aumento de diferenciação horizontal e vertical quanto com o índice de formalização (elaboração de normas escritas) da organização.

Na fase inicial, a dimensão dá-se, portanto, paralelamente a um aumento de complexidade. Porém, é necessário observar que demonstrar a existência de uma relação de correspondência não é a mesma coisa que sustentar a existência de uma relação de causalidade. E é justamente a existência de uma relação do gênero entre dimensão e complexidade que, de modos diversos, afirmam ambas as teorias aqui consideradas, a de Michels e a de Blau. Poder-se-ia, de fato, sustentar que os aumentos de complexidade que os partidos experimentam na fase formativa são apenas em mínima parte devidos a um aumento de dimensão e que são, por sua vez, sobretudo o produto da necessidade de canalizar e controlar a intensa participação própria do "sistema de solidariedades", que sempre acompanha a primeira fase de vida da organização. Certamente, entre intensidade da participação e expansão da *membership*, ao menos na fase inicial, há uma relação; porém, segundo essa hipótese, a causa efetiva da complexificação da estrutura é outra.

---

35. G. Poggi (org.), *L'organizzazione partitica del PCI e della DC*, cit., p. 42.
36. *Ibidem*, p. 42.
37. E. Spencer Wellhofer, T. M. Hennessey, *Political Party Development: Institutionalization, Leadership, Recruitment, and Behavior*, cit.

Além disso, se fosse possível sustentar que a expansão da dimensão é a causa principal do aumento de complexidade interna, isso ainda não seria suficiente para demonstrar a estreita relação que as teorias de Michels e de Blau estabelecem entre dimensão e complexidade. De fato, ainda seria necessário demonstrar que: 1) a diminuições da dimensão correspondem reduções significativas da complexidade e/ou do índice de burocratização; 2) que uma organização maior é sempre mais complexa do que uma organização menor. No que diz respeito ao primeiro ponto, é possível observar que o PCI sofreu uma notável hemorragia de filiados entre 1954 e 1966 (de mais de 2.000.000 para cerca de 1.500.000) e, todavia, a estrutura interna não parece ter sido proporcionalmente "simplificada"[38]. Se um partido perde muitos filiados, isso implicará uma série de "cortes": o fechamento de seções e/ou de células por falta de filiados, a reunificação de outras seções e/ou células etc., isto é, implicará uma parcial "desdiferenciação" horizontal; muito pouco para estabelecer nexos rígidos de causalidade.

No que concerne ao segundo ponto, considerando-se também unicamente o índice de burocratização (número de funcionários em tempo integral), é fácil notar que as variações de partido para partido são quase totalmente independentes da dimensão: por exemplo, o Partido Conservador inglês nos anos 50 (cerca de 2.500.000 filiados) contava com um corpo burocrático muitas vezes mais restrito do que o PCF (cerca de 300.000 filiados).

Há casos, inclusive, de organizações minúsculas que são muito mais burocratizadas do que organizações médias e grandes. Por exemplo, o pequeno Partido Comunista da Ale-

---

38. Por exemplo, o número de seções entre 1954 e 1965 permanece invariável, ainda que a dimensão tenha diminuído; além disso, no VIII Congresso, em plena fase de declínio das filiações, nascem novos órgãos de coordenação interna às federações (os "órgãos descentralizados") etc. Cf. G. Poggi (org.), *L'organizzazione partitica del PCI e della DC*, cit., G. Sivini, *Le parti communiste. Structure et fonctionnement*, cit., pp. 98 ss., S. Hellman, *Organization and Ideology in Four Italian Communist Federations*, cit., p. 145.

manha (KPD), com setenta mil inscritos em 1956, contava, no mesmo período, com um funcionário em tempo integral para cada 40/50 filiados, contra um funcionário a cada 1.500 do SPD (cerca de seiscentos mil filiados)[39].

Portanto, os dados disponíveis não oferecem bases de apoio suficientes para afirmar a validade ou não das teorias expostas acima, pelo menos no caso das organizações partidárias. Provavelmente, é correto que fortes variações da dimensão criem pressões com aumentos da complexidade, pressões que impõem, dentro de certos limites, adaptações. Contudo, dada a pressão, a resposta da organização não é nem prevista nem automática. Os dados disponíveis parecem indicar que as teorias que assumem a dimensão como variável independente para explicar a fisionomia das organizações não atingem suficientemente o alvo, pelo menos no caso dos partidos políticos. Com a exceção do nível de coesão interna, não parece que a dimensão por si só seja responsável por variações significativas no estilo político, nos níveis de participação, nos níveis de complexidade ou, finalmente, no índice de burocratização (embora seja razoável pensar que exerça forças com variações em cada um desses âmbitos).

Deve haver, então, outros fatores mais importantes em jogo do que a simples dimensão. Isso nos obriga a um redirecionamento. Devemos nos perguntar, em primeiro lugar, quais fatores incidem sobre a própria dimensão dos partidos. Em segundo, temos de considerar como um fenômeno distinto o papel, não da dimensão global, mas, antes, o da dimensão das subunidades de cada partido, uma em relação a outra.

A dimensão como variável dependente

A linha de pensamento que vai de Michels à teoria moderna da contingência assume a dimensão como um *dado* e

---

39. W. D. Gray, *The German Left since 1945: Socialism and Social Democracy*, Cambridge, The Oleauder Press, 1976, p. 107.

se esforça para examinar seus efeitos autônomos sobre o funcionamento das organizações. O que fica obscuro é que a dimensão, no caso dos partidos e também de muitas outras organizações, longe de ser um dado, é ela própria uma grandeza manipulável pelos líderes. Invertendo o raciocínio seguido até aqui, poderemos, então, nos perguntar por que em certas circunstâncias os líderes optam por expandir a dimensão do partido, em outras circunstâncias, por reduzi-la e em outras ainda optam por frear seu crescimento. Sob essa perspectiva, a pergunta não é mais qual é o efeito da dimensão sobre a estrutura de poder, mas, ao contrário, qual é o efeito da estrutura de poder sobre a dimensão organizativa.

Wellhofer e Hennessey[40] observam que uma das características da transformação dos partidos socialistas de massa em partidos "pega-tudo"[41] consiste, entre outras coisas, numa drástica redução da *membership,* uma diminuição da dimensão. Com efeito, com a transformação em partido pega-tudo é desmantelada a antiga estrutura assistencial, sobre a qual o partido até então baseava a distribuição de incentivos seletivos à massa dos filiados. Ao se abrir maciçamente às classes médias, o novo partido pega-tudo não precisa manter ligações privilegiadas com a *classe gardeé* tradicional. Aliás, essas ligações tornam-se um obstáculo para a sua penetração eleitoral em novos ambientes sociais. A liquidação do seu antigo sistema de "*welfare* privado" corresponde à escolha, própria do partido pega-tudo, de privilegiar as demandas dos eleitores em prejuízo dos filiados no momento em que os próprios filiados perdem importância como *trait d'union* entre o partido e a *classe gardée* tradicional. Todavia, a transformação do partido de massa em partido pega-tudo não é absolutamente indolor nem previsível. Ao contrário, no partido se desenvolverá, quase que inevitavelmente, um conflito muito áspero entre duas facções. Uma facção que

---

40. E. Spencer Wellhofer, T. Hennessey, *Models of Political Party Organization and Strategy: Some Analytical Approaches to Oligarchy,* cit.

41. Sobre a teoria de Kirchheimer do partido pega-tudo, ver o cap. XIV.

defende o caráter de "massa" do partido, a relação privilegiada com a *classe gardée* tradicional e que, portanto, defende a manutenção da estrutura assistencial, e uma facção que pretende, por sua vez, transformar o partido em partido "pega-tudo" e que, portanto, age deliberadamente para uma redução da *membership*, para a expulsão de amplas camadas de filiados, mediante o desmantelamento das estruturas assistenciais. Nessa perspectiva, a dimensão não é absolutamente um dado, mas uma variável dependente do êxito dos conflitos no interior do partido.

Outro exemplo pode ser extraído da teoria organizativa. Segundo Howard Haldrich[42], o que distingue a liderança nas organizações é o seu controle sobre os limites organizativos, ou seja, a sua capacidade de ampliar ou diminuir a dimensão, agindo sobre os critérios de recrutamento da *membership* (recrutamento aberto ou seletivo). É faculdade dos líderes a possibilidade de decidir a todo momento quem pode fazer parte da organização, a quem deve ser impedido o acesso e quem deve ser expulso. Por meio do controle das fronteiras organizativas, os líderes têm a possibilidade, ao menos dentro de certos limites, de dilatar ou contrair a dimensão da organização. Em situações de conflito com outras organizações, segundo Haldrich, os líderes podem servir-se desse controle de duas maneiras, por meio de duas estratégias diferentes, ambas voltadas para garantir à liderança o consenso e o apoio dos membros da organização. Uma primeira estratégia

> (...) pode tomar a forma de uma redução dos limites por meio de um enrijecimento dos critérios de participação, com pedidos prementes de maior adequação às regras e à ideologia organizativa (...) Restringir e fortalecer os limites de uma organização significa ou acrescentar os padrões de rendimento, ou recorrer à lealdade dos membros em relação à organização.

---

42. H. Haldrich, "Organizational Boundaries and Interorganizational Conflict", in F. Baker (org.), *Organizational Systems*, Homewood, Irving-Dorsey, 1973, pp. 379-93, e Id., *Organizations and Environment*, cit.

Uma centralização aumentada dá às autoridades mais controle direto sobre o tempo e sobre os esforços dos membros, permitindo-lhes uma redistribuição mais rápida dos recursos.[43]

A segunda estratégia consiste, por sua vez, em expandir os limites organizativos. Mais precisamente, consiste em "(...) levar as pessoas dos grupos e das organizações rivais para dentro dos limites. Elas podem ser absorvidas, cooptadas ou amalgamadas no interior da organização em foco"[44]. A primeira estratégia tem a vantagem de aumentar a coesão interna, mas a desvantagem de isolar a organização do seu ambiente. A segunda tem a vantagem de expandir as relações da organização com o ambiente, mas a desvantagem de gerar custos, porque implica o ingresso de novos membros não suficientemente socializados pela organização, e isso pode aumentar a conflituosidade interna.

À luz dessa teoria, poder-se-ia afirmar que os PC francês e italiano alteraram freqüentemente os dois tipos de estratégia. Observando-se as flutuações nas filiações ao PCF e tendo-se presente que se trata de uma organização na qual a filiação é extremamente selecionada e controlada com base no modelo leninista, é possível notar que as maiores reduções nas filiações correspondem àquelas fases políticas em que o partido é induzido pela URSS a práticas políticas muito sectárias (da estratégia "classe contra classe" dos anos 20-30, às posições da Guerra Fria). Portanto, não é muito arriscado supor que as reduções nas filiações – facilitadas também por depurações periódicas – sejam o fruto de escolhas deliberadas, da adoção de estratégias de restrição dos limites. Se o partido for obrigado a praticar uma política muito sectária, ele deverá reduzir a dimensão, aumentando, assim, a coesão política interna com a finalidade de defender a estabilidade organizativa. Segundo Hirschman, nessas fases o PCF precisou favorecer a *exit* (por meio da restrição dos li-

---

43. *Ibidem*, p. 244.
44. *Ibidem*, p. 245.

mites) para defender-se da *voice* (como possível reação interna ao sectarismo), expelir todos os elementos pouco confiáveis e contar somente com os membros de fé e lealdade comprovadas.

O PCI dos anos 70, com o grande crescimento de filiados que experimentou coincidentemente com a tentativa associativa do acordo histórico (mais de 300.000 filiados entre 1969 e 1976)[45], pode ser o caso oposto, à luz da teoria de Haldrich, de uma deliberada expansão dos limites, tendente a garantir a penetração da organização numa pluralidade de âmbitos sociais e o envolvimento de grupos antes apenas tocados levemente pelo partido como apoio da hipótese associativa[46]. Nesse caso, os conflitos internos que a heterogeneidade social e política dilatada faz explodir[47] são um custo que a liderança aceita pagar deliberadamente, considerando, provavelmente, que a estabilidade organizativa pode ser mais facilmente ameaçada pela falência da hipótese associativa do que pelos efeitos negativos (ingresso maciço de novos filiados com diferentes características de socialização política em relação aos veteranos) produzidos pela estratégia de ampliação dos limites. Analogamente, a uma deliberada estratégia de ampliação dos limites após o congresso "eurocomunista" de 1976 (abandono do dogma da ditadura do proletariado, distanciamento da URSS etc.), deveu-se o fato de que:

> Em 1977, o PCF havia praticamente dobrado o seu número de membros em relação aos anos 60, passando de cerca de 300.000 para 543.000 no final do ano. O objetivo fixado após 1976 é alcançar um milhão de filiados, o que poderia

---

45. Para esses dados, cf. M. Barbagli, P. G. Corbetta, "L'elettorato, l'organizzazione del PCI e i movimenti", *Il Mulino*, XXIX (1980), pp. 467-90.
46. Sobre a política de englobamento de novos grupos sociais, relacionada à estratégia de aliança com a DC, aliança esta definida como acordo histórico, cf. P. Lange, "Il PCI e i possibili esiti della crisi italiana", in L. Graziano, S. Tarrow (orgs.), *La crisi italiana*, Turim, Einaudi, 1979, vol. 2, pp. 657-718.
47. Cf., para uma análise dos problemas internos do PCI nessa fase, M. Fedele, *Classe e partiti negli anni'70*, Roma, Riuniti, 1979, pp. 169 ss.

acelerar a transformação do partido, composto essencialmente de dirigentes, em partido de massa, a exemplo do PCI, cuja política de inovação o PCF procurou seguir em mais frentes, embora nem sempre conseguindo[48].

Naturalmente, nem todos os efeitos relacionados aos processos de restrição e de ampliação dos limites podem ser atribuídos totalmente a decisões deliberadas, a variações nos critérios de recrutamento: como conseqüência da adoção de uma política sectária, muitos filiados partirão sozinhos, sem levar em conta as pressões da liderança. E uma linha política associativa e "conveniente" por si só pode atrair pessoas simplesmente favoráveis a essa linha política de maneira espontânea[49]. O que significa que a dimensão *também* irá variar independentemente das escolhas da elite em expandi-la ou reduzi-la. Mas as escolhas deliberadas parecem predominar.

Essa hipótese é compatível com a tese aqui defendida, segundo a qual as tendências à expansão, à estagnação ou à redução da dimensão dependem da estrutura de poder interna de cada partido, da conformação da sua coalizão dominante. Sendo assim, uma coalizão dominante coesa estável tem maiores probabilidades de escolher a expansão da

---

48. R. Tiersky, "Il partito comunista francese", in H. Timmermann (org.), *I partiti comunisti dell'Europa mediterranea*, Bolonha, Il Mulino, 1981, p. 81.

49. Ou outros grupos, por exemplo, estimulados por movimentos coletivos, podem entrar na organização com a finalidade de frear essa estratégia conveniente. É justamente na fase em que o PCI desenvolve a estratégia associativa que ocorre a absorção também de parcelas dos movimentos estudantis e operários dos anos 1968-1969: cf. M. Barbagli, P. G. Corbetta, *Base sociale del PCI e movimenti collettivi*, cit. Incidentalmente, o que os autores demonstram num trabalho posterior, isto é, a existência de uma correlação negativa entre força organizativa do PCI nas diferentes zonas e a sua capacidade de absorver os movimentos coletivos (*L'elettorato, l'organizzazione del PCI e i movimenti*, cit., p. 481), é perfeitamente congruente com a teoria da institucionalização, da forma como busquei adaptá-la aqui ao caso dos partidos: onde o PCI é uma instituição forte, possui, por definição, maior autonomia em relação ao seu ambiente e é, portanto, menos "permeável" aos movimentos. Onde é uma instituição mais fraca, a dependência em relação ao ambiente é maior e, portanto, também é maior a permeabilidade.

dimensão (e o caso oposto do PCF, que examinamos há pouco, dependia de escolhas políticas impostas pelo exterior, por organizações patrocinadoras) para salvaguardar a estabilidade organizativa. Por sua vez, uma coalizão dividida estável escolherá mais facilmente manter estacionária a dimensão. Por fim, a uma coalizão dividida instável corresponde uma tendência à expansão organizativa para efeito de disputa entre as suas diversas facções.

Na relação triangular entre dimensão, fisionomia organizativa e conformação da coalizão dominante, os vários fatores interagem entre si. Por isso, de acordo com a conformação da coalizão dominante, serão efetuadas escolhas de expansão, de redução ou de manutenção dos limites, e as variações de dimensão, por sua vez, exercerão um efeito autônomo parcial sobre a fisionomia organizativa, aumentando ou diminuindo a coesão do partido e criando ao menos algumas pressões limitadas para mudanças do nível de complexidade. Desse modo, a variável decisiva para explicar os diferentes aspectos do funcionamento das organizações continua a ser – diferentemente do enunciado projetado pela teoria da contingência – a estrutura de poder do partido, a conformação da sua coalizão dominante. O que permite compreender, por exemplo, por que seria em vão procurar correspondências termo a termo entre dimensão e nível de complexidade interna (número de níveis hierárquicos, índice de burocratização etc.). De fato, se é verdade que um acréscimo de dimensão cria pressões de forma que aumente a complexidade, é também verdade que a complexidade está, sobretudo, relacionada ao problema da distribuição de incentivos seletivos aos militantes carreiristas. Como vimos no capítulo II, a principal razão que explica os aumentos de complexidade consiste na pressão para aumentar a disponibilidade de retribuições aos militantes, com o objetivo de salvaguardar a estabilidade organizativa. Disso resulta que a principal causa da diferença de nível de complexidade interna nos partidos depende muito mais das diferentes conformações das coalizões dominantes, às quais estão associadas diferentes estratégias de salvaguarda da estabilidade organizativa, do que de variações na dimensão. Com isso, de Michels e da importância decisiva que ele atribuía à dimensão do partido, volta-se, em certo sentido, a Weber e, portanto, a uma concepção mais elástica, para qual, longe de ser uma variável decisiva, a dimensão é somente um dos muitos fatores em jogo.

Os limites organizativos

Se o papel autônomo da dimensão não pode ser supervalorizado, e se a própria dimensão depende, no mais das vezes, das escolhas das elites de partido, há, todavia, certas condições particulares e excepcionais em que isso poderia não ser verdadeiro. Isto é, podem ocorrer condições particulares diante das quais a dimensão torna-se realmente uma variável decisiva. O problema pode ser formulado e compreendido em termos de "limites críticos". Certamente, as elites, em defesa da estabilidade organizativa, trabalham ativamente para expandir ou restringir a dimensão da organização que controlam. Mas nem sempre o ambiente externo permite que os líderes diversifiquem os limites organizativos à sua discrição. Por exemplo, os líderes de uma pequena organização recém-criada podem ter, e normalmente têm, interesse em expandir a dimensão da organização, mas o ambiente poderia ser hostil a ponto de frustrar seus esforços. Da mesma forma, os líderes de uma organização muito grande poderiam ter interesse em reduzir a dimensão para fortalecer, mediante uma maior coesão interna, o próprio controle sobre o partido, mas a estrutura organizativa poderia ser tão complexa, rígida e com tais e tantas ramificações, de modo que não o permitisse. Em outras palavras, embora a dimensão seja uma variável que muda em função das escolhas das elites, ela não varia *apenas* em função disso. Às vezes, podem ocorrer condições capazes de anular as escolhas e os esforços das elites. É possível, então, supor a existência de *limites*, acima e abaixo dos quais a dimensão desempenha efetivamente um papel autônomo e preponderante na influência que exerce sobre a organização. É possível supor, por exemplo, a existência de um *limite de sobrevivência*, abaixo do qual o partido é obrigado a lutar para sobreviver se faltarem recursos suficientes para institucionalizar-se. Quando um partido nasce, normalmente os líderes devem praticar uma política expansiva, porque somente expandindo a dimensão organizativa o partido pode conseguir controlar recursos suficientes para garantir sua sobrevivência. Mas é possível – e acontece em muitos casos – que os esforços dos líderes para expandir a organização sejam frustrados pela existência de um ambiente *hostil* (ou seja, por um ambiente, como veremos no próximo capítulo, de tal forma complexo e instável que ameace não só a estabilidade do partido, mas a sua própria sobrevivência); um ambiente, por exemplo, em que os recursos humanos, simbólicos e materiais de que o partido tem necessidade vital já estejam em poder de organizações preexistentes: um pequeno partido de orientação marxista que se forme onde existe um grande e sólido PC configura uma possibilidade do gênero. Nesse caso, o limite de sobrevivência poderia não ser superado. O partido não consegue se expandir a ponto de garantir seu controle sobre um *pool* de recursos suficientes para assegurar sua sobrevivência. A falta de superação desse limite crítico comporta uma série de efeitos:

1) Em primeiro lugar, faltam os recursos para institucionalizar a organização. O partido fica suspenso entre a possibilidade de uma dissolução rápida e a perspectiva de uma luta frenética pela sobrevivência por tempo indeterminado.

2) Estando fechado o caminho para a institucionalização, todos os esforços dos líderes deverão se voltar à manutenção das características de "sistema de solidariedades" da organização. Com efeito, nessas condições, o caminho alternativo da formação de um sistema de interesses está, por definição, impedido. Uma das conseqüências é que os objetivos organizativos, as metas ideológicas manifestas, não sofrem nenhum processo de "articulação", de adaptação às exigências organizativas quotidianas. A única *chance* à disposição dos líderes para fazer com que a organização per-

dure ao máximo é tirar proveito de toda ocasião que surgir para perseguir efetivamente e até o fim os objetivos originários. Eis a razão para a forte coesão interna (característica do sistema de solidariedades) e para o estilo altamente ideológico dos comportamentos externos da organização. Além disso, uma vez que a organização faz esforços contínuos para expandir-se mediante uma tentativa efetiva de atingir seus fins organizativos originários, a hostilidade ambiental continua a crescer: o partido já estabelecido, cuja recém-nascida organização pretende subtrair parte do território de caça, do *domain*, reage com o máximo de agressividade, contribuindo para isolar ulteriormente a pequena organização. A combinação de um ambiente hostil e uma incapacidade de superar o limite de sobrevivência gera, então, um *círculo vicioso do sectarismo*[50]: quanto mais a organização é isolada e luta para garantir uma sobrevivência quotidiana precária, mais deve opor-se frontalmente aos seus adversários politicos, e deles recebendo a mesma oposição. Essa escalada de agressividade contribui, por sua vez, para isolá-la ulteriormente e reduzir ainda mais as suas *chances* de superar o limite de sobrevivência. É claro que, de tal modo, a organização está destinada a uma dissolução mais ou menos rápida. As seitas descritas por vários autores mencionados anteriormente parecem ser justamente organizações desse tipo, organizações cuja falta de superação do limite de sobrevivência as obriga a uma atividade contínua de "oposição total" em relação ao ambiente.

O problema, naturalmente, é que não há um "limite de sobrevivência" definitivamente determinável e válido para nenhum partido. Tal limite irá variar conforme o caso, em função de uma pluralidade de fatores tanto ambientais[51]

---

50. Cf. A. Panebianco, *Imperativi organizzativi, conflitti interni e ideologia nei partiti comunisti*, cit.

51. Por exemplo, a existência de um sistema de financiamento público para os partidos representados no parlamento pode oferecer recursos fundamentais para a institucionalização, mesmo de um partido muito pequeno, desde que consiga conquistar alguma cadeira.

quanto atinentes ao modelo originário da organização. Isso explica por que nem todas as pequenas organizações são necessariamente seitas. Mesmo uma pequena organização pode, na verdade, ter superado o seu limite de sobrevivência *específico*, ou seja, apesar das aparências devidas às dimensões reduzidas, pode vir a controlar aqueles recursos específicos que, no seu caso, permitem a institucionalização. De qualquer forma, estabelecer onde deve se situar o limite de sobrevivência dos vários partidos requer sempre avaliações *ad hoc*.

Seguindo esse raciocínio, também é possível supor a existência de um limite máximo que, uma vez superado, os efeitos autônomos da dimensão voltam a se manifestar. Dessa vez, porém, por meio de uma crescente rigidez organizativa em razão de uma complexidade interna não mais controlável pelos líderes. O crescimento de dimensões cria pressões a cada aumento da complexidade interna (mesmo que a resposta dos líderes não seja automática). Se a pressão for compatível com a estrutura de poder, se, dada uma pressão causada pela ampliação de dimensões, a coalizão dominante considerar coerentes com o objetivo da estabilidade organizativa os aumentos da complexidade interna, eles ocorrerão efetivamente. Para além de um certo limite de grandeza, começarão a produzir, porém, efeitos negativos em razão da extrema divisão, heterogeneidade e burocratização. Definirei esse limite crítico como *limite de enrijecimento*. Trata-se do efeito chamado por Downs de "síndrome de ossificação". Esta se manifesta plenamente no final de um ciclo de enrijecimento progressivo:

> (...) quando um setor operante (ou um conjunto de setores) se expande muito. Quanto maior se torna e mais rápido cresce, mais é provável que o ciclo se complete, mesmo que a dimensão absoluta seja uma causa mais poderosa do que a velocidade de crescimento. À medida que o setor se expande, seus dirigentes sofrerão uma crescente perda de autoridade. Seus esforços para reagir a essa perda constituem a

segunda fase do ciclo, o que, por sua vez, levará à terceira fase: uma crescente rigidez de comportamento e de estrutura dentro do setor.[52]

Em outras palavras, quando as dimensões superam uma certa ordem de grandeza, segundo Downs, os efeitos são muito semelhantes àqueles "círculos viciosos" que há muitos anos Michel Crozier indicava como característicos do "fenômeno burocrático"[53].

Todavia, nos poucos casos de partidos examinados neste livro, vimos indícios, para não dizer provas, da presença de círculos viciosos do gênero. Portanto, é possível supor que esses fenômenos podem se manifestar somente em condições excepcionais, quando um certo partido alcança (como sabemos, sob o estímulo dos seus equilíbrios de poder internos) uma dimensão e um nível de complexidade tais a ponto de superar um (não-determinável) "ponto de não-retorno". Por razões que veremos em breve, é muito raro a complexidade interna de um partido atingir níveis muito elevados. Todavia, caso isso aconteça é plausível supor que surja efetivamente uma síndrome de ossificação do tipo indicado por Downs após uma enorme expansão organizativa. Desse modo, seria possível explicar a circunstância pela qual esses mesmos partidos comandados pela coalizão dominante coesa estável, que praticam ou que praticaram no curso da sua história políticas "imperialistas" de expansão organizativa, geralmente impedem o crescimento, após superadas certas ordens de grandeza[54]. Depois de uma expansão muito grande, o partido interrompe o crescimento, não amplia ulte-

---

52. A. Downs, *Inside Bureaucracy*, cit., p. 158.
53. M. Crozier, *Il fenomeno burocratico*, cit.
54. Um caso totalmente particular, que mereceria uma análise muito detalhada, é o do SPÖ, o Partido Socialista Austríaco, com a relação filiados/eleitores entre as mais altas de todos os partidos europeus (700.000 filiados para 2.300.000 eleitores em 1976): cf. M. A. Sully, *The Socialist Party of Austria*, cit., pp. 213-33. Porém, é claro que o que realmente importa nesse caso é a dimensão *absoluta*, e não a dimensão em relação ao eleitorado.

riormente a *membership*. A explicação tradicional é que o partido encontra, a essa altura, uma "barreira natural", ou seja, esvazia totalmente o reservatório de filiados potenciais. Sem negar totalmente o valor da interpretação tradicional, a minha explicação alternativa é que, alcançados certos níveis de grandeza, os líderes decididamente pisam no freio para evitar o surgimento de uma síndrome do tipo descrito.

Com base nessas considerações, é possível concluir que *somente abaixo* do limite de sobrevivência e *somente acima* do limite de enrijecimento a dimensão exerce um papel efetivamente autônomo sobre a organização.

Para fins exemplificativos, consideramos que a dimensão dos partidos pode variar de 1 a 100; depois, dispusemos ao longo de um *continuum* todas as dimensões possíveis, como na figura 12.

Fig. 12

	Limite de sobrevivência		Limite de enrijecimento	
1	10		90	100

Dado que o limite de sobrevivência é fixado em 10 e o limite de enrijecimento em 90 (exemplo puramente hipotético, uma vez que os limites variam de partido para partido), conforme a hipótese aqui formulada, no intervalo 1-10, de um lado, e no intervalo 90-100, de outro, a dimensão desempenha um papel primário e decisivo ao influenciar as dinâmicas no interior da organização e entre a organização e o ambiente. Porém, acima e abaixo dos dois limites críticos, no intervalo 10-90, a dimensão deixa de ser determinante. Isto é, há uma ampla gama de dimensões que pode combinar-se com uma pluralidade de ordens organizativas (como inequivocamente mostram os casos dos partidos examinados na parte II). Além disso, acima do limite de sobrevivência e abaixo do limite de enrijecimento, a dimensão é, ela própria, um fator manipulado pelas elites em função da defesa da estabilidade organizativa em contextos ambientais variáveis. Para toda a gama de dimensões compreendidas nesse intervalo, é a conformação da coalizão dominante (e, portanto, a distribuição do poder) que explica, muito mais do que a dimensão, as dinâmicas organizativas.

A dimensão das subunidades

Se a grandeza do partido não é, a não ser em condições específicas, um fator significativo da dinâmica organizativa, poder-se-ia sustentar que variações na dimensão dos órgãos internos, das subunidades do partido, exercem efeitos autônomos. Essa hipótese parece confirmada ao menos em parte: de fato, a dimensão das subunidades parece potencialmente mais capaz de influenciar aspectos da vida interna dos partidos do que a dimensão global. Porém, mesmo nesse caso, surgem, em grande medida, as relações e os equilíbrios de poder internos. Ou melhor, a dimensão das subunidades (um fator, por assim dizer, "técnico") interage com o estado das relações internas de poder ao produzir conseqüências para a dinâmica organizativa.

Nesse âmbito, três problemas merecem ser considerados:
1) a influência exercida pela dimensão das suas subunidades sobre o mapa do poder organizativo, sobre o organograma da organização;
2) os mecanismos que favorecem a expansão das subunidades organizativas;
3) a relação entre a dimensão das subunidades e os índices de participação interna.

Sobre o primeiro ponto, corresponde à evidência empírica a constatação de que em cada partido as unidades de dimensão mais restrita prevalecem sobre as unidades de dimensão mais ampla, independentemente da relação hierárquico-formal existente. Em todos os níveis, quer se trate da relação entre órgãos nacionais, intermediários ou periféricos, a regra é que os órgãos formalmente executivos (de dimensão mais restrita) prevalecem sobre órgãos formalmente deliberantes (de dimensão mais ampla)[55]. Realmente, trata-se, nesse caso, ao menos em parte, de um efeito autônomo da dimensão. Só os pequenos grupos podem funcionar conforme o método dos *comitês*[56]. Trata-se, em geral, de unidades cujos membros interagem freqüentemente, com regularidade, e que funcionam mediante negociações e "compensações recíprocas diferidas"[57], que tomam decisões com base na regra da unanimidade. A coesão do órgão executivo e o sigilo, a ausência de publicidade[58], que caracterizam os processos de decisão e cujas dinâmicas escapam a um observador externo, não deixam ao órgão deliberativo, por falta de informações, outra possibilidade além da ratificação das decisões adotadas. Some-se a isso que, sob a pressão dos eventos, a maior parte das decisões que o órgão executivo adota não é nem mesmo submetida à ratificação do órgão deliberativo (que, pelas suas amplas dimensões, geralmente se reúne em intervalos de tempo muito grandes).

Porém, a relação entre órgãos executivos e órgãos deliberativos se configura como uma relação de dominação/subordinação *somente se* não existirem grandes divisões no interior do órgão executivo. Um comitê, para funcionar nos termos descritos, deve se basear na regra da unanimidade. Se, ao contrário, se dividir em maiorias e minorias, correrá o risco de uma paralisia, e se a divisão se cristalizar prejudi-

---

55. Cf., por exemplo, no caso do PCI, G. Poggi (org.), *L'organizzazione partitica del PCI e della DC*, cit., S. Hellman, *Organization and Ideology in Four Italian Communist Federations*, cit. Mas, na verdade, a observação pode ser repetida, sem exceção, para todos os partidos políticos.
56. Cf. G. Sartori, "Tecniche decisionali e sistema dei comitati", *Rivista Italiana di Scienza Politica*, IV (1974), pp. 5-42.
57. Cf. R. D'Alimonte, "Regola di maggioranza, stabilità e equidistribuzione", *Rivista Italiana di Scienza Politica*, IV (1974), pp. 43-105.
58. Sobre as funções do sigilo nas organizações burocráticas, ver M. Crozier, *Il fenomeno burocratico*, cit., pp. 196 ss.

cando sistematicamente a minoria no processo de decisão, ela inevitavelmente transferirá para fora do órgão executivo o seu dissenso: a divulgação do dissenso e a conseqüente circulação das informações tolherão ao órgão executivo o principal *atout* (o sigilo), que garante a sua preminência organizativa. A essa altura, o órgão deliberativo será investido de um poder de decisão real em relação aos problemas em discussão, e não mais de um simples papel de ratificação. Por exemplo, a seleção dos candidatos ao parlamento nas associações trabalhistas e conservadoras locais normalmente é feita por pequenas comissões, constituídas *ad hoc*, e, mais tarde, a decisão é ratificada pela assembléia de associação[59]. Praticamente não se verificam casos em que uma decisão adotada por unanimidade pela comissão seja repudiada pela assembléia de associação. Mas, quando não se obtém acordo na comissão ou se ocorrem conflitos graves, a assembléia é efetivamente encarregada do problema e adquire um poder de decisão real[60]. Por isso, a hipótese pode ser requalificada, asseverando-se que o órgão menor tende a prevalecer sistematicamente sobre o maior quanto mais coesa for a coalizão dominante que o controla e se as minorias internas não estiverem nele representadas. Do contrário, haverá grandes oscilações nas relações entre as duas unidades organizativas, em decorrência do problema debatido e dos alinhamentos que dele resultam.

Sobre o segundo ponto, os mecanismos que presidem o fenômeno do crescimento de dimensão de certas unidades organizativas são, principalmente, de duas ordens: o fruto da *cooptação* ou de pressões individuais ou de grupo a cada avanço de carreira. A tendência à expansão dos órgãos dirigentes dos partidos foi muitas vezes observada. Por exemplo, o órgão executivo da CDU, o Comitê Federal, passa de 17 membros, em 1950, para mais de 50 membros na metade dos anos 50[61]. Numa análise dos órgãos nacionais

---

59. M. Rush, *The Selection of Parliamentary Candidates*, cit., p. 51.
60. *Ibidem*, p. 51.
61. A. J. Heidenheimer, *Adenauer and the CDU*, cit. p. 202.

dos partidos italianos no período 1946-1966, observa-se: "(...) a existência de uma tendência a ampliar o órgão máximo do partido, alternada com momentos estacionários e acompanhada por breves períodos de inversão de tendência"[62]. Tendências análogas foram registradas no caso dos órgãos dirigentes de alguns partidos franceses[63].

É possível supor que a tendência à expansão dos órgãos dirigentes deve-se, essencialmente, à disputa entre os seus diversos componentes internos. Nessa hipótese, a expansão é o fruto de tentativas dos diversos grupos (facções ou tendências) para modificar em benefício próprio as relações de força, cooptando no interior do órgão dirigente os elementos mais fiéis. Outra hipótese é de que a tendência à expansão deveria ser mais forte quanto menos coesa e estável fosse a coalizão dominante do partido. Se não agissem também outros fatores, poder-se-ia, portanto, formular a hipótese segundo a qual a expansão é grande quando a coalizão dominante é dividida e instável, os momentos estacionários coincidem com fases de equilíbrio (estabilidade nas relações entre os diversos componentes) e os momentos de redução da dimensão coincidem com a passagem de coalizões dominantes (mais) divididas para coalizões dominantes (mais) coesas. Nesse último caso, o aumento da coesão da coalizão estimula os líderes a reduzir a dimensão do órgão dirigente para restringir, ulteriormente, as margens de manobra das minorias. Porém, outros fatores *também* agem, em particular uma pressão autônoma a partir do exterior, a pressão exercida por aqueles que tentam entrar no órgão dirigente. Em parte, a tendência periodicamente registrada à expansão de certos órgãos dirigentes depende de sua dinâmica interna. Mas, em parte, depende também do imperativo, para a coalizão dominante, de ampliar periodicamente o *pool* de recursos disponíveis para distribuí-los aos carreiristas. Se mui-

---

62. G. Sani, "Alcuni dati sul ricambio della dirigenza partitica nazionale in Italia", *Rassegna Italiana di Sociologia*, VIII (1967), p. 135.
63. W. R. Schonfeld, "La Stabilité des Dirigeants des Partis Politiques", *Revue Française de Science Politique*, XXX (1980), pp. 477-504.

tos carreiristas se "aglomeram" e forçam as portas do órgão dirigente, a não-ampliação da sua dimensão pode produzir efeitos desestabilizadores sobre o partido (isto é, jogar nos braços das minorias internas os carreiristas frustrados). Portanto, pode-se concordar com a avaliação segundo a qual:

> (...) talvez seja possível sugerir, em nível mais geral, que a tendência ao alargamento seja o resultado da pressão exercida, por um lado, pelos dirigentes que estão no poder para permanecerem no cargo e, por outro, pelas novas levas que desejam se inserir no nível máximo da direção. A ampliação das dimensões, portanto, viria a se configurar como um instrumento que possibilita, em certa medida, a "renovação na continuidade".[64]

Se essas são, fundamentalmente, as causas da expansão de certos órgãos dirigentes (de tipo colegial, em particular), várias podem ser as causas de expansão de outras unidades organizativas. Com efeito, pode-se afirmar que os dirigentes de certas subunidades, em muitos casos, farão esforços deliberados para expandir a dimensão da subunidade que controlam, a fim de melhorar a própria posição em relação aos outros dirigentes do mesmo nível hierárquico. Isso se verifica, sobretudo, se a mobilidade ascendente por outros canais é provisoriamente interrompida. Há dois modos de fazer carreira: o primeiro é passar diretamente para o nível hierárquico superior; o segundo é aumentar a importância dentro da organização do "setor" pelo qual se é responsável[65]. A disputa entre os dirigentes nos diversos níveis explica, em grande parte, a tendência observada em muitas organizações à expansão da dimensão dos diferentes setores. Cada dirigente "ambicioso" procurará fortalecer o próprio prestígio alargando a esfera de atividade (o que implica, geralmente, um aumento de pessoal) do próprio setor à custa de outros setores, a fim de controlar recursos suficien-

---

64. G. Sani, *Alcuni dati sul ricambio della dirigenza partitica nazionale in Italia*, cit., pp. 135-6.
65. Para essa tese, cf., dentre outros, A. Downs, *Inside Bureaucracy*, cit.

tes para uma ulterior escalada. A disputa entre dirigentes de seção, de federação etc., a fim de garantir mais mandatos nos congressos, explica muito das energias investidas na filiação de novos adeptos. Nesse caso, o aumento de dimensão das unidades, para efeito da disputa, determina um aumento da dimensão global do partido. Em outros casos, ao contrário, o crescimento de uma subunidade se dá em prejuízo de outras (por exemplo, quando uma parte das funções e do pessoal de um setor-organização fica a cargo do setor de propaganda e comunicação) e, nesse caso, isso não produz efeitos sobre a dimensão do partido. Porém, o dirigente envidará esforços consideráveis para expandir o papel e a importância do seu setor (com um provável crescimento de dimensões) somente se não houver possibilidades imediatas e menos dispendiosas de ascensão de carreira por outras vias. Portanto, a hipótese pode ser reformulada, sustentando-se que *a dimensão das subunidades tende a variar em relação inversa às chances imediatas de ascensão dos seus dirigentes*.

Naturalmente, essas hipóteses se enquadram numa teoria da troca infra-organizativa. Aumentando a importância e a dimensão do próprio setor, o dirigente reestrutura as bases das suas trocas internas, aumenta o próprio controle sobre as zonas de incerteza da organização e modifica, portanto, a seu próprio favor, as relações de poder com os outros atores. Além disso, quando a expansão da subunidade é planejada e comandada diretamente pelo seu líder, ele geralmente consegue neutralizar, por meio da cooptação de elementos fiéis, os efeitos de heterogeneização política potencialmente favorecidos pelo crescimento. No PSF, contrariamente à hipótese que quer sempre mais politicamente heterogêneas as organizações maiores, as grandes federações mostram-se mais coesas (dominadas por um único líder de prestígio) do que as federações pequenas, muito mais faccionalizadas no seu interior[66].

---

66. R. Cayrol, "Les votes des Fédérations dans les Congrès et Conseil Nationaux du Parti Socialiste (1958-1970)", *Revue Française de Science Politique*, XXI (1971), p. 65.

Por último, a dimensão exerce um certo papel ao influenciar o índice de participação interna. Segundo a famosa tese de Olson, só os pequenos grupos são capazes de uma participação sustentada, enquanto os grandes precisam servir-se de incentivos seletivos para manter alta a participação[67]. Porém, a disponibilidade de incentivos seletivos não varia proporcionalmente à variação de dimensões: por exemplo, uma seção de 1.000 filiados geralmente não tem muito mais cargos a serem distribuídos do que uma seção de 50 filiados. Em igualdade de incentivos seletivos, a teoria de Olson diz que a participação é maior nas subunidades de menor dimensão[68]. Eis a razão para a hipótese segundo a qual os partidos com maior participação são organizados num número muito elevado de pequenas associações de base, mais do que num número restrito de grandes associações[69]. Sob esse aspecto, manipular a dimensão das unidades de base significa ampliar ou diminuir o nível de participação dos filiados. Naturalmente, a manipulação se dará numa direção ou em outra, conforme o tipo de coalizão dominante e as diferentes estratégias que cada tipo de coalizão põe em ação para salvaguardar a estabilidade organizativa do partido.

Complexidade e controle eleitoral

Referi-me, por diversas vezes no decorrer deste capítulo, ao problema da "complexidade", mas sem defini-la precisamente e limitando-me a indicar, vez por outra, alguns de seus componentes (diferenciação horizontal, diferencia-

---

67. M. Olson, *The Logic of Collective Action*, cit.
68. Porém, ver as objeções de B. Barry, *Sociologists, Economists and Democracy*, cit., pp. 23-39. A principal limitação da posição de Olson é não considerar que a participação, além de depender de incentivos seletivos, também pode depender da distribuição de incentivos coletivos de identidade. Esse ponto é formulado e elaborado por A. Pizzorno, *Interest and Parties in Pluralism*, cit.
69. A. Gaxie, *Economie des Partis et Rétributions du Militantisme*, cit., p. 139.

ção vertical, índice de burocratização etc.). Passo a observar agora que o problema da complexidade organizativa se coloca em termos ao menos em parte diferentes, no caso dos partidos em relação ao das empresas industriais ou das administrações públicas. O nível de complexidade de uma organização geralmente é medido com base nos seguintes parâmetros[70] (ou em alguns deles):

1) O nível de *especialização*, a divisão do trabalho medida pelo número de setores do mesmo nível (diferenciação horizontal).

2) O grau de *padronização* dos procedimentos.

3) O grau de *formalização* (desenvolvimento de sistemas de comunicação escrita).

4) O número de *níveis hierárquicos* (diferenciação vertical).

5) O índice de *burocratização*, ou seja, o número de administradores sobre o total dos componentes da organização.

Ao mesmo tempo, notamos de pronto um fato aparentemente anômalo. Segundo uma teoria, baseada, aliás, em estudos empíricos aprofundados, enquanto todas essas dimensões tendem a estar positivamente correlacionadas entre si (por isso, quanto mais a organização se especializa, maior é o índice de burocratização etc.), estando unidas, essas dimensões da complexidade estariam inversamente correlacionadas ao grau de centralização das decisões[71]. Em outras palavras, quanto mais complexa é uma organização, menos centralizado é o processo de decisão no seu interior. Essa teoria aparentemente contrasta com a tese por mim defendida ao discutir os dois tipos ideais de institucionalização forte e de institucionalização fraca, segundo a qual uma burocratização forte é acompanhada por uma centrali-

---

70. O elenco compreende tanto os critérios utilizados por Peter Blau nas suas pesquisas quanto os "índices de Aston", usados em diversas pesquisas empíricas sobre empresas privadas pelo chamado "Aston Group", sob a direção de D. S. Pugh. Algumas dessas pesquisas são citadas na nota 12.

71. Cf., por exemplo, D. S. Pugh *et al.*, *Dimensions of Organizations Structure*, cit.

zação da autoridade igualmente forte. Mas a contradição é apenas aparente. De fato, quanto mais burocrática é uma organização, maiores os níveis hierárquicos no seu interior. A existência de muitos níveis hierárquicos implica, inevitavelmente, uma descentralização de decisões. Muitas microdecisões são tomadas pelos funcionários nos vários níveis hierárquicos, sem consultar os dirigentes dos níveis superiores. Mas trata-se justamente de microdecisões que dizem respeito à rotina, a decisões *administrativas* tomadas autonomamente, mas de acordo com diretivas, no geral, ditadas pelo alto. Por sua vez, as decisões *políticas* ou estratégicas (as decisões relativas ao governo da organização) estão sempre centralizadas nas organizações burocráticas[72] (mesmo que não necessariamente *apenas* nas organizações burocráticas, como demonstra o caso dos partidos carismáticos). A existência de muitos níveis hierárquicos faz com que o volume global das decisões tomadas dentro da organização seja muito elevado[73]. Portanto, se não distinguirmos entre decisões administrativas e decisões políticas, poderemos também ter a impressão de que uma organização muito complexa (e, por isso, muito burocrática) é uma organização em que o processo de decisão é muito descentralizado. Por um lado, isso está correto: porém, a descentralização diz respeito somente a decisões administrativas (de rotina). Certamente, há descentralização nos partidos com elevado índice de burocratização: os funcionários do SPD, do PCI, do PCF e do Partido Conservador britânico tomam decisões autônomas sobre toda uma série de problemas quotidianos, mas o ponto é que o fazem, geralmente, atendo-se a uma direção (política) estabelecida no vértice do partido (de acordo com uma "estrutu-

---

72. Uma vasta literatura destaca esse aspecto: por exemplo, P. Selznick, *La leadership nelle organizzazioni*, cit., M. Crozier, *Il fenomeno burocratico*, cit., C. Perrow, *Le organizzazioni complesse*, cit. Mais especificamente, sobre a distinção entre decisões de governo e decisões de rotina, cf. H. Haldrich, *Organizations and Environment*, cit., p. 11.

73. P. Blau, "Decentralization in Bureaucracy", in M. N. Zald (org.), *Power in Organizations*, Nashville, Vanderbilt University Press, 1970, pp. 97-143.

ra das oportunidades" que, nesses partidos, premia a disputa de tipo centrípeto sobre a de tipo centrífugo).

Dito isso, acrescente-se também que as diversas características da "complexidade" elencadas acima (especialização, formalização etc.) não parecem adaptar-se igualmente bem à medição do nível de complexidade dos partidos. Por exemplo, os dados de que dispomos sugerem que o nível de formalização (produção de normas e regulamentos escritos) é mais elevado nos partidos *menos* burocratizados. As regras de seleção dos candidatos ao parlamento são muito mais formalizadas no Partido Trabalhista do que no Partido Conservador, não obstante o índice de burocratização do Partido Trabalhista ser inferior. No LDP, o Partido Liberal-Democrata Japonês, que dispõe de poucos funcionários, os procedimentos para a distribuição dos fundos entre as diferentes facções são, conforme diversos estudos, muito formalizados[74]. E muitos outros exemplos poderiam ser citados. Na verdade, tudo leva a crer que a formalização é, geralmente, uma técnica de controle organizativo *substitutiva* da burocratização em vez de, necessariamente, um componente da própria burocratização.

Um segundo fator que faz considerar pouco aplicáveis, sem adaptações, certos instrumentos de medida da complexidade no caso dos partidos é dado pela circunstância de que não é pacífico o que se deve entender exatamente, nesse caso, por componente administrativo ou burocracia em sentido próprio. Nos partidos pode haver dois tipos diferentes de burocracia: uma *executiva* e uma *representativa*. A executiva é própria, por exemplo, dos partidos ingleses: um corpo de funcionários pagos, que não detêm cargos políticos de nenhum tipo, funcionários *designados* pelo alto para desempenharem atividades exclusivamente administrativas. A bu-

---

74. Sobre a elevada formalização dos procedimentos de distribuição dos fundos entre as facções do LDP e sobre a importância da adesão às "regras" para evitar graves conflitos de facções quanto a esse problema, cf., por exemplo, N. B. Thayer, *How the Conservatives Rule Japan*, cit., pp. 277 ss.

rocracia representativa é, por sua vez, própria sobretudo – mas não somente – dos partidos de massa comunistas e socialistas. Trata-se, nesse caso, de funcionários pagos, que *também* detêm cargos políticos (muitos dos quais eletivos) dentro da organização. Enquanto a burocracia executiva corresponde, ao menos em parte, àquela encontrada pelos sociólogos da organização quando estudam as empresas industriais ou as administrações públicas, a burocracia representativa de certos partidos (e também de muitos sindicatos) é um fenômeno *sui generis*. Os partidos – assim como os sindicatos – são, de fato, organizações "mistas", que combinam (em tensão recíproca) princípios de funcionamento das organizações de base não-voluntária e princípios de funcionamento das associações voluntárias. Trata-se de organizações cujo esquema de funcionamento "é caracterizado pela compenetração e pela coexistência de elementos burocráticos e eleitorais, ora em antagonismo, ora em simbiose entre si"[75]. O fato de muitos dos cargos nos diversos níveis hierárquicos serem de origem eletiva explica por que o problema da "complexidade" deve ser colocado de modo diferente nos partidos em relação a outros tipos de burocracias. Michels considerava que o princípio eletivo era, de fato, anulado nos seus possíveis efeitos pela combinação de apatia dos filiados e de burocratização do partido. Porém, ele entendia o poder organizativo como uma relação do tipo dominantes-dominados. No âmbito de uma concepção do poder como relação de troca, embora desigual, a avaliação sobre o papel das eleições internas nos partidos deve ser, ao menos em parte, diferente. Certamente, as eleições são sempre muito manipuladas pelos líderes. Todavia, o simples fato de existirem no partido processos eleitorais regulares não pode ser considerado sem efeitos: sobretudo porque, se é verdade que os recursos do poder tendem a estar concentrados em grupos

---

75. L. Donaldson, M. Warner, "Struttura burocratica e struttura democratica in un gruppo di sindacati e associazioni professionali in Gran Bretagna", in G. Gasparini (org.), *Sindacato e organizzazione*, Milão, Franco Angeli, 1978, p. 238.

restritos, jamais estarão completamente concentrados e, além disso, há sempre a possibilidade de que eles tenham uma difusão ulterior. Ainda que capazes de amplas possibilidades de manipulação – sobretudo, como observou Duverger, mediante o uso generalizado do "sufrágio indireto"[76] –, de todo modo os líderes e os "burocratas representativos" são obrigados a levar a sério esses prazos e a dedicar muito tempo e muita energia para garantir o consenso da base. A existência de mecanismos de controle eleitoral incide sobre o nível de complexidade organizativa. Em recente pesquisa sobre um grupo de sindicatos ingleses, confirmou-se a hipótese segundo a qual "(...) as associações nas quais as eleições desempenham um papel importante [têm] sistemas administrativos menos especializados, menos padronizados e formalizados, com uma menor subordinação hierárquica, e [são], em geral, menos burocráticas em relação àquelas em que a eleição dos funcionários desempenha um papel menor"[77].

Além disso, a centralização da autoridade mostra-se nitidamente superior nessas associações:

> Parece que as organizações em que se busca uma forma de controle democrático são claramente mais centralizadas, e isso refletiria a práxis de remeter as decisões a órgãos superiores (comitês executivos, nacionais, comitês regionais, subcomissões das autoridades locais etc.), com o objetivo de assegurar uma verificação da condução administrativa por parte dos representantes da população, ou seja, dos componentes dos ditos órgãos de controle. Isso nos permite adiantar a hipótese de que todas *as associações de interesse ocupacional deveriam apresentar, como tendência comum, uma maior centralização em relação a outras organizações não submetidas a um controle público ou democrático.*[78]

---

76. "(...) o sufrágio indireto é um excelente instrumento para evitar o uso do método democrático, fingindo aplicá-lo", M. Duverger, *I partiti politici*, cit., p. 191.

77. L. Donaldson, M. Warner, *Struttura burocratica e struttura democratica in un gruppo di sindacati e associazioni professionali in Gran Bretagna*, cit., p. 240.

78. *Ibidem*, p. 241, grifo dos autores.

As conclusões dessa pesquisa sobre os sindicatos correspondem, na verdade, a tudo o que se deduz quando se examina a ordem interna de muitos partidos que parecem apresentar níveis de complexidade organizativa interna inferiores aos das organizações não representativas. Mesmo partidos muito diferenciados, quer verticalmente, quer horizontalmente, como o PCI ou o PCF, parecem menos complexos do que grandes empresas em dimensões semelhantes. Já sabemos que um poderoso freio para conter um incremento excessivo do nível de complexidade interna é dado, nos partidos, pelo fato de que diferenciações excessivas tendem a desvalorizar o valor simbólico e de *status* de cada novo posto criado, reduzindo a capacidade do partido de distribuir incentivos seletivos. Acrescente-se que a existência de sistemas de controle eleitoral também desempenha um papel de freio análogo sobre a complexidade. Mais uma vez, portanto, é ao exame da conformação da coalizão dominante que se deve recorrer para compreender as razões das diferenças nos níveis de complexidade entre partidos. Porque, se os sistemas de controle eleitoral freiam as tendências à complexidade, é possível supor que, em igualdade de outras condições, *a graus diferentes de eficácia no controle eleitoral devem corresponder graus diferentes de complexidade organizativa.* Portanto, a pergunta a ser respondida é: quando o controle eleitoral é mais eficaz? A resposta é que o controle eleitoral é mais eficaz quando existem elites que disputam o poder (e, portanto, dentre as que votam, aquelas que podem escolher)[79]. Disso resulta que o controle eleitoral é mais eficaz na presença de coalizões dominantes *divididas* e menos eficaz na presença de coalizões dominantes *coesas*. Natural-

---

79. Sobre a disputa infra-organizativa "aberta" entre elites como *condicio sine qua non* de um controle eleitoral eficaz da "base", cf. S. M. Lipset, M. A. Trow, J. S. Coleman, *Democrazia sindacale*, cit. Para o caso dos partidos, cf. também S. Barnes, *Party Democracy: Politics in an Italian Socialist Federation*, cit. Ao lado da disputa aberta entre elites na presença de um certo equilíbrio das forças, a existência de uma sólida autonomia administrativa local também é indicada como um fator que favorece o controle eleitoral. Ver J. D. Edelstein, M. Warner, *Comparative Union Democracy*, cit., pp. 70 ss.

mente, em igualdade de condições: porque mesmo no caso de uma coalizão dividida o controle eleitoral pode se tornar menos eficaz de vários modos (por exemplo, pelo clientelismo). Seguindo esse raciocínio, tem-se que os níveis superiores de complexidade deveriam estar mais facilmente associados a coalizões dominantes coesas (controle eleitoral menos eficaz) do que a coalizões dominantes divididas (controle eleitoral mais eficaz). O que explica, ao menos em parte, por que o PCI, o PCF ou o SPD são, ou foram, partidos mais "complexos" do que a SFIO ou o PSI.

Os sistemas eleitorais

As considerações anteriores nos obrigam, inevitavelmente, a discutir aquelas importantíssimas "regras do jogo", que são, dentro dos partidos, os sistemas eleitorais em vigor e a sua relação com os conflitos infra-organizativos. A esse respeito, a discussão entre os cientistas políticos é, substancialmente, polarizada. De um lado, a tese sustentada por Giovanni Sartori segundo a qual o sistema eleitoral influencia as relações de poder internas ao partido: por isso, por exemplo, a proliferação das facções é favorecida pelos sistemas eleitorais proporcionais e desencorajada pelos sistemas majoritários ou que, de todo modo, prevêem cláusulas consistentes de impedimento[80]. De outro, a tese segundo a qual o tipo de sistema eleitoral em vigor é mais o *reflexo* das relações de força que se estabelecerem autonomamente entre os grupos internos do que uma *causa* dessas mesmas relações de força[81]. Na minha opinião, ambas as teses contêm elementos verdadeiros. São as relações de força entre os diferentes grupos, a distribuição do poder que se realiza no interior do partido que influenciam na escolha de um ou outro tipo de sistema eleitoral. Mas, uma vez feita tal esco-

---

80. G. Sartori, *Parties and Party System*, cit., pp. 96 ss.
81. Cf. as contribuições de G. Pasquino e G. Zincone, in *Correnti, frazioni e fazioni nei partiti politici italiani*, Bolonha, Il Mulino, 1973.

lha, o sistema eleitoral adotado retroage, ao menos em certa medida, às relações de força entre os grupos. Se a coalizão dominante é composta por muitas facções, é provável que o acordo entre as facções faça com que se tenda à adoção de um sistema proporcional que melhor salvaguarde o peso de cada facção. Uma vez adotado, o sistema proporcional fortalece o faccionismo e, às vezes, encoraja a proliferação de novas facções e/ou permite seu fortalecimento organizativo. Tanto no caso da DC como no do PSI, a opção por um sistema eleitoral interno proporcional durante os anos 60 foi o efeito (e não a causa) de um processo de faccionalização devido a uma disponibilidade ampliada de controle dos grupos internos sobre recursos públicos. A adoção de um sistema proporcional, por sua vez, encorajou uma proliferação ulterior das facções. A influência recíproca entre o tipo de sistema eleitoral interno e a distribuição do poder no interior dos partidos é perfeitamente esclarecida por uma análise feita sobre a DC do período (anos 50 e início dos anos 60), em que o sistema eleitoral em vigor era o majoritário corrigido pelo *panachage* (faculdade de voto para candidatos de mais listas). Segundo os autores dessa pesquisa, a avaliação sobre a funcionalidade (com a finalidade de reduzir os conflitos internos) do sistema eleitoral depende da natureza das divisões que atravessavam o partido. Se as divisões eram rígidas, o sistema em vigor permitia atenuar os conflitos; se as divisões eram "brandas", o sistema atenuava o conflito a ponto de encorajar o transformismo. A hipótese era assim visualizada:

Fig. 13

		Rigidez das divisões internas	
Uso do *panachage*		Muito rígidas	Pouco rígidas
	Admitido	I	II
	Não admitido	III	IV

Fonte: G. Poggi (org.), *L'organizzazione partitica del PCI e della DC*, cit., 248.

Segundo os autores:

> Os casos I e IV são hipóteses de situações em que o uso de uma técnica eleitoral específica é compatível tanto com a necessidade de atenuar as divergências quanto com a necessidade de clareza política. Os casos III e II representam, por sua vez, situações em que a junção da técnica eleitoral e da rigidez variável das divisões internas tende a desequilibrar o sistema, produzindo, respectivamente, uma aproximação do ponto de ruptura (III) e a degeneração na absoluta confusão interna (II).[82]

Em outras palavras, um sistema eleitoral *idêntico* poderia manifestar efeitos muito diferentes conforme o tipo de divisões e de conflitos entre os grupos internos[83].

Conclusões

Neste capítulo, discuti a possível incidência de uma série de fatores "técnicos" (a dimensão organizativa, a dimensão das subunidades, a divisão do trabalho, os sistemas eleitorais) sobre o funcionamento dos partidos. A cada vez, o problema do poder surgiu, pontualmente, nas entrelinhas da discussão. Todo problema "técnico" no interior de qualquer organização sempre remete a um problema "político" subjacente, ou seja, está relacionado com os problemas ligados à distribuição dos recursos do poder no interior da organização. As soluções "técnicas", portanto, irão variar em função dos equilíbrios de poder. Contrariamente ao que Michels sustentava, a dimensão, salvo situações excepcionais, não parece exercer efeitos autônomos de grande peso sobre as

---

82. G. Poggi (org.), *L'organizzazione partitica del PCI e della DC*, cit., p. 248.
83. Para uma discussão interessante sobre o papel dos sistemas eleitorais internos nas organizações sindicais, mas somente em parte extensível ao caso dos partidos, cf. J. D. Edelstein, M. Warner, *Comparative Union Democracy*, cit., pp. 72 ss.

dinâmicas organizativas. Antes, são as relações entre a organização e o seu ambiente externo – um problema decididamente negligenciado por Michels – que desenvolvem, sob esse aspecto, um papel muito mais importante. Esse será o tema do próximo capítulo.

XI. A organização e o ambiente

Premissa

Ao longo de toda a análise, referi-me a dois diferentes aspectos da relação organização-ambiente: por um lado, algumas vezes frisei como as pressões e as mudanças ambientais incidem sobre a organização; por outro, afirmei repetidamente a importância do *"domain"*, do "território de caça", daquela porção do ambiente que a organização seleciona e recorta por meio da ideologia, e cujo controle é essencial para a manutenção da sua identidade. Vimos, ainda, que o grau de adaptação do partido aos ambientes nos quais está inserido depende essencialmente de dois fatores:

As características ambientais. Certos ambientes impõem à organização a adaptação, outros lhe permitem amplas possibilidades de manipulação.

O nível de institucionalização do partido. Quanto mais forte é a institucionalização, menos o partido tenderá a se adaptar passivamente ao ambiente e terá maiores condições de dominá-lo. E, correlativamente, quanto mais fraca é a institucionalização do partido, maior a sua adaptação passiva.

Dessa elaboração decorre que as relações organização-ambiente devem ser consideradas como relações de interdependência, nas quais o partido e os "ambientes" em que atua se influenciam reciprocamente, mesmo que de formas diferentes, conforme o tipo de partido e o tipo de ambiente.

Neste capítulo, procurarei explorar o mais sistematicamente possível essas relações. Como no capítulo anterior, também nesse caso se tratará de uma análise predominantemente de esclarecimento conceitual, e as hipóteses que vez por outra forem formuladas serão apenas minimamente amparadas por dados empíricos suficientes. Não porque os "ambientes" em que atuam os partidos (daquele eleitoral àquele parlamentar) não sejam objeto de atenção por parte dos cientistas políticos; antes, são talvez os setores mais intensamente estudados. Mas porque muito raramente esses estudos dizem respeito à incidência do ambiente, ou de uma dada configuração ambiental, sobre as organizações partidárias.

As características ambientais

A dimensão mais sistematicamente explorada pela teoria organizativa é o *grau de incerteza* que a organização tem de enfrentar nas suas relações com o ambiente. Já indiquei (no cap. III) um dos *atouts* fundamentais do poder organizativo no controle sobre a incerteza ambiental. A questão, no entanto, é que a incerteza ambiental é uma variável: certos ambientes podem ser altamente previsíveis (baixo grau de incerteza), outros podem ser totalmente imprevisíveis (alto grau de incerteza). Um mesmo ambiente pode se transformar, pelas mais diversas razões, de previsível em imprevisível.

Três dimensões do ambiente estão predominantemente associadas na literatura ao grau de incerteza: complexidade/simplicidade; estabilidade/instabilidade; liberalidade/iliberalidade (ou hostilidade).

A complexidade ambiental. Vimos, no capítulo anterior, a existência de uma vertente da teoria organizativa que, na esteira de Michels, sustenta que o nível de complexidade interna de uma organização é essencialmente uma função da dimensão da própria organização. Existe, porém, outra vertente, segundo a qual o nível de complexidade de uma organização não depende tanto da dimensão quanto, e muito mais, do nível de complexidade ambiental. Para essa escola, em igualdade de dimensões, maior será a complexidade organizativa quanto mais diversificado e heterogêneo (complexo) for o ambiente da organização[1].

O raciocínio em que se baseia essa hipótese pode ser assim sintetizado: quanto mais complexo o ambiente, mais ele é imprevisível para a organização. A imprevisibilidade ambiental cria uma poderosa pressão sobre a organização: em particular, aumenta a sua propensão para uma especialização interna, para a multiplicação de papéis organizativos especializados na relação com diversos setores do ambiente, com a finalidade de dominar a incerteza. O efeito dessa especialização é o aumento do número de *relés* organizativos[2] ou "pessoal de fronteira"[3], isto é, do número de agentes que mantêm relações privilegiadas com os diferentes segmentos ambientais. Quanto mais numeroso o pessoal de fronteira (do tipo *relé* ou do tipo secante marginal)[4], mais fortes deveriam ser as tensões no interior da organização. De fato, o controle sobre a incerteza ambiental será muito disperso dentro da organização.

Portanto, segundo essa perspectiva, a complexidade ambiental, criando pressões para o aumento da complexidade organizativa, eleva a conflituosidade dentro da organização. Consideremos, por exemplo, o caso dos partidos socialistas e comunistas no "ambiente" definido pela relação desses partidos com a sua tradicional *classe gardée*, o proletariado industrial. Quanto mais esse grupo social é homogêneo em seu interior – por exemplo, dividido simplesmente em operários especializados e não-especializados –, mais a arena

---

1. J. Gabarro, "Organizational Adaptation to Enviromental Change", in F. Baker (org.), *Organizational System*, cit., pp. 196-215.

2. A expressão é de M. Crozier, E. Friedberg, *Attore sociale e sistema*, cit. p. 112.

3. P. E. White, "Intra and Interorganizational Studies. Do they Require Separate Conceptualizations?", *Administration and Society*, VI (1974), pp. 107-52.

4. A diferença entre *relé* e secantes marginais parece consistir no maior controle exercido pelos segundos sobre os sistemas de ação externos à organização: cf. M. Crozier, E. Friedberg, *Attore sociale e sistema*, cit.

apresenta um baixo grau de complexidade para o partido. Por conseguinte, ele não é chamado a desenvolver uma forte diferenciação de papéis internos em relação a esse ambiente. Por sua vez, quanto mais diversificado é o proletariado industrial no seu interior – por níveis de qualificação, condições de trabalho etc. –, maior é o grau de complexidade do ambiente e maior a probabilidade de que os papéis que unem o partido a esse ambiente se diversifiquem. A especialização de papéis em razão de uma maior complexidade ambiental (e, portanto, de uma maior incerteza) deveria produzir efeitos de alargamento, de aumento da conflituosidade dentro da organização[5].

A estabilidade do ambiente. Uma segunda dimensão do grau de incerteza ambiental é dado pela estabilidade/instabilidade do ambiente. A hipótese é de que, quanto menos estável for o ambiente, quanto mais ele for submetido a oscilações e mudanças, mais imprevisível será para a organização. Segundo uma famosa teoria, nos ambientes altamente instáveis somente teriam condições de funcionar as organizações que tivessem promovido no próprio interior uma ampla descentralização de decisão, enquanto organizações mais centralizadas estariam mais aptas a sobreviver e a funcionar em ambientes estáveis[6].

Podem ser concebidos diversos graus de estabilidade/instabilidade ambiental. Uma famosa tipologia diferencia os ambientes organizativos ao longo de uma escala que vai dos ambientes *plácidos* (muito estáveis) aos ambientes *turbulentos* (muito instáveis), supondo para cada tipo efeitos diferentes sobre a organização[7]. Também aqui a principal hipó-

---

5. A esse respeito, ver as observações de S. Tarrow, *Sources of the Alliance Strategies of Non-Ruling Communist Parties*, relatório apresentado na conferência da APSA, em setembro de 1980, mimeo.
6. P. R. Lawrence, J. Lorsch, *Organization and Enviroment. Managing Differentiation and Integration,* Cambridge, Harvard University Press, 1967.
7. Cf. F. E. Emery, E. L. Trist, *Toward a Social Ecology*, Londres, Plenum Press, 1973, e id., "The Causal Texture of Organizational Environments", in F. Baker (org.), *Organizational System*, cit., pp. 165-77.

tese é de que a instabilidade ambiental aumenta a incerteza e se reflete sobre a organização, produzindo um distanciamento entre os seus componentes internos, aumentando a conflituosidade e a contraposição entre linhas políticas divergentes.

> Um ambiente turbulento aumenta a incerteza relativa dos processos de decisão (...) A ausência de conhecimentos exatos sobre o que é necessário fazer aumenta o papel estratégico do *feedback* em relação ao pessoal de fronteira [no "centro" da organização]. O aumento do papel da coordenação por meio do *feedback* promove, por sua vez, uma difusão dos processos de decisão dentro da organização, tornando as estruturas de autoridade centralizadas e hierarquicamente menos utilizáveis.[8]

Adaptada ao caso dos partidos, essa teoria nos revela que, quanto mais instável for o ambiente, maior será a incerteza experimentada pelo partido. Devemos, então, esperar por grandes conflitos internos, porque:

1) a "turbulência" aumenta os impulsos para a difusão do poder de decisão dentro do partido;

2) por conseguinte, torna tendencialmente muito alto o número de agentes que reivindicam para si a capacidade de melhor enfrentar a incerteza ambiental, e as soluções políticas propostas serão fortemente afastadas. Portanto, se o ambiente é turbulento, a coalizão dominante do partido tenderá a ser dividida e instável.

A hostilidade ambiental. Algumas organizações atuam em ambientes muito ameaçadores e hostis, que podem provocar desafios devastadores para a organização, desafios que ameaçam a sua própria sobrevivência. Vimos que o "limite de sobrevivência" (dimensão mínima abaixo da qual a organização fica sem recursos necessários para se institucionalizar) pode não ser superado pelas organizações re-

---

8. D. S. Mileti, D. F. Gillespie, "An Integrated Formalization of Organization-Environment Interdependencies", *Human Relations*, XXIX (1976), p. 91.

cém-nascidas que encontram formidáveis barreiras ambientais. Um mesmo ambiente pode ser muito hostil em relação a certas organizações e muito "liberal" em relação a outras. O grau de tolerância de um ambiente em relação a uma organização específica pode variar muito. A hipótese que geralmente se apresenta é de que, quanto maior a hostilidade ambiental, mais coesa tende a ser a organização em seu interior[9]. Esse fenômeno corresponde à tese segundo a qual as ameaças externas tendem a aumentar a coesão dos grupos[10]. Vimos que a coesão experimentada pelo SPD na fase da institucionalização *também* se explica com a intensidade do desafio externo, com a ameaça que as leis anti-socialistas criavam para a sobrevivência do partido. Portanto, segundo essa hipótese, a hostilidade do ambiente produz incerteza ambiental e, nesse caso, a incerteza tende a aumentar a compactação da organização. Note-se que a incerteza provocada pela hostilidade teria, segundo essa hipótese, efeitos simetricamente opostos àqueles da incerteza produzida pela complexidade ou pela instabilidade ambiental. Essa aparente incongruência não é suficientemente explicada na literatura a que estou me referindo. Ela se torna explicável, a meu ver, somente se considerarmos a diferença fundamental que existe entre a complexidade e a instabilidade, de um lado, e a hostilidade ambiental, de outro. A complexidade e a instabilidade ambiental (aquém de certos limites, como veremos) em geral ameaçam *somente* a estabilidade organizativa, põem em discussão somente as linhas de autoridade da organização, representam uma ameaça à sua *ordem*. A hostilidade, por sua vez, é uma ameaça à própria *sobrevivência* da organização. É essa diferença fundamental que explica os diferentes efeitos.

---

9. Cf. S. M. Shortell, "The Role of Environment in a Configurational Theory of Organizations", *Human Relations*, XXX (1977), pp. 275-302, e P. N. Khandwalla, *Environment and the Organization Structure of Firms*, Montreal, McGill University Press, 1970.

10. L. Coser, *The Functions of Social Conflict*, Nova York, The Free Press, 1956.

Complexidade, instabilidade e hostilidade estão relacionadas entre si. Por exemplo, é difícil que um ambiente muito complexo não seja também instável. Superados certos limites, um ambiente muito complexo e muito instável torna-se (é percebido pelos membros da organização) *hostil*, passa a ameaçar não apenas a ordem organizativa, mas a sobrevivência. Naturalmente, a hostilidade ambiental pode ter várias causas, nem todas, logicamente, relacionadas à complexidade e à instabilidade (por exemplo: a repressão estatal). Porém, freqüentemente existe uma estreita relação.

Esse raciocínio nos permite formular a hipótese da existência de uma *relação curvilínea* entre grau de incerteza ambiental e estabilidade organizativa. Ou seja, é possível supor que as organizações tendem à coesão interna em situações de "tranqüilidade" ambiental (ambientes simples e/ou estáveis), vejam aumentar as próprias divisões internas em situações de incerteza (ambientes complexos e/ou instáveis), para tender novamente à coesão em situações de extrema incerteza (ambientes altamente complexos e/ou instáveis), isto é, em situações de hostilidade ambiental.

Antes de examinar mais detalhadamente as relações partidos-ambiente que levem em consideração os conceitos expostos anteriormente, é necessário fazer um esclarecimento. A literatura até aqui citada coloca-se no interior de um filão de pesquisa (a teoria da contingência), que trata a ordem interna das organizações como uma variável dependente das características ambientais. Já foi dito que uma perspectiva semelhante está somente em parte adequada ao meu esquema de análise, a partir do momento em que:

1) As organizações não se limitam a "adaptar-se", mas, em muitos casos, exercem uma ação autônoma sobre o ambiente; portanto, têm condição, ao menos em certa medida, de "defender-se dos golpes" das mudanças e das pressões ambientais.

2) As variações na fisionomia dos partidos são não apenas efeitos de variações no grau de complexidade, estabilidade e liberalidade dos ambientes, mas também, e sobretu-

do no meu entendimento, da conformação das suas coalizões dominantes.

3) Um aspecto fundamental da relação partido-ambiente (negligenciado pela teoria da contingência) refere-se às atividades de conquista/defesa do *"domain"*, do "território de caça" do partido, do qual depende a sua identidade. A complexidade do ambiente está muito relacionada a esse problema. Logo, as hipóteses acima expostas, dando seguimento à discussão, deverão ser submetidas e adaptadas a uma perspectiva diversa daquela em que foram elaboradas.

Os ambientes dos partidos: as coerções institucionais

Para fins analíticos, podemos decompor o ambiente de um partido em *coerções institucionais* e em *arenas*. Ambas influenciam a organização, mas de modos diversos. As coerções institucionais são aqueles fatores relativamente estáveis que estruturam as arenas (os ambientes em sentido estrito) do partido e, por essa via, influenciam a organização. Em certos casos, as coerções institucionais também podem atuar *diretamente* sobre o partido: tais são, por exemplo, a legislação que regula certos aspectos da vida interna dos partidos na República Federal da Alemanha[11] ou as leis sobre os financiamentos estatais das atividades dos partidos[12]. Porém, com mais freqüência, esses fatores, que aqui defino como institucionais, desempenham uma ação indireta sobre a organização (influenciando seu ambiente).

São válidas, até hoje, muitas observações apresentadas há trinta anos por Duverger[13]. Por exemplo, sobre a tendên-

---

11. Sobre os efeitos da lei quanto aos processos de seleção dos candidatos, cf. W. L. Guttsmann, *Elite Recruitment and Political Leadership in Britain and Germany since 1950: A Comparative Study of MPs and Cabinets*, cit.

12. Para uma panorama atualizado, ver H. E. Alexander (org.), *Political Finance*, Londres, Sage Publications, 1979.

13. M. Duverger, *I partiti politici*, cit., pp. 87 ss.

cia dos partidos a adaptar as próprias estruturas internas ao grau de centralização/descentralização do Estado. Os partidos que atuam num Estado unitário muito centralizado têm maiores probabilidades de ser centralizados no seu interior do que os partidos que atuam num Estado federal ou num Estado unitário com fortes tradições de autogoverno local. Por exemplo, nos Estados federais (Estados Unidos, Austrália[14] etc.), o nível organizativo mais importante no interior dos partidos é, na maioria das vezes, o estatal. Num Estado unitário mas com tradições de autogoverno local muito enraizadas, como a Noruega, a organização municipal do partido será muito importante[15]. E assim por diante. De modo mais geral, as organizações partidárias sofrem pressões para se adaptar à fisionomia institucional do regime político. Sendo o partido uma organização que age em função da disputa eleitoral, ele tende a refletir no próprio interior a hierarquia dos níveis institucionais mais relevantes na disputa pelos cargos públicos[16]. Segundo a minha terminologia, a fisionomia institucional do sistema político deveria incidir sobre o mapa do poder organizativo, favorecendo o maior ou o menor peso interno de certos níveis em detrimento de outros e, por essa via, deveria incidir sobre a conformação da coalizão dominante.

Muitos aspectos do sistema político-institucional são potencialmente suscetíveis de influenciar a ordem interna dos partidos: por exemplo, as relações entre o legislativo e o executivo, conforme o parlamento seja dominado pelo governo ou haja uma relação mais dialética entre as duas ins-

---

14. Todavia, é preciso não esquecer também o papel da dimensão territorial do país: cf. R. Dahl, E.Tufte, *Size and Democracy*, cit.

15. H. Valen, D. Katz, *Political Parties in Norway. A Community Study*, Oslo, Universitestsforlaget, 1964, pp. 49 ss.

16. Sobre a adaptação parcial dos partidos italianos ao nascimento das regiões a partir de 1970, ver S. Tarrow, "Decentramento incompiuto o centralismo restaurato? L'esperienza regionalistica in Italia e Francia", *Rivista Italiana di Scienza Politica*, IX (1979), pp. 229-61.

tituições[17]. Uma conseqüência do nascimento da V República na França foi a subordinação do parlamento ao governo (e ao chefe de Estado). Isso se refletiu num aumento da disciplina e da coesão dos grupos parlamentares da então maioria governista, diferentemente da época da IV República, quando eram rigidamente controlados pelo governo[18]. Naturalmente, o aumento de coesão dos grupos parlamentares produziu modificações na organização dos partidos como um todo (tendência ao aumento do nível de institucionalização)[19].

Cita-se, geralmente, o exemplo do sistema político canadense, que apresenta muitas características em comum com o norte-americano (estrutura federal, organizações partidárias fracas e descentralizadas etc.), em que, todavia, o sistema dos partidos funciona de maneira diversa: diferentemente dos norte-americanos, os grupos parlamentares dos partidos canadenses manifestam um notável grau de coesão e de disciplina, de tal modo que se aproximam do caso dos partidos britânicos. A explicação deve ser buscada na relação entre parlamento e governo. Enquanto a separação dos poderes entre Congresso e Presidência não impõe nenhuma disciplina aos grupos parlamentares nos Estados Unidos (o presidente não é obrigado a demissões se não puder contar com uma maioria parlamentar estável), no caso canadense a indisciplina do grupo parlamentar do chefe de governo se traduziria numa vantagem imediata para a oposição[20].

---

17. Elaborações sobre esses problemas podem ser extraídas de A. King, "Modes of Executive-Legislative Relations: Great Britain, France and West Germany", *Legislative Studies Quarterly*, I (1976), pp. 11-36, e, sobre o caso italiano, G. Di Palma, *Sopravvivere senza governare*, cit.
18. Cf. F. L. Wilson, R. Wiste, "Party Cohesion in the French National Assembly: 1958-1973", *Legislative Studies Quarterly*, I (1976), pp. 467-90.
19. Cf. F. L. Wilson, "The Revitalization of French Parties", *Comparative Political Studies*, XII (1979), pp. 82-103.
20. Cf. M. Croisat, "Centralization et Décentralization au sein des Partis Politiques Canadiens", *Revue Française de Science Politique*, XX (1970), pp. 483-502.

Um tema a ser adequadamente explorado no futuro é como o diferente nível de institucionalização das organizações estatais age sobre as organizações partidárias. Por exemplo, ao nos ocuparmos com os partidos governistas, vimos que uma burocracia estatal forte e bem organizada produz diferentes efeitos sobre os partidos em relação a uma burocracia fraca e manipulável. Sobretudo, a conformação das assembléias eletivas (parlamentares nacionais e assembléias locais) e o tipo de sistema eleitoral são coerções institucionais muito importantes, porque estruturam os dois principais ambientes em que atuam os partidos: a arena parlamentar e a arena eleitoral. Sobre o primeiro ponto, é importante conhecer o nível de institucionalização das diferentes assembléias, porque assembléias altamente institucionalizadas (com fortes tradições de autonomia em relação às outras instituições societárias) deveriam ser menos compatíveis com organizações partidárias com elevada institucionalização[21]: a alta institucionalização da assembléia deveria produzir efeitos de autonomização dos grupos parlamentares em relação à organização extraparlamentar, com o resultado de tornar tendencialmente instáveis e divididas as coalizões dominantes dos partidos.

Até mesmo o tipo de sistema eleitoral nacional desempenha um papel importante ao influenciar a ordem organizativa dos partidos. Segundo Duverger, enquanto o sistema proporcional por escrutínio de lista favorece o controle do "centro" sobre a "periferia" do partido na seleção dos candidatos (com um efeito de *spill-over*, ou seja, tornando centralizado o processo de decisão também em outros âmbitos), os sistemas majoritários favorecem a descentralização de decisão na seleção, conferindo maior poder à periferia[22]. Um

---

21. Elaborações sobre esses problemas podem ser extraídas da literatura sobre a institucionalização dos parlamentos: cf. R. Sisson, *Comparative Legislative Institutionalization: A Theoretical Explanation*, cit., M. Cotta, *Classe politica e parlamento in Italia. 1946-1970*, cit.

22. M. Duverger, *I partiti politici*, cit. Sobre essas questões, ver também R. Zarinski, "Party Factions and Comparative Politics: Some Empirical Fin-

sistema eleitoral "misto", como o alemão, que prevê uma repartição das cadeiras, tanto em base proporcional como em base majoritária, incide sobre o funcionamento dos partidos alemães, diversificando as instâncias de decisão no seu interior, onde ocorre a seleção dos candidatos. Desse modo, os candidatos que competem na base do sistema uninominal são selecionados pelas associações locais e os outros, pelas associações das regiões [*Länder*][23]. Ao incidir sobre o mapa do poder organizativo, os sistemas eleitorais incidem também sobre a capacidade de controle da liderança nacional, sobre o partido no seu todo. É um fato que, por exemplo, líderes da SFIO, como Blum ou Mollet, sempre preferiram um sistema eleitoral proporcional com repartição nacional das sobras, porque era um sistema melhor para subtrair os parlamentares às pressões dos eleitores da sua circunscrição e para melhor controlá-los[24]. A influência das coerções institucionais sobre as organizações partidárias ainda é um campo pouco explorado pela ciência política e sobre o qual não é possível ir além dessas vagas observações. Todavia, pode-se observar que é pouco provável que as várias coerções institucionais exerçam sempre efeitos uniformes sobre as organizações. Em outras palavras, haverá diferenças muito grandes de partido para partido na adaptação às coerções institucionais. Por exemplo, um partido comunista tende a ser centralizado na seleção dos candidatos também onde estiver em vigor um sistema majoritário. O SPD, num Estado federal, é um partido nitidamente mais centralizado do que a CDU, e assim por diante. O grau de adaptação às coer-

---

dings", in F. P. Belloni, D. C. Beller (orgs.), *Faction Politics: Political Parties and Factionalism in Comparative Perspective*, cit., p. 25, e M. E. Jewell, "Linkages Between Legislative Parties and External Parties", in A. Kornberg (org.), *Legislature in Comparative Perspective*, cit., pp. 213 ss.

23. W. L. Guttsman, *Elite Recruitment and Political Leadership in Britain and Germany since 1950: A Comparative Study of MPs and Cabinets*, cit.

24. R. Quilliot, *La SFIO et l'Exercice du Pouvoir, 1944-1958*, cit., p. 238. De maneira mais geral, sobre o papel dos sistemas eleitorais, ver D. Fisichella, *Sviluppo politico e sistemi elettorali*, Florença, Sansoni, 1970.

ções institucionais é, efetivamente, uma função do nível de institucionalização dos partidos. Os partidos fragilmente institucionalizados são mais "plásticos", mais adaptáveis do que os partidos com forte institucionalização, porque são mais dependentes do ambiente externo. Portanto, uma institucionalização forte comporta um grau de adaptação menor, e uma institucionalização fraca, um grau de adaptação maior às coerções institucionais.

Os ambientes dos partidos: as arenas

Os ambientes "relevantes", ou seja, os ambientes que exercem influência mais direta sobre os partidos, por sua vez estruturados pelas coerções institucionais, podem ser concebidos igualmente como *arenas*[25], nas quais se desenvolvem as relações entre o partido e as outras organizações. As arenas representam as diversas mesas de jogo a que o partido concorre e das quais extrai – com uma soma proporcional ao êxito dos diferentes jogos – os recursos necessários para o seu funcionamento. Em algumas arenas, o partido permutará recursos com outras organizações. Essas relações de troca podem ser, como sabemos, de três tipos: troca paritária, troca desigual em benefício do partido e troca desigual em benefício de outra organização. Em outras arenas, o partido competirá pelos próprios recursos com outras organizações.

As arenas dos partidos são interdependentes; podem ser concebidas como um *retículo de ambientes relevantes*. Os recursos obtidos numa arena são despendidos em outra arena, e o "sucesso" numa mesa de jogo – a troca de recursos numa arena em condições favoráveis – muitas vezes condi-

---

25. Uso esse conceito de maneira diferente da utilizada por G. S. Sjöblom, *Party Strategy in a Multiparty System*, cit., que, por sua vez, também considera "arena" (diferentemente de mim) o conjunto dos membros do partido e, no mais, limita a análise ao caso das arenas parlamentares e eleitorais.

ciona a possibilidade e a importância do sucesso sobre outras mesas de jogo. Por exemplo, os financiamentos que um partido recebe de um grupo de interesse em troca de medidas favoráveis são despendidos para subtrair votos aos partidos concorrentes, e o sucesso eleitoral, por sua vez, serve para atrair novos e mais conspícuos financiamentos. A legitimação que os partidos comunistas ocidentais obtinham do Comintern nos anos 30 em troca de uma subordinação às suas diretivas era usada na arena eleitoral para aumentar o número de seguidores do partido entre a classe operária em prejuízo dos partidos socialistas. Por sua vez, os sucessos eleitorais eram "reciclados" pelos líderes desses partidos para melhorar a própria posição na hierarquia do movimento comunista internacional.

Os processos de troca e de negociação que se verificam entre os partidos e as outras organizações nas diversas arenas definem as áreas externas de "incerteza" organizativa. Trata-se de áreas de incerteza porque os ambientes são, por definição, potencialmente mutáveis. A qualquer momento, e pelas razões mais diversas, os termos de troca numa arena podem se deteriorar, e – pela interdependência entre as diversas arenas – a nova situação pode repercutir-se sobre todas as outras, inclusive sobre as arenas principais (principais para os fins de manutenção da estabilidade organizativa do partido), a eleitoral e a parlamentar. Para cada partido existe sempre uma pluralidade de arenas (por exemplo, aquela onde o partido troca recursos com a burocracia, aquela onde troca recursos com os grupos de interesse etc.). As arenas de um partido nunca podem ser individuadas todas *a priori*; podem variar no tempo; seu número e sua conformação são um problema de ordem empírica: por exemplo, o ambiente internacional pode não ser, em tempos de estabilidade, para certos partidos, uma arena realmente relevante, mas uma crise internacional pode transformá-lo, em seguida, numa arena fundamental.

Todavia, quaisquer que sejam as outras possíveis arenas, pelo menos duas delas, como eu dizia, são sempre "ambientes relevantes" (naturalmente, no caso dos partidos – os únicos que nos interessam – que atuam nos sistemas políticos competitivos): a arena eleitoral e a arena parlamentar. Já indiquei, nas coerções institucionais que estruturam essas duas arenas, as coerções geralmente mais importantes. Acrescente-se, agora, que é justamente a fisionomia dessas duas arenas que produz alguns dos efeitos mais relevantes sobre as organizações partidárias.

Entre os muitos aspectos a serem considerados, discutirei, sobretudo, dois, ambos relacionados ao problema da incerteza ambiental: 1) os efeitos de um grau diferente de controle do partido sobre a arena eleitoral e 2) os efeitos das diferentes modalidades com as quais se realiza, ou pode se realizar, a interdependência entre arena eleitoral e arena parlamentar.

A arena eleitoral

Na arena eleitoral se desenvolve a competição dos partidos pelo controle dos próprios recursos (os votos). A arena eleitoral pode apresentar diversos graus de estabilidade e de complexidade. Variações no nível de estabilidade e/ou complexidade influenciam, por sua vez, o grau de hostilidade/liberalidade desse ambiente para com a organização. Sobre a primeira dimensão (a estabilidade), é possível observar que, se a arena eleitoral é relativamente estável, isto é, sem grandes deslocamentos (ou expectativas de deslocamentos) nas relações de força entre os partidos, na distribuição dos votos de eleição em eleição (como efetivamente foi o caso, durante um longo período, na maioria dos sistemas políticos europeus[26]), portanto, se a arena eleitoral é "semiplácida", relativamente previsível, podemos esperar uma maior coesão e estabilidade das coalizões dominantes dos partidos (ou das

---

26. Cf. R. Rose (org.), *Electoral Behavior: A Comparative Handbook*, Nova York, The Free Press, 1974.

coalizões dominantes daqueles partidos que, dentro de um certo sistema político, atuam em condições de estabilidade ambiental). Se, por sua vez, a arena eleitoral é "turbulenta", caracterizada pela fluidez eleitoral e por fortes deslocamentos nas relações de força entre os partidos, a imprevisibilidade é maior e devemos, portanto, esperar maiores dificuldades para a coalizão dominante ter sob controle a incerteza ambiental, tensões internas mais fortes, maior divisão e instabilidade na coalizão.

As considerações anteriores precisam ser qualificadas com duas observações: antes de mais nada, que o nível de institucionalização do partido é uma variável interveniente decisiva entre ambiente e organização. Quanto mais institucionalizado o partido (quanto mais autônomo em relação ao ambiente), mais atenuado é o impacto da incerteza ambiental sobre a organização: uma institucionalização forte funciona, efetivamente, como redutora da incerteza ambiental. Em segundo lugar, que o próprio grau de instabilidade ambiental é que depende, em grande parte, do nível de institucionalização do partido. De fato, podemos definir como turbulenta a arena eleitoral onde a área do voto de fidelidade é reduzida (o voto de identificação com o partido como tal) e é mais amplo o voto de opinião (o voto sobre os "problemas" e/ou sobre os candidatos). Vice-versa, definiremos como "semiplácida" a arena eleitoral onde o componente de voto de opinião é reduzido, e ampla a arena de voto de fidelidade. Isso pelo fato de que, quanto maior a proporção de voto de opinião sobre o voto de fidelidade, maior a (potencial) fluidez eleitoral e, portanto, maior o grau de incerteza ambiental. As arenas eleitorais dos sistemas políticos europeus foram, durante muito tempo, semiplácidas, justamente porque era maciçamente predominante o componente de voto de fidelidade, isto é, comportamentos eleitorais ditados pela lealdade e pela identificação nos diferentes partidos pelo efeito da tradição e/ou das relações associativas com os partidos. O voto de fidelidade não existe por acaso: é o resultado da existência de fortes organizações

AS CONTINGÊNCIAS ESTRUTURAIS   413

políticas de massa com relações verticais ramificadas e robustas com o eleitorado (subculturas políticas fortes), capazes de determinar efeitos de "congelamento", mesmo de uma geração a outra, nas divisões eleitorais[27]. Portanto, em muitos casos, uma arena eleitoral é semiplácida somente se o controle exercido pelos partidos numa mesma arena for elevado. O controle pressupõe, por sua vez, uma estruturação forte do sistema partidário ou, em outros termos, pressupõe, na ótica aqui proposta, que os partidos, ou pelo menos os principais partidos que atuam naquela arena, sejam instituições fortes, ou ainda, como no caso dos partidos de legitimação externa, que as organizações patrocinadoras sejam instituições fortes (igrejas e sindicatos). A contraprova é dada pelo caso da IV República francesa: um sistema com uma arena eleitoral turbulenta num período em que, nos outros países europeus, predominava a estabilidade eleitoral[28]. A turbulência da arena resultava principalmente do fato de que (com a exceção do PCF) o nível de institucionalização dos partidos franceses era baixo e, portanto, era baixo o grau de estruturação do sistema partidário no seu todo.

Portanto, é verdade que o grau de incerteza devido aos índices de estabilidade/instabilidade da arena eleitoral incide sobre os partidos, mas é igualmente verdade que os partidos, se são instituições fortes, têm condição de controlar, dentro de certos limites, a arena eleitoral e, portanto, têm condição de reduzir sua instabilidade. No entanto, o grau de controle que o partido exerce depende, além do seu nível de institucionalização, *também* do grau de complexidade da arena. O grau de complexidade/simplicidade está relacionado a muitos fatores, mas, principalmente, à existência ou não de *competidores* do partido, isto é, de outros partidos (mas, por vezes, também de outros grupos, por exemplo, de movimentos coletivos, organizações terroristas etc.) que pesquem no mesmo "território de caça" do partido e que de-

---

27. S. Rokkan, *Citizens, Elections, Parties*, cit.
28. F. L. Wilson, *The Revitalization of French Parties*, cit.

monstrem pretensões sobre os principais recursos eleitorais do partido. Cada partido, comparativamente a outros, pode se encontrar numa posição de *oposição* ou de *competição*[29]. Há oposição sem competição quando não existe sobreposição entre os territórios de caça de dois partidos. Isso não significa necessariamente que não possa haver uma sobreposição de eleitorado, mas apenas que aquela porção da base eleitoral do partido que representa o *"domain"* do qual depende a identidade do partido não pode ser "capturada" ou arranhada pelo partido adversário. É esse, por exemplo, o caso hipotético de um sistema bipartidário, composto por um partido "católico-popular", que recorre somente aos operários católicos, e por outro "liberal-protestante", que recorre somente à burguesia protestante. Ambos também poderão ser duros opositores um em relação ao outro, mas não há competição no sentido referido (o que, aliás, não exclui que setores marginais, digamos, de burgueses católicos ou de operários protestantes oscilem entre os dois partidos). Ou, ainda, pode ocorrer o oposto, muito menos hipotético, de dois partidos que cooperam entre si, mas que, ao mesmo tempo, competem pelo mesmo território de caça (por exemplo, a aliança eleitoral entre dois partidos que se intitulam "partidos operários"). Mais adiante, veremos melhor os efeitos da competição e da oposição. Por enquanto, observo apenas que o grau de complexidade/simplicidade da arena eleitoral de um partido depende, em primeiro lugar, da *existência ou não de competidores*, em segundo, da sua *força de atração* sobre o território de caça do partido e, em terceiro, do seu *número*.

Uma arena eleitoral extremamente "simples" é aquela em que estão presentes somente partidos opositores, enquanto os partidos competidores são ausentes. Uma arena

---

29. Baseio-me numa distinção de J. Q. Wilson, *Political Organizations*, cit., pp. 262 ss. Cf. também K. A. Eliassen, L. Svaasand, *The Formation of Mass Political Organizations: An Analytical Framework*, cit., p. 103.

eleitoral "complexa" é aquela em que estão presentes, além dos opositores, um ou mais partidos competidores. Naturalmente, o grau de complexidade da arena aumenta em função do número de competidores que cada partido tem e da sua força de atração sobre o seu "território de caça".

A complexidade do ambiente (em termos de presença de competidores, número e capacidade de atração) eleva a incerteza ambiental porque, como a instabilidade, incide sobre as percepções das elites e dos outros membros da organização. Um ambiente complexo, assim como um ambiente instável, maximiza a incerteza e implica aumentos de tensão no interior da organização, porque são muitos os agentes que propõem "receitas" diferentes para enfrentar a complexidade. Ao contrário, um ambiente simples (ausência de competidores) implica baixos graus de imprevisibilidade ambiental.

Tomemos o caso do SPD durante as leis anti-socialistas. Não obstante a extrema iliberalidade do sistema político (iliberalidade esta que, porém, contribuía para aumentar a coesão do partido), a arena eleitoral era um ambiente relativamente simples. O SPD expandia a sua força eleitoral de eleição em eleição porque era a única organização que possuía credibilidade para se auto-intitular "partido operário" (os operários representavam a esmagadora maioria do seu eleitorado). Os problemas de competição (essencialmente com os liberais de esquerda) eram mínimos e, de todo modo, diminuíam de eleição em eleição.

O único problema para o SPD era expandir cada vez mais a penetração eleitoral do partido entre os operários, o que demandava, simplesmente, ulteriores esforços organizativos. Ninguém ameaçava de fato o seu território de caça e, portanto, a sua identidade. O SPD não tinha competidores dignos de crédito: o seu ambiente era, digamos, relativamente "simples".

Igualmente "simples" era o ambiente eleitoral dos trabalhistas e dos conservadores no início dos anos 50. Ambos os partidos eram opositores, mas não verdadeiros competidores.

Os conservadores contavam com uma adesão estável, mas delimitada, por parte dos operários (um terço do seu eleitorado), e não podiam pretender ampliá-la em prejuízo dos trabalhistas. Estes tinham uma adesão estável, mas igualmente delimitada, por parte das classes médias altas (um terço do seu eleitorado), com poucas possibilidades de expandi-la. Certamente, ambos disputavam o eleitorado flutuante, mas os respectivos territórios de caça estavam bem protegidos. Além disso, a barreira representada pelo sistema eleitoral uninominal (a coerção institucional específica da arena eleitoral inglesa) dava-lhes uma notável segurança contra o surgimento de eventuais competidores (os comunistas, no caso trabalhista, e um partido de extrema-direita, no caso conservador).

Ao contrário, o ambiente eleitoral de um partido que tem muitos competidores – às vezes tanto à sua direita quanto à sua esquerda –, como acontece geralmente nos sistemas multipartidários e, particularmente, de multipartidarismo extremo, é um ambiente altamente complexo para o partido e, portanto, altamente imprevisível. O caso do PSI do segundo pós-guerra é um caso clássico de partido atuante numa arena eleitoral altamente complexa e, portanto, imprevisível, em razão da presença de um competidor (PCI) com uma imensa capacidade de atrair o eleitorado operário, tradicionalmente socialista. Além disso, uma complexidade acentuada, sobretudo depois da cisão do PSDI* (1947), também pela presença de competidores à direita, potencialmente capazes de recorrer à pequena burguesia urbana e rural socialista (o segundo eixo, entre os operários, do território de caça originário do PSI). Note-se que, no mesmo período em que o PSI possuía competidores temíveis, seja à sua esquerda como à sua direita, a arena eleitoral do PCI era, por sua vez, muito mais "simples"; o PCI tinha apenas um competidor à sua direita (justamente o PSI) e, além disso, de menor força organizativa.

---

* Partido Socialista Democrático Italiano. [N. da T.]

A teoria sustenta que a complexidade ambiental, agindo sobre o nível de imprevisibilidade, torna mais complexa a organização, desestabilizando-a (pelo aumento do pessoal de fronteira). No momento em que realizamos uma adaptação da teoria a uma perspectiva diferente, devemos convir que isso é apenas um aspecto marginal do problema. A complexidade definida pelo número e pela capacidade de atração dos competidores não desestabiliza tanto a organização com o aumento da sua complexidade interna (mesmo que obrigue, provavelmente, a uma certa especialização para cuidar ao máximo das relações com a *classe gardée*). Desestabiliza-a, sobretudo, ameaçando diretamente a sua identidade (que depende do controle exercido sobre o território de caça). Se um partido confessional perde parte do seu eleitorado de observância religiosa em favor de um novo partido também ele confessional, não se trata apenas ou igualmente de uma derrota eleitoral: trata-se de uma ameaça à sua identidade organizativa. O partido pode sofrer com danos muito menores a perda de uma margem do seu eleitorado laico marginal do que de uma parte, também numericamente inferior, do eleitorado confessional. A primeira perda coloca em discussão apenas uma estratégia eleitoral, a segunda, a identidade organizativa. Da mesma forma, um "partido operário" pode sofrer mais facilmente perdas de eleitorado burguês do que de eleitorado operário.

O ataque à identidade feito pelo competidor desestabiliza a organização porque prejudica a sua capacidade de distribuir incentivos coletivos de identidade, com graves conseqüências provocadas pela credibilidade (a legitimidade)· da sua liderança. O efeito de uma incerteza ambiental para a complexidade (presença de competidores) é o de favorecer as divisões e a instabilidade da coalizão dominante, oferecendo armas às minorias internas.

Sob essa ótica, o aspecto provavelmente mais insidioso da competição do PS em relação ao PCF na época da *Union de Gauche* era a presença constante do PSF nas fábricas e as suas ligações consolidadas com o sindicalismo operário, muito mais do que a sua superior capacidade de atração em relação ao eleitorado burguês[30]. A crescente capacidade de penetração do PSF entre os operários colocava efetivamente em discussão a pretensão do PCF em ser realmente o único verdadeiro representante da classe operária. Quando a complexidade é alta, o ambiente desestabiliza a organização e aumenta os espaços de manobra internos para os vários grupos que lutam entre si sobre linhas políticas opostas (todas igualmente plausíveis, ao menos em teoria, sendo muito alta a incerteza sobre as perspectivas), porque, prejudicando a identidade, reduz o controle da coalizão dominante sobre a distribuição dos incentivos coletivos.

Portanto, a complexidade e a instabilidade da arena eleitoral produzem, em geral, divisões no interior do partido. Porém, superados certos limites, podem produzir efeitos opostos, de "compactação". De fato, se a arena eleitoral se torna extremamente complexa (muitos competidores com uma grande capacidade de atração sobre o território de caça) ou se o ambiente se torna excessivamente "turbulento" (alta instabilidade devido a uma fluidez eleitoral extrema), a arena automaticamente se tornará *hostil* para com a organização e favorecerá, com grandes probabilidades, a tendência dos seus membros a se estreitarem ao redor dos líderes, tolhendo espaço de manobra às minorias internas. Essa hipótese mostra-se confirmada por diversos levantamentos sobre a forte coesão de partidos que atuam em arenas eleitorais muito competitivas[31]. Portanto, é possível supor a existência de uma relação curvilínea entre incerteza ambiental e estabilidade organizativa. Um ambiente simples (sem competidores) e/ou semiplácido deveria criar poucas pressões sobre

---

30. Cf. G. Pasquino, *Labour Party, PSF e SPD: Tre modelli di partito socialista in Europa*, cit., p. 102.

31. Cf., dentre outros, D. S. Catlin, *Toward a Functionalist Theory of Polical Parties: Inter-Party Competition in North Carolina*, e W. J. Crotty, "The Party Organization and its Activities", in W. J. Crotty (org.), *Approaches to the Study of Political Organization*, Allyn and Bacon, 1968, pp. 217-245 e pp. 247-306, respectivamente; J. A. Schlesinger, *Ambition and Politics*, cit., p. 130.

a organização, favorecendo a manutenção da estabilidade organizativa, permitindo à coalizão dominante reduzir ao mínimo os contrastes e as divisões internas. Aos poucos, as pressões desestabilizadoras para o partido deveriam se tornar mais fortes à medida que o ambiente se torna mais complexo e/ou instável. Por fim, superado um certo limite, uma extrema complexidade e instabilidade se traduzem em "hostilidade" (ameaça à sobrevivência) com um novo efeito de desestabilização sobre o partido e de compactação entre os componentes da sua coalizão dominante.

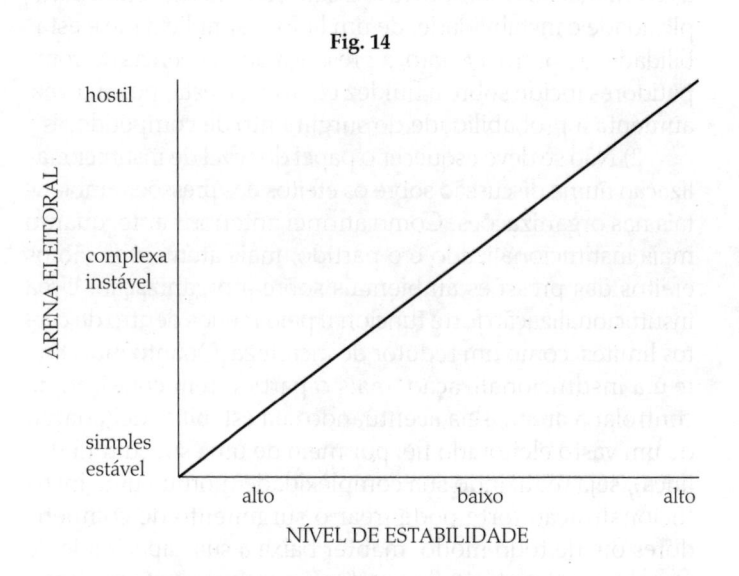

Fig. 14

ARENA ELEITORAL: hostil / complexa instável / simples estável

NÍVEL DE ESTABILIDADE: alto — baixo — alto

Um exemplo interessante é o caso do Partido Liberal Democrata alemão (FDP), que, profundamente dividido no seu interior entre uma facção mais moderada e outra mais progressista nos anos 50 e 60, em certo momento veio a se encontrar diante de um desafio explosivo: ser excluído do governo por causa da formação da Grande Coalizão (1966-1969) e uma progressiva perda de consensos eleitorais que o estava levando perigosamente próximo à marca de cinco por cento. Diante de uma extrema hostilidade ambiental que ameaçava a sua sobrevivência, o partido reagiu por meio de uma renovação radical da sua liderança (vitória da esquerda), de um aumento da coesão e da estabilidade da coalizão dominante, e de um notável fortalecimento da organização[32].

Concluo o tema com duas observações:

1) Em primeiro lugar, a distinção entre ambiente simples/complexo e estável/instável é apenas analítica, serve para distinguir faces complementares de um mesmo problema: é sempre possível supor combinações diversas, porém as combinações mais prováveis são, certamente, entre complexidade e instabilidade, de um lado, e simplicidade e estabilidade, do outro. De fato, a presença ou a ausência de competidores incide sobre a fluidez eleitoral, e esta, por sua vez, aumenta a probabilidade do surgimento de competidores.

2) Não se deve esquecer o papel do nível de institucionalização numa discussão sobre os efeitos das pressões ambientais nas organizações. Como afirmei anteriormente, quanto mais institucionalizado é o partido, mais atenuados são os efeitos das pressões ambientais sobre a organização. Uma institucionalização forte funciona, pelo menos dentro de certos limites, como um redutor de incerteza. Quanto mais forte é a institucionalização, mais o partido tem condição de controlar a arena, seja acentuando sua estabilidade (criação de um vasto eleitorado fiel por meio de uma subcultura política), seja reduzindo sua complexidade (porque uma institucionalização forte pode frear o surgimento de competidores ou, de todo modo, manter baixa a sua capacidade de atração no "território de caça"). É possível, portanto, concluir que, em todo caso, a um sistema partidário composto por instituições fortes *deve* corresponder uma arena eleitoral simples e semiplácida e, correlativamente, a um sistema partidário composto por instituições fracas, uma arena com-

---

32. Sobre esse fato, cf. G. E. Roberts, *Organization, Identity and Survival: The Free Democratic Party in West Germany*, relatório apresentado no *workshop* ECPR sobre as organizações políticas, Grenoble, 1978, mimeo.

plexa e turbulenta. Em outras palavras, é possível concluir que *somente* o nível de institucionalização dos partidos é que determina as características da arena eleitoral. E, provavelmente, assim seria, não fosse o fato de que as arenas de um partido são numerosas e interdependentes[33]. Portanto, a arena eleitoral é influenciada por muitas outras arenas do partido e as influencia. É essa interdependência entre as arenas a principal fonte da mudança ambiental: por exemplo, uma modificação na fisionomia dos grupos de interesse, da burocracia etc. e uma conseqüente modificação dos termos de troca nessas ou em outras arenas do partido repercutem em todas as outras arenas, inclusive na eleitoral. Do mesmo modo, uma instituição forte não tem condição, além de um certo limite, de controlar o próprio ambiente. O "imperialismo velado", a estratégia expansiva de colonização do ambiente salvaguarda, portanto, uma instituição forte, mas somente até um certo ponto. Não só porque essa estratégia suscita reações agressivas por parte de outras organizações que se sentem ameaçadas, mas também porque a interdependência entre as arenas (bem como o seu número elevado) torna o ambiente, no seu conjunto, incontrolável até mesmo para uma instituição forte[34].

Essas observações servem, ainda, para lembrar que, ao se discutir as relações partido-ambiente, seria um grave erro examinar *somente* as características da arena eleitoral. Cada

---

33. Além disso, podem ocorrer, naturalmente, mudanças sociais que incidem profundamente sobre a fisionomia da base social dos partidos, sobre o seu território de caça: trata-se daquelas modificações da estrutura de classe tradicionalmente estudadas pelos sociólogos. Porém, diferentemente daqueles que adotam uma abordagem sociológica, por assim dizer "pura", melhor seria dizer "redutiva" (isto é, reduzem a sociologia somente ao estudo das classes sociais), não considero que a explicação sociológica "pura" da evolução dos partidos, pelas razões amplamente expostas neste livro, seja suficiente (embora, por certo, seja necessária) para compreender a evolução e as mudanças das organizações.

34. Isso guarda relação com os "efeitos não previstos" da ação social em sistemas múltiplos, complexos e interdependentes: cf. R. Boudon, *Effets Pervers et Ordre Social*, Paris, Presse Universitaire de France, 1977.

partido atua numa pluralidade de arenas, cuja individuação requer pesquisas *ad hoc*: logo, os efeitos de uma arena eleitoral complexa e instável (ou simples e estável) sempre podem ser neutralizados ou se combinar de várias formas com os efeitos causados por pressões provenientes de outras arenas com características diferentes.

Arena eleitoral e arena parlamentar: interdependências

A arena parlamentar é, ela própria, uma fonte autônoma, conforme as suas características, de pressões ambientais sobre os partidos. Das coerções institucionais que estruturam a arena (nível de institucionalização dos parlamentos, regulamentos etc.) à distribuição da força entre os vários grupos parlamentares presentes, ao tipo de partidos representados, muitos fatores incidem sobre os processos de troca que cada partido estabelece nessa arena com os outros partidos. Existe uma vasta literatura sobre esses problemas. Limitar-me-ei, essencialmente, a considerar somente um (mas fundamental) aspecto: o modo pelo qual a interdependência entre arena eleitoral e arena parlamentar incide sobre a estrutura interna dos partidos. Em termos gerais, não apenas as relações que um partido trava com cada uma das duas arenas podem ser examinadas em termos de relação de troca com outras organizações, mas também a interdependência entre as duas arenas: no sentido de que as trocas que se verificam numa condicionam as trocas na outra, e também são por elas condicionadas[35]. É óbvio que existe interdependência entre arena eleitoral e arena parlamentar: apesar da mediação do tipo de sistema eleitoral (e os seus possíveis efeitos

---

35. Para uma exploração preliminar de alguns efeitos da interdependência, cf. T. M. Hennessey, J. Martin, "Exchange Theory and Parliamentary Instability", in A. Kornberg (org.), *Legislature in Comparative Perspective*, cit., pp. 182-202.

supra ou não-representativos sobre os diversos partidos)[36], o número de cadeiras no parlamento controladas por cada partido depende do número de votos obtidos. Por sua vez, o número de assentos incide sobre as relações entre os partidos (sobre as opções de governo, sobre as políticas praticáveis etc.). Por exemplo, um partido de oposição, que conquista um número de cadeiras suficiente para formar um grupo parlamentar (conforme as regras daquele parlamento específico), tem possibilidades de ação incomparavelmente maiores do que um partido que não pode se organizar num grupo parlamentar.

No capítulo anterior, antecipei que a dimensão, compreendida como grandeza eleitoral, também é suscetível de produzir efeitos sobre as organizações partidárias. Só que se trata de influências *indiretas*, e não diretas; influências que se manifestam incidindo sobre a relação entre a organização e o seu ambiente. A principal distinção se dá entre partidos dotados de "potencial de coalizão" ou de "potencial de manipulação" e partidos em que isso está ausente[37]. Se a dimensão eleitoral de um partido é tão baixa a ponto de não lhe permitir dispor de um número suficiente de cadeiras no parlamento para condicionar as táticas e as estratégias dos outros partidos, ele será politicamente irrelevante (privado de potencial de um ou de outro tipo). Incidentalmente, é provável que isso também produza efeitos negativos sobre a própria dimensão organizativa (calculada pelo número de filiados). Uma vez que o partido é politicamente irrelevante e assim permanece por longos períodos, o entusiasmo inicial se extingue, muitos militantes abandonam a organização, a dimensão se restringe ou fica estagnada, esvaindo-se, em muitos casos, as *chances* de superar os "limites de sobrevivência", que permitiriam a institucionalização. Portanto, é plausível supor que a incapacidade de desenvolver um potencial de coalizão ou de manipulação em razão de uma di-

---

36. D. Fisichella, *Sviluppo politico e sistemi elettorali*, cit.
37. G. Sartori, *Parties and Party Systems*, cit., pp. 121-5.

mensão eleitoral insuficiente (que, por sua vez, é causa de uma dimensão parlamentar insuficiente) reforce esse círculo vicioso do sectarismo que atormenta muitos partidos abaixo do limite de sobrevivência.

A relação triangular entre dimensão eleitoral, relações do partido com o ambiente (*in primis*, no interior da arena parlamentar) e conseqüências para a organização é uma temática complexa e, em grande parte, inexplorada, da qual, neste estudo, elucidarei um único aspecto. É possível supor que variações na dimensão eleitoral, produzindo variações nas relações de força parlamentar e dando lugar, portanto, para cada partido, a reduções ou ampliações das opções políticas disponíveis, têm como efeito aumentar ou, ao contrário, diminuir a coesão e a estabilidade da coalizão dominante do partido. Mais precisamente, pode-se afirmar que o *número* de opções políticas que o partido tem diante de si em cada legislatura seja *também* em função (além de muitos outros fatores) da sua dimensão eleitoral. É possível supor ainda que quanto maior o número de opções políticas que o partido tem diante de si na escolha das alianças parlamentares, na escolha do tipo de oposição ("dura", "branda" etc.)[38], maiores são as tensões em seu interior. De fato, se as alternativas disponíveis são muitas, é provável que dentro do partido haja confronto entre mais grupos que proponham tantas "linhas políticas" diferentes quantas forem as alternativas disponíveis. A existência de muitas alternativas disponíveis torna "complexa" para o partido a arena parlamentar, a incerteza será aumentada e muitas serão as "receitas" propostas para enfrentá-la. A existência de um grande número de opções parlamentares exerce, portanto, uma pressão desestabilizadora sobre o partido. Ao contrário, se um partido – em razão de uma dimensão eleitoral exígua – tem diante de si poucas alternativas parlamentares praticáveis,

---

38. Sobre os vários tipos de oposição parlamentar, cf. O. Kirchheimer, *Politics, Law and Social Change*, cit., pp. 295 ss. Cf. também A. J. Milnor, M. N. Franklin, "Patterns of Opposition Behavior in Modern Legislatures", in A. Kornberg (org.), *Legislatures in Comparative Perspective*, cit., pp. 421-46.

a arena parlamentar é "simples", e a pressão desestabilizadora desse ambiente é modesta ou nula. É o que ocorre quando um partido não tem, pela sua exigüidade numérica no parlamento, outro caminho a não ser o da "oposição total ao sistema" ou o de aceitar, mediante condições ditadas inteiramente pelos *partners*, a participação numa coalizão governista. Ilustrarei essa hipótese com um exemplo extraído da história do SPD do período imperial (mas muitos outros exemplos poderiam ser facilmente encontrados).

Até 1884, a *Fraktion*, o grupo parlamentar do SPD, estava totalmente à margem no *Reichstag**, sem força para influenciar os jogos parlamentares. A *Fraktion* se limitava, portanto, a usar o parlamento como tribuna para a sua propaganda socialista no país. Em 1884, o SPD obtém um grande sucesso eleitoral (9,7% dos votos contra 6,1% de 1881) e leva ao parlamento vinte e quatro deputados:

> As eleições representam uma virada não só para o incremento eleitoral, mas também para a política partidária num sentido mais profundo. As mudanças quantitativas comportaram algumas mudanças qualitativas. Pela primeira vez nos vinte anos de vida do movimento político dos trabalhadores, os deputados do partido gozavam de uma posição que lhes permitia influenciar os resultados das votações do *Reichstag*. Isso não só em razão das vinte e quatro cadeiras, mas também porque os partidos com os quais Bismarck podia contar não conseguiram obter a maioria absoluta. Delineou-se, portanto, a possibilidade de os socialdemocratas se tornarem um elemento da negociação parlamentar, sobretudo quando a oposição a Bismarck necessitava de apoio em relação a problemas cruciais. Além disso, com vinte e quatro deputados, os líderes do partido sentiam-se obrigados diante do próprio eleitorado, pelo menos dentro de certos limites, a praticar uma política positiva no *Reichstag*, em vez de sua habitual oposição intransigente.[39]

---

* Parlamento alemão até 1945. [N. da T.]
39. V. L. Lidtke, *The Outlawed Party: Social Democracy in Germany, 1878-1890*, cit., p. 185.

Em outras palavras, com o sucesso eleitoral de 1884, o SPD dá um salto de qualidade de "seita" para "partido", adquirindo, pela primeira vez, um potencial de manipulação (mas também de coalizão). De uma situação em que a única política praticável era de tipo "negativo", tribunício, passa-se para uma nova situação, na qual há margens para uma "política positiva", para acordos limitados e parciais com os partidos "burgueses". E, para uma política positiva, pressionam, naturalmente, os "moderados", cujo número aumentou dentro da *Fraktion* com as eleições. Ao mesmo tempo, o sucesso de 1884 também abre um novo clima no país para o SPD. A repressão estatal no contexto das leis anti-socialistas então em vigor torna-se relativamente menos pesada. Diminui, portanto, o grau de hostilidade ambiental. De um lado, a arena parlamentar torna-se mais "complexa". Se antes de 1884 havia uma única política praticável (a oposição intransigente), agora as possibilidades são muitas: da continuidade da política de oposição "sem acordos", como pedem os "radicais", à política positiva de colaboração defendida pelos moderados, à posição mais indefinida e ambígua (nem oposição frontal, nem colaboração manifesta) que Bebel acabará por adotar. Por outro lado, diminui a hostilidade ambiental. O resultado de um aumento de complexidade da arena parlamentar, somado a uma diminuição de hostilidade ambiental, é uma fase de grandes conflitos no interior da organização. A crise explode naquele mesmo ano ante a proposta de Bismarck de financiamentos estatais à navegação a vapor. A proposta tem um efeito bombástico sobre os socialdemocratas, porque o fortalecimento da marinha mercante passa a ser relacionado às necessidades do colonialismo alemão. Os setores mais moderados da *Fraktion* são favoráveis à medida porque vislumbram as possíveis vantagens para a ocupação operária. Os radicais são violentamente contrários, pois consideram a proposta como uma tentativa de fortalecer as tendências expansionistas do imperialismo alemão. O conflito dentro da *Fraktion* é violento e, pela primeira vez, configura-se a possibilidade de faltar disciplina partidária. Existe a possibilidade de que radicais e moderados assumam comportamentos de voto opostos. O deputado Ignaz Auer afirmou que:

> "O Partido dos Trabalhadores Socialistas não é uma seita à qual os membros estão literalmente vinculados, mas um partido político em que há espaço, como deve haver, para opiniões diferentes sobre pontos secundários (...)". Assim é abordado o problema fundamental de toda a crise que envolvia muito mais do que os subsídios à navegação a vapor. Estariam os socialdemocratas prontos para reconhecer por completo as conseqüências do fato de que o seu movimento estava se transformando, de um movimento de protesto orientado numa única direção, num moderno partido parlamentar? Auer e os outros moderados estavam prontos para tirar suas conclusões. Para os radicais, por sua vez, tratava-se de uma transformação sofrida, porque eles não podiam superar o próprio posicionamento ambíguo em relação ao parlamentarismo.[40]

A crise se resolve com um acordo no interior da *Fraktion*, mas os conflitos entre moderados e radicais continuaram violentos (a crise seguinte explode em torno do problema do controle político sobre o "Sozialdemokrat", o órgão partidário clandestino) e não se aplacaram até o congresso de St. Gall (1887), depois das desastrosas eleições daquele mesmo ano. No período de 1884-1887, foi o próprio Bebel, embora agindo como freio em relação às "fugas à direita" dos parlamentares moderados, quem comprometeu o partido com o reformismo parlamentar em atividade de negociação com os partidos burgueses para arrancar medidas favoráveis à classe operária. E as polêmicas dos setores radicais mais extremos contra o próprio Bebel serão violentíssimas.

Depois de 1886, porém, a situação política muda novamente. As leis anti-socialistas voltam a ser aplicadas duramente por Bismarck (naquele ano, serão presos, dentre ou-

---

40. *Ibidem*, pp. 198-9.

tros, Bebel, Auer e Vollmar). O ambiente volta a ser muito hostil para o SPD. Nas eleições de 1887, o SPD aumenta o seu percentual de votos (de 9,7% para 10,1%), mas sofre uma grande perda de cadeiras (de 24 para 11). O potencial de coalizão e o potencial de manipulação do partido são drasticamente reduzidos: a arena parlamentar volta a ser relativamente simples (poucas opções parlamentares disponíveis). Somando-se ao recrudescimento da repressão, a maior simplicidade da arena "recompacta" a organização, aumenta a coesão e a estabilidade da coalizão dominante do partido (e o próprio Bebel consolida definitivamente o seu poder). Na nova situação parlamentar:

> A pequena delegação trazia algumas desvantagens, mas isso não desagradava Bebel excessivamente. Uma delegação ampla, como se havia mostrado nos anos anteriores, era difícil de controlar. Se os socialdemocratas tivessem conquistado trinta cadeiras, pensava Bebel, seriam pelo menos "vinte pequenos estadistas" com os quais competir. Com um pequeno grupo, Bebel poderia pensar em exercer o controle sobre a *Fraktion* logo após cumprir seu período de prisão.[41]

Oposição e competição: a política das alianças

Um ambiente onde estão presentes competidores é um ambiente "complexo" e, portanto, imprevisível. Na presença de um ou mais competidores, os líderes do partido, para defender a estabilidade organizativa ameaçada, tenderão, no mais das vezes, a desenvolver posições fortemente hostis em relação aos competidores, eventualmente até

---

41. *Ibidem*, p. 260. Incidentalmente, essa observação de uma finalidade histórica é a melhor resposta àqueles que acreditam que o "objetivo" dos partidos é, de qualquer forma, a "maximização" dos votos. A complexidade dos fenômenos organizativos é tal que, às vezes, uma disputa eleitoral pode ser considerada – por certos agentes, colocados em funções específicas – como um evento mais agradável do que uma vitória.

muito mais hostis e agressivas do que em relação aos opositores "oficiais". Por exemplo, toda a história das relações entre socialistas e comunistas nos diferentes países é uma longa seqüela de calorosas polêmicas recíprocas ("traição de classe", "social-fascismo", "totalitarismo" etc.), somente às vezes interrompidas por breves períodos de reaproximação. Isso tudo não ocorre por acaso, mas responde a exigências fundamentais de estabilidade dos diferentes partidos. Uma vez que o competidor é o único realmente perigoso e de longe mais perigoso do que qualquer opositor, uma vez que, com as suas pretensões sobre o território de caça, ameaça a identidade e cria, assim, uma pressão desestabilizadora sobre o partido, a única arma de defesa possível para a coalizão dominante é a hostilidade, por meio da qual é negada a validade da pretensão do outro partido sobre o próprio território de caça, seja aos olhos dos que fazem parte do próprio território (a base social do partido), seja aos olhos dos membros da organização. A aliança entre dois partidos competidores, por sua vez, cria para cada uma das organizações enormes problemas: a coalizão entre partidos competidores ameaça efetivamente a identidade de ambos. A conseqüência paradoxal, subvertendo uma conhecida teoria das coalizões[42], é que as alianças mais estáveis (se e quando se estabelecem) são as alianças entre *opositores* (ideologicamente distantes), e as mais instáveis são as alianças entre *competidores* (ideologicamente próximos).

Outra conseqüência é que, em igualdade de nível de institucionalização, a estabilidade e a coesão da coalizão dominante de um partido são maiores se o partido atua nas diversas arenas sozinho contra todos (tanto no governo como na oposição) em vez de atuar em coalizão com partidos

---

42. Cf. os trabalhos de M. Leiserson, "Factions and Coalitions in One-Party Japan", *American Political Science Review*, LXII (1968), pp. 770-87, e de R. Axelrod, *Conflict of Interest*, Chicago, Markham Publishing Co., 1970. Sobre as diversas teorias das coalizões, ver A. Pappalardo, *Partiti e governi di coalizione in Europa*, Milão, Franco Angeli, 1978.

competidores. De fato, somente assim o partido pode preservar mais facilmente a estabilidade organizativa, detendo as pressões desestabilizadoras, devidas à presença na arena de um ou mais competidores. Esse raciocínio explica, ao menos em parte, a tradicional instabilidade da coalizão dominante da DC italiana, que governa com competidores relativamente parciais[43] e que, além disso, tem sempre diante de si muitas possibilidades de governo alternativas (centro, centro-esquerda, um só partido com apoio externo, de solidariedade nacional, relações privilegiadas com o PSI etc.). Ou porque tensões fortíssimas atravessaram o Partido Trabalhista na experiência minoritária de governo (com apoio externo dos liberais, um partido competidor) em 1929-31, enquanto a coesão do partido não é prejudicada durante o governo Attlee (maioria trabalhista absoluta[44]). Ou porque a coalizão dominante da SFIO, o eixo Blum-Faure, que havia comandado o partido por quinze anos, dissolveu-se quando, com a frente popular, a SFIO foi ao governo com o apoio externo do competidor comunista. Ou explica, ainda, os fortes conflitos internos do Partido Conservador inglês na época da coalizão de governo com os liberais (1915-1921)[45]. Ou, ainda, os conflitos que promoveram, dentro do SPD, as listas comuns com os liberais para as eleições de 1912[46].

Resumindo, a estabilidade de um partido depende da sua capacidade de defender a própria identidade. Todavia, a identidade é ameaçada pela existência de competidores; e o é ainda mais se, em vez de hostilidade, entre os dois competidores se estabelecer uma aliança. As alianças entre par-

---

43. Competidores parciais, porque com De Gasperi, a partir de 1948, o território de caça da DC compreende tanto o mundo católico quanto – mediante o grupo de autoridades – setores da classe média laica conservadora. É justamente em relação a estes últimos que os parceiros tradicionais do governo da DC, do PRI [Partido Republicano Italiano] ao PSDI e ao PLI [Partido Liberal Italiano], eram (e são) competidores.

44. Cf. L. Minkin, P. Seyd, *The British Labour Party*, cit.

45. J. Ramsden, *The Age of Balfour and Baldwin. 1902-1940*, cit., pp. 147 ss.

46. C. E. Schorske, *German Social Democracy. 1905-1917*, cit., pp. 191 ss.

tidos competidores prejudicam a estabilidade dos partidos, aumentando a incerteza ambiental. O enfraquecimento da estabilidade do(s) partido(s), por sua vez, torna a aliança entre os competidores necessariamente precária. Entretanto, pode ocorrer que, em certos casos, haja uma aliança estável entre partidos ideologicamente próximos. Contudo, devem estar presentes uma ou outra das seguintes condições:

1) Os dois partidos são só aparentemente competidores: na verdade, apesar de certas semelhanças no seu sistema de símbolos (as metas ideológicas que definem o território de caça), eles recorrem a eleitores sociológica e politicamente diferentes. Pode ser, por exemplo, o caso da aliança entre um partido socialista (território de caça: operários e empregados) e um partido de "nova esquerda" (território de caça: estudantes e intelectuais de orientação radical).

2) Um dos dois parceiros da aliança é fraco demais e, portanto, incapaz de exercer uma atração efetiva sobre o território de caça do outro partido. Nesse caso, o partido mais forte não se sente ameaçado: o seu ambiente é relativamente "simples", e a incerteza ambiental é reduzida ou facilmente controlada. Por sua vez, o partido fraco, em razão da sua extrema fragilidade, encontra-se num ambiente *hostil* (máxima complexidade e instabilidade). Pela relação curvilínea suposta entre incerteza ambiental e estabilidade organizativa, a coalizão dominante também tende a ser coesa e estável. Não estando ameaçada, por razões opostas, a estabilidade de nenhum dos dois parceiros, a aliança também se mostrará estável. Em parte, esse foi o caso do "pacto de unidade de ação" entre comunistas e socialistas na Itália durante a Guerra Fria. A fragilidade do PSI não era tanto um problema numérico, de fragilidade eleitoral, mas dependia, sobretudo, das próprias condições da competição com o PCI no período do confronto bipolar internacional. O PSI era um frágil competidor em comparação com o PCI, porque este último, em tempos de polarização aguda, era o representante autêntico da "pátria do socialismo", e não restava outra escolha ao PSI senão adaptar-se. Além disso, o ambiente,

por essas mesmas razões, era tão *hostil* para o PSI a ponto de tornar relativamente coesa a sua coalizão dominante (a diarquia Nenni-Morandi)[47].

O raciocínio desenvolvido até aqui explica as tradicionais dificuldades das alianças e os conflitos recorrentes entre partidos comunistas e partidos socialistas europeus.

Esse mesmo raciocínio explica por que as coalizões de governo mais estáveis são tradicionalmente próprias das "democracias associativas"[48], sociedades "segmentadas", nas quais os diferentes partidos contam com seguidores eleitorais divididos em compartimentos estanques (*Verzuiling, Pillars*). Esses partidos podem ser opositores, mas não competidores. A coalizão de governo, nesse caso, torna-se estável pelo fato de que os opositores são obrigados a conviver sem que isso ameace – sendo estruturalmente impossível a competição – a sua estabilidade organizativa[49]. O fim da estabilidade das alianças associativas se dá exatamente (como ocorreu na Holanda) quando chega o momento em que a erosão dos segmentos, das subculturas políticas, aumenta a fluidez eleitoral e os partidos tornam-se competidores entre si[50].

---

47. O fim da Guerra Fria definiu precisamente, por um lado, a dissolução da aliança entre os dois partidos e, por outro, um aumento de instabilidade da coalizão dominante do PSI, ambos acontecimentos explicáveis, à luz dessa hipótese, em termos de redução da hostilidade ambiental.

48. Sobre o caso holandês, ver A. Lijphart, *The Politics of Accomodation*, Berkeley, University of California Press, 19752. A teoria da democracia associativa foi posteriormente aprofundada e enriquecida por Lijphart em *Democracy in Plural Societies. A Comparative Exploration*, New Haven e Londres, Yale University Press, 19802. No período 1918-1965, governos de coalizão estáveis, em comparação com outras pequenas democracias européias, foram a regra na Holanda: cf. H. Daalder, "Governi e sistemi di partito in dieci piccole democracie europee", *Rivista Italiana di Scienza Politica*, I (1971), p. 278.

49. O firme controle "oligárquico" dos líderes sobre as respectivas organizações partidárias é a regra nas coalizões governistas de tipo "associativo": A. Lijphart, *The Politics of Accomodation*, cit., pp. 141 ss.

50. Sobre o aumento de instabilidade eleitoral como causa do fim da democracia associativa, ver A. Pappalardo, "Le condizioni della democrazia consociativa. Una critica logica e empirica", *Rivista Italiana di Scienza Politica*, IX (1979), pp. 367-445.

Concluo com a observação de que o nível de institucionalização dos partidos competidores envolvidos na aliança permanece, naturalmente, uma importante variável interveniente. Um partido com forte institucionalização pode, de fato, defender muito melhor a própria estabilidade do que um partido fracamente institucionalizado, mesmo no decorrer de uma aliança com um competidor. Dessa forma, é possível supor que uma aliança entre partidos competidores, ambos com uma institucionalização forte, pode ser estável. Isso corresponderia ao caso descrito por Wilson sobre a coalizão entre duas organizações, ambas muito autônomas e com ampla disponibilidade de recursos[51]. Todavia, é raríssimo que essa condição se verifique, isto é, que os competidores aliados sejam de igual nível de institucionalização. Inevitavelmente, portanto, a aliança prejudicará sobretudo a estabilidade organizativa do partido mais fracamente organizado, exercendo sobre ele pressões para uma desinstitucionalização ulterior, aumentando as suas tensões internas, tornando ainda mais instável e dividida a sua coalizão dominante. Então, o estímulo ao rompimento da aliança para salvar a estabilidade se tornará irresistível.

Diferentemente das convergências provisórias e *ad hoc*, as alianças estáveis são raríssimas na política. Mas a principal explicação deve ser buscada muito mais nos efeitos das pressões ambientais sobre as organizações do que na "má vontade" dos líderes.

---

51. Cf. J. Q. Wilson, *Political Organizations*, cit., pp. 263 ss. As dificuldades que os partidos encontram para coligar-se são ainda mais fortes nos casos de tentativas de fusão. Depois de haver afirmado que a potência dos partidos depende das qualidades organizativas das suas burocracias, Max Weber observa que: "Mesmo as dificuldades das fusões de partidos, por exemplo, dependem muito mais das inimizades recíprocas entre esses aparatos de funcionários de partido do que de diferenças programáticas", *Economia e Società*, vol. 2, cit., pp. 711-2. De fato, uma fusão implica uma reestruturação da identidade, na qual não está absolutamente claro desde o início – a menos por uma desproporção de forças muito forte (que, todavia, de sua parte, torna ainda mais improvável a fusão) – quais os grupos que, ao final, serão os vencedores na luta pelo controle sobre a nova organização.

XII. Profissionalismo político e burocracia

Premissa

Ao longo de todo este trabalho, referi-me à burocracia partidária ou ao índice de burocratização deste ou daquele partido, entendendo simplesmente pelo primeiro termo – burocracia – o conjunto dos funcionários pagos e, pelo segundo – índice de burocratização –, o *número* de funcionários sobre o total dos membros da organização. Além disso, ao discutir o caso dos partidos carismáticos (capítulo VIII), acrescentei que é inerente a uma burocracia a existência de uma divisão de trabalho suficientemente clara, de esferas de competência formalmente definidas, de hierarquias identificáveis.

No geral, uma definição rápida, que, todavia, serviu para focar os aspectos importantes das diferenças existentes entre os partidos. Em particular, as diferenças no índice de burocratização (no número dos funcionários) serviram, ainda que em combinação com outros fatores, como espinha dorsal da distinção entre instituições fortes e instituições fracas. O partido com institucionalização forte é aquele que, possuindo (além de outras características) uma *numerosa* burocracia central (nacional), tem condição de desenvolver autonomia em relação ao ambiente e forte coerência estrutural interna. A *autonomia* está correlacionada ao índice de burocratização, porque é inerente às estruturas burocráticas a tentativa de "(...) eliminar ou controlar todas as influências extra-organizativas sobre o comportamento dos seus membros. As características burocráticas têm a função de isolar, na medida do possível, a organização das influências indesejadas"[1]. A coerência estrutural (o nível de sistematização), por sua vez, está correlacionada ao índice de burocratização em razão das tendências centralizadoras inerentes ao desenvolvimento burocrático: a existência de uma burocracia poderosa significa que o "centro" possui um instrumento extremamente eficaz para submeter a periferia organizativa.

Logo, no quadro analítico aqui exposto, o papel da burocracia é central. A breve definição usada até aqui foi suficiente para os fins a que me propus. No momento em que submetemos o conceito a um exame mais minucioso, damo-nos conta da existência de problemas bastante intrincados e, sobretudo, muito confusos na literatura existente. Não obstante Ostrogorski, Weber e Michels, o tema da burocracia é certamente o mais negligenciado pelos estudiosos dos partidos. Não só existem pouquíssimas pesquisas (nenhuma das quais comparativa) sobre a burocracia partidária (sobre as relações entre os diferentes níveis hierárquicos, sobre as atitudes dos funcionários etc.), mas ignora-se até mesmo, para a maior parte dos partidos, o *número* de funcionários empregados, em parte também em razão da escassa disponibilidade dos líderes de partido em fornecer informações sobre a consistência dos aparatos burocráticos. Este último fenômeno decorre das conotações negativas geralmente atribuídas ao termo "burocracia"[2], bem como da má fama de que goza, entre o público, o político profissional (do qual o funcionário do partido é apenas uma subespécie, embora particularmente significativa). A análise que se segue está voltada, de um lado, para uma explicação conceitual do fenômeno, e, de outro, para um enquadramento do problema da burocracia partidária dentro de uma tipologia do profissionalismo político. Como nos capítulos anteriores (sobre dimensões

---

1. H. Haldrich, *Organizations and Environment*, cit., p. 13.
2. Cf. F. Ferraresi, A. Spreafico (orgs.), *La burocrazia*, Bolonha, Il Mulino, 1975, especialmente a introdução, pp. 13-56, e M. Albrow, *Bureaucracy*, Londres, Pall Mall, 1970.

e complexidades e sobre as influências ambientais), as hipóteses e generalizações que serão, por vezes, formuladas, pelas razões citadas não poderão ser corroboradas por dados empíricos suficientes.

Profissionalismo político e burocracia

No funcionário em tempo integral identifica-se, geralmente, o protótipo do "profissional da política", daquele que "vive de política", conforme a definição weberiana[3]. A tendência geral é usar os termos "burocrata" (político) e "profissional político" como sinônimos. Aqui começam os problemas, porque o burocrata – o funcionário estável que trabalha em tempo integral numa organização política – é apenas uma das possíveis personificações do profissionalismo político. O profissional político é, simplesmente, aquele que dedica toda, ou uma grande parte, da sua atividade de trabalho à política e dela retira sua principal fonte de subsistência. Um líder de partido, por exemplo, é um profissional da política (o empenho político certamente não lhe deixaria margem para atividades de trabalho extrapolíticas de alguma consistência). E, no entanto, na maior parte dos casos, um líder de partido não é um burocrata. Em vez disso, ele se assemelha a um empresário (e é nesses termos que a liderança política foi considerada neste livro). Essa distinção entre dois tipos de profissionais da política, o funcionário e o empresário, é apenas a primeira dentre as muitas possíveis.

A segunda distinção necessária é entre o burocrata e o especialista, entre o funcionário especializado no funcionamento da "máquina" partidária e o "profissional" (na acepção técnica da sociologia das profissões), aquele que possui competências especializadas extrapolíticas e extrapartidárias em sentido estrito. Examinando o problema da profis-

---

3. M. Weber, *Politik als Beruf*, conferência reunida em *Il lavoro intellettuale come professione*, Turim, Einaudi, 1967, pp. 147 ss.

sionalização dos parlamentos que segue a afirmação dos partidos de massa, Eliassen e Pedersen[4] observaram o uso ambíguo e polivalente da expressão "profissionalismo político", que se encontra na literatura sobre os parlamentos. Geralmente, com tais expressões costumam ser indicadas duas coisas diferentes ao mesmo tempo, dois tipos diferentes de "profissionalização". Para uma primeira consideração, o termo é usado para indicar o processo de substituição das autoridades do "partido de dirigentes" pelos funcionários do "partido de massa". Nessa acepção, "profissionalismo político" é usado como sinônimo de "grupo de funcionários do partido". Mas, com igual freqüência, indica-se com o termo "profissionalização" um processo absolutamente diferente: a substituição progressiva de pessoal parlamentar de origem aristocrática ou empresarial (dos partidos liberais e conservadores) e de origem operária (dos partidos socialistas) por um novo pessoal com alto nível de instrução, de classe média burguesa, predominantemente empregado nas ocupações típicas das classes emergentes em conseqüência da expansão da intervenção do Estado (professores, administradores públicos etc.). Isso geralmente se explica como o efeito da crescente tecnicização das decisões políticas que requerem, muito mais do que no passado, as competências dos "especialistas". Nesse segundo significado, profissionalização significa, na verdade, aumento do componente parlamentar-técnico com um intenso treino educativo por trás, em todos os setores nos quais já se justifica a intervenção do Estado. Por exemplo, Guttsmann[5], ao discutir as transformações na composição social do parlamento inglês, usa o termo "profissionalização", mas é claro que, num sistema em que

---

4. K. A. Eliassen, M. N. Pedersen, "Professionalization of Legislatures: Long-Term Change in Political Recruitment in Denmark and Norway", *Comparative Studies in Society and History*, XX (1978), pp. 286-318.

5. W. L. Guttsmann, *Elite Recruitment and Political Leadership in Britain and Germany since 1950: A Comparative Study of MPs and Cabinets*, cit. Cf. também R. W. Johston, "The British Political Elite, 1955-1972", *Archives Européennes de Sociologie*, XIV (1973), pp. 35-77.

nem os parlamentares trabalhistas nem os conservadores são burocratas de partido (porque em ambos os partidos vige a proibição para os funcionários de se candidatar a cargos públicos), é no segundo significado que o autor compreende o fenômeno. Portanto, conforme observam oportunamente Eliassen e Pedersen, é preciso distinguir, para não gerar confusões, entre dois processos que modificaram, neste século, a composição dos parlamentos: uma *profissionalização política* (parlamentarização dos funcionários de partido), como efeito da mobilização de massa, e uma *profissionalização intelectual* (parlamentarização dos especialistas), como efeito da crescente diferenciação, complexidade e tecnicização das decisões políticas. Reportei-me a essa teoria para mostrar como o problema do profissionalismo político é complexo. Agora, o funcionário de partido aparece apenas como uma entre tantas possíveis figuras de profissionais políticos. Para proceder a ulteriores distinções, devemos definir melhor o conceito de burocracia e de burocracia de partido em particular.

A burocracia de partido: definições

Assim como outros conceitos que têm ampla circulação nas ciências sociais, também a burocracia possui diversas definições[6]. Dentre todos os possíveis significados atribuídos ao termo, apenas três[7] parecem utilizáveis – com graus de eficácia diferentes – para descrever o fenômeno burocrático nos partidos:

---

6. Fred Riggs relacionou recentemente doze significados diferentes, atribuídos na literatura à palavra burocracia: cf. F. Riggs, "Introduction: Shifting Meanings of the Term 'Bureaucracy'", *International Social Science Journal*, XXXI (1979), pp. 563-84.

7. M. Albrow, *La burocrazia*, cit., além desses três, enumera outros quatro possíveis significados do conceito: burocracia como "ineficiência organizativa", como "administração pública", como sinônimo de "organização" e, finalmente, como "sociedade moderna", pp. 113-43.

1) A burocracia como *componente administrativo*, o conjunto de funcionários destinados a funções de manutenção da organização sobre o total de membros da própria organização[8].

2) A burocracia como organização, cujas características são definidas pelo tipo ideal weberiano.

3) A burocracia como "domínio dos funcionários".

A primeira é, fundamentalmente, a definição que usei ao longo deste livro para distinguir entre instituições fortes e instituições fracas. A segunda também foi usada em parte: própria de uma burocracia (pense-se na organização do *Central Office* conservador) é a divisão do trabalho, a hierarquia, a padronização das tarefas e dos procedimentos, às vezes a competência e a imparcialidade[9]. Naturalmente, assim como, de resto, é inerente à própria metodologia weberiana do tipo ideal, não é necessário que todos os componentes do tipo estejam efetivamente presentes em cada caso concreto, mas ao menos alguns (sobretudo divisões de trabalho e hierarquia) *devem* estar presentes. Numa primeira abordagem, parece prática e proveitosa uma definição da burocracia de partido como corpo de funcionários que se dedicam à manutenção da máquina, com ao menos algumas características do tipo ideal weberiano. O fato de se tratar de funcionários empenhados em atividades administrativas, de rotina, explica a presença de certos traços observados nas burocracias; comportamentos por vezes ritualísticos, escassa disponibilidade ao risco, apego à "máquina" como tal[10].

---

8. Esta é, substancialmente, a definição de burocracia adotada por P. Blau em seus trabalhos; por exemplo, P. Blau, M. W. Meyer, *La burocrazia nella società moderna*, cit. Para uma definição análoga, cf. também B. Abrahamsson, *Bureaucracy or Participation. The Logic of Organization*, cit.

9. Sobre a teoria weberiana da burocracia também em relação à teorização mais recente, ver P. P. Giglioli, "Burocrazia", in N. Bobbio, N. Matteucci (org.), *Dizionario di Politica*, Torino, UTET, 1976, pp. 116-122, E. Saccomanni, "Burocratizzazione", in P. Farneti (org.), *Politica e società*, Florença, La Nuova Italia, 1979, vol. 1, pp. 96-125.

10. R. K. Merton, *Social Theory and Social Structure*, Nova York, The Free Press, 1968. A literatura sobre o profissionalismo político é exígua: entre os poucos títulos sobre o tema, ver G. S. Black, "A Theory of Professionalization

A terceira definição, por sua vez, é menos útil: ela pressupõe que a organização burocrática é aquela controlada pelos seus funcionários. Mas, como já foi dito, as organizações burocráticas – e também os partidos – quase nunca são controladas por funcionários, mas sim por empreendedores e empresários. Contrariamente ao que Michels considerava, mesmo nos partidos com maior índice de funcionários, a política – conforme observou-se – é feita pelos políticos e não pelos burocratas[11]. Uma crítica que ecoa a posição análoga de Ostrogorski e Weber, para os quais a burocracia era sim um elemento central dos partidos políticos modernos, mas a liderança política não era absolutamente redutível à burocracia. Max Weber, todavia, admitia a possibilidade de que, em alguns casos raros, os funcionários chegassem efetivamente a se apropriar do partido, substituindo os "políticos": a sucessão de Ebert por Bebel no SPD na segunda metade da primeira década do século levou, justamente, conforme Weber, a passagem do domínio dos políticos ao domínio dos funcionários[12]. É possível admitir que, em certos casos, a burocracia adquire um papel tão dominante a ponto de se tornar indistinguível, no vértice, dos políticos "puros". Nessas circunstâncias, a liderança organizativa representará, provavelmente, uma combinação de empresários (mais orientados ao risco e ao "proveito") e de burocratas (mais orientados à rotina, à manutenção da máquina). Todavia, também nesses casos é melhor distinguir entre empresários de ori-

---

in Politics", *American Political Science Review*, LXIV (1970), pp. 865-78, C. E. Schulz, "Bureaucratic Party Organization Through Professional Political Staffing", *Midwest Journal of Political Science*, VIII (1964), pp. 127-42. Sobre o profissionalismo político parlamentar, ver D. Herzog, *Carriera parlamentare e professionismo politico*, cit., pp. 515-44. Cf., também G. Sani, "La professionalizzazione dei dirigenti di partito italiani", *Rivista Italiana di Scienza Politica*, II (1972), pp. 303-33.

11. G. Sartori, "Democrazia, burocrazia e oligarchia nei partiti", *Rassegna Italiana di Sociologia*, I (1960), pp. 119-36.

12. M. Weber, *Economia e Società*, Milão, Comunità, 1968, vol. 2, p. 727. Também para Duverger, em certas circunstâncias é possível que a burocracia de partido se torne dominante: cf. *I partiti politici*, cit., pp. 206-8.

gem burocrática e empresários de outra origem do que supor uma situação de "domínio dos funcionários". Fiquemos, pois, com a situação anteriormente formulada: burocracia como corpo de funcionários destinados à manutenção da organização, que mostra alguns (embora não necessariamente todos) traços do tipo ideal weberiano. Porém, mesmo assim ainda não dispomos de instrumentos suficientes para compreender a dinâmica inerente ao "fenômeno burocrático" nas organizações partidárias.

De fato, é parte da definição anterior a circunstância de que o funcionário seja *designado*, escolhido pela entidade patronal e/ou admitido por concurso para o desempenho de certas funções e, além disso, que se ocupe *exclusivamente* de atividades administrativas, de manutenção da máquina. Mas isso nem sempre ocorre no caso da burocracia de partido.

Em certos partidos, a burocracia corresponde, efetivamente, à definição: no Partido Conservador e no Partido Trabalhista, os funcionários são *designados* pelo alto e são rigorosamente excluídos de atividades políticas públicas; devem se dedicar exclusivamente a tarefas administrativas. Mas, em muitos outros partidos – tipicamente os partidos de massa socialistas e comunistas, mas não somente estes –, o funcionário é contratado pelo alto e designado pelo vértice, pelos líderes do partido, para desempenhar diferentes tarefas, mas a sua designação para muitos cargos requer uma ratificação posterior por meio de uma *eleição* de baixo. Além disso, esse funcionário não se dedica exclusivamente a atividades administrativas, mas também, e às vezes sobretudo, a atividades públicas. Ele também é um dirigente político que participa das campanhas eleitorais e de todas as atividades políticas internas e externas do partido.

Portanto, pode haver nos partidos dois diferentes tipos de burocracia que definirei, respectivamente, como burocracia *executiva* e burocracia *representativa*[13]. O caráter represen-

---

13. A burocracia representativa, nesse caso, caracteriza-se pela existência de um controle eleitoral e, portanto, difere da "burocracia representativa"

tativo da burocracia de muitos partidos depende do fato de que um partido é, em certos aspectos, um híbrido que combina os traços das organizações burocráticas (e, portanto, do sistema de interesses) e das associações voluntárias (e, portanto, do sistema de solidariedades). Depende, mais especificamente, do fato de que a seleção da liderança nos diferentes níveis é submetida, ao mesmo tempo, a uma dupla pressão, devendo responder a dois requisitos: *funcionalidade* e *legitimação*. Como se observou:

> Deve ser devidamente enfatizado que o processo de seleção da liderança nos partidos políticos é consideravelmente complicado na moderna sociedade industrial. Em contraste com as organizações burocráticas, nas quais o recrutamento do pessoal pode ser orientado quase exclusivamente para a satisfação dos requisitos funcionais das posições e dos setores que devem ser ocupados, o partido político, como associação voluntária, também deve assegurar a legitimidade democrática da seleção dos líderes, principalmente por meio do processo eleitoral competitivo.[14]

Portanto, sendo dois tipos de burocracia, uma delas corresponde, em grande parte, ao componente administrativo de outras organizações (a burocracia executiva), enquanto a outra é típica e exclusiva de partidos e sindicatos (a burocracia representativa). A diferença entre os dois tipos pode ser interpretada, essencialmente, como diferença nos *sistemas de controle* aos quais a burocracia é submetida. No caso da burocracia executiva, o sistema de controle (como no tipo ideal weberiano) é apenas um: a *hierarquia*. Os burocratas executivos são funcionários designados para suas tarefas pelos líderes políticos. Correspondem plenamente à fi-

---

(contraposta à "burocracia punitiva") de que fala A. Gouldner em *Patterns of Industrial Bureaucracy*, Glencoe, The Free Press, 1954, cuja característica distintiva é a "competência".

14. D. Herzog, "Political Parties and Political Leadership Selection", in O. Stammer (org.), *Party Systems, Party Organizations and the Politics of New Masses*, Berlim, Babelsberger, 1968, p. 164.

gura do administrador. A burocracia representativa, por sua vez, é submetida, simultaneamente, a duas estruturas de controle: a *hierarquia* e o (posterior) *controle eleitoral*. Isso pelo fato de que o burocrata representativo não é apenas um administrador, é também um dirigente político. A posição do burocrata representativo é, pois, ambígua, indicativa da mais geral ambigüidade (sob o aspecto organizativo) dos partidos. Ele deve responder pelos seus próprios atos perante os superiores, mas também está submetido, periodicamente, ao julgamento da base. Naturalmente, o papel do segundo sistema de controle, o eleitoral, não deve ser exagerado. O uso de burocracias representativas sempre coincidiu com situações de predomínio nítido da liderança – do SPD ao PCI e ao PCF –, situações em que a nomeação de funcionários garante o controle por parte da coalizão dominante sobre o partido, enquanto a sua "representatividade" (a investidura eleitoral) tem a função principal de legitimar seu papel[15]. Nos partidos em que se faz uso de burocracias representativas, os funcionários são muito mais os instrumentos maleáveis do "vértice" do que os representantes da "base". A investidura eleitoral (facilmente manipulável por parte de uma coalizão dominante coesa) serve apenas para fortalecer a posição perante os ativistas de base. No PCI, por exemplo, a burocracia representativa domina a esmagadora maioria dos órgãos executivos federais[16] e, além disso, é a quota

---

15. Sob esse aspecto, é preciso frisar que as normas que regulam o "centralismo democrático" nos PC não conseguiriam, sozinhas, garantir a tradicional compactação e a disciplina se não fossem apoiadas por uma estrutura burocrática que se estende do vértice à periferia, por um corpo de funcionários que se tornam seus garantes. Sobre o centralismo democrático, ver S. Sechi, "L'austero fascino del centralismo democratico", *Il Mulino*, XXVII (1978), pp. 408-53, e, numa perspectiva comparada, G. Pasquino, *Organizational Models of Southern Communist Parties*, cit., e R. Tiersky, "Il problema del centralismo democratico", in H. Timmermann (org.), *I partiti comunisti dell'Europa mediterranea*, cit., pp. 291-333.

16. O elevado grau de profissionalização dos dirigentes de federações é observado, entre outros, por S. Hellman, *Organization and Ideology in Four Italian Communist Federations*, cit. Hellman observa que, no período da pesquisa (final dos anos 60), ambos os comitês diretivos das duas federações "fortes"

majoritária dos delegados nos congressos nacionais[17]. Em outras palavras, o funcionário que deve as próprias perspectivas de carreira às decisões dos superiores (os líderes nacionais) é o mesmo que comanda as federações e, ainda, o mesmo "escolhido" pela base para julgar, nos congressos, aqueles mesmos superiores.

Todavia, ainda que o peso do controle eleitoral não deva ser exagerado, tampouco deve ser subestimado. É inerente ao próprio mecanismo que o funcionário (designado) não pode "esnobar" a ratificação eleitoral. Dificuldades excessivas nessas circunstâncias poderiam colocá-lo em situação desfavorável diante dos superiores em razão da sua incapacidade de estabelecer uma relação de confiança com os militantes de base e, com isso, comprometer sua carreira. Em contrapartida, uma sólida relação de confiança com os militantes de base fortalece o seu controle sobre uma zona de incerteza organizativa (os líderes devem levar em conta o seu sucesso entre os militantes).

Em outras palavras, uma posição favorável na sua relação de troca vertical (com os militantes de base) condiciona a favor do funcionário as trocas posteriores com os líderes. Sendo assim, é o próprio mecanismo, na sua ambigüidade, que impulsiona os burocratas representativos a uma ativi-

---

(Bolonha e Florença) eram totalmente compostos por funcionários, enquanto nas duas federações fracas (Pádua e Lucca) o percentual de funcionários presentes no comitê citadino era de 47% e 57%. A mesma imagem de elevada profissionalização política das federações surge na pesquisa de F. Lanchester, "La dirigenza di partito: il caso del PCI", *Il Politico*, XLI (1976), pp. 690-718. Todavia, há uma tendência, com o passar do tempo, a partir do VIII Congresso, a reduzir o corpo de funcionários na estrutura intermediária do partido. Segundo os cálculos de Sivini, em 1968 havia 1.244 funcionários distribuídos em 109 federações (com uma redução de 42%, em 1960, para pouco menos de 30% sobre o total de dirigentes de federação): cf. G. Sivini, *Le parti communiste. Structure et fonctionnement*, cit., p. 112.

17. Levando-se em conta o índice de profissionalização dos dirigentes do PCI, isso pode ser facilmente concluído a partir da circunstância pela qual os dirigentes nacionais, regionais ou federais eram 71% dos delegados no VIII Congresso, 78,8% no IX, 79,8% no X, 80,4% no XI e 80% no XII: cf. G. Sivini, *Le parti communiste. Structure et fonctionnement*, cit., p. 123.

dade intensa para impedir que os dois sistemas de controle a que estão submetidos, o hierárquico e o eleitoral, entrem em contradição. Na verdade, os impulsiona a trabalhar com o máximo empenho para obter o consenso da base sobre a "linha política" (definida pelos superiores).

Concluo esse ponto observando que, embora existam diferenças conspícuas entre burocracia executiva e burocracia representativa, elas não devem ser exageradas. Assim como é tênue a distinção entre política e administração e a linha de demarcação está em contínuo movimento, é igualmente tênue a divisão entre os dois tipos de burocracia.

Em primeiro lugar, porque o burocrata representativo, mesmo também sendo um dirigente político, deve dedicar uma parte muito ampla da sua atividade à "administração", à manutenção da máquina organizativa. Além disso, geralmente é o próprio burocrata representativo que interioriza valores e comportamentos mais congruentes com o papel de um administrador empenhado em atividades de rotina do que com o papel de um dirigente empenhado em atividades administrativas.

Em segundo lugar, porque o burocrata executivo, por vezes, também tem participação ativa (ainda que limitada pela vida interna do partido) nas disputas políticas e, geralmente, para trabalhar com eficácia, não pode se permitir relações muito conflituosas com os militantes voluntários[18]. E ainda, além das formas puras de burocratas executivos e de burocratas representativos, há muitas formas mistas que mesclam os traços de ambos os tipos: por exemplo, a burocracia da CDU apresenta características mistas, convivem no seu interior o chefe político e o simples empregado[19]. Tanto

---

18. Conforme mostram as pesquisas empíricas sobre os funcionários locais e regionais dos partidos ingleses, por exemplo, de R. Frasure, A. Kornberg, "Constituency Agents and British Party Politics", *British Journal of Political Science*, V (1975), pp. 459-76.

19. Mas, no período anterior à profissionalização dos anos 70 (ver o cap. XIII): cf. U. Schketh, M. Pinto-Duschinsky, *Why Public Subsidies have become the Major Source of Party Funds in West Germany but not in Great Britain*, cit., pp. 32-3.

a burocracia executiva quanto a burocracia representativa são instrumentos de controle organizativo nas mãos da coalizão dominante do partido. Essa é a razão pela qual, quer se trate de um ou de outro tipo, não faz muita diferença para fins de exame do nível de institucionalização. Sistemas de controle eleitoral à parte, entre o agente de área conservador e o funcionário dirigente de federação comunista não há praticamente diferença sob esse aspecto.

Burocracia e comportamentos políticos

A presença de burocracias fortes produz centralização da autoridade de decisão. Porém, também foi dito (capítulo X) que uma burocracia forte implica a existência de muitos níveis hierárquicos e, portanto, descentralização sobre as decisões administrativas (ou de rotina). Um partido com elevado índice de burocratização combina uma forte centralização sobre as decisões governistas (políticas) e uma descentralização igualmente forte sobre as decisões administrativas. O que talvez não esteja totalmente claro é por que a delegação no âmbito administrativo não produz pressões na descentralização também no âmbito político (tanto mais que os limites entre os dois âmbitos são tênues); e com maior razão no caso dos burocratas representativos, figuras híbridas entre a administração e a política.

De fato, parece lógico que quem tem grande autonomia de decisão num certo âmbito pode facilmente utilizar essa autonomia para desenvolver um poder de decisão em outros âmbitos. Isso ocorre apenas muito raramente, em razão de um fenômeno já tratado em páginas anteriores (no cap. II): a posição extremamente desvantajosa em que o funcionário costuma se encontrar nas suas relações de troca com os líderes nacionais. Na maioria das vezes, tornar-se funcionário de partido é uma escolha irreversível, definitiva. O funcionário de partido geralmente não consegue encontrar com facilidade uma ocupação equivalente no mercado externo. O baixo grau de *possibilidade de substituição* dos incentivos de que se beneficia o funcionário o torna extremamente manipulável: a "segurança do cargo" desempenha um papel decisivo[20]. O fato de a carreira no interior da organização ser o único caminho percorrível explica o elevado índice de conformismo dos funcionários, a sua extrema subordinação às decisões dos líderes, e portanto, a elevada centralização da autoridade, que sempre acompanha índices elevados de burocratização no interior dos partidos, bem como o caráter centrípeto da "estrutura das oportunidades". Além disso, a presença de um forte aparato de funcionários também explica a estabilidade e a coesão que, em geral, caracterizam as coalizões dominantes dos partidos muito burocratizados. Favorecida na troca vertical com os funcionários, em razão do baixo índice de possibilidade de substituição dos incentivos seletivos, a coalizão dominante é igualmente favorecida nas relações de poder horizontais, diante das elites minoritárias. De fato, controlar um forte aparato de funcionários dá à coalizão dominante de um partido uma vantagem análoga àquela de que dispõem os partidos governistas em relação aos partidos de oposição: a disponibilidade sobre um conjunto de recursos cujo uso é vedado aos opositores[21]. Todavia, a baixa possibilidade de substituição dos incentivos seletivos não é o único fator a explicar o caráter de instrumento

---

20. S. Barnes, "Party Democracy and the Logic of Collective Action", in W. J. Crotty, *Approaches to the Study of Party Organizations*, cit., p. 132, observa que no PSI: "Os líderes reconheciam que os funcionários de partido eram submetidos a condicionamentos que limitavam as suas escolhas. Isto é, eram pressionados pela necessidade de alinhar-se com a facção vencedora nas disputas infrapartidárias; um erro de avaliação podia significar a perda do cargo". Ao contrário, eram nitidamente favorecidos os "semiprofissionais": "Ocupações extrapolíticas como a de advogado ou de professor atenuavam algumas das inseguranças financeiras associadas às lutas de facção. Os líderes de origem operária ou da classe média, que haviam abandonado os estudos e se tornado politicamente ativos quando jovens, encontravam-se numa posição mais desfavorável. Não tinham nenhum outro lugar para onde ir".

21. S. Barnes, *Party Democracy: Politics in an Italian Socialist Federation*, cit., pp. 84-6.

servil dos líderes, no geral, próprio de qualquer burocracia de partido. Com efeito, o funcionário também é um "crente" (a distinção entre crentes e carreiristas é, como sabemos, apenas analítica), ou seja, usufrui de incentivos de identidade. Muito freqüentemente, nos partidos com institucionalização forte, a carreira burocrática requer um longo aprendizado. Dos funcionários comunistas entrevistados por Hellman, a maioria era proveniente das bancadas da federação juvenil e 70% haviam freqüentado escolas de partido[22]. Vários estudos demonstraram que a lealdade organizativa também depende da quantidade de tempo empregada dentro da organização e das dificuldades encontradas nas promoções de carreira[23].

Em segundo lugar, pelo menos até recentemente, em *todos* os partidos os funcionários eram recrutados entre as classes menos abastadas. O fato de que no partido, e graças a ele, o funcionário comunista ou socialista experimentasse uma mobilidade de *status* aumentava o seu reconhecimento e a sua lealdade em relação à organização. Da mesma forma, o fato de que os agentes conservadores do início do século apresentassem a dupla característica de uma camada social humilde e de uma identificação psicológica com as classes altas (das quais, no partido, podiam sentir o perfume) explica a sua fidelidade à liderança organizativa[24]. Portanto, uma combinação de incentivos seletivos e de identidade, com baixo grau de possibilidade de substituição à organização no mercado externo, explica o "conformismo" dos apa-

---

22. S. Hellman, *Organization and Ideology in Four Italian Communist Federations*, cit., p. 390. Além de canais de ligação com o eleitorado juvenil, as organizações juvenis são uma importantíssima incubadora de líderes de partidos, seja nos partidos burocráticos, seja naqueles faccionalizados. Uma longa militância iniciada nesses organismos logo na juventude dá maiores garantias, tanto em termos de interiorização efetiva dos valores do partido (ou da facção) quanto de formação de lealdades pessoais sólidas.

23. E. Spencer Wellhofer, T. M. Hennessey, *Political Party Development: Institutionalization, Leadership, Recruitment, and Behavior*, cit.

24. J. Ramsden, *The Age of Balfour and Baldwin, 1902-1940*, cit., p. 46.

ratos, a sua relativa submissão como instrumentos da coalizão dominante do partido. Assim se explica também por que o burocrata representativo, embora desenvolvendo funções de dirigente político, geralmente não consegue estabelecer uma relação de poder a seu próprio favor no tocante aos líderes e, portanto, não pode atacar a centralização da autoridade responsável pelas decisões. Explica também por que o burocrata representativo tende, freqüentemente, a ser muito mais um "administrador" do que um "político". Explica, por exemplo, a tendência dos funcionários, registrada por Hellman nas federações fortes do PCI, a transformar os problemas políticos em problemas administrativos[25]. Ou, ainda, explica o caráter marcadamente "apolítico" do comportamento dos funcionários de nível médio e baixo no SPD após 1950. Nesse partido:

> Os homens selecionados como secretários deviam gozar de uma reputação de neutralidade e ser mantidos acima das disputas infrapartidárias. Essa qualificação só podia fortalecer o estilo "apolítico" que as funções de rotina do secretário por si favoreciam. Quando quase todo novo problema na vida política funcionava como detonador para os conflitos de facção no interior do partido, a burocracia tendia a se retirar da "política". A principal tarefa da burocracia, organizar o partido para as vitórias eleitorais, continha, necessariamente, um comportamento negativo em relação a toda e qualquer pressão para mudanças táticas que poderiam dividir o partido ou afastar os eleitores não socialistas. O que o funcionário de partido desejava acima de qualquer outra coisa era a paz e a unidade dentro da organização.[26]

A centralização da autoridade nos partidos com altos índices de burocratização depende, portanto, do baixo grau de possibilidade de substituição dos incentivos seletivos e

---

25. S. Hellman, *Organization and Ideology in Four Italian Communist Federations*, cit., p. 354.
26. C. E. Schorske, *German Social Democracy. 1905-1917*, cit., p. 127.

de identidade de que se beneficia o funcionário. Todavia, mudanças nas condições de mercado podem, ao menos em parte, alterar essa situação. Sob esse aspecto, o aumento crescente de funcionários das classes médias burguesas e com elevado nível de instrução, registrado em épocas recentes no PCI, associado ao declínio do componente de classe operária[27], é um fenômeno que parece comprometer a solidez, a compactação e a maleabilidade do aparato. Não apenas porque pode criar dificuldades a esse novo tipo de funcionário nas relações com a antiga base militante, mas, sobretudo, porque modifica sensivelmente a sua relação com os líderes nacionais. Mesmo que com possibilidades alternativas decrescentes, à medida que aumenta a quantidade de tempo despendida na carreira, o jovem funcionário que possui um diploma de instrução superior e uma rede de relações pessoais em razão da sua origem familiar médio-burguesa sofre muito menos a pressão ao conformismo do que o antigo funcionário de classe operária (e, além disso, por não ter experimentado mobilidade, o seu "reconhecimento" também é menor). Portanto, a substituição na estrutura de funcionários tende a favorecer uma relativa desinstitucionalização da organização e uma tendência à perda de coesão e de estabilidade da coalizão dominante (a fidelidade a um grupo entre os muitos em disputa na organização pode, sob esse aspecto, tornar-se mais importante do que a fidelidade ao partido)[28].

---

27. F. Lanchester, *La dirigenza di partito: il caso del* PCI, cit.
28. Há, ainda, o problema das "lealdades cruzadas" dos funcionários "descentralizados", isto é, daqueles funcionários designados para as organizações colaterais: de um lado, uma identificação excessiva do funcionário com a organização colateral pode dar lugar a uma independência indesejada dessa organização. Mas, de outro lado, uma identificação dos funcionários descentralizados exclusivamente com o partido pode comportar uma falta de vitalidade da organização colateral, fazendo com que diminua a sua utilidade política. No PCI dos anos 50, muitos problemas na relação entre o partido e a sociedade civil dependiam da incapacidade das organizações colaterais para desenvolver atividades autônomas mesmo na órbita da linha política do partido: os funcionários do sindicato, das organizações femininas etc. sentiam-se, antes de mais

Especialistas e profissionais ocultos

Identificado o burocrata de partido, devemos agora diferenciá-lo das outras funções profissionais, em particular do "especialista", o profissional em sentido estrito. Também aqui deixamos de lado a persistente ambigüidade da linguagem das ciência sociais, a tendência a não diferenciar os diversos tipos de profissionalismo político e o caráter não claro e unívoco, que na literatura organizativa reveste a distinção entre burocratas e profissionais. Se nos ativermos ao que afirmam os manuais, burocratas e profissionais são funções ocupacionais que têm pelo menos um traço em comum: conhecimentos especializados, embora de tipos diferentes, e salvo o princípio de que o treino do "profissional" é geralmente mais longo do que o do burocrata. Porém, o que importa é a diferença do *sistema de controle* a que o burocrata e o profissional estão submetidos. O sistema de controle do burocrata é a hierarquia e, por meio dela, a subordinação aos superiores. O sistema de controle do profissional é o "julgamento dos colegas" no âmbito de uma série de critérios de avaliação bem definidos (ética profissional)[29].

É claro que essa distinção refere-se, de um lado, aos burocratas que atuam (por definição) nas organizações e, de outro, aos profissionais independentes (advogados, tabeliães, engenheiros, arquitetos etc.), isto é, àqueles que atuam no âmbito das profissões liberais. A distinção se complica se a relação se dá entre os burocratas e os profissionais inseridos nas organizações. Quando for esse o caso, e com todas

---

nada, comunistas não disponíveis a ações autônomas em relação ao partido, e as organizações colaterais (um apoio muito importante no caso do "partido novo") não conseguiam desempenhar com vitalidade as suas funções: cf. G. Poggi (org.), *L'organizzazione partitica del PCI e della DC*, cit., pp. 171 ss.

29. Cf. J. A. Jackson (org.), *Professions and Professionalization*, Londres, Cambridge University Press, 1970. Cf. também S. Zan, "Struttura e organizzazione delle professioni: una analisi critica della letteratura", *Studi Organizzativi*, VIII (1976), pp. 31-70.

as possíveis exceções (por exemplo, os médicos de um hospital), na maioria das vezes a divisão ocorre entre *funções de linha* (burocráticas) e *funções de staff* (profissionais). Mas o que diferencia, sobretudo, as duas funções é ainda o sistema de controle. A diferença entre burocracia executiva e burocracia representativa, como foi dito, é que a primeira está submetida somente ao controle da hierarquia, e a segunda, ao duplo controle da hierarquia e da eleição. O "profissional", o especialista dotado de conhecimentos especializados, também está submetido a uma dupla estrutura de controle: mais uma vez, a hierarquia, bem como o "julgamento dos colegas" (e, especialmente, dos colegas independentes).

No caso da burocracia representativa, o principal problema do funcionário é impedir que os dois sistemas de controle aos quais está submetido entrem em contradição. Do mesmo modo, no caso do profissional, o duplo controle cria dilemas e pressões que se manifestam como conflitos de função, problemas de "lealdades cruzadas" etc. e que tornam essa figura profissional intrinsecamente instável.

Agora, vamos aplicar esse raciocínio aos partidos. Pensemos no caso de um economista trabalhando em tempo integral no setor de planejamento de um partido. É muito provável que o nosso economista se veja entre dilemas e conflitos de função ligados ao duplo sistema de controle ao qual está submetido. Por um lado, como dependente da organização, deverá abster-se, por exemplo, de criticar publicamente a política econômica do seu partido ou de fazer análises em nítido contraste com essa política. Mas, por outro, como "profissional", também enfrentará o problema de "não se desmoralizar" diante dos colegas economistas independentes (mesmo porque, em momento oportuno, o cargo de professor numa universidade poderia ser mais atraente e de maior prestígio do que o trabalho no partido).

Naturalmente, ao menos na política, as diferenças entre burocratas e profissionais (de *staff*) não deveriam ser exageradas. De modo abstrato, a diferença entre o economista citado e o burocrata é clara, é uma diferença entre função de *staff* e função de *linha*[30]. Mas a analogia entre um partido e uma empresa funciona somente até um certo ponto. Dentro da empresa, os setores de *staff* e os setores de linha são facilmente reconhecíveis. Já num partido essa distinção nem sempre é possível. Por exemplo, em muitos casos, o jornalista de partido não é absolutamente um profissional como tal, submetido a um duplo sistema de controle, hierarquia e julgamento dos colegas (e, portanto, dividido entre lealdade ao partido e ética profissional); muitas vezes, trata-se de um burocrata (o trabalho no jornal do partido é apenas uma etapa de uma carreira burocrática). O economista do setor de planejamento, se tiver habilidade e sorte, poderá ser eleito como parlamentar. Mesmo que, como é provável, continue a ocupar-se predominantemente com problemas econômicos, distinções do tipo linha-*staff* acabarão por tornar-se no mínimo problemáticas. De modo mais geral, o que importa é o fato de que, também em outros tipos de organização, a distinção entre burocratas e profissionais é, no mais das vezes, tênue. A distinção rígida (à qual eu também me ative até aqui) entre burocratas e profissionais corresponde a "modelos idealizados" desses dois componentes organizativos:

> Os estudos empíricos que decompõem o modelo weberiano nas suas dimensões constituintes (...) tendem a tratar o profissionalismo como uma constelação de variáveis com referentes de aptidão, alguns dos quais podem ser graduados. As conclusões a que chegam esses estudos põem em crise a noção de um conflito *global* entre profissionalização e burocratização (...) Esses resultados previsíveis confirmam, indiretamente, a origem histórica tão comum de ambos os tipos de trabalho organizativo; isto é, reforçam a hipótese de Stinchcombe de que a burocracia e o profissiona-

---

30. Sobre a distinção linha-*staff*, ver V. Mortara, *L'analisi delle strutture organizzative*, Bolonha, Il Mulino, 1973, pp. 161 ss. Sobre os conflitos linha-*staff*, ver E. Rhenman *et al.*, *Conflict and Cooperation in Business Organizations*, Nova York, Wiley and Sons, 1970.

lismo são dois subtipos de uma categoria maior, a da administração racional.³¹

As pesquisas empíricas parecem, portanto, evidenciar a existência de uma incompatibilidade apenas parcial entre funções burocráticas e funções profissionais e, freqüentemente, um equilíbrio e um apoio mútuo (muitos burocratas desenvolvem comportamentos "profissionais"; muitos "profissionais" assumem comportamentos burocráticos)³².
A estabilidade intrínseca das funções profissionais dentro das organizações depende do seu caráter ambíguo.

Para uma vasta categoria de profissionais cujo ideal de carreira é *inseparável* de um progresso tecnoburocrático, o "profissionalismo" representa uma alternativa ambígua: uma "carreira profissional" dentro de uma organização é um *sinal de imobilidade de carreira*. Pode ou não ser percebida como tal. Profissionais como engenheiros e contadores *já* possuem um *status* estável na mais ampla sociedade: suas credenciais e diplomas garantidos por instituições profissionais lhes dão, em tese, uma relativa garantia da sua continuidade de *status* no mercado de trabalho. O que eles esperam obter no contexto administrativo é justamente o poder tecnocrático: a "carreira profissional", todavia, não garante nem controle de recursos, nem participação no processo de decisão central.³³

Por analogia, essas observações explicam muito bem por que as funções profissionais nos partidos são intrinsecamente instáveis: se quiser fazer carreira dentro da organização, o profissional *deve* se transformar num burocrata (ou,

---

31. M. Sarfaty Larson, *The Rise of Professionalism. A Sociological Analysis*, Berkeley, University of California Press, 1977, p. 191. O trabalho citado de A. L. Stinchcombe é "Bureaucratic and Craft Administration of Production", *Administrative Science Quarterly*, IV (1959), pp. 168-87. Sobre a divisão burocratas/profissionais, cf. também G. Freddi, *Tensioni e Conflitti nella magistratura*, Bari, Laterza, 1978, pp. 53 ss.
32. M. Sarfaty Larson, *The Rise of Professionalism*, cit., pp. 191 ss.
33. *Ibidem*, p. 193.

em geral, num representante do partido em cargos públicos eletivos), passar de uma função de staff a uma *função de linha*, caso contrário, cedo ou tarde ele será impelido a procurar um emprego melhor fora do partido. Outro fator que complica o quadro e ofusca a distinção entre burocratas e profissionais é dado, em muitos partidos, mas sobretudo nos partidos governistas afeitos a práticas de patrocínio e de colonização do aparato público, pela presença de quotas consistentes de profissionalismo político, *oculto* ou clandestino. Trata-se de um tipo de função *sui generis*, amplamente difundida na DC italiana[34], mas também, por exemplo, no partido socialdemocrata austríaco[35] e, provavelmente, em inúmeros outros. Muitos militantes figuram nos quadros oficiais do partido como funcionários de entes públicos ou paraestatais. Em muitos casos, trata-se de funcionários de partido oculto. Muitos militantes obtêm empregos externos, geralmente em entidades públicas, graças aos bons préstimos do partido. Mais do que verdadeiros empregos, trata-se, geralmente, de "sinecuras" que deixam ao militante a possibilidade de se dedicar quase em tempo integral à política, sem, contudo, pesar na balança do partido pela sua retribuição. O fato de que, com a expansão da intervenção do Estado, o profissionalismo oculto teve uma enorme difusão explica muitas das dificuldades encontradas na análise empírica do profissionalismo político.

Burocratização e profissionalização

Embora a distinção seja tênue e articulada, em muitos casos burocratas e profissionais (de *staff*) representam, efetivamente, figuras profissionais diferentes. Portanto, dizer

---

34. A. S. Zuckerman, *The Politics of Faction. Christian Democratic Rule in Italy*, cit., pp. 105 ss.
35. K. Shell, *The Transformation of Austrian Socialism*, cit., p. 110.

que um partido se burocratiza não é o mesmo que dizer que se profissionaliza[36]. A burocratização implica o aumento daquela categoria particular de "profissionais da política", que são os funcionários destinados à manutenção da organização; aqueles que se acham numa posição extremamente desvantajosa em relação aos líderes nacionais, em razão do baixo grau de possibilidade de substituição dos incentivos seletivos (e também de identidade) de que usufruem. A profissionalização, por sua vez, consiste no aumento dos especialistas empregados na organização (ou recrutados com contratos a termo). A profissionalização é o traço distintivo da mudança organizativa que estão experimentando atualmente os partidos políticos; implica a redução do peso das antigas burocracias e o inchaço dos *staff*. Processos de profissionalização acentuados podem provocar alterações conspícuas (muitas das quais já ocorridas nos partidos norte-americanos)[37] das relações de poder dentro dos partidos. Diferentemente das organizações burocráticas, as organizações profissionais, ou aquelas em que é muito amplo o componente profissional, tendem a ser descentralizadas[38]. A tendência à descentralização, por sua vez, está relacionada às grandes dificuldades encontradas pelos líderes organizativos ao controlar as atividades dos especialistas em relação às dos administradores. Além disso, o profissional de *staff*, diferentemente do burocrata, tem mais possibilidades alternativas de trabalho no mercado externo e, portanto, é muito menos manipulável. A tendência à substituição de burocratas por profissionais deveria, portanto, reduzir o grau de centralização da autoridade e dar lugar a processos de frag-

---

36. Sugestões para uma análise que contrapõe as vantagens da profissionalização às desvantagens da burocracia e algumas propostas são formuladas por G. Pasquino, *Deburocratizzare la politica*, Biblioteca della Libertà, XVI (1979), pp. 35-46. Cf. também J. Juilliard, *Contre la politique profissionelle*, Paris, Seuil, 1977.
37. Voltarei a esse ponto no cap. XIV.
38. P. Blau, *On the Nature of Organizations*, cit., pp. 229-30.

mentação das coalizões dominantes. A profissionalização, porém, também poderia produzir efeitos em parte distintos. Uma vez que o profissional tende a ser um especialista com uma mera relação de trabalho com o partido, um técnico que troca serviços profissionais com a própria clientela político-partidária, ele necessita muito menos de incentivos de identidade do que o funcionário da velha-guarda. Em igualdade de fatores, a profissionalização poderia aumentar a liberdade de manobra dos líderes menos vinculados do que antes para cuidar da distribuição de incentivos coletivos de identidade (e, portanto, menos vinculados por problemas de coerência de linha política). Em todo caso, a profissionalização, acompanhada de um declínio do aparato burocrático tradicional, favorece inevitavelmente processos de enfraquecimento do grau de institucionalização dos partidos.

Dirigentes e profissionais: uma classificação

Ao longo deste capítulo, vimos muitas funções organizativas, todas assimiláveis à categoria do profissionalismo político. E vimos que o burocrata é apenas um dentre os muitos subtipos. Em geral, é possível afirmar que a direção dos partidos – nos diferentes níveis – é composta por uma pluralidade de tipos e figuras profissionais. A simples distinção weberiana entre profissionais e diletantes não é satisfatória[39]. Por um lado, há muitos tipos de profissionais; por outro, há muitas figuras extremas, na fronteira entre profissionais e inexperientes. Fundamentalmente, sete tipos de dirigentes políticos, em combinação variável, podem ser encontrados nos grupos dirigentes dos partidos, diferenciáveis por recurso, estilo político e grau de profissionalismo.

---

39. Como observa, entre outros, D. Herzog, *Carriera parlamentare e professionismo politico*, cit.

A) o *manager* (ou empresário político);
B) a autoridade;
C) o burocrata representativo;
D) o burocrata executivo;
E) o profissional de *staff*;
F) o profissional oculto;
G) o semiprofissional.

A. *O manager*

É um tipo de político profissional que se manifesta desde o surgimento do partido político moderno (na sua versão original de partido de comitês ou de dirigentes). A função empresarial é própria de todos os líderes nacionais dos partidos, mas também de muitas outras figuras profissionais: por exemplo, o chefe das antigas máquinas eleitorais norte-americanas. Muitos tipos de *manager*, com uma pluralidade de estilos, podem emergir naturalmente. Uma tipologia da liderança não faz parte do meu trabalho[40]. De todo modo, os três subtipos mais importantes deveriam ser o líder proveniente de grupos de autoridade, o líder de origem burocrático-partidária e, finalmente, o líder carismático, surgido externamente (e contra) aos canais de recrutamento tradicionais.

B. *A autoridade*

É o protótipo do "diletante" da política, aquele que vive de recursos extrapolíticos e que converte uma centralidade socioeconômica em centralidade política. Representa o ner-

---

40. A esse respeito, remete-se à literatura sobre as elites, em particular, D. Marvick (org.), *Political Decision-Makers*, Glencoe, The Free Press, 1961, L. J. Edinger (org.), *Political Leadership in Industrialized Countries*, cit., R. Putman, *The Comparative Study of Political Elites*, cit., H. Lasswell, D. Lerner (orgs.), *World Revolutionary Elites*, cit., P. Farneti, *Classe politica* in P. Farneti (org.), *Politica e società*, vol. 1, cit., p. 199-232.

vo-guia do antigo partido de dirigentes. A previsão de Weber (e de Duverger) segundo a qual a autoridade estava destinada a desaparecer com o surgimento dos partidos de massa tornou-se verdadeira somente em parte. Em vez disso, a autoridade continua a conviver nos partidos contemporâneos com o profissionalismo político nas suas várias personificações.

C. *O burocrata representativo*

Se a autoridade é a figura política mais ligada à era do partido de dirigentes, o burocrata representativo é o protótipo do profissional político da época de ouro dos partidos de massa. Com a profissionalização, o seu papel é destinado a um redimensionamento ou, embora dificilmente, à extinção. A profissionalização, antes, deveria criar tensões entre profissionais de *staff* e burocratas representativos e lutas pelo poder entre líderes ligados à burocracia e líderes que usam estruturas profissionais.

D. *O burocrata executivo*

Em relação aos papéis anteriores, é o único que não corresponde a uma posição de direção ou de liderança. A profissionalização, como demonstra o caso dos partidos ingleses, em que o processo já está muito avançado[41], não deveria produzir tensões particulares. Ao contrário, enquanto a profissionalização ameaça diretamente as posições da burocracia representativa, talvez ameace menos a burocracia executiva (porque, mesmo na presença de uma profissionalização intensa, atividades administrativas de manutenção da organização devem ser cumpridas).

---

41. R. Rose, *The Problem of Party Government*, cit. Voltarei a esse ponto no capítulo XIV.

E. *O profissional de* staff

É o especialista, o técnico, cujo papel cresce em importância na medida em que o conteúdo técnico das decisões aumenta, a instrução se difunde e, *last but not least*, mudam radicalmente, sob o impacto dos meios de comunicação de massa, as condições da competição interpartidária, e o especialista tem a tarefa de convencer o público sobre a excelência "técnica" da solução escolhida pelo seu partido para os diferentes problemas. A profissionalização implica uma ampliação dos papéis de *staff,* mas os seus efeitos não estão absolutamente confinados nesse âmbito. É a própria instabilidade intrínseca dos papéis profissionais nos partidos que leva os "especialistas", após um certo período, a abandonar a política profissional (não necessariamente o partido) por ocupações de maior prestígio fora da organização ou a tentar uma inserção nas funções de direção. A profissionalização implica, portanto, que progressivamente os cargos efetivos – sobretudo públicos – sejam ocupados por especialistas dos diferentes setores. Trata-se daquele processo de profissionalização "intelectual", indicado por Eliassen e Pedersen. Naturalmente, o processo de profissionalização não significa absolutamente que os "técnicos" suplantam os "políticos" (como sustenta a utopia tecnocrata) e, portanto, o alcance do conflito entre burocratas e especialistas não é exagerado. Estes últimos simplesmente se transformam em dirigentes políticos. Todavia, o treino diferenciado, a maior independência política e o fato de que se trata de dirigentes que, diferentemente dos burocratas, não vêm do "nada", não percorreram as etapas de uma carreira burocrática, tornam esse pessoal político sensivelmente diferente do anterior[42].

---

42. Uma das transformações mais profundas e interessantes experimentadas pelo PCI, particularmente a partir da metade dos anos 70, parece ser justamente um forte aumento do componente de direção "profissional", em detrimento do tradicional componente burocrático. J. Fraser parece aludir

F. O profissional oculto

É uma figura indissoluvelmente relacionada à expansão da intervenção do Estado e à sua colonização por parte dos partidos. O profissional oculto, aquele que nominalmente desempenha um trabalho em instituições públicas ou paraestatais – sobre cuja política de admissões o partido exerce um controle –, mas que, na verdade, faz política em tempo integral, é, dentre todos, a figura de profissional mais ambígua. Trata-se de um político "puro", dedicado inteiramente à carreira política e, todavia, também um político que, tendo ocupado uma posição *sui generis* dentro da organização (nem militante voluntário nem funcionário de partido), sofre, provavelmente, menos pressões para interiorizar seus valores. As suas lealdades tendem a ser predominantemente *pessoais* (em relação a cada um dos líderes ou grupos). Trata-se, em muitos casos, de um "carreirista" em estado puro, sem ligações fortes de identificação com a organização. No caso de alguns partidos, em particular de partidos que controlam por longos períodos as alavancas governistas, representa uma parte muito conspícua do seu pessoal político.

G. O semiprofissional

Trata-se de outra figura apenas parcialmente definível, na fronteira entre o notável e o especialista[43]. Representa um componente sempre relevante do pessoal parlamentar

---

em parte a um processo de profissionalização na sua análise do novo "intelectual administrativo" do PCI: cf. J. Fraser, *L'intellettuale amministrativo*, Nápoles, Liguori, 1976.

43. Sobre o "semiprofissionalismo", cf. G. Sartori, *Il parlamento italiano. 1946-1963*, Nápoles, ESI, 1963. Cf. também M. Cotta, *Classe politica e parlamento in Italia. 1946-1963*, cit., e J. Fishel, "Parliamentary Candidates and Party Professionalism in Western Germany", *Western Political Quarterly*, XXV (1972), pp. 64-80.

e eletivo local de um grande número de partidos, mas também pode ser encontrado em outros níveis e em outros âmbitos organizativos. É aquele que dispõe de independência econômica, em razão de proventos profissionais extrapolíticos, unida a uma grande disponibilidade de tempo livre. Advogados[44], professores universitários, jornalistas, como Weber já havia observado, representam na política figuras que se colocam no limite entre os profissionais e os diletantes. Com o tempo, existe a tendência a se transformarem em profissionais[45]. Trata-se – como no caso do especialista, do profissional de *staff* – de um papel político intrinsecamente instável.

Recapitulando, uma pluralidade de figuras políticas pode ser encontrada em posições de destaque e de poder nas organizações partidárias. Uma tipologia das classes dirigentes dos partidos que ultrapassasse uma simples enumeração de figuras profissionais deveria considerar todas as possíveis combinações[46]. Limitando-se apenas a algumas considerações, é possível observar que uma predominância de empresários (A) e de autoridades (B) corresponde ao caso (puro) da instituição fraca, enquanto uma combinação de empresários e burocratas representativos (C) corresponde ao caso (puro) da instituição forte. Porém, nenhum partido coincide *in toto* com um dos dois modelos e, portanto, as diferentes classes dirigentes também apresentarão no seu interior muitas outras figuras profissionais, desde o tipo semiprofissionais (G) até o tipo profissional oculto (F), ao tipo

---

44. Sobre o papel peculiar dos advogados na política, ver H. Eulau, J. Sprague, *Lawyers in Politics: A Study in Professional Convergence*, Indianápolis, Bobbs-Merril, 1961.

45. G. Sartori, *Il parlamento italiano. 1946-1963,* cit.

46. Uma tentativa preliminar de construir um mapa das funções dentro da classe política italiana foi desenvolvida por P. Farneti, "Problemi di ricerca e di analisi della classe politica italiana", *Rassegna Italiana di Sociologia*, XIII (1972), pp. 79-116.

especialista (E) etc. Se a teoria de Kirchheimer sobre a transformação dos partidos de massa em partidos pega-tudo estiver correta[47], então a evolução do partido político moderno seria essencialmente marcada por uma modificação das classes dirigentes desse gênero: da combinação A-B (partido de dirigentes, instituição fraca) à combinação A-C/A-D (partido de massa, instituição forte) e às combinações A-E-G/A-E-F (partido pega-tudo, instituição fraca).

---

47. Sobre "partido pega-tudo", cf. o cap. XIV.

QUARTA PARTE
A mudança organizativa

XIII. Desafios ambientais e circulação das elites

Premissa

Essencialmente, três questões podem ser formuladas na análise da mudança organizativa, isto é, dos processos de modificação das organizações. A primeira diz respeito à direção da mudança, ou seja, versa sobre o seu caráter *necessário* ou *contingente*. A segunda, sobre o *grau de intencionalidade* da mudança. A terceira refere-se, por fim, à *origem* da mudança, ao caráter exógeno ou endógeno das suas causas.

Evolucionismo versus *"desenvolvimento político"*

Evocando a teoria sociológica clássica da mudança social[1], durante muito tempo os estudiosos adotaram esquemas interpretativos para os quais a "evolução" das organizações seguia leis determináveis *a priori*. Sob esse aspecto, as organizações passariam por estágios de evolução bem definidos à semelhança dos organismos biológicos (o ciclo nascimento, desenvolvimento, decadência). É inerente à perspectiva evolucionista a idéia de que as organizações tendem a aumentar constantemente a sua dimensão, tor-

---

1. R. Nisbet, *Social Change and History*, Oxford, Oxford University Press, 1969.

nando-se cada vez mais complexas no seu interior. O crescimento da organização provocaria um aumento constante da divisão do trabalho (diferenciação), criando pressões contínuas para a coordenação (aumento dos níveis hierárquicos, formalização).

É evolucionista a teoria de Michels sobre a evolução dos partidos políticos. Numa interpretação mais modesta (ou mais "laica"), uma perspectiva evolucionista é, ainda, própria da teoria segundo a qual as organizações, movidas por uma "lógica" empresarial, tendem a se expandir porque isso fortalece o poder e o prestígio dos seus líderes no mais amplo contexto social[2]; um tipo de evolução cuja pretensa "necessidade" foi muitas vezes questionada no decorrer deste livro, ao se examinar as organizações que não demonstram tendências consideráveis à expansão.

Em contrapartida, as teorias que Teulings define como as do "desenvolvimento político"[3] adotam outra perspectiva. Falta aqui a concepção de um desenvolvimento necessário das organizações, mas a mudança organizativa é interpretada muito mais como o efeito de mudanças nas alianças entre os agentes organizativos[4].

Por serem o efeito "contingente" de mudanças nas alianças internas e não o produto necessário de uma lógica imanente, a direção da mudança e as suas modalidades não podem ser estabelecidas *a priori*. Disso resulta que: 1) uma mesma organização pode mudar nas mais variadas direções, conforme o tipo de alianças que eventualmente se formarem no seu interior; 2) as organizações podem experimentar mudanças de diferentes tipos entre si. Não há, a esse respeito, um caminho obrigatório.

---

2. A. Stinchcombe, *Social Structure and Organizations*, cit., A. Downs, *Inside Bureaucracy*, cit.
3. W. M. Teulings, "Modèles de Croissance et de Développement des Organisations", *Revue Française de Sociologie*, XIV (1973), pp. 352-71.
4. Simplificando um pouco, o trabalho de M. Crozier, E. Friedberg, *Attore sociale e sistema*, várias vezes citado, também aborda uma perspectiva desse gênero.

A reconstrução histórico-comparativa desenvolvida na II parte, além dos enormes distanciamentos registrados no desenvolvimento dos partidos em relação a um tipo ideal de evolução organizativa (capítulos I e IX), demonstram, ao menos no caso dos partidos, que a perspectiva do "desenvolvimento político" é muito mais realista e persuasiva do que a perspectiva evolucionista. Não há um caminho único, mas uma pluralidade de caminhos, e o modo pelo qual a organização se forma e se consolida (tipo de modelo originário e modalidade da institucionalização), o tipo de pressões ambientais e o modo como essas pressões se refletem nas suas relações de poder internas delineiam o seu contorno. Todavia, nem mesmo a perspectiva evolucionista foi aqui totalmente descartada: a teoria da institucionalização, ao admitir que qualquer organização deve institucionalizar-se para sobreviver (e as diferenças essenciais são de grau e de nível de institucionalização), conserva, diluídos, alguns de seus traços.

Intencionalidade versus *não-intencionalidade*

O segundo ponto da discussão sobre a mudança organizativa diz respeito ao problema de a mudança ser o fruto de escolhas deliberadas e conscientes ou o efeito, não previsto nem desejado, da dinâmica organizativa. As teorias do *management* tendem, tradicionalmente, à primeira resposta, e as análises mais recentes, sobretudo, à segunda[5]. As elaborações empresariais, como conseqüência operacional da teoria da organização, sempre tiveram interesse em afirmar a intencionalidade da mudança. Somente se for admitido que a mudança é, ou pode ser, fruto de escolhas deliberadas, faz sentido levantar o problema, dados os fins que se pretende alcançar, sobre quais os meios mais idôneos para consegui-los (e, portanto, que mudanças precisam ser introduzidas para se dispor dos meios idôneos). Por sua vez, se

---

5. Cf. F. Butera, "Per una ridefinizione del concetto di cambiamento organizzativo", *Studi Organizzativi*, IX (1977), pp. 43-78.

a mudança é o efeito de fatores não-controláveis, não faz muito sentido discutir sobre as escolhas possíveis. A tese da intencionalidade da mudança tem o seu ponto forte na constatação empírica de que, efetivamente, muitos agentes organizativos têm, no mínimo, alguma "liberdade de ação" e a usam com uma certa continuidade para adotar escolhas que incidam sobre as organizações, que modifiquem, ao menos em parte, certas características suas[6]. Mas mesmo a tese da não-intencionalidade da mudança que se produz nas organizações tem muitos argumentos a seu favor, não obstante a observação segundo a qual as "disfunções" (ou melhor, aqueles fenômenos percebidos como tais pelos agentes organizativos) produzem reações e, portanto, escolhas, ou seja, tentativas de introduzir a mudança somente quando assumem um estado de gravidade excepcional, em situações de crise extrema[7]. Na verdade, os dirigentes percebem, imediatamente, que é preciso mudar. Mas uma mudança poderia ser perigosa e custar muito; poderia suscitar grandes conflitos internos e, em muitos casos, não dar nenhum resultado[8]. Mais tarde, quando a crise finalmente explode, ela reduz drasticamente a margem de liberdade sobre as escolhas possíveis. Esse fenômeno (percepção do problema, inação e, finalmente, ação em situações de crise com margens de manobra mais restritas) é, sobretudo, o efeito da chamada "resistência à mudança", que muitos atores organizativos opõem porque "(...) qualquer mudança é perigosa uma vez que, inevitavelmente, coloca em discussão as condições de jogo do agente, as suas fontes de poder e a sua liberdade de ação, modificando ou fazendo desaparecer as zonas de incerteza pertinentes por ele controladas"[9]. De fato, a mudança organizativa, deliberada ou não, *de todo modo*

---

6. Cf. G. Zalman *et al.*, *Innovations and Organizations*, Nova York, Wiley and Sons, 1973, G. Dalton *et al.*, *The Distribution of Authority in Formal Organizations*, Cambridge, The MIT Press, 1968.

7. M. Crozier, *Il fenomeno burocratico*, cit., p. 218.

8. R. P. Lynton, "Linking na Innovative Subsystem into the System", in F. Baker (org.), *Organizational Systems*, cit., p. 316.

9. M. Crozier, E. Friedberg, *Attore sociale e sistema*, cit., p. 269.

tem como efeito alterar a distribuição dos recursos entre os diferentes grupos internos. Incidentalmente, a resistência à mudança também é a principal causa do fato de que, uma vez institucionalizada, uma organização tende a perpetuar-se no tempo, com alterações nunca muito profundas.

A existência de uma pressão contrária a eventuais escolhas inovadoras (a "resistência à mudança") torna menos digna de crédito a tese da mudança como efeito exclusivo de tais escolhas. Isso porque, quando uma determinada escolha tem como objetivo introduzir uma certa inovação, o efeito final não será, provavelmente, aquela inovação específica, mas uma modificação, em parte, diferente, que é a resultante de duas pressões contrapostas: a escolha inovadora e a resistência à mudança. Sendo assim, quanto mais forte é a resistência à mudança, menor a probabilidade de que a inovação introduzida corresponda, efetivamente, à vontade de quem adotou a escolha inovadora. Isso está relacionado ao fenômeno dos "efeitos contra-intuitivos": cada escolha, agindo sobre um quadro movido por uma pluralidade de impulsos, produz uma cascata de efeitos não previstos nem previsíveis por quem deu início à mudança[10]. À consideração dos efeitos contra-intuitivos deve-se somar a observação segundo a qual, uma vez que a organização é um sistema de partes interdependentes, a mudança numa das partes produz mudanças em toda a organização[11], o que, virtualmente, exclui possibilidades de mudanças totalmente deliberadas e controladas em razão da "racionalidade limitada"[12] dos agentes, que não podem prever tudo.

Essa última afirmação pode ser ao menos parcialmente atenuada, observando-se que, se é verdade que a mudança age sobre toda a organização, todavia a *velocidade* e a *inten-*

---

10. Cf. R. Boudon. *Effetti perversi dell'azione sociale*, cit., e M. Crozier, E. Friedberg, *Attore sociale e sistema*, cit., p. 157.
11. M. Crozier, *Il fenomeno burocratico*, cit.
12. Sobre a teoria da "racionalidade limitada", cf. J. G. March, H. A. Simon, *Organizations*, Nova York, Wiley and Sons, 1958.

sidade com que a mudança numa parte produz efeitos sobre todas as outras depende do nível de institucionalização da organização: se a coerência estrutural é elevada, a interdependência é, com efeito, alta e, por conseguinte, são elevadas a velocidade e a intensidade de "propagação" da mudança[13].

A hipótese da intencionalidade e a da não-intencionalidade correspondem a dois modelos opostos que conhecemos bem: o "modelo racional" e o "modelo do sistema natural". De fato, somente faz sentido pensar na mudança como efeito de escolhas deliberadas (voltadas para maximizar a eficácia na tentativa de alcançar os objetivos) se a organização for um instrumento para a realização de objetivos específicos. Somente faz sentido conceber a mudança como o efeito de dinâmicas organizativas mais impessoais se a organização for um "sistema natural", dominado pelos imperativos da sobrevivência e da mediação entre questões particulares. Todavia, as organizações são ambas as coisas: coexistem no seu interior pressões que as impelem em ambas as direções, e a manutenção da estabilidade organizativa depende do equilíbrio entre as duas forças. Nessa perspectiva, nenhuma das duas escolas está totalmente errada: a mudança organizativa é, ao mesmo tempo, o fruto de *escolhas* e, por causa da "racionalidade limitada" dos agentes e da multiplicidade de pressões a que a organização é submetida, também é fruto de efeitos não previstos. Ou melhor, a mudança é o resultado do encontro entre *escolhas deliberadas* (negociadas no interior da coalizão dominante), mas submetidas ao vínculo da racionalidade limitada e de *pressões anônimas* (a resistência à mudança, as alterações ambientais, tecnológicas etc.), que interagem com as escolhas produzindo inovações desejadas e previstas ou efeitos contra-intuitivos.

---

13. Usando o conceito de "loose coupling" para indicar a relativa autonomia recíproca dos subsistemas organizativos, H. Haldrich, *Organizations and Environment*, cit., pp. 76 ss., defende uma tese análoga em muitos aspectos.

Origem exógena versus origem endógena

Também nesse caso, duas escolas, sobretudo, disputam o campo. Para a primeira, essencialmente identificável na teoria da contingência, a mudança tem origem exógena[14], é induzida pelo exterior. São as mudanças ambientais que induzem a organização a adaptar-se à mudança, renovando-se (embora nunca de modo totalmente previsível como o acima descrito). O ambiente, ao se modificar, cria um desafio para a organização, e esta responde ao desafio transformando-se.

Para a segunda escola, a mudança organizativa tem uma origem essencialmente *endógena*; é fundamentalmente o fruto de mudanças na distribuição do poder no interior da organização. Na sua forma pura, é a posição da escola do "desenvolvimento político" mencionada anteriormente. Mas nenhuma das duas teorias, sozinha, é satisfatória. A tese da mudança heterogerida, sozinha, não convence, porque postula um esquema simples do tipo estímulo-resposta (mudança ambiental e/ou tecnológica → inovação organizativa) e porque é evidente o fato de que, dada uma mudança ambiental, a adequação das organizações é geralmente lenta e, às vezes, não se verifica[15]. Por outro lado, nem mesmo a tese da mudança como efeito de fatores endógenos, e em particular de mudanças na estrutura do poder, *sozinha*, convence. Falta, pois, explicar o que produziu a mudança da estrutura do poder. Uma das teses mais freqüentemente citadas por historiadores e cientistas políticos, segundo a qual a mudança da estrutura do poder nos partidos é o produto de mudanças de geração, não convence totalmente. A hipótese mais persuasiva é a de que a mudança organizativa, na maior parte dos casos, seja o efeito de um estímulo externo (ambiental e/ou tecnológico), unido a fatores internos que estavam, por conta própria, "trazendo à tona" as estruturas do poder (também, por exemplo, mudanças de geração). O

---

14. Cf. a literatura citada no cap. XI.
15. R. P. Lynton, *Linking na Innovative Subsystem into the System*, cit.

estímulo externo age, portanto, como *catalisador*, acelerando uma transformação da estrutura do poder (da distribuição dos recursos entre os diferentes grupos), para as quais já havia precondições internas. E a mudança da estrutura do poder (de acordo com a teoria do "desenvolvimento político") estimula a inovação organizativa. Porém, se não estiverem presentes nem o desafio ambiental nem as precondições internas (mas apenas um dos dois fatores), a mudança não se produz.

A mudança nos partidos políticos

Até aqui, tratamos da mudança organizativa em geral. A partir de agora, dispomos dos instrumentos para avaliar, num nível inferior de abstração, como e por que se produz a mudança nos partidos políticos.

No entanto, é preciso definir a mudança organizativa. Em sentido estrito, qualquer alteração, mesmo mínima, é uma mudança. Em toda organização ocorrem mudanças contínuas, alterações induzidas pelo exterior, ou em razão de escolhas deliberadas, ou de uma combinação de escolhas deliberadas e de efeitos não previstos. Nem todas as "mudanças" que se produzem (incessantemente) nas organizações nos interessam neste estudo. A que nos interessa é uma mudança fundamental, ou seja, uma mudança da *ordem organizativa*, uma alteração da estrutura de autoridade da organização. Quando ocorre uma mudança de tal gênero, significa que foram introduzidas alterações capazes de modificar as relações entre os vários componentes da organização. O principal problema empírico é, sob esse aspecto, distinguir entre as mudanças da ordem organizativa e uma grande quantidade de "pequenas" mudanças que ocorrem continuamente e que não chegam a perturbar a ordem organizativa (mesmo que, ao se acumularem, possam constituir as precondições de uma mudança fundamental posterior). Assim como o principal problema empírico na análise dos regimes políticos é distinguir entre as mudanças incessantes que os regimes políticos experimentam e as mudanças *de* regime político[16]. Uma mudança da ordem organizativa é, segundo a minha terminologia, uma mudança da conformação da coalizão dominante do partido. Uma mudança da ordem organizativa pode ser assim considerada quando modifica a relação entre os grupos internos, alterando a distribuição do controle sobre os incentivos, reestruturando tanto os jogos de poder verticais (as trocas elite-seguidores) quanto, em razão da sua interdependência, os jogos de poder horizontais (as trocas elite-elite). Como sabemos (cap. IX), a conformação de uma coalizão dominante muda caso intervenham as seguintes variações:

1) o grau de coesão da coalizão, ou seja, o grau de organização dos seus grupos internos;

2) o grau de estabilidade da coalizão, ou seja, a capacidade dos seus componentes de realizar acordos satisfatórios;

3) o mapa do poder organizativo compreendido como:

a) organograma, relações de dominação/subordinação entre os diversos setores;

b) relações interorganizativas.

Se a conformação da coalizão dominante muda ao longo de uma dimensão, é grande a probabilidade de que a mudança também comporte variações ao longo das outras dimensões.

A mudança da ordem organizativa pode ser dividida, para fins puramente analíticos, em três fases:

1) A primeira se inicia com uma crise organizativa desencadeada por uma forte pressão ambiental[17]. Uma derro-

---

16. Sobre esses problemas, cf. L. Morlino, *Come cambiano i regimi politici*, Milão, Franco Angeli, 1980.

17. O desafio ambiental como catalisador da mudança organizativa é um tema tratado na sociologia: por exemplo, sobre as transformações da empresa industrial sob a pressão de desafios externos, cf. L. Gallino, *Indagini di sociologia economica e industriale*, Milão, Comunità, 1972, especialmente pp. 45-61. Um esquema do tipo desafio-transformação, extraído da teoria de Toymbee sobre o desenvolvimento e o declínio das civilizações, foi adaptado,

ta eleitoral, ou seja, um agravamento dos termos de troca na arena eleitoral, é um tipo clássico de desafio externo que exerce uma enorme pressão sobre o partido, mas não é absolutamente o único tipo possível de pressão ambiental. O desafio externo age como catalisador de uma *crise* organizativa, para a qual já havia muitas precondições internas (trocas de geração que empurram para a ribalta novos líderes potenciais, rendimentos decrescentes da organização, rigidez organizativa etc.).

2) A segunda fase consiste na substituição do grupo dirigente, na desagregação da antiga coalizão dominante, desacreditada em razão da sua incapacidade de superar a crise e a formação de novas alianças. A resposta à crise é, portanto, uma substituição no vértice, uma mudança na *composição* da coalizão dominante (as pessoas que efetivamente fazem parte dela).

3) Por fim, a terceira fase consiste na reestruturação organizativa, numa mudança da fisionomia da organização, que atinge, ao mesmo tempo, duas "áreas" organizativas centrais. Em primeiro lugar, são introduzidas modificações nas "regras do jogo", nas regras da competição interna (às vezes ratificadas, às vezes não, por revisões estatutárias), porque os novos líderes devem respaldar o controle recém-adquirido sobre o partido com inovações organizativas (sobretudo para se precaver contra eventuais "decisões repentinas" dos grupos que, embora sem poder, continuam a gozar de crédito e de prestígio em alguns setores do partido). Freqüentemente, mas não sempre, entre as regras do jogo que são modificadas há também o sistema eleitoral. A mudança das regras do jogo traz consigo uma reestruturação do organograma: alguns setores, aqueles em que ainda estão entrincheirados os velhos líderes ou os seus defensores, perdem importância, passam a ser redimensionados, enquanto novos setores adquirem relevo ou são criados *ex*

---

com resultados não muito convincentes, para o caso dos partidos, por C. A. Woodward, "Political Party Development and the Applicability of Toymbee's Theory of Civilization Growth", *Il Politico*, XLI (1976), pp. 237-52.

novo, mudam-se as modalidades da coordenação etc. Havendo alteração dos recursos entre os grupos, a mudança é ratificada e fixada na estrutura da organização, modificando no todo (raramente) ou em parte a sua fisionomia[18].

Em segundo lugar, verifica-se uma redefinição dos "objetivos oficiais" da organização, que tem a tarefa de legitimar o novo grupo no poder. A redefinição dos objetivos oficiais é necessária, porque deve mostrar aos membros da organização que o revezamento no grupo dirigente tem motivações "profundas" e "nobres", relacionadas aos destinos da organização, e que não é apenas o fruto de rivalidades "banais" e ambições pessoais. Verifica-se, pois, ao lado e além da mudança das regras do jogo, um processo mais ou menos tênue ou mais ou menos profundo de *sucessão dos fins* (de substituição dos objetivos oficiais por outros objetivos oficiais)[19]. Às vezes (raramente) será o caso de uma modificação dos "fins últimos", que altera radicalmente a identidade organizativa e redefine profundamente o território de caça (como quando um partido socialista declara não ter mais o socialismo entre os seus objetivos), mais freqüentemente será o caso de uma alteração na linha política que apenas resvala nos fins últimos.

A essa altura, o ciclo está concluído, a crise organizativa foi resolvida por meio de uma reestruturação da ordem. A mudança da *composição* da coalizão dominante (a desagregação da antiga aliança e a formação de uma nova), determinando modificações na fisionomia organizativa (transformações das "regras", sucessões dos fins), provocou contextual-

---

18. A estreita relação entre as reformas ocorridas aos poucos na organização dos partidos norte-americanos do século XIX até hoje e as lutas pelo poder entre as diferentes facções é evidenciada em A. Ranney, *Curing the Mischiefs of Faction: Party Reform in America*, Berkeley, University of California Press, 1975.

19. Uma discussão útil sobre as diferenças entre "substituição dos fins" e "sucessão dos fins" está contida em P. Blau, R. S. Scott, *Le organizzazioni formali. Um approccio comparato*, cit., pp. 285 ss. Fica entendido que, para mim, a alternativa não é entre substituição e sucessão, mas entre "articulação dos fins" e "sucessão dos fins".

mente uma mudança na *conformação* da coalizão dominante, alterou todo o sistema das trocas infra-organizativas. A coalizão dominante mudou não somente nas pessoas que a compõem, mas nas suas relações internas e nas relações com os outros componentes da organização. Foram produzidas mudanças no seu grau de coesão (os grupos internos tornaram-se mais – ou menos – organizados) ou no seu grau de estabilidade (as relações entre os grupos passam a ser mais – ou menos – suscetíveis de dar lugar a acordos ou a compensações recíprocas satisfatórias) e modificou-se o mapa do poder organizativo: o organograma, sob a pressão das inovações introduzidas, sofreu alterações conspícuas; ou as relações interorganizativas se modificaram: as elites de outras organizações entraram na coalizão dominante, ou dela foram expulsas, ou ainda, se enfraqueceu – ou se fortaleceu – a sua posição.

Naturalmente, as inovações introduzidas podem dar lugar a efeitos contra-indutivos, isto é, criar uma série de condições que facilitarão, ao se apresentar novamente um desafio externo, a crise organizativa sucessiva. A mudança da ordem organizativa pode, além disso, dar lugar, embora nem sempre isso ocorra, a alterações do nível de institucionalização; pode determinar variações no grau de autonomia do partido em relação ao ambiente e no seu grau de sistematização.

Naturalmente, uma modificação da ordem organizativa implica mudanças nos comportamentos, nas atividades

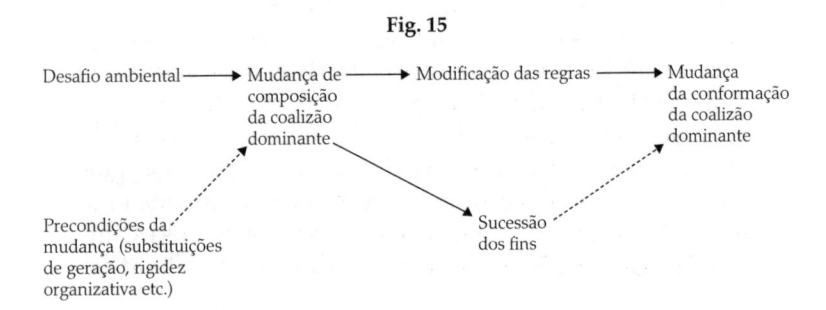

Fig. 15

Desafio ambiental ⟶ Mudança de composição da coalizão dominante ⟶ Modificação das regras ⟶ Mudança da conformação da coalizão dominante

Precondições da mudança (substituições de geração, rigidez organizativa etc.)

Sucessão dos fins

políticas do partido (como resultado da mudança de linha política, relacionada à sucessão dos fins).

Dois aspectos da seqüência da mudança requerem uma especificação. Em primeiro lugar, porque a resposta organizativa ao desafio externo é uma mudança da composição da coalizão dominante. Em segundo, porque o processo redunda numa sucessão dos fins e, portanto, numa reestruturação mais ou menos profunda da identidade organizativa. Os dois problemas estão estreitamente ligados e requerem um exame contextual. Com o processo de articulação dos fins, a exigência de manter objetivos manifestos, dos quais depende a identidade organizativa, e as outras exigências da organização sofreram uma adaptação recíproca. Por meio da articulação dos fins, a coalizão dominante equilibra as exigências contraditórias, relacionadas à necessidade simultânea de distribuir incentivos coletivos de identidade aos "crentes" (conforme a perspectiva do modelo racional) e os incentivos seletivos de *status* e/ou materiais aos "carreiristas" (conforme a perspectiva do modelo do sistema natural). Os mesmos comportamentos do partido nas diversas arenas políticas são o fruto dessa adaptação. Comportamentos, fins organizativos e fisionomia da organização formam um *sistema em equilíbrio*, que não é o produto de uma "mão invisível" nem de uma tendência genérica dos sistemas a buscar um ponto de equilíbrio, mas, ao contrário, é o resultado dos esforços da coalizão dominante para selecionar tal combinação entre os três fatores, de modo que garanta a estabilidade organizativa e, com ela, o próprio controle sobre o partido. A coalizão dominante, contudo, não tem à disposição uma pluralidade de combinações possíveis, variáveis conforme a sua escolha. Com efeito, ela uniu a própria legitimação a um certo conjunto de objetivos manifestos (de fins organizativos) e adaptou a eles a organização. Enquanto o sistema estiver em equilíbrio, ou seja, enquanto a coalizão dominante conseguir equilibrar a distribuição de incentivos de identidade e de incentivos seletivos, as elites minoritárias, os grupos excluídos da coalizão, não têm muitas chances de reestruturar em seu próprio favor as alianças internas, uma vez que os recursos do poder (financiamentos, competência, recrutamento, relações com o ambiente, controle sobre a comunicação, controle sobre a interpretação das normas) estão concentrados (embora não totalmente) nas mãos da coalizão dominante. É a ruptura do equilíbrio que abre caminho para a passagem dos grupos até então excluídos. A ruptura do equilíbrio é produzida por um desafio externo, que age como detonador da mudança. O desafio ambiental mostra repentinamente aos membros da organização que a antiga coalizão dominante não tem mais capacidade de controlar as zonas de incerteza organizativa; que o sistema dos incentivos está ameaçado; que as retribuições simbólicas e materiais estão comprometidas. Crentes e carreiristas, por razões diversas, estarão disponíveis para transferir seu apoio a outro lugar, isto é, às elites minoritárias que, para legitimarem a si próprias na competição com a coalizão dominante, há tempos defendem a necessidade de mudanças de linha política, cujas figuras estão indissoluvelmente ligadas por todos os outros membros da organização com propostas políticas alternativas. O desafio externo, abalando a organização e, às vezes, ameaçando a sua sobrevivência, mostra que as antigas estratégias de adaptação ou de predomínio sobre o ambiente (os comportamentos do partido), sobre os quais a coalizão dominante se baseou até aquele momento e que representam um fragmento decisivo daquele sistema em equilíbrio anteriormente descrito, não funcionam mais; não permitem, com a modificação das condições do ambiente, reduzir ou controlar a incerteza ambiental. A incontrolabilidade da incerteza ambiental inicia uma crise organizativa que é, no fundo, uma *crise de identidade*. Uma vez que a coalizão dominante demonstra perder o controle sobre essa zona crucial de incerteza, o ambiente, bem como o seu controle sobre outras zonas de incerteza, vacila (por exemplo, verifica-se um aumento das comunicações entre os membros da organização desorientados pela crise e que se perguntam sobre como sair dela, comunicações estas cada vez menos controláveis e manipuláveis pela coalizão dominante)[20]. A perda do controle sobre as zonas de incerteza reduz, automaticamente, a capacidade da coalizão dominante de distribuir incentivos coletivos de identidade aos próprios seguidores. A essa altura, a identidade organizativa vacila, o apoio "difuso" que os "crentes" davam até aquele momento à coalizão dominante em troca de uma retribuição simbólica (a tutela da identidade coletiva) é retirado. Ao mesmo tempo, é retirado também o consenso "específico" que os "carreiristas" davam à coalizão em troca de retribuições materiais e/ou de *status* (estes também vacilantes). A coalizão dominante mostra-se insolvente, difunde-se o pânico e os correntistas correm para retirar as economias e depositá-las num banco mais seguro. O "banco mais seguro", naturalmente, são as elites minoritárias, aqueles grupos que, por estarem até aquele momento excluídos da gestão do poder, não são considerados responsáveis pela crise organizativa e que, além disso, afirmam ter a receita (uma "linha política" alternativa) para sair da crise. Até pouco tempo antes, as suas propostas eram recusadas pelos membros ativos da organização porque as retribuições coletivas e seletivas, simbólicas e materiais, não estavam comprometidas. Mas, a essa altura, já se produziu uma crise de identidade, a relação de confiança com a antiga coalizão dominante, sobre a qual se fundava a estabilidade das trocas[21], está definitivamente prejudicada. As elites minori-

---

20. Além disso, é nesses momentos de crise que os debates internos sobre a "democracia partidária" ganham mais vitalidade. Enquanto a coalizão dominante demonstra ter condição de dirigir com segurança a organização, a identidade coletiva é tutelada e as retribuições de *status* e retribuições materiais são garantidas, e o problema de *como* e *por quem* são tomadas as decisões interessa apenas às pequenas minorias. Com a crise, o problema chama a atenção de um número cada vez maior de agentes (e, não por acaso, o tema da "democracia interna" é um clássico cavalo de batalha das elites minoritárias no seu ataque contra as maiorias). O aumento do debate e da atenção sobre os procedimentos de decisão pode ser considerado, em muitos casos, como um indicador de crise organizativa.

21. A diferença crucial entre a troca econômica e a troca social mais geral é que os "pagamentos" não são exatamente quantificáveis no segundo tipo de

tárias representam a "aventura", o salto no desconhecido, uma redefinição de linha política que reestrutura as relações com o ambiente e, portanto, necessariamente, modificam, ao menos em parte, a identidade organizativa. Por isso, até a eclosão da crise, suas propostas eram sistematicamente recusadas. Mas, quando a crise se instaura, a aventura pior seria a de não mudar, de não enfrentar o risco do novo e do desconhecido. Portanto, à troca da guarda, à mudança da composição da coalizão dominante, está associado um processo de sucessão dos fins. A crise é superada e a estabilidade organizativa é restabelecida quando o equilíbrio entre (novos) fins, (nova) fisionomia organizativa e comportamentos é reconstituído sobre novas bases.

Duas ulteriores observações devem ser feitas a esse respeito. Em primeiro lugar, que as fases antes individuadas (mudanças de composição da coalizão dominante, reestruturação da fisionomia organizativa) indicam seqüências *lógicas*: na verdade, os dois processos que redundam na mudança da ordem organizativa são tanto mais profundos quanto maior é a mudança da composição da coalizão dominante, isto é, quanto mais profunda é a substituição da elite dirigente do partido.

A extensão da mudança: "amalgamação" e "circulação"

O modelo acima exposto pode ser alvo de críticas pelo excesso de mecanicismo. No entanto, como qualquer modelo, sua tarefa não é descrever totalmente a mudança, mas apenas esclarecer alguns fatores recorrentes e a sua concatenação. A mudança da ordem organizativa seguirá, naturalmente, direções diversas conforme o caso, as peculiaridades

---

troca e, portanto, a "confiança" entre os contratantes exerce um papel ainda mais importante: cf. P. Blau, *On the Nature of Organizations*, cit. pp. 205-9.

organizativas de cada um e os particulares desafios ambientais. Todavia, como procurarei demonstrar com alguns exemplos, o modelo descreve aspectos de um processo recorrente. O que varia, e muito, é somente a *extensão* da mudança (mas não a concatenação entre os diversos elementos em que a mudança pode ser decomposta).

Uma dificuldade, essencialmente de caráter empírico, é que existe uma importante exceção à regra segundo a qual mudanças na *composição* da coalizão dominante implicam também mudanças da sua *conformação*, reestruturações da ordem organizativa. A exceção é dada pela renovação na composição da coalizão dominante, devido a processos de *cooptação*. Muitas vezes, a análise empírica registra mudanças na composição[22] dos grupos dirigentes dos partidos, mas isso não produz alterações consideráveis da fisionomia organizativa (regras do jogo e fins organizativos) e, portanto, não modifica a ordem organizativa. Isso resulta do fato de que muitas substituições nos partidos não são absolutamente o produto de mudanças nas relações de força entre os grupos internos, mas apenas o efeito de processos normais de cooptação. Esta, regulando a substituição de geração de tipo "fisiológico", não altera por si o equilíbrio entre os grupos. De fato, são cooptados, por definição, os elementos fiéis que não representam uma alternativa à coalizão dominante. A tendência registrada em muitos partidos (cap. X) à progressiva expansão dos órgãos dirigentes é, geralmente, um indicador empírico de processos de cooptação que não alteram as relações de força entre os diferentes grupos. A cooptação produz, sim, uma mudança molecular na composição da coalizão dominante, mas, não correspondendo a alterações nas relações de força entre os grupos internos, não produz mudanças da ordem organizativa. Naturalmente, é muito difícil distinguir na prática entre renovação dos grupos dirigentes, devido à cooptação, e renovação devido a alterações das relações internas de

---

22. Cf. G. Sani, *Alcuni dati sul ricambio della dirigenza...*, cit., W. R. Schonfeld, *La stabilité des Partis Politiques*, cit.

poder. Mesmo porque na renovação de um grupo dirigente, em medida variável, estão presentes *ambos* os componentes. Em geral, é possível que a cooptação, em tempos "normais", isto é, na ausência de uma crise organizativa, predomine nos dois extremos da escala de institucionalização, ou seja, nas instituições muito fortes e nas instituições muito fracas. Nos partidos comunistas, casos de instituições fortes, foi notada muitas vezes a tendência à renovação regular dos grupos parlamentares[23] e de outros níveis de direção (acompanhada, aliás, por longos períodos de ausência de renovação nos postos-chave: direção e secretaria)[24]. Nesses casos, a renovação é o produto de decisões deliberadas de uma coalizão dominante muito coesa: trata-se de uma cooptação que tem a função de manter o "tono muscular" da organização mediante uma sábia dosagem de incentivos seletivos. No outro extremo, estão as instituições muito fracas, regidas por coalizões dominantes divididas e (tendencialmente) instáveis: por exemplo, a DC e o PSI em certas fases da sua história. Aqui, a substituição e as mudanças na composição da coalizão dominante se devem às escolhas dos diferentes chefes de facção, que precisam recompensar os próprios fiéis e produzem poucas alterações entre os componentes internos.

Outra aparente dificuldade do modelo é que, às vezes, a mudança não é reconhecida como tal – como reestruturação da ordem organizativa – porque as modificações ocorridas, de linha política, nas regras do jogo etc., harmonizam-se com uma continuidade da liderança, ou seja, ocorrem sem que os líderes mais visíveis da coalizão dominante sejam trocados. Desse modo, pareceria comprometida a relação de causalidade entre substituições de liderança e inovações políticas e organizativas. Essa objeção não é válida porque não

---

23. M. Duverger, *I partiti politici*, cit., pp. 217-8, W. R. Schonfeld, *La stabilité des Partis Politiques*, cit., G. Pasquino, "Ricambio parlamentare e rendimento politico", *Politica del Diritto*, VII (1976), pp. 543-65.
24. W. R. Schonfeld, *La stabilité des Partis Politiques*, cit., G. Poggi (org.), *L'organizzazione partitica del PCI e della DC*, cit., pp. 549 ss.

considera que uma coalizão dominante possa mudar, mesmo quando um ou mais líderes nacionais mais visíveis (os líderes-símbolo) permanecem no seu lugar. Quem considera que, para haver uma troca da guarda no vértice de uma organização, é preciso que o líder mais visível seja substituído, simplesmente subestima o fato de que uma organização é *sempre* comandada por coalizões e não por um único indivíduo (até mesmo nos partidos carismáticos, nos quais o líder tem uma posição de nítido predomínio sobre uma coalizão que, todavia, existe) e de que, para haver mudança na composição da coalizão dominante, não é necessário, embora freqüentemente isso ocorra, que a mudança seja sancionada por uma substituição do líder mais visível. Muitas vezes, a mudança se deve justamente a uma modificação de alianças, cujo eixo é o líder visível (que abandona a aliança com os antigos grupos e cria uma nova). Esse foi justamente o caso, como veremos, de uma das mais importantes reestruturações organizativas experimentadas na sua história pelo PCI (durante a crise de 1956).

A terceira aparente dificuldade do modelo é que, em muitos casos, o que se registra são mudanças organizativas e redefinições cautelosas, lentas e moderadas dos objetivos. A expressão "sucessão dos fins" pode parecer exagerada porque é raríssima a substituição integral dos objetivos oficiais. Mas essa objeção não invalida o modelo: demonstra apenas que a mudança organizativa pode ser mais ou menos profunda, mais ou menos intensa. A mudança da ordem organizativa é, de fato, uma função da renovação que se produziu na coalizão dominante; depende de "quanta" renovação ocorreu (excluída a renovação por cooptação). Portanto, o fato de que as mudanças organizativas são geralmente de pouca monta decorre, simplesmente, do fato de que também são, no mais das vezes, de pouca monta as mudanças na composição das coalizões dominantes. Como havia observado Michels, só raramente as mudanças no vértice de um partido se manifestam com a "circulação das elites", isto é, com substituições bruscas e radicais de um grupo dirigente por outro. Na maioria dos casos, em vez de "circulação" ter-se-á "amalgamação"[25]: os deslocamentos nas relações de força entre os diferentes grupos em competição se resolvem em acordos graduais e, às vezes, quase imperceptíveis. No meu entendimento, que a "amalgamação" seja mais provável do que a "circulação" depende do fato de que os membros da organização podem aceitar, numa situação de crise, uma redefinição da identidade organizativa tal como a amalgamação produz, mas *não* a substituição pura e simples de uma identidade por outra diferente, como se verificaria com a "circulação". Seguindo esse raciocínio, é possível dispor ao longo de um *continuum* os potenciais índices de renovação na composição das coalizões dominantes. Num pólo extremo teremos a "circulação das elites", o fenômeno, raríssimo ou improvável, da substituição integral da coalizão dominante. No outro, teremos a "estabilidade", o fenômeno, também muito improvável, da substituição em razão, exclusivamente, da cooptação e, nos diferentes pontos intermediários, graus variáveis de amalgamação:

Fig. 16

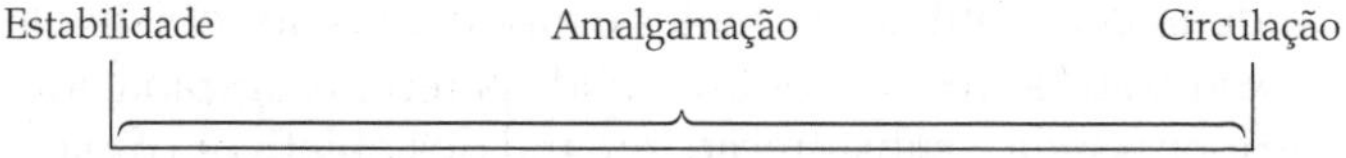

Estabilidade — Amalgamação — Circulação

Quanto mais nos deslocarmos do pólo esquerdo (estabilidade) em direção ao pólo direito (circulação), mais profunda será, para efeito de uma maior substituição na coalizão dominante, a mudança da ordem organizativa do partido (e, portanto, maiores serão as alterações nas regras e na configuração dos objetivos oficiais). Tanto a estabilidade quanto a circulação são casos-limite: na maior parte dos casos, os partidos renovam seus grupos dirigentes por meio de graus variáveis de amalgamação. Se nos ativermos a Michels, a renovação se verifica sempre em pequenas doses

---

25. R. Michels, *La sociologia del partito politico*, cit., pp. 256-8.

e, portanto, com graus de amalgamação mais próximos do pólo esquerdo (estabilidade) do que do pólo direito (circulação). Se a tese de Michels estivesse correta, jamais poderíamos esperar por reestruturações profundas da ordem organizativa dos partidos. Mas Michels escrevia baseando-se nas observações dos processos internos de um partido com institucionalização forte, tal como era o SPD no início do século. Nos partidos com forte institucionalização, é compreensível que as renovações da coalizão dominante sejam de extensão limitada. A força do "modelo originário" da organização é notável; a liberdade de manobra das elites minoritárias é muito limitada. A organização, modelada sobre a coalizão dominante existente, é extremamente forte para que um ataque frontal, mesmo em condições de grande incerteza ambiental, possa ser coroado pelo sucesso. Em geral, numa instituição forte, a renovação da coalizão dominante (a menos que não se apresente um desafio absolutamente devastador) ocorrerá, portanto, por (fraca) amalgamação e, por conseguinte, a mudança da ordem organizativa não será muito profunda.

Todavia, graus relativamente fortes de amalgamação (mais deslocados para o pólo circulação), embora raros, às vezes se verificam. É possível supor que, em igualdade de intensidade do desafio externo, isso ocorra, sobretudo, nos partidos fragilmente institucionalizados. É possível que, em momentos de forte estresse organizativo, as instituições fracas vão ao encontro de renovações de grande alcance (amalgamação deslocada mais para o pólo circulação) e, portanto, de profundas reestruturações da ordem organizativa. O fato de a renovação tender a ser mais profunda nas instituições fracas do que nas fortes é indiretamente confirmado pela pesquisa de Hellman, inúmeras vezes citada, sobre as federações do PCI. Hellman observa que, geralmente, o *turnover* na liderança é – em igualdade de condições – muito mais profundo nas federações fracas (como Pádua) do que em relação às federações fortes (como Bolonha). Quando, como no caso da federação forte de Florença, concomitantemente ao VIII Congresso (1956), a substituição assume os traços da "circulação das elites", isso se deve a um desafio muito intenso (no caso específico, uma derrota eleitoral local, que se somava a uma crise nacional do partido)[26]. Confrontando-se os índices de renovação no PCF, na SFIO e no Partido Radical-Socialista francês, Duverger havia individuado dois modelos alternativos: um primeiro modelo definido por renovações lentas, circunscritas, com uma certa continuidade no tempo, e um segundo caracterizado por "regenerações" repentinas e por renovações amplas, que seguem e precedem longos períodos de imobilismo e de esclerose política e organizativa[27]. Para Duverger tratava-se, em ambos os casos, de "circulação das elites". Para mim, um dos modelos corresponde ao caso da estabilidade (renovação por cooptação) e o outro ao verdadeiro caso da circulação, em conjunção com uma colocação nos extremos opostos da escala de institucionalização. A maior parte dos partidos, porém, tem modalidades de substituição que se situam em posições intermediárias. As diferenças dependem do nível de institucionalização diverso, da maior ou menor intensidade do desafio externo e da maior ou menor presença de precondições internas para a mudança.

A mudança organizativa: alguns exemplos

O Partido Conservador britânico, em todas as fases da sua história, experimenta mudanças que dizem respeito à cadeia causal descrita pelo nosso modelo. Em todas as vezes, a mudança é o fruto de uma troca da guarda, cujo catalisador é um desafio ambiental não solucionado pela coalizão preexistente. Em todos os casos, exceto em 1906 e em 1975, as mudanças organizativas fortalecem o nível de institucionalização do partido. O fracasso eleitoral de 1906 implica uma

---

26. S. Hellman, *Organization and Ideology in Four Italian Communist Federations*, cit., p. 309.
27. M. Duverger, *I Partiti politici*, cit., p. 216-22.

modificação da coalizão dominante (o antigo líder Balfour perde peso, sobe o astro Chamberlain) e gera uma reorganização momentânea, que desinstitucionaliza o partido, subtraindo poderes ao *Central Office* (controlado por Balfour) em benefício da *National Union* (controlada por Chamberlain), numa situação de extrema divisão e instabilidade da coalizão dominante. A derrota de dezembro de 1910 leva ao poder Bonar Law e uma nova geração de dirigentes, e abre caminho para uma reestruturação organizativa profunda (com Steel-Maitland à frente do *Central Office*), enquanto a política do partido torna-se muito agressiva para com o competidor liberal. Uma nova reestruturação (com uma forte burocratização) se verifica com a ascensão de Baldwin, contemporaneamente à redefinição da identidade conservadora sob o nome de "novo conservadorismo"[28] (tentativa de competir em âmbito populista com o trabalhismo na busca pelo consenso das camadas populares). Depois disso, a mais importante reforma ocorrerá em 1948, sob o impacto da renovação imposta pela derrota de 45[29].

O movimento interno pela reforma organizativa readquire vitalidade depois da derrota eleitoral de 1964[30]. A crise que essa derrota provoca na organização resultará, coincidentemente com a eleição de Eduard Heath, que passa a substituir Douglas Home, numa inovação, que terá grande peso nos acontecimentos posteriores do partido: a modificação do sistema de seleção do líder parlamentar. Até então, o novo líder surgia tradicionalmente por meio de um processo informal de consulta entre as autoridades do partido. A partir daí, o líder passa a ser *eleito* pelo grupo parlamentar em segundo turno, caso nenhum dos candidatos obtenha a maioria absoluta no primeiro[31].

---

28. J. Ramsden, *The Age of Balfour and Baldwin, 1902-1940*, cit., pp. 213 ss.
29. D. J. Wilson, *Power and Party Bureaucracy in Britain*, cit., pp. 24 ss.
30. Cf. P. Seyd, "Democracy within the Conservative Party?", *Government and Opposition*, X (1975), pp. 219-37.
31. R. Rose, *The Problem of Party Government*, cit., p. 130.

Em 1975, após a enésima derrota eleitoral (outubro de 1974), os critérios de eleição do líder são modificados. São introduzidas duas novas cláusulas: o dever de consultar as associações locais do partido antes da eleição do líder e, sobretudo, a faculdade de os parlamentares proporem a revogação da confiança ao líder em exercício[32]. Tratou-se de uma "democratização" do partido, imposta pelas tendências de direita da organização, que determinou uma reestruturação profunda da ordem organizativa, modificando drasticamente a posição do líder em relação ao grupo parlamentar. De "monarca quase absoluto", capaz de governar a organização com o apoio de um restrito *entourage*, o líder se tornava, então, um refém à mercê dos humores e dos interesses dos parlamentares conservadores. É essa reestruturação que explica o "fenômeno Thatcher", o deslocamento à direita do eixo político do partido. Como se observou:

> É claro que o estilo de liderança da Senhora Thatcher reflete essa visibilidade dilatada das oportunidades acessíveis aos *backbenchers* insatisfeitos por substituí-la. Suas escolhas políticas estão muito mais em sintonia com os comportamentos dos *backbenchers* do que as de Edward Heath, e ela é obrigada a dedicar atenção a temas em relação aos quais os seus interesses e os seus conhecimentos são limitados, devendo levar muito a sério o problema dos humores do partido (...). Algumas características da sua liderança, naturalmente, refletem preferências pessoais, mas outras refletem seguramente a avaliação de que a sua liderança depende, sobretudo, dos votos dos *backbenchers* conservadores, e não do apoio dos seus colegas *frontbenchers*, da opinião das associações ou da aprovação dos meios de comunicação de massa.[33]

Portanto, a mudança de composição da coalizão dominante, com a vitória das tendências de direita, leva a uma profunda reestruturação da fisionomia da organização: uma

---

32. S. E. Finer, *The Changing British Party System*, cit., p. 79.
33. G. Peele, M. Hall, *Dissent, Faction and Ideology in the Conservative Party: Some Reflections on the Inter-War Period*, cit., p. 4.

alteração das regras da competição, à qual se associa um processo radical de sucessão dos fins, uma profunda redefinição da identidade conservadora com base no neoliberalismo thatcheriano. Trata-se de uma verdadeira mudança da ordem organizativa, que, como em 1906, implica uma desinstitucionalização da organização. A coalizão dominante perde a sua tradicional coesão, como atesta, em coincidência com as dificuldades de governo* de Thatcher depois da vitória de 1979, o processo de faccionalização do partido.

Outro caso em que estão visivelmente presentes os vários elementos do modelo é o do PCI, em 1956. A crise que acomete o PCI naquele ano é provocada pelas revelações de Krushov no XX Congresso do PCUS sobre os crimes de Stálin. Todavia, essa crise de identidade, induzida por uma mudança externa, não se abate como um raio em céu sereno sobre uma organização próspera e forte. Ao contrário, ela atinge um partido que se encontra já há alguns anos em graves dificuldades: estagnação nas inscrições a partir de 1951, seguida de uma acentuada diminuição em 1955[34]; incapacidade de o sistema dos incentivos tradicionais manter a participação interna elevada[35]; substituição nos vários níveis, vedada em razão da ocupação dos cargos pela velha-guarda stalinista, enquanto uma nova geração de potenciais dirigentes locais, intermediários e nacionais se aglomera na sala de espera[36]. Além disso, na política italiana, estão ocorrendo mudanças simultaneamente ao desanuviamento internacional; Fanfani está potencializando a organização da DC em vista do fim do centrismo; surgem os primeiros sinais da futura virada da centro-esquerda. No conjunto, existem todas as precondições internas para uma mudança. Como foi observado:

---

34. G. Poggi (org.), *L'organizzazione partitica del PCI e della DC*, cit., p. 72.
35. Sobre a crise e a mudança do sistema dos incentivos no PCI e, de modo mais geral, sobre as dinâmicas relacionadas à crise de 1956, cf. P. Lange, *Change and Choice in the Italian Communist Party: Strategy and Organization in the Postwar Period*, Ph. D. Dissertation, M.I.T., 1974, pp. 120 ss.
36. Sobre a "pressão de gerações" nas federações antes de 1956, cf. S. Hellman, *Organzation and Ideology in Four Italian Communist Federations*, cit.

No conjunto, a principal característica do PCI no período 1951-1956 parece ser uma substancial estabilidade em termos de força organizativa e de ordem estrutural. Mas, com o passar do tempo, o comportamento de "clausura", típico do início dos anos 50, não parece suficiente para frear os sintomas de esgotamento e a erosão gradual das posições conquistadas. O aparato organizativo, não mais sustentado pela arrancada que havia caracterizado a sua constituição e privado de metas importantes e ocasiões heróicas, termina fechando-se numa atividade de rotina com fim em si própria, e somente o choque dos acontecimentos no campo comunista é que impulsionará o PCI, junto com o VIII Congresso, a entrar na fase da "renovação."[37]

É sobre essa organização, cada vez mais esgotada e na qual amadureceram lentamente muitas condições para uma mudança, que se abate a crise da desestalinização. A crise funciona como o detonador de uma renovação na *composição* da coalizão dominante de amplo alcance. O sustentáculo da operação que leva a uma mudança das alianças internas é o próprio secretário político, que, em entrevista a "Nuovi Argomenti" (a enunciação da teoria do policentrismo)[38], prenuncia, implicitamente, a reestruturação das alianças. No VIII Congresso, verifica-se a mais profunda mudança jamais experimentada na classe dirigente do partido do período 1948-1963. Quando o Congresso se conclui, os novos eleitos ao Comitê Central atingem o percentual de 56,4% (contra 25% de 1948, 12,5% de 1951, 39,8% de 1960 e 26,4% de 1962). Trata-se de um processo de profunda "amalgamação" (mas não de uma "circulação das elites", como prova o fato de que, na Direção, os novos eleitos são somente 22%)[39]: uma parte da antiga coalizão dominante seguiu Togliatti, aliando-se a novos setores até então excluídos da gestão do po-

---

37. G. Poggi (org.), *L'organizzazione partitica del PCI e della DC*, cit., p. 76.
38. Cf. sobre esses fatos G. Galli, "Il PCI rivisitato", *Il Mulino*, XX (1971), pp. 25-52.
39. Para esses dados, cf. G. Poggi (org.), *L'organizzazione partitica del PCI e della DC*, cit., p. 550.

der. Todavia, as mudanças no vértice são somente a ponta do *iceberg* de um confronto entre "inovadores" (defensores do novo curso togliattiano, a "via italiana para o socialismo") e "conservadores" (a velha-guarda stalinista) ao longo de todo o corpo do partido. Conflitos acirrados se desenvolvem depois do Congresso em inúmeras federações entre os togliattianos emergentes e a velha-guarda. A nova geração de líderes periféricos (já apoiada por Roma) consegue, embora com dificuldade e não em todas as partes, desautorizar a velha classe dirigente[40]. No geral, a virada de 56 produz uma forte substituição da geração em toda a estrutura de funcionários da organização[41]. A crise de desestalinização age, portanto, como detonador, permitindo que uma nova geração de dirigentes suba à ribalta (garante Togliatti em relação aos setores mais "maleáveis" da velha-guarda) em todos os níveis do partido. Por sua vez, a mudança de composição da coalizão dominante é acompanhada de uma significativa reestruturação da ordem organizativa. A fisionomia do partido é remodelada. No Congresso, a teoria do policentrismo torna-se, sob o *slogan* da "via italiana para o socialismo", a nova doutrina oficial do partido. A mudança na composição da coalizão dominante é acompanhada, portanto, de um processo parcial de "sucessão dos fins", que redefine a identidade do partido e inaugura mudanças significativas de linha política e de comportamentos práticos. Além disso, mudam-se as "regras". No VIII Congresso, são introduzidos profundos remanejamentos estatutários (os mais profundos do pós-guerra)[42], que colocarão algumas importantes premissas para um relançamento político-organizativo do partido. A escolha de potencializar o papel da seção territorial em detrimento da célula é decisiva (escolha já presente *in*

---

40. S. Hellman, *Organization and Ideology in Four Italian Communist Federations*, cit.

41. F. Lanchester, *La dirigenza di partito: il caso del PCI*, cit., p. 692. Cf. também, do mesmo autor, "Continuità e cambiamenti nella dirigenza comunista", *Il Mulino*, XXVII (1978), p. 457.

42. G. Sivini, *Le Parti Communiste. Structure et Fonctionnement*, cit., pp. 83 ss.

nuce no "novo partido" da reconstrução pós-guerra), mas realizada com força e, nos anos seguintes, produzirá um progressivo distanciamento do PCI em relação ao "modelo leninista" originário[43]. Significativamente, entre as muitas regras que são modificadas, há também – sinal importante de uma mudança ocorrida nas relações de poder entre os grupos internos – uma mudança do sistema eleitoral (a lista aberta no lugar da lista fechada e o voto secreto a pedido de um quinto dos que têm direito a voto)[44]. Esse conjunto de mudanças comporta uma reestruturação da ordem organizativa, uma modificação da conformação da coalizão dominante. Não tanto, de imediato, no grau de coesão e de estabilidade da coalizão dominante, mas, sobretudo, no mapa do poder organizativo: a intervenção sobre a fisionomia organizativa, como conseqüência da mudança na composição da coalizão dominante, modifica, ao menos em parte, o organograma[45], ou seja, reestrutura as relações entre os diferentes setores da organização. Além disso, são postas as premissas daquilo que, em seguida, será um processo de redução do nível de institucionalização do partido. Efetivamente, o VIII Congresso, ao colocar as premissas para um maior enraizamento do PCI na sociedade italiana, também tende a reduzir, inevitavelmente, a autonomia do partido em relação ao ambiente societário (e, ao contrário, a aumentar as pressões

---

43. Cf. P. Lange, "La politica delle alleanze del PCI e del PCF", *Il Mulino*, XXIV (1975), pp. 499-527.

44. G. Sivini, *Le Parti Communiste. Structure et Fonctionnement*, cit., p. 83.

45. Sob esse aspecto, as inovações mais importantes dizem respeito ao fortalecimento dos órgãos de controle nos vários níveis e dos órgãos consultivos (conselhos e assembléias) em detrimento do aparato burocrático que dominava os organismos diretivos (mesmo que, em parte, uma nova revalorização do aparato ocorra a partir de 1958). Além disso, permanece invariável o número de seções, mas, devido à diminuição dos filiados, são reduzidas as suas dimensões (uma medida, como sabemos, que tende a estimular a participação de base). Por fim, a partir de 1956, a deterioração das células é rápida: são 45.000 antes do VIII Congresso e caem para 35.000 em 1959. Sobre esses dados, cf. G. Sivini, *Le Parti Communiste. Structure et Fonctionnnement*, cit., pp. 85, 98 e 113.

para uma ação política ao menos parcialmente autônoma em relação à URSS). A pressão desinstitucionalizadora, por sua vez, reduz, embora em pequena proporção e de maneira pouco visível, a coesão da coalizão dominante do partido (e coloca, desse modo, as premissas dos conflitos internos dos anos 60)[46].

Bad Godesberg: a sucessão dos fins

A transformação experimentada pelo SPD em Bad Godesberg é um caso valioso, porque todos os elementos da transformação são claramente visíveis, o que confirma a validade do modelo de mudança acima exposto e merece um exame detalhado.
O catalisador da mudança é representado pelas eleições de 1957. O resultado, embora melhor do que o de 1953 (31,8% contra 28,8%), confirma a tendência à incapacidade do SPD de decolar. Mas, sobretudo, tem efeitos desastrosos sobre o moral do partido porque, pela primeira vez, a CDU/CSU obtém a maioria absoluta, saltando de 45,2% para 50,2%, e conquista 270 cadeiras (contra as 169 do SPD). A desmoralização provocada pelo resultado desencadeia, primeiro no grupo parlamentar e, depois, no congresso de Stuttgart (1958), a revolta contra a velha-guarda, contra a coalizão dominante do partido. As eleições de 1957 agem como catalisador de um processo de substituição e de regeneração que culminará, dois anos depois, na adoção do programa de Bad Godesberg. Mas trata-se apenas de um catalisador. De fato, o desafio externo age sobre uma situação de crise difusa, que se prolonga há tempos no interior da organização. Até aquela "prestação de contas" de 1958, a coalizão dominante do partido é composta por dirigentes da classe burocrática, que apoiaram Kurt Schumacher antes e

---

46. Sobre os conflitos dos anos 60 que se seguem à morte de Togliatti e à publicação do "memorial de Yalta", cf. G. Galli, *Il PCI rivisitato*, cit., pp. 38 ss.

Erick Ollenhauer depois[47]. Trata-se da típica coalizão dominante que dirigiu o partido desde os tempos de Ebert: um grupo restrito de líderes com uma longa experiência como funcionários de partido, que controlam a direção e, por meio dela, o aparato burocrático, e que se mantém fiel aos princípios organizativos de sempre: subordinação do grupo parlamentar à direção, centralização do poder no vértice do partido.

Nos anos 1945-1946, sob a liderança emergente de Schumacher, os funcionários readquirem o seu antigo papel de destaque. Dos vinte e cinco membros do executivo em 1946, vinte e três são funcionários do partido com cerca de cinqüenta anos e que já atuavam na organização antes da guerra[48]. Trata-se de uma geração veterana, legitimada pelo apelo à tradição política do partido que continuará a dominar a organização mesmo depois da morte de Schumacher (1952) e da admissão de Ollenhauer (que pertence ao mesmo grupo) na presidência. Os princípios organizativos, como foi dito, são aqueles de sempre: o estatuto de 1950, que, por sua vez, substitui o provisório de 1946, limita-se a reativar, quase sem variações, as normas estatutárias do período weimariano[49].

Porém, no segundo pós-guerra, o aparato não tem mais as mesmas possibilidades que tinha antes para dominar totalmente o partido. Antes de mais nada, não pode mais contar com o apoio sindical: os sindicatos, para tratar mais facilmente com o partido governista, a CDU/CSU, adianta-

---

47. Cf. D. Childs, *From Schumacher to Brandt. The Story of German Socialism, 1945-1965*, cit. Sobre Schumacher, ver L. J. Edinger, *Kurt Schumacher. A Study in Personality and Political Behavior*. Londres, Oxford University Press, 1965.

48. H. K. Schellenger Jr., *The SPD in the Bonn Republic: A Socialist Party Modernizes*, The Hague, Nijhoff, 1968, p. 94. O texto de Schellenger é a melhor descrição do processo de transformação que se concluiu em Bad Godesberg, e me ative essencialmente a ele. No entanto, vale a pena ver também J. Rovan, *Histoire de la Social-Democratie Allemande*, cit., especialmente pp. 258 ss.

49. M. K. Schellenger Jr., *The SPD in the Bonn Republic: A Socialist Party Modernizes*, cit., p. 59.

ram-se em proclamar a própria "neutralidade política" e, portanto, deslocaram-se mais à direita das posições dos tradicionalistas[50]. Em segundo lugar, o próprio aparato burocrático não é mais, em relação à extensão e à compactação, o mesmo de antes. Já durante a era Weimar, a estrutura burocrática do SPD havia nitidamente enfraquecido[51]. Os tempos de ouro da burocracia, aqueles de Ebert, definitivamente acabaram. Isso significa que as tendências de oposição passam a ter uma vitalidade e um espaço superiores aos do passado. O "tradicionalistas" são atacados, como de costume, em duas frentes: à esquerda pelos "radicais" e, à direita, pelos "novos socialistas" (os pragmáticos). Os radicais possuem, nos anos 50, cerca de 10% do partido e visam a uma reforma que desautorize a burocracia tradicionalista, mas mantendo os deputados e os representantes públicos sob o controle da organização. Os símbolos usados pelos radicais (como de costume, jovens intelectuais) são os habituais da tradição do socialismo revolucionário[52]. Os pragmáticos, ou novos socialistas, são os social democratas da nova geração, com idade entre trinta e quarenta anos, elevado nível de instrução e de classe social superior à dos "tradicionalistas"[53]. Chegaram aos cargos públicos, no parlamento federal, nos *Länder* e nas grandes cidades durante os anos 50 sem passar pelo aparato, sem experiência de trabalho na organização. Visam a uma reforma que garanta mais poder aos grupos parlamentares e aos outros representantes públicos do partido nos diversos níveis, bem como a uma des-

---

50. Cf. W. D. Gray, *The German Left Since 1945: Socialism and Social Democracy in the German Federal Republic,* cit., pp. 117 ss.

51. H. K. Schellenger Jr., *The SPD in the Bonn Republic: A Socialist Party Modernizes,* cit., p. 62. Porém, mesmo em processo de deterioração em relação ao período imperial, a burocracia socialdemocrata é muito poderosa durante a era Weimar, como demonstra R. Hunt, *German Social Democracy, 1918-1933,* New Haven e Londres, Yale University Press, 1964, pp. 56 ss.

52. W. D. Gray, *The German Left Since 1945: Socialism and Social Democracy in the German Federal Republic,* cit., pp. 159 ss.

53. *Ibidem,* p. 150.

centralização organizativa que fortaleça as organizações periféricas e intermediárias dos *Länder* em detrimento da Direção. Seus símbolos são os da "modernização" do partido e da sua imagem, a liquidação dos velhos mitos do século XIX, a profissionalização da organização por meio da abertura a especialistas nos vários setores de intervenção política[54].

Durante os anos 50, os novos socialistas (de Brandt a Schmidt e muitos outros) vão se fortalecendo constantemente. O distanciamento dos sindicatos em relação à tradicional ideologia socialdemocrata age a seu favor, assim como o fato de que o SPD obtém constantemente bons resultados eleitorais nos *Länder* e nas grandes cidades, e sempre superiores aos da CDU. Por meio de cargos públicos e simultaneamente ao declínio do impacto do aparato central sobre a periferia, os novos socialistas também chegaram a controlar, até a metade dos anos 50, muitas organizações partidárias estatais e locais. À medida que o tempo passa, os militantes são induzidos cada vez mais a comparar os sucessos dos novos socialistas em nível estadual e local com os insucessos da Direção nas eleições federais[55].

No Congresso de 1954, toca o sinal de alarme para os tradicionalistas. O SPD sai de uma derrota eleitoral nas eleições de 1953 (de 29,7% dos votos para 28,8%). O líder de maior prestígio e autoridade da velha-guarda, Schumacher, morrera dois anos antes. A organização está cada vez mais em crise: o número de filiados cai de 875.000, em 1947, para 600.000, em 1954[56]. Além disso, o envelhecimento dos qua-

---

54. *Ibidem*, pp. 150 ss.
55. H. K. Schellenger Jr., *The SPD in the Bonn Republic: A Socialist Party Modernizes*, cit., p. 162. A influência combinada das vitórias eleitorais em nível local (que levaram ao comando dos governos locais muitos "novos socialistas", em condições de controlar a organização periférica do partido em razão dessa posição), unidas ao enfraquecimento da burocracia, havia tornado as organizações dos *Länder* e as federações (*Bezirke*) muito mais autônomas em relação ao poder burocrático central do que no período anterior à guerra.
56. W. D. Gray, *The Germany Left Since 1945: Socialism and Social Democracy in the German Federal Republic*, cit., p. 141.

dros é considerável (o que pode significar que o aumento das divisões no interior do partido levou a coalizão dominante a escolher um caminho de estagnação organizativa). O ressentimento contra os "burocratas" vai crescendo. Os radicais e os novos socialistas estão ali, por diferentes motivos, a atiçar o fogo. No Congresso de 1954, os tradicionalistas detêm cargos importantes, mas os sinais de ruptura são consideráveis: "Todo o componente assalariado do executivo é reeleito, mas com muito menos votos do que em 1952 (a única exceção foi Alfred Nan, o tesoureiro do partido, aparentemente considerado um especialista capaz, politicamente neutro). A eleição dos membros não-assalariados sugere a presença de um desejo de "sangue novo". Von Knoering, geralmente o primeiro dentre os eleitos, foi ultrapassado por Herbert Wehner, que recebeu 302 dos 366 votos. Entre os novos membros estavam Max Brauer e Willy Birkelbak. Tanto Fritz Erler quanto Willy Brandt, apesar de não eleitos, receberam um apoio substancial"[57].

O ataque concêntrico dos novos socialistas e dos radicais não é inofensivo. Ollenhauer deve aceitar fazer uma revisão do programa. É nomeada uma comissão (controlada pelos tradicionalistas) encarregada de preparar o programa e de apresentá-lo no congresso seguinte. De todo modo, os tradicionalistas afirmam ter a organização nas mãos, e os funcionários das comissões elaboram um documento que não é nem inovador, nem vestígio da tradição. Mas esse documento não se tornará o novo programa do partido.

O Congresso seguinte (Stuttgart, 1958) se realiza após as eleições de 1957. A crise já havia explodido, as rebeliões são abertas e o embate é frontal. O início, logo depois das eleições, dá-se no grupo parlamentar do *Bundestag*, quando (outubro de 1957) a maioria dos deputados vota uma resolução contra a vontade de Ollenhauer, líder do grupo: "Rejeitando a proposta oficial de reconfirmar a liderança parla-

---

57. H. K. Schellenger Jr., *The SPD in the Bonn Republic: A Socialist Party Modernizes*, cit., p. 79.

mentar que está saindo ou de acrescentar um terceiro vice-presidente, os deputados concordaram em eleger três novos vice-presidentes: Carl Schmid, Herbert Wehner e Fritz Erler. Ollenhauer foi reeleito presidente com 132 votos, com três contra e 16 abstenções. Todavia, a sua influência havia sido enfraquecida pelo sucesso da rebelião"[58].

Schmid e Erler são "novos socialistas"; Wehner, por sua vez, é um "radical". Mas o partido dos insatisfeitos já é maioria no *Bundestag*. No Congresso, a revolução eclode. Haverá uma mudança de grandes dimensões no vértice do partido, os tradicionalistas sofrerão uma derrota muito pesada (mesmo porque os novos socialistas, controlando muitas organizações periféricas, possuem uma grande parte dos delegados). Ollenhauer é reeleito presidente, mas com 319 votos de um total de 380 (uma perda de 49 votos em relação ao congresso anterior), e os poucos tradicionalistas que são ceifados perdem, portanto, um grande número de consensos em relação à eleição anterior. A nova-guarda entra triunfante: "Dos vinte e nove eleitos para o executivo na eleição geral, catorze são novos eleitos (enquanto somente seis representantes haviam sido substituídos em 1956, o *turn-over* habitual)"[59]. Entre outros, é eleito Willy Brandt, burgomestre de Berlim desde 1957, enquanto o seu grande rival na organização de Berlim, o antigo funcionário tradicionalista Franz Neumann, não é reeleito[60].

A troca da guarda é precedida por um conflito sobre o estatuto. A pressão para um redimensionamento do peso político dos funcionários é extremamente forte. Todas as resoluções que passam no Congresso tendem a aumentar o peso dos dirigentes não-assalariados em detrimento dos funcionários[61]. Por exemplo, a referida eleição dos membros assalariados e dos não-assalariados do executivo é decidida contra

---

58. *Ibidem*, p. 156.
59. *Ibidem*, p. 158.
60. Sobre o conflito pelo controle de Berlim entre o "novo socialista" Brandt e o antigo funcionário Neumann, ver *ibidem*, pp. 117 ss.
61. *Ibidem*, p. 156.

o parecer de Ollenhauer (enquanto, anteriormente, eram escolhidos em eleições separadas). Ao final do Congresso, a derrota dos tradicionalistas será quase total. Portanto:

> A declaração de Ollenhauer, de 7 de julho de 1959, de que ele não aceitaria nenhum encargo num eventual governo comandado pelo SPD, e a notícia da formação de uma comissão composta predominantemente por membros da ala reformista-pragmática do partido (Georg-August Zimm, Max Brauer, Brandt, Deist, Schmid, Erler, mas também Wehner), para preparar a estratégia eleitoral de 1961, significou o declínio dos tradicionalistas como força tática e ideológica determinante no interior do partido.[62]

A conformação da coalizão dominante mudou (embora o ajuste definitivo se dê após as eleições de 1961). O mapa do poder organizativo do SPD é redefinido: o executivo é, ao menos em parte, redimensionado, seja em favor do grupo parlamentar, seja em favor das organizações periféricas, e o aparato central é enfraquecido. A nova coalizão dominante é fruto de uma "amalgamação": se a base são os novos socialistas, essa coalizão também contém porções da velha-guarda e alguns elementos dos radicais (em particular Wehner, que modificará as próprias posições originárias de esquerda). A essa altura, o círculo já pode ser fechado, o que ocorrerá no Congresso extraordinário de novembro de 1959, em Bad Godesberg. O novo programa será aprovado com apenas 16 votos contrários. A ideologia marxista que acompanhava o partido desde os tempos de Erfurt (1881) é abandonada, e a redefinição da identidade organizativa é extremamente profunda[63].

Finalmente, em 1960, Brandt, que usou habilmente Berlim como "platéia nacional", será escolhido pelo executivo

---

62. W. D. Gray, *The German Left Since 1945: Socialism and Social Democracy in the German Federal Republic*, cit., p. 189.

63. Cf. G. E. Rusconi, "Bad Godesberg è un modello?", *Il Mulino*, XXVIII (1979), pp. 920-42.

como candidato à Chancelaria. Tem início o *new look* do SPD. No Congresso de 1960, é apresentada a "equipe" que deverá funcionar como "governo-sombra" e que será o núcleo do governo em caso de vitória. Todos novos socialistas do tipo políticos "puros" e do tipo "especialistas", que dão o retoque final: uma nova imagem de competência político-empresarial[64].

A campanha eleitoral de 1961 é conduzida por Brandt no estilo "kennedyano", com um uso dos meios de comunicação de massa totalmente desconhecido para os antigos funcionários. Nas eleições, colhem-se os frutos da virada: o SPD passa de 31,8% dos votos para 36,2%. O partido está novamente em ascensão, as inovações introduzidas revelaram-se "adequadas"; a nova coalizão dominante foi testada e o teste funcionou. No Congresso de 1962, Brandt se tornará o vice-presidente. Abre-se o caminho para o poder.

A CDU: de partido eleitoral à organização de massa

No capítulo VIII, deixamos a CDU, uma organização dominada pelo chanceler e pelos líderes intermediários, enquanto ela já se havia consolidado sob o comando de Adenauer. Uma organização com um centro extraparlamentar inexistente, desprovida de aparato burocrático, permeada por grupos de interesse, na verdade, um amontoado de organizações semi-autônomas, unidas apenas pela participação comum nas vantagens do poder e pela personalidade de Adenauer. Uma organização sem tendência à expansão, com um número de filiados que mal superava, no fim da era Adenauer, os duzentos mil e com uma participação interna extremamente fraca, se não inexistente.

Atualmente, a CDU é um partido de massa com setecentos mil filiados, com uma participação interna rica e vi-

---

64. H. K. Schellenger Jr., *The SPD in the Bonn Republic: A Socialist Party Modernizes*, cit., pp. 173 ss.

tal, com uma estrutura burocrática central relativamente forte e elevada profissionalização. A CDU, de instituição extremamente fraca como era, transformou-se em instituição forte. Naturalmente, muitos traços do seu passado ainda estão presentes (uma certa autonomia das organizações intermediárias, a presença dos grupos de interesse na vida interna do partido etc.), mas a mudança foi, sem dúvida, muito profunda.

A expulsão do poder central funcionou como catalisador da transformação. Até 1969, a CDU era a mesma dos tempos de Adenauer, porém muitas "precondições da mudança" estavam se acumulando lentamente. Depois da saída de Adenauer da Chancelaria, a coalizão dominante do partido tornou-se muito instável, e a sucessão de chanceleres incapazes de impor a própria autoridade ao partido (Erhard, Kiesinger) havia favorecido as divisões[65]. No período de 1963-1965, o partido foi atravessado por fortes conflitos sobre a política externa (que, por sua vez, era o tema palpitante e aglutinador da propaganda da CDU com Adenauer). A oposição entre "atlantistas", comandados pelo chanceler Erhard, e os chamados "gaullistas", comandados por Strauss e pelo próprio Adenauer (que conservou de 1963 a 1965 o cargo de presidente do partido), havia dividido a organização em duas grandes quase-facções em luta. Enquanto isso, uma nova geração de líderes estava crescendo no interior do partido e se preparava para combater na guerra de sucessão. Em 1964, o estreante Rainer Barzel, líder da organização da Renânia do Norte-Vestefália, é eleito presidente da *Fraktion*, levado pelas pressões para a "renovação". Outros líderes jovens e, em particular, Helmut Kohl, dirigente da organização da Renânia-Palatinado, buscam abrir caminho na cena nacional: o seu cavalo de batalha é a reforma do partido, cujas estruturas já estão nitidamente inadequadas diante das no-

---

65. Cf. G. Pridham, *Christian Democracy in Western Germany. The CDU/CSU in Government and Opposition, 1945-1976*, cit., de onde essencialmente extraí a descrição desses fatos.

vas evoluções perigosas da política do SPD. A coalizão dominante nessa fase não poderia estar mais dividida; há pouquíssimas margens para os acordos internos. A escolha de formar a Grande Coalizão é uma escolha contra Erhard (que está ligado à tradicional política de aliança com os liberais)[66]. Kiesinger é eleito presidente do partido e, depois, chega à Chancelaria levado pela ala inovadora, na qual Kohl é particularmente atuante. A operação para a eleição de Kiesinger, além da sua particular capacidade, é devida a uma coalizão heterogênea que almeja deter Barzel. Este, em razão da sua posição de força na *Fraktion*, lançou sua própria candidatura. A rivalidade entre Kohl e Barzel pelo controle do partido já começa a manifestar seus primeiros indícios nessa fase. As pressões pela "reforma" são muito fortes, mas a reforma não ocorrerá: a coalizão dominante está muito dividida e instável e os seus vários componentes refreiam-se reciprocamente.

Em 1969, ocorre a derrota e a expulsão do poder. O choque é, naturalmente, muito forte, mas a tese que prevalece é a de que os eleitores por certo irão remediar o "erro" cometido nas eleições seguintes. Barzel, que ganhou um grande prestígio como presidente da *Fraktion*, aumenta a sua autoridade e o seu peso político. Com a perda da Chancelaria, a *Fraktion* se torna, com Barzel, o órgão dirigente mais importante do partido. Kohl, que não é deputado, passa a fazer parte, logo depois da derrota, do executivo nacional e apresenta novamente a proposta de uma reforma que fortaleça a organização extraparlamentar. Encontra as costumeiras resistências dos líderes das *Landesverbände**, enfraquecidos mas não vencidos. Mas é sobretudo Barzel quem vai barrar-lhe o caminho: um fortalecimento da organização extraparlamentar favoreceria Kohl, que é um homem de partido, não Barzel, cuja autoridade depende exclusivamente da nova preminência da *Fraktion* no mapa do poder organizativo da

---

66. *Ibidem*, pp. 164 ss.
* Associações nacionais. [N. da T.]

CDU. No Congresso de Saarbrücken (outubro de 1971), Barzel conquista o cargo de presidente do partido, batendo Köhl com 344 votos contra 174[67]. Mas isso, naturalmente, não muda a relação entre a organização extraparlamentar e a *Fraktion*. Com as eleições de 1972, chega a confirmação da exclusão do poder: é a crise organizativa. Barzel é desacreditado e, além disso, muitos novos deputados foram candidatos nas listas do partido e não devem a ele a sua eleição. Na primavera de 1973, ocorre a troca da guarda. Kohl é eleito presidente do partido, enquanto Carstens (próximo de Kohl) substitui Barzel à frente da *Fraktion*. O equilíbrio do poder entre a organização extraparlamentar e a *Fraktion* sofre uma mudança. Kohl consolidará a sua posição com uma ampla reforma organizativa confiada ao novo secretário-geral do quartel-general (*Bundesgeschäftsstelle*) Biedenkopf, bem como com uma linha política de maior agressividade em relação ao SPD. A secretaria do BGS [Bundesgeschäftsstelle] havia exercido até então um papel administrativo de pouca importância. Com Biedenkopf (1973-1977), torna-se um papel político de primeira grandeza. A dupla Kohl-Biedenkopf lembra em todos os aspectos a associação Disraeli-Gorst, que realizou a transformação dos conservadores britânicos num partido político moderno. Com Biedenkopf, observa-se uma expansão e, sobretudo, uma forte profissionalização da organização central do partido. Biedenkopf:

> (...) impulsionou o treinamento dos funcionários, um novo desenvolvimento no início dos anos 70, que foi favorecido pela presença de uma *membership* mais ativa. Programação do pessoal torna-se a nova expressão "in" na organização partidária e se concretizou com a criação de um banco de dados do pessoal no quartel-general, em 1972, e com o trabalho geral na sede do departamento de programação do pessoal.[68]

---

67. *Ibidem*, p. 196.
68. *Ibidem*, pp. 265-6.

Paralelamente a cursos de formação de dirigentes, entram em atividade (desde 1975) centros de serviço que fornecem informações sobre problemas políticos e têm a tarefa de promover a comunicação interna. O impulso à expansão das filiações é máximo. A passagem de 300.000 filiados, em 1969, para 650.000, em 1977, perturba todas as relações internas do partido. Enquanto se expande, se fortalece e se profissionaliza, o "centro" extraparlamentar também chega a dispor de novos financiamentos por meio da expansão da filiação[69]. O partido federal se fortalece em relação à *Fraktion*, mas também em relação aos *Landesverbände*, cuja perda de peso organizativo e político é contínua e constante. Porém, a característica originária da organização não poderá ser completamente anulada. A centralização deve assumir os aspectos "maleáveis" da coordenação (de modo semelhante às relações entre o *Central Office* e as associações locais no Partido Conservador), bem como deixar aos *Landesverbände* ao menos algumas das antigas prerrogativas. Porém, no final dos anos 70, a CDU "torna-se cada vez mais um partido organizado de massa, com uma organização extraparlamentar que adquiriu um peso muito maior, com uma crescente atitude profissional em relação às atividades do partido e uma crescente participação dos filiados nos negócios do partido"[70].

Conclusões

Duas teses, essencialmente, disputam o campo nos julgamentos dos historiadores e dos cientistas políticos sobre

---

69. *Ibidem*, p. 266. Naturalmente, no fortalecimento financeiro da organização extraparlamentar central, também desempenhou um papel de grande importância o financiamento público sob a forma de reembolsos eleitorais a partir de 1967. Cf. a análise comparativa sobre os efeitos do financiamento, de D. Leonar, "Contrasts in Selected Western Democracies: Germany, Sweden, Britain", in H. E. Alexander (org.), *Political Finance*, cit., pp. 41-73.

70. G. Prindham, *Christian Democracy in Western Germany*, cit., p. 267. Cf. também M. Caciagli, "Germania: Elezioni e dinamica politica", *Il Mulino*, XXX (1981), pp. 825-50.

os processos de mudança que, às vezes, os partidos experimentam. A primeira é que a mudança organizativa deve ser interpretada como o efeito, totalmente previsto e desejado, de decisões do grupo dirigente, voltadas para melhorar o "rendimento" da organização. A segunda é que a mudança é o efeito da sucessão das gerações. Nenhuma das duas teses está totalmente errada, nenhuma oferece uma interpretação realmente satisfatória. A primeira porque, tipicamente, omite a dimensão do poder e dos conflitos de poder do seu horizonte. Esquece que nenhuma inovação organizativa é politicamente neutra; que toda mudança altera a distribuição dos recursos entre os diferentes grupos, modifica a sua capacidade de controlar as zonas de incerteza organizativas e altera, portanto, o sistema das trocas em que se baseia o poder organizativo. A segunda tese, ao contrário, não subestima o papel dos conflitos, mas os reduz a conflitos de geração. A sucessão de gerações, por sua vez, apesar de ser geralmente uma das precondições para a mudança, nem sempre o é. Se a sucessão de gerações é controlada por meio da cooptação, o conflito não se produz, a estabilidade organizativa não é ameaçada e a ordem não sofre reestruturações. Se a conformação da coalizão dominante é tal a permitir processos de cooptação ordenados e regulares, o potencial conflitual das mudanças de geração será desativado. É justamente porque o ingresso na coalizão dominante da UNR era vedado (dele participavam somente os "gaullistas de sempre") que o conflito (também de gerações) entre velhos e novos gaullistas, contemporaneamente a uma crise relacionada a uma perda de impulso do gaullismo e uma derrota eleitoral naquele mesmo ano, leva a uma reestruturação significativa da ordem organizativa do partido no Congresso de Lille de 1967.

O desafio externo produzirá efeitos mais ou menos profundos na organização em razão de três fatores:

1) a *gravidade* do próprio desafio, o que faz com que, quanto mais intenso é o desafio, maior, em igualdade de condições, é a reestruturação da ordem organizativa;

2) o grau de maturidade das precondições internas da mudança;

3) o nível de institucionalização do partido. Sendo assim, em igualdade de intensidade do desafio e em igualdade de maturidade das precondições internas da mudança, esta será mais profunda quanto mais fraca for a institucionalização.

No entanto, uma reestruturação da ordem organizativa ou uma mudança da conformação da coalizão dominante comporta facilmente alterações do nível de institucionalização organizativa. A crise de 1956, ao estabelecer as premissas para um maior enraizamento do PCI na sociedade, estabelece contextualmente as premissas de uma (relativa) desinstitucionalização (menor autonomia da sociedade nacional, aliada a um início de autonomia em relação à URSS). Da mesma forma, a mudança organizativa experimentada pelo SPD em Bad Godesberg sancionou um (relativo) enfraquecimento do nível de institucionalização (simbolizado pela deterioração parcial do aparato burocrático e pelo novo predomínio dos parlamentares sobre os dirigentes internos). Por fim, as transformações experimentadas pela CDU após 1969 levaram uma instituição tradicionalmente muito fraca a um nível relativamente forte de institucionalização.

Todavia, nenhuma organização pode fugir totalmente ao seu próprio passado. Por mais forte que seja a renovação da liderança, profundas as mudanças no corpo da organização e radical a "sucessão dos fins", não desaparecerão os traços, sempre visíveis e numerosos, do "modelo originário" da organização[71].

---

71. Não abordei o caso da passagem da SFIO para o PSF porque se trata não somente de uma reestruturação da ordem organizativa, mas também de uma verdadeira refundação. Porém, embora o PSF seja incontestavelmente um novo partido, é preciso observar que muitos elementos da velha SFIO foram incorporados à organização (em primeiro lugar, o papel central das federações). Sobre esse processo de transição, cf. C. Hurtig, *De la S.F.I.O. au Nouveau Parti Socialiste*, cit.

XIV. Partidos e democracia: transformações e crises*

Premissa

As transformações em curso nos partidos europeus podem ser examinadas de dois ângulos diferentes. É possível questionar sobre o grau de vitalidade persistente dos antigos módulos organizativos, procurar os sinais do seu declínio, avaliar modalidades e direções de eventuais transformações. Ou, então, voltar a atenção para as atividades tradicionalmente desenvolvidas pelos partidos nos diferentes sistemas políticos, examinar suas possíveis mudanças ou sua eventual crise. No primeiro caso, movemo-nos no interior de um quadro suficientemente delimitado, que privilegia a análise organizativa de cada partido. No segundo, movemo-nos, ao contrário, num terreno mais amplo e, naturalmente, mais escorregadio e traiçoeiro, no qual o problema torna-se o funcionamento e a transformação dos regimes políticos democráticos (dos quais os partidos são um elemento de sustentação decisivo).

Está implícito na abordagem desenvolvida neste livro que os dois problemas estão relacionados; que as atividades

---

* De modo menos elaborado e sistemático, abordei o tema tratado neste capítulo num relatório sobre as transformações do partido de massa apresentado num congresso sobre "As transformações da democracia representativa nos países com capitalismo amadurecido e o caso italiano", organizado pela Fondazione Feltrinelli (Milão, junho de 1979).

dos partidos mudam ou não, conforme haja ou não mudança nos seus módulos organizativos e que, portanto, o exame do segundo problema contribui para esclarecer aspectos importantes do primeiro. Desse modo, refletir sobre mudanças organizativas que os partidos ocidentais estão experimentando pode ser o ponto de partida para algumas reflexões sobre processos políticos mais amplos[1].

Partido burocrático de massa e partido profissional-eleitoral

No início dos anos 50, Maurice Duverger constatava a afirmação do partido de massa no interior dos regimes democráticos em relação a qualquer outro tipo de organização política: a sua obra pode ser lida, e de fato o foi, como um hino às virtudes políticas do partido de massa. Como conseqüência lógica dessa elaboração, Duverger afirmou que os grandes partidos eleitorais norte-americanos, cuja evolução até então havia sido muito diferente, eram casos de manifesto "atraso" organizativo em relação aos partidos de massa do velho continente.

Cerca de quinze anos depois, Otto Kirchheimer, enunciando a teoria do partido pega-tudo, invertia essa interpretação: o partido de massa era apenas uma etapa, historicamente superada ou em via de superação, de um desenvolvimento organizativo que estava transformando os partidos de "integração", de classe e confessionais (os partidos de massa por excelência) em escritórios eleitorais cada vez mais semelhantes aos partidos norte-americanos[2].

---

1. Sobre esses temas, com especial atenção ao caso italiano, mas numa perspectiva comparada, cf. G. Pasquino, *Crisi dei partiti e ingovernabilità*, cit., do qual extraí muitas idéias. Uma elaboração diferente, que também influenciou este trabalho, sobretudo sobre o problema fundamental da perda das identidades coletivas, é desenvolvida por A. Pizzorno, *Interest and Parties in Pluralism*, cit.
2. O. Kirchheimer, "The Transformation of the Western European Party Systems", in J. Lapalombara, M. Weiner (orgs.), *Political Parties and Political Development*, cit., pp. 177-200.

Contrariamente a uma opinião difundida, Kirchheimer, cunhando a expressão "partido pega-tudo", não pensava absolutamente numa organização cujo eleitorado se tornasse tão heterogêneo a ponto de representar todo o espectro social e cujo vínculo com a *classe gardée* originária desaparecesse totalmente. Kirchheimer sabia que nenhum partido jamais assumiu, nem provavelmente jamais poderia assumir, esses aspectos (porque nenhum partido pode permitir-se um obscurecimento total da própria identidade diante das organizações concorrentes). Assim como sabia, por outro lado, que o antigo partido de massa jamais havia organizado *somente* a *classe gardée* (porque uma coisa é o "território de caça" – a *classe gardée* –, da qual depende a identidade organizativa do partido, e outra é o eleitorado, que sempre, inevitavelmente, compreende também outros segmentos sociais).

A transformação do partido de massa em partido pega-tudo é, na análise de Kirchheimer, menos dramática: a ligação com a antiga *classe gardée* permanece, mas se atenua, se dilui; o partido, simplesmente, abre-se, mais do que no passado, também a outros grupos sociais. No meu entendimento, isso comporta, naturalmente, uma alteração do território de caça e, portanto, uma redefinição da identidade organizativa (como no caso do SPD em Bad Godesberg), mas em nenhum caso a transformação será tal a ponto de levar o partido a uma representação social em todos os sentidos: o partido concentrará ainda mais a sua atenção naquelas categorias "que não têm conflitos de interesse evidentes entre si" e estará continuamente vinculado à sua ação pelas tradições políticas e pela fisionomia do sistema de estratificação social[3].

A atenção excessiva às implicações mais sociológicas da teoria do partido pega-tudo (de fato, pelas mudanças na composição social do eleitorado dos diferentes partidos) fez com que freqüentemente fossem esquecidos aspectos da transformação que, para Kirchheimer, são muito importantes:

---

3. *Ibidem*, p. 252.

1) Uma acentuada desideologização, uma redução da "bagagem ideológica" do partido e uma concentração da propaganda nas questões de valor[4], nos temas gerais, partilhados em linha de princípio por setores extremamente amplos do eleitorado: o "desenvolvimento econômico", a "defesa da ordem pública" etc.

2) Uma maior abertura do partido à influência dos grupos de interesse, acompanhada de uma transformação das antigas organizações colaterais, sindicais, religiosas etc., por sua vez, em grupos de interesse com ligações mais fracas e relações menos contínuas do que antes com o partido.

3) A perda de peso político dos filiados e um declínio acentuado do papel da militância política de base.

4) O fortalecimento do poder organizativo dos líderes que passam a se apoiar, para o financiamento da organização e para manter ligações com o eleitorado, muito mais nos grupos de interesse externos do que nos filiados[5].

5) Relações partido-eleitorado mais fracas e descontínuas, não mais ancoradas numa forte inserção social e com subculturas políticas sólidas e compactas.

---

4. Sobre a distinção entre problemas de "valor" e problemas de "posição", cf. D. Stokes, "Spatial Models of Party Competition", *American Political Science Review*, LVII (1963).

5. Como instrumento de financiamento da organização, a filiação é redimensionada pela intervenção dos grupos de interesse, bem como pelo auxílio dos financiamentos públicos, cuja introdução generalizada ainda não era previsível no início dos anos 60, quando Kirchheimer escrevia. Porém, é preciso observar que financiamento público e financiamento dos grupos de interesse, embora convergindo para o redimensionamento do peso organizativo dos filiados, parecem exercer efeitos contraditórios sobre a organização: enquanto o financiamento público (com variações de partido para partido e conforme as diferentes legislações nacionais) geralmente tem um efeito de "concentração do poder", ou seja, põe nas mãos dos líderes do partido um conjunto de recursos monetários superiores aos que estão à disposição do seus adversários internos, o financiamento dos grupos de interesse age na direção contrária, com efeitos de "fragmentação" do poder organizativo: a ação de patrocínio dos próprios candidatos nos diferentes partidos por parte de grupos de interesse, bem como as intermediações financeiras realizadas pelos políticos, colocam nas mãos de um número tendencialmente elevado de líderes recursos financeiros convertíveis em recursos políticos, consumíveis na competição interna.

Até aqui, mencionamos as referências que Kirchheimer reserva às transformações organizativas que acompanham a afirmação do partido pega-tudo. Todavia, se também levarmos em consideração as indicações da literatura mais recente sobre os partidos que, ao menos sob alguns aspectos, mais e antes de outros se aproximaram do modelo de Kirchheimer, é possível elencar outros traços organizativos que parecem próprios desse tipo de partido. Um aspecto sobretudo, apenas implícito na análise de Kirchheimer, é central no meu ponto de vista: a progressiva *profissionalização* das organizações partidárias. No partido de massa descrito por Weber, por Michels e por Duverger, um papel fundamental é exercido pelo "aparato" da burocracia de partido (aquela que defini como "burocracia representativa"): a burocracia representativa é o instrumento por meio do qual os líderes do partido de massa mantêm ligações estreitas com os filiados e, mediante os filiados, com o grupo social de referência, a *classe gardée*. Já os profissionais desempenham um papel cada vez mais central no novo partido (os "especialistas", os técnicos dotados de conhecimentos especializados), muito úteis quando a organização desloca o seu centro de gravidade dos filiados para os eleitores. A profissionalização, por sua vez, traz consigo uma série de conseqüências organizativas (sobre as quais adiantei algumas hipóteses no cap. XII).

A distinção burocratas/profissionais pode ser usada como critério principal para distinguir dois tipos ideais de partido: o burocrático de massa e o profissional-eleitoral[6]. Esses dois tipos se diferenciam ao longo de uma pluralidade de dimensões:

---

6. O partido burocrático de massa e o partido profissional-eleitoral nada mais são do que uma tradução em tipos de análises cujos pontos de referência são, respectivamente, as obras de Duverger e de Kirchheimer. Preferi usar a expressão "partido profissional-eleitoral" em lugar de "partido pega-tudo" não apenas para acentuar o aspecto da profissionalização, mas também para frisar que a dimensão fundamental é a organizativa, e não a da representação social. Com algumas diferenças e com diversas preocupações, a tipologia que mais se aproxima daquela aqui representada foi elaborada por W. E. Wright, *Comparative Party Models: Rational-Efficent and Party Democracy*, cit.

Fig. 17

Partido burocrático de massa	Partido profissional-eleitoral
a) centralização da burocracia (competência político-administrativa)	a) centralização dos profissionais (competências especializadas)
b) partido de *membership*, ligações organizativas verticais fortes; apelo ao eleitorado fiel	b) partido eleitoral, ligações organizativas verticais fracas; apelo ao eleitorado de opinião
c) predominância dos dirigentes internos, direções colegiais	c) predominância dos representantes públicos, direções personalizadas
d) financiamentos por meio da filiação e atividades colaterais	d) financiamento por meio de grupos de interesse e fundos públicos
e) ênfase na ideologia; centralização dos crentes no interior da organização	e) ênfase nas *issues* e na liderança; centralização dos carreiristas e dos representantes dos grupos de interesse no interior da organização

As diferenças apontadas dispensam comentários particulares; trata-se apenas de uma especificação das mudanças organizativas, em parte compreendidas na descrição de Kirchheimer, em parte inferidas da análise desenvolvida nos capítulos anteriores e, em parte, extraídas de uma ampla literatura empírica sobre as mudanças recentes experimentadas por muitos partidos ocidentais. Trata-se, naturalmente, de tipos ideais. Assim como no passado, nenhum partido jamais correspondeu totalmente ao tipo "burocrático de massa" (e também por essa razão escolhi, neste livro, uma chave de leitura diferente daquela proposta na literatura tradicional sobre os partidos); nenhum partido corresponde *in toto*, nem provavelmente jamais poderá corresponder, ao tipo "profissional-eleitoral". Tendências comuns envolvem os partidos com histórias organizativas muito diferentes entre si e produzem, portanto, resultados diferentes. O tipo ideal profissional-eleitoral (assim como o tipo burocrático de massa) é apenas um recipiente com malhas muito largas, que serve para evidenciar algumas linhas de tendência, enquanto fica totalmente em aberto o problema das diferenciações e das adaptações de uma organização a outra. Geralmente, o "velho" e o "novo" tendem a se sobrepor e a coexistir (e a produzir tensões e conflitos internos) em toda organização. E, ainda, as transformações se manifestam com fortes variações nos modos, nos tempos, de sociedade para sociedade e de partido para partido.

Seja como for, são duas as principais variáveis que parecem ter maior incidência sobre a velocidade e a intensidade da transformação.

A primeira variável pode ser extraída do quadro analítico utilizado neste trabalho. É possível afirmar que a transformação é tanto mais rápida quanto mais fraco é o grau de institucionalização de cada partido *antes* de se apresentarem as condições da transformação. Quanto mais forte é o nível de institucionalização, mais o partido possui instrumentos para resistir às pressões que o impelem a se transformar: por exemplo, na França, o PCF, instituição muito forte, resiste mais do que outros partidos; na Itália, a DC ou o PSI, ao menos em certos aspectos, transformam-se antes do PCI etc.[7]

A segunda variável é indicada pelo próprio Kirchheimer, e consiste no grau de fragmentação do sistema dos partidos. Conforme observa o autor, são os grandes partidos, sob o aspecto eleitoral, que experimentam as pressões mais fortes para a transformação. Portanto, quanto menos fragmentado é o sistema dos partidos, quanto mais é dominado por poucas organizações grandes, mais cedo e com maior velocidade intervém a mudança. Por outro lado, uma fragmentação excessiva do sistema dos partidos tende a frear, a retardar a transformação.

---

7. Sobre outros aspectos, porém, o caso italiano deixa amplas margens de incerteza: o PCI é um partido no qual a profissionalização é um processo muito avançado e os aspectos de ambos os tipos se entrelaçam e se sobrepõem (dando lugar a tensões internas) já há alguns anos.

As causas da progressiva afirmação do partido profissional-eleitoral têm origem no ambiente dos partidos. As mudanças organizativas surgem sob o estímulo de desafios externos, de desafios induzidos por mudanças ambientais (e que agem sobre os partidos nos termos descritos no cap. XIII). Sobretudo dois tipos de mudança ambiental, que há tempos interessam às sociedades ocidentais, parecem estar na origem da transformação[7a].

O primeiro tipo de mudança de que tradicionalmente se ocupam os sociólogos atinge os sistemas de estratificação social e diz respeito a modificações ocorridas não só na proporção entre os diferentes grupos ocupacionais (declínio da força/trabalho empregada na indústria, aumento do terciário etc.), mas também nas características e nos posicionamentos culturais de cada grupo. As análises que insistem em descrever a composição social do eleitorado e dos filiados nos partidos, deixando de lado esse aspecto, não fazem um trabalho de esclarecimento. Constatar, por exemplo, que este ou aquele partido comunista ou socialista ainda conserva mais ou menos a mesma proporção de eleitorado "operário" de algum tempo atrás significa pouco ou nada se, nesse ínterim, se esquece que a fisionomia das classes operárias ocidentais mudou profundamente, que, se a divisão histórica, com importantes conseqüências para toda a vida dos partidos comunistas e socialistas (bem como, naturalmente, das organizações sindicais), ocorreu entre operários profissionais e não-profissionais, hoje a divisão principal ocorre, por sua vez, entre os operários sindicalmente e politicamente representados dos setores industriais centrais e os novos operá-

---

7a. Trata-se, aliás, de desafios de tipo diferente. O desafio externo, que age como *catalisador* da mudança organizativa, é de tipo *conjuntural* (uma derrota eleitoral etc.). Os desafios aqui considerados são, por sua vez, de tipo *estrutural*, surgem após transformações de longa duração no ambiente dos partidos. Naturalmente, entre desafios conjunturais e desafios estruturais existe uma relação, no sentido de que os segundos, para produzirem transformações nos partidos, devem ser "ativados" pelos do primeiro tipo.

rios às margens dos setores industriais periféricos⁸. E isso muda profundamente o aspecto político do eleitorado desses partidos (porque incide sobre a composição das demandas políticas). Do mesmo modo, faz pouco sentido medir o índice de adesão aos vários partidos das classes médias sem considerar as mudanças nos posicionamentos e nos comportamentos políticos que decorrem das modificações ocorridas na fisionomia dessas classes⁹. Analogamente, no caso dos partidos confessionais, não basta verificar a "quantidade" de crentes que ainda seguem esses partidos, se não se levar em conta também as modificações que a laicização e a difusão da instrução comportam nas relações entre crentes, instituições religiosas e partidos.

As transformações da estrutura social, que a teoria sociológica contemporânea tenta decifrar com ênfases diversas e sob uma grande variedade de rótulos (sociedade complexa, sociedade pós-industrial, sociedade capitalista tardia etc.)¹⁰, repercutem nos partidos, modificando as características dos seus territórios de caça e agindo sobre a sua arena política. O eleitorado, por exemplo, torna-se social e culturalmente mais heterogêneo, menos controlável pelos partidos mediante a organização. E isso cria uma poderosa pressão para a transformação organizativa.

A segunda mudança ocorrida é de tipo tecnológico, consiste numa reestruturação do campo da comunicação po-

---

8. Cf. A. Pizzorno, *I soggettti del pluralismo*, cit., p. 209. No que se refere ao caso italiano, as pesquisas sobre o mercado de trabalho exploraram amplamente esses aspectos: cf., a partir dessas pesquisas, as observações contidas nas intervenções de Massimo Paci, Aris Accornero e Bianca Beccalli in AA.VV., *Mutamento e classi sociali in Italia*, Nápoles, Liguori, 1981.

9. Ainda sobre o caso italiano, cf. C. Carboni (org.), *I ceti medi in Italia*, Bari, Laterza, 1981.

10. Sobre a sociedade pós-industrial, são referências obrigatórias os dois trabalhos que, sob ângulos científicos e políticos diferentes, discutiram o tema de forma brilhante: D. Bell, *The Coming of Post-Industrial Society*, Nova York, Basic Books, 1973, e A. Touraine, *La Société Post-Industrielle*, Paris, Denoël, 1969. Para uma análise crítica dessa literatura, cf. K. Kumar, *Prophecy and Progress*, Harmondsworth, Penguin Books, 1978.

lítica sob o impacto dos meios de comunicação de massa e, particularmente, da televisão (a data emblemática é 1960: eleições presidenciais norte-americanas). Pouco a pouco, o papel central universalmente assumido pela televisão na disputa política começa a exercer efeitos poderosos sobre as organizações partidárias[11]. Mudam-se as técnicas de propaganda e isso leva a um terremoto organizativo: os antigos papéis burocráticos perdem terreno como instrumentos de organização do consenso; novas figuras profissionais adquirem um peso crescente[12]. Alterando as modalidades da comunicação política diante de um público mais heterogêneo e medianamente mais instruído, os meios de comunicação de massa conduzem os partidos a campanhas "personalizadas", centradas nos candidatos, e *issue-oriented*, centradas em temas específicos, com alto conteúdo técnico, que precisam ser elaboradas pelos especialistas dos vários setores.

A televisão, ao lado dos grupos de interesse, torna-se uma correia de transmissão mais importante entre partidos e eleitores (mesmo que, por definição, precária) do que as organizações colaterais tradicionais, os funcionários e os filiados. Funcionários e militantes ainda servem à organiza-

---

11. Cf. L. Maisel (org.), *Changing Campaign Techniques*. Londres, Sage Publications, 1977. Para o caso dos Estados Unidos, ver A. Rawley Saldich, *Electronic Democracy*, Nova York, Praeger, 1979.

12. Dois tipos de profissionais, essencialmente, surgem sob o impulso das transformações no sistema das comunicações políticas: de um lado, os verdadeiros técnicos das comunicações, os especialistas em pesquisas, no uso dos meios de comunicação de massa etc.; de outro, os especialistas dos vários setores de intervenção do partido (economistas, urbanistas etc.), porque a concentração das campanhas sobre as "issues" implica uma tecnicização crescente do conteúdo das mensagens políticas. Sobre o caráter altamente profissionalizado das campanhas eleitorais nos Estados Unidos, há dados úteis em R. K. Scott, R. J. Hrebenar, *Parties in Crisis. Party Politics in America*, Nova York, Wiley and Sons, 1979, especialmente pp. 155 ss. Sobre a profissionalização já alcançada pelos partidos britânicos (com especialistas contratados a termo para o setor publicitário), cf. R. Rose, *The Problem of Party Government*, cit., pp. 60-89. Sobre a CDU, cf. E. K. Schench, R. Wildernman, "The Professionalization of Party Campaigning", in M. Dogan, R. Rose (orgs.), *European Politics: A Reader*, cit., pp. 413-26.

ção, mas o seu papel é completamente redimensionado pela afirmação da política televisiva. Uma conseqüência é que esse processo tende a redesenhar – com diferente intensidade conforme as condições iniciais – os mapas do poder organizativo dos vários partidos. Os filiados (e os funcionários) têm menos importância, seja sob o aspecto financeiro, seja como intermediários com os eleitores, e isso comporta um declínio do peso político dos dirigentes internos (que fundavam o próprio poder organizativo sobre a troca desigual com filiados e funcionários), enquanto cresce, na mesma proporção, o peso dos representantes públicos de nomeação eletiva.

As mudanças da estrutura social e nos sistemas de comunicação política contribuem para a erosão das subculturas políticas tradicionais, "congeladas" durante muito tempo, graças à força do estabelecimento organizativo dos partidos burocráticos de massa. A área do eleitorado fiel se contrai; diminuem as grandes identificações de partido, que no passado haviam garantido estabilidade eleitoral para a maior parte dos países europeus[13]. O eleitorado adquire maior independência em relação ao partido, e, por toda parte, a integração social "do nascimento à morte" passa a se referir apenas às minorias em declínio. Aumenta, portanto, a "turbulência", a instabilidade potencial das arenas eleitorais. E é esse o principal desafio que obriga os partidos a se organizar, por meio de processos imitativos e de acordo recíproco, com base no modelo profissional-eleitoral.

---

13. Cf. os processos eleitorais examinados por S. B. Wolinetz, "Stabilità e mutamento nei sistemi partitici dell'Europa occidentale", *Rivista Italiana de Scienza Politica*, III (1978), pp. 3-55. Cf. também as análises contidas em P. H. Merkl (org.), *Western European Party Systems*, Nova York, The Free Press, 1980. O fenômeno do declínio das identificações partidárias, antes de começar a se manifestar na Europa, já havia ocorrido nos Estados Unidos: cf. N. H. Nie, S. Verba, J. R. Petrocik, *The Changing American Voter*, Cambridge, Harvard University Press, 1976. Quanto às relações entre declínio das identificações, meio de comunicação de massa e mudanças da estrutura social, cf. E. C. Ladd Jr., C. D. Hadley, *Transformations of the American Party System*, Nova York, Norton Co., 1978².

O partido burocrático de massa é uma instituição forte. O partido profissional-eleitoral, ao contrário, é uma instituição fraca. A transformação comporta, portanto, um processo de desinstitucionalização. Reduz-se a autonomia do partido em relação ao ambiente (proporcionalmente ao aumento de autonomia do eleitor em relação ao partido, ao aumento do peso político dos grupos de interesse e à tendencial "incorporação" dos partidos ao Estado); reduz-se a coerência estrutural da organização (pelo declínio da centralidade dos aparatos burocráticos, pela profissionalização, pelo aumento do peso político-organizativo dos representantes eleitos). E, uma vez que as fortes subculturas políticas que davam estabilidade às arenas eleitorais e garantiam a autonomia e a coerência estrutural de muitos partidos tendem a desaparecer, não parece arriscado concluir que a época dos partidos/instituições fortes (os partidos de massa de Weber e de Duverger) já acabou.

A crise dos partidos

Embora escrevesse numa época marcada pelo desenvolvimento econômico e pela estabilidade política, e tendo como ponto de referência o debate que corria sobre o fim das ideologias, Kirchheimer tinha consciência de que a afirmação do partido pega-tudo comportava sérios riscos para a democracia. Sua análise se concluía, então, com as seguintes palavras:

> Poderia funcionar essa participação limitada que o partido pega-tudo oferece à população em geral, esse apelo a uma participação racional e desinteressada no processo político por meio de canais suficientemente reconhecidos? O instrumento, o partido pega-tudo, não pode ser muito mais racional do que o seu chefe nominal, o eleitor. Não mais sujeitos à disciplina do partido de integração – ou, como nos Estados Unidos, jamais sujeitos a essa disciplina –, os eleitores podem, com seus temores inconstantes e com a sua apa-

tia, transformar o sensível instrumento do partido pegatudo em algo muito vago para servir de união com os detentores funcionais do poder da sociedade. Podemos, portanto, chegar a lamentar o desaparecimento, embora inevitável, do partido de massa classista e do partido confessional, assim como o desaparecimento de outros elementos característicos da velha sociedade ocidental.[14]

Passados quase vinte anos, enquanto a maior parte das suas previsões é confirmada, ou está em vias de confirmação, e enquanto "ingovernabilidade" e "crise de legitimidade" tornam-se palavras da moda nas ciências sociais ocidentais, é fácil afirmar que os pressentimentos de Kirchheimer eram absolutamente fundados. A afirmação do partido profissional-eleitoral coincide com uma fase em que a "crise" dos partidos é um dos assuntos mais debatidos por aqueles que se questionam sobre o presente e o futuro da democracia no Ocidente. Todavia, para discutir em termos não-genéricos a crise, verdadeira ou presumida, dos partidos, é necessário voltar a atenção para as atividades tradicionalmente desenvolvidas por essas organizações nos regimes democráticos: se há crise, ela só pode se manifestar como crise dessa atividade[15]. Recorrendo, mais uma vez, a Kirchheimer, três "funções"[16] podem ser indicadas como tradicionalmente próprias dos partidos:

---

14. O. Kirchheimer, *La trasformazione dei sistemi partitici dell'Europa occidentale*, cit., pp. 266-7.
15. O problema da transformação/crise dos partidos no tocante aos efeitos gerais do processo político foi tratado, recentemente, por uma vasta literatura: cf., entre outros, L. Maisel, P. M. Sacks (orgs.), *The Future of Political Parties*, Londres, Sage Publications, 1975, L. Maisel, J. Cooper (orgs.), *Political Parties: Development and Decay*, London, Sage Publications, 1978, AA.VV., *Il Partito politico e la crisi dello Stato sociale: ipotesi di ricerca*, Bari, De Donato, 1981.
16. O. Kirchheimer, *Le trasformazioni dei sistemi partitici dell'Europa occidentale*, cit., p. 255. Aqui (como em Kirchheimer), "função" significa nada mais do que "atividade relevante para o sistema político". Preferi manter o termo, consolidado pelo uso na literatura, mesmo compartilhando das objeções formuladas por A. Pizzorno (*I soggetti del pluralismo*, cit., pp. 11 ss.) às teorias funcionalistas do partido político. Além disso, seria preciso esclarecer

1) Uma função "integrativa" ou "expressiva". Os partidos organizam as "demandas gerais" de defesa/transformação da ordem social e política[17]. Naturalmente, jamais transmitiram/organizaram apenas demandas gerais, mas também "demandas particulares", de grupos ou setoriais[18]. Contudo, a organização de demandas gerais é considerada peculiar dos partidos. O aspecto mais importante relacionado a essa função, todavia, não é a transmissão das demandas: é, sobretudo, a formação e a manutenção de identidades coletivas por meio do uso de uma ideologia. Sendo a ideologia um instrumento de adiantamento dos benefícios (o sacrifício de hoje é aceito na expectativa da sociedade melhor de amanhã)[19], compreende-se por que o exercício da função integrativa/expressiva exerceu freqüentemente um papel decisivo de estabilização dos sistemas políticos: a ponto de até mesmo os partidos chamados de anti-sistema terem contribuído, em muitos casos, para a estabilização dos sistemas políticos, funcionando como reguladores e como válvulas de escape do protesto social[20].

2) Uma função de seleção dos eleitos aos cargos públicos, bem como, em proporções variáveis de Estado para Estado, de muitos funcionários ocupados em papéis dirigentes não eletivos. Em outras palavras, uma função clássica dos partidos consiste na formação e no refornecimento das elites governistas do Estado.

---

que, na minha opinião, o exame das funções tem sentido se, e somente se, o nível de análise for o sistema político, mas o considero totalmente desviante se o objeto de estudo for o partido considerado na sua dimensão organizativa. Introduzo aqui esta problemática porque somente neste capítulo o nível de análise é deslocado dos partidos para o sistema político.

17. O que não significa absolutamente que os partidos "persigam objetivos" de defesa/transformação da ordem social e política, como querem as perspectivas teleológicas.

18. Cf. A. Pizzorno, *I soggetti del pluralismo*, cit., pp. 19 ss.

19. *Ibidem*, pp. 130 ss.

20. Cf. G. Lavau, "Il PCF, lo Stato e la Rivoluzione. Un'analisi delle politique, delle comunicazioni, e della cultura popolare del partido", in D. L. M. Blackmer, S. Tarrow (orgs.). *Il comunismo in Italia e in Francia*, cit., pp. 57-99.

3) Uma função de determinação da política estatal, de participação na formação das decisões coletivamente vinculantes.

Nenhuma dessas três funções jamais foi monopólio exclusivo dos partidos. A função integrativa/expressiva também foi desempenhada por outras instituições sociais (família, escola, instituições religiosas). A seleção das elites sempre foi influenciada por grupos de interesse. O processo de decisão estatal sempre funcionou por meio de acordos entre partidos, grupos de interesse "privados"[21] e centros de poder institucional (alta burocracia, elite militar etc.). Desse modo, quando se fala de crise em relação às funções tradicionalmente desempenhadas pelos partidos, não se pode entender a perda de um monopólio (que jamais existiu), mas sim de um processo de marginação, de compressão ulterior do papel dos partidos. Parece ocorrer exatamente isso com a afirmação do partido profissional-eleitoral. Este, diferentemente do velho partido burocrático de massa, não é, por definição, um organizador de identidades coletivas estáveis. A erosão das subculturas políticas, cimentadas por uma ideologia, leva ao fim virtual ou, no mínimo, a um grande enfraquecimento das atividades ligadas à função integrativa/expressiva. Essa crise, por sua vez, reflete-se nas outras funções. O vazio de identidades coletivas que se abre com a afirmação do partido profissional-eleitoral produz dois efeitos: em primeiro lugar, abre caminho para a difusão de comportamentos políticos "não convencionais" (de cujo significado falarei a seguir); em segundo – o que nos interessa mais diretamente –, facilita explosões corporativas, ativa processos de multiplicação e de fragmentação das estruturas de representação dos interesses[22]. A capacidade de os partidos

---

21. Sobre o papel das empresas nos processos de decisão das poliarquias, cf. C. Lindblom, *Politics and Market*, Nova York, Basic Books, 1977.

22. O que leva à crise ou pelo menos faz vacilar as políticas neocorporativistas onde elas haviam se afirmado. De fato, as estruturas neocorporativistas se mantêm estáveis se existe um número restrito de organizações de re-

selecionarem autonomamente as elites, onde existia, é afetada: os grupos de interesse vão a campo em número ainda maior do que no passado, patrocinando diretamente os próprios representantes políticos (em geral, nominalmente do partido). Também fica comprometida a capacidade de os partidos determinarem a política estatal no seu conjunto: seja porque os partidos são, a essa altura, mais perturbados pelos grupos de interesse, pelas tendências à autonomização dos sistemas político-administrativos[23], pela multiplicação e pela concorrência das associações que se formam sobre os problemas, seja porque, sendo cada vez menor o número de organizadores de identidades coletivas, são obrigados a entrar numa disputa mais direta com os grupos de interesse na transmissão/satisfação de "demandas particulares" (o que fragmenta e tolhe eficácia ao processo de decisão)[24]. Em outras palavras, a relação de força entre os partidos e as outras organizações que agem nas diferentes arenas políticas é tanto mais favorável aos partidos quanto mais eles puderem colocar no prato da balança a organização/representação de interesses coletivos. Quando esse *atout* não pode mais ser usado, ou já foi consumido, a posição do partido, como organização, se enfraquece em todas as ocasiões.

---

presentação dos interesses hierarquicamente ordenadas: sobre o neocorporativismo, ver P. C. Schmitter, G. Lehmbruch (orgs.). *Trends toward Corporatist Intermediation*, Londres, Sage Publications, 1979.

23. É a temática desenvolvida por N. Luhmann, *Politishe Planung*, Opladen, Westdeutscher Verlag, 1971.

24. Segundo Stein Rokkan, a "ingovernabilidade" pode ser considerada como o resultado de uma tensão entre o canal *eleitoral-territorial*, controlado pelos partidos, e o canal *funcional-corporativo*, controlado pelos grupos de interesse. Essa tensão tende atualmente a se agravar em razão de dois processos simultâneos e contraditórios entre si: de um lado, o crescimento da interdependência internacional, que favorece a "transnacionalização" dos grupos de interesse e esvazia os Estados nacionais de capacidade de decisão; de outro, a mobilização total das "periferias" dos países europeus no interior das diferentes arenas nacionais, que fortalece a "territorialidade" e impede a possibilidade de soluções políticas supranacionais (federalistas etc.) à crise do Estado-nação: cf. S. Rokkan, "I voti contano, le risorse decidono", *Rivista Italiana di Scienza Politica*, V (1975), pp. 167-76.

As mudanças nas divisões políticas

No seu grande painel sobre a formação dos sistemas de partido europeus, Stein Rokkan localiza quatro rupturas estruturais fundamentais que, agindo com intensidade diferente e combinando-se de várias maneiras, explicariam, em grande parte, uniformidades e diferenças nas fisionomias assumidas pelos sistemas políticos: a ruptura centro-periferia, a ruptura Estado-Igreja, a ruptura cidade-campo (o conflito entre proprietários de terra e burguesia urbana) e a ruptura de classe (assalariados-empregadores). Cada uma dessas rupturas se traduziu e é traduzida, por empresários políticos, em divisões políticas e em conflitos sobre problemas específicos. Por exemplo, a ruptura Estado-Igreja esteve na origem dos grandes conflitos do século passado sobre o ensino, a ruptura cidade-campo deu lugar aos conflitos tarifários etc. As variações na intensidade e no tempo foram muitas e nem toda ruptura deu origem, em todos os países europeus, a um partido específico. A ruptura de classe, a ruptura assalariados-empregadores, representou uma exceção:

> Os conflitos no mercado de trabalho se mostraram muito mais uniformemente dilacerantes. Os partidos da classe operária surgiram em todos os países europeus na esteira das primeiras ondas da industrialização. As massas em expansão dos assalariados nos cultivos em larga escala, nas obras de desmatamento ou na indústria se ressentiam das condições de trabalho e da insegurança dos contratos, e muitos deles foram se tornando cada vez mais alienados social e culturalmente em relação aos proprietários e aos empregadores. O resultado foi a formação de uma variedade de sindicatos e o desenvolvimento de partidos socialistas nacionais.[25]

Tornando-se central por toda parte, embora com fortíssimas variações nas suas modalidades de expressão, a rup-

---

25. S. Lipset, S. Rokkan, "Cleavage, Structure, Party Systems and Voter Alignments: An Introduction", in id. (orgs.), *Party Systems and Voter Alignments*, Nova York, The Free Press, 1967, p. 21.

tura de classe esteve na origem da principal divisão política entre partidos socialistas e partidos não-socialistas. E as *issues* relacionadas a essa divisão adquiriram um peso predominante na "hierarquia" dos problemas políticos na maior parte dos países europeus[26].

Com base nessa interpretação, é possível compreender por que o espaço político da disputa eleitoral tornou-se, com estabilidade, de tipo *unidimensional*: o *continuum* direita-esquerda se afirmou em quase todos os lugares como o "mapa cognitivo" por meio do qual se organizaram as identificações partidárias e foram condicionados os posicionamentos com relação à política[27]. O *continuum* direita esquerda, pelo menos na Europa, organizou-se essencialmente em torno de problemas socioeconômicos relacionados à ruptura de classe: na época da expansão das políticas assistenciais, "mais ou menos" de intervenção estatal na economia, era o problema político dominante que permitia dispor eleitores e partidos ao longo do *continuum*[28].

Caberia afirmar que estão em curso transformações que podem alterar a fisionomia do espaço político da disputa? Acredito que sim. A razão crucial é que a relação entre rupturas estruturais e problemas políticos está se modificando em toda parte. Tal relação tornou-se estável e duradoura no tempo graças aos partidos e às subculturas políticas que eles

---

26. Os problemas políticos nos países europeus eram quase sempre ordenados hierarquicamente com base na sua "importância". Isso dependia do fato de que o eleitor, geralmente, não era chamado para manifestar-se sobre cada problema, mas sobre um conjunto estruturado de problemas (*packages*), *ibidem*, pp. 2 e 6.

27. Cf. G. Sartori, *Parties and Party Systems*, cit., pp. 324-56. Para uma análise empírica do papel da dimensão esquerda/direita na disputa eleitoral na Europa, cf. W. R. Inglehart, H. D. Klingemann, "Party Identification, Ideological Preference and the Left-Right Dimension among Western Mass Publics", in I. Budge *et. al.* (orgs.), *Party Identification and Beyond*, Nova York, Wiley and Sons, 1976, pp. 243-73.

28. Não por acaso a idéia de um espaço político unidimensional esquerda/direita havia sido proposta e aprofundada pela primeira vez por Downs, com referência às diferentes posições dos partidos sobre o problema da intervenção estatal na economia: cf. A. Downs, *An Economic Theory of Democracy*, cit.

organizavam. Mas as subculturas políticas entram em declínio simultaneamente à afirmação do partido profissional-eleitoral. Além disso, mudam-se os termos das divisões políticas. No passado, como foi dito, a principal divisão política estava relacionada ao *quantum* de intervenção estatal na economia: mais intervenção significava políticas a favor do "trabalho"; menos intervenção significava políticas a favor do "capital". Divisões e formações de classe, grupos favorecidos e grupos prejudicados pelas diferentes escolhas podiam ser identificados (culturalmente identificados pelas lentes mais ou menos deformadoras das subculturas políticas) nos conflitos sobre a política econômica. Mas os dilemas da metade dos anos 70 em diante são diferentes: a alternativa desemprego/inflação não discrimina grupos sociais dos limites sempre identificáveis. O desemprego também é intelectual; a inflação divide os assalariados entre setores sindicalmente protegidos, que dispõem de mecanismos de compensação, e setores não-protegidos e, ao mesmo tempo, atravessa e divide as classes burguesas, atingindo os rendimentos do trabalho, prejudicando o poder das empresas e favorecendo o seu endividamento, incentivando grupos e correntes financeiro-especulativas[29]. As distinções culturais (classes subordinadas *versus* classes privilegiadas, mobilização coletiva *versus* mobilização individualista, coletivização dos meios de produção *versus* mercado livre etc.), que davam sentido e substância ao mapa cognitivo direita/esquerda, ofuscam-se quando deixa de ser claro quais camadas sociais são prejudicadas e quais são favorecidas pelas diferentes escolhas[30].

---

29. Sobre o caso italiano, cf. M. Salvati, *Alle origini dell'inflazione italiana*, Bolonha, Il Mulino, 1978.

30. Esse fenômeno está diretamente relacionado com a diminuição de uma "contradição fundamental", à medida que aumenta a complexidade social: cf. G. E. Rusconi, "Il concetto di società complessa. Una esercitazione", *Quaderni di Sociologia*, XXVIII (1979), pp. 261-72. Isso obriga os estudiosos de origem marxista a discutir novamente o "modelo dicotômico" marxista, fundado no "centralismo operário" durante os processos de transformação, como cânone interpretativo das mudanças políticas: cf. as reflexões de F. Stame, "I luoghi della restaurazione", *Quaderni Piacentini* (1981), pp. 29-41.

Nos conflitos relacionados à chamada "antipolítica"[31], o curto-circuito das tradicionais divisões direita/esquerda se manifesta ainda mais claramente. A oposição ao *Big Government* (EUA), ao "Estado dos partidos" (Alemanha), à "partidocracia" (Itália), é, ou pode ser, o resultado de forças que têm motivações políticas opostas (de protesto libertário contra a "opressão" das burocracias ou de revanche conservadora contra a expansão do Estado)[32]. As temáticas ecológicas reúnem os consensos dos jovens de orientação radical, mas *também* das populações das zonas rurais diretamente ameaçadas pela instalação de centrais nucleares. Os movimentos feministas dos anos 70 produziram divisões no interior das tradicionais subculturas políticas. A retomada dos conflitos étnico-lingüísticos do mesmo período não pode ser interpretada com base na tradicional divisão direita/esquerda. As listas eleitorais "alternativas" (ecológicas) na França ou na Alemanha, diferentemente das formações mais tradicionais da *New Left* dos anos 60, *também* reuniram consensos do eleitorado tradicional de centro-direita etc.[33].

Desse modo, porém, o espaço político tende a se transformar em multidimensional: o tradicional *continuum* direita-esquerda permanece como uma importante dimensão da

---

31. S. Berger, "Politics and Antipolitics in Western Europe in the Seventies", *Daedalus*, inverno (1979), pp. 27-50, e J. Clayton Thomas, "The Changing Nature of Divisions in the West: Trends in Domestic Policy Orientation in Ten Party Systems", *European Journal of Political Research*, VII (1979), pp. 397-413.

32. Além disso, a união entre Estado e partidos (na Europa, não nos Estados Unidos) torna geralmente indistinguíveis as revoltas antipartido das revoltas anti-*welfare*. Sobre esses problemas, cf. M. D. Hancock, G. Sjoberg (orgs.), *Politics in the Post-Welfare State*, Nova York e Londres, Columbia University Press, 1972. Cf. também M. Ferreira, "Rivolta contro il Welfare State?", *Il Mulino*, XXIX (1980), pp. 567-88.

33. Sobre o caso italiano, ver R. Lewanski, *Environmentalism and New Values in Italy: New Skin for an Old Ceremony?*, relatório apresentado no *wokshop* ECPR sobre ecologia e política, Lancaster, março de 1981, mimeo. Para uma comparação Itália-França, ver E. Colitto, *Une Etude Comparative entre le Parti Radical Italien, le PS et le Mouvement Ecologique Français*, Institut d'Etudes Politiques de Paris, 1980, mimeo.

política, mas uma nova dimensão tende a surgir e a se sobrepor à primeira. Ronald Inglehart, analisando as conseqüências políticas do surgimento de valores pós-materialistas, fala de uma divisão *establishment/anti-establishment* que não coincide com a mais tradicional divisão esquerda-direita[34]. Trata-se de uma divisão que separa as classes dirigentes (nos seus componentes de direita *e* de esquerda, os partidos conservadores, mas *também* os partidos socialistas, as organizações empresariais, mas *também* as grandes centrais sindicais) de grupos consistentes de cidadãos. Muitos sinais, em diversos países europeus, parecem indicar que essa divisão está destinada a permanecer e, talvez, a se aprofundar: ela se manifestou, em princípio, nos movimentos coletivos dos anos 60 e 70 e manifesta-se hoje por meio de uma grande variedade de comportamentos políticos "anticonvencionais", do voto de protesto à abstenção, do apoio mais ou menos efêmero por listas "alternatives" ao afastamento total da política[35]. Essa divisão não comporta, necessariamente, a afirmação definitiva de novas organizações políticas (assim como nem sempre as rupturas examinadas por Rokkan levaram à formação de novos partidos). Porém, o espaço político muda, transforma-se, pelo menos, em bidimensional:

---

34. R. Inglehart, "Political Action. The Impact of Values, Cognitive, Level and Social Background", in S. H. Barnes, M. Kaase (orgs.), *Political Action. Mass Participation in Five Western Democracies*, Londres, Sage Publications, 1979, p. 353. A existência de uma divisão *establishment/anti-establishment* no caso italiano é documentada empiricamente por A. Marradi, "Dimensioni dello spazio politico in Italia", *Rivista italiana di Scienza Politica*, IX (1979), pp. 263-96. No relatório apresentado no congresso citado anteriormente, eu havia definido o mesmo fenômeno como ruptura entre "interesses difusos" e "interesses organizativos".

35. Sobre comportamentos políticos não convencionais, cf. S. H. Barnes, M. Kaase (orgs.), *Political Action*, cit. Os protagonistas são predominantemente jovens e mulheres. Porém, as rupturas entre gerações e nos papéis sexuais não explicam tudo. Na divisão *establishment/anti-establishment*, como a entendo aqui, intervém uma pluralidade de atitudes e de comportamentos (inclusive as simpatias pelo terrorismo político ou as revoltas fiscais), cujo único denominador é a oposição à classe dirigente nos seus diversos componentes.

à dimensão tradicional esquerda/direita, à qual estão relacionadas identificações de partido e comportamentos políticos "convencionais", sobrepõe-se firmemente uma nova dimensão que está na origem de comportamentos "não-convencionais"[36].

A objeção geralmente feita quando se afirma a existência dessa divisão e se aposta na sua persistência é que as divisões políticas importantes, ao menos "em última instância", são somente aquelas relacionadas a "rupturas estruturais" *à la* Rokkan, rupturas que dividem grupos sociais dos limites claros e identificáveis ou, como nos conflitos Estado-Igreja, das instituições. É possível responder de três maneiras diferentes a essa objeção.

Em primeiro lugar, pode-se observar que ainda se sabe muito pouco sobre a relação entre transformações em curso nos sistemas de estratificação social e os conflitos políticos para poder excluir, categoricamente, uma relação entre a divisão *establishment/anti-establishment* e (novas) rupturas estruturais. É possível que na base dessa divisão existam mudanças induzidas pela intervenção do Estado na composição das classes operárias e médias (que, por exemplo, poderiam prenunciar alianças entre setores do terciário com elevado nível de instrução e o proletariado marginal)[37].

Em segundo lugar, é possível observar que a teoria de Rokkan, assim como outras teorias análogas, foi elaborada para explicar as modalidades da *gênese* e da *consolidação* dos atuais regimes políticos europeus e, portanto, não é possível

---

36. Naturalmente, nem sempre há uma ruptura nítida entre comportamentos políticos convencionais (relacionados à dimensão direita/esquerda) e não-convencionais. Muitos protagonistas e simpatizantes dos movimentos "antipolíticos" também possuem pontos de referência ideológicos na "direita" e na "esquerda", tradicionalmente concordantes.

37. Uma brilhante investigação dos possíveis conflitos e das possíveis alianças entre as classes sociais em ascensão e as camadas sociais em declínio na sociedade pós-industrial é desenvolvida por S. P. Huntington, "La politica nella società postindustriale", *Rivista Italiana di Scienza Politica*, IV (1974), pp. 489-525.

pretender que ela também sirva para esclarecer as passagens posteriores, ou seja, os processos de transformação que aqueles regimes políticos estão experimentando *hoje*. Mais especificamente, a construção analítica que distingue entre as rupturas estruturais e a sua tradução política (e que lembra, não por acaso, a distinção marxista entre estrutura e superestrutura) foi elaborada para a leitura da formação de regimes políticos na época do capitalismo concorrencial, quando o Estado ainda não era o principal agente dos processos de reprodução/transformação dos sistemas sociais. É improvável que essa construção possa ser utilizada, sem adaptações, para explicar os conflitos e as divisões políticas atuais.

Em terceiro lugar, é preciso considerar que, provavelmente, nem mesmo no passado as rupturas estruturais foram as únicas a produzir efeitos políticos. Hans Daalder, por exemplo, argumentou eficazmente na sua época que dois tipos de divisão exerceram um papel central na formação dos sistemas políticos da Europa moderna – sobre a nacionalidade e sobre o regime –, que não possuíam nem necessariamente, nem imediatamente, conexões identificáveis com rupturas estruturais[38]. Assim como essas divisões, obviamente combinadas a outras provocadas pelas rupturas estruturais, contribuíram para marcar a passagem da sociedade pré-industrial à sociedade industrial, não me parece absolutamente absurda a hipótese de que, junto a outros tipos de divisão, o *cleavage establishment/anti-establishment* mostre-se como uma fonte fundamental de conflitos na transição política da sociedade industrial para a sociedade pós-industrial[39].

---

38. H. Daalder, *Parties, Elites and Political Development in Western Europe*, in J. LaPalombara, M. Weiner (orgs.), *Political Parties and Political Development*, cit., pp. 43-77.

39. Sociedade "pós-industrial" é um rótulo (enquanto tal, válido como qualquer outro) para indicar fenômenos (centralidade da ciência nos processos produtivos e reprodutivos, surgimento de novas camadas sociais etc.) que estão transformando o aspecto das sociedades ocidentais. A sociedade pós-industrial, todavia, *não* é uma sociedade pós-capitalista. Trata-se de um desenvolvimento interno ao capitalismo, que modifica o seu funcionamento; cf.

E, naturalmente, é plausível afirmar que o modo e a intensidade com que essa divisão manifestará seus efeitos políticos dependem não apenas das condições específicas de cada sociedade, mas também de como os empresários políticos surgidos em decorrência dessa divisão irão atuar no interior dos diferentes contextos nacionais[40].

A transformação do espaço político em multidimensional está relacionada à afirmação do partido profissional-eleitoral, bem como às tensões políticas que a acompanham. Por um lado, a divisão *establishment/anti-establishment* contribui para acelerar a transformação dos partidos, enfraquecendo ulteriormente as subculturas políticas tradicionais. Por sua vez, a afirmação do partido profissional-eleitoral cria um vazio de identidades coletivas, agrava a crise de legitimidade dos sistemas políticos e, portanto, exaspera a divisão *establishment/anti-establishment*. Por outro lado, contribuindo para tornar firmemente multidimensional o espaço político da disputa, essa divisão acentua as condições de ingovernabilidade já agravadas pelas tensões corporativas, por sua vez, liberadas pelo declínio da função expressiva dos partidos e pela crise econômica[41]. O espaço político unidimensional,

---

A. Touraine, *L'Après Socialisme*, Paris, Grasset, 1980, p. 125. Na falta de termos melhores, a expressão "pós-industrial" parece-me preferível a "capitalismo tardio", que lembra, grosso modo, o mesmo conjunto de fenômenos, mas *também* a idéia de um capitalismo no último estágio, próximo a uma derrocada definitiva.

40. Sobre o papel ativo desempenhado pelas elites na formação e no aprofundamento das divisões políticas, cf. A. Zuckerman, "Political Cleavage: a Conceptual and Theoretical Analysis", *British Journal of Political Science*, V (1975), pp. 243 ss. Elites políticas juvenis, provenientes das bancadas da *New Left*, exerceram um papel de primeiro plano na retomada dos movimentos étnicos europeus: cf. E. Allardt, "I mutamenti nella natura dei movimenti etnici: dalla tradizione alla organizzazione", *Il Mulino*, XXVIII (1979), pp. 323-48.

41. Cf. L. Thurow, *The Zero-Sum Society*, Nova York, Basic Books, 1980. O problema dos conflitos relacionados à explosão corporativa é amplamente considerado pela literatura sobre ingovernabilidade nas suas várias ramificações científicas e políticas. Para uma análise útil, cf. C. Donolo, F. Fichera, *Il governo debole. Forme e limiti della razionalità politica*, Bari, De Donato, 1981.

ao permitir que os eleitores economizem informações (a "imagem" geral do partido é mais importante do que o conhecimento dos programas e das políticas), favorece as escolhas eleitorais, estabiliza comportamentos e expectativas, oferece aos atores políticos (eleitores e empresários políticos) critérios de avaliação e de escolha suficientemente unívocos, com significado imediatamente compreensível[42]. Sobretudo nos sistemas multipartidários, em que o eleitor encontra maiores dificuldades para distinguir entre os diversos partidos[43], a unidimensionalidade do espaço político desempenha uma insubstituível função de estabilização das trocas sobre o mercado eleitoral. A reestruturação no sentido multidimensional do espaço elimina essa vantagem, desorienta os atores políticos, torna mais caótica a disputa, acentua a "turbulência", a instabilidade e a imprevisibilidade das arenas políticas.

Conclusões

À luz de um paradigma clássico da teoria da mudança social, a passagem da participação "total" do partido de integração (burocrático de massa) à participação limitada e parcial do partido profissional-eleitoral poderia ser considerada como um dos muitos efeitos de uma tendência mais geral à diferenciação e à especialização dos grandes agregados sociais. Algumas funções exercidas pelos partidos no passado são retomadas por outras organizações. Por exemplo, os sistemas de *welfare* "privado", organizados pelos grandes partidos socialistas e confessionais entre o fim do século XIX e o início do XX, dão lugar, em certo ponto, a sistemas de *welfare* "público": novas agências estatais assumem as antigas funções dos partidos. Da mesma forma, a socialização política não é mais confiada predominantemente às organizações

---

42. Cf. G. Sartori, *Parties and Party Systems*, cit., pp. 324 ss.
43. *Ibidem*, p. 341.

partidárias, mas sim transferida para outros lugares e passa a depender dos meios de comunicação de massa e dos contatos interpessoais, favorecidos pelo aumento de mobilidade horizontal. Portanto, os partidos são obrigados a se especializar, e a passagem da participação "do nascimento à morte" para a participação parcial é uma conseqüência disso. É uma leitura possível, ressalvada a advertência de que a tradição sociológica a que me referi, considerando como uma prova de progresso cada aumento ulterior de diferenciação e de especialização nos sistemas sociais, muitas vezes subestimou os aspectos disfuncionais desestabilizadores de uma especialização excessiva. A afirmação do partido profissional-eleitoral cria, efetivamente, mais problemas do que pode resolver. Este é, certamente, o produto da modernização, do aumento dos níveis de instrução e da melhoria das condições de vida de grupos inteiros, de classes e segmentos de classe que anteriormente eram social e politicamente prejudicados. E, certamente, por motivos contrários, essa transformação coincide com uma época de participação menos deferente e subordinada às elites políticas do que a que se realizava no partido burocrático de massa. Porém, o partido profissional-eleitoral também cria um vazio de identidades coletivas. O eleitor torna-se mais independente, mais autônomo, menos controlável e manipulável pelas "oligarquias" descritas por Michels, mas também, inevitavelmente, mais só e mais desorientado. O mal-estar social que se manifesta na divisão *establishment/anti-establishment*, na turbulência das arenas eleitorais e na efervescência dos movimentos coletivos também é fruto da decadência, da perda de credibilidade e de atração das antigas estruturas de solidariedade (sejam elas político-partidárias ou pré-políticas)[44].

---

44. A crise das solidariedades tradicionais está relacionada, para alguns autores, à erosão do "núcleo prescritivo", aquele acordo sobre os "fundamentos" sem o qual nenhuma ordem social e política é possível. Segundo essa interpretação, a ingovernabilidade não é nada além da manifestação política de um processo mais profundo: a erosão das regras comunitárias, por sua vez, conseqüência extrema da modernização. Cf. G. Germani, "Democrazia e au-

É possível que, no futuro, a era do partido profissional-eleitoral seja uma fase de transição instável e, talvez, relativamente breve. Mesmo que os resultados variem, certamente, de caso a caso, conforme as diferentes especificidades nacionais, três evoluções (separadamente ou em combinação) parecem mais verossímeis do que outras:

1) Uma primeira possibilidade é de que a parábola iniciada termine a sua trajetória, ou seja, de que o partido profissional-eleitoral se revele como uma forma intrinsecamente instável que prenuncie a *dissolução dos partidos* como organizações[45]. A fase terminal é uma situação em que os partidos perdem totalmente a própria identidade organizativa e se transformam em bandeiras de conveniência, cujas insígnias são usadas pelos empresários políticos independentes. É um processo que, segundo alguns, já se realizou nos Estados Unidos. Trata-se, porém, de um êxito relativamente pouco provável, pelo menos na sua forma extrema, em que os partidos nasceram e originariamente se consolidaram como instituições fortes. Em todo caso, nesse cenário, a crise dos regimes políticos democráticos tende a se agravar[46].

2) A segunda possibilidade é um retorno da chama ideológica, uma tentativa dos partidos existentes de voltar a desempenhar a tradicional função expressiva por meio de uma

---

toritarismo nella società moderna", *Storia Contemporanea*, XI (1980), pp. 177-217, e D. Bell, *The Cultural Contraddictions of Capitalism*, Nova York, Basic Books, 1976. Cf. também A. Ardigò, *Crisi di governabilità e mondi vitali*, Bolonha, Cappelli, 1980.

45. É a hipótese lançada por Pizzorno em *Interest and Parties in Pluralism*, cit. A tese de uma decomposição já ocorrida nos partidos norte-americanos foi defendida sobretudo por W. D. Burnham: cf. "American Politics in the 1970s: Beyond Party?", in L. Maisel, P. M. Sacks (orgs.), *The Future of Political Parties*, cit., pp. 238-77. Cf. também A. Ranney, "The Political Parties: Reform and Decline", in A. King (org.), *The New American Political System*, Washington, Enterprise Institute, 1978, pp. 213-47.

46. Cf. G. Pasquino, "Un caso de ingovernabilità: gli Stati Uniti d'America", *Il Mulino*, XXVIII (1979), pp. 805-35. Cf. também M. Fedele, "Nuovo ceto politico e sistema plebiscitario in USA", *Laboratorio politico*, I (1981), pp. 40-68.

recuperação de identidades antigas, com um retorno aos maximalismos de direita e de esquerda das suas origens remotas[47]. Trata-se de uma tentativa de inovação política (na verdade, uma reproposição de políticas antigas em condições modificadas), que parte *do interior* do sistema político, levado por organizações consolidadas, que reagem, assim, aos desafios ambientais. Mas não está claro se e como identidades coletivas estáveis podem ser reconstituídas por essa via, nem em que soluções político-organizativas podem estar ancoradas.

3) A terceira possibilidade é a verdadeira inovação política (cujas formas e modalidades são, naturalmente, imprevisíveis). Mas a inovação dificilmente parte do interior de um sistema político, dificilmente é manifestada pelas organizações já consolidadas[48]. Em vez disso, ela costuma entrar vinda do *exterior;* é introduzida no sistema por novas organizações e por novos empresários políticos em concorrência com as organizações consolidadas. Essa hipótese é congruente com a teoria weberiana segundo a qual a inovação não tem origem nas organizações institucionalizadas, mas pressu-

---

47. O neoliberalismo conservador e o neo-socialismo trabalhista na Grã-Bretanha do final dos anos 70 em diante são casos do gênero. Tendências análogas também se manifestaram em outros países europeus, por exemplo, na Suécia.

48. Há, naturalmente, o caso francês, a experiência de Mitterrand (iniciada enquanto concluo este livro). Sobre essa experiência, é melhor não fazer nenhum julgamento, já que é mais conveniente construir hipóteses sobre a história do que sobre a crônica, sobre a terra batida do que sobre a areia. Restando firmes as peculiaridades do caso francês (executivo forte, única experiência européia pós-bélica de sucessão de um regime democrático por um outro regime democrático, tradições plebiscitárias etc.), apenas uma hipótese, com todas as cautelas que o caso requer, pode ser apresentada: com o gaullismo antes e o mitterrandismo depois, a França pode representar, efetivamente, um modelo e uma antecipação. O *bonapartismo democrático* – a "democracia plebiscitária", comandada por um líder do qual falava Max Weber e do qual a França da V República é uma encarnação bastante fiel – poderia se revelar na sociedade pós-industrial emergente como a forma de governo mais idônea para salvaguardar a democracia, garantido também a expressão política às contínuas erupções do sistema social.

põe, ao contrário, a irrupção de forças "autenticamente revolucionárias": os movimentos carismáticos. O vazio de identidades coletivas, que o declínio da função integrativa/expressiva dos partidos contribui para criar, poderia abrir, no final, o caminho para a formação e/ou para o deslocamento em direção à posição central de movimentos políticos com poucas analogias com as organizações até aqui dominantes. A irrupção na cena política de agentes que tentem criar identidades coletivas novas e estáveis, contribuindo de tal modo para redesenhar o aspecto das sociedades ocidentais mais frágeis e mais marcadas pelo mal-estar social, poderia ser a novidade política dos próximos anos. As características, também organizativas, que os futuros movimentos políticos irão assumir, ajudarão a compreender se as previsões mais pessimistas sobre a sorte da democracia têm fundamento; se um autoritarismo de cara nova está destinado a se impor depois de ter derrubado as frágeis barreiras do constitucionalismo liberal[49], ou se os regimes democráticos ainda receberão a seiva vital, por meio de processos de adaptação/transformação suscitados por novos empresários políticos.

---

49. É a tese pessimista implícita no ensaio de Germani, *Democrazia e autoritarismo nella società moderna*, cit.